ONE SECOND AFTER

윌리엄 R. 포르스첸 장편소설
전미영 옮김

오픈하우스

ONE SECOND AFTER

내 딸 메건 마리 포르스첸에게…….

또한 딸이 평화 속에서 자랄 수 있도록 지켜준 모든 이들에게 이 책을 바칩니다. 그리고 아버지 존 조지프 포르스첸께 바칩니다. 아버지는 인생에서 정말로 가치 있는 것이 무엇인지 내게 가르쳐주셨습니다.

—추천의 글 | 뉴트 깅그리치(전 미국 하원의장)

이 책은 소설이면서 한편으로 사실이기도 하다. 우리 모두가 분개하고 두려워할 일종의 '미래 역사'라고 보면 될 것이다. 나는 윌리엄 포르스첸이 《1초 후》에서 말한 그 무기가 미국의 안보에 아주 현실적인 위협이라는 사실을 수십 년에 걸쳐 개인적으로 연구하면서 알게 되었다.

9·11 이후 미국에 대한 다양한 위협에 많은 사람들이 관심을 기울이고 있다. 상업용 항공기에 대한 또 다른 납치 공격, 생물학적 그리고 화학적 공격, 이른바 '더러운 폭탄'(방사능 물질을 포함한 재래식 폭탄)을 사용하는 공격, 심지어 주요 도시 한가운데서 정말로 핵폭탄이 터질 가능

성에 이르기까지 위협의 수준과 종류도 다양하다.

하지만 '전자기 펄스'의 약자인 EMP Electromagnetic Pulse 의 위협, 무시무시하고 압도적인 이 위협에 대해서는 들어본 사람은 물론이고 말하는 사람도 거의 없다.

이 무기에 관한 최고 전문가인 해군의 윌리엄 샌더스 대령은 이 책의 해설 부분에서 (물론 공개 자료를 사용해) 그런 무기가 어떻게 작동하는지 자세히 설명해주고 있다. 여기서 그 내용을 간추려보면, 핵폭탄이 지구 대기 위쪽에서 터질 경우 '펄스 파 Pulse wave'가 방출되는데 빛의 속도로 움직이는 이 펄스 파가 지표면에 닿으면 모든 전자장치에 합선을 일으킨다는 것이다. 옆집에 벼락이 떨어지면 우리 집 컴퓨터가 나가는 것과 비슷하다. 물론 그 여파는 비교할 수 없을 정도로 심각하다. EMP는 사전 경고 없이 나라 전체를 내려치는 것으로, 우리의 복잡한 전력망 전체를 파괴하고 그 전력망에 연결된 모든 것을 망가트린다. 이는 현실적인 위협이다. 아주 현실적인 위협이기 때문에 나를 비롯한 여러 사람들이 몇 년 동안 깊이 우려해온 문제다.

윌리엄 포르스첸과 나는 여섯 권의 역사소설을 함께 썼다. 그 과정에서 나는 그를 아주 잘 알게 되었다. 그는 퍼듀 대학에서 역사학 박사 학위를 받았고 군사기술사를 전공한 사람이다. 따라서 이 책에서 그는 절대로 제멋대로 환상을 펼치고 있는 것이 아니다. 사실, 몇 년 전에 그와 내가 나누었던 대화가 이 책의 출발점이 되었다. 그날 대화 끝에 그는 EMP 위협을 주제로 소설을 써서 사람들의 의식을 일깨워야겠다고 했었다.

앞에서도 말한 것처럼, 나는 이 책을 현실화 가능성이 있는 무시무시한 '미래 역사'로 본다. 이런 종류의 책들은 의미심장한 전통을 갖고 있다. H. G. 웰스는 제1차 세계대전과 제2차 세계대전이라는 사건을 놀랍도록 정확하게 예언했다. 냉전에 관한 고전 《아아, 바빌론Alas, Babylon》과 영화 〈유언Testament〉은 미국과 소련이 전쟁을 하면 평범한 시민들의 삶에 무슨 일이 벌어지는지 일깨워주었다. 실제로 윌리엄 포르스첸은 그 두 작품이 자기 소설의 모델이라고 공개적으로 인정하고 있다. 나는 이 책을 '미래 역사'를 다룬 가장 유명한 책인 조지 오웰의 《1984년》과도 비교하고 싶다. 만약 제2차 대전으로 폐허가 된 유럽에 저 사악한 전체주의 체제가 번성했다면 《1984년》의 미래 역사는 현실로 나타났을 것이다. 오웰은 그 책을 통해 사람들의 의식을 깨웠고, 빅 브라더와 사상경찰의 손아귀에서 우리를 구해냈다.

나는 이 소설이 똑같은 역할을 할 것으로 기대한다.

지금 미국 정부나 공공부문에는 이런 위협에 공개적으로 직면해본 사람이 거의 없다. 적이 작심하고 단 하나의 핵무기만 손에 넣어도 대량 EMP 폭발을 일으킬 수 있다. 그런 일이 벌어지면 우리의 복잡하고 정밀한 하이테크 사회는 순식간에 무너지고, 우리의 삶은 중세시대로 내던져질 것이다. 음식이나 깨끗한 물과 같은 기본적인 필요를 채울 수 없을 뿐 아니라 공격 첫 주에만 수백만 명이 목숨을 잃을 것이다. 지금 이 글을 읽고 있는 당신도, 만약 특정한 약품이 꼭 필요한 사람이라면, 거기 포함될 것이다.

이 소설에서 배경이 된 곳은 실재하는 장소다. 윌리엄 포르스첸은 자기 고향과 자신이 일하는 대학을 배경으로 이야기를 구성했다. 그가 이 책을 쓰는 동안 어떤 상태였는지 생각난다. 그는 자기가 조사하고 찾아낸 내용 때문에 몹시 괴로워했으며, 그것을 모든 사람에게 읽히는 이야기로 만들기 위해 애썼다. 그러면서 그는 10대 딸이 악몽과도 같은 현실 속에 있는 모습을 계속 그려보게 되는 게 가장 힘들다고 했다. 이 책을 읽는 독자 여러분도 그런 생각을 하게 될 것이다. 나 또한 두 손자를 떠올리지 않을 수 없었다. 윌리엄 포르스첸이 끔찍한 운명으로부터 자기 딸을 보호하길 원하듯, 나도 내 손자들을 보호하고 싶다. 그런 위협으로부터 안전한 미국을 손자들에게 물려주고 싶다.

EMP 공격 위협은 아주 현실적인 것이다. 그러므로 우리는 그런 위협에 맞서고, 대비하고, 그것을 방지할 방법을 반드시 알아야 한다. 그렇게 하지 않는다면 '1초 후'에는 우리가 알고, 아끼고, 사랑하는 조국은 영원히 사라질 것이다.

차례

1

노스캐롤라이나 주 블랙마운틴, 오후 2시 30분

존 매더슨은 계산대에서 비닐봉지를 집어들었다.

"정말 이걸로 괜찮을까요?"

아이비 코너의 주인 낸시는 그를 향해 미소 지었다.

"걱정 말아요, 존. 벌써 몇 주 전에 그 애가 골라두었다니까요. 얼른 가서 꼭 껴안고 입맞춰줘요. 그 애가 열두 살이 되었다니, 세월이 정말 빠르네요."

존은 비닐봉지를 내려다보며 고개를 끄덕였다. 비닐봉지에는 열두 개의 비니 베이비즈 봉제 인형이 들어 있었다. 12년 전 오늘 태어난 제니퍼의 나이에 맞춘 숫자였다.

존이 말했다.

"열세 살이 되어도 계속 이 인형들을 갖고 싶어 했으면 좋겠네요. 그 애의 첫 번째 남자 친구가 우리 집 문간에 나타날 날도 멀지 않았겠지만요."

두 사람은 함께 웃음을 터트렸다. 낸시는 알 만하다는 얼굴로 고개를 끄덕였다. 존은 열여섯 살인 첫째 엘리자베스의 남자 친구들을 참아내고 있는 중이었다. 그랬기 때문에 제니퍼와 함께하는 귀중한 시간이 며칠, 몇 주, 몇 달만이라도 더 길어지기를 바랐다. 딸이 아직 '내 꼬맹이' 인 그런 시간이.

아름다운 봄날이었다. 길가에 줄지어 선 벚나무들이 꽃을 활짝 피우고 있었다. 존은 바람에 흩날리는 연분홍 꽃비를 맞으며 켈로 의사의 병원, 골동품 상점들, 지난달 문을 연 고딕풍 화랑, 퍼 담는 아이스크림을 파는 구식 가게를 지나쳤다. 벤슨 고서점 앞에서 잠깐 들러볼까 싶어 머뭇거리던 그는 시간을 확인하기 위해 휴대전화를 꺼냈다.

2시 30분. 제니퍼가 탄 버스는 3시에 도착할 예정이었다. 서점에서 커피를 한 잔 마시며 책이나 역사에 관한 이야기를 나눌 여유는 없었다. 월트 벤슨이 그의 모습을 보고 컵을 들어올리며 들어오라는 몸짓을 해 보였지만 그는 고개를 저었다. 시계를 차지 않았지만 손목을 가리키며 시간이 없다는 시늉을 한 뒤 고서점을 그대로 지나쳤다. 그는 차를 세워둔 모퉁이 쪽으로 계속 걸어갔다. 그의 탤런 SUV는 테일러 철물잡화점 앞에 세워져 있었다.

존은 멈춰 서서 지나쳐온 거리를 돌아보았다.

나는 저 노먼 록웰(20세기 미국 사회와 미국인의 일상을 소박하고 정겹게 묘사한 미국의 화가)의 그림 속에서 살고 있는 셈이군. 벌써 천 번도 넘게 든 생각이었지만 또 똑같은 생각이 머리에 떠올랐다.

이곳에 묶여버리고 말았다……. 한 번도 그런 생각을 해보지 않았고, 그럴 계획을 세운 것도 아니었고, 원했던 적도 없었는데 말이다. 8년 전, 존은 칼라일에 있는 육군전쟁대학에서 군사역사와 비대칭 전쟁을 강의하면서 첫 번째 별을 달려고 애쓰고 있었다.

동시에 두 가지 일이 일어났다. 진급하면서 존은 북대서양조약기구NATO와의 연락 임무를 맡아 브뤼셀로 발령을 받았다. 군 경력을 마무리하기에 알맞은 멋진 자리였다. 그리고 메리의 일이 있었다. 발령을 받고 며칠 뒤, 의사를 만나고 온 메리의 얼굴은 창백했다. 그녀는 입술을 꼭 깨물고 있었다.

"유방암이래."

칼라일의 교장 밥 스케일즈는 존의 요청을 이해해주었다. 제니퍼의 대부를 서기도 한 스케일즈는 존의 오랜 친구였다. 존은 근무지를 국방부로 바꾸어 달라고 요청했다. 국방부는 존스홉킨스 병원 근처에 있었고, 메리의 친정과도 더 가까웠다.

존의 요청은 받아들여지지 않았다. 한창 군 인력감축 바람이 몰아치던 때였다. 상관들이 그의 처지를 한껏 동정해주긴 했지만 별을 달려면 브뤼셀로 가는 방법밖에 없었다. 1년쯤 브뤼셀에 있으면 국내에 자리를 알아봐주겠다는 정도가 고작이었다.

메리를 담당한 의사와 얘기를 나눈 뒤 존은 사표를 냈다. 메리의 고향인 노스캐롤라이나 주 블랙마운틴으로 메리를 데리고 가야겠다고 생각했다. 그녀가 고향으로 돌아가길 바랐고, 블랙마운틴은 채플힐의 암 치료센터와도 가까운 곳에 있었다.

밥의 인맥은 정말 대단했다. 존이 블랙마운틴 얘기를 꺼내자 바로 밥의 인맥이 움직였다. 전화 한 통으로 모든 것이 해결되었다. 정치적으로 올바르지 못한 것이라고 해서 경멸의 대상이 되고 있지만, 인맥은 엄연히 존재하고 있으며 필요할 때는 힘이 되어주기도 한다. 노스캐롤라이나의 몬트리트 대학 총장은 대학발전 업무를 맡을 부국장이 '갑작스럽게' 필요하게 되었다. 존은 그런 업무를 싫어했지만 견뎌냈고, 4년 전 역사학과 종신교수직이 비자 그 자리를 차지했다.

밥 스케일즈는 몬트리트 대학 총장인 댄 헌트에게는 생명의 은인이었다. 밥은 1970년대 어느 지뢰밭에서 그를 구출해냈다. 그러므로 댄이 존의 편의를 봐주는 일은 그 두 사람 사이에서는 중요한 문제였다. 댄은 지뢰밭에서 한쪽 다리를 잃었고, 밥은 동료를 구해낸 공로로 청동성장을 받았다. 그 뒤 두 사람은 절친한 친구가 되어 상대방의 문제를 서로 살펴주게 되었다.

그렇게 해서 메리는 고향으로 돌아왔다. 존을 따라 20년을 옮겨다닌 뒤의 일이었다. 메리는 존과 함께 베닝에서 독일로, 또 오키나와로 갔고, '사막의 폭풍' 작전을 함께하고, 다시 국방부로 이동한 뒤 웨스트포인트에서 즐거운 1년을 보냈다. 이후 칼라일로 옮겨 지낸 3년은 더욱 행복한 시간이었다.

군복을 입었던 시절에도 존은 천성적으로 역사 선생이었다. 그러고 보면 국내에서 근무할 수 있게 해달라는 요청을 거부한 국방부의 괘씸한 인사장교가 존에게 좋은 일을 해준 셈이었다.

존과 메리는 노스캐롤라이나의 블랙마운틴으로 이사했다. 그녀가 고향으로 돌아가고 싶다고 했을 때 존은 1초도 망설이지 않았다. 그는 진급을 포기하고 사직서를 제출한 뒤에 캐롤라이나 산악 지대로 바로 옮겨왔다.

존은 추억에 사로잡혀 메인 스트리트를 바라보며 서 있었다. 다음 주면 메리가 세상을 떠난 지 4년이 된다. 어릴 때 뛰어다녔던 이 거리를 메리가 천천히, 힘겹게 걷던 모습이 눈앞에 떠올랐다.

정말이지 노먼 록웰의 그림에 나오는 그런 마을이었다. 존은 메리와 함께 마지막으로 이 거리를 걸었을 때의 일을 생각했다. 마을 사람들은 모두 그녀를 알고 있었고, 그녀의 병세도 알고 있었다. 모든 사람들이 메리에게 다가와 인사를 건네면서 그녀를 껴안고 입맞추었다. 모두가 그것이 작별 인사라는 사실을 알고 있었지만 아무도 그런 말을 입 밖에 내지 않았다. 존이 결코 잊을 수 없는 사랑의 몸짓이었다.

그는 그 생각을 밀쳐냈다. 시간이 없었다. 제니퍼의 버스는 20분 안에 도착할 것이다.

그는 탤런에 올라 시동을 걸고 스테이트 스트리트로 접어든 뒤 동쪽으로 향했다. 존은 스테이트 스트리트에서 보는 마을의 모습을 몹시 좋아했다. 거의 모든 건물이 붉은 벽돌로 지어져 있어 한 세기 전으로 되돌아간 느낌을 주었다.

이 마을도 한때는 번성했던 곳으로 결핵 요양지로 이름이 높았다. 1880년대 초반에 노스캐롤라이나 서부 산맥을 관통하는 철도가 놓였을 때 가장 먼저 이 마을로 쏟아져 들어온 것이 결핵 환자들이었다. 그들의 수는 수천 명에 달했고, 양지바른 산비탈마다 요양원이 들어섰다. 20세기 초반 무렵에는 블랙마운틴에서 서쪽으로 조금 떨어진 대도시인 애슈빌 주위에 문을 연 요양원이 열 곳이 넘었다.

그 뒤 대공황이 닥쳤다. 블랙마운틴은 꽁꽁 얼어붙었다. 그러더니 전쟁 이후 항생제가 출현하면서 요양원들은 텅텅 비게 되었다. 당시 세워진 멋진 건물들이 지금도 그대로 남아 있었다. 다른 지역에서는 그런 건물들이 번화한 상점가로 탈바꿈했지만 이곳은 그렇지 않았다. 변화와 발전의 물결은 블랙마운틴을 버려두고 지나갔다.

결핵 요양원들은 여러 교회가 함께 이용하는 강당으로, 아이들을 위한 여름 캠프장으로 변했다. 존이 근무하는 대학이 있는 코브도 그런 지역 중 하나였다. 작은 대학으로 학생이 6백 명에 지나지 않았는데, 대개 캐롤라이나 출신들이고 애틀랜타와 플로리다에서 온 학생들도 섞여 있었다. 고립된 환경을 지겨워하는 학생들도 있지만 대부분은 이곳을 사랑한다는 사실을 마지못해 인정하곤 했다. 교정은 아름답고 안전했으며, 대학 구내를 가로지르는 오래된 트레일은 미첼 산으로 바로 이어졌다. 가까이에 카약을 타기에 안성맞춤인 급류가 있고, 엄격한 교칙을 피해 숨어 들어가 파티를 벌이기 좋은 울창한 숲도 있었다.

마을 자체는 1980년대부터 되살아나기 시작했다. 그렇지만 놀랍고 다행스럽게도 20세기 초반의 모습이 손상되지 않고 고스란히 남아 있었다. 여름과 가을이면 관광객들과 저지대의 뜨거운 열기를 피해 인근 샬럿이나 윈스턴세일럼에서 온 당일치기 여행자들로 거리가 북적였다. 여름을 코브에 있는 시골집에서 나는 사람들도 수백 명은 되었는데, 코브의 휴가용 오두막집들은 남부의 오래된 부유층들이 사는 저택 인근에 있었다.

메리 일가가 바로 유서 깊은 남부 부유층이었다. 손녀 제니퍼의 이름을 직접 지어준 외할머니 제니는 이사를 거부하며 코브에 있는 집에서 완강하게 버티고 있고, 외할아버지 타일러는 암 말기로 근처 요양원에서 지내고 있다.

존은 계속 동쪽으로 차를 몰았다. 40번 주간도로州間道路의 차량 소음이 그의 왼쪽에서 들려왔다. 마을의 노인네들은 그 '빌어먹을 도로'에 대한 증오를 여전히 내비치곤 했다. 그 도로가 놓이기 전까지 블랙마운틴은 남부 산자락의 조용한 마을이었다. 그랬던 것이 도로와 함께 개발 바람이 불고 통행이 늘어났으며 주말 관광객들도 밀어닥쳤다. 상공회의소 사람들이야 좋아라 했지만, 마을의 다른 사람들은 그저 꾹 참고 견디는 중이었다.

주간도로와 나란히 나 있는 옛 고속도로를 타고 존은 시내를 벗어나 1.5킬로미터쯤 달린 뒤 우회전해서 비포장도로를 탔다. 마을을 굽어보는 야산을 타고 올라가는 구불구불한 도로였다. 산동네에는 "'흙길로 가라'는 게 산속에 있는 집을 찾는 사람에 대한 대답"이라는 오래된 농담이 있다.

뉴저지 출신인 존은 자기가 남부에, 그것도 산자락의 비포장도로 중간에 살고 있다는 사실에 지금도 약간 흥분을 느꼈다. 집에서 바라보는 경치는 그야말로 백만 달러짜리였다.

존과 메리가 산 집은 그 지역에 새로 세워진 집들 중 하나였다. 구획 설정 같은 것이 없는 지역이라 언덕 아래쪽에는 트레일러하우스가 몇 채 있고 낡은 판잣집도 하나 있었다. 판잣집 거주자인 멋진 이웃 코니 야보로우는 요즘에도 전기와 수도 없이 살고 있었다. 그 옆집은 별난 폭스바겐 정비소였다. 주인인 짐 바틀릿은 1960년대식을 고수하는 사람으로 정비소 부지에는 녹슨 비틀과 밴이 어지럽게 널려 있고, 값비싼 폭스바겐 버스와 카르만 기아 몇 대도 섞여 있었다.

집에서 내려다보면 골짜기 아래 경치가 시원스레 한눈에 들어왔다(톨킨을 좋아하는 존과 메리는 집에 '리븐델'이라는 이름을 붙였다). 멀리 그레이트 스모키 산맥을 배경으로 애슈빌의 하늘이 보였고, 서향이어서 메리는 석양을 한껏 즐길 수 있었다.

집에서 바라보는 경치가 얼마나 아름다운지 친구들에게 얘기하던 중에 존은 "〈라스트 모히칸〉을 봐. 촬영 장소가 우리 집에서 30분 거리에 있어."라고 말한 적도 있었다.

모양새는 전형적인 현대식 주택이었다. 천장이 높고, 침실과 거실, 식당을 잇는 서쪽 벽은 전체가 유리로 되어 있었다. 침대는 지금도 유리벽

면에 있었다. 메리가 그렇게 하고 싶어 했기 때문이었다. 생명이 서서히 빠져나가는 동안 메리는 유리벽을 통해 바깥세상을 바라보았다.

존은 차를 멈췄다. 두 '멍청이' 진저와 잭이 침실에서 밖으로 덧댄 마루 위에서 해바라기를 하고 있었다. 둘 다 골든 리트리버로 생김새는 그럴듯했지만 완전히 돌머리였다. 개들은 존이 침입자라도 되는 양 벌떡 일어나 미친 듯 짖어댔다. 하지만 존이 정말 침입자였다면 개들은 겁에 질려 꼬리를 말고 제니퍼의 방으로 도망치면서 카펫을 더럽혔을 것이다.

멍청이 두 마리는 침실로 내달리더니 입구의 방충망 문으로 뛰쳐나왔다. 그 문의 아래쪽 방충망은 찢어지고 없었다. 여러 번 새로 달아보았지만 며칠 가지 않아 다시 찢어졌고, 멍청이들은 태연히 그곳으로 드나들었다. 존은 벌써 몇 년 전에 두 손 들어버렸다.

문단속이라는 개념은 더 이상 존의 머릿속에 떠오르지 않았다. 블랙마운틴은 그런 곳이었다. 이상하게 보일지 몰라도 마을 사람들은 대개 집을 잠그지 않았고 열쇠를 차에 아무렇게나 던져두곤 했다. 아이들은 저녁 늦게까지 길에서 뛰어놀았다.

7월 4일 독립기념일과 크리스마스에는 시가행진이 벌어졌다. 우스꽝스러운 솔방울 축제 때에도 시가행진을 하는데, 솔방울 아가씨에게 왕관을 씌우는 것으로 축제의 막을 내린다. 존이 메리와 사귀고 얼마 지나지 않았던 무렵, 메리의 아버지는 1977년에 솔방울 아가씨로 뽑혀 왕관을 쓴 메리의 사진을 그에게 보여주었는데 그때 메리는 창피해서 어쩔 줄 몰라 했었다. 블랙마운틴에는 여름밤에 거리를 돌아다니면서 파는 아이스크림 트럭이 지금도 있다. 그가 자란 뉴저지 주 뉴어크 외곽과는 모든 것이 달랐다.

진입로 끝부분에 차가 한 대 세워져 있었다. 메리의 어머니 제니의 차였다.

제니는 멋지고도 몹시 특이한 1959년형 포드 엣셀의 운전석에 앉아 있었다. 포드는 메리 일가의 돈이 나오는 원천이었다. 메리 일가는 캐롤라이나 전체에 퍼져 있는 포드 대리점망을 갖고 있었는데 창업주인 헨리 포드 시절부터 이어온 사업이었다. 코브에 있는 제니의 집에는 메리의 증조부가 제1차 세계대전 전에 샬럿에 대리점을 열면서 헨리 포드와 함께 찍은 사진이 액자에 들어 있었다.

제니와 같은 계층의 사람들에게 대놓고 '사업' 얘기를 하는 것은 예의에 어긋나는 짓이었다. 제니는 우아한 남부 숙녀처럼 행동하는 것을 즐겼다. 하지만 한창 활동하던 시절의 제니는 남편과 마찬가지로 냉정한 사업가였다는 사실을 존은 알고 있었다.

존은 엣셀 옆에 차를 댔다. 제니가 읽던 책을 내려놓고 차에서 나왔다.

"안녕하세요, 젠."

그녀는 북부 출신 사위가 "어머니", "어머님" 등등으로 부르는 것을 몹시 싫어했다. "할머니"라는 호칭은 불경대죄에 속했다. 처음에 제니는 하나밖에 없는 딸의 남편감으로 존을 탐탁하게 여기지 않았지만,

시간이 흐르면서 두 사람의 관계는 점점 부드러워졌다. 메리의 죽음이 가까워지면서, 또한 존이 자기 딸을 고향의 어머니한테로 데리고 오면서 더욱 그렇게 되었다.

존이 차에서 내리자 제니는 입맞춤을 받기 위해 뺨을 내밀었다. 160센티미터가 채 되지 않는 그녀의 몸은 190센티미터가 넘는 존의 덩치에 완전히 가렸다. 제니는 그의 팔을 가볍게 만지다가 애정을 담아 꽉 쥐었다.

"자네가 시간에 대지 못하는 게 아닐까 했어. 이제 곧 그 애가 올 거야."

젠은 새된 목소리도 아니었고 그렇다고 노인네 특유의 걸걸한 목소리도 아니었다. 남부 억양이 묻어나는 멋진 젊은 여성의 목소리를 유지하기 위해 밤마다 거울 앞에서 연습을 하는 건지도 모른다는 생각이 들 정도였다. 남부 억양은 여전히 그를 사로잡았다. 28년 전, 듀크 대학에서 메리를 처음 만났을 때와 마찬가지였다. 젠이 옆방에서 손녀들을 부르는 소리를 듣다가도 그의 눈에서는 눈물이 흘러내리곤 했다.

"아직 시간이 있어요. 안에서 기다리시지 않고요?"

"똥개 두 마리하고 같이? 나한테 뛰어올라 스타킹을 뜯어놓을걸."

진저와 잭은 존에게 달려들어 펄쩍펄쩍 뛰고 짖으며 애정공세를 퍼부었다. 그러면서도 신중하게 젠을 피했다. 멍청이라 해도 골든 리트리버는 누군가 자기를 좋아하지 않으면 그 사실을 알아챈다. 그 사람이 아무리 멋진 사람이라 해도 말이다.

존은 팔을 뻗어 인형이 든 봉지를 차에서 꺼내들고 돌담으로 다가갔다. 그는 봉제 인형을 하나씩 꺼내서 돌담 위에 나란히 늘어놓았다.

"이봐, 존. 이런 인형을 갖고 놀 나이는 지나지 않았을까?"

"아직은 아니에요. 내 꼬맹이는 여전하죠."

그는 부드럽게 웃음을 지었다.

"시간을 붙잡아 맬 수는 없는 법이야."

"시도는 할 수 있잖아요. 안 그래요?"

그는 싱긋 웃으며 말했다.

젠은 서글픈 미소를 얼굴에 떠올렸다.

"타일러와 내가 자네한테서 어떤 느낌을 받았는지 알고 있나? 자네가 우리 집 현관에 들어섰던 그날 말이야."

그는 팔을 뻗어 젠의 볼을 부드럽게 토닥였다.

"두 분은 저를 아주 마음에 들어 하셨죠."

"양키인 자네를? 말도 안 되는 소리. 타일러는 총을 들이대 밖으로 내쫓으려는 생각까지 했는데? 그리고 말이야, 자네가 우리 집에서 처음으로 잤던 날……."

그처럼 많은 세월이 흘렀지만 그때 생각을 하면 지금도 존은 얼굴이 붉어졌다. 메리와 그가 새벽 2시에 거실 소파에서 '적절치 못한' 짓을 하는 현장을 젠이 잡았던 것이다. 완전히 부적절한 행동은 아니었지만 어쨌든 당황스러운 일이었다. 젠은 그 오명을 씻을 기회를 지금까지도 절대 주지 않고 있었다.

그는 인형을 나란히 늘어놓고 한 걸음 뒤로 물러나 신병들을 검열하는 교관처럼 뚫어지게 쳐다보았다. 오른쪽에 놓여 있는 빨간 곰, 하얀 곰, 파란 곰 세 마리를 중간으로 옮기는 게 나을 것 같았다. 병사들로 치자면 기수가 서는 자리로.

스쿨버스가 기어를 바꾸며 그르렁대는 소리가 들렸다. 오래된 70번 도로에서 벗어나 산길을 오르는 소리였다.

"그 애가 오는구나."

젠이 들뜬 목소리로 말했다.

주차해둔 엣셀 쪽으로 다가간 젠은 열려진 창으로 몸을 숙이더니 우아하게 포장된 납작한 상자를 꺼내왔다. 나비 모양 리본이 깔끔하게 묶여 있었다.

"보석이에요?"

존이 물었다.

"물론이지. 이제 그 애도 열두 살인걸. 제대로 된 어린 숙녀는 열두 살이면 금목걸이가 있어야지. 걔 엄마도 그랬어."

"그 목걸이 기억나요."

존은 미소를 지으며 말했다.

"좀 전에 말씀하신 그날 밤에 바로 그 목걸이를 하고 있었죠. 그때 메리는 스무 살이었고요."

"자네가 나쁜 놈이야."

젠은 부드럽게 말하면서 그의 어깨를 툭 쳤다. 존은 정말 아프게 얻어맞은 것처럼 엄살을 피웠다.

진저와 잭은 그의 주위를 뛰어다니는 걸 멈추고 머리를 곧추세운 채

스쿨버스가 다가오는 소리에 귀를 기울였다. 진입로 입구에 버스가 멈춰 서며 끼익 소리를 냈다. 봄꽃을 활짝 피운 나무들 사이로 노란 몸체가 어렴풋이 보였다.

개 두 마리는 번개처럼 내달려 비탈진 진입로를 뛰어 내려갔다. 귀가 멍멍할 정도로 시끄럽게 짖는 소리에 이어 제니퍼의 웃음소리가 들렸다. 제니퍼보다 한 살 많은 이웃집 소녀 패트리샤와 11학년인 오빠 세스의 웃음소리도 섞여 있었다.

두 소녀는 진입로를 달려 올라왔다. 개들은 세스가 던진 막대기에 잠시 정신이 팔렸다가 곧바로 소녀들의 뒤를 따라 달려왔다. 세스는 손을 흔들어 보이고는 길 건너 자기 집으로 갔다.

존은 장모의 손이 가만히 자기 손 안으로 들어오는 것을 느꼈다.

"자기 엄마하고 똑같아."

젠은 목멘 소리로 속삭였다.

그랬다. 그는 제니퍼에게서 메리의 모습을 찾을 수 있었다. 날씬하고, 아니 사실은 젓가락처럼 비쩍 말랐고, 어깨 길이의 금발을 뒤로 묶고 있는 말라깽이 소녀. 제니퍼는 속도를 조금 줄이더니 몸을 지탱하려는 듯 앞에 있는 나무로 손을 뻗었다. 패트리샤가 돌아보고 제니퍼를 기다렸다. 순간적으로 걱정이 된 존이 아이에게로 가려고 하자 젠이 그의 등을 붙잡았다.

"과보호는 안 돼."

젠은 낮게 말했다.

"혼자 알아서 해야지."

어린 제니퍼는 숨을 헐떡이며 조금 창백한 낯빛으로 위쪽을 보다가 할머니와 아빠가 기다리고 있는 것을 발견했다. 제니퍼의 얼굴에 환한 웃음이 피어났다.

"할머니! 엣셀을 몰고 오셨네요. 우리 드라이브 하는 거예요?"

젠은 손녀가 자기 쪽으로 달려오자 슬며시 존에게서 손을 빼내고 몸을 앞으로 약간 기울였다. 제니퍼가 할머니에게 안겼다.

"생일 주인공은 기분이 어떠신가?"

젠은 제니퍼를 껴안고 입맞춤을 퍼부었다. 하나씩 세면서 열두 번. 패트리샤는 줄지어 늘어선 비니 인형을 보고 미소를 지으며 존을 올려다보았다.

"안녕하세요, 매더슨 아저씨."

"잘 지냈니, 팻?"

"제니퍼의 수치를 좀 재봐야 할 것 같아요."

팻이 소곤거렸다.

"조금만 있다가."

제니퍼가 이번엔 존에게 안겼다.

"아빠!"

존은 딸을 높이 들어올려 힘주어 껴안았다. 제니퍼는 처음엔 웃다가 곧 끙끙대며 불평했다.

"등이 부서질 것 같아!"

그는 제니퍼를 놓아주었다. 아이의 눈길이 돌담 위에 줄지어 있는 비니 베이비즈 인형들로 옮겨갔다. 제니퍼의 눈 속에 어린애 같은 기쁨이 반짝였다.

"패트리어트 곰이네! 알리 낙타도 있어!"

제니퍼가 인형들을 끌어안자 존은 젠에게 의기양양한 미소를 보냈다. '보세요, 얘는 아직도 내 꼬맹이잖아요.' 라고 말하는 듯했다.

젠은 그의 도전에 응수라도 하듯 제니퍼에게 다가가 납작한 상자를 내밀었다.

"생일 축하한다, 얘야."

제니퍼가 포장지를 벗겼다. 진저는 포장지를 자기 선물이라고 여겼는지 잭이 쫓아오자 종이를 반쯤 삼킨 채로 달아났다.

상자를 연 제니퍼의 눈이 휘둥그렇게 되었다.

"아! 할머니."

"내 손녀도 진짜 금목걸이를 할 때가 되었구나. 친구한테 걸어달라고 하자."

존은 할머니의 선물을 내려다보았다. 세상에, 엄청나게 비싼 물건 같았다. 두께가 거의 연필만큼 굵은 데다 꽤 무거워 보였다. 젠은 어떤 도전에든 응하겠다는 듯 그를 곁눈으로 흘낏 쳐다보았다.

"할머니…… 정말 예뻐요."

"예쁜 숙녀를 위한 예쁜 선물이란다."

그의 꼬맹이가 성숙한 여자들이 하듯 고개를 약간 치켜든 채 상자에

붙은 거울을 응시하는 것을 보면서 존은 말없이 서 있었다. 무슨 말을 해야 할지 알 수 없었다.

"너, 아무래도 혈당 체크를 해보는 게 낫겠다. 언덕을 올라오느라 숨이 찬 것 같더라."

마침내 존이 한 말은 그것이었다. 분위기를 깨트리는 무뚝뚝한 말투였다.

"네, 아빠."

제니퍼는 담에 기대어 등에 멘 가방을 벗은 다음 혈당측정기를 꺼냈다. 새로 나온 디지털 측정기였다. 손가락이 아니라 팔에 재빨리 찌르면 되는 제품이었다. 측정기의 판독 결과를 기다리는 동안 제니퍼는 다른 한 손으로 무심히 목걸이를 만지작거렸다.

142. 약간 높았다.

"인슐린을 조금 맞아야겠구나."

존의 말에 제니퍼는 고개를 끄덕였다.

제니퍼는 10년째 당뇨병을 앓고 있었다. 존이 자꾸만 아이를 보호하려는 태도를 취하게 되는 원인은 거기에 있었다. 제니퍼가 아주 어렸을 때, 두세 살 난 딸의 손가락에 채혈침을 찌를 때마다 그는 가슴이 찢어졌다. 제니퍼는 아빠나 엄마가 혈당측정기를 들고 다가가면 악을 쓰며 울음을 터트렸다.

의사는 제니퍼가 자기 몸 상태를 알아차리고 관리하는 법을 가능한 빨리 배워야 한다고 주장했다. 그래서 존과 메리는 아이가 일고여덟 살 무렵부터 스스로 징후를 파악하고 혈당치를 재고 약을 먹도록 한 발짝 물러섰다. 메리는 그 과정을 존보다 훨씬 잘 감당해냈다. 아마도 그녀 자신이 병에 걸려 죽음으로 향하고 있었기 때문일 것이다. 강한 성격을 가진 젠도 마찬가지였다.

이상한 일이야. 존은 생각했다. 군인으로 20년을 살아왔는데…… 몇 번 전투 현장에도 있었지만 내가 본 유일한 사상자들은 이라크인뿐이었지. 한 번도 내 부하가 죽은 일은 없었어. 여러 가지 일들을 잘 처리하도록 훈련을 받았는데도 막상 딸의 당뇨병 문제에서는 안절부절못하게 된다. 강인하고, 임무도 제대로 해냈고, 부하들에게 존경도 받았는데 딸 문제에서는 이렇게 무력하다니.

"안에 선물이 더 있단다."

존이 말했다.

"집으로 들어가자. 언니가 집에 오고 네 친구들이 모이면 파티를 시작하게."

"아빠, 엘리자베스 언니한테 문자 안 왔어요?"

"무슨 문자?"

"잠깐만요."

제니퍼는 그의 가슴 주머니를 더듬어 휴대전화를 꺼냈다. 휴대전화는 담뱃갑 뒤에 있었다. 휴대전화와 함께 담뱃갑을 꺼낸 제니퍼는 담배를 뽑아내더니 우그러뜨려 찢어버렸다. 하지만 아빠의 얼굴에서 경고신호를 읽고 거기서 멈췄다.

"그러다 언젠가는 큰일 나요, 아빠."

제니퍼는 한숨을 내쉬면서 휴대전화의 버튼 몇 개를 누른 뒤 존에게 건넸다. '늦을 것임. 벤과 함께 나감.' 화면에 이런 글이 떠 있었다.

"언니가 점심시간에 아빠랑 나한테 문자 보냈잖아요."

"문자?"

"그래요, 문자. 요즘 아이들은 모두 문자로 한다고요."

"그냥 전화를 하면 되잖아?"

제니퍼는 선사시대에서 온 사람을 보듯 그를 빤히 쳐다보더니 안으로 향했다.

"문자라고?"

젠이 물었다.

존이 휴대전화를 그대로 들고 있었으므로 젠도 화면을 볼 수 있었다.

젠은 미소를 지었다.

"엘리자베스를 좀 더 유심히 살펴보는 게 좋겠네. 벤 존슨에게 할아버지의 피가 한 방울이라도 섞여 있다면 말이야."

아주 오래 전에 있었던 어떤 일이 떠오르기라도 한 듯 그녀는 빙긋이 웃었다.

"그런 얘기는 듣고 싶지 않습니다."

"그래, 알았네, 대령."

"대령보다는 차라리 '박사'나 '교수'가 나은데요."

"박사는 사람들한테 뭔가를 우겨넣는 자들이지. 교수는 흠, 약간 기묘한 느낌을 줘. 둘 다 여자 꽁무니나 쫓아다니든지 아니면 지루하고 칙칙해. 여기 이 남부에서는 말일세, '대령' 이 가장 듣기 좋아. 훨씬 남자다운 인상이거든."

"하지만 현역 군인도 아닌걸요. 저는 교수예요. 그러니 그냥 '존' 이라 부르는 걸로 하시죠."

젠은 그의 얼굴을 물끄러미 올려다보았다. 그러더니 옆으로 다가와 뒤꿈치를 올리고 그의 볼에 가볍게 입을 맞추었다.

"존, 우리 애가 왜 자네한테 빠졌었는지 알겠네. 하지만 얼마 안 가서 자네도 자네 꼬맹이들을 여드름쟁이 남자애들한테 빼앗기게 될 거야. 그러니 될 수 있는 대로 오랫동안 애들을 붙잡고 있게."

"그러자면 금목걸이를 걸어주는 게 조금도 도움이 안 된다는 것 아시죠? 대체 얼마나 주셨어요? 1000달러? 아니면 1500달러?"

"대략 그 정도쯤이지. 하지만 다시 한 번 말해주겠는데, 여자는 자기가 산 보석 값에 관해서는 절대 진실을 말하지 않는 법이야."

"청구서가 와서 남편이 돈을 내야 하기 전까지는 말이죠."

잠깐 대화가 끊겼다. 존은 실언을 했다는 것을 깨달았다. 그런 말을 메리한테 했더라면 메리는 여성의 독립성, 남편이 청구서를 처리한다는 발상의 문제를 거론하면서 맹렬히 비난을 퍼부었을 것이다. 실제로 메리는 죽기 1주일 전까지도 가족의 돈 문제를 모두 자기가 처리했었다.

게다가 타일러는 또 어떤가. 이제 장인은 청구서가 무엇인지도 모르는 상태였다. 가슴 아픈 일이었다. 씩씩하고 자립적인 젠이 아무리 그렇지 않은 척해도 가슴 아픈 일이었다.

"나는 이제 가봐야겠네."

"죄송해요. 그런 뜻으로 드린 말씀은 아니었어요."

"괜찮아, 존. 요양원으로 가서 타일러 곁에 좀 있어주다가 파티 할 때 다시 올게."

"제니퍼는 할머니의 괴물 같은 차에 타고 드라이브 가고 싶어 해요."

"이봐요, 젊은이. 내 차 엣셀은 그 시대에는 한 세대를 앞선 차였어."

"포드 자동차 역사상 최대의 실패작이기도 했죠. 아이고, 저 라디에이터 그릴 좀 봐요. 저 정도로 흉한 건 거의 죄악이라니까요."

존의 정감 어린 농담에 젠의 표정이 좀 밝아졌다. 젠의 널찍한 차고에는 자동차가 여섯 대 있었다. 신차도 몇 대 있었지만 거기에는 모델 A가 떡 하니 자리 잡고 있었다. 멋진 차 중에서도 단연 손꼽히는 차, 1965년형 연청색 무스탕 컨버터블. 하지만 그 무스탕에는 괴로운 기억이 서려 있었다. 존과 메리가 결혼 전에 사귀던 무렵 두 사람은 메리의 부모님한테 무스탕을 빌려서 블루리지 파크웨이를 타고 미첼 산으로 여행을 떠났다. 그때 존이 차를 몰다가 다른 커플이 탄 위네바고를 뒤에서 들이받고 말았던 것이다.

아무도 다치지는 않았다. 하지만 무스탕은 완전히 망가졌고, 수리비용으로 몇천 달러를 쏟아부은 타일러는 앞으로 자기와 젠 이외에는 누구도 그 차의 운전대를 잡을 수 없다고 선언했다. 젠은 지금도 그 방침을 지키고 있었다.

"이 엣셀은 앞으로도 영원히 달릴 수 있다네. 차 값이 얼마나 되는지 경매 사이트를 봐. 자네 SUV보다야 엄청 더 나갈 테니까."

그는 돌담에 몸을 기댄 채, 장모가 그 '괴물' 을 몰고 목이 부러지기에 딱 좋은 속도로 진입로를 빠져나가는 것을 보고 있었다. 오후 햇볕이 담을 따끈하게 데워놓았다. 비니 인형들은 여전히 돌담 위에 놓여 있었지만 그는 그다지 상처받지 않았다. 제니퍼가 곰과 타조는 가져갔으니까.

안에서는 제니퍼와 팻이 목걸이를 두고 수다를 떨고 있었다. 그러더니 스테레오를 켠 모양이었다. 흐느끼듯 노래하는 낯선 목소리가 들렸다. 브리트니 스피어스인가? 아니야. 다행히 브리트니도 이제 한물갔지. 누구 목소리인지 그는 알 수 없었다. 분명한 건 그 목소리가 마음에 들지 않는다는 것뿐이었다. 핑크 플로이드, 부모님이 즐겨 듣던 시나트라나 글렌 밀러, 아니면 치프턴스가 그는 좋았다. 그는 비니 인형 중 하나, 패트리어트 곰을 집어들었다.

"흠, 아무래도 우린 곧 잊힐 것 같구나."

돌담에 기대어 선 채 그는 풍경 속에, 그 순간의 고요함 속에 빠져 있었다. 멀리 40번 주간도로를 달리는 자동차 소리와 집 안에서 나는 소음 외에는 아무 소리도 들리지 않았다.

뒤뜰에서 뛰어놀던 진저와 잭이 돌아와 그의 발치에 털썩 엎드려 숨을 헐떡였다.

라일락 향기가 짙었다. 진짜 봄이 어떤 것인지 알고 싶다면 이 산에 살아보아야 할 것이다. 골짜기 아래쪽으로는 벚꽃이 만개했다. 그의 집에서 일이백 미터쯤 위쪽에 있는 벚나무는 이제 막 봉오리를 터트리려 하고 있었다. 하지만 라일락은 활짝 피었다. 반면 집에서 1.5킬로미터쯤 떨어져 있는 미첼 산의 꼭대기에는 아직도 눈이 두텁게 쌓여 있었다. 그곳은 여전히 겨울이었다.

"앞뜰에 라일락이 피었을 때……."

라일락 향기를 맡으면 언제나 휘트먼이 링컨을 추모하며 쓴 시가 떠올랐다. 그러자 오늘 밤에 침례교회 지하에서 남북전쟁 토론회가 있다는 것이 생각났다. 시끌벅적한 토론이 벌어지고, 모두들 유일한 양키인 나를 괴롭히며 즐거워할 테지.

휴대전화가 울렸다. 그는 주머니에서 휴대전화를 꺼냈다. 엘리자베스가 아닐까 싶었다. 엘리자베스가 맞다면 그 애는 뒤탈을 감당해야 할 것이다. 여드름쟁이에 여자애들이나 집적거리는 존슨 따위와 어울리느라 어린 여동생의 생일파티를 빼먹다니.

그런데 화면에 뜬 전화번호는 지역 코드가 703이었다. 그다음 숫자 세 개는 존이 알고 있는 번호였다. 국방부의 번호.

그는 전화기를 열고 버튼을 눌렀다.

"안녕하세요, 밥."

"존, 잘 지내나? 내 대녀는 어디에 있지?"

그는 〈대부〉의 말론 브란도 흉내를 내며 말했다. 절반 정도는 비슷했다.

이제 3성 장군이 된 밥 스케일즈는 칼라일에서 존의 상관이었고, 사적으로는 가까운 친구였다. 제니퍼의 대부를 선 그는 이탈리아인이 아닌 아일랜드 가톨릭 신자였지만 대부라는 역할을 진지하게 받아들였다. 밥과 그의 아내 바바라는 1년에 서너 차례 존을 방문했다. 메리가 죽었을 때는 2주일간 휴가를 내고 달려와 도와주었다. 두 사람에게는 아이가 없어 제니퍼와 엘리자베스를 친자식처럼 생각했다.

"다 컸죠."

존은 풀죽은 목소리로 말했다.

"할머니가 그 애한테 금목걸이를 줬어요. 천 달러가 넘는 물건일걸요. 내가 선물한 비니 인형들이나 아직 건네주지 않은 포켓몬 카드하고는 비교도 안 되죠. 방학하면 데려가려고 디즈니월드 표도 구해두었습니다. 저녁 먹으면서 줄 생각인데 전처럼 그런 걸로 좋아할지 모르겠네요."

"자네가 전에 애들을 디즈니월드에 데려갔을 때처럼 말인가? 제니퍼가 여섯 살, 엘리자베스가 열한 살이었을 때? 당연히 그때와 같을 순 없겠지. 그래도 자네 꼬맹이는 지금도 즐거워할 거야. 엘리자베스도 그렇고. 그래, 엘리자베스는 어때?"

"오늘 그 애 남자친구를 쏴버릴까 생각하고 있어요."

밥은 걸걸한 웃음을 터트렸다.

"내게 딸이 없어 다행이군."

겨우 웃음을 멈추고 밥이 말했다.

"아들도 없지만, 그렇지……."

말꼬리가 흐려지는가 싶더니 곧 목소리가 다시 들려왔다.

"이봐, 제니퍼 좀 바꿔주겠나?"

"그럴게요."

존은 집으로 들어가 제니퍼를 소리쳐 불렀다. 제니퍼는 자기 방에서 달려 나와 휴대전화를 움켜쥐었다. 여전히 그 거슬리는 목걸이를 걸고 있었다.

"안녕하세요, 밥 아저씨!"

존은 딸의 어깨를 가만히 두드렸다.

"인슐린은 넣었니?"

제니퍼는 고개를 끄덕였다. 그런 뒤 전화기에 대고 재잘대면서 주위를 돌아다녔다. 존은 창을 통해 골짜기와 그 너머의 산을 바라보았다. 아름답고 정결한 봄날이었다. 기분이 조금 밝아졌다. 조금 있으면 생일파티를 위해 제니퍼의 친구들이 올 것이다. 그는 그릴에 구운 버거를 만들어두었다. 그걸 먹고 나면 아이들은 제니퍼의 방으로 물러갈 테지. 지난 주말에 뒤뜰 수영장을 막 연 참이었다. 수온이 채 20도가 안 되어 차가웠지만 그래도 몇 명은 물에 뛰어들 것이다.

어두워질 무렵이면 아이들을 쫓아 보내고, 토론회에 다녀온 뒤, 저녁 늦게 〈남북전쟁 저널〉을 펼쳐들고 자신이 쓴 글을 다시 읽어볼 작정이었다. 리와 그랜트를 전략 사령관이라는 관점에서 비교한, 그렇고 그런 내용이었지만 연재가 끝나면 5백 달러의 가외수입이 생길 예정이었다. 게다가 내년에 있을 종신교수직 사정 때 경력에 한 줄 더 써넣을 거리도 생긴다. 그리고 오늘 밤에는 일찍 잘 필요가 없었다. 내일 첫 강의는 오전 11시다.

"아빠, 밥 아저씨가 바꿔달래요!"

제니퍼가 휴대전화를 쥐고 자기 방에서 나왔다. 존은 휴대전화를 받아들고 제니퍼가 달아나기 전에 재빨리 머리에 꿀밤을 한 대 먹였다. 조금 뒤 아이 방에서 울려나오는 오디오 소리가 두 배로 커졌다.

"네, 밥?"

"존, 이만 끊어야겠네."

밥의 목소리에서 알 수 없는 긴장감이 느껴졌다. 수화기 저편에서 다른 목소리가 들렸다. 누군가 소리치고 있었다. 하지만 제니퍼의 오디오가 쾅쾅 울리고 있어 무슨 소리인지는 제대로 알아들을 수 없었다.

"그래요. 밥, 다음 달에 오실 거죠?"

"잠깐. 무슨 일이 생긴 모양이야. 뭔가 문제가 있어. 내가……."

전화가 끊겼다.

그와 동시에 천장의 선풍기가 느려지고, 제니퍼의 방에서 나던 오디오 소리가 뚝 끊어졌다. 어깨 너머로 돌아보니 벽감 반침에 놓인 컴퓨터의 화면보호기가 사라졌고, 19인치 모니터 작동 버튼의 초록색 불빛도 꺼져 있었다. 삐삐거리는 신호음이 들렸다. 주택보안 및 화재경보 시스템이 작동되지 않는다는 신호였다. 그 소리가 멈추자 주위가 일순간에 조용해졌다.

"밥?"

휴대전화에서도 아무 소리도 들리지 않았다. 존은 휴대전화 폴더를 닫았다.

빌어먹을, 정전이군.

"아빠?"

제니퍼였다.

"CD 플레이어가 안 돼요."

"그래." 좋은 점도 있기는 했다. "정전인 모양이다."

제니퍼는 풀죽은 얼굴로 그를 올려다보았다. 마치 아빠 탓에 이런 일이 벌어진 것처럼, 아니면 아빠가 손가락을 딱 부딪치면 먹통이 된 CD 플레이어가 다시 돌아갈 것이라고 생각하는 것처럼. 그건 아니지. CD 플레이어를 영원히 먹통으로 만들어버릴 수 있다면 그편이 나는 좋은걸.

"파티는 어떡해요? 막 팻한테서 CD를 받았는데, 지금 그걸 듣고 싶단 말이에요."

"걱정 마라. 전력 회사에 전화해보자. 아마 변압기에 문제가 생겼나 보다."

그는 유선전화기의 수화기를 들었다. 정적. 신호음이 떨어지지 않았다.

지난번에 이런 일이 생겼을 때는 만취한 사람이 원인이었다. 술에 취한 사람이 산길 아래에 있는 전신주로 돌진해 완전히 부숴놓았던 것이다. 물론 그자는 재빨리 도망쳐버렸다.

참, 휴대전화가 있었지. 존은 휴대전화를 다시 열고 숫자를 눌렀다. 아무 반응이 없었다.

빌어먹을.

휴대전화도 불통이었다. 그는 휴대전화를 식탁에 내려놓았다.

묘한 일이었다. 밥이 전화를 끊는 순간에 아마 휴대전화 배터리가 다 된 모양이었다. 전기가 안 들어오니 배터리를 충전할 수 없었다. 그러니 전력 회사에 전화를 걸 수도 없었다.

그는 제니퍼를 내려다보았다. 딸은 아빠가 문제를 해결해줄 것이란 기대를 담고 그를 쳐다보고 있었다.

"괜찮아. 곧 고쳐지겠지. 날씨가 이렇게 좋잖니? 그런 쓰레기 같은 음악을 듣고 있을 필요가 없어. 도대체 너는 왜 모차르트나 드뷔시를 좋아하지 않는지 모르겠다. 팻은 그렇지 않은데."

팻이 거북한 시선을 보냈다. 그는 자기가 치명적인 실수를 했다는 사실을 깨달았다. 무슨 일이 있어도 딸을 친구와 비교하지 말라고 했거늘.

"밖으로 나가렴. 개들 좀 뛰게 해줘. 저녁때까지는 전기가 다시 들어올 거다."

2

첫째 날, 오후 6시

존은 버거 네 개를 그릴에 구웠다. 둘은 자기 몫, 나머지는 제니퍼와 팻의 몫이었다. 버거를 뒤집으면서 그는 두 아이가 개들과 술래잡기를 하며 뛰어다니는 모습을 어깨 너머로 보았다. 아름다운 광경이었다. 느지막한 오후의 햇살, 꽃을 활짝 피운 사과나무 여덟 그루, 뛰어다니며 깔깔대는 아이들의 웃음소리. 제니퍼가 프리스비를 요리조리 움직이며 애태우자 둘 중에 더 어리고 성질이 급한 진저가 훌쩍 뛰어올라 제니퍼를 쓰러트렸다. 소녀들과 개들이 엉키면서 야단법석이 벌어졌다.

존은 몇 달 전부터 손목시계를 차지 않고 휴대전화로 시간을 확인하고 있었다. 그는 주방 창문을 통해 커다란 괘종시계를 쳐다보았다. 정각 6시였다. 이 시간쯤이면 제니퍼의 친구들이 왔어야 하는데. 주말이 아니기 때문에 7시 30분까지는 파티를 끝내야 하는데 아무도 모습을 보이지 않고 있었다. 젠도 마찬가지였다. 한참 전에 돌아왔어야 하는데.

그는 담배에 불을 붙이고 재빨리 연기를 빨아들였다. 열두 살 아이가 '아빠, 담배 끊으세요' 캠페인을 벌이는 게 얼마나 성가신지 겪어보지 않은 사람은 모를 것이다. 존은 반쯤 피운 카멜 담배를 테라스 난간 밖으로 던져버렸다.

그는 다 만든 버거를 테라스 탁자에 올려두고 냉장고에서 케이크를 꺼내 초 열두 개를 꽂았다.

"저녁 먹자!"

개들의 대답이 더 빨랐다. 진저와 잭은 밖에서 달려 들어와 탁자 주위를 맴돌더니 늘 앉던 자리에 앉았다. 곧 팻과 제니퍼도 들어왔다.

"아빠, 뭔가 이상해요."

"응?"

"들어봐요."

그는 움직임을 멈추고 귀를 기울였다. 고요한 봄날 저녁. 몇 마리 새가 지저귀고, 멀리서 개 짖는 소리가 들리는 조용한 저녁……. 멋진 저녁이었다.

"아무 소리도 안 나는데."

"그러니까요. 주간도로에서 자동차 소리가 들리지 않아요."

그는 몸을 돌려 도로 쪽을 쳐다보았다. 나무에 가려 도로의 모습은 보이지 않았지만, 제니퍼의 말대로였다. 정말로 아무 소리도 나지 않았다. 완벽한 정적이 흐르고 있었다. 이 집을 사고 딱 한 가지 실망한 점이 있었는데, 집을 살펴볼 때 7백 미터쯤 떨어진 곳에 있는 주간도로에서 나는 소음을 미처 생각하지 못했던 것이다. 그는 이사 온 날 밤에야 그것을 깨달았다. 그 도로가 조용해지는 것은 겨울 폭풍우가 불거나 사고가 났을 때뿐이었다.

"사고가 나서 통행이 금지됐나 보다."

충분히 가능한 일이었다. 올드포트에서부터 구불구불한 오르막길을 한참 올라와야 하기 때문에 트럭이 브레이크를 놓치고 구르는 사고가 두어 달에 한 번은 일어났다. 기다란 승용차도 고지대에서 산기슭에 이르는 지그재그 고속도로의 커브에서 굴러 떨어지곤 했다. 그런 사고가 일어나면 트럭이 구르면서 쏟아진 위험물질 탓에 하루 종일 교통이 양방향으로 통제되었다.

"아저씨, 우리도 그렇게 생각했어요. 하지만 뭔가 이상해요. 교통이 막힌 게 아니라, 차들이 그냥 그 자리에 딱 달라붙은 것처럼 멈춰 있어요. 언덕 꼭대기에서 봤더니 그래요."

"그게 무슨 말이니?"

"그렇다니까요, 아빠. 몇 대는 갓길에, 몇 대는 도로 한복판에 있는데, 교통이 막힌 게 아니에요. 그냥 모든 차들이 멈춰 서 있어요."

버거를 빵에 얹어 접시로 옮기는 데 정신이 팔린 그는 아이들의 말을 건성으로 들었다.

"사고 처리에 시간이 걸리니까 차를 대고 기다리라고 했을 거다."

아이들은 고개를 끄덕이고 버거를 먹기 시작했다. 존은 버거 하나를 말없이, 주위 소리에 귀를 기울이며 먹었다. 약간 섬뜩한 느낌이 들었다. 사고가 있었다면 경찰차 사이렌 소리가 들려야 했다. 자동차들이 아래쪽 70번 고속도로를 달리고 있을 텐데. 주간도로에서 사고가 나면 구급차는 그리로 접근하기 위해 70번 도로를 이용했다. 거기에다 주간도로를 우회하려는 다른 차량들도 몰려 70번 도로는 북새통이 되곤 했다. 게다가 해가 지고 어둑해진 이 무렵은 산길 꼭대기에 사는, 버릇없는 제퍼슨네 아이들이 차를 몰고 숲 속으로 들어가 홍청망청 떠들어댈 시간이 아닌가.

존은 고개를 들어 하늘을 쳐다보았다. 오싹한 느낌이 들었다. 날마다 이 무렵에는 높이 떠가는 제트기들이 비행운을 끌며 지나가곤 했다. 바로 위의 하늘은 북서부에서 온 대다수 비행기들이 애틀랜타로 향하는 경로였다. 언제 올려다보든 하늘엔 늘 두세 대의 비행기가 떠 있었다. 그런데 지금은 눈부시게 파란 하늘뿐, 비행운은 보이지 않았다.

오싹한 느낌……. 그는 9·11 때가 생각났다. 그날 오후는 얼마나 고요했던가. 모든 사람들이 집에서 텔레비전을 보고 있었고, 머리 위 하늘에는 지금처럼 비행기도 한 대 없었다.

그는 자리에서 일어나 테라스 난간 쪽으로 가서 늦은 오후의 햇볕을 손으로 가리며 주위를 살펴보았다. 위쪽 크래기 돔에서 화재가 나서 연기 기둥이 수직으로 피어오르고 있었다. 2천 제곱미터 정도는 태운 모양이었다. 연기 기둥 너머로, 다른 지점에서도 불길이 번지고 있는 모습이 보였다.

블랙마운틴 시내에는 움직이는 것이라곤 아무것도 없었다. 빽빽하게 들어선 나무들 앞에 서 있는 교차로 신호등에는 늘 빨간불이나 녹색불이 들어와 있었는데 지금은 불이 깜박이지도 않고 완전히 꺼져 있었다.

그는 몸을 돌려 커다란 괘종시계를 다시 쳐다보았다. '백만 달러 열차'가 통과할 시간이었다. 켄터키에서 채굴한 백만 달러 상당의 석탄을 인근 샬럿의 발전소로 수송하는 열차였다. 아이들이 어렸을 때는 철도 쪽으로 차를 몰고 가 기관사에게 손을 흔들어주는 것이 저녁 식사 뒤의 일과였다. 화물을 실은 5량짜리 육중한 전기기관차가 굉음을 내며 스와나노아 갭 터널 쪽으로 달려가는 걸 지켜보곤 했었다.

젠이 엣셀을 몰고 진입로로 들어서는 소리에 정적이 깨졌다.

"나 참, 요양원의 전기가 나갔지 뭐야. 주간도로가 어떤지는 봤나? 자동차가 여기저기 널브러져 있어. 전혀 움직이질 않아."

"요양원의 전기가 나가요?"

존이 물었다.

"예비 발전기가 안 돌아가던가요? 정전이 되면 자동적으로 작동하게 되어 있을 텐데."

"완전히 전기가 나가버렸어. 완전히 말이야."

"비상 발전기가 있을 텐데요. 규칙이 그렇잖아요."

"안 돌아가. 계전기에 문제가 생겼대나 봐. 전기기사가 왔다는군. 그래도 걱정이야. 병실의 산소 펌프가 멈춰버려 산소통을 쓰고 있어. 타일러의 영양공급 튜브 펌프도 멈춰버렸다네."

"아버님은 괜찮으세요?"

"마침 거의 끝나갈 무렵에 정전이 되었으니까 걱정할 건 없어. 병원 사람들이 문제없다고 하더군. 그래서 주차장으로 갔더니, 5시에 교대하고 나가는 간호사며 직원들이 모두 거기 있지 뭔가. 모두 자동차 시동을 걸려고 열쇠를 돌리는데 한 대도 시동이 걸리지 않았어. 하지만 내 차, 자네가 괴물이라고 부르는 내 차는 곧바로 가르랑거리며 움직였지. 자네가 늘 괴물이라고 비난하는 저 차 덕분에 귀여운 손녀의 생일파티에 올 수 있었다고."

젠은 엣셀을 향해 자랑스럽게 고개를 끄덕였다.

제니퍼가 물었다.

"할머니, 그럼 드라이브 갈 수 있어요?"

"파티는 어쩌고?"

존의 말에 제니퍼는 "아무도 안 오잖아요"라고 시무룩하게 대답했다.

젠은 몸을 기울여 제니퍼의 머리 꼭대기에 입을 맞추다가 살짝 눈살을 찌푸렸다.

"아이고, 얘야, 꼴이 이게 뭐니?"

"애들이 계속 밖에서 뛰어놀았거든요."

존의 말에 젠이 깜짝 놀라 물었다.

"뛰어다니는 동안에도 계속 목걸이를 하고 있었던 거야?"

존은 얼굴을 찡그렸다. 제니퍼가 밖에 나가 개들과 뛰어놀기 전에 목걸이를 벗으라고 말해야 했다는 것을 그제야 깨달았던 것이다. 애가 목걸이를 잃어버리거나 뛰노는 중에 목걸이가 끊어지기라도 했다면 뒷감당이 얼마나 어려웠을지.

존은 그녀의 주의를 돌리기 위해 급히 물었다.

"젠, 버거 하나 드실래요?"

장모는 고개를 가로저었다.

"배 안 고프다네."

"케이크라도 조금 드세요."

"그러지."

존은 주방으로 가서 케이크에 꽂힌 열두 개의 초에 불을 붙였다. 물론 설탕이 전혀 들어가지 않은 특별 케이크였다. 존은 케이크를 테라스로 가져오면서 노래를 불렀다.

"생일 축하합니다, 생일 축하합니다."

팻과 젠도 함께 노래를 불러주었다.

다음은 남은 선물을 열어보는 시간이었다. 밥과 바바라 부부가 보낸 것은 백 달러짜리 아마존 상품권과 축하카드였다. 존은 돌담 위에서 챙겨온 비니 인형들을 탁자 위에 줄지어 늘어놓고, 준비해둔 커다란 봉투를 건넸다. 제니퍼는 패트리어트 곰 인형을 팔에 안고 그 봉투를 열었다. 아이 몸집의 절반만 한 대형 봉투는 전날 밤 존이 만든 것이었다. 봉투 속에는 디즈니월드 사진 여러 장을 이어 붙여 만든 배경 한가운데 '제니퍼, 아빠, 그리고 엘리자베스의 티켓' 이라는 글씨가 인쇄된 가짜 티켓이 들어 있었다.

그건 정말로 히트였다. 제니퍼가 환호성을 지르며 어찌나 매달렸던지 이번에는 그가 "그렇게 누르지 마. 아빠 목 부러지겠다"고 말해야 했다.

7시 조금 지나 제니퍼의 생일파티가 끝났다. 팻은 언덕 아래에 있는 자기 집으로 출발했고, 제니퍼와 개들은 배웅 나갔다가 집으로 돌아왔다.

"오늘 밤엔 토론회가 열리지 않을 것 같네요."

존은 고개를 돌려 시내 쪽을 바라보며 말했다. 전기가 들어오지 않아 식기세척기를 돌릴 수 없었지만 두 사람은 그릇을 세척기 속에 챙겨 넣는 중이었다.

"도대체 무슨 일이 벌어지고 있는 걸까?"

젠이 물었다. 존은 장모의 목소리에 초조함이 깃들어 있다는 것을 알아차렸다.

"무슨 말씀이세요?"

"존, 9·11 때하고 비슷해. 너무 조용해. 그래도 그때는 전기가 들어왔었지. 그래서 뉴스를 볼 수 있었잖아. 하지만 이렇게 모든 자동차가 멈춰버리다니."

그는 아무 말도 하지 않았다. 한 가지 가능성이 떠올랐지만, 지금 단계에서 꼼꼼히 따져보기에는 너무 불안하고 충격적인 생각이었다. 그는 이것을 단순한 우연의 일치라고 믿고 싶었다. 아마도 지역적인 전력 문제가 있었을 뿐이고, 대부분의 비행기가 뜨지 않은 것은 항공 통제 탓이리라. 강한 태양 폭풍이 불어 광범위한 누전 현상이 빚어졌는지도 모른다. 몇 해 전 캐나다에서 그런 일이 있었다.

갑자기 그에게 어떤 생각이 떠올랐다.

"그 괴물 있잖아요, 가서 시동을 걸어봐요."

"왜 그러나?"

"일단 해보세요."

두 사람은 엣셀 쪽으로 갔다. 존은 조수석에 앉았다. 젠이 시동을 걸자 즉각 자동차가 반응을 보이며 부르릉거렸다. 몇 시간 동안 수상쩍은 고요함에 휩싸여 있다가 자동차 엔진 소리를 듣자 마음이 놓였다.

그는 라디오를 켰다. 버튼이 전혀 없고 다이얼을 돌리는 진짜 구형 라디오였다. 누런색이 감도는 라디오 표면에는 민방위 방송의 주파수를 표시하는 작은 삼각형 표식 두 개도 달려 있었다. 방송은 잡히지 않았다. 다이얼을 끝에서 끝까지 돌려보았지만 찍찍거리는 잡음만 들렸다. 연방통신위원회의 규제로 해질 무렵의 이 시간은 대부분의 AM 방송국들이 출력을 낮추도록 되어 있었다. 하지만 그런 규제를 피하는 허가권을 딸 자금력이 있는 가장 큰 방송국은 출력이 15만 와트나 되므로 날씨만 맑으면 미국 땅 절반에서 그 방송을 들을 수 있었다.

존은 젊었을 때 낡은 1969년형 비틀을 운전해 저지에서 듀크까지 간 적이 있었다. 그때 시간을 때울 생각으로 다이얼을 이리저리 돌리다가 시카고에서 WGN 방송을 듣게 되었다. 휠링에 있는 그 기묘한 방송국에서는 컨트리와 웨스턴 음악을 내보냈는데, 픽업트럭과 여자에 대한 애절한 노래들이 그의 귀에는 몹시 낯설었다. 그는 그 밤 내내 가장 좋아하는 방송인 뉴욕의 WOR에 다이얼을 맞추고 차를 몰았다. 대기 상태만 괜찮으면 방송을 듣는 데는 아무 문제가 없었다.

그런데 지금은 라디오에서 아무 소리도 들리지 않았다.

"걱정스러운 얼굴이군, 대령."

존은 장모를 유심히 바라보았다. '대령' 이라고 말하는 어투가 어딘지 마음에 걸렸다.

"별일 아닐 거예요. 아마 태양 폭풍이 심하게 불었나 보죠. 그뿐이에요."

그 말에 젠은 겁이 난 모양이었다. 그녀는 서쪽 지평선을 쳐다보았다. 기운 해가 스모키 산맥에 걸려 있었다.

"태양이 폭발해버린 건 아니지?"

존은 웃음을 터트렸다.

"아이고, 우리 장모님. 정말 그렇다면 지금 우리가 해를 볼 수 있겠어요?"

그녀는 당황스러운 표정으로 고개를 흔들었다.

"태양 표면에서 폭풍이 일어나면 여러 종류의 방사선이 많이 방출돼요. 북극광이 그래서 생기는 거예요."

"난 한 번도 북극광을 본 적이 없는데."

"그야 남부에 쭉 살고 계시니까요. 그러니 보신 적이 없죠. 태양 폭풍이 아주 강하게 불면 대기 중에 전기 방전을 일으켜요. 그러면 전자제품이 합선되어버리죠."

"그렇다면 자동차는 왜?"

"요즘 차들은 대부분 컴퓨터가 탑재되어 있어요. 이 차는 괜찮은데 다른 차들은 멈춰버린 것도 그걸로 설명이 되지요."

젠은 신경질적인 미소를 지었다.

"그러니 낡은 포드 차를 잘 갖고 있어야 하는 법이지."

"일단 이렇게 해요."

그는 차분하게 말했다.

"엘리자베스가 걱정이에요. 시내로 차를 몰고 가서 그 애를 찾아봐야겠어요."

"그렇게 하세."

젠이 차를 출발시켰다. 진입로에서 그는 제니퍼의 모습을 발견하고 소리쳐 불렀다. 제니퍼는 기뻐하며 달려와서는 아빠를 타 넘어 두 사람 사이에 자리를 잡았다. 40년 전에는 이런 식이었겠군. 엄마와 아빠가 드라이브를 나갈 때면 아이들이 부모 사이에 끼어 앉는 거지. 스포츠카 외에는 1인용 좌석이라는 게 없었을 테니까. 애들이 뒷좌석에 갇혀 있는 일도, 그리고 물론 안전벨트를 하는 일도 없었겠지.

존은 이런 모습이 경찰서장인 톰 베이커의 눈에 띄지 않기만을 바랐다. 지금에야 존도 어엿한 마을 주민으로 자리를 잡았지만, 베이커가 기분이 좋지 않은 상태라면 분명 딱지를 뗄 것이다.

그들은 산길 아래로 내려갔다. 길가에 버려진 자동차 몇 대가 있을 뿐, 오래된 70번 도로는 텅텅 비어 있었다. 하지만 주간도로에는 제니퍼의 말마따나 '자동차 무더기'가 있었다. 갓길에 세워진 차도 있었고, 차선에 들어앉은 차도 있었다. 분명 교통 정체는 아니었다. 모든 사람들이 일시에 엔진을 꺼버려 자동차들이 미끄러지다 정지한 것 같은 모습이었다. 대부분의 사람들이 차를 버려두고 가버렸다. 하지만 남아 있던 몇몇은 엣셀이 주간도로와 나란히 달리는 70번 도로를 타고 시내로 향하자 그들 쪽으로 고개를 돌렸다.

"엘리자베스 언니!"

제니퍼가 소리치며 도로를 가리켰다.

분명히 엘리자베스였다. 아이는 꼴 보기 싫은 존슨 녀석과 함께 걸어오고 있었다. 녀석의 팔이 엘리자베스의 허리를 감고 있었다. 아니, 허리가 아니라 약간 더 아래, 엉덩이 부근에 녀석의 손이 걸쳐 있었다. 엣셀이 다가오는 것을 알아챈 벤은 급히 손을 치웠다. 젠이 길가에 차를 대자 존은 차에서 내렸다.

"대체 너희 둘은 어디에 갔던 거야?"

엘리자베스는 웃음을 지으면서 주간도로를 손가락으로 가리켰다.

"아빠, 뭔가 좀 이상하죠?"

그녀는 예술적인 가짜 미소를 짓고 있었다. 머리를 살짝 기울이고, 푸른 눈에는 "아, 아빠. 좀 진정해요"라는 말을 담고 있었다. 열여섯 살 엘리자베스는 그 나이 때 엄마의 모습을 그대로 빼닮았고, 존이 그런 자신의 모습에 한없이 약하다는 사실도 알고 있었다. 이런 순간에는 그것이 든든한 보호막이 되어주는 것이다.

그는 벤에게로 눈길을 돌렸다. 벤은 그가 몇 년 동안 보조단장으로 자원봉사를 한 보이스카우트의 단원이었다. 착실하고 영리한 소년이었는데, 9학년이 되자 시들해져서 보이스카우트 활동을 그만두었다. 좋은 아이였다. 벤의 아버지는 존과 같은 토론회 회원이기도 했다.

하지만 지금은 그때의 아이가 아니라 딸의 엉덩이에 손을 올려놓았던 남자다. 지난 네 시간 동안 어디를 또 더듬었는지 누가 알겠는가.

"매더슨 씨, 제 잘못입니다."

벤이 조금 앞으로 나서며 말했다.

"학교가 파한 뒤 엘리자베스와 저는 애슈빌에 있는 쇼핑센터에 갔었어요. 제니퍼를 위해 특별한 선물을 준비하려고요."

제니퍼가 신이 나서 물었다.

"뭘 샀는데?"

"차에 두고 왔어."

엘리자베스가 대답했다.

"아빠, 이상했어요. 마을에서 서쪽으로 몇 킬로미터 떨어진 곳에서 차가 서버렸어요. 교회 근처에서요. 정말 이상해요. 그래서 지금 집으로 걸어가고 있던 중이에요."

존은 싸늘한 눈초리로 벤을 쏘아보았다. 소년은 눈길을 낮추지 않고 그의 시선을 되받았다.

괜찮은 녀석이라고 존은 생각했다. 벤은 시선을 피하지도 않고 우쭐대지도 않았다. 엘리자베스의 엉덩이에 손을 얹고 있는 모습을 들키고 말았지만 화난 아버지와 대면하는 것을 피하지 않았다. 엘리자베스와 벤은 중학교 때부터 친구로 지냈고 밴드 활동을 함께했다. 그러다 지난 몇 달 사이에 벤이 엘리자베스에게 '특별한 사람'이 된 것은 분명했다.

벤을 가만히 쳐다보면서 존은 자신이 열일곱 살 때 무엇을 생각했었는지, 그때 인생에서 가장 중요한 문제는 무엇이었는지를 떠올렸다. 젠은 그런 존의 모습을 보면서 알 만하다는 듯 웃음을 머금었다.

"벤, 할아버지는 어떠시니?"

"잘 계십니다, 할머니. 지난 토요일에는 플랫 크릭에서 낚시를 했어요. 할아버지는 40센티미터가 넘는 송어를 낚으셨답니다. 대단하셨죠."

젠은 소리 내어 웃었다.

마침내 마음이 누그러진 존이 물었다.

"집까지 태워다줄까?"

"괜찮습니다. 그리 멀지 않으니까요."

벤은 주간도로 쪽으로 고개를 돌리며 말했다.

"여기서 도로를 건너가면 됩니다."

"알았다. 벤, 가족들이 걱정하고 있을 거야. 얼른 집으로 가거라."

"예. 죄송합니다, 아저씨. 아, 꼬마야. 생일 축하해!"

"고마워, 벤."

어린 여동생들이 대부분 그렇듯 제니퍼도 언니의 남자 친구에게 얼마간 반해 있었다. 존이 마지못해 인정하게 된, 괜찮은 녀석인 벤도 제니퍼를 좋아했다.

"안녕, 엘리자베스."

어색한 순간이었다. 둘은 서로를 쳐다보았다. 엘리자베스의 볼이 조금 붉어졌다. 벤은 몸을 돌려 주간도로의 방벽 쪽으로 걸어갔다. 그러더니 순식간에 방벽을 타고 올라 넘어갔다.

존은 그 모습을 지켜보았다. 자동차 주위에 서 있던 사람들 몇이 벤에게 다가갔다. 존은 움직이지 않고 가만히 보고 있었다. 벤은 블랙마운틴으로 가는 출구 쪽을 가리키더니 계속 걸어갔다. 존은 안도의 한숨을 내쉬었다.

"잠깐만요! 여기요!"

그는 벤이 건너간 방벽 너머를 쳐다보았다. 금발을 어깨까지 찰랑찰랑 늘어트리고 진회색 정장을 깔끔하게 차려입은 여자였다. 그 여자는 하이힐 때문에 약간 우스꽝스러운 걸음걸이로 풀이 돋은 경사면을 올라왔다.

"왜 그러십니까?"

"지금 무슨 일이 일어난 건지 아세요?"

그녀가 존 쪽으로 다가오자 자동차 주위에 있던 대여섯 명도 방벽 쪽으로 움직이기 시작했다.

"미안합니다, 부인. 저도 별달리 아는 게 없습니다."

"그냥 운전하고 있었거든요."

그녀는 서쪽을 바라보며 멈춰 서 있는 BMW 330을 가리키며 말했다.

"그랬는데 갑자기 엔진이 꺼졌어요. 여기 있는 다른 사람들도 모두 그렇고요."

"저도 잘 모릅니다."

존은 다른 사람들이 다가오는 것을 보면서 신중하게 말을 골랐다. 20대 후반, 아니면 30대 초반으로 보이는 덩치 큰 남자 네 명이었다. 건설 현장에서 일하는 사람들처럼 보였다. 그들이 여자 뒤로 모여드는 것을 보자 본능적인 경계심이 꿈틀거렸다.

"이봐요, 왜 당신 차는 움직이는 거요?"

존과 키가 엇비슷하고 체격이 딱 벌어진 남자가 나섰다.

"왜 그런지는 모릅니다. 어쨌든 우리 차는 굴러가네요."

"흠, 그것 참 이상하네. 그렇지 않나? 여기 있는 모든 차들이 나자빠져 있는데 저 고물차는 달릴 수 있다니."

"그래요. 좀 이상하긴 하네요."

"어떻게 했더니 차가 움직이던가요?"

존은 흔들리지 않는 시선으로 남자를 똑바로 쳐다보며 낮게 말했다.

"그냥 시동을 켰어요. 그것뿐입니다."

이번에는 여자가 물었다.

"저기요, 마을까지 저 좀 태워줄 수 있으세요?"

존은 방벽을 쳐다보았다. 벤은 아주 손쉽게 타넘었지. 그의 눈에 벤이 사슬로 이어진 건너편 방벽을 넘어 집 쪽으로 서둘러 걸어가는 모습이 흘낏 비쳤다.

점점 더 많은 사람들이 모여들었다. 나이 든 부부, 여섯 살쯤 된 아이의 손을 잡은 여자, 10대 커플, 고급 양복을 입은 뚱보 남자. 그 남자는 셔츠 칼라를 열고 넥타이를 풀어버린 차림이었다. 동쪽행 차선에 멈춰 선 트럭에서 내린 남자도 존을 향해 천천히 걸어왔다.

"부인, 이 방벽을 넘기가 힘드실 것 같은데요."

존은 그들과 자기를 갈라놓고 있는 사슬 방벽을 향해 고갯짓을 하며 말했다.

"64번 출구까지는 1.5킬로미터밖에 안 됩니다."

그는 서쪽을 가리켰다.

"65번 출구로 나가진 마세요. 거긴 편의점 하나밖에는 아무것도 없습니다."

그는 철로 위를 가로지르는 다리 쪽으로 주간도로가 휘어지기 직전에 있는 65번 출구로 향하는 차선을 가리켰다.

"64번 출구로 가세요. 20분만 걸으면 도착할 겁니다. 거긴 모텔이 두 곳 있는데, 홀리데이인에는 괜찮은 식당도 있어요. 이 상황이 해결될 때까지 거기서 묵으면 될 겁니다."

"존?"

그의 뒤에 서 있던 젠이 속삭였다.

"저 여자를 도와줘."

그는 한 손을 등 뒤로 보내 뒤쪽으로 강하게 내밀었다. 입 다물고 있으라는 신호였다.

이곳에서 8년간 살아오는 동안 그는 많은 면에서 변했다. 여기서는 여자들을 '부인'이라고 불렀고, 나이가 얼마든 여자가 드나들 때는 남자들이 문을 붙잡고 있었다. 어떤 남자가 공공장소에서 여자한테 부적절한 말을 했는데 근처에 다른 남자가 있으면 당장 싸움이 벌어졌다. 그런데 지금 정장을 입은 여자가 호소하는 눈길로 그를 바라보고 있는 것이다. 그런 여자의 청을 거절하는 것은 지금까지의 생각이나 습관과 완전히 어긋나는 짓이었다.

그뿐 아니었다. 지금 이곳에는 그가 10분 전만 해도 전혀 예상치 못했던 미묘한 감정이 흐르고 있었다. 존은 메리가 죽은 뒤 몇 번 가볍게 데이트를 한 적은 있었다. 주립대학의 어느 여교수와는 짧은 관계를 갖기도 했다. 하지만 마음 깊은 곳에서는 단 한 번도 다른 여자에게 몰입하지 못했다. 메리는 여전히 그와 너무 가까이 있었다. 하지만 방벽 건너편의 여자는 매력적이었다. 30대 초반의 여자는 전문 직업을 가진 듯했고, 얼핏 본 그녀의 왼손에는 반지가 끼워져 있지 않았다. 메리와 만나기 전 그가 이상형으로 생각했던 그런 여자였다. 방벽의 사슬을 잘라내고 그녀의 구원자가 된다면? 존은 그렇게 하고 싶은 유혹을 느꼈다.

하지만 분명히 '다른 무엇'이 있었다. 직감적 본능이 그것을 일깨워주었다. 무언가 문제가 생겼다. 그게 무엇인지 확실하지는 않지만, 이례적인 일이 너무 많이 겹쳐서 일어났다. 전기가 나가고, 엣셀을 제외한 다른 차는 모조리 멈춰 서고, 비행기도 뜨지 않는다……. 무언가 잘못되었다. 그 순간, 아주 오랜만에 그의 '도시 생존 본능'이 잠에서 깨어났다.

1960년대와 1970년대, 노동자 계층이 살고 있는 뉴어크 교외에서 성장기를 보낸 존은 도시 생존법을 익혔다. 1967년 뉴어크에서 거대 폭동이 일어났을 때 그는 겨우 일곱 살이었다. 이후 한 세대 동안 그 지역에서는 갖가지 문제를 두고 사람들이 서로 대립했다. 이탈리아인은 자기들끼리 뭉쳐 살았고, 폴란드인과 아일랜드인도 그들끼리, 흑인 역시 흑인들끼리 뭉쳤다. 어두워진 뒤 남의 동네에서 붙들리기라도 하면 신의 도움을 바랄 수밖에 없었다. 대낮에도 마찬가지였다.

지금 같은 경우, 주간도로는 남의 동네였다. 건설 노동자 네 명이 자기와 자동차, 즉 지금 유일하게 움직이는 자동차를 바라보는 눈길과 태도가 그에게 경고신호를 보냈다. 넷 중 한 명은 한눈에 보기에도 술에 취해 있었다. 존은 그를 호전적인 술꾼으로 분류했다.

무언가가 변했고, 변하고 있었다. 단 몇 시간 만에. 혼자였더라면 존은 아마도 운에 맡겼을 것이다. 운이란 게 한순간에 어긋나버리기도 하지만 말이다. 그러나 지금 그는 아버지였다. 그 차에는 두 딸과 장모가 타야 했다.

"어이, 친구."

넷 중 한 남자가 입을 열었다. 비아냥거리는 말투에 날선 목소리였다.

"이 여자분을 도와주시오. 우리가 이 사람을 밀어 올려주지. 그런 다음 우리가 기어올라가면 당신이 우리도 끌어당겨주면 되잖아."

여자는 네 사람을 돌아보았다.

"당신들 도움은 필요 없어요."

차가운 말투였다.

술 취한 남자가 슬쩍 웃음을 머금었다.

존은 덫에 걸린 것 같은 느낌이 들었다. 제니퍼를 힐끗 쳐다보자 그런 느낌이 더 강해졌다. 저 사람들을 태워주고 오자면 너무 많은 시간이 걸린다.

바로 그때 존은 트럭 운전수의 눈길을 알아챘다. 운전수는 고개를 가볍게 끄덕이더니 등 뒤에 감췄던 오른손을 앞으로 내밀었다. 그 손에 소구경 권총이 쥐여 있는 것을 본 순간 존은 심장이 덜컥 내려앉았다. 하지만 트럭 운전수의 눈길은 다른 말을 하고 있었다.

'걱정 마, 친구. 내가 놈들을 감시할 테니까.'

존은 여자에게로 시선을 돌렸다.

"부인, 미안합니다. 우리 애들을 집으로 데려가야 해서요. 서쪽으로 1.5킬로미터 정도만 걸어가면 음식과 쉴 곳을 구할 수 있을 겁니다."

"개똥 같은 놈."

취한 남자가 으르렁대며 방벽을 기어오르기 시작했다.

"애들아, 차에 타라."

존의 날카로운 목소리에 아이들이 즉시 움직였다. 그의 뒤에서 자동차 문이 닫혔다. 존은 뒷걸음질을 치며 차로 다가갔다. 취한 남자는 장벽을 오르려 다리를 버둥거리고 있었다. 존은 운전석에 뛰어올라 급히 후진하며 가속 페달을 밟았다.

"개자식, 우리 좀 태워주면 어디가 덧나나."

취한 남자는 방벽에 반쯤 매달려 존에게 가운뎃 손가락을 세워 보였다.

가속 페달을 밟은 채 존은 분기점까지 차를 후진시킨 뒤 전진 기어로 바꾸어 비포장도로를 맹렬히 질주했다.

"존 매더슨. 자네가 그 여자를 버려두고 오다니 정말 믿을 수가 없군. 더군다나 그런 남자들 틈에."

"제겐 가족이 있어요."

백미러로 엘리자베스와 제니퍼가 앉아 있는 뒷좌석을 살피며 존은 냉정하게 말했다. 아이들은 둘 다 입을 다물고 있었다. 하지만 아이들이 말없이 자기를 비난하고 있다는 것을 느낄 수 있었다. 아빠는 겁쟁이야. 그는 고개를 가로젓고 입을 다물었다.

집의 진입로에 들어서자 개들이 그를 둘러싸고 펄쩍펄쩍 뛰어올랐다. 하지만 개들은 곧 그의 기분을 눈치 채고 관심을 제니퍼와 엘리자베스에게로 돌렸다.

"애들아, 이제 어두워지는구나. 작년에 허리케인이 불었을 때 모두 내 방으로 몰려왔던 것 기억하지? 오늘 밤도 그렇게 될 것 같구나. 엘리자베스, 가서 콜먼 램프를 가져오너라. 어떻게 켜는지는 알 거다. 제니퍼, 넌 언니를 도와주고."

"에이, 아빠. 너무 초조해하는 것 아니에요?"

"엘리자베스, 시키는 대로 해."

그는 느리게, 하지만 단호하게 말했다.

"알았어요."

딸 둘은 나란히 현관문으로 향했다. 제니퍼는 생일선물이 뭐냐고 계속 물으면서 언니를 성가시게 하고 있는 것 같았다.

"엘리자베스, 랜턴에 불붙이고 나면 제니퍼가 주사 놓는 것 도와줘라. 하고 나면 약을 빨리 냉장고에 도로 넣어두고."

"네, 아빠."

"개들한테 밥도 줘야 해."

"그럴게요, 아빠."

아이들은 집 안으로 들어갔다. 존은 주머니를 더듬어 담배를 찾아 불을 붙였다.

"자네, 다시 돌아가서 그 여자를 도와줄 텐가?"

"아뇨."

젠은 잠깐 침묵을 지키다 다시 입을 열었다.

"자네한테 놀랐네."

"제가 옳았어요. 고속도로로 내려갔다면 그 불한당들한테 차를 빼앗겼을 겁니다."

"하지만 그 여자는? 그 여자는 어떻게 되어도 상관없나?"

그는 젠을 날카로운 눈길로 쳐다보았다.

"대체 무슨 뜻입니까?"

"아까 그 여자 말이네. 어린아이를 데리고 있던 다른 여자도 있었지. 그놈들이 여자들을 강간할 수도 있어."

그는 고개를 가로저었다.

"아뇨. 아직은 괜찮을 거예요. 그놈들도 그렇게까지 못된 놈들은 아니었어요. 술 취한 녀석은 자기 자신도 주체하지 못하는 상태였고, 목소리 큰 놈도 그저 친구들과 여자 앞에서 잘난 체한 것뿐이었어요. 그놈들 말마따나 다른 차들이 모두 움직이지 않는데 우리 차만 달릴 수 있으니 정말 이상한 일이죠. 제가 다시 돌아간다면 그놈들은 차를 빼앗으려 들 겁니다. 그보다 더 나쁜 건 뭔지 아세요? 고속도로에 갇혀 있는 사람들 모두를 밤새 실어 날라야 할지도 몰라요. 그러다 더 많이 취하고 더 거친 놈과 만날 수도 있겠죠. 강간요? 그런 일은 없어요. 다른 사람들도 많이 있으니까. 한 사람 빼고는 술 마신 사람도 없었고, 못 보셨겠지만 거기 있던 트럭 운전수는 총을 갖고 있었어요. 그 여자도, 다른 사람들도 괜찮을 겁니다. 이제 그 사람들 걱정은 안 할래요."

"이제?"

그는 한숨을 내쉬고 고개를 가로저으며 다 타버린 담배를 떨어트렸다. 그런 뒤 주머니에서 새 담배 한 개비를 꺼내 다시 불을 붙였다.

"오늘 밤은 여기서 주무세요. 애들도 좋아할 거예요."

"내가 걱정되어서 그러는 건가?"

"솔직히, 걱정됩니다."

그는 엣셀의 후드를 손바닥으로 철썩 치면서 말했다.

"밤에 이 괴물을 몰고 혼자 운전하신다면 마음이 놓이지 않아요."

"자네 말대로 하지."

그 말에 존은 놀라서 장모를 쳐다보았다. 고양이를 밖에 내놓아야 한다거나 아니면 다른 이유를 들어 젠이 반대할 줄 알았던 것이다. 어둠이 짙어져 존은 장모의 얼굴을 볼 수 없었다. 하지만 그녀의 목소리에 스민 것이 무엇인지는 느껴졌다. 젠은 두려워하고 있었다.

"너무 어두우니까."

젠이 조그맣게 말했다.

그는 주위를 둘러보았다. 정말 어두웠다. 콜먼 램프나 촛불이 깜박이는 것을 제외하면 아래쪽 마을에는 불빛 한 점 없었다. 계곡 주위의 집들도 캄캄했다. 고속도로에서 반사되는 불빛도, 고속도로 출구의 주유소에서 나오는 성가시고 강렬한 리튬의 섬광도, 애슈빌의 고층건물에서 하늘로 비치는 불빛도 없었다. 크래기 돔으로 이어진 산등성이에서 일어난 산불로 여겨지는 흐릿한 붉은색뿐이었다.

하늘에는 별들이 눈부시게 빛나고 있었다. 존은 사우디아라비아의 사막에서 보낸 시절 이후 그렇게 번쩍이는 별을 보는 것은 처음이었다. 그때와 마찬가지로 지금도 별빛을 가릴 다른 불빛이 전혀 없었다. 장엄하고 고요한 광경이었다.

"젠, 안으로 들어가세요. 저도 금방 갈게요."

그녀는 천천히 그의 곁을 떠났다. 집 안에서 콜먼 램프의 불빛이 새나오고 있었다. 조금 지나자 웃음소리도 들렸다. 그는 마음이 놓였다.

존은 두 번째 담배를 모두 피우고 땅에 떨어트렸다. 진입로의 콘크리트 포도 위에서 아직 꺼지지 않은 담뱃불이 조그맣게 반짝거렸다. 담배 불빛은 서서히 약해지더니 꺼져버렸다.

그는 탤런의 문을 열고 운전석으로 들어가 앉아 시동을 걸어보았다. 아무 일도 일어나지 않았다. 엔진이 걸릴 때 나는 털털거리는 소리도, 대시보드의 불빛도 없었다. 아무것도 없었다.

그는 시트 아래로 손을 뻗어 건전지 여섯 개가 들어가는 무거운 플래시를 꺼내 스위치를 켰다.

불이 들어왔다.

집에 들어갔더니 아이들은 벌써 캠프 분위기를 내며 놀고 있었다.

"아빠, 제니퍼의 새 측정기가 작동이 안 돼요."

엘리자베스가 말했다.

"뭐라고?"

"새로 산 혈당측정기요. 그래서 전에 쓰던 걸 찾아서 해봤더니 그건 괜찮았어요. 검사 결과도 문제 없었고요."

"다행이구나."

사소한 일이었지만 그의 마음속 경보장치가 더 크게 울렸다. 새로 산 혈당측정기는 검사 기록을 저장할 수 있도록 컴퓨터가 내장된 하이테크 제품이었다. 다음 주에 제니퍼는 신형 체내 인슐린 주입기를 달

예정이었다. 아직 그렇게 하지 않아 다행이라고 마음속 목소리가 그에게 속삭였다.

"알았다."

엘리자베스가 그에게서 몸을 돌리려는 순간 그는 깊은 한숨을 내쉬었다.

"엘리자베스?"

"네, 아빠?"

"음, 너하고 벤 말이다."

말을 꺼내놓고 보니 당황스러웠다.

"그러니까, 벤하고의 사이 말인데, 나한테 얘기할 건 없니?"

"왜 이러세요, 아빠. 지금 말이에요?"

"그래, 네 말이 맞다. 가서 동생 잠자리를 봐줘라. 밤이 되었으니까."

"아빠, 아직 8시도 안 되었는데요."

"허리케인 때와 똑같아. 그때는 나흘 동안이었지? 허리케인의 끝 무렵에는 어두워지면 자고 동이 트면 일어나고 그랬잖니."

"알았어요."

존은 자기 방을 들여다보았다. 제니퍼가 킹사이즈 물침대에서 자기가 잘 쪽을 정해두고 거기 비니 인형들을 늘어놓은 모습을 보자 마음이 흐뭇해졌다. 제니퍼는 아끼는 토끼 인형 랩스를 껴안고 있었다. 그 봉제 인형은 제니퍼가 태어났을 때 밥과 바바라가 준 선물이었다.

본래 흐릿한 흰색이었던 랩스는 이제 완전히 거무칙칙한 회색으로 변해버렸다. 랩스는 많은 고비를 넘기고 아직껏 제니퍼의 곁을 지키고 있었다. 한번은 식당에 두고 오는 바람에 거의 150킬로미터를 다시 운전해 가서 되찾아온 적도 있었다. 그때 제니퍼는 가는 내내 울음을 멈추지 않았다. 이웃집 개가 물고 달아났을 때는 아빠와 딸이 이틀 동안 숲 속을 헤맨 끝에 찾아내기도 했다. 랩스는 이제 나달나달 닳아서 여기저기 천을 덧댄 상태였지만, 열두 살이 된 지금도 그 인형은 제니퍼가 가장 아끼는 친구였다. 언제까지나 그럴지 모른다고 존은 생각했다. 하지만 딸이 대학으로 떠나면서 인형을 남겨두고 가는 날이 언젠가는 올 것이다. 그러면 랩스는 내 책상에 놓여서 소중한 추억을 떠올려주겠지.

개들이 밥을 먹어치우자 존은 밖으로 내보내 저녁 달리기를 하도록 해주었다. 진저는 저녁에 밖으로 나갈 때는 신경이 좀 예민했다. 뛰어다니는 동안 존이 항상 개들에게 랜턴 불빛을 비추기 때문이다. 해마다 이 무렵에는 곰이 새끼들과 함께 어슬렁거리고, 너구리들도 돌아다녔다. 개들은 곰이나 너구리의 모습을 보기만 해도 심장마비를 일으킬 것이다. 진저는 재빨리 달리기를 마치고 바람처럼 집으로 돌아와 제니퍼의 발치에 자리를 잡았다.

"내일 학교는 안 가는 거죠?"

제니퍼는 기대에 차서 물었다.

"글쎄, 밤에 전기가 들어오면 가야지. 계속 정전이면 못 가겠지만."

"오늘 밤 내내 캄캄했으면 좋겠어요."

"나는 손님방에서 자면 되겠나?"

젠이 콜먼 램프를 들고 서 있었다.

제니퍼가 말했다.

"여기서 우리와 함께 있어요, 할머니."

"그럼 내가 가운데서 자야 하잖아."

엘리자베스가 불평했다.

"이 버릇없는 꼬맹이는 잘 때 발길질을 한단 말이에요."

"괜찮아요, 여성분들. 저는 서재로 갈 테니까요. 자, 이제 자거라."

그 말에 젠은 미소를 지으며 램프를 들고 욕실로 갔다.

"얘들아, 잘 자라."

"사랑해요, 아빠."

"나도 사랑해."

그는 문을 닫아주고 서재로 가서 잠시 책상 앞에 앉아 있었다. 책상 가장자리에 걸쳐둔 랜턴에서 나온 빛이 천장을 비추며 서재 전체를 반사광으로 채웠다.

서재는 항상 메리의 불평거리였다. 군인이라면 좀 더 잘 정돈할 줄 알았다는 메리의 불만에 존은 그녀가 결혼한 사람은 군인이지만 교수이기도 하다고 응수하곤 했다. 종이무더기가 책상 여기저기 쌓여서, 그의 표현에 따르면 '지층' 형태를 이루고 있었다. 바닥에서 천장 높이로 짜맞춘 왼쪽의 책장에는 책이 두 줄로 들어차 있었다. 지금 연구하는 주제나 관심 있는 문제와 관련된 참고 자료가 가장 손닿기 쉬운 칸에 꽂혀 있었고 다른 쪽 벽에는 그와 메리의 학위증, 아이들의 사진이 든 액자가 줄지어 걸려 있었다.

한동안 책장을 바라보고 있던 그는 바깥쪽 줄에서 몇 권을 빼냈다. 그가 찾던 것이 있었다. 육군전쟁대학을 떠난 뒤 몇 년 동안 한 번도 펴보지 않은 자료집이었다.

한 손에 플래시를 들고, 책을 무릎에 얹은 자세로 그는 1990년대 중반에 도트 프린터로 찍어낸 그 자료집의 목차 부분을 뒤적였다. 그런 다음 의자에 똑바로 앉아 30분 정도 정신을 집중해 읽었다. 마침내 그는 자료집을 책상 위에 내려놓았다.

그의 등 뒤에는 잠긴 캐비닛이 있었다. 그는 책상 서랍에서 열쇠를 꺼내 캐비닛을 열었다. 잠시 망설이던 그는 마음을 정하고 20번 산탄총을 꺼냈다. 그런 뒤 탄약 시렁에 놓인 상자를 열고 총알을 꺼내 세 발을 장전했다. 아주 가까운 거리가 아니면 산탄총으로는 목표물을 죽일 수 없지만, 상대를 제지할 수는 있다.

다음은 권총이었다. 별스러운 총으로, 그도 그건 인정했다. 화약-총알 장전 방식의 콜트 드라군. 권총의 어머니라 할 수 있는 무겁고 큰 그 총을 보면 대부분의 술 취한 쓰레기들은 겁을 먹기 마련이었다.

존은 실제로 그 권총을 쓰는 상황으로 내몰린 적이 있었다. 그가 대학에 다닐 때, 아직 메리를 만나기 전의 일이었다. 그때 그는 학교에서 좀 떨어진 농장에서 친구 대여섯 명과 함께 살고 있었다. 그해에 그들은 모두 머리를 덥수룩하게 길러 히피 같은 모습을 하고 있었다. 존은 그때 마리화나를 좀 지나치게 피우고 있었다. 메리는 자기와 데이트를 하고 싶다면 마리화나부터 끊으라고 했었다.

그 마을에는 '장발 게이 놈들'을 끔찍이 싫어하는 나이 든 남자들이 있었다. 어느 날 그들이 자동차를 타고 돌진해 와서 주방 문을 산탄총으로 날려버리고, '게이 놈들'은 밖으로 나와 맛 좀 보라고 소리를 질렀다.

그의 친구들은 겁에 질렸다. 한 녀석은 영화 〈구출〉(수몰지역 사람들과 자연이 네 명의 도시인에게 무차별 복수를 가한다는 내용. 우리나라에는 '서바이벌 게임'이라는 제목으로 소개되었다)과 같은 상황이라고 울먹거렸다. 하지만 공격자들은 내전이 재연되고 있던 뉴저지 출신에다 총을 쓸 줄 아는 '게이' 하나를 계산에 넣지 못했다. 존은 드라군 리볼버를 들고 밖으로 나가 두 발을 쏘았다. 누구를 죽일 생각은 없었고 그저 그들을 쫓아버리기 위해서였다. 탄환 두 발을 발사한 뒤 그는 총구를 낮추어 엽총을 들고 있는 시골뜨기의 가슴을 똑바로 겨냥했다.

"이번엔 진짜다."

존은 차분하게 말했다.

그들은 황급히 트럭에 올라타 번개처럼 사라졌다. 현관에 서 있던 친구들은 그가 들어오자 〈하이 눈〉의 게리 쿠퍼를 보듯 경외감에 찬 눈길을 보냈다.

"더 센 총으로 평화를 지키는 거지."

존은 조용히 말한 뒤 안으로 들어가 울렁거리는 가슴을 진정시키기 위해 보드카를 목으로 들이부었다. 그들은 방금 있었던 드라마를 재현하며 시끌벅적하게 그날 밤을 보냈다.

내가 진정으로 두려워했던 것은 무엇이었나? 만약 그 시골뜨기들이 한 방만 더 쐈으면 자신이 정말로 사람을 죽였을 것이라는 깨달음이었다. 훗날 그 일을 돌이켜보았을 때 존은 그때 가졌던 느낌이 정말 싫었고 다시는 그런 일이 생기지 않기를 바랐다. 세월이 흐른 뒤 그는 이라크에서 같은 처지에 놓였다. 하지만 이라크에서도 부하들에게 살상을 명하긴 했지만 직접 방아쇠를 당긴 것은 아니었다.

이튿날인 토요일, 농장 주인이 맥주 한 상자를 가지고 왔다. 그는 살아 있는 전설인 그 총을 구경시켜 달라면서 "사람들이 자네들에게 조금 존경심을 품게 되었다네."라고 말했다. 한 달 뒤, 도로변 술집에서 친구들과 어울려 맥주를 마시던 존은 자기를 공격했던 네 사람 중 하나와 마주쳤다. 존이 그를 알아보자 일순 긴장이 흘렀지만, 상대방은 돌연 큰 소리로 웃음을 터트렸다. 그는 존에게 맥주를 갖다주면서 술집에 있는 사람들에게 그날 밤의 이야기를 들려주고 "이 양키는 괜찮은 녀석이야."라는 말로 결론을 내렸다. 존은 그와 악수를 나누었다.

그때 이미 존은 남부를 좋아하고 있었다.

리볼버에는 탄환이 들어 있었다. 존은 총을 책상 위에 내려놓았다.

바로 그때 인기척이 느껴져 존은 고개를 들었다. 젠이 복도에 서 있었다.

"심각한 상황인 거야, 그렇지?"

"가서 주무세요."

그리고 그는 조심스럽게 덧붙였다.

"어머니."

젠은 말없이 잠시 서 있다가 고개를 끄덕여 보이고는 사라졌다.

존은 신발을 벗지 않고 그대로 서재 소파에 드러누웠다. 산탄총은 바로 옆 바닥에 놓아두었다.

소파에 누운 뒤 몇 시간이 지나서야 그는 잠이 들었다. 그가 잠이 든 뒤, 제니퍼의 품에서 빠져나온 잭이 서재로 오더니 길게 한숨을 내쉬고 존의 옆에 자리를 잡았다.

3

둘째 날

비명 소리에 존은 잠에서 깨어났다. 산탄총을 더듬거리며 몸을 반쯤 일으켰을 때 엘리자베스의 새된 목소리가 들려왔다.

"더운물이 안 나오잖아. 이게 뭐야!"

총을 내려놓고 자기 방으로 들어간 그는 수건으로 몸을 두르고 욕실에서 튀어나오는 엘리자베스와 마주쳤다.

"아빠, 더운물이 안 나와요!"

"나올 턱이 없잖아."

그는 퉁명스레 말했다. 아직도 심장이 빠르게 뛰고 있었다.

침대에 일어나 앉은 제니퍼는 랩스를 안고 미소를 지었다.

"아빠, 학교 안 가는 거죠?"

"그래."

"잘됐다!"

엘리자베스가 끼어들었다.

"아빠, 샤워는 어떻게 해요?"

"찬물로 해. 죽지는 않아."

그는 투덜거리면서 주방으로 향했다.

커피. 젠장, 커피가 필요하단 말이야.

그는 커피메이커에 종이 필터를 끼우고 커피를 듬뿍 넣은 다음 물을 붓고 스위치를 켰다.

커피가 끓기를 기다리며 족히 1분은 멍청하게 서 있은 다음에야 그는 상황을 깨달았다.

"이런, 제기랄."

그는 수납장 아래에서 작은 주전자를 꺼내 물을 채운 다음 베란다로 가서 그릴에 불을 켠 뒤 올려놓았다. 그런 다음 주머니를 더듬어 담배를 꺼내 불을 붙였다. 주전자를 지켜보고 있자니 마침내 물이 끓었다. 1분 뒤, 그는 커피를 마시고 있었다. 보이스카우트 시절에 배운 방식대로 탄 커피였다. 컵에 커피 두 스푼을 넣고 거기 뜨거운 물을 부은 다음 둥둥 떠다니는 커피 알갱이는 무시하고 그냥 마시는 것이다.

"내게도 한 잔 주겠나?"

젠이었다.

"그럼요."

그가 커피를 타는 동안 젠은 못마땅한 시선으로 쳐다보고 있다가 주방으로 가서 냉장고 문을 열었다. 그녀는 우유가 담긴 플라스틱 주전자의 뚜껑을 열고 냄새를 맡아보더니 그대로 베란다로 돌아와 커피를 한 모금 마셨다.

"이를 꾹 다물고 드시면 커피 알갱이가 걸러져요."

이렇게 말하면서 존은 그날의 첫 미소를 억지로 얼굴에 올려놓았다.

"구식 퍼컬레이터를 찾아보세. 퍼컬레이터로 끓여야 제맛이 난다고 늘 생각하고 있었지. 커피 머신하고는 비교가 안 돼."

바깥 공기는 약간 쌀쌀했지만 오히려 상쾌했다. 커피와 담배가 마법을 발휘하자 그의 정신이 맑아졌다.

군 생활을 하는 대부분의 사람들과는 달리 존은 아침 일찍 일어나는 일에 결코 적응하지 못했다. 그는 새벽 댓바람에 일어나는 사람들이 싫었고, 아침부터 기운이 넘치는 사람들은 더욱 싫었다. 타고난 올빼미 체질인 그는 새벽에 잠자리에 들어 11시 첫 강의에 맞춰 아침 9시나 10시에 일어났다.

대학 측에서는 그가 늦잠을 잔다는 사실을 재빨리 알아차리고 11시 이전 강의를 맡기지 않았다.

하지만 그도 아침이 아름답다는 사실은 인정했기에 그런 시간을 놓친 것을 때로 아쉬워했다. 메리는 아침형 인간이었다. 그는 그녀를 생각했다. 가끔 동이 틀 무렵 억지로 깨워서는 몇 분 만이라도 눈 뜨고 아침을 맛보라고 했었는데……. 추억이 너무도 가슴을 아프게 찔러왔으므로 그는 그 생각을 떨쳐버렸다.

"화재가 아직도 계속되고 있어."

젠이 크래기 돔을 가리켰다.

불길이 퍼져 나가면서 평평해진 연기 기둥은 골짜기 아래쪽에 있는 애슈빌 저수장 쪽으로 떠가는 중이었다. 40만 제곱미터 이상이 불에 탄 것처럼 보였다. 저 멀리 아득한 지평선 쪽에 화재로 인한 연기 기둥이 두 개 더 보였다.

세상은 침묵에 휩싸여 있었다. 자동차도 보이지 않았다. 아래쪽 블랙마운틴에서도 움직이는 것은 아무것도 없었다.

어제와 똑같았다.

"저도 커피 주세요."

두터운 겨울 목욕 가운을 입고, 젖은 머리를 수건으로 비비면서 엘리자베스는 몸을 떨고 있었다.

"그래, 잠깐만."

그가 커피를 만들어 건네자 엘리자베스는 군소리 없이 그 커피를 마셨다.

제니퍼도 랩스를 껴안고 베란다로 나왔다. 사랑스러운 얼굴. 잠들 때, 아니면 지금처럼 잠이 덜 깼을 때에 제니퍼의 얼굴에는 특유의 표정이 떠오르며 아기와 같은 눈이 되었다.

"아빠, 학교 안 가는 것 확실해요?"

"글쎄, 어떨까?"

제니퍼는 더 말을 시키지 않고 하품을 하면서 안으로 들어갔다.

"혈당검사는?"

그는 아이의 등 뒤에 대고 물었다.

"했어요. 괜찮았어요."

제니퍼는 더 자려고 방으로 돌아갔다.

"지금 시내로 내려가 봐야겠다. 무슨 일인지 알아보러."

엘리자베스가 물었다.

"나도 같이 가면 안 돼요?"

"안 돼. 넌 집에 있어."

"그러지 말고요, 아빠. 모두들 마을로 내려갈 거예요. 나도 무슨 일인지 알고 싶어요."

그는 엘리자베스의 팔을 부드럽게 끌어 스크린도어에서 떨어지도록 했다.

"너는 여기서 집을 지켜주면 좋겠다."

그러자 엘리자베스가 빈정거렸다.

"무얼 지켜요? 테러리스트라도 오나요?"

"그따위 농담은 하지 마."

그가 강하게 말하자 엘리자베스는 입을 다물고 그를 올려다보았다.

"산탄총 다루는 법은 알고 있을 거다. 20번 산탄총이니까 겁낼 건 없어. 안전장치는 제거했지만 탄환은 넣어두지 않았다. 필요할 때는 총알을 넣고 주저 없이 쏴라."

"그런 말 들으니 기분이 이상해요."

"잘 들어라, 리즈. 난 농담을 하고 있는 게 아니야. 뭔가 심상치 않은 일이 벌어진 것 같다."

"무슨 일요?"

"주위를 둘러봐. 전기가 완전히 끊겼어, 완전히."

"곧 다시 들어오겠죠."

그는 엘리자베스를 가만히 쳐다보았다.

"진입로에 누가 나타나는지 잘 봐라. 네가 아는 사람이라면 괜찮아. 그게 아니고 낯선 사람이면 출입문으로 가. 문틀로 몸을 잘 가린 다음 총을 겨누는 거야. 상대가 무슨 소리를 하든 듣지 마라. 아무리 애처롭게 보여도 마찬가지야. 전화 한 통 쓰자, 물 한 잔만 달라, 도움이 필요하다, 뭐라고 해도 듣지 말고 마을로 걸어가서 거기서 도움을 받으라고 해. 알겠지?"

"네, 물론이죠."

"정말 알겠어?"

그의 목소리가 날카로워졌다.

"네, 아빠."

"만약 상대방이 뭔가를 하려고 하면, 그게 뭐든 말이다, 망설이면 안 돼. 경고사격은 절대 장난이 아니다. 상대의 몸통을 겨누고 확실하게 겁을 줘라. 상대가 여러 명이면 가장 가까운 사람이나 무기를 든 사람을 겨냥하고."

"아빠, 무서워요."

그는 엘리자베스의 어깨에 손을 얹고 힘을 주었다.

"너하고 네 엄마한테 내가 총 쏘는 법을 가르쳤다. 가장 위험한 것이 뭐라고 했지?"

"사용할 줄 모르면서 총을 갖고 있는 여자요."

메리는 항상 그 말이 성차별적인 것이라고 했었다.

"어제 만난 술 취한 남자. 만약 정말로 쏠 마음이 없다면 그런 남자는 그걸 알아차린다. 네가 절대 만만하지 않다는 걸 분명히 보여줘야 해."

그는 잠깐 주저하다가 말을 이었다.

"어떤 굴욕도 참지 않고, 요행에 맡기지도 않는다는 걸 보여주면 방아쇠를 당길 필요가 없게 되는 거야."

"알았어요, 아빠."

그는 억지로 미소를 지었다.

"내가 너무 과민한지도 모르겠다. 어쨌든 제니퍼에게서 눈을 떼지 마. 팻이 와주면 좋겠는데."

"벤도 와도 돼요?"

그는 망설였다. 하지만 젠이 있으니까.

"괜찮아."

"정말 좋은 애예요. 걔한테 기회를 줘보세요."

그는 고개를 끄덕였다.

"알고 있다."

"아빠는 왜 그렇게 벤을 싫어해요?"

"알잖니."

엘리자베스는 미소를 지었다.

"나랑 약간 진도가 나갔기 때문인가요? 그런 걸 두고 1루를 지났다고 한다고 아빠가 전에 그랬잖아요."

그의 몸이 약간 뻣뻣해졌다. 딸이 이렇게 다소 직설적으로 얘기한 것은 처음 있는 일이었다.

이른바 '그 이야기'를 포함해 이성 문제와 관련된 모든 것을 존은 아이들의 할머니 젠에게 맡겨두고 있었다. 딸 곁에서 얼쩡거리는 녀석을 노려보는 전통적인 아버지 역할을 제외한 모든 것을 말이다.

존은 자기가 21세기의 아버지 상과는 맞지 않는다는 것을 알고 있었다. 분명히 좀 구식이었다. 하지만 그는 그렇게 자랐다. 게다가 그런 문제는 모두 메리에게만 떠맡긴 채 너무 오랜 시간을 보냈다.

"어느 정도는 엄마 탓이죠, 그렇죠?"

"어째서?"

"그렇잖아요. 우리는 엄마를 잃었어요. 하지만 아빠는 아내를 잃었죠. 친구이자 동반자이기도 한 사람을요. 제니퍼와 제가 어느 정도까지는 엄마의 빈자리를 채우고 있어요. 아빠는 마음 깊은 곳에서 우리가 자라는 것을, 그래서 아빠를 떠나는 것을 싫어하는 거예요."

존은 잠깐 말문이 막혔다. 딸이 자기를 꿰뚫어보고 있다는 사실이 몹시 놀라웠다.

"왜 그런 생각을 하게 되었지?"

"엄마가 돌아가신 뒤 우리가 갔던 치료사가 그랬어요. 어쨌든 그게 진실인걸요, 아빠. 괜찮아요. 아빠를 사랑해요. 언제나 그럴 거예요."

엘리자베스는 발꿈치를 들고 그의 볼에 입을 맞추었다.

"아빠는 언제까지나 내게는 세상에서 가장 멋진 남자예요."

그는 딸을 껴안았다. 눈물이 핑 돌았다.

"고맙다, 얘야."

그들은 약간 어색함을 느끼면서 서로에게서 한 발짝 물러섰다.

"아침으로 먹을 만한 게 있는지 볼게요."

엘리자베스는 주방으로 돌아갔다.

"자네 꼬맹이가 몰라보게 자랐군."

젠이 그에게로 다가와 새 커피를 건넸다. 그는 코를 훌쩍이고 고개를 끄덕인 다음 웃음을 지었다.

"메리도 열여섯 때 그랬다네. 나이에 비해 철이 많이 들었었지. 가끔은 타일러가 메리 때문에 할 말을 잃곤 했지."

존은 그 커피를 마셨다. 차가웠지만 괜찮았다. 아침 식사를 하지 않은 빈속에 커피 두 잔과 담배 두 개비는 너무하긴 했지만.

"괴물을 좀 빌려주시겠어요? 마을로 가서 무슨 일이 있는지 살펴보려고요."

"그러게."

젠은 미소를 지었다.

"하지만 무스탕에 손댈 생각은 하지 마."

지나치면서 봤더니 주간도로의 모든 차량이 지난 밤 그대로 멈춰 서 있었다. 도로에는 단 한 사람 뿐, 트럭 운전수만 혼자 운전석에 앉아 차 문을 열어둔 채 시가를 피우고 있었다. 그는 존에게 손을 흔들었다. 지난밤의 그 운전수였다. 그 사람을 보자 마음이 놓였다.

어젯밤 거기서 뭔가 나쁜 일이라도 생기지 않았을까 걱정했던 존은 마음이 놓였다. 사방이 고요했고 문제가 있었다는 조짐은 어디에도 없었다.

스테이트 스트리트로 접어든 그는 초등학교를 지나쳤다. 학교 정문이 활짝 열려 있어 휴업이 아닌지도 모른다는 생각이 잠깐 들었지만, 다음 순간 스쿨버스가 한 대도 빠짐없이 주차장에 서 있는 모습이 보였다. 학교 정문에는 손으로 쓴 표지판이 걸려 있었다.

'긴급 구호소'

길 건너편 식당인 피트의 바비큐 하우스에서 축제 때 쓰는 대형 야외 그릴을 학교에 가져다두었다. 우스꽝스러운 분홍색 앞치마를 두르고, 웃고 있는 돼지가 그려진 분홍색 조리사 모자를 쓴 피트가 학교 정문 앞에 있었다. 그릴 위에는 주전자 몇 개가 얹혀 있었고, 사람들이 한 줄로 서서 아침 식사용 커피와 바비큐를 기다리고 있었다. 마을에 무슨 일이 생기면 피트는 늘 학교 앞에서 사람들을 위해 식사를 마련하곤 했다.

그가 경적을 울리자 피트는 놀라서 고개를 들었고, 줄을 서 있던 다른 사람들의 시선도 존에게 쏠렸다. 피트가 그에게 손을 흔들어주었다.

신호등이 꺼져 있어 존은 속도를 낮췄다. 자동차 대여섯 대가 길을 막고 있어서 그는 동쪽으로 방향을 튼 다음 양방향을 살펴보기 위해 처음으로 멈춰 섰다. 바보 같은 짓을 했다는 생각이 들었다. 교차로에는 멈춰 선 자동차들 뿐, 움직이는 차가 있을 리 없었다. 그는 서 있는 차량들을 비집고 교차로를 빠져나와 우회전한 다음 스마일리 편의점에 차를 세우고 상점 안으로 들어갔다.

"어이, 해미드, 안녕한가?"

해미드는 타지에서 왔지만 이 마을에 완전히 정착한 사람이었다. 파키스탄 출신의 해미드는 이 지역 여자와 결혼했고 9·11이 터지기 몇 달 전에 편의점을 인수했다. '그날' 로부터 이틀이 지난 뒤, FBI가 나타나 그를 체포했다. FBI는 해미드가 테러 공격을 지지하는 발언을 했다는 보고를 받았다면서 그가 지역 차원의 테러 음모에도 연루됐을 가능성이 있다고 밝혔다.

해미드의 체포는 마을에 엄청난 반응을 일으켰고, 그런 마을 사람들의 모습에 존은 기뻤다. 사람들은 앞다퉈 해미드를 지지했으며 지역구 의원을 찾아가 그 문제를 조사하라고 들볶았다. 마침내 해미드가 풀려나자 마을에는 축제가 열렸다.

해미드는 석방된 이튿날 편의점 유리창에 손으로 쓴 커다란 표지판을 내걸었다. '내가 미국인이라는 게 자랑스럽습니다. 친구들이여, 신이 여러분 모두를 축복하시길.'

해미드는 계산대 뒤에 서 있었다. 평소에도 존은 그가 가게 안에서 살다시피 하는 게 아닐까 하는 생각을 갖고 있었다.

"아주 난리가 났네요."

해미드가 말했다.

"밤새 여기 있었어요. 고속도로에서 계속 사람들이 밀려들어서요. 장난 아니었어요."

"카멜 라이트 몇 보루 있나?"

해미드는 고개를 저었다.

몇 종류를 댄 끝에야 쿨 라이트는 있다는 말을 들었다.

"그건 아직 세 보루 있어요."

"모두 줘."

존은 지갑에서 은행 카드를 꺼내려 했다.

"존, 카드는 다운됐잖아요."

"아, 참."

그는 현금을 꺼냈다. 하지만 50달러뿐, 20달러가 모자랐다.

"나중에 주세요. 당신은 믿을 만한 분이니까."

그는 담배를 받아들기 전에 잠시 머뭇거렸다.

"이봐, 해미드. 자네한테 먼저 말해줄 게 있어. 항상 나한테 잘해주었으니까. 지금으로선 곧바로 돈을 치를 수 있을지 잘 모르겠네. 상황이 겉보기보다 훨씬 심각할지도 몰라."

해미드는 약간 놀란 표정으로 그를 바라보았다.

"그게 무슨 말이죠?"

그는 계산대에 놓인 돈을 가리켰다.

"이 얘기야."

"돈요?"

해미드는 웃음을 터트렸다.

"내 고향에서라면 또 모르죠. 하지만, 여기, 미국에서요? 농담이죠?"

"그냥 자네한테 말해줘야 한다는 생각이 들었을 뿐이야. 담배 값이 엄청나게 뛸 수도 있어. 며칠 안에 몇 배로."

해미드는 존이 꺼내둔 현금을 챙겼다. 그리고 미소를 지으면서 담배를 그의 앞으로 밀었다.

"고마워요, 존. 무슨 얘긴지 알겠어요. 하지만 그 담배 가져가세요."

존은 안도의 한숨을 내쉬었다. 담배 한 갑을 사기 위해 지갑 속에 든 돈을 모두 털어야 했대도 그렇게 했을 터였다. 이제 죄의식 없이 담배를 가져갈 수 있게 되었다.

"고맙네, 해미드."

존은 담배를 챙겨들고 가게를 둘러보았다. 맥주는 거의 다 팔렸고, 탄산음료도 남은 게 별로 없었다. 간단한 안주나 과자류는 깨끗이 팔려나갔다.

해미드가 소리 내어 웃었다.

"어젯밤엔 장사가 최고로 잘됐어요. 현금만 몇천 달러 될걸요."

"해미드, 자네 생각도 좀 하는 게 좋을 거야."

"네?"

"남은 담배를 따로 챙겨놔."

"왜요?"

"그냥 투자라고 생각해. 인플레에 대비한."

해미드는 고개를 저었다.

"그럴 순 없어요. 고속도로에서 온 낯선 사람이라면 모를까, 이 동네 사람한테는."

존은 미소를 지었다.

"그저 자네를 생각해서 한 말이야. 담배를 따로 치워두게. 지금부터는 동네 친구들한테 팔 때 한 갑씩만 주게."

해미드는 존이 문을 나서자마자 진열대의 담배를 치우기 시작했다. 존은 차를 몰고 한 블록 간 다음 정체된 차를 요리조리 빠져나가 몬트리트 로드로 접어들었다. 그가 대학으로 출근할 때 이용하는 길이었다. 소방서와 경찰서가 오른편에 있는데 거기 모여 있던 사람들이 차 소리를 듣고 일제히 그가 오는 방향을 쳐다보았다. 그는 차를 세웠다. 이번에는 내린 다음 문을 잠그고 열쇠를 주머니에 넣었다.

"존, 어떻게 해서 그 고물차를 굴러가게 했나?"

시의 치안국장으로, 소방 및 경찰 부문의 총 책임자인 찰리 풀러였다. 그는 독립전쟁 토론회의 회원으로 오랫동안 활동해왔고, 남부지역에 관한 헌법적 정의란 주제로 토론을 할 때면 늘 존과 맞서는 인물이었다.

"여기선 차가 한 대도 못 움직이고 있나?"

존이 물었다.

찰리는 고개를 가로저었다.

"아무것도. 정말 힘든 밤이었어."

"무슨 일이 있었나?"

"근처에서 몇 명이 죽었어."

"뭐라고?"

"대부분 심장마비야. 한 명은 고속도로에서 걸어온 뚱보였는데, 바로 여기 우리가 서 있는 곳에서 털썩 쓰러졌다네. 구급차고 뭐고 아무것도 없는데 말이야. 켈로 의사를 불러왔지만 벌써 숨이 없었어."

찰리는 머뭇거리며 말을 이었다.

"요양소에서도 세 명이 죽었다네. 하지만, 타일러는 괜찮아."

그는 급히 덧붙였다.

"좀 전에 들었을 때까지는 말이야……. 사람들이 이리로 걸어와서, 아니면 자전거를 타고 와서 이런저런 사고 소식을 알려주고 있어. 크래기의 화재도 말이네."

"그건 나도 봤어."

"누구 말로는 비행기라고 해. 커다란 비행기."

존은 아무 말도 하지 않았다.

"존, 모든 통신망이 두절되었네. 유선전화도, 라디오도, 모든 게. 애슈빌 소식은 전혀 알 수 없어. 완전히 어둠 속에 있는 거야."

"그럴 거라 생각했네."

자동차 엔진이 그르렁거리는 소리가 들렸다. 그 소리가 무엇인지 즉시 알아챈 존이 고개를 돌려보니 모퉁이에서 낡은 폭스바겐이 나타났다. 산길 아래쪽에 사는 이웃인 짐 바틀릿이었다.

짐은 존의 엣셀 옆에 차를 세우고 밖으로 나왔다. 짐의 모습을 보면 존은 언제나 정신이 어지러웠다. 짐은 타임머신을 타고 1970년에서 온 사람 같았다. 누더기 청바지, 칼라 없는 셔츠, 윌리 넬슨이 한 것 같은 헤드 밴드. 세월의 흐름에 굴복한 유일한 표시는 가슴까지 내려오는 긴 수염과 짧은 머리가 회색으로 변했다는 것뿐이었다.

"이보게들, 무슨 일 있나?"

짐은 가소롭다는 듯 웃으면서 물었다.

"그 낡은 폭스바겐은 굴러가는군요."

찰리가 답했다.

짐은 미소를 지었다.

"세상의 종말이 온다고 해도 이 차는 마지막 폭발 순간까지 계속 굴러갈걸."

"그렇겠지요."

찰리는 조용히 말했다. 그의 목소리가 하도 낮아서 다른 사람들에게는 아마 들리지 않았을 것이다.

"그래도 세상의 종말 어쩌고 하는 얘기는 안 했으면 좋겠습니다."

"하지만,"

짐이 되받았다. 얼굴엔 여전히 미소가 어려 있었다.

"계속 있어온 얘기 아닌가. 2012년 12월이라고 했었지. 날짜를 잘

못 짚었던 모양이야."

그는 목소리를 조금 높였다.

"친구들. 때가 온 거요. 세상의 종말. 마야인들이 예언한 그날이 닥쳤소."

존은 주위를 둘러보았다. 짐이 얘기를 시작하자 경찰서 앞에 삼삼오오 모여 섰던 사람들이 이쪽을 쳐다보았다.

"그동안 이날이 오리라는 얘기를 계속 들었을 거요."

짐이 선언하듯 말했다. 기묘하게도 그는 계속 미소를 머금고 있었다.

"마야인들은 옳았어요."

누군가가 맞장구쳤다.

"어젯밤 우리 애도 그런 얘기를 했어요. 누가 이런 일을 예견하고 공상과학소설을 썼대요. 애한테 책을 받아서 훑어봤더니 지금 상황과 똑같지 뭐예요. 짐이 맞아요. 이게 그거라고요."

존은 짐을 좋아했다. 그는 매사에 공정하고 성격도 부드러웠다. 그러면서도 다소 기이한 생각을 갖고 있는 사람이었는데, 그런 사람이 이제 청중을 앞에 놓고 있는 것이다.

"전기가 나간 건 시작일 뿐이오. 태양에서 무슨 일이 벌어지는지 어디 지켜봅시다."

"그만해요, 짐."

찰리가 끼어들었다.

"이리로 와요."

찰리는 짐의 어깨에 손을 얹고 그를 소방서 쪽으로 이끌었다. 존도 따라갔다.

"제정신입니까?"

찰리가 쉰 목소리로 속삭였다.

"패닉을 일으키려는 겁니까? 계속 이러면 선동죄로 끌고 갈 수밖에 없습니다."

짐은 혼란스럽다는 듯 찰리를 바라보았다.

"잠깐만."

존은 두 사람 사이에 끼어들어 찰리의 손을 짐의 어깨에서 떼어놓았다.

"짐, 당신 말이 맞을지도 모릅니다."

존은 황급히 말했다.

"하지만 주위에 애들이 있어요. 이런 상황에서 애들이 겁에 질리면 되겠습니까? 자자, 좀 냉정해집시다. 애들한테는 부모가 알아서 이 상황을 설명하도록 해줘요. 부탁입니다."

짐은 생각에 잠겨 고개를 끄덕였다.

"미안하네, 친구들. 누굴 겁주려는 건 아니었는데."

존은 찰리와 눈을 맞췄다. 지금 경찰이 나서서 짐을 체포하기라도 하면 정말로 공황이 시작될 것이다. 찰리는 존의 의도를 알아차렸다.

"미안해요, 짐. 애들이 벌써 겁을 집어먹고 있는데 더 심해질까 걱정했던 겁니다. 그러니 우리 모두를 위해 마야 이야기는 더 이상 하지 말아요. 아시겠습니까?"

"알았네, 찰리. 알아들었어."

존이 말했다.

"가서 그냥 농담이었다고 하면서 사람들을 진정시켜주세요. 그럼 아주 도움이 될 겁니다."

"알았네."

짐은 지켜보고 있는 사람들을 향해 몸을 돌렸다.

"그냥 웃자고 한 얘기였소."

"웃자고?"

누군가 신랄하게 맞받아쳤다.

"대체 무슨 일이 일어나고 있는지 알고 싶단 말입니다."

찰리가 말했다.

"지금 우리가 하고 있는 게 바로 그겁니다. 그러니 모두들 진정하세요."

경찰서에서 서장인 톰 베이커가 나왔다.

"거기 두 사람, 안녕하신가?"

"빌어먹을."

짐이 중얼거렸다.

"드디어 납시었군."

"톰, 안녕하세요?"

존은 조용히 인사를 건넸다.

"온몸이 벼룩으로 뒤덮여 있는데 다리가 없어 긁을 수도 없는 개하고 똑같은 신세지."

톰의 화려한 남부식 어법에 존은 미소를 지었다.

"찰리, 물어볼 게 있네."

존이 말했다.

"모든 통신이 두절되고, 내 차와 짐의 차를 빼놓고는 모두 죽어버린 건가?"

"그래. 바로 그런 상황이야. 버틀러 정비소에 있던 낡은 지프 한 대도 움직이긴 해. 지금 우리한테 있는 건 모터 자전거와 오토바이 몇 대야. 모리 헌트의 골동품 제2차 세계대전 지프도 있군. 지프는 고속도로로 가서 사람들이 알려준 긴급 상황을 점검하는 중이지."

"그다지 좋은 상황은 아니군."

"자네하고는 마음이 통하는 것 같아."

찰리가 부드럽게 말했다.

"오빌 가드너는 어디 있나?"

오빌은 애슈빌 시내에서 카운티 비상대책청 부국장으로 일하고 있었다.

"오빌에게서는 아무 소식도 듣지 못했어. 애슈빌에 발이 묶인 모양이야."

"톰, 찰리, 안에 들어가서 얘기 좀 할까요?"

"왜?"

톰이 물었다.

"지금 내가 알고 싶은 건 왜 두 사람 차만 움직이고 다른 차들은 죽어버렸나 하는 거야."

"그야 폭스바겐을 죽일 수 있는 건 아무것도 없기 때문이지."

짐이 씩 웃으며 말했다.

존은 짐과 톰 사이에 끼어들었다.

"안으로 들어가는 게 좋겠습니다."

존은 군 생활의 대부분을 책을 읽고 강의를 하며 보냈지만, 부하들을 이끌고 전투에 참여한 경험도 있었다. 그는 지휘관의 목소리를 기억하고 있었고 지금 그것을 사용했다.

톰은 약간 뻣뻣하게 굴었으나 찰리는 미소를 띠었다.

세 사람은 안으로 들어가고, 짐은 혼자 남았다. 그를 모욕할 생각은 전혀 없었지만 어쩔 수 없었으므로 존은 몸을 돌려 웃음 띤 얼굴로 짐을 바라보았다.

"짐, 톰이 당신을 껄끄럽게 여기니까요."

"해마다 우리 집 근처 잡초 속을 뒤지곤 했지만 한 번도 나를 체포하지는 못했지."

"이 모임에는 빠지는 게 낫겠어요. 차 좀 잘 봐줘요. 사람들을 진정시키고, 예언 얘기는 더 이상 안 하는 겁니다. 알겠지요?"

"알았네, 친구."

짐은 그에게 장난스럽게 경례를 붙였다.

존은 시장 집무실로 들어갔다. 책상에 앉아 있던 케이트 린지 시장이 고개를 들어 흐릿한 눈빛으로 그를 쳐다보았다. 두 사람은 오랜 친구였다. 케이트와 메리는 이곳에서 함께 자랐다.

"피곤해 보이네요, 케이트."

"피곤해요. 세 번째 임기에 출마하지 말걸. 모든 게 잘 돌아가도 고맙다는 말을 못 듣는 일인데 지금은 오죽하겠어요. 톰에게서 요양원 소식 들었나요? 세 명이 죽었어요."

"네, 들었어요."

"그중 하나가 윌슨네 아이예요."

존은 한숨을 내쉬며 고개를 흔들었다. 대학에 갓 입학한 청년이었는데 3년 전 교통사고를 당했다. 갑자기 술 취한 사람이 튀어나온 탓에 사고가 난 흔한 경우였는데, 그만 식물인간이 되고 만 것이다. 인공호흡기에 의지해 버티고 있었지만 부모는 희망의 끈을 놓지 않았다.

그런데 그렇게 끝나버린 것이다.

"요양원에 의무적으로 긴급발전 시설을 설치하도록 법으로 정해야 해요. 저 위 요양원 사람들은 아마 엄청난 소송에 휘말리게 될 거예요."

"고속도로는 어떻습니까?"

존이 물었다.

"거긴 아무 문제 없나요? 어젯밤 술 취한 작자하고 마주쳤는데."

"술 취한 놈들 넷이 유치장에 들어가 있다네."

톰이 대답했다.

"자네가 만난 놈도 거기 있을 거야. 그자를 고발하고 싶은가?"

"아니, 아닙니다."

"몇 시간 전에 노스포크에서 누가 자전거를 타고 와 알려주었는데 트레일러에 화재가 났다고 하네. 그래니 토머스가 타 죽고 말았다는군."

"그런 일이……."

존은 말을 잇지 못했다.

창밖을 내다보던 케이트가 몸을 돌려 존을 마주 보았다.

"그런데 짐과 당신의 차만 움직이는 이유는 뭐죠?"

존은 주위를 둘러보다 의자를 발견하자 양해도 구하지 않고 앉았다. 그러고는 어젯밤 서가에서 꺼낸 보고서를 케이트의 책상에 툭 던졌다.

"전쟁대학 시절에 봤던 자료입니다."

"미국 대륙에 대한 비대칭 공격(국가 대 국가, 정규군 대 정규군과는 달리 전쟁 행위자의 실체가 분명하지 않은 전선에서의 공격. 테러, 게릴라전 등을 예로 꼽을 수 있다. 군인과 민간인, 군사 시설과 비군사 시설의 구분도 모호해지는 것이 특징) 가능성."

케이트가 표지 제목을 소리 내어 읽었다.

"전쟁대학에서 강의 준비를 위해 몇이서 함께 만들었던 자료입니다. 물론 장교들만 수강하는 강의였지요. 참고 자료로 복사본 한 부를 갖고 있었어요. 4장 EMP에 아까 했던 질문의 답이 나와 있어요."

"EMP였군."

찰리가 조용히 말했다.

"고속도로에 멈춰 선 자동차들을 보고 나도 바로 그 생각을 했었는데. 자네가 와줘서 다행이야. 자네라면 뭔가 알고 있을 것 같았거든."

케이트가 날카롭게 말했다.

"여기 멍청한 여자도 있다는 걸 티내고 싶지는 않지만, 대체 지금 무슨 얘기를 하는 거죠?"

존은 톰의 얼굴을 쳐다보지 않을 수 없었다.

톰이 입을 열었다.

"들어보긴 했지만 기억을 할 수 없군. 이 일이 테러리스트의 짓거리와 비슷한 것이라는 얘긴가?"

존은 고개를 끄덕였다.

"EMP. 전자기 펄스Electromagnetic Pulse. 핵폭발의 부산물이죠."

"우리가 핵공격을 당했다는 말인가요?"

케이트가 물었다. 몹시 놀란 것 같았다.

"그런 것 같습니다."

"오, 맙소사. 방사능 낙진은요? 그런 일이라면 즉시 행동에 착수해야 돼요."

존은 고개를 저었다.

"잠깐만요. 케이트. 이 문제는 사실 좀 복잡합니다. 조금만 시간을 내서 그 보고서를 읽어보세요. 그러면 이해가 좀 될 거예요."

"존, 핵공격이라고요? 전쟁이란 말인가요?"

"케이트, 나도 모릅니다. 지금 여기 블랙마운틴에서, 저 바깥에서 무슨 일이 벌어진 것인지 당신들보다 더 알고 있는 건 없어요. 하지만 상황 자체가 내게 많은 걸 알려주고 있어요."

"어떻게요?"

존은 깊은 한숨을 내쉬고, 그녀의 책상 위에 있는 스티로폼 컵과 부스러기가 묻어 있는 종이 접시를 바라보았다.

"이봐요들. 이런 말까지 하긴 싫지만 지금 나는 배가 고파 죽겠고 카페인도 필요해요."

잠시 아무도 움직이지 않았다. 케이트는 의자에 그대로 버티고 앉아 움직일 의사가 없다는 점을 확실히 했다.

"뒤편에서 물을 끓이고 있네."

찰리가 이렇게 말하고 방을 나갔다. 조금 뒤 그는 존이 마시는 방식대로 블랙커피 한 잔을 들고 들어왔다. 놀랍게도 베이컨과 달걀도 가져왔다.

"EMP를, 폭풍이 칠 때 전깃줄이나 전화선을 때린 벼락이라고 생각해봐요."

존은 커피를 꿀꺽꿀꺽 마시며 말했다.

"쾅 하고 벼락이 치면 집 안의 모든 전자제품이 타버리죠. 마이크로회로가 들어 있는 섬세한 제품은 더 그렇겠죠. 벼락에는 몇천 암페어의 전류가 흐를 텐데 컴퓨터의 마이크로 칩은 백 단위 암페어에서 작동합니다. 그냥 나가버릴 수밖에요."

케이트는 아무 말 없었다. 그 틈을 이용해 존은 달걀 하나와 베이컨 몇 쪽을 먹어치웠다.

"1940년대에 원자폭탄 발사 시험을 하면서 이 펄스가 처음으로 인식되었어요. 그 당시의 원시적인 핵폭탄에서도 많지는 않았지만 펄스는 방출되었습니다. 그러니까 핵심은 이겁니다. 1940년대에는 반도체 전자제품이 없었고 모두 진공관을 사용했기 때문에 초기 핵폭탄에서 발생한 소량의 펄스로 문제가 발생하지 않았다는 겁니다. 그러다 공중에서 핵폭발을 일으키면 폭발한 에너지가 대기 상층부와 부딪치면서 EMP 효과를 일으킨다는 것을 알게 되었어요. 돌멩이 하나가 산사태를 일으키는 것과 비슷해요. 전자회로 파괴가 일파만파로 확대되는 거죠. 그게 보고서 내용입니다. '콤프턴 효과'라고 합니다. 본론을 말하죠. 90년대에 우리가 보고서 작업을 했을 때, 중국이 핵폭발 때 나타나는 EMP 효과를 키우는 방법을 열심히 찾고 있다는 말이 있었어요. 효과를 훨씬 강력하게 만들기 위해서."

"그럼 중국이 우리를 공격했단 말인가?"

톰이 말했다.

"그 개자식들."

"그건 몰라요."

존은 약간 짜증스러웠다.

"아무도 그건 알 수 없습니다. 적어도 지금 여기서는. 국방부조차도 지금은 모를 겁니다."

그는 밥 스케일즈가 바로 국방부에 있다는 사실을 떠올리고 잠시 머뭇거렸다. 국방부는 무사할까? 아무 소식이 없으니 알 수가 없었다.

그와 동료들이 제시했던 시나리오 중 하나는 EMP 공격으로 우선 통신을 두절시킨 다음 핵심 지역에 선별적으로 핵폭탄을 투하해 일을 마무리짓는 것이었다. 그럴 경우 워싱턴 D.C.가 최우선 목표가 되는 것은 두말할 필요도 없다.

정말이지 미칠 노릇이었다. 그로서는 지금 아무것도 알 수가 없었다.

케이트가 새된 목소리로 말했다.

"어떻게 아무도 무슨 일이 일어났는지 모를 수가 있단 거지?"

"그게 바로 EMP 공격의 기본 개념이에요."

존이 대답했다.

"냉전 때의 러시아 같은 전통적인 적국이 전면 공격을 한 것이든 요즘 같은 테러 공격이든 말입니다. 강력한 전자기 펄스를 내뿜는 핵폭탄을 하나 터트리면 통신이 완전히 끊기고 여러 가지 문제가 발생합니다. 그럼 적은 뒤로 물러나 느긋하게 지켜보든지 계속하는 거죠. 보고서를 만들면서 아주 놀라운 사실을 알게 되었습니다. 삼류 미치광이들, 그러니까 테러 조직, 북한이나 이란 같은 곳의 통치자가 핵폭탄 한두 개만 갖고 있으면 수천 개를 가진 우리와 맞먹을 수 있다는 것이었죠. 그래서 '비대칭 공격'이라 하는 겁니다."

"그럼, 나라 전체가 이런 상황이라는 건가요?"

케이트가 물었다.

"아니면 우리만?"

그는 고개를 저었다.

"잠깐만요. 사실 난 좀 피곤한 상태예요. 집을 경계하느라 거의 날밤을 샜단 말입니다. 그러니까 괜찮으면 순서대로 설명하게 해줘요."

찰리가 끼어들었다.

"물론이네, 존. 천천히 하게."

"EMP의 잠재 에너지 방출량을 늘리는 것 말인데요, 솔직히 기술적인 면은 나도 캄캄해요. 핵폭발이 일어나면 그렇게 된다는 것만 압니다. 하지만 작은 핵무기로 다량의 에너지를 방출할 수 있도록 조정하는 방법이 있지 않을까 하는 생각이 들어요. 그럼 전자제품들은 점점 더 거기에 취약해지겠지요."

"하지만 어디서도 폭발은 없었어."

찰리가 말했다.

"정말이네. 나도 그런 걸 의심했기 때문에 여기저기 물어보았어."

"바로 그게 문제지. 보고서에 그 내용이 있네."

존은 케이트의 책상 위에 놓인 것을 가리켰다.

케이트는 보고서를 들어올려 넘겨보았다.

"몇 부 복사해도 괜찮을까요……?"

얼마나 바보 같은 소리를 했는지 깨닫고 케이트는 말끝을 흐렸다.

"모두가 같은 입장이죠."

존은 안심하라는 듯 웃으며 말했다.

"나도 오늘 아침에 커피 머신으로 커피를 끓이려 했답니다. 괜찮아요, 케이트."

그녀는 순한 미소를 지으며 고개를 끄덕였다.

"계속해봐요, 존."

"그러죠. 찰리의 물음 말인데요. 대기권 위에서 폭발시켜야 EMP 공격이 효과를 나타낸다고 합니다. 다시 '콤프턴 효과'로 돌아가게 되는데, 나도 그 내용을 읽었지만 실은 무슨 말인지 모르겠어요. 기술적인 면을 이해하는 머리는 없거든요. 대기권 위에서 일어난 폭발로 전자파 방해가, 그러니까 자기폭풍 같은 게 생겨 번개나 마찬가지로 아래층 대기로 떨어지고, 모든 전자제품을 태워버리는 겁니다."

"단 한 개의 폭탄으로?"

케이트가 물었다.

존은 고개를 끄덕였다.

"50년대나 60년대 초반의 TV를 생각해봐요. 모두 진공관이었는데, 얼마나 뜨거웠습니까? 그 정도 기능을 하는 장치가 지금은 손바닥보다 작은 게임기 안에 들어가 있어요."

그의 생각은 잠시 샛길로 빠졌다. 포켓용 컴퓨터 게임기들이 모두 못쓰게 되었다. 적어도 그건 괜찮은 일이군.

"전자제품이 더 정밀해졌기 때문에, 사소한 서지(전류나 전압이 갑자기 높아지는 것)에도 점점 민감하게 반응하는 거지요. 누군가 핵폭탄을 터트리고, 방출되는 EMP를 최대치로 조정해두었다 치면 폭발 지점을 기준으로 시야에 들어오는 모든 것을 태워버린다는 얘깁니다. 수천 킬로미터 떨어진 곳까지. 우리의 전력망 속에 있는 모든 것도 마찬가집니다.

전깃줄은 EMP의 거대한 안테나 역할을 하게 됩니다. 전깃줄을 타고 집으로 곧바로 들어와서 소켓을 통해 모든 걸 꽝 하고 끝장내버리는 거죠."

"서지 차단 장치는요?"

케이트가 말했다.

"새로 산 텔레비전에 그 장치를 다느라고 몇백 달러나 썼는데."

존은 고개를 내저었다.

"서지 차단 장치는 여기엔 듣지 않습니다."

찰리가 끼어들었고, 존은 그를 쳐다보았다.

찰리가 말했다.

"2년 전쯤에 이 문제에 대한 브리핑이 있었습니다. 딱 한 번. 수백 가지 위협에 대해 얘기가 있었지만 이 주제에 대한 것은 딱 한 건이었어요. 하지만 누군가 그 문제를 제기했던 건 확실히 기억납니다. EMP는 벼락으로 인한 일반적인 전기 서지보다 훨씬 빠른 것 같아요. 속도가 빠르다는 게 아니라 효과가 정점에 달하는 게 빠르다는 얘기였습니다. 번개가 전기선을 탔을 때보다 서너 배 빠르다고 했어요. 너무 빠르기 때문에 서지 차단 장치에 들어 있는 계전기가 미처 반응하기도 전에 전체 시스템이 나가버립니다. 그래서 EMP가 그렇게 위험한 겁니다. 전자제품 속에 들어 있는 차단 장치들이 작동하기도 전에 태워버리거든요."

"자네는 아직 자동차에 관한 내 질문에 대답하지 않았네."

톰이 느닷없이 말했다.

"왜 자네 차는 멀쩡한지 말이야. 경찰차만 해도 여섯 대나 널브러져 있는데."

"전자 장치 때문이죠."

찰리가 대신 대답했다.

"처음에 나도 EMP 생각을 떠올렸는데, 하지만 그런 말을 입 밖에 내선 안 된다는 생각이 들었습니다."

"도대체 왜?"

"공황이 일어날까 봐 두려웠어요. 두어 달 전에 인터넷에서도 여기에 관한 글을 봤어요. 2년 전에 얘기하던 것보다 훨씬 더 심한 내용이더군요. 우리를 좋아하지 않는 자들이 엄청난 시간과 돈을 쏟아부은 것 같습니다."

"그럼 왜 보호책을 강구하지 않았던 거죠? 성능 좋은 서지 차단 장치를 만들려면 뭐가 필요한 건가요?"

케이트가 물었다.

존은 한숨을 쉬며 고개를 가로저었다. 케이트가 정곡을 찔렀던 것이다.

"케이트, 그건 기술적인 문제겠지요. 하지만 수많은 제품을, 수천억 개의 제품을 개조해야 한다는 뜻입니다. 고위직 인사들이 어떨지 생각해봐요. 과학자들이 기술 용어를 늘어놓기 시작하면 하품이나 하겠죠. 그러면 그런 보고서들은 이런저런 위원회로 넘겨지고……."

"하지만 이런 일이 일어났네."

찰리가 냉정한 어조로 말했다.

존은 좌절감을 느끼며 고개를 끄덕였다.

"지구 온난화 문제, 그저 위협일 뿐인데도 거기에 수천억 달러를 쏟아부었지요. 많은 사람들이 온난화가 사실이 아니라고 했는데도 말입니다. 이 문제는 전혀 홍보되지 않았어요. 대형 스타나 정치가들이 이 문제를 외치지도 않았고…… 극소수를 제외하고는 아무도 여기에 주의를 기울이지 않았습니다."

"하지만 아직도 그게 자동차와 무슨 관계가 있는지 모르겠군."

톰이 끼어들었다.

"컴퓨터는 그렇다 치고, 차는 왜?"

"1980년 이후에 나온 차에는 대개 반도체 장비가 들어 있거든요."

존이 설명했다.

"카뷰레터를 생각해보세요. 연료 분사 장치, 전자 점화 장치가 등장하면서 퇴물이 되었죠. 젠의 낡은 엣셀과 바틀릿의 폭스바겐이 괜찮은 건 그 때문이에요. 엔진에 컴퓨터가 없고, 라디오는 진공관이니까요. 서지가 태울 게 없는 겁니다. 그래서 달릴 수 있어요. 지금은 모든 차들이 컴퓨터에 연결되어 있지요. 현대 과학 덕분에."

존은 주머니를 더듬어 담배를 꺼냈으나 머뭇거렸다. 케이트와 톰이 그를 물끄러미 바라보았다. 시내의 모든 빌딩은 금연 건물로 지정되어 있었다.

존은 망설였다. 하지만 담배 한 모금이 절실했다.

"이봐요들, 내 얘기를 듣고 싶다면 한 대 피워야겠어요."

"아직까지 담배를 끊지 않은 걸 알면 메리가 가만있지 않을걸요."

케이트의 말에 존은 날카롭게 대꾸했다.

"죄책감 들게 하지 말아요."

10년이나 금연했던 그가 다시 담배를 피게 된 것은 메리가 죽어가는 것을 지켜보면서였다. 군은 금연에 대해 엄격한 방침을 세웠고, 장성 심사 과정에서 흡연은 그에게 불리한 시빗거리가 되었다. 국방부의 회계담당자와 보험계리사들은 어차피 일찍 죽을 사람한테 투자할 이유가 뭐냐고 떠들어댔다.

"피우고 얘기 계속해요. 내게도 그 망할 담배 한 개비 주고요."

케이트는 머뭇거리다가 덧붙였다.

이번에는 그가 망설일 차례였다. 그는 다른 사람을 악행으로 끌어들이고 싶지 않았다. 하지만 오늘 같은 날에는……. 대체 이게 무슨 일이람.

존은 케이트에게 불을 붙여주었다. 그녀는 의자에 기대 앉아 깊이 빨아들인 다음 연기를 토해내고 한숨을 쉬었다.

"빌어먹을, 6년이나 참았는데."

몇 초가 지나자 그녀는 미소를 지었다. 케이트가 얼굴에 웃음을 띤 것은 그가 들어온 이후 처음이었다.

"끝내주는데."

그녀는 중얼거리며 다시 한 모금 빨았다.

"지금은 거의 모든 것에 컴퓨터가 들어 있죠."

존이 말을 계속했다.

"금전등록기, 전화, 장난감, 자동차, 트럭 등등. 하지만 그중에서도 가장 큰 위험에 노출된 것은 전기 배급망입니다. 날 잡아 잡수 하고 있는 형편이죠."

톰은 벽에 기대어 서서 신중하게 말을 골랐다.

"그들이 이런 일을 예상해야 했다는 거군. 뭔가를 했어야 했다는 거야."

"'그들' 이라뇨, 톰?"

"빌어먹을, 자네도 알지 않나. 대통령과 국토안전부 말이야. 나는 테러리스트를 경계하라는 이메일을 거의 매일 받아. 핵폐기물을 실은 트럭이 탈취당할 때를 대비해 이런 훈련을 해라, 저런 대비책을 강구해라 등등이지. 작년에는 테러리스트가 전염병을 퍼트릴 것을 가정하고 병원과 합동으로 비상훈련까지 했어. 우리 수납장에는 생화학 방호복이 스무 벌 들어 있지. 그런데도 EMP 어쩌고 하는 얘기는 한 번도 들어본 적이 없단 말일세."

존은 한숨을 내쉬었다.

"그래요, 알아요. 사람들 대부분은 이 문제를 알지 못해요. 일부는 공상과학소설로 여기죠. 하지만 지금은 그게 문제가 아닙니다."

"지금도 방사능이 걱정돼요."

케이트가 말했다.

"낙진이요."

"그럴 필요 없습니다."

"꽤 자신만만하네요."

"여기는 작동되는 라디오가 한 대도 없죠?"

존이 물었다.

톰은 고개를 저었다.

"내게는 있어요."

"어디에?"

"엣셀 안에요. 구식 진공관 라디오거든요. 어젯밤에 점검해보았는데 다이얼을 돌려도 모두가 먹통이었어요. 이 일이 지역적인 것이라면, 애틀랜타와 샬럿에 핵폭탄이 떨어진 거라면 중서부나 북동부의 라디오 방송은 잡혀야 돼요."

"어째서?"

"톰, 이건 지역에 국한된 문제가 아닙니다. 아까 말했듯 시계視界가 모두 포괄되는 겁니다. 내 생각엔 대기층 수백 킬로미터 위에서 핵폭탄 두어 개를 터트린 것 같아요. 그러면 미국 대부분을, 아마 전체를 영향권에 두게 되겠죠. 낙진은 폭탄이 대기권에서 터질 때 생기는 방사능 재예요. 대기권 위에서 EMP가 뻥 하고 터지는 건…… 어쨌든 적어도 낙진은 걱정할 게 없습니다."

찰리가 한숨을 내쉬었다.

"지저스 크라이스트."

존은 허를 찔린 기분이었다. 엄격한 남부 침례교도인 찰리가 신의 이름을 입에 담는다는 건…… 가톨릭 신도야 개의치 않겠지만 침례교도에게는 중대한 금기 사항이었다.

톰이 다시 질문을 던졌다.

"누구 짓이라고 생각하나?"

"그게 문제가 되나요?"

"내겐 그래."

톰이 말했다.

"지금 머리에 떠오르는 건 이란에 있는 작자군. 내 조카 하나가 태평양에서 해군으로 근무하고 있는 건 자네도 알 거야. 나는 우리 군이 누구와 싸우고 있는지 정말 궁금해. 만약 중국놈들이라면 조카가 전쟁터에 있다는 뜻이고, 더러운 누더기를 뒤집어쓴 무슬림을 상대하는 거라면 내 아들이 그 속에 있는 거지."

"중국은 아닐 것 같은데요."

존이 조용히 말했다.

"왜? 그놈들이 그 문제를 연구했다면서?"

"연구를 했다고 첫 번째 공격에 그걸 쓸까요? 그렇진 않을걸요. 그 자들도 EMP에 취약한 건 우리와 마찬가지예요. 우리에게 그렇게 하면 우리가 그들을 납작하게 만들어버릴 테고요. 그건 그들도 잘 알고 있어요."

"우리도 그걸 갖고 있나?"

"물론이죠. 1991년에 무엇을 가지고 사담을 위협했다고 생각하는 겁니까? 찰리, 자네도 그때 거기 있었지? 나처럼 말이야. 자네는 기억할 거야."

"그자들이 대량 살상 무기로 우리를 공격한다면 바그다드 상공 30킬로미터에서 핵폭탄을 터트리겠다는 거였지."

"대기권 위에서 핵폭탄이 터지면, 혹은 대기권 상층부에서 터지면, 아까 내가 말했던 전기적 연쇄 반응이 일어나게 됩니다. 태양 표면에서 폭발이 일어나면 그로 인한 자기 교란이 대기권 상층부에 흡수되어 북쪽 하늘에 북극광이 나타나죠. 그런데 그 폭발 규모가 거대하면 교란이 지상에까지 닿아서 합선 현상이 일어납니다. 그렇기 때문에 우리는 사담을 EMP로 위협했던 거죠. 만약 그랬다면 이라크 중부의 전력망이 끝장났을 겁니다. 그들의 지휘 통제 시스템도 마찬가지고. 그들이 우리를 공격하지 않았으니까 우리도 그렇게 하지 않았을 뿐이에요."

케이트가 물었다.

"하지만 만약 그랬다면 우리에게도 피해가 왔을 것 아닌가요?"

"아니죠. 시계의 문제라고 했잖아요. 상공 30킬로미터라면, 사우디아라비아에 있는 우리 군은 지평선 아래에 놓여 보이지 않습니다. 게다가 우리는 EMP에 대비해 장비를 강화시켰어요. 레이건 시절에 거기에 돈을 엄청 썼지요."

"그럼 군은 지금도 문제 없다는 뜻이네요?"

"글쎄요. 그게 아까 그 보고서의 골자예요, 케이트. 레이건 이래 모든 행정부가 비축용 전자제품에 핵차폐 장치를 강화했습니다. 하지만 그러는 동안에도 장비들은 더 정교해져서 더 민감해졌고, 폭발로 인한

EMP의 잠재력은 더 강해졌지요. 1991년을 생각해봅시다. 고성능 전자 장치에 우리가 얼마나 감탄했었죠? 하지만 그런 장비들은 지금과 비교하면 증기 엔진만큼이나 원시적인 것이었어요. 그런데다 컴퓨터와 전자제품은 속도와 성능이 개선되면서 점점 더 작아져 EMP 공격에 더 취약해졌죠."

그는 피우던 담배꽁초를 거의 비어 있는 커피 잔에 버리고 새 담배에 불을 붙였다. 케이트에게 권하자 그녀도 받아 들었다.

"그래서 대체 누구 짓이라는 건가요?"

"내 생각에는…… 북한일 수도 있고, 이란이나 북한에서 무기를 공급받은 중동 테러집단일 수도 있겠죠. 옛 소련이 남겨둔 핵탄두가 엄청나다는 건 모두들 알고 있잖습니까. 늦든 빠르든 누군가 그걸 손에 넣었겠죠. 이란과 북한은 필사적으로 핵폭탄을 만들려 하고 있지만 미치지 않고서야 우리한테 그걸 쏘지는 않을 겁니다. 그 대가로 수천 개의 핵폭탄에 얻어맞아 잿더미가 될 테니까. 하지만 그들이 EMP 무기를 택한다면…… 그러면 그들이 이기는 셈이죠. 우리가 상상도 못 했던 피해를 입힐 수 있다는 면에서 말입니다. 어쨌든 핵폭탄은 잠수함에서 발사했을 수도 있고, 해안에서 수백 킬로미터 떨어진 곳에 떠 있는 수송기에서 쐈을 수도 있어요. 그렇게 가까이에서 발사하면 구식 스커드 미사일로도 충분히 높이 쏘아 올릴 수 있으니까요. 하나, 아니면 두세 개로 이 나라 전체를 끝장낼 수 있습니다."

"지금도 도저히 믿을 수가 없네요."

케이트는 한숨을 쉬었다.

"《손자병법》이로군."

찰리의 말에 존은 그를 쳐다보며 웃음 지었다.

"적은 결코 강한 곳을 공격하지 않는다……. 적은 가장 약한 곳을 공격한다. 스스로 약점을 모른다 해도 적은 기필코 알아낸다."

세 사람 모두 깜짝 놀란 표정으로 존을 쳐다보았다.

"왜들 이래요. 대학 때 배운 걸 약간 기억하고 있는 것뿐인데."

잠시 동안 아무도 입을 열지 않았다.

"멀리서 무슨 일이 일어났든,"

존은 부드러운 목소리로 다시 이야기를 시작했다.

"그건 지금 우리한테 문제가 안 돼요. 문제는 여기 블랙마운틴에서 벌어지는 일입니다."

케이트가 물었다.

"전기가 다시 들어오려면 얼마나 걸릴까요? 어떻게 해야 하는지 워싱턴에서는 아무 말 없어요? 아니면 롤리나 애슈빌에서라도 무슨 말 없어요?"

그 순간 존은 오래된 독립전쟁 노래 〈로레나〉의 한 구절을 퍼뜩 떠올렸다. '몇 년이 될지 모르지, 영원일지도 모르지.'

"몇 주, 몇 달, 아니면 몇 년이 걸릴 수도 있습니다."

존은 이 말을 하면서 자기가 케이트의 눈을 쳐다보지 못한다는 사실을 의식했다.

바로 어제, 케이트 시장의 최대 관심사는 독립기념일 행진을 이끄는 인물을 누구로 정하느냐를 두고 벌어진 마을의 뜨거운 논쟁과, 수도요금을 둘러싼 애슈빌과의 분쟁이었다.

"우선순위를 정해야 합니다."

톰이 말했다.

"첫째는 치안 문제입니다. 오늘 아침에만 주간도로에서 외지인 5백 명을 붙잡았습니다. 그 사람들을 대체 어떻게 해야 할까요?"

아무도 입을 열지 않았다.

조금 뒤 케이트가 말했다.

"글쎄, 무조건 내쫓을 순 없겠지요."

존은 대답하지 않았다.

"이 상황을 헤쳐나가기 위한 우선순위는……."

이번엔 찰리가 나섰다. 이제 그들 모두가 흥분해 있었다. 존은 지난 열다섯 시간 동안 이 사람들은 '누군가' 나타나서 무엇을 할지 지시해 주길 기다리고 있었다는 사실을 알아차렸다. 하지만 이들은 이제 현실을 직시하기 시작했다. 그 '누군가'는 나타나지 않을 것이다.

"물이 가장 중요해요."

케이트가 말했다.

"언덕 위에 있는 탱크가 마르면 수도관이 비기 시작할 거예요. 우리에게는 탱크를 다시 채울 수단이 아무것도 없어요. 시내 대부분의 지역이 하루 안에 물이 끊길 거예요."

"그런 면에서 우리는 운이 좋습니다. 저수장에서 중력을 이용해 물을 아래로 끌어 쓰고 있으니까요. 둑이 해수면보다 750미터쯤 위에 있으니까 시내 사람들은 얼마간 물을 얻을 수 있습니다. 하지만 그보다 더 높은 곳에 사는 사람들은 어렵겠죠."

찰리가 받았다.

존은 그 말의 의미를 깨달았다. 존의 이웃 한 사람은 집 진입로에 '해발 8백 미터' 라는 표지판을 걸어두고 있었다. 그들은 중력을 이용한 물 공급 지점보다 더 높은 곳에 살고 있는 것이다. 하지만 적어도 우리에게는 수영장이 있다. 얼마나 다행스러운 일인지.

"음식도 큰일입니다. 전기가 없으면 냉장고가 무용지물이니까요."

톰도 나섰다.

존은 침묵을 지킨 채 세 번째 담배를 입에 물었다. 다른 세 사람은 무엇을 먼저 해야 하는지를 두고 논쟁을 벌이고 있었다. 그는 몸을 일으켰다.

"잠깐 대학에 들러봐야겠어요. 그리고 약국에도 아주 중요한 볼일이 있습니다. 열려 있을지는 모르겠지만. 내가 아는 건 모두 얘기했으니까 이만 가볼게요."

그는 문을 향해 몸을 돌렸다.

"존."

부를 줄 알고 있었다. 톰이었다.

"자네 차 말인데."

"내 차가 왜요?"

"그 차를 내게 주게."

"왜요?"

"순찰을 다녀야 해."

"자전거를 타세요. 몸에도 좋을 겁니다."

"바보 같은 소리 하지 말고. 나는 그 차가 필요해. 집까지 태워다주겠네. 차가 꼭 필요하다니까."

존은 잠시 동안 케이트를 똑바로 쳐다보다가 눈길을 다시 톰에게로 옮겼다.

"내 차예요. 우리 가족들 차. 계엄령이라도 선포하려는 겁니까?"

케이트가 조용히 말했다.

"그래야만 할 것 같군요."

"그럼 먼저 계엄령부터 선포한 다음에 와서 어떻게든 가져가 보시든지요, 톰."

"'어떻게든'이라니 무슨 뜻인가?"

"말 그대롭니다. 어떻게든 해보시라고요."

톰은 말없이 서 있었다. 누구도 입을 열지 않았다. 마침내 그가 고개를 끄덕였다.

"알겠네, 존."

존은 다시 케이트를 쳐다보았다. 그녀는 한숨을 내쉬며 동의한다는 뜻으로 고개를 끄덕였다.

“미안해요, 존. 지금 우리는 서로 입장이 다르네요.”

“그럴 수밖에 없죠. 케이트, 충고 하나 할게요.”

“뭔가요?”

그는 그녀가 들고 있는 담배를 가리켰다.

“당신은 다시 담배를 피게 되었죠. 스마일리 편의점에 가서 담배를 몇 보루 사두는 게 좋을 거예요. 현금만 돼요. 해미드가 담배는 없다고 할지도 모르지만, 시장 지위를 내세워서 압박하면 내놓을 겁니다. 담배를 가게 뒤편에 감춰두고 있거든요. 지금 담배를 좀 사두는 게 좋을 거예요. 당신한테 그게 필요해질 테니까.”

존은 몸을 돌려 문을 향했다. 톰이 그를 따라 나왔다.

“또 뭡니까?”

톰은 머뭇거렸다.

“이보게, 존. 미안하네. 어제부터 한숨도 못 잤어. 저기서 있었던 일은 미안하네.”

톰이 손을 내밀었다.

존은 그의 손을 잡았다.

“톰, 절대 당신 입장이 되고 싶지는 않네요.”

“존, 나는 내가 제일 잘났다고 생각하지 않아. 자네는 영리한 친구지. 하지만 나는 내 일을 좋아해. 올바른 일을 하려고 애쓰고 있어. 그렇지만 이런 일들을 처리하게 될 줄은 한 번도 생각해보지 못했네.”

“그래요, 압니다. 어려운 상황이죠. 내가 조금 전에 저기서 한 말이 모두 틀렸으면 좋겠습니다. 처음엔 심각한 태양 폭풍이 아닐까 생각했거든요. 정말로 내가 완전히 틀렸고, 10분 뒤에 전기가 들어올지도 모르지요."

"정말 그럴까?"

톰이 기대를 내비치며 물었다.

존은 머뭇거리며 고개를 내저었다.

자동차로 간 그는 열쇠로 차 문을 열고 운전석에 앉았다. 시동을 걸고 차가 부르릉거리자 그는 죄책감에 가까운 감정을 느꼈다. 주차장에 모여 있던 모든 사람들이 차를 몰고 떠나는 그를 쳐다보았다.

대학에서의 용무는 간단한 것이었다. 그렇긴 해도 일단 들러서 상황을 알아봐야 했다.

그가 교정으로 차를 몰고 가서 게이더 홀 앞에 세우자 사람들이 모여들었다.

"교수님, 멋진 차네요!"

누군가 그렇게 소리치는 것을 듣고 존은 고개를 끄덕이며 미소를 지었다.

헌트 총장과의 대화는 몇 분 만에 끝났다. 총장은 벌써 존과 같은 결론을 내리고 학교 안의 체제를 정비하고 있었다. 학생들은 아침에 스테이크와 아이스크림으로 성찬을 즐겼다고 했다. 대학에서는 가능한 빨리 냉장고를 비워 그것을 학생들에게 먹이려 했고, 절임이나 통조림 식품은 남겨두었다.

작은 대학의 학생들은 착한 애들이어서 자진해서 팔을 걷고 나섰다. 도로에서 차를 치우기 위한 그룹이 조직되었고, 화재에 대비해 호수에서 물을 길어와 학교 건물 곳곳에 마련된 임시 물탱크를 채워넣는 학생들도 있었다. 교내 수영장의 물은 식수로 사용하기로 했다. 그리고 많은 학생들이 불평하긴 했지만, 신축 체육관과 코브의 주택 건축 현장에서 가져온 자재로 기숙사 앞에 네 개의 이동 화장실을 세웠다.

교내 치안담당자인 워싱턴 파커는 위상이 완전히 달라져 있었다. 그간 학생들은 그를 '청원경찰' 정도로 여겼으며 새벽 3시에 학생회관에서 졸았다고 놀리기도 했었는데, 그런 파커에게 본격적인 임무가 주어졌다. 60대 초반인 파커는 해군 하사관 출신으로 온화한 성격이었다. 지금까지 그가 해온 일은 만취한 학생을 단속하거나 근무시간 중 지겨움을 덜기 위해 주차된 차에 랜턴을 비춰보는 것 정도였다. 파커는 벌써 야구단의 덩치 큰 선수들과 만나 코치들과 함께 24시간 경계를 서며 교내 치안을 유지하는 문제를 의논했다고 했다.

노스캐롤라이나 서부 산간지대에 있는 '안전한' 캠퍼스, 몬트리트 대학에서 일하고 있었지만 본래 파커는 맡은 일을 진지하게 여기고 있었다. 코브에 있는 이 대학에서는 강간이나 상해, 마약과 같은 심각한 문제는 물론 경범죄조차 찾아보기 힘들었다. 하지만 그는 정부에서 대학 안전과 관련해 개최하는 컨퍼런스에 꼬박꼬박 참석했고, 특히 테러리스트의 대학 장악이 주제일 때는 더욱 열성을 보였다. 한번은 존과 그 문제로 이야기를 하던 중에 산악 지대에 있는 이 대학이 너무 안전하기 때문에 역으로 공격 대상이 될 수 있다는 점을 지적하기도 했다.

게이더 홀에서 차를 몰고 나와 시내로 향하던 존은 캠퍼스로 통하는 관문 지점에 서 있는 워싱턴을 발견했다. 그는 속력을 줄여 워싱턴 옆에 멈춰 섰다. 워싱턴은 그의 얼굴을 들여다보더니 그제야 인사를 했다.

"안녕하십니까, 대령님."

대령과 하사. 두 사람 사이에서 익숙한 농담이었다. 하지만 오늘 그런 호칭을 들으니 묘한 느낌이 들었다.

"사열입니까?"

워싱턴이 물었다.

"여기는 어떤지 살펴보려고 들렀을 뿐이에요."

"EMP죠? 그렇죠?"

"어떻게 아세요?"

"지금 타고 계신 차도 이유가 되지요."

워싱턴이 느릿느릿 말했다. 사우스캐롤라이나 흑인 특유의 풍부한 악센트가 해병대 훈련담당 하사관의 딱 부러지는 말투와 섞여 있다.

"반도체가 나오기 전 모델이죠. 젠 부인의 무스탕도 영향을 받지 않았을 거라고 생각합니다만."

장모의 집은 대학에서 걸어갈 수 있는 거리에 있었다. 그 생각을 하다 존은 무언가를 깨달았다. 어느새 모든 거리를 도보 거리로 재고 있었다…….

"지금 뭔가를 내게 제안하는 거지요?"

"그렇습니다, 선생님. 여기 운행 가능한 차가 한 대 있으면 아주 도움이 될 겁니다. 필요할 때 빨리 움직일 수 있으니까요. 게다가 사람들이 상황을 알아차리면 그 차는 곧 도난당할 겁니다."

"장모가 알면 나를 죽이려 들 텐데. 그러니 워싱턴, 이건 우리 둘만의 비밀입니다."

존은 주머니에서 열쇠고리를 꺼내 열쇠 하나를 빼냈다.

"이게 그 집 열쇠예요. 비밀번호는……."

그러다 존은 살짝 웃으며 고개를 흔들었다.

"실은 무스탕 열쇠예요. 비밀번호 같은 건 알지도 못해요."

워싱턴도 웃음을 터트렸다.

"점프 스타트 하면 됩니다."

"전쟁 기간 중에 그 차는 당신 겁니다."

하지만 존은 주저하며 덧붙였다.

"내가 지금 타고 있는 이 괴물이 고장 나든지 아니면 다른 사람이 그 차를 차지하기 전까지는. 베이커 서장과 그 문제로 다툼을 벌인 지 아직 한 시간도 채 안 되었습니다. 겨우 이 괴물을 넘기지 않고 버텼지만, 아마 서장도 곧 무스탕을 생각해낼 겁니다. 그러니 빨리 그 집에 가보는 게 좋겠어요. 먼저 차지하는 놈이 임자죠."

"알겠습니다, 선생님. 차를 잘 돌볼게요. 함부로 몰고 다니지 않겠습니다."

"이봐요, 워싱턴. '존'이라 부르세요. 그 '선생님' 소리 좀 집어치워요."

워싱턴은 미소를 지었다.

"전쟁 기간 중이라고 하셨죠, 선생님. 차에 대해 말씀하실 때."

이렇게 말하는 그의 표정이 심각해졌다.

그러더니 워싱턴은 길목으로 되돌아갔다.

"좋은 위치죠. 아실 겁니다."

존도 캠퍼스를 향해 차를 몰고 오면서 그 문제를 여러 번 생각해보았다. 그 길목에는 양쪽이 선반처럼 튀어나온 아치형 석조 구조물이 놓여 있었다. 그곳에 도로가 깔린 것은 백 년쯤 전이었다. 그 길목은 오래 전, 1920년대에는 미첼 산 꼭대기로 이어지는 관광 도로의 입구 역할을 했고, 아치형 구조물은 오랫동안 사용되지 않았던 도로에 남아 있는 예스러운 유물이었다. 구조물의 동쪽으로는 플랫 크릭 개울물이 흘러내리고, 서쪽에는 거의 수직에 가까운 절벽이 서 있는데 절벽에 이어진 산등성이에서 도로를 향해 좁은 길이 나 있었다. 들어가는 길도 하나, 나가는 길도 오직 하나뿐인 그런 곳이 있는데, 그 길목이 바로 그런 곳이었다. 워싱턴은 그런 사실을 오래 전부터 염두에 두고 있었음이 분명했다.

존은 아무 말도 하지 않고 다시 시내로 향했다. 스테이트 스트리트를 건너 노퍽앤드서던 길을 달렸다. 홀리데이인을 지나치면서 보니 몇몇 사람들이 바깥에 나와 앉아 있었고, 아이들은 술래잡기를 하며 뛰어다니고 있었다. 밖에 세워진 그릴 몇 개에서 음식이 익어가는 중이었다.

그는 도로 옆에 서 있는 사람을 알아보고 속도를 줄였다. 그 여자는 팔짱을 낀 채 멍하니 산 쪽을 바라보고 있었다. 그는 자기 차가 다시금 사람들의 시선을 모은다는 점을 불편하게 의식하면서 차를 세웠다.

여자가 그를 쳐다보았다. 누군지 알아보는 것 같았다.

"부인, 죄송하다는 말씀을 드리려고요."

"그러시겠죠."

그녀는 여전히 정장 차림이었으나 하이힐 대신 낡은 운동화를 신고 있었다.

존은 차 문을 열고 내려서 손을 내밀었다.

"이봐요, 진심으로 사과드리는 겁니다. 그때는 아이들과 장모님이 옆에 있었고 그리고 솔직히……."

그는 머뭇거렸다.

그녀는 표정을 누그러트리며 내밀어진 그의 손을 잡았다.

"알아요. 이해해요. 같은 입장이었다면 나도 그렇게 했을 거예요."

"존 매더슨입니다."

"마칼라 터너예요."

"특이한 이름이군요."

"전쟁 때 할아버지가 하와이 주둔군이었어요. 그곳 말로 꽃이라는 뜻이래요. 할아버지가 아버지한테 이 이름을 붙이라고 하셨죠."

존은 자기도 모르게 그녀의 모습을 훑어보았다. 하이힐을 신고 있지 않았지만 그녀는 키가 컸다. 178센티미터쯤 될 듯했다. 말랐고, 금발은 어깨까지 내려왔으며, 블라우스 위쪽 단추 두 개를 풀고 있었다.

재빨리 훑어본 것에 불과했지만, 그는 자기 행동을 그녀가 유심히 보고 있다는 사실을 알아차렸다. 이상한 일이다. 매력적인 여자를 앞에 두고 단 몇 초라도 눈길을 주지 않으면 그 여자를 모욕하는 것이 된다. 그러면서도 슬쩍 쳐다보면 얼음처럼 차가운 시선을 받게 되는 것이다.

그녀는 살짝 웃음을 머금었다.

"어디서 온 겁니까?"

"샬럿이요. 심장수술팀의 간호부장으로 일해요. 메모리얼미션 병원에서 새로운 심장부정맥 수술법에 관한 컨퍼런스가 있어서 거기 가던 길이었어요. 자, 지금 도대체 무슨 일이 벌어지고 있는지 얘기해주실 수 있나요?"

"그러고 보니 생각나네요. 지금 당장 해야 할 일이 있습니다. 10분 뒤에 여기서 다시 뵐까요?"

"그러죠."

그는 차로 돌아가다 머뭇거리며 그녀를 쳐다보았다.

"지금 바로 약국에 가야 합니다. 거기서 살 게 있거든요. 괜찮으면 같이 가시죠."

그녀는 움직이지 않았다.

"당신을 낚으려거나 뭐 그런 게 아닙니다. 정말로요. 딸아이 약을 사러 가야 합니다. 가는 동안 질문에 대답해드리면 되잖아요."

"좋아요. 다른 뜻이 있는 것 같지는 않네요."

CVS 약국이 있는 쇼핑센터는 불과 몇 블록밖에 떨어져 있지 않았다. 주차장은 차로 가득 차 있었으나 사람 모습은 보이지 않았다.

그는 차에서 내려 약국을 들여다보았다. 실망감이 밀려왔다. 불이 꺼져 있었다. 빌어먹을, 닫혔군. 하지만 다음 순간 그는 자신이 얼마나 어리석은 생각을 했는지 깨달았다. 당연히 모든 상점에 불이 들어오지 않는다.

"방금 얘기한 것처럼, EMP라고 생각해요."

존은 차 안에서 나눈 짧은 대화를 이어갔다.

"저도 같은 생각을 했어요."

"어떻게요?"

그녀는 미소를 지었다.

"제가 수술팀에서 일하잖아요. 우린 재난 대비 훈련을 많이 했어요. 9·11 이후에는 특히. EMP에 대한 시나리오도 있었어요. 유쾌한 일은 아니었죠. 며칠 동안 잠을 이루지 못하고 계속 그 생각을 했었으니까. 병원은 그런 충격을 견디지 못해요. 비상용 예비 발전기도 다른 것들과 함께 꺼져버리겠죠. 그러면 어떻게 될지 아실 거에요."

"나중에 좀 더 자세히 얘기해주세요."

존은 출입문을 밀었다.

상점 안은 북새통이었다. 계산대의 점원이 쩔쩔매면서 소리치고 있었다.

"여러분, 제발요. 현금만 됩니다. 죄송해요, 수표는 안 됩니다……."

존은 안쪽 약국 코너로 갔다. 약국 정규 근무자 중 한 사람인 레이첼이 있었다. 그녀의 딸과 엘리자베스는 친구였다. 열 명 남짓한 사람들이 약국 계산대에 줄을 서 있었는데 가장 앞에 선 사람은 초라한 양복 차림에 넥타이를 풀어 헤친, 40대 초반의 뚱뚱한 남자였다.

"내 말 좀 들어보라니까!"

그 남자가 레이첼에게 고함을 쳤다.

"처방약이 당장 필요하단 말이야, 젠장."

"그러니까요, 손님. 계속 말씀드렸잖아요. 죄송해요. 하지만 우리는 손님에 대해 알지 못하고 손님 의료 기록도 없어요. 그런 상태에서 규제 약물을 드릴 순 없습니다."

"이 망할 곳은 우리 동네가 아니잖아. 여기 시골뜨기들은 그런 것도 모르나? 잘 들어. 난 처방약이 꼭 필요하다고."

약제사 리즈가 존을 발견한 모양이었다. 리즈는 30대 초반으로, 존은 자기가 만난 약제사 중에서 그녀가 가장 매력적인 여자라고 항상 생각하고 있었다. 그녀의 남편도 군 출신이었는데 그 남편의 모습은 보이지 않았다. 키가 160센티미터에 못미치고 몸무게도 45킬로그램 정도밖에 안 되는 리즈로서는 감당할 수 없는 상황이었다.

리즈는 호소하는 듯한 눈길로 그를 바라보았다. 존은 의미를 알아채고 주위를 둘러보았다.

계산대 옆에는 잡지꽂이가 있을 뿐, 도움이 될 만한 게 없었다. 하지만 6미터쯤 떨어진 곳에 음료 냉장고가 보였다.

그는 음료 냉장고로 가서 1리터짜리 쿠어스 맥주병을 꺼냈다. 마칼라는 무슨 일인지 알지 못한 채 정나미가 떨어진다는 눈길로 그를 바라보고 있었다.

리즈는 계산대로 가서 흥분한 고객을 진정시키기 위해 팔을 앞으로 내밀었다.

"빌어먹을, 옥시콘틴이라고 했잖아? 옥시콘틴 서른 알 달라고. 전기가 들어오면 내 의사하고 통화해서 그 사람한테 확인을 받으면 되잖아."

"손님, 가게에서 나가주세요."

"뭐라고! 이 씨발년들이. 당장 비켜."

그 남자는 계산대를 타 넘으려 했고, 리즈는 뒤로 물러섰다.

존은 남자 옆으로 가서 병으로 그의 옆머리를 내려쳤다. 병이 산산이 부서졌다.

존은 쓰러지는 남자를 붙잡고 계산대에서 끌고 나와 상점 바닥에 내팽개쳤다. 그러고는 덤으로 남자의 명치를 발로 짓밟았다. 남자는 몸을 웅크렸다.

남자는 날카로운 통증으로 신음하며 바닥에 널브러졌다. 가게 안의 모든 사람들이 할 말을 잃고 멍하니 서 있었다. 존은 리즈를 쳐다보았다.

"미안해요."

방금 일어난 일로 그는 정말로 당황했다. 사회적 금기를 깨트린 것이다. 이 근처 사람들은 누군가의 머리를 맥주병으로 갈기지 않는다. 그것도 뒤에서, 더군다나 약국에서. 존은 경보 장치가 요란하게 울리고 경찰이 뛰어드는 모습을 떠올렸다. 하지만 바닥에 쓰러져 있는 남자의 비참한 울음소리 외에는 아무 소리도 들리지 않았다. 침묵이 이어졌다. 존은 줄에 서 있는 사람들을 바라보았다. 몇 명은 황급히 도망쳐버렸다.

한 여자가 고개를 절레절레 흔들며 말했다.

"남부에서는 외지인들을 이렇게 대접하나 보죠?"

그 여자가 쏘아붙였다.

"두 번 다시 내가 여기 오면 사람이 아니다."

그리고 여자는 밖으로 뛰쳐나갔다.

존은 서 있는 사람들 중 한 명을 알아보았다. 침례교 목사인 팻 버지스로 남북전쟁 토론회의 회원이었다.

팻은 고개를 끄덕여 보였다.

"잘했네, 존. 내가 했어야 하는데 미안해. 하지만 심장이 이 꼴이니 괜히 나섰더라면 심장 발작을 일으켰을 거야."

충격으로 멍한 상태에 있던 존은 그 말에 정신을 차리고 현실로 돌아왔다. 여기가 어디인지, 무슨 일이 있었던 것인지, 또한 자기가 왜 여기 왔던 것인지도 생각이 났다.

"팻, 저 남자 좀 맡아주겠나? 우선 벨트 같은 것으로 손을 묶어. 누구, 저 남자가 눈을 베이지 않았는지 얼굴 좀 살펴봐줘요."

"눈을 찔렸어. 개자식아, 네 놈이 그랬다고. 앞이 보이지 않아. 내 변호사가 네 놈한테 똥구멍을 하나 더 뚫어줄 거다!"

남자가 고함을 지르자 존은 구둣발로 그를 가볍게 걷어찼다. 남자는 겁에 질려 입을 다물었다.

존은 남자에게로 몸을 구부렸다.

"내 말 잘 들어. 넌 이 여자들을 위협했어. 한 마디만 더하면 네 놈 눈알을 도려내주지."

남자는 얼굴을 감싸쥐고 울기 시작했다. 그의 손가락 사이로 핏물이 흘러내렸다.

존은 다시 리즈를 쳐다보고, 천천히 계산대 뒤쪽으로 돌아 들어갔다.

"리즈, 잠깐 얘기 좀 해요."

"그러죠, 존."

그는 몸짓으로 약국 안쪽 코너를 가리켰다. 두 사람은 문이 반쯤 닫혀 있는 별실로 들어갔다.

"존, 당신이 와줘서 정말 다행이에요."

리즈가 쉰 목소리로 속삭였다.

"벌써 세 번째 이래요. 둘은 간신히 처리했는데, 방금 그 미친놈은 분명히 약물중독자일걸요."

"리즈, 부탁이 있어요."

리즈는 입을 다물었다. 고마워하던 표정이 사라졌다.

"상황이 아주 나쁜 것 같아요, 존."

리즈가 조용히 말했다.

"그렇지 않나요?"

"거짓말하지 않을게요. 나빠요."

그녀는 계산대 쪽을 쳐다보았다. 오는 사람들이 점점 많아지면서 줄도 길어지고 있었다.

"밤새 여기 있었어요."

그녀의 목소리에 피곤이 배어나왔다.

"우리 집은 애슈빌이에요. 그런데 차가 없으니 갈 수가 없죠. 짐이 나를 데리러올 거라 생각했는데 오지도 않고……."

그녀는 말을 흐리더니 얘기를 돌렸다.

"전기가 들어오려면 얼마나 있어야 될까요?"

"모릅니다."

"얼마나 이렇게 지내야 하죠?"

"한 달이 될 수도 있고, 1년 이상 걸릴 수도 있겠죠."

"세상에."

리즈는 한숨을 쉬었다.

"내가 뭘 부탁하려는지 알 거예요."

"존, 재고가 정확히 40병 있어요. 이 동네에는 당신 딸과 똑같은 병을 앓고 있는 아이가 하나 더 있어요. 당뇨병으로 인슐린이 필요한 어른은 백 명이 넘고요. 아침 일찍 여분을 구하려고 벌써 네 명이 다녀갔어요. 존, 나는 모든 사람들을 책임져야 해요. 제니……."

그녀는 망설이며 말을 바꾸었다.

"존 당신 한 사람만이 아니라."

"리즈, 지금 내 딸, 내 꼬맹이에 대해 얘기하는 거예요."

그는 목이 메었다.

그녀는 약품이 깔끔하게 정돈되어 있는 수납장을 가리켰다.

"존, 나는 수백 명을 책임지고 있어요. 당신 말대로라면 많은 사람들이 죽을 거예요. 몇 명은 며칠도 버티지 못해요. 재고가 그렇게 많지 않아요. 모든 약국이 다 그래요. 하루 단위로 공급받고 있으니까요."

"한동안 공급이 끊길 겁니다."

"그럼 췌장효소 장애가 있는 환자들은 어떻게 되죠? 매일 약을 먹지 않으면 죽어요. 당신 말대로 전력 공급에 그렇게 시간이 걸린다면 스털링 부인은 1주일 안에 죽는다고요……."

리즈는 흐느낌을 억지로 눌렀다.

그녀는 숨을 깊게 내쉬고 다시 그를 쳐다보았다.

"심각한 고혈압, 부정맥, 그리고 장기이식 거부반응 제어제가 필요한 사람도 다섯 명 있어요. 세상에, 존, 내가 어떻게 해야 하는 거죠?"

그는 자신이 하려는 말이 싫었다. 하지만 시작했으니 멈출 수 없었다.

"리즈, 나는 이미 메리를 잃었어요. 제발요, 제니퍼까지 잃을 순 없어요. 그건 안 돼요."

그는 머리를 숙였다. 눈물이 눈에서 흘러나왔다. 그는 눈물을 닦아내며 자제력을 되찾으려 애썼다.

리즈는 그를 똑바로 쳐다보았고, 존은 그녀의 눈에도 눈물이 어려 있음을 보았다.

"점점 더 상황이 나빠지겠죠, 존?"

그는 고개를 끄덕였다. 말을 할 수가 없었다.

리즈는 한동안 그를 쳐다보다가 한숨을 내쉬며 몸을 돌려 냉장고를 열었다. 그녀는 네 병을 꺼냈다가 주저하면서 한 병을 더 집었다.

존은 리즈를 밀쳐내고 거기 있는 인슐린을 모조리 쓸어 담고 싶은 무서운 유혹과 싸웠다. 유혹은 너무나 강했다.

갑자기 그의 어깨에 누군가의 손이 얹혔다. 그는 끼어든 사람이 누구인지 보려고 몸을 돌렸다. 마칼라였다. 그녀는 그를 물끄러미 바라볼 뿐 아무 말도 하지 않았다.

리즈는 재빨리 냉장고를 닫고 수납장을 열더니 백 개들이 주사기 상자를 꺼냈다. 그러더니 인슐린 병들과 상자를 봉지에 넣고 다시 비닐을 여러 겹 감았다.

"이런 일을 한 자신을 용서할 수 없을 거예요."

리즈는 낮은 목소리로 말했다.

"다섯 병이에요. 발렌티네 아이에게 다섯 병, 그리고 약국에 오는 환자들 30명에게 한 병씩 줄 거예요."

"아주 공평하네요."

마칼라가 조용히 말했다.

리즈는 그녀를 쳐다보고는 아무 말도 하지 않고 고개를 돌렸다.

“냉동고에 가봐요. 아직 얼음이 좀 있을 거예요. 거기 있는 초콜릿바도 모두 챙겨요. 존, 곧바로 집으로 가요. 인슐린은 4.5도에서 가장 안정적이에요. 1도씩 온도가 올라갈 때마다 유통기한이 절반으로 줄어요. 그러니 바로 집으로 달려가요. 얼음이 다 떨어지면 집에서 가장 차가운 곳에 보관해두세요.”

“고마워요, 리즈. 하느님의 축복이 있을 거예요.”

“그만 가보세요, 존. 생각할 것도, 할 일도 태산이에요.”

존은 고개를 끄덕였지만 부끄러움을 떨칠 수 없었다.

“경찰서에 들러서 누굴 좀 보내달라고 할까요?”

리즈는 고개를 흔들었다.

“레이첼을 시내로 보내서 도움을 청할 거예요. 자전거를 타고 다니니까 당신만큼 빠르게 갈 수 있어요.”

리즈는 별실에 있는 서랍을 열고 안을 보여주었다. 38구경 권총이었다.

“회사 정책에 어긋나는 거지만, 남편은 권총을 여기 둬야 한다고 고집을 부렸죠. 그 사람이 어떤지 아시잖아요. 특전대 출신들은 다 그렇죠. 아까 그 남자가 날뛰었을 때 당신이 없었다면 아마 이걸 사용했을 거예요.”

그녀의 목소리는 차가웠다. 존은 만약 자기가 리즈를 밀쳤다면 그녀가 권총을 꺼냈을지 궁금했다. 지금 그녀의 눈빛으로 보건대 분명 그랬을 것이다.

"충고할 게 있어요, 리즈."

"그래요."

"여기서 도망쳐요."

"존, 그럴 수 없다는 것 알잖아요."

"약품이 떨어지는 기미가 보이면 그러라는 얘깁니다. 당신과 가족들에게 필요한 것들을 챙겨서 여기를 벗어나요. 약품이 모자라게 되면 이곳은 엉망이 될 겁니다."

그녀는 그를 쳐다보더니 미소를 지었다. 160센티미터도 안 되는 몸을 꼿꼿하게 펴고 어깨를 젖힌 모습이었다.

"짐이 총 쏘는 법을 가르쳐줬어요. 이런 일쯤 헤쳐나갈 수 있어요."

존은 그녀의 어깨를 움켜쥐었다.

"하느님이 지켜주실 겁니다."

그는 밖으로 나왔다. 약국 계산대의 줄이 더 불어나 있었다. 몇몇이 그를 알아보고 고개를 끄덕여 보였고, 잠자코 있는 사람들도 있었다. 줄에 있는 모든 사람들은 강력 접착테이프로 칭칭 동여매인 피투성이 남자에게 무슨 일이 있었는지 알고 있는 게 틀림없었다.

한 여자가 존이 들고 있는 것을 보았다.

"매더슨 씨죠?"

"예, 부인."

그 여자는 눈길을 리즈에게로 돌렸다.

"저 사람에게 뭘 준 거죠?"

"저 사람 딸이 쓸 주사기예요. 그것뿐이에요, 줄리."

"리즈, 누군가를 특별 취급 해준다는 얘기는 듣고 싶지 않군요. 만약 그렇다면, 나야말로 권리가 있어요. 나는 이 약국의 20년 단골인 데다 내가 여기서 산 것들만 해도……."

존은 4번 진열대로 갔다. 놀랍게도 450그램짜리 허시바 한 통이 그대로 있는 걸 보고 존은 주저 없이 모두 쓸어 담아 봉지에 넣었다. 고등학생쯤 되어 보이는 여자애가 계산대 뒤에서 그의 모습을 지켜보고 있었는데 뭐라고 말해야 할지 몰라 당황스러운 모양이었다.

"걱정 마. 나중에 돈을 가져오면 된다고 리즈가 그랬거든."

여자애는 고개를 끄덕였다. 하지만 그의 행동을 보고 담배를 사려 했지만 가진 현금이 없었던 다른 손님이 여자애한테 불평을 늘어놓기 시작했다.

밖으로 나온 존은 냉동고를 열었다. 4.5킬로그램짜리 얼음 팩이 열 개 남짓 들어 있었다. 그는 차 뒷문을 열어두고 팩 네 개를 차로 옮긴 다음, 다시 냉동고로 가서 네 개를 더 집어들다가 마칼라를 쳐다보고는 망설였다.

그는 두 개만 꺼내고 냉동고 뚜껑을 닫았다. 얼음 팩을 옮긴 그는 차 뒷문을 쾅 닫았다.

존은 차에 올라타 깊은 숨을 내쉬고는 시동을 걸었다. 그리고 담배에 불을 붙였다.

"언젠가 담배 때문에 죽을 거예요."

마칼라가 조용히 말했다.

그는 그녀를 쳐다보았으나 말이 나오지 않았다.

"옳은 일을 하셨어요. 리즈도 그렇고요. 부모라면 누구라도 그랬을 거예요."

존은 한숨을 쉬었다.

"제2차 대전 영화, 그때를 다룬 풍자만화를 생각해봐요. 식량 사재기 이야기 천지죠."

"우리 나이 때는 그런 걸 보지 않았어요."

"이봐요, 나도 겨우 마흔여덟이거든요? 나는 그 영화나 만화들을 기억하고 있어요."

그녀는 거기에는 아무 대답도 하지 않았다.

"따님은 1형 당뇨인가 보군요."

"그래요."

"리즈 말대로 바로 댁으로 가시는 게 좋겠어요."

마칼라가 뒷좌석으로 팔을 뻗었다. 순간 그는 자기가 바보천치처럼 느껴졌다. 그녀가 몸을 뻗으면서 치마가 허벅지까지 말려 올라갔는데 그걸 쳐다보고 있는 자신을 의식했기 때문이다.

그녀는 그의 시선을 알아차렸지만 아무 말 없이 얼음 팩 하나를 열었다. 그런 다음 비닐봉지에서 주사기 상자를 쏟아내고 인슐린 병이 들어 있는 봉지를 조심스럽게 팩 위에 올려두었다.

"이러면 집에 갈 때까지 괜찮을 거예요. 인슐린을 얼음 속에 집어넣으면 안 돼요. 얼어버리면 쓸 수가 없거든요. 얼음 주위를 단열재로 감싸고 윗부분은 열어두세요. 그 위에 약병을 올려놓으면 돼요. 그러면 대략 적정 온도를 유지할 수 있을 거예요. 남은 얼음은 냉장고에 넣어두세요. 냉기를 보존하려면 거기가 가장 좋을 거예요. 운이 좋으면 얼음이 1주일 정도는 갈 거예요."

"정말 고맙습니다. 어떻게 감사를 드려야 할지."

"음식 찾는 걸 좀 도와주시면 되겠네요."

그녀는 미소를 지었다.

"멋진 바비큐가 있는 곳을 알아요."

"좋네요."

그는 쇼핑센터를 빠져나와 시내 쪽으로 차를 몰았다.

"개인적인 질문을 해도 괜찮을까요?"

그녀가 물었다.

"뭔데요?"

"메리가 누구죠?"

"아내예요."

"세상을 떠난 지는 얼마나?"

"유방암으로 4년 전에요."

"안됐군요."

"괜찮습니다."

그는 거짓말을 했다.

"예쁜 딸 둘을 남겨주었으니까요."

"어젯밤에 봤죠. 둘째가 당뇨병이 아닐까 했어요. 직업상 눈치 챌 수 있으니까요. 그래서 그런 식으로 떠나는 걸 보면서도 마음 상하지 않았어요. 그 애한테는 스트레스가 아주 나쁘니까요."

"그래요. 하지만 다시 사과드릴게요. 그렇게 내버려두고 가버려서 미안합니다."

그녀는 미소를 지었다.

"아, 저기 그 트럭 운전수가 있네요. 우리의 백기사요. 저 사람이 술 취한 작자를 흠씬 두들겨주고 우리를 모텔에 데려다주었어요."

그녀는 잠시 망설이더니 말을 이었다.

"좀 놀랐어요. 아까 약국에서 그 남자한테 하는 걸 보고."

"걸음아 날 살려라 도망칠 걸로 생각했던 거죠?"

"음, 솔직히 그랬어요."

"그랬는데 내가 도망치지 않았군요."

그녀는 작은 소리로 웃었다.

"확실히 그랬죠. 약간 비열한 수단을 쓰긴 했지만, 어쨌든 문제를 정리했죠."

"반드시 싸워야 한다면, 싸워서 이겨라……. 이런 말이 있죠."

존은 조용히 말했다.

"그러다 손을 다친 건 아시죠?"

그는 오른손을 쳐다보았다. 그러자 처음으로 아픔이 느껴졌다. 깨진 병조각에 베여 오른손 검지에서부터 엄지 뿌리까지 깊은 상처가 나 있었다.

갑자기 격렬한 통증이 느껴졌다.

"차를 대요. 좀 살펴볼게요."

그는 길 가장자리로 차를 몰아 멈춰 섰다. 그녀는 그의 손을 잡고 상처가 잘 보이도록 조심스럽게 펼쳤다. 이제 상처는 정말로 아팠다.

"봉합해야 해요. 열 바늘, 열두 바늘쯤 될 것 같은데요."

그녀가 상처를 살펴보고 있는 사이 핏방울이 그녀의 옷으로 떨어졌다.

"조심해요. 옷 버려요."

그녀는 그의 말을 무시했다.

"살균해야 하는데 아무것도 없네요. 병원에 가야 해요."

"나중에요. 우선 집에 약을 갖다두어야 해요. 게다가 지금쯤 의사는 정신없이 바쁠 겁니다."

그러면서 그는 도로를 향해 고갯짓을 해 보였다.

모리 허트의 제2차 대전 지프가 주간도로의 출구에서 빠져나와 이쪽으로 오고 있었다. 네 명이 타고 있었는데 아이 하나가 어깨를 잔뜩 움츠리고 새파란 얼굴로 숨을 몰아쉬고 있었다.

지프 뒷좌석에는 나이 든 여자 한 사람이 누워 있었는데 이미 죽은 게 분명했다.

"우리가 얼마나 의존적인지 지금까지는 알지 못했죠."

지프가 멈춰 있는 자동차들 사이를 빠져나가 시내로 향하는 것을 지켜보면서 마칼라는 한숨을 쉬었다.

"지금 우리 병원에 있는 게 아니어서 다행이에요. 발전기가 가동되지 않았다면 중환자실이나 수술실에 있던 환자 대부분이 죽었겠죠. 어젯밤에 어떤 불쌍한 멍청이가 자기 목숨을 재촉하는 걸 봤어요. 나하고 똑같이 비머를 타고 있던 사람이었어요. 그 술 취한 작자가 그 사람을 겁주었고, 그러자 그 사람은 계속 차를 밀었어요. 누가 자기 차를 훔쳐가기라도 할 것처럼. 정말 바보였죠. 나중에 그 사람이 쓰러졌다는 얘기를 들었어요. 사람들이 제정신이 아니에요. 이런 일이 생기면 한꺼번에 미쳐버리는 거죠."

그녀는 그의 손을 내려놓았다.

"적당한 게 있으면 붕대를 감아드릴게요. 하지만 집에 가면 반드시 약을 발라야 해요."

그녀가 집에 함께 가자고 말해주길 기다리는 것인지도 모른다는 생각이 들었다. 그러자 어떤 반응을 보여야 할지 도무지 알 수 없었다.

존은 일단 후진한 뒤 시내로 향해 스테이트 스트리트로 접어들었다. 시 청사 주위에 사람들이 모여 있었고, 톰은 청사 밖에 부하들로 비상선을 쳐두고 있었다. 교차로에는 손으로 쓴 커다란 표지판이 걸려 있었다. '응급의료센터'. 표지판이 가리키는 곳은 시청 옆에 있는 소방서였다.

"저기 가서 좀 도와줘야겠네요."

그녀가 말했다.

"우선 뭘 좀 드셔야죠."

이미 스테이트 스트리트에 접어든 상태였으므로 바로 얼마 뒤에 초등학교 건물이 시야에 들어왔다.

"아까 그곳에 들러서 상처를 꿰매야 해요."

"장모님이 하실 수 있습니다."

"그렇군요."

그녀의 목소리에는 아무 감정도 담겨 있지 않았다.

"항생제 치료를 해야 한다는 말을 하고 싶었을 뿐이에요. 아까 리즈한테 말한 것처럼 그렇게 나쁜 상황이라면 감염 위험을 방치하면 안 되니까요."

"네, 부인."

"그러지 말아요. '마칼라'라니까요."

그는 미소를 지었다.

"그래요."

그는 초등학교 잔디밭에 차를 세웠다. 피트는 여전히 그릴 옆에 있었다. 늘어선 줄은 방금 사라진 참이었다. 존은 차에서 내려 그에게로 갔다. 마칼라가 뒤를 따랐다.

"피트, 바쁘지요?"

"잘 아는군, 교수. 재료가 상하고 있어. 위생검사관이 고기를 쓰지 못하게 해. 냉장고가 안 듣는 상태로 이렇게 오래 방치된 고기는 안 된다면서. 빌어먹을, 그럼 바비큐는 대체 뭘 가지고 만들라는 건지."

존은 웃음을 지었다. 그는 정말로 피트를 좋아했다. 존은 돼지고기 바비큐를 즐기지 않았고 피트의 양념은 특히 입맛에 맞지 않았지만, 가끔 피트의 식당을 찾곤 했다. 그저 시간을 때우며 가벼운 얘기를 나누고 싶어서였다.

마칼라가 물었다.

"교수라고요?"

"여기 대학 교수님이죠. 육군 대령이기도 했고요. 별을 달고 장성이 될 터였는데, 이 사람이 그만둬서……."

피트는 말꼬리를 흐렸다.

당연히 이 마을 사람들은 존이 왜 일찍 은퇴했는지 알고 있었지만, 얘기가 사적인 부분으로 흐르게 되자 당황해서 말을 멈춘 것이다.

"괜찮아요, 피트."

존은 미소를 지으며 어색한 침묵을 깨트렸다.

"이 여자분은 좋은 친구예요. 그러니 이분이 원하시는 걸 뭐든 곱빼기로 드려요."

그런 다음 존이 악수를 청하며 손을 내밀자 그녀는 웃음을 지었다.

"먼저 붕대를 감으세요, 존. 악수는 그런 다음 하죠."

"그래요."

그는 차로 돌아가다가 머뭇거리며 뒤를 돌아보았다. 그녀는 그를 쳐다보고 있었다. 존은 마칼라에게 자기 쪽으로 오라는 몸짓을 해 보였다.

"지금 홀리데이인에 묵고 있는 거죠?"

"그럴걸요."

"그리로 가는 길 알아요?"

"쉽잖아요. 신호등에서 왼쪽으로 돌아 길을 건너면 되죠."

"맞아요. 음, 그러니까…… 이상하게 받아들이지 않으면 좋겠는데요. 혹시 뭔가 필요한 게 있으면 이 길을 따라 1.5킬로미터만 걸어 올라오면 돼요. 리지크레스트 드라이브에서 오른쪽으로 돌아요. 18번지가 우리 집입니다."

"그럴게요, 존. 가게 되면요."

"약품 보관법을 알려줘서 고마워요. 이제 집으로 가야겠어요."

"존?"

"네."

"아까 뒷자리로 몸을 뻗을 때 내 몸을 보고 있었죠?"

그는 얼굴이 붉어지는 것을 느꼈다.

"괜찮아요. 심한 스트레스를 겪고 나면 남자들은 그런 식으로 행동해요. 당신이 날 모욕한 게 아니에요. 그저 정상적인 것이라고 말해주고 싶었어요. 혹시라도 나중에 당신이 그것 때문에 괴로워할 수도 있으니까. 그렇잖아요. 딸 걱정을 하면서, 아내와의 추억을 떠올리면서 그랬다는 게……."

이번엔 그녀가 얼굴을 살짝 붉혔다.

"자, 이제 집에 가세요. 저는 괜찮을 거예요."

"고마워요, 마칼라."

그는 차에 올라 그곳을 떠났다. 약병이 위에 얹힌 얼음 팩을 한 손에 들고 조심스럽게 균형을 잡으며 운전을 했다.

도착해서 시동을 껐을 때 제니퍼와 팻이 들판에 서서 프리스비를 던지고 있는 모습이 눈에 들어왔다. 진저는 그를 잠깐 쳐다본 뒤 곧바로 프리스비를 좇아갔다. 하지만 늙은 잭은 그에게로 달려와 꼬리를 흔들며 반겼다.

엘리자베스는 수영장 옆에서 반바지에 티셔츠 차림으로 햇볕을 쬐고 있었다. 벤은 그 옆에 앉아 책을 읽는 척하고 있었다. 산탄총은 벤 옆쪽의 벽에 걸쳐 세워져 있었다.

벤은 존의 모습을 보고 일어나서 자동차 쪽으로 왔다.

"벤, 얼음을 안으로 들여놓는 것 좀 도와줄래? 담배도 몇 보루 있고."

"네."

약병이 얹힌 얼음 봉지 하나를 손에 들고 계속 균형을 유지하면서 존은 집 안으로 들어갔다. 거실에서 창밖을 내다보고 있던 젠이 돌아서며 그를 웃음으로 맞았다.

"지하실 문 좀 열어주시겠어요, 젠?"

젠이 문을 열어주었다. 혹시라도 귀중한 짐을 떨어트릴지도 모른다는 불안에 존은 한 손으로 얼음 팩을 가슴에 끌어안고, 다른 한 손으로 약병 윗부분을 잡고 계단을 내려갔다.

지하실로 내려간 그는 주위를 둘러보다 낡은 스티로폼 쿨러를 발견했다. 그는 얼음 팩을 거기에 넣고 쿨러를 샤워부스 안으로 옮긴 다음 약병을 조심스럽게 그 위에 올렸다. 그런 다음 조금 틈을 남겨두고 쿨러 뚜껑을 덮은 뒤 얼음 녹은 물이 흘러나갈 수 있도록 주머니칼로 스티로폼 쿨러 바닥에 작은 구멍을 냈다.

그의 손에서 흘러내린 피로 쿨러가 조금 지저분해졌다.

"제니퍼의 약을 얼마나 구해오셨어요?"

벤이 물었다.

존은 고개를 돌려 자기를 물끄러미 보고 있는 벤의 모습을 쳐다보았다.

"다섯 병."

"5개월 치네요. 냉장고에 들어 있는 것 빼고요."

존은 5개월이라는 말을 다시 새겨보았다.

"그래, 그 정도 되겠지."

"그렇군요."

벤이 조용히 말했다.

존은 몸을 일으켰다.

"이봐, 벤. 너한테는 사실대로 말할게. 상황이 나빠. 내 생각엔 전국적인 전력망을 멈추게 하는 무기로 공격을 받은 것 같아. 그렇다면 전력이 회복되는 데 몇 달이 걸린다는 얘기지."

벤은 말없이 고개를 끄덕였다.

"하지만 이 얘기를 엘리자베스나 제니퍼에게는 한 마디도 하면 안 돼. 알아들었지? 그 애들에게는 내가 내 방식대로 얘기할 거다."

제니퍼 이름을 꺼내는 순간 다시 그의 목이 따끔거렸다. 제니퍼는 영리한 아이다. 아주 똑똑하다. 오랫동안 전력 공급이 끊긴다는 말을 들으면 자기 목숨이 위험하다는 것을 바로 알아차릴 것이다.

그는 말없이 벤의 눈을 가만히 들여다보았다.

"알겠습니다."

벤은 낮은 목소리로 말했다.

"그럼 됐다."

"피를 흘리고 계세요."

"사고였어. 심각한 건 아니야."

그는 계단을 올라가서 식당에 놓인 테이블에 앉았다. 젠이 벌써 구급상자를 챙겨 그를 기다리고 있었다.

"왜 이런 건가?"

그는 고개를 들었다. 벤이 덧댄 마루로 통하는 문 옆에 서 있었다.

"나는 괜찮아, 벤. 하지만 애들을 걱정하게 해서는 안 된다는 걸 잊지 마라. 이런 상황에서는 네가 남자답게 행동하면서 그 애들에게서 눈을 떼면 안 돼."

"말씀대로 할 게요."

벤은 그렇게 말한 뒤 식당을 나갔다.

"존, 자네도 알지? 정말 괜찮은 애야. 그건 그렇고, 자네가 나간 사이에 물이 떨어졌어."

"벌써요?"

"가엾은 제니퍼. 마침 그 애가 화장실에 있었는데…… 씻겨 내려가지 않아서 얼마나 당황했는지 몰라. 벤이 양동이에다 수영장 물을 담아와 씻어 내렸어. 변기 탱크도 채워놓았고. 참 착한 녀석이야."

존이 손을 테이블 위에 올려놓자 그녀가 유심히 바라보았다.

"오다가 병원에 들러 꿰매지 그랬나."

"시간이 없었어요. 약을 집에 가져오는 게 급해서요."

"지금 붕대로 묶어줄게."

그녀는 바로 손을 움직였다.

"나중에 켈로 의사한테 보여야 하네. 대체 무슨 일이 있었나? 하나도 빼놓지 말고 모두 얘기해보게."

그는 젠에게 모든 이야기를 했다. 마칼라 얘기만 제외하고. 물론 무스탕 얘기도 밀쳐두었다.

4

4일째

그토록 길었던 정적을 깨트린 블랙호크 헬리콥터 소리는 사람들을 깜짝 놀라게 했다. 갑자기 나타난 헬리콥터는 고도 4500미터를 유지하며 주간도로를 따라 떠다녔다.

존은 헬리콥터 옆면에 박힌 검은 별 표지를 보고 감정이 끓어오르는 것을 느꼈다. 헬리콥터는 굉음을 내며 그의 집을 스쳐 지나갔다. 집이 골짜기 바닥보다 훨씬 높은 곳에 있었기 때문에 헬기 옆 창을 통해 조종사의 모습을 들여다볼 수 있을 정도였다. 엘리자베스는 펄쩍펄쩍 뛰면서 큰 소리를 지르며 손을 흔들었다.

"우린 구조됐어요!"

엘리자베스는 기쁨에 겨워 소리쳤다.

"구조됐어요!"

엘리자베스의 모습은 무인도에 난파되었다가 배를 발견한 선원 같았다.

존은 자기 역시 손을 흔들고 있다는 사실을 깨달았다. 헬리콥터는 우레 같은 소리를 내며 서쪽으로 향하더니 모습이 점점 작아졌다. 헬기 소리가 잦아들어 더 이상 들리지 않게 되자 사방은 다시 적막에 휩싸였다.

환호가 사라진 자리에 극심한 우울함이 밀려왔다. 그렇긴 하지만 헬기 한 대를 본 것이 대단히 상징적인 일로 여겨졌다. 몇 분 뒤에 전력 공급이 재개된다는 것을 알려주는 전조일지도 몰랐다.

그는 손으로 햇볕을 가린 채 서쪽을 응시하며 몇 분을 기다렸다.

아무 변화도 없었다. 모든 것이 그대로였다.

풀죽은 엘리자베스는 수영장 쪽으로 걸어가 옆에 주저앉더니 발을 담갔다. 벤이 엘리자베스 곁으로 가더니 물을 튀겼다. 물은 여전히 차가웠다. 펌프가 작동하지 않아 물을 태양열 패널 쪽으로 순환시키지 못하고 있었다. 그렇지만 아직 깨끗하긴 했다. 존은 수영장 물에 염소를 잔뜩 풀어두었다. 그 물을 마시고, 그 물로 몸을 씻어야 했기 때문이었다. 아이들이 이렇게 수영을 하면 어쨌거나 물을 휘저어주는 효과를 기대할 수 있다.

젠은 벌써 차에서 기다리고 있었다.

벤은 그를 향해 손을 흔들다가 존이 산탄총을 슬쩍 가리키자 대답 대신 고개를 끄덕여 보였다. 제니퍼는 오늘 아래쪽 팻의 집에 가 있었다. 여자애들 몇 명이 모여 오후에 모노폴리 게임을 한다고 했다.

엣셀에 오른 존은 진입로를 내려가 70번 도로를 타다가 동쪽으로 방향을 틀어 장인이 있는 밀러 요양원으로 향했다. 젠은 전기가 끊긴 이

튼날 타일러를 살펴보고 오더니 요양원이 아주 혼란스럽지만 타일러는 잘 지내고 있다고 전해주었다. 그런데 지금은 차를 타고 가는 내내 긴장한 모습으로 침묵을 지키고 있었다.

어제는 존이 잠깐 외출했을 뿐 모든 가족이 집에 있었다.

그는 해야 할 일을 적은 긴 목록을 만들었다. 우선 계속 냉장고에 들어 있던 육류를 모조리 꺼내 철저히 익혔다. 모든 가족이 먹을 수 있는 만큼 최대한 먹어치운 다음 남은 것을 비닐봉지에 넣어 저장했다. 도움이 될지 안 될지는 알 수 없었지만 저장하는 고기에 집에 있던 소금을 모조리 꺼내서 듬뿍 뿌려두었다.

다음은 코니네 과수원 옆에 옥외 변소를 파고 텐트로 가림막을 치는 일이었다. 딸들은 집 안에 있는 화장실만으로 괜찮다고 반발했고, 어떤 경우에 옥외 변소를 사용할지 어떤 경우에 집 안의 화장실을 사용할지 하는 미묘한 문제를 두고 논쟁이 벌어졌다.

"아, 그럼 그냥 잭처럼 해요."

제니퍼가 생글거리며 말했다.

"나무에다 말이에요."

존은 그렇게 하면 건강에 어떤 위험이 있는지 설명해주어야 했다.

그런 다음에는 집 안을 재정비했다. 히터가 들어오지 않아 물침대가 차가워졌으므로 지하실에 넣어두었던 여분의 담요를 가져와 침대를 덮었다. 오래된 장식용 양초들도 꺼내두었고, 혹시 몰라 잘라서 화장지로 쓰려고 헌옷들도 챙겨두었다. 그러던 중에 몇 년이나 쓰지 않았던 동력 사슬톱을 발견했는데, 벤이 한동안 만지작거린 뒤에 그 물건을 제대로 작동시키는 걸 보고 존은 깜짝 놀랐다.

그런 다음 존은 시내 동쪽에 있는 오래된 상점으로 갔다. 통조림 식품과 화장지 등등을 사올 생각이었지만 진열대는 이미 텅 비어 있었다. 마치 약탈이라도 당한 것처럼 보였다. 사람들이 겁에 질려 몰려들기 전에 물건을 사둘 생각을 왜 못 했는지 한심한 생각이 들었다.

점원 한 사람이 어두운 가게 안에 앉아 잡지를 뒤적이고 있었다. 존은 안으로 들어갔다.

"어젯밤 여기서 엄청난 쇼가 벌어졌죠."

점원이 말했다.

"내 친구들과 이웃이 그렇게 행동할 줄은 정말 몰랐어요. 사람들이 앞다퉈 달려오더니 바구니가 넘치도록 퍼 담았어요. 계속해서 '현금 없으면 안 팔아요.' 하고 말했지만 웬걸요, 그냥 나를 밀치고 가버렸어요. 경찰이 왔을 때는 이미 깨끗이 털린 뒤였죠."

그는 어깨를 으쓱했다.

존이 물었다.

"좀 둘러봐도 될까?"

"그럼요. 천천히 보세요."

바구니가 하나도 보이지 않아서 그는 빈손으로 덜렁덜렁 걸어다녔다. 상점 안에는 손님이 대여섯 명 있었는데 모두가 같은 모양새였다. 나이 든 남녀가 냉동식품이 있는 곳을 뒤적여 망가지고 질척거리는 채

소며 와플을 꺼내 비닐 쓰레기 봉지에 담고 있었다.

당연한 일이겠지만 통조림 식품은 깡그리 사라지고 없었다. 발밑에는 깨진 병조각, 터진 통조림, 고기와 육류, 해물 부스러기가 굴러다녔다. 그 때문에 바닥이 미끄러웠고, 더위 탓에 벌써 부패가 시작되어 어느새 파리 수백 마리가 윙윙거리고 있었다. 존은 제과류 매대 근처에 9킬로그램들이 밀가루 한 포대가 속이 터진 채 방치되어 있는 것을 보고 곧바로 움켜잡았다. 애완동물용 먹이가 진열된 곳에는 찢어진 개사료 봉투가 있었는데 7~8킬로그램쯤 내용물이 남아 있었다. 그는 그것도 집어들었다. 출입문 쪽으로 움직이다보니 4.5킬로그램짜리 암염 한 봉지가 있었다. 겨울 재고상품인 암염을 존은 즉각 낚아챘다. 그 외에는 따로 건질 만한 게 없어 출입문으로 향했다.

"그냥 가져가세요. 괜찮아요."

존과 시선이 마주친 점원이 말했다.

"어니, 왜 여기 있는 건가?"

걸음을 재촉하던 존은 호기심에 잠시 멈춰 섰다. 어니는 어두운 상점 쪽으로 몸짓을 해 보였다. 나이 든 남녀가 녹아서 못쓰게 된 식품으로 가득 찬 쓰레기 봉지를 질질 끌고 있었다. 부패한 냄새가 공기 중에 짙게 감돌았다.

어니는 그를 쳐다보더니 천천히 머리를 흔들었다.

"모르겠어요. 그저 습관이겠죠. 내겐 가족도 없잖아요. 돌로레스와 아이들은 작년에 나를 떠났죠. 단순히 습관일 거예요."

존은 고개를 끄덕여 고마움을 표한 뒤 전리품을 자동차 뒷자리로 옮겼다. 혹시나 싶어 1달러 상점에 들러보았으나 그곳도 역시 난장판이었다. 안에 들어가 보니 상점은 갈가리 찢겨나간 듯했고 사람 모습은 보이지 않았다.

"거기 누구요?"

몸을 돌려보니 경찰관 번 쿠퍼가 깨진 정문 유리창으로 들여다보고 있었다.

"번, 나예요. 존 매더슨."

"거기서 나오세요."

밖으로 나온 그는 세상이 엄청나게 변했다는 것을 실감했다. 항상 느긋하기만 했던 번이 산탄총을 들고 서 있었다. 총구가 존을 정면으로 겨냥하고 있지는 않았지만 반쯤 치켜든 총은 분명 그를 향하고 있었다.

"그냥 둘러보는 중이었네."

"존, 약탈죄로 당신을 체포할 수도 있습니다."

"뭐라고?"

"말 그대로예요. 어젯밤 이곳은 정말 심각했거든요."

"나도 들었네."

"존, 빨리 여기서 나가 집으로 가세요."

번은 한숨을 쉬며 말했다.

그는 미적거리며 어젯밤의 일을 캐묻지 않고 번의 '제안'을 받아들였다.

철물점 유렌트에서는 프로판 가스통을 이미 구할 수 없었다. 그곳에는 아예 들어가 볼 엄두가 나지 않았다. 사람들이 북새통을 이뤄 문밖으로 나온 줄이 그 블록의 절반까지 이어져 있었다. 그가 움직이는 차를 몰고 있다는 단순한 사실이 모든 사람들의 시선을 모았고, 그런 반응 탓에 존은 신경이 곤두섰다. 그는 차를 돌려 집으로 향했다.

집에 와서 보니 암염을 손에 넣은 것이 횡재였다는 사실이 드러났다. 그들은 육류를 포장에서 꺼내 소금을 뿌려서 다시 싸두었다. 다음은 장작을 마련하는 일이었다. 존은 조리용 프로판가스가 곧 떨어질 것이라는 점을 일찌감치 염두에 두고 있었다. 땔감을 모으러 나갔던 가족들은 저녁때가 되자 모두 녹초가 되었다.

그리고 이제 약속했던 대로 젠과 함께 타일러를 방문하러 나선 길이었다. 두 사람은 먼저 젠의 집에 들러 옷가지를 챙기고 고양이를 살펴본 다음 차로 돌아왔다. 젠의 집에서 요양원까지는 1.5킬로미터 정도로 가까운 거리였다. 운전하는 도중 그들은 수십 대의 버려진 차량을 지나쳤다. 반대 방향에서 한 가족이 걸어오고 있었다. 부모는 각자 슈퍼마켓 쇼핑 수레를 밀고 있었는데 수레 하나에는 아이 둘이 타고 있었고 다른 하나에는 가족들의 귀중품이 담겨 있었다. 존은 그 사람들이 누구인지, 어디로 가는 중인지 몰랐고 그걸 알아보기 위해 속도를 늦추지도 않았다.

세상은 역시 변했다. 1주일 전이었더라면 그는 당연히 차를 세우고 태워주겠다고 했을 것이다. 그럴 만큼 몹시 애처로운 모습이었다.

요양원 주차장에 차를 세운 존은 뭔가 심각한 일이 일어났다는 것을 즉시 알아차렸다. 환자로 보이는 세 사람이 건물 밖에서 배회하고 있었다. 그들은 혼란스럽고 어색한 모습으로 어슬렁거렸고, 그중 한 명은 벌거벗은 상태였다.

"세상에, 무슨 일이지?"

젠이 숨을 몰아쉬었다.

존은 젠의 등을 밀어 건물 안쪽으로 보낸 뒤 그 사람들 쪽으로 가려고 했지만, 따라오라며 젠이 소리쳐 불렀다.

요양원 문을 열고 들어서는 순간 무언가 대단히 잘못됐다는 느낌이 덮쳐왔다. 악취가 코를 찔렀다. 냄새가 얼마나 심했던지 존은 입을 틀어막고 뒷걸음질로 밖으로 나와 숨을 토해냈다.

심지가 강한 젠은 그대로 문간에 서 있었다.

"숨을 깊게 들이쉬게. 난 타일러의 방에 내려가 있을게."

숨을 가다듬던 존은 담배를 피우고 싶은 유혹을 억눌렀다. 지난 이틀 동안 다섯 갑이나 피웠다. 이제 남은 건 두 보루와 여섯 갑뿐이었다. 존은 한 개비 필 때마다 남은 담배를 헤아리고 있었다.

그는 다시 한 번 숨을 깊게 들이쉬고 마음을 다잡은 뒤 안으로 들어갔다. 배설물과 토사물에서 나는 악취가 다시 그를 덮쳤다. 존은 숨을 헐떡이며 치미는 욕지기를 억지로 가라앉혔다.

1주일 전에는 티 하나 없이 깨끗하고 밝았던 복도가 지금은 컴컴했다. 커다란 환자용 이동 침대 하나가 벽면이 우묵하게 들어간 곳에 세워져 있었는데, 악취는 거기서 풍겨오고 있었다. 그는 재빨리 그곳을 지나쳐 모퉁이를 돌아 서관 간호사실에 도착했다. 카운터 뒤쪽에 앉아 있던 한 여자가 피곤한 얼굴로 그를 올려다보았다. 곰돌이 푸가 그려진 그녀의 가운은 얼룩과 때에 절어 있었다. 그는 '캐롤라인' 이라는 명찰을 보고 그녀가 주로 야간 근무자였다는 사실을 어렴풋이 기억해냈다.

그대로 지나치고 싶었지만 그러기에는 그녀가 너무 지치고 힘들어 보였다.

"캐롤라인, 잘 지냈어요?"

"그런 것 같네요."

그녀는 무표정한 얼굴로 대꾸했다.

그는 복도를 내려다보았다. 악취가 너무 심해서 냄새 자체가 안개처럼 뿌연 형태를 띠고 있는 것 같았다.

"대체 무슨 일이 있는 겁니까?"

"무슨 뜻이에요?"

존은 그녀가 쇼크를 일으켰다는 사실을 깨달았다. 불쌍한 간호사는 무감각한 상태였다. 그녀는 공허한 눈길로 그를 쳐다보았다.

그가 물었다.

"최근에 언제 잠을 잤어요?"

그녀는 벽시계를 쳐다보았다. 시곗바늘은 4시50분에 멈춰 있었다.

가냘픈 울음소리가 복도에 메아리쳤다. "도와줘요, 누가 좀 와줘

……."

"어젯밤에 몇 시간 잔 것 같네요."

"다른 직원들은 없어요?"

"제니스가 동관에 내려가 있을 거예요. 왈도도 아직 있을 거고요."

"그 사람들이 전부입니까?"

그녀는 고개를 끄덕였다.

"금방 다시 올게요."

그는 마음을 다져먹고 복도를 따라 걸어 내려갔다. 외부로 통하는 모든 문이 열려 있었지만 바람 한 점 들어오지 않았고 열기에 숨이 막혔다. 컴퓨터 제어 시스템으로 365일 쾌적한 온도를 유지하도록 설계된 건물이었던 것이다. 방마다 작은 창이 있었으나 아주 조금밖에 열리지 않았다. 내부 온도는 바깥만큼이나, 아니 바깥보다 더 높은 것 같았다.

그가 들여다본 첫 번째 방에는 노파가 있었다. 알츠하이머에 걸렸다는 얘기를 들은 기억이 났다. 노파는 시트를 차서 벗겨버리고 자신이 싼 똥오줌 위에 누운 채로 몸을 흔들고 있었다.

다음 방에는 노인 두 사람이 있었다. 한 명은 움직이지 않는 전동휠체어에 앉아 있었고, 다른 한 명은 오줌으로 흠뻑 젖은 침대에 누워 있었다.

두 노인은 그를 흘낏 쳐다보았다.

"이보게, 물 한 잔 갖다줄 수 있겠나?"

휠체어에 앉은 노인이 더없이 정중하게 물었다.

"그럼요."

그는 그 방을 나와 간호사 데스크로 되돌아갔다.

"물을 담게 주전자 하나 주세요."

그녀는 고개를 가로저었다.

"어젯밤에 떨어졌어요."

"'떨어지다'니요?"

"떨어졌다고요. 수돗물이 안 나와요."

"예비 물탱크는 없나요? 분명히 어디 있을 텐데요."

"모르겠어요."

그녀는 힘없이 말했다.

"발전기로 흘러드는 비상용 우물이 있다고 들은 것 같긴 한데."

"제기랄."

그는 복도 화장실 문을 열었다가 구역질을 하며 뒤로 물러섰다. 한 여자가 변기에 앉은 채 털썩 쓰러져 있었다. 죽은 채로……. 썩는 냄새가 벌써 작은 화장실에 가득 차 있었다.

그는 몸을 돌려 중앙복도를 통해 주방으로 달려갔다. 거기엔 목발을 짚은 한 노인이 있었다. 강철 냉동고의 문이 열려 있고, 노인은 거기서 꺼낸 핫도그 뭉치를 들고 차가운 채로 먹고 있었다.

"이봐, 하나 먹겠나?"

노인은 핫도그 하나를 내밀었다.

"괜찮습니다."

존은 개수대로 가서 수도꼭지를 돌렸다……. 아무것도 나오지 않았다.

"이런, 빌어먹을."

식당 쪽으로 나온 그는 얼음 담는 깡통의 뚜껑이 열린 채 방치되어 있는 것을 보았다. 깡통 바닥에 물이 조금 남아 있었다. 그는 두 개의 컵에 물을 따르고 두 노인의 방으로 되돌아갔다. 존은 두 사람에게 컵을 하나씩 건넸다.

"고맙기도 하지."

휠체어에 앉은 노인은 낮은 목소리로 인사하고 물을 마셨다. 존은 침대에 누운 노인이 물을 마실 수 있도록 컵을 붙잡고 있었다.

휠체어의 노인은 '제1 보병사단—오마하비치 1944~2004' 라고 새겨진 기념 모자를 쓰고 있었다. 모자 앞면에 달려 있는 것들을 존은 바로 알아보았다. 전투보병기장, 은성훈장, 퍼플하트 훈장, 그리고 병장 계급장 모형. 컵에 남은 마지막 물을 홀짝이며 마시는 노인을 보며 존은 가슴이 아팠다. 노인은 컵을 돌려주며 속삭이듯 말했다.

"자네를 성가시게 하고 싶지 않지만, 휠체어가 움직이지 않아서 말이야. 물 한 잔 더 갖다줄 수 있겠나?"

"존, 대체 어디 있는 거야?"

젠이 부르는 소리였다. 목소리에 날이 서 있었다.

"여기 있어요, 어머니."

존은 노인에게 곧 돌아오겠다고 말한 뒤 그 방을 나왔다.

줄지어 늘어선 방을 들여다보지 않으려 애쓰며 그는 복도를 걸어갔다. 한 방에서는 벌거벗은 노파가 몸을 웅크리고 울고 있었고, 다음 방에서는 역겨운 냄새가 풍겨왔다. 어쩔 수 없이 그 방으로 눈길이 쏠렸다. 부풀어오른 남자의 시체였다. 부패가 시작되면서 얼굴이 누렇게 변했고, 마지막 발버둥으로 침대 시트가 벗겨져 있었다. 그 남자의 룸메이트는 의자에 앉아 멍하니 창밖을 내다보고 있었다.

타일러의 방에 도착하자 젠이 문간에 서서 울고 있었다.

"저 사람을 집에 데려가야 해."

수염이 덥수룩한 채 고개를 뒤로 젖힌 타일러의 모습을 보고 한순간 존은 장인이 죽은 줄 알았다. 정맥내 투여기는 아직 팔에 꽂혀 있었지만 약품은 들어 있지 않았다. 위장에 연결된 급식 튜브는 소형 전기 펌프로 작동되는 것으로 플라스틱 용기가 붙어 있었는데 그 용기 역시 텅텅 비어 있었다.

타일러는 의식이 완전하지 않은 상태에서 알아들을 수 없는 말을 중얼거렸다.

방 안에 떠돌고 있는 배설물 냄새에 존은 구토를 억눌러야 했다. 존은 그런 냄새에 특히 약했다. 훌륭한 아버지라고 자부하고 있었지만, 기저귀 가는 일은 언제나 메리의 몫이었다. 메리가 받은 화학요법은 악몽이었다. 그녀가 토할 때면 남자답게 버티고 서서 몸을 붙잡아주고 토물을 닦아주었지만, 그다음에는 바로 화장실로 달려가 토하곤 했다. 그녀가 죽은 뒤에는 아이들이 아프면 젠이 와서 돌봐주었다. 그는 지금 직면한 현실에 와락 겁이 났다.

"내가 이 사람을 닦아주는 동안 자네는 이동 침대를 찾아보게. 차로 옮겨야겠어."

"무엇으로 닦아주시겠다는 겁니까?"

존은 숨을 헐떡이며 물었다.

"이동 침대나 찾아봐. 나머지는 내가 알아서 할 테니."

그는 방을 나와 복도를 내달려 간호사실로 갔다.

"장인을 모시고 나가야겠어요."

"잘됐네요. 그러셔야죠."

캐롤라인은 조용히 말했다.

"어떻게 상황이 이렇게 되도록 내버려둘 수가 있는 겁니까?"

그녀는 조용히 흐느끼기 시작했다.

"아무도 일하러 나오지 않아요. 나는 여기 그때부터…… 전기가 나갔을 때부터 계속 있었어요. 윌리스와 킴벌리도 어제 갔어요. 집에 가서 아이들이 잘 있는지 살펴보고 다시 오겠다고 했는데, 그러곤 끝이에요. 나도 집에 딸애가 있어요. 건달 같은 애아빠는 지금 딴살림을 차렸고요. 아빠가 애를 찾아보지 않고 애 혼자 있을까 봐 걱정돼 죽겠어요."

캐롤라인은 그를 쳐다보았다. 눈물이 볼을 타고 흘러내렸다.

"담배 좀 피워야겠어요."

존이 말했다.

그녀는 고개를 끄덕이고 손가방을 뒤적여 담뱃갑을 꺼냈다. 마치 그가 담배를 청하기라도 한 것처럼.

그는 고개를 내젓고 주머니에서 담배 두 개비를 꺼내 하나를 그녀에게 건넸다. 그들은 담배에 불을 붙였다. 요양원이라도 상관없었다. 담배가 악취를 가려주고 심신을 진정시켜주는 것처럼 느껴졌다.

그녀는 담배를 한 모금 깊게 빨아들였다가 내뱉었다. 눈물은 그쳐 있었다.

"장인을 옮기려면 환자이송용 침대가 필요한데요."

"저쪽 복도에 한 대 있을 거예요. 왈도가 몇 시간 전에 거기 뒀으니까요."

"여기 환자들이 씻고, 식사하고, 물을 마신 지 얼마나 되었습니까?"

"몰라요."

"생각해봐요, 어서."

"이틀 전인 것 같아요. 그때만 해도 곧 괜찮아질 줄로 알았죠. 야보로프 씨가 돌아가시고, 그다음엔 에밀리 양, 그다음엔 코언 씨가……. 아무도 시신을 거두러 오지 않아요. 보통 때는 30분 안에 장의사에서 영구차를 보내주거든요. 전화도 되지 않아요. 23호실 존슨 부인은 병실에서 쓰러졌는데 엉덩이를 다친 것 같아요. 브루넬리 씨는 또 심장 발작을 일으켰고요. 이렇게 사람들이 죽어가고 있어요. 모두가……. 이 옆방에 있는 미스 킬패트릭 죽었어요. 세상에, 그녀를 얼마나 좋아했는데."

그녀는 다시 훌쩍이기 시작했다.

미스 킬패트릭은 그도 알고 있었다. 아주 젊은 사람이었다. 오토바이 사고로 허리 아래가 마비되어 재활치료를 받고 있었는데, 술 취한 녀석의 오토바이에 부딪치기 전까지는 고등학교 과학 교사였다. 게다가 가해자는 바로 그녀의 제자였다.

"가위로 손목을 잘랐어요. 거실에 시신이 있어요."

요양원으로 들어올 때 거실을 지나쳤지만 존은 그 모습을 보지 못했다.

"무슨 일이 벌어졌는지 안다고, 자기는 그걸 겪어낼 수 없다고 했어요."

"캐롤라인, 당신은 할 만큼 했어요."

"모르겠어요. 나는 그저 간호조무사일 뿐이에요. 이런 일에 대처하는 훈련을 받은 적이 없다고요."

그녀가 다시 흐느꼈다.

"감독관은 어디 있습니까?"

"자기 방에 있을 거예요."

그는 고개를 끄덕여 보이고 캐롤라인을 떠나 반대편 건물로 가기 위해 아래로 내려가서 행정실 복도를 걸어갔다. 감독관실 문은 닫혀 있었지만 그는 노크를 하지 않고 문을 밀었다.

책상 뒤에 앉은 여자는 책상에 머리를 대고 잠들어 있었다.

"아이러, 일어나요."

존은 화가 나서 매섭게 말했다.

여자가 머리를 들었다.

"매더슨 교수님?"

"그래요. 나예요."

그녀는 눈을 비비고 자세를 바로잡았다.

"마음 상하신 것 알아요."

"마음 상했다는 건 이런 때 쓰는 말이 아니죠. 이건 분개한 겁니다."

그녀는 조용히 고개를 끄덕였다.

"알아요. 지금 여기는 직원이 넷밖에 없어요. 어쩌면 셋일지도 모르겠네요. 킴벌리가 가버렸을지도 몰라요. 도움을 청하라고 남아 있던 주방 직원들을 시내로 보냈어요. 몇 시간 전에 떠났는데 아무도 돌아오지 않는군요. 물도 안 나오고, 에어컨도 안 되고, 음식이나 약품을 보관할 냉장고도 나갔고……."

그녀는 갑자기 말을 끊고, 책상 위에 놓인 목록을 내려다보았다. 아이러는 분명히 벼랑 끝에 몰려 있었고, 기계적인 일상으로 돌아가 거기에 숨으려 했다.

"지난번에 세어봤을 때 죽은 사람이 열일곱 명이었고, 여섯 명은 친척들이 데려갔었지……. 어디 보자, 그러면 남은 환자는 마흔 명이네. 그리고 초과근무 중인 직원이 세 명. 평상시에는 낮 근무자가 서른 명이 넘었는데."

이봐요, 감독관이면 친척들에게 연락을 해서 모든 사람을 데리고 나가도록 했어야지. 그러나 그는 그 일이 얼마나 어려운지 곧바로 깨달았다. 가까이 사는 가족이 전혀 없는 환자들도 있고, 은퇴 후에 부부가 이곳에서 함께 생활하다가 한 사람이 세상을 떠난 뒤 그대로 머무는 사람도 있었다. 그 자녀들은 뉴욕, 캘리포니아, 시카고 같은 곳에 살고 있을 것이다. 이런 게 바로 미국식 생활방식이다.

가까이 살고 있다 해도 거리가 5킬로미터, 10킬로미터는 된다. 임종만 기다리고 있거나 제정신이 아닌 부모나 조부모를 무슨 수로 옮겨가겠는가?

'할아버지는 거기 잘 계실거야. 그러려고 한 달에 5천 달러씩 내고 있잖아.'

아마도 대부분은 이런 생각으로 위안을 삼을 것이다.

존의 마음이 조금 누그러졌다.

"그래도 뭔가 조치를 취했어야죠."

"그래요. 그러니 제발 부탁인데 내가 뭘 가장 먼저 해야 하는지 말 좀 해주세요."

그녀는 조용히 말을 이었다.

"어젯밤 여기가 털렸다는 얘기를 내가 했던가요?"

"뭐라고요?"

"불량배들이었어요. 한 놈이 총을 들이댔어요. 약을 내놓으라고요. 진통제와 각성제, 모르핀 액을 쓸어갔죠."

"어떤 놈들이?"

"몰라요. 총을 든 놈은 머리를 빡빡 밀고 귀를 뚫고 왼팔에 뱀 문신을 했어요. 빨간 오토바이를 탔고."

존은 차갑게 말했다.

"짐승 같은 놈들."

타일러는 모르핀을 투여받고 있었다. 의식을 차리면 엄청난 고통을 겪을 것이다.

"나도 그놈들한테 그렇게 말했어요. 그랬더니 킬킬거리며 웃더군요."

무엇을 해야 좋겠느냐는 그녀의 물음에 답할 말이 없었고, 동정심이 밀려왔다. 아이러는 좋은 사람이었다. 그녀의 큰아들은 몇 년 전에 존의 스카우트 대원이었다.

"시내로 가서 여기 분들을 옮길 수 있는지 알아볼게요."

"고마워요."

"장인은 지금 모시고 가려고 합니다."

"잘됐네요."

"유동식하고 영양공급 튜브는 어떻게 하죠?"

"처방된 유동식은 안 돼요. 냉장 보관하는 거니까 상했을 거예요. 통조림 유동식이 아직 있을 거예요. 깔때기를 써서 목으로 흘려 넣도록 해요."

존은 속이 뒤틀리는 걸 느끼며 고개를 끄덕였다.

"가봐야겠어요."

존은 비참한 고독 속에 그녀를 남겨두고 나와서 건너편 복도로 향했다. 그곳은 한마디로 생지옥이었다. 전체가 '제한 구역'인 그곳은 알츠하이머나 심각한 치매를 앓고 있는 사람들이 거주하는 곳이었다. 꽤 많은 환자들이 복도로 나와 배회하고 있었다. 그가 다가가자 쭈글쭈글한 손을 내밀거나 말을 건네는 사람도 있었다. 몇몇은 알아들을 수 없는 말을 웅얼거렸다. 그는 초현실적인 악몽 속에 들어온 것 같은 느낌을 받았다. 그들을 돕기 위해 걸음을 멈출 수가 없었다. 그렇게 하면 악몽이 영원히 그를 얽어맬 것 같았다.

비상구를 지나치면서 그는 바깥을 내다보았다. 한 환자가 발을 질질 끌며 느릿느릿 숲을 향해 걷고 있었다. 최근에 요양원에서는 치매 환자가 비상구를 열려고 하면 자동적으로 문이 잠기면서 간호사실로 경보를 전달하는 발찌를 환자들에게 채웠지만, 보안 시스템이 나가버린 지금은 아무 소용이 없었다. 걸을 수 있는 치매 환자들 중 건물 안에 남아 있는 사람이 얼마나 되는지, 몇 명이 숲으로 사라졌는지 알 수 없는 노릇이었다.

그는 복도 끝에 이송용 침대가 있는 것을 발견하고 그쪽으로 다가갔다. 그런데 침대 위에는 쇠약하고 체구가 작은 노인의 시신이 놓여 있었고, 한 노파가 옆에 서서 시신의 머리를 내려치고 있었다.

소름이 쭉 끼쳤지만 그는 걸음을 멈추지 않고 다가갔다. 필요하다면 억지로라도 이송 침대를 빼앗을 작정이었다. 하지만 노파가 쳐다보자 그의 의지는 바로 꺾여버렸다. 그는 뒷걸음질로 노파에게서 멀어진 뒤 도망치듯 병동을 빠져나왔다.

그는 타일러가 있는 병동으로 돌아갔다. 어떤 방법을 썼는지는 모르지만 젠은 남편의 몸을 깨끗이 닦아두었다. 얼룩이 묻은 시트 조각들이 바닥에 흩어져 있고, 타일러의 몸은 찢어진 담요조각에 싸여 있었다. 젠이 그를 쳐다보았다. 그 침착한 눈길을 보고 존은 장모의 강인함에 감탄하지 않을 수 없었다.

"이동 침대는?"

"제가 들어서 옮길게요."

젠이 이미 영양공급관 호스와 정맥내 주사관을 떼어내 두었다. 존은 타일러의 몸 아래로 팔을 집어넣고 안아올렸다. 살이 많이 빠지긴 했지만 장인의 몸은 아직도 무거워서 걸음을 옮기기에 앞서 잠시 자세를 가다듬어야 했다. 그는 문을 나와 복도를 재빠르게 걸었다. 시간이 지체되면 팔에 힘이 빠져 장인을 떨어트릴 것 같았다. 뛰다시피 간호사실을 지나쳤는데 캐롤라인은 그들의 모습을 보고도 아무 말도 하지 않았다. 젠은 뒷문을 열어주기 위해 그를 앞질러 뛰어갔다.

거실을 지나가면서 존은 미스 킬패트릭의 부풀어오른 시체가 구석에 방치되어 있는 광경을 보았다. 그녀의 몸 아래 카펫에는 피 웅덩이가 말라붙었고, 파리 떼가 윙윙거리고 있었다.

존은 숨을 헐떡이며 뒷문을 빠져나와 차로 가서 장인을 뒷좌석에 눕혔다. 그때 장인이 눈을 떴다. 자신을 알아보는 것 같은 기미를 느끼고 존이 말했다.

"괜찮아요. 지금 집으로 모셔갈 겁니다. 괜찮아요."

장인은 말을 하지 못했다. 이미 오래 전에 암이 그의 목구멍과 성대를 갉아먹고 가슴으로 퍼진 상태였다. 숨결이 거친 게 폐렴에 걸린 듯했다.

존은 자동차 열쇠를 장모에게 건넸다.

"시동을 걸어두세요. 금방 올게요."

그는 안으로 들어가 간호사실로 갔다.

"캐롤라인, 유동식 통조림 좀 줘요."

그녀는 고갯짓으로 저장실을 가리켰다. 그는 욕지기를 참으며 저장실로 들어갔다. 바닥에 토사물이 있었다. 그는 난장판이 된 저장실을 조심스럽게 둘러보았다. 보관함은 문짝이 떨어져나가고 없었다. 상처 난 손가락을 감싸둔 붕대에는 알 수 없는 물질이 묻어 있었는데 그것마저도 방금 벗겨져버렸다. 유동식이 들어 있던 빈 용기가 여기저기 흩어져 있었다. 막 포기하려는 순간 24개들이 통조림 두 상자가 그의 눈에 들어왔다. 그는 통조림을 움켜쥐고 밖으로 나갔다.

요양원 출입문으로 향하던 그는 잠시 망설이다 두 노인의 병실로 향했다. 그는 여섯 개들이 유동식 통조림 팩 두 개를 늙은 참전 용사의 무릎에 올려놓고 속삭이듯 말했다.

"병장님, 당신이 우리를 위해 해주신 일에 감사드립니다."

노인은 미소를 지으며 고개를 끄덕였다. 자기가 하려는 일이 어리석게 느껴졌지만 존은 충동을 참을 수 없었다. 그는 차렷 자세를 취하고 노인에게 경례를 붙였다. 노인도 휠체어에서 자세를 바로 하고 미소 지으며 경례로 답했다.

존은 그곳을 나와 자동차로 향했다. 통조림을 앞좌석 바닥에 던져놓고 그는 차에 올랐다.

"빨리 이곳을 빠져나가요."

그는 치매 환자들이 서성거리는 모습을 보지 않으려 고개를 돌리며 말했다. 그 사람들 때문에 멈춰 선다면 다시 악몽 속으로 끌려들어갈 것 같았다. 그것도 뒷좌석에서 찜통더위에 시달리고 있는 타일러와 함께 말이다.

몇 분 만에 집에 도착했다.

"벤, 엘리자베스!"

존이 소리쳐 불렀다.

웃고 떠들면서 흠뻑 젖은 모습으로 수영장에서 나오던 두 아이는 존이 장인을 차에서 내리려고 애쓰는 모습을 보고 잠시 멍하니 서 있었다.

"아, 할아버지."

엘리자베스가 울먹였다.

"제가 도와드릴까요?"

벤이 곁으로 다가왔다.

"문 좀 열어줘."

존은 장인을 안고 안으로 들어가 제니퍼의 방으로 가서 침대에 눕히고 몸을 일으켰다.

뒤따라온 젠은 의자를 끌고 와 타일러의 옆에 앉았다. 그녀는 부드럽게 남편의 볼을 쓰다듬으며 속삭였다.

"이제 괜찮아요, 타일러. 집에 왔어요. 집에 왔어요."

존은 물러나왔다. 몸을 씻고 싶은 욕구가 강하게 밀려왔다. 눈이 휘둥그레진 엘리자베스가 거실에 서서 제니퍼의 방을 쳐다보고 있었다.

"엘리자베스."

딸은 울고 있었다.

"힘든 상황이지만 우리는 헤쳐나갈 수 있을 거다. 물 한 동이 떠와서 그릴에 데워라. 비누하고 수건도 챙기고. 그런 다음 할머니를 도와드려."

엘리자베스는 흐느낌을 삼키며 고개를 끄덕였다.

제니퍼가 집에 없어 이 모습을 보지 못해 다행이라고 그는 생각했다.

존은 욕실로 들어갔다. 양동이의 물을 세면대에 붓고 손을 구석구석 씻었다. 통증이 손에서 팔로 올라오는 것을 느낀 그는 얼굴을 찌푸린 채 소독용 알코올을 상처에 발랐다.

옷장에서 꺼내둔 시트를 잘라 손에 난 상처를 감싼 존은 제니퍼의 방으로 갔다.

"어머니, 괜찮으세요?"

그녀는 그를 쳐다보고 미소를 지었다.

"그럼. 존, 내가 알아서 할게. 고맙네."

벤이 더운물을 들고 방으로 들어왔다. 수건과 비누를 손에 든 엘리자베스는 문간에서 머뭇거렸다.

“엘리자베스, 얘야. 네 할아버지는 자부심이 강한 분이란다.”

젠은 진지한 얼굴로 말했다.

“손녀가 이런 일을 돕는 걸 허락하지 않으실 거야.”

그녀는 존에게로 시선을 돌렸다.

“그리고 자네. 세상에서 제일 비위가 약한 사람 아닌가. 엘리자베스 데리고 밖에 나가 있게.”

그러자 벤이 조용히 말했다.

“저는 있을게요.”

나머지 세 사람은 놀라서 그를 쳐다보았다.

“별것 아니에요. 동생 기저귀를 수백 번이나 갈아줬는데요. 제가 거들겠습니다.”

“고맙다, 벤.”

“저는 시내에 가봐야겠어요. 요양원에 도움이 필요하다는 걸 알려야지요.”

존이 말했다.

“그래야지.”

존은 잠시 주저하다가 엘리자베스에게 말했다.

“너도 같이 가자.”

“정말이에요, 아빠?”

“그래. 괜찮아.”

엘리자베스는 마음이 놓인다는 얼굴로 그를 바라보았다. 두 사람은 밖으로 나가 차에 올라탔다.

"죄송해요. 그런 일을 제대로 할 수 없을 것 같아요. 하려고 마음을 다잡아먹었지만……."

"됐다. 나도 제대로 감당하지 못하는걸. 안전벨트 매라."

엘리자베스는 아직도 몸을 떨고 있었지만, 그래도 조금 웃음을 지어 보였다.

"아빠. 이 차는 59년형 엣셀이에요. 안전벨트 같은 건 없다고요."

그들은 시내로 향했다. 존은 며칠 전과는 완전히 달라진 세상으로 향하고 있다는 사실을 곧바로 깨달았다.

피트의 공짜 바비큐는 철거되었고 작은 잔치라도 열린 듯했던 분위기도 찾아볼 수 없었다. 산탄총으로 무장한 경관 두 명이 초등학교 앞에 서 있었고, 많은 사람들이 한 줄로 늘어서 있었다. 장작불 위에는 주전자가 하나 걸려 있었다.

시 청사와 경찰서, 소방서 주위에는 느슨한 경계선이 쳐져 있었고, 경관 대여섯과 소방관 몇 명이 경계선 안에 서 있었다. 짐 바틀릿의 폭스바겐 버스 뒤편에서는 남자들이 상자를 내리고 있었다. 자전거와 모터 자전거, 낡은 할리 오토바이, 차고에 모셔져 있던 제2차 대전 지프, 농장 트럭 몇 대도 거기 서 있었다. 소방서 출입문이 열려 있었는데, 소방차들은 밖으로 나와 있고 안에는 종이 상자와 나무 상자, 컨테이너들이 쌓여 있었다.

다른 곳에도 사람들이 줄을 서 있었다. 바퀴 달린 구식 군용 물탱크

같은 것 옆에 경비원이 서 있고, 플라스틱 물병을 든 사람들이 한 줄로 늘어서 있었다.

존은 차를 멈추고 엘리자베스와 함께 내렸다.

"1인당 4리터씩."

존이 엘리자베스를 곁으로 끌어당겨 시장실로 향할 때까지 경비원은 그 말만 되풀이했다.

시내에는 물이 있었으나 산자락 동네에 물이 떨어졌으므로 겨우 4리터의 물을 얻기 위해 먼 길을 걸어와야 했다.

경계선 안을 지키고 있던 사람 중 하나가 존을 알아보고 인사를 했다.

"안녕하세요? 교수님."

몇 년 전에 졸업한 제자 중 한 명으로 중학교 교사로 일하고 있는 친구였는데, 존은 그의 이름이 생각나지 않아 당황했다.

"어떻게 돼가나?"

"찰리가 계엄령을 선포했습니다. 우리는 모든 의료 장비를 여기 소방서로 옮겨왔어요. 슈퍼마켓에 있던 식료품도요. 남아 있는 게 거의 없긴 했지만요."

"푸드라이언에 가봤더니 그렇더군. 다른 곳도 같은 형편인가?"

"교수님이 그 광경을 보셨으면 폭동이라고 하셨을 겁니다. 사람들이 상점으로 쳐들어가서 물건을 쓸어가버렸어요. 난장판이 따로 없었죠. 대부분은 외지인이었어요."

"외지인?"

"있잖아요. 고속도로에서 온 작자들 말입니다."

'외지인' 이라는 그의 말이 존의 신경을 건드렸다. 옳지 않다고 느껴졌다.

"애슈빌에서 걸어온 사람들이 엄청나게 많습니다. 여기 사는 사람들도 발이 묶여 있고요. 하지만 그에 못지않게 많은 사람들이 시 경계 밖에서 이리로 오고 있어요. 지난밤에만 천 명 이상이 몰려왔습니다. 바깥 상황이 아주 나쁘다고 하더군요. 애슈빌에서 온 사람들 말로는 10대 폭도들이 애슈빌 몰을 습격해 부수고 불태웠답니다. 50명 이상이 죽었다고 해요. 수백 명이 터널 로드를 따라 상점가를 약탈했답니다."

존은 가만히 듣고 있었다.

"길에 죽어 넘어진 사람들이 한둘이 아니랍니다. 노인들이나 심장이 나쁜 사람들이요. 어떤 사람은 53번 출구에서 이곳까지 오면서 죽은 사람을 스무 명 이상 봤답니다."

믿기 힘든 일이었다.

"시장은 안에 계신가?"

"네. 저기서 회의가 열리고 있습니다."

그는 허락을 구하지 않고 청사로 향했다. 엘리자베스를 문 앞에 세워놓고 그곳에서 움직이지 말라고 한 다음 안으로 걸어 들어갔다. '2001년 9월 11일. 목숨을 바쳐 싸운 이들을 기리며……. 편히 잠들길' 이라고 쓰여 있는 기념 명판이 눈에 들어왔다.

복도에는 대여섯 명이 서성거리고 있었고, 회의실 문은 닫혀 있었다.

존은 문 앞에 서 있는 경관 중 한 명에게 말을 걸었다.

"시장을 만나러 왔습니다."

"지금은 회의 중이십니다."

"알아요. 하지만 아주 급한 일이오."

"좀 기다리셔야 합니다."

"정말 급한 일이라니까."

존은 버럭 소리를 질렀다.

"선생님, 밖에 나가서 기다려주십시오."

한 잔의 물을 청하던 참전 용사의 모습이 존을 앞으로 떠밀었다.

"당장 시장을 만나야겠소."

존은 날카롭게 말했다.

"비켜요."

"이러시면 안 됩니다."

존은 강경하게 제지하는 그 경관을 쳐다보았다. 아직 어린애였다. 신참인 그가 지난주까지 겪은 최대의 모험은 토요일 밤의 취객을 상대하는 일이었을 것이다.

존은 그를 무시하고 회의실 문의 손잡이를 움켜잡은 뒤 문을 밀어젖혔다.

"선생님, 안 됩니다."

회의실 안에는 찰리와 케이트, 톰, 켈로 의사가 있었다. 뜻밖에 워싱턴 파커도 그 자리에 있었고 어딘지 낯익은 노부부의 모습도 보였다.

“진, 괜찮네. 매더슨 교수님이야. 들어오게, 존.”

존은 젊은 경관에게 가볍게 고개를 끄덕여 보이고 안으로 들어갔다. 회의실에 있던 모든 사람들의 눈길이 존을 향했다. 그는 자신이 이렇게 불쑥 밀고 들어왔다는 사실 탓에 조금 당황했다. 하지만 요양원에서 보았던 광경이 그런 당혹감을 가라앉혀주었다.

찰리가 물었다.

“존, 뭣 때문에 이렇게 열 받은 건가?”

“밀러 요양원에 다녀오는 길이야. 그곳은 지금 지옥이나 다름없어.”

“우리도 알고 있어요, 존.”

케이트가 말했다.

“자원한 대학생들이 도우러 갔어요. 파커 씨가 음식과 물을 좀 챙겨서 아이들을 그리 보냈어요. 켈로 선생님이 피난민 중에서 간호사를 찾고 있는 중이고요.”

“애들과 간호사 몇 명으로는 안 될 겁니다. 하지만 고마워요, 워싱턴……. 그런데 그곳이 약탈당했다는 건 알고 있습니까? 불량배들이 모르핀과 진통제를 쓸어가버렸다는데.”

톰이 부드럽게 말했다.

“그것도 알고 있네.”

그 말을 듣자 존은 정말로 당황스러워졌다.

그때 찰리가 할 말이 있는 듯 망설였다. 그가 케이트를 쳐다보자 그녀는 고개를 끄덕였다.

"존, 실은 자네를 이 회의에 부르려고 했었네. 지금 여러 가지 문제를 얘기하고 있는데 자네 의견이 필요해……. 그런데 바버 씨 부부는 알고 있나?"

존은 노부부에게로 시선을 돌렸다. 존은 그들을 알고 있었다. 여름을 이곳에서 나는 사람들로, 그의 처가 바로 위에 저택이라 할 만한 멋진 집을 갖고 있었다.

노부부는 초췌한 모습이었다. 바버 부인은 얼굴이 창백했고, 자꾸만 흐려지는 의식을 가다듬으려 애쓰는 것처럼 보였다.

"이분들은 샬럿에서 방금 오셨다네."

돈 바버가 천천히 고개를 끄덕였다.

"바버 씨, 말씀 계속하시죠."

"아, 내가 얘기하던 중이었지."

돈이 입을 열었다.

"어제 아침에는 통제불능 상태가 되었소. 방금 얘기한 것처럼 천치 같은 짓거리였지. 전력이 끊긴 다음 날, 포트브랙 쪽에서 헬리콥터 두 대가 날아와 시 청사 근처에 착륙하더니 무장군인 대여섯이 내렸어요. 멍청한 대령 하나가 청사로 들어가더니 20분 뒤에 나왔고, 그런 다음 헬기는 가버렸다네. 그러더니 어떤 미친놈이 전쟁이 났다고 소리치며 뛰어다녔소."

잠시 동안 아무도 입을 열지 않았다.

"전쟁이라니, 누구와?"

톰이 물었다.

"몰라요. 아무도 모르지. 어쨌든 그 미친놈은 뛰어다니며 전쟁이라고 소리를 질렀소. 우리가 핵무기 공격을 받았고, 폭발로 모든 게 날아갔다고 말이야. 그 떠버리 개자식 한 놈 때문에……."

그는 말을 멈추고 아내를 살펴보았다.

"미안해요, 웬디."

"괜찮아요. 정말로 멍청한 개자식이었으니까."

감기는 눈을 겨우 뜨고 있던 그녀가 속삭이듯 대답했다. 그 말에 존은 미소를 지었다.

"나이가 나이니만큼 나는 1941년을 기억하고 있네. 1963년 케네디 사건도, 레이건이 총에 맞았을 때도. 9·11은 물론이고 말이오. 적어도 그때는 라디오와 텔레비전이 있었지요. 무슨 일이 벌어진 건지, 우리가 어떻게 해야 하는지 누군가 말을 해줬소. 그런 지도자의 말을 듣고 우리는 함께 일어섰지. 하지만 이번엔 진공상태요. 어떤 멍청이가 날뛰니까 사람들이 우르르 몰려듭디다. 헬리콥터가 착륙했다 가버렸다는 것 때문에……. 시내로 나갔더니 소문이 눈덩이처럼 불어 있더군. 아마 당신들도 들었을 거요. 사방에 핵무기 얘기뿐이었고, 낙진 때문에 우리가 모두 죽을 거라고 소리치는 사람도 있었지. 한 시간도 안 돼 시내는 난장판이 되었소. 약탈을 하고, 서로 싸우고, 도저히 통제할 수가 없었어. 경찰은 완전히 허를 찔린 셈이었지. 전날 밤에는 잠잠했거든. 경찰과 소방대원들이 낡은 차를 타고 시내로 들어왔었지. 차 안에서 누가 메가폰으로 침착하게 기다리라고, 곧 원조가 도착할 거라고 했어. 모두 그 말을 받아들였는데 그 미친놈 때문에 모든 게 뒤집어진 거요."

존은 망설였지만 묻지 않을 수 없었다.

"우리가 핵공격을 받은 건가요? 그러니까 전면 공격 말입니다."

돈은 고개를 저었다.

"나는 카운티 지방검사와 알고 지내는 사이요. 지방검사 사무실로 가보았소. 전쟁이라고 떠들고 다니던 자는 멍청한 관료였는데 몇 분 동안 브리핑을 듣더니 겁에 질려서 문밖으로 뛰쳐나갔다고 해요. 솔직히 말하면 지방검사실에서 건진 건 거의 없었소. 9·11 때를 생각해봐요. 사태 수습이 시작되기까지 며칠 걸렸잖소? 게다가 그때는 통신도 가능했고. 어쨌든 지방검사 얘기로는 핵무기가 하나 아니면 두세 개, 미국 상공 수백 킬로미터에서 터졌다는 말을 들었답니다."

"그렇다면 EMP가 확실하군요."

존이 말했다.

"지방검사도 그렇게 말했소. 또 포트브랙의 일부 통신은 살아 있다고 합디다. 방재 시설 안에 있던 비행기와 차량 몇 대는 괜찮다고. 그것 말고는 미국 안에 있는 모든 전력망이 나갔답니다. 그 대령 말을 빌리면 '핵 방재 장치가 있는' 라디오와 차량을 제외하고 말이오. 군이 나서서 사태를 수습하고 민심을 가라앉힐 거라는데 아무래도 몇 주는 걸리겠지."

돈은 고개를 가로저었다.

"대령이 모습을 보이지 않는 편이 나았을 거야. 그 사람이 헬기를 타고 왔다가 가버리니까 꼭 도망치는 것 같잖소? 그 때문에 공황이 쉽게 일어난 거요."

"몇 주? 어림도 없지."

존이 중얼거리는 소리를 듣고 돈은 입을 다물었다.

존은 케이트를 쳐다보았다.

"여기 두고 간 보고서는 읽어봤어요?"

그녀가 고개를 끄덕이는 걸 보고 존은 말했다.

"몇 달, 몇 년이 걸릴지도 모른다는 걸 염두에 두어야 해요. 바버 씨 얘기를 들으니 확실합니다."

"알고 있어요, 존."

케이트의 어조에는 그가 잠시 물러서 있으면 좋겠다는 뜻이 담겨 있었다. 존은 그녀가 옳다는 것을 깨달았다.

찰리가 돈에게 다시 물었다.

"그런 뒤에는 무슨 일이 있었습니까?"

"벌써부터 심각한 상황이었네. 비행기 두 대가 시내에 추락했소. 그 중 한 대는 737기였는데 전력이 끊긴 직후였지. 혼란 그 자체였소. 추락한 비행기를 보고 테러리스트들의 공격이 빗나간 거라고 하는 사람도 있었소. 아까 말한 것처럼 라디오도 없고 통신도 모두 끊기고 보니 온갖 소문이 난무할 수밖에. 아무도 제대로 아는 사람이 없으니 모두가 전문가가 된 거요. 그러면서 사람들이 서로를 겁내게 되었고. 그런 모습을 보고 있자니 웬디와 같이 샬럿을 빠져나가야겠다는 생각이 들어서 여기로 온 거요."

케이트가 물었다.

"왜 여기로?"

"여긴 안전하니까요."

돈은 그렇게 말한 뒤 보증을 구하듯 회의실 안의 사람들을 둘러보았다.

"그럼요, 돈."

찰리가 부드럽게 말했다.

"이제 안심하셔도 돼요. 이웃들과 함께 계시니까."

"그래서 사무실에서 집까지 걸었다네. 6킬로미터를. 그때 그런 생각이 들더군. 한국전쟁 때 총에 맞은 상태에서 우리 부대가 있는 곳까지 걸어야 했던 이후로 가장 힘들게 걷고 있다고 말이오. 집으로 가서 웬디를 데리고 내 L-3기가 있는 활주로로 갔어요. 걸어서 꼬박 이틀 걸렸지."

톰이 물었다.

"L-3기가 뭡니까?"

"에어론카 정찰기를 군대에서는 그렇게 부른다오. 한국전쟁 때 연락이나 대공부대 정찰용으로 썼지. 내 비행기는 한국에서 대공부대 정찰을 하면서 탔던 것과 거의 똑같아요."

그는 미소를 지으며 말을 이었다.

"고물더미에서 10년 전에 그걸 발견했지. 완전히 수리를 해서 원래 모습을 찾아주었네. 천천히, 낮게 떠다니기에 아주 그만이지."

존은 저도 모르게 미소를 지었다. 다른 나이 든 참전 용사들처럼, 그런 얘기를 하면서 행복한 추억을 되새기는 가운데 돈의 얼굴에서 세월의 흔적이 사라지고 그의 눈은 다시 젊어졌다.

"활주로로 가는 내내 비행기가 없어졌거나 망가졌을까 봐 걱정했어요. 하지만 격납고에 잘 들어 있더군. 그놈한테는 복잡한 장치가 없어요. 원형에 가깝게 복원했는데 그래서 이번 일에도 망가지지 않은 모양이야. 전자 장치는 눈을 씻고 봐도 없거든. 그동안 그놈을 탈 때는 휴대용 항법 장치 하나만 썼지. 물론 항법 장치는 절단이 났지만 비행기는 괜찮았소."

그는 잠시 말을 멈추었다.

"옛날에는 조종사가 맨손으로 직접 펌프질을 해서 실린더를 작동시키고 발전기를 켰지요. 옆에서 누가 프로펠러를 붙잡고 있고. 그렇게 해서 날아올랐지."

"그래서 여기까지 비행기를 몰고 오신 겁니까?"

존이 물었다.

"물론이오. 네 시간쯤 전에 떠올라서 샬럿 상공을 돌아보았지."

그는 말을 멈추고 머리를 조금 숙였다.

"한반도에서 참상을 목격했었소. 공산주의자들이 서울을 두 번째 함락시켰을 때 거기 있었거든. 그런 모습을 여기, 미국 땅에서 다시 보게 될 줄은 생각도 못 했었는데."

"무엇을 보셨나요?"

케이트가 조용히 물었다.

"9·11을 예로 들어봅시다. 그날 뉴욕과 워싱턴에 있던 사람들이 어떻게 행동했고, 어떻게 협력했는지 말이오. 그때를 다시 떠올려보면 실제로 공황은 없었소. 줄리아니 시장이 텔레비전에 나왔고, 다음엔 대통령이 모습을 보였지. 그래서 우리는 힘을 모을 수 있었어요. 하지만 지금은 진공상태요. 내가 말한 대로 도시들은 통제불능이 되었소. 샬럿 시내가 불타고 있었는데 화재진압 장비는 하나도 보이지 않았소. 내가 집까지 걸어가야겠다고 마음먹었을 무렵에 이미 물줄기가 약해져 있었는데, 집에 가보니 벌써 물이 끊어졌습디다. 여기저기서 약탈이 벌어지고, 사람들은 미쳐 날뛰고……."

그는 잠시 말을 멈추었다가 이어갔다.

"길거리에 시체가 여기저기 널브러져 있었소. 주州 방위군이 쇼핑센터를 에워쌌는데, 안에 있는 식료품을 손에 넣으려고 수천 명이 벌떼처럼 모여 뚫고 들어가려 했소. 방위군들은 뒤로 밀리자 군중을 향해 발포했어요. 마치, 마치 제2차 세계대전이나 사이공 함락 당시의 뉴스 화면을 보는 것 같았소. 아니면 소말리아에서 벌어진 일 같기도 했고. 여기서 그런 꼴을 보게 되리라곤 생각도 못 했소, 여기서만큼은."

그는 물끄러미 창밖을 바라보며 한동안 침묵을 지키다 입을 열었다.

"85번 주간도로를 따라 날다가 히코리너트 협곡을 통과했어요. 처음에는 애슈빌에 착륙할 생각이었는데, 그런 다음에는 어쩐단 말이오? 여전히 집에서 40킬로미터 이상 떨어진 곳인데."

"뭔가 움직이는 게 있었습니까?"

찰리가 물었다.

"특히 애슈빌 상공에서 볼 때요."

"차를 두어 대 본 것 같은데. 다른 건 없었소. 여기저기 불타고 있었어요. 집도 그렇고 숲도. 크래기에서 치솟는 불길도 70킬로미터쯤 떨어진 곳에서 봤소. 애슈빌 조금 못 간 곳에 단거리 운항 항공기가 추락했더군. 내가 지나갈 때까지도 불타고 있었소."

"왜 비행기들이 그렇게 추락한 걸까요?"

케이트가 물었다.

"거의 모든 상업용 항공기에 전자 장치가 있기 때문이오. 옛날과는 달리 조종간이 전선에 연결돼 있지도 않아요. 컴퓨터가 지상의 관제센터와 연결되어 있지. 컴퓨터가 터져버리면 신형 비행기들은 모두 곤두박질칠 수밖에."

"말도 안 돼."

톰이 한숨을 내쉬었다.

"9·11 때도 추락한 비행기는 네 대뿐이었는데."

"3천 대가 하늘에서 떨어졌다고 생각해보시오. 그 시간대에는 대략 그 정도가 떠 있으니까."

돈의 말투는 냉정했다.

"한 대에 평균 2백 명의 승객이 있었다 치면…… 어디, 계산해보시오."

그는 다시 한숨을 내쉬며, 멀리 어둠에 휩싸인 땅을 보고 있는 것처럼 허공을 바라보았다.

"쇼핑센터도 불타고 있었소. 아주 큰 화재였지. 그걸 보고 가능한 한 집 가까이에 내려야겠다고 결심했소. 공항에 착륙했더라면 여기까지 절대 오지 못했을 거요. 마을 서쪽 40번 도로가 180미터쯤 비어 있었고, 내 비행기는 겨우 그곳을 비집고 땅에 내렸지요."

톰이 웃음 지으며 끼어들었다.

"평생 그런 광경은 처음이었습니다. 비행기가 고속도로 출구로 미끄러져 들어오더니 잉그램네 공터에 멈춰 섰으니까요. 더군다나 옛 군용기하고 똑같은 외장에, 디데이 침공표지(제2차 세계대전 당시 노르망디 상륙작전을 앞두고 연합군이 아군 군용기를 식별하기 위해 흑백 줄무늬를 그려 넣은 것)까지 떡 하니 그려져 있었으니…… 보는 순간 심장이 덜컥 내려앉았다니까요."

찰리가 톰에게 물었다.

"비행기는 지키고 있습니까?"

"물론. 우리한테는 큰 재산인걸."

그러자 찰리는 돈에게로 눈길을 돌렸다.

"고맙습니다, 바버 씨. 무사히 집으로 오셔서 다행입니다."

"우린 몹시 지쳐 있소. 어떻게든 집까지 좀 태워다줄 수 없겠소?"

찰리가 대답했다.

"특별히 두 분을 위해 탈 것을 알아보겠습니다. 교환 조건으로요."

"조건이 뭐요?"

"비행기를 쓰게 해주십시오."

"내가 조종한다는 전제 하에서라면."

돈은 방어적으로 말했다.

"그 비행기의 본래 모습을 되찾는 데 꼬박 5년이 걸렸소. 그러니까 나 말고 다른 사람이 손대는 건 안 돼요. 조금만 손보면 자동차 가스를 연료로 쓰도록 할 수도 있소. 어쨌거나 당신들이 가라는 곳은 어디든 갈 테니까."

"그렇게 하죠."

찰리는 자리에서 일어나 문으로 걸어갔다. 그가 문을 열자 돈이 말했다.

"한 가지만 더. 주간도로 말인데, 사람들로 가득 차 있어요. 수천 명은 될 거요. 대탈출을 보는 것 같았소. 그 사람들이 지금 이리로 몰려오고 있어요."

노부부가 회의실을 나자가 찰리는 문을 닫았다.

"좀 전에 우리가 재난대비 훈련에 대해 얘기하던 중이었죠?"

찰리는 부드럽게 말했다.

"재래식 핵공격에 대한 것 말입니다. 한두 개의 핵무기가 도시 중심가에 떨어졌을 때 어떤 일이 벌어질까 하는 것이었죠. 가장 먼저 폭동이 일어나고 사람들은 생존에 필요한 물품을 약탈할 겁니다. 그런 다음에는 회귀본능이 발동한 것처럼 도시에서 도망쳐 말 그대로 '산골로 향할'(head for the hills. 재빨리 도망친다는 뜻도 있음) 겁니다. 전염병이 퍼질 때와 같습니다. 공황, 그다음엔 산골로 향하는 거죠."

케이트가 물었다.

"왜 그런 건가요?"

존이 끼어들어 되물었다.

"왜 우리는 여기서 사는 거죠?"

"무슨 뜻이에요?"

"마음 깊은 곳의 동기를 생각해보자는 얘깁니다. 물론 내가 여기로 옮겨온 것은 메리 때문이죠. 그런데 왜 메리의 부모님은 여기서 살았던 걸까요? 평온한 시골 마을에 대한 환상일 수도 있겠지만, 뭔가 어떤 본능이 있는 것 아닐까요? 여기 산골 마을에서는 이웃끼리 가까이 지내고 안전하지요. 내 일, 남의 일 따로 없고요. 생각해봐요. 이번 사태가 벌어지기 전에 어땠는지. 그게 바로 우리가 여기서 사는 이유죠."

톰이 말했다.

"흠, 어제는 절대 정다운 이웃들의 모습이 아니었는데."

"그렇게 심했습니까?"

"자네는 보지 못했나?"

존은 톰이 1달러 상점 습격 사건을 경관 번에게서 들었다고 넌지시 비치며 자기를 건드려보는 것인지도 모른다고 생각했다.

"이것저것 챙기느라 어제는 거의 하루 종일 집에 있었습니다. 오후 늦게 푸드라이언에 가보았는데 이미 깨끗이 털렸더군요."

마침내 톰이 냉담하게 말했다.

"그런가? 번 말로는 1달러 상점을 헤집고 다니는 자네와 마주쳤다고 하던데."

"이보세요, 톰. 내가 물건을 강탈할 작정이었다면 그보다는 나은 장소를 골랐을 겁니다."

존은 자기가 집어온 사소한 물건들 때문에 정말로 약탈자 취급을 받는 건 아닐까 하는 생각이 들었다. 전쟁 중에 러시아와 독일에서는 그보다 훨씬 보잘것없는 물건 때문에 총살을 당하기도 했다. 레닌그라드에서는 빵 한 조각을 훔쳤다고 교수형에 처해지는 일도 있었다.

"그럼 거기는 뭐 하러 갔었나?"

그 말에 존은 날카롭게 대꾸했다.

"그런 식으로 생각한다면 나를 체포하세요."

"두 사람 모두,"

케이트가 끼어들었다.

"좀 진정해요."

"존, 이곳 상황이 정말 나빠지고 있어."

찰리가 말했다.

"아마 내 탓일 테지. 첫날 바로 계엄령을 선포했어야 했는데……. 둘째 날 밤에는 시내 전체가 공황 상태였어. 대부분의 사람들은 지금도 무슨 일이 일어났는지 모르고 있네. 그들이 아는 건 뭔가 무서운 일이 벌어졌다는 것뿐이야. 사람들은 우선 돈을 인출하기 위해 은행으로 몰려갔지. 하지만 은행이 계좌를 전산 관리하기 때문에 서류를 하나하나 찾는 데 엄청난 시간이 걸렸네. 통장으로 일을 처리하던 옛날과는 다른 거지. 사람들이 떼지어 몰려들어 아수라장이 되었고, 그래서 톰은 대부분의 경관을 거기 배치시켜야 했네. 은행이 갖고 있던 현금은 금방 바닥나고 말았어. 내가 현금 인출을 정지시키기 전에 글쎄, 어떤 여자는 퍼스트차터 은행에서 5만 달러를 찾으려 했다니까."

존은 분위기에 걸맞지 않게 웃음을 터트릴 뻔했다. 그는 한숨을 내쉬며 말했다.

"찾았다 해도 지금은 종잇조각에 불과하지."

케이트가 끼어들었다.

"지금 그런 얘기를 듣고 싶진 않군요."

"미안해요, 케이트. 하지만 들어두는 게 좋을 겁니다. 연방정부가 사태를 잘 수습하고, 계좌기록이 복원되고, 금융기관이 정상화되기 전까지 종이돈은 그저 휴지 조각에 불과해요. 지금 우리 경제체제는 전자화폐를 기초로 하고 있어요. 신뢰를 기반으로 한 체제지요. 그 신뢰에 금이 간다면, 그러면 어떻게 될까요?"

찰리가 물었다.

"물물교환으로 가겠지, 아닌가?"

존은 고개를 끄덕였다.

"그리고 자네가 물물교환 매개체를 정해야 하네."

"무슨 수로 말인가?"

"아직 남아 있는 것 중에 생존에 필요한 물건을 모두 압수해야 한다는 얘길 하는 거라네. 의약품, 연장, 차량 개조에 필요한 부품, 파이프 같은 건설자재, 그리고 무엇보다 식료품. 그런 것들을 모두 압수해 여기 갖다두고 배급을 해야 해. 그러면 그 배급품이 여러 거래에서 교환 수단이 될 거야."

톰이 콧방귀를 끼며 말했다.

"공산주의자가 하는 말 같구먼."

"생존 문제입니다."

존은 날카롭게 받았다.

"그리고 톰, 당신도 내 정치적 입장이 어떤지는 알 겁니다. 나를 모욕하지 마세요."

찰리가 이야기를 본래 줄기로 되돌렸다.

"존, 어쨌든 자네가 말하는 품목 중 많은 것이 없어져버렸네. 빌어먹을, 우린 무방비 상태였던 거야. 이런 사태를 위한 계획 같은 건 아예 없었어. 무더기 예금인출이 시작이었어. 그런 뒤 사람들은 사재기를 하러 상점으로 몰려갔지. 그런데 경찰은 차도 없이 두 발로 걸어다녀야 했지. 우리는 경찰차에 앉아서 무선 보고를 받는 데 너무도 익숙해져 있었어. 잉그램에서 벌어진 약탈 사건만 해도 그래. 거기 파견되었던 경관 둘 중 하나가 사태를 보고하기 위해 1.5킬로미터를 달려와야 했지. 그동안 약탈은 걷잡을 수 없게 되어버렸고. 경관들을 더 보냈을 때는 이미 상황 종료였지. 심지어는 주간도로 가에 있는 패스트푸드점으로 달려간 사람들도 있었다네. 지폐 뭉치를 흔들면서 조리되지 않은 햄버거를 내놓으라고 난리를 쳤지. 좀 더 똑똑한 사람들은 시내에 있는 큰 상점 세 곳으로 달려갔고. 그러다 줄이 불어나자 갑자기 모두들 안으로 몰려 들어갔던 거라네."

존은 톰을 쳐다보며 물었다.

"아무도 사람들을 제지하지 않았던 겁니까?"

톰은 한숨을 내쉬었다.

"이봐, 존. 지금 우리는 여기서 함께 살아가는 이웃들에 대해 얘기하고 있는 거야. 거기엔 내가 다니는 교회의 교우들도 있었고 애들 친구의 부모들도 있었어. 물론 막으려 해봤지만, 그렇다고 그 사람들에게 총을 쏠 순 없는 것 아닌가."

케이트가 말했다.

"어쨌든 스무 명 남짓한 사람들이 죽었어요. 대부분 심장마비로 쓰러졌죠. 잉그램에서 일어난 일은 충격적이었어요. 진열장이 깨졌는데 누가 거기서 넘어졌다가 심한 출혈로 결국 죽고 말았죠."

톰이 조용히 설명을 덧붙였다.

"존, 그 여자가 죽어가는데도 사람들은 그저 밀고 들어갔다네."

존은 창밖을 내다보았다. 바틀릿의 폭스바겐이 박스 한 무더기를 내려놓고 부르릉거리며 다시 몬트리트 로드로 떠나는 모습이 보였다.

"존, 현실 같지가 않았네."

찰리가 말했다.

"모든 사람들이 터벅터벅 걸으며 거리를 가득 메웠지. 사람들이 가장 탐낸 물건이 슈퍼마켓 쇼핑 수레가 아닌가 싶네. 마지막 한 대까지 깡그리 없어졌지. 사람들이 쇼핑 수레를 밀면서 집으로 터벅터벅 걸어가는 모습을 생각해보게."

입을 다물고 있던 켈로 의사가 마침내 끼어들었다.

"그게 심장 발작의 원인이지."

존은 오랜 친구인 그를 쳐다보았다. 가정의인 켈로는 세상에 태어나는 메리를 받았고, 그녀가 죽음을 맞을 때에도 곁에 있었다. 지금은 제니퍼를 돌보고 있는데 '제일 예뻐하는 아이'를 살펴보기 위해 대개 한 달에 한 번 정도 존의 집에 들렀다. 켈로는 아이의 상태를 점검한 뒤에 스카치를 한잔하면서 존과 체스를 두곤 했는데, 열에 아홉은 존에게 지고 씩씩거렸다.

"공포에 휩싸인 채로 50미터 이상을 급히 걸으면 그렇게 된다네. 이번 사태가 터진 뒤로 대략 3백 명 정도가 죽었어."

"3백 명이나요?"

"놀랐나?"

켈로가 냉담하게 말했다.

"자네는 우리가 실제로 얼마나 허약한지 잊어버렸나? 우리는 인류 역사상 가장 호사스럽게 사는 세대야. 심장마비, 멍청한 사고 그리고 살인이 적어도 여덟 건, 자살자도 몇 명 있었지. 냉정하게 말하자면 벌써 몇 년 전에 죽었어야 할 사람들, 베타 차단제(협심증, 고혈압 치료제), 스텐트(혈관폐색을 막기 위해 혈관에 주입하는 물질), 혈관확장술, 심박조율기, 신물질 치료제 등이 없었으면 벌써 몇 년 전에 죽었을 사람들이 지금 한꺼번에 죽어가는 것일세."

존은 한동안 켈로를 물끄러미 쳐다보았다. 이 의사가 꼽는 죽음의 후보자에는 누가 또 있을까?

"심박조율기에도 문제가 생깁니까?"

찰리가 놀라서 물었다.

"이런, 우리 어머니도 심박조율기를 하고 있는데."

회의실 안의 시선이 일제히 찰리에게로 쏠렸다.

"어머니는 플로리다에 계세요. 지금 어떤 상태이신지……."

그는 말을 맺지 못했다.

"안됐네, 찰리."

켈로가 말했다.

"하지만 사실대로 솔직히 말해주겠네. 일부는 괜찮다네. 이상한 일이지만 아직 작동하고 있어. 하지만 배터리가 언제까지 갈지……. 카운트다운이 시작된 셈이라고 보네. 심박조율기가 멈춘 사람들은 몇 분, 몇 시간 안에 죽네."

존은 찰리의 얼굴을 똑바로 쳐다보았다.

"찰리, 자네가 이 상황을 장악해야 하네."

존의 목소리는 날카로웠고, 어조에는 '지휘관의 음성'이 깃들어 있었다. 찰리를 현실로 되돌려 놓으려는 것이었다.

"강하게 단속해야 하네. 안 그러면 더 악화될 거야. 지금까지는 공황의 첫 단계에 지나지 않아."

"무슨 뜻인가?"

"사람들은 필요한 물건을 닥치는 대로 움켜쥐었지. 하지만 1주일 뒤, 한 달 뒤에 어떻게 될 건지를 생각하는 사람은 많지 않네."

그는 잠시 말을 끊었다가 다시 이었다.

"아니면 1년 뒤에. 공개집회를 열어 무슨 일이 일어났고, 어떻게 해야 하는지 사람들과 토론해보았나?"

"이게 대체 무슨 일인지."

케이트는 한숨을 내쉬며 말했다.

"그랬어요, 어젯밤에. 5백 명쯤 모였는데 말을 제대로 할 수도 없었어요. 오히려 상황이 더 나빠진 것 같아요. 찰리가 EMP와 핵폭발에 대해 얘기를 시작하자 '핵'이라는 말만 듣고 정신이 나가버린 사람들이 있었어요. 집으로 가서 방공호를 파야겠다고 난리를 쳤죠."

존이 말했다.

"돈 바버가 말한 샬럿의 상황과 같군요. 이번 사태가 장기전이 될 것이란 걸 마침내 깨닫게 되면, 사람들은 서로를 의심하며 쳐다보게 될 겁니다. 이웃이 지하실에 여분의 식품 통조림을 숨겨놓은 건 아닌가 하고 말입니다."

"아니면 냉동고에 약품을 숨겨놓은 건 아닌가 하고."

켈로가 조용히 말했다. 존은 의사가 자기 얘기를 한다는 것을 알았지만 반응을 보이지 않았다.

"힘을 합쳐 질서를 유지하지 않으면 완전히 무정부 상태가 되어버릴 겁니다."

케이트가 고개를 끄덕였다.

"예전에 〈트와일라잇 존〉(우리나라에서는 '환상특급'이란 제목으로 방송된 유명 SF 드라마)에 세 차례에 걸쳐 그런 얘기가 나왔지요."

"예의바른 중산층들이 이웃과 정답게 어울려 사는 곳이었는데 라디오에서 핵전쟁이 터졌다는 발표가 나자, 30분 뒤에는 이웃의 지하실에 있는 방공호에 들어가려고 서로 죽이게 된다는 내용이었죠."

이런 시점에 모두가 영화나 TV 드라마를 떠올리게 되다니 그것도 우스운 일이라고 존은 생각했다. 어제 저녁에 그 또한 〈트와일라잇 존〉의 내용 중 한 편을 생각했다. 외계인들이 여러 사람의 집에서 전등을 껐다 켰다 반복하자 곧 모든 사람들이 공포에 질려 서로를 의심하며 죽이려 한다는 내용이 머리에서 떠나지 않았다. 외계인들은 그런 사람들의 모습을 보면서 뒤로 물러나 앉아 낄낄거렸다.

〈트와일라잇 존〉의 작가라면 지금 상황을 보고 뭐라고 할까?

'당신들이 처한 상황으로 볼 때, 미국은 플러그가 빠지면 무너져버리는 것으로……'

"〈트와일라잇 존〉 얘기 따위나 할 때가 아니오."

톰이 퉁명스레 이야기를 잘랐다.

"피난민들이 문제입니다. 외지인들이 이리로 몰리고 있소. 지금 가장 걱정스러운 건 그겁니다. 이웃 사람들에 대해서라면 누구를 신뢰할 수 있는지 알 수 있지만, 이렇게 외지인들이 북적거리면 그 사람들이 무슨 짓을 할지 누가 알겠습니까? 게다가 사람들이 이렇게 몰려들면 우리 모두가 굶어죽는 건 시간문젭니다."

찰리가 고개를 끄덕였다.

"샬럿의 인구만 해도 백만 명이 넘습니다. 트라이애드는 더 많고요. 그 사람들이 백 명 중 한 명만 이쪽으로 피난 와도 먹여야 할 입이 이삼만 명이 되는 셈입니다."

찰리가 말을 끝낸 뒤 회의실에는 한동안 침묵이 흘렀다.

마침내 케이트가 입을 열었다.

"계획을 세워야만 해요."

"물론이죠, 계획. 하지만 무슨 계획입니까?"

찰리는 한숨을 쉬었다.

"우리는 모든 것에 대처하는 계획을 갖고 있었어요. 이것만 빼놓고는. 이런 일에 대한 계획은 한 번도 없었습니다. 내가 정신없이 허둥댄 것도 그 때문입니다."

찰리는 서글프게 말하며 고개를 흔들었다.

"나는 누군가가 지시를 내려주길, 무언가 해주길 기다리고 있었어요. 죄송합니다."

존이 그를 위로했다.

"찰리, 누구나 마찬가지네."

그는 찰리가 무슨 생각을 하는지 알 수 있었다. 전투를 준비하는 군대와 마찬가지로, 재난이라는 것이 이들에게는 훈련하며 대비해 온 어떤 문제인 것이다. 그런데 이런 수준의 문제에 대해서는 훈련이 전혀 없었다. 기본 계획도 서 있지 않아 어디로 가야 할지를 몰랐다. 그 탓에 많은 일을 할 수 있었던, 귀중한 첫 며칠을 낭비해버렸다.

"어쩌면 애슈빌에서는 누군가 사태 수습에 나섰는지도 모릅니다."

톰이 말했다.

"블랙호크가 그쪽으로 가는 걸 모두 봤지 않소? 애슈빌을 향해 똑바로 날아가는 걸 보면 거기서 뭔가 접촉이 이루어졌을 겁니다."

존은 조용히 있었다. 애슈빌이라. 64번 출구에서 53번 출구까지는 18킬로미터밖에 안 된다. 엘리자베스는 하루도 빠짐없이 거기 쇼핑센터로 갈 핑계를 만들어냈다. 존 또한 1주일에 한 번은 애슈빌의 반스 앤드 노블에 들러 군대역사 서가를 훑어보고 커피를 한 잔 마시거나, 아니면 애슈빌 시내에 있는 단골 피자 가게 매직 머시룸으로 아이들을 데리고 갔다. 그 가게는 제니퍼가 "맛이 갔다"고 말하는 괴짜와 히피들의 집결지로, 아이들은 식사를 하면서 사람들의 모습을 관찰하는 것을 좋아했다.

모르는 지역을 가로질러 18킬로미터를 걷는 것, 상당히 위험이 뒤따르는 일이다. 이럴 수가, 겨우 4일 만에 이처럼 광장공포증을 갖게 되었단 말인가?

하지만 존은 모험을 하기로 마음먹었다.

"내일 애슈빌로 가서 거기 상황을 확인해보는 게 좋겠습니다."

찰리가 고개를 끄덕였다.

"나도 그게 좋겠네."

회의실의 사람들을 둘러보던 존은 실수했다는 것을 깨달았다.

"알겠습니다. 내가 운전하죠."

5

5일째

"이거 안 되겠는데."

찰리의 말에 존은 불만스러운 신음으로 동의를 표했다.

55번 출구를 지나쳐 서쪽으로 방향을 잡자마자 20대 정도의 버려진 차량들이 주간도로를 완전히 막고 있었다. 러시아워 때면 항상 차가 밀리는 곳인데, EMP의 영향으로 엔진이 꺼지자 늘어섰던 차량들이 도로 위를 미끄러지며 양 차선과 갓길을 막아버렸다.

존은 길을 가로막고 있는 차량들 사이를 빠져나가 출구로 되돌아가서 방향을 틀어 길을 벗어난 다음, 주간도로와 나란히 달리는 70번 도로로 향했다.

"어쨌든 계속 가야 합니다."

엣셀 뒷자리에서 워싱턴이 말했다.

"보훈 병원에 가면 통신 연결이 될지도 모르니까요."

워싱턴 옆에는 대학 야구단 소속의 건장한 청년 필 베일과 제러마이어 심스가 앉아 있었다. 찰리는 워싱턴의 제안을 받아들여 두 청년이 함께 가는 데 동의했다. 둘은 발치에 산탄총을 숨기고 있었고, 워싱턴의 손에는 콜트 45구경 권총이 들려 있었다.

존은 고개를 끄덕이며 70번 도로에 올라 다시 서쪽으로 향했다. 그는 버려진 차량들 사이를 요리조리 빠져나가 블루리지 파크웨이로 이어지는 교량 아래쪽을 통과했다. 그러자 곧바로 오른쪽에 보훈 병원 부지가 나타났다.

병원 정문을 통과하면서 존은 기운이 빠지는 걸 느꼈다. 그는 국가 시설인 이곳 보훈 병원에는 어떤 기적 같은 일이 있지 않을까 어느 정도 기대를 품었다. 이를테면 핵차폐 장치가 된 발전기 같은 것, 아니면 정상적으로 질서 잡힌 외양만이라도. 군인들이 대열을 갖추고 병원을 지키고 있을지도 모른다는 생각도 했었다.

군대 대신 나이 든 환자들이 잔디밭 여기저기에 흩어져 있었다. 어떤 사람들은 담요를 깔고 누워 있었고, 그저 이리저리 배회하는 사람들도 있었다. 고속도로로 향하는 차량들로 막히지 않은 차선 하나가 뚫려 있었는데, 산탄총을 든 '청원경찰'이 길 한가운데 서서 그들에게 멈추라는 몸짓을 해 보였다.

그 사람이 산탄총을 반쯤 치켜든 채 조심스럽게 다가오는 것을 보면서 존은 차창 밖으로 몸을 내밀었다.

“존 매더슨 대령입니다.”

대령이란 계급을 다시 사용하자니 약간 마음이 켕겼다. 최근 몇 년 동안 교수나 박사로 불리는 데 익숙해져 있었는데, 워싱턴은 이번 원정에서는 옛날 호칭을 사용하라고 조언했다.

“블랙마운틴에 살고 있습니다. 이분은 찰리 풀러, 우리 치안국장입니다. 뒷자리에는 워싱턴 하사, 해병대 출신이죠. 그리고 대학생 둘.”

상대는 아무 말 없이 고개만 끄덕이며 존에게서 총부리를 돌렸다.

“우린 정보를 얻을까 해서 애슈빌로 가는 길입니다. 여기는 제대로 작동되는 게 있습니까? 전력은 어떻습니까?”

“없소. 전기가 안 들어와. 그쪽 지역은 어떻소?”

“마찬가집니다. 사태를 파악하고 있는 책임자는 있나요? 롤리나 워싱턴 쪽과 연락은 됩니까?”

경비원은 고개를 저었다.

“빌어먹을.”

“정말 빌어먹을 상황이오. 병원 안은 아수라장이야. 노인네들이 죽어 넘어지고 있소. 며칠 약을 쓰지 못한다고 이렇게 빨리 죽을 줄은 몰랐는데.”

경비원이 말했다.

존은 요양원을, 장인을 떠올렸다. 장인 곁에 장모와 딸들만 두고 오려니 마음이 놓이지 않았다. 다행히 벤이 그곳에 붙박여 살다시피 하고, 길 건너 살고 있는 세스와 팻의 부모도 짬짬이 와서 젠이 쉴 수 있도록 도와주고 있었다.

장인은 몸이 점점 나빠지고 있었다. 정맥내 주입기도 산소도 없이, 위장으로 연결된 관으로 유동식과 물을 흘려 넣고 있을 따름이었다. 진통제가 없다는 것이 가장 큰 걱정이었다. 며칠 방치된 동안 거의 혼수상태에 이른 것이 장인에게는 축복일 수도 있었다. 하지만 의식이 있을 때면 그의 눈 속에서 고통을 읽을 수 있었다. 젠은 옆에서 밤을 꼬박 새웠다. 존이 막 집을 나서려 할 때 팻의 엄마가 손을 빌려주러 온 게 그나마 다행이었다.

존은 다시 한 번 병원 주변과 환자들을 둘러보았다. 몇몇 간호사들이 병원 부지 가장자리에 흐르는 시내에서 물을 길어와 끙끙거리며 운반하고 있었다. 병원 안에서는 무슨 일이 벌어지고 있을지 상상만 할 수 있을 따름이었다. 더위가 벌써부터 기승을 부리고 있었다.

찰리가 말했다.

"시내 쪽으로 가보는 게 좋겠네."

경비원은 고개를 끄덕였다.

"행운을 빌겠소. 시내에 가면 이곳에 정말로 도움이 필요하다고 말 좀 해주게. 몇몇 의사와 간호사가 남아 있긴 하지만 대부분이 떠나버렸고 아무도 돌아오지 않고 있다네."

존은 궁금해서 물어보았다.

"왜 여기 계시는 겁니까?"

"이 지역 요양원 몇 곳이 마약쟁이들한테 털렸다고 어제 누가 와서 말해주더군. 이 병원 안에도 약품이 꽤 있거든. 그래서 여기를 지켜주어야겠다는 생각이 들었네. 나도 해병대 출신이라네. 1968년에 훼(베트남 중부 도시)에서 부상을 입었지. 저 병원 안에 있는 사람들은 내 동료들이오. 내겐 걱정해야 할 가족도 없고, 저 사람들이 바로 가족이니까."

그가 왼쪽 다리를 내려치자 의족에서 공허한 소리가 울렸다.

"언제나 충실한(미국 해병대의 구호)."

워싱턴이 이렇게 말하며 차창 밖으로 몸을 내밀어 경비원과 악수를 했다.

"이렇게 하세요."

워싱턴은 말했다.

"길 한가운데 서 있으면 안 됩니다. 도로에 방책을 만들고 그 뒤에 몸을 숨겨요. 자동차를 엄폐물로 쓰면 될 겁니다. 아까 내가 총을 쐈으면 눈 깜짝할 새 당했을 겁니다."

경비원은 고개를 끄덕였다.

"그 말이 맞네. 잊고 있었소. 피곤해서 그랬나."

"행운을 빕니다."

"당신들도."

그들은 진입로를 되돌아 나와 70번 도로를 타고 다시 애슈빌로 향했다. 1.5킬로미터쯤 달려 분지를 빠져나와 긴 언덕길로 접어들자 정면에 애슈빌 쇼핑몰이 보였다. 두터운 연기 장막이 그곳을 뒤덮고 있었다.

"우회로를 타지."

찰리가 말했다.

"저쪽으로 가까이 가면 안 돼."

존은 차를 빠르게 몰아 애슈빌 한복판으로 바로 이어진 240번 우회로로 통하는 진입로에 접어들었다. 우회로에 올라서자 시내로 들어가는 게 과연 현명한 일인지 존은 다시 의구심이 들었다.

내던져진 차량들을 피해 운전하는 것은 장애물경주 같았다. 멀리 보캐처 산까지 이어진 고속도로 저편으로 시내 이곳저곳이 불타고 있는 게 보였다. 솟아오른 연기 기둥들이 후끈한 아침 대기 속으로 퍼져 흐릿한 구름을 형성하고 있었다.

드문드문 사람들이 도로 옆을 따라 걷고 있었다. 그 모습을 보자 1940년 독일군이 진주한 뒤 피난길에 나선 프랑스인들의 행렬을 찍은 옛날 뉴스영화가 떠올랐다. 몇몇은 유모차, 슈퍼마켓 쇼핑 수레, 외바퀴 손수레를 밀고 있었다. 소형 트랙터의 뒷부분에 연결된 것과 같은 형태의 두 바퀴 수레를 밀고 있는 가족도 있었다. 여러 형태의 수레에는 짐이 산더미같이 쌓여 있었다. 아이가 타고 있는 수레도 있었고 귀중한 가구나 책 더미도 보였다. 오래된 그림 같은 다소 특이한 짐도 있었다.

존이 사람들을 마주 보며 차를 몰고 가자 마치 외계인이라도 본 듯 모든 이들의 시선이 쏠렸다. 손짓해서 차를 세우기 위해 도로 쪽으로 나오는 사람들도 있었다.

갑자기 워싱턴이 소리쳤다.

"총!"

존은 몸을 숙이고 차의 속도를 높였다. 한 남자가 길가에서 달려 나오며 권총을 그들에게 겨누었다.

"빌어먹을, 제러마이어, 쏴버려."

워싱턴이 소리쳤다.

제러마이어가 바닥에서 산탄총을 집어들었지만 차는 이미 그 남자를 지나친 뒤였다. 남자는 화난 모습으로 권총을 휘둘러댔을 뿐 발사하지는 않았다.

"언제라도 쏠 수 있게 준비해라."

워싱턴이 날카롭게 말했다.

"내가 쏘라고 하면 바로 쏴."

"네."

존은 백미러로 제러마이어를 살폈다. 청년의 얼굴은 창백했다. 야구팀 선수인 제러마이어는 착한 젊은이였다. 제러마이어나 다른 야구단원들은 터프가이처럼 거칠게 행동하려 애쓰긴 했지만, 그런 젊은이들의 마음 깊은 곳에 있는 것은 소도시에 살면서 착실히 교회에 가는 아이의 모습이었다. 본래 오늘부터 시작될 예정이었던 최종시험이나 걱정하고, 소녀들을 꾀어 숲 속으로 데리고 가는 것만 생각하던 아이들. 누군가에게 총을 겨누고 방아쇠를 당기는 일 같은 건 1주일 전에는 상상도 해보지 못했을 것이다.

경관 두 명이 샬럿으로 이어지는 고가도로에 있었다. 존이 그들 쪽으로 다가가자 한 경관이 출구로 나가라는 몸짓을 해 보이며 AR-15 소총으로 보이는 물건을 위협적으로 겨누었다. 앞쪽의 주간도로 우회로는 완전히 봉쇄되어 있었다.

존은 본래 그 출구로 빠져나갈 생각이었지만 이런 거친 환영 인사를 예상하지는 못했다.

출구에는 차량이 없었고, 그가 왼쪽으로 돌아 고가도로로 올라서자 경관은 AR-15를 그들에게 조준했다.

존은 천천히 차를 멈췄다.

"당신들 대체 뭡니까?"

경관이 물었다.

찰리는 천천히 두 손을 올린 채로 차 문을 몸짓으로 가리켜 보인 뒤, 문을 열고 내리려 했다.

"차에서 내려도 된다는 말 안 했는데?"

"잠깐 내 말 좀 들어요."

찰리가 날카롭게 대꾸했다.

"나는 블랙마운틴의 치안국장이오. 신분증을 보여주겠소."

경관이 고개를 끄덕이자 찰리는 느린 동작으로 주머니를 더듬어 지갑을 꺼낸 다음 그것을 펼쳐 보였다. 경관은 앞으로 나와 차창 너머로 몸을 숙이고 신분증을 들여다보았다.

"병신 같은 놈."

뒷자리에서 워싱턴이 낮게 중얼거렸다. 그는 45구경 권총을 왼쪽 옆구리 뒤로 감추었다.

"사태 파악을 위해 카운티 비상대책국장인 에드 토렐을 만나러 왔소."

존의 말에 경관은 고개를 끄덕이더니 그들이 타고 있는 차로 시선을 돌렸다.

"운행하고 있는 차를 모두 징발하라는 명령을 받았습니다."

"이보게. 우리는 블랙마운틴에서 왔어. 지금 당장 에드를 만나야 한단 말이오. 자네가 이 차를 압수하면 도대체 어떻게 돌아가란 말인가?"

"걸어가야죠. 명령이라니까요."

"웃기고 있네. 이 차는 내 차고, 자네에게 넘겨줄 순 없어."

존의 날선 목소리에 경관은 몸을 돌려 그를 향했다.

"차에서 내려요, 당신들 모두. 카운티 청사까지 걸어가서 에드를 만나면 될 겁니다. 그 사람한테 차를 돌려주라는 내용을 문서로 받아오면 그렇게 해드리죠. 하지만 지금은 차량을 압수합니다. 토렐 국장한테서 돌려받으라는 허락을 받으면 법원 뒤편으로 가서 찾아가십시오."

찰리는 동요하지 않고 침착하게 대답했다.

"이런 방법은 어떻겠소? 우리하고 같이 차에 타고 가서 에드를 만나봅시다. 그러면 그가 이 문제를 해결해줄 거요."

경관은 고개를 가로저었다.

"명령대로 해야 합니다. 이 다리를 지키고, 모든 차량을 압수할 것. 그러니 나머지 사람들도 모두 차에서 내려요."

분개한 찰리는 존 쪽을 쳐다보았다. 존은 도리가 없다는 표정으로 고개를 저었다. 낮은 지능에 총을 들고 '명령'을 내세우는 유형의 경관은 최악의 상대다. 이 세상의 모든 논리를 동원해도 그에게는 먹히지 않는다.

"'오직 명령에만 따른다'는 말이 어떻게 들리는지 알고 있소?"

존이 물었다.

경관은 그를 쏘아보았다.

"나치가 생각나는군. 찰리는 여기 토렐을 만나러 왔소. 차를 넘길 순 없어."

"이런 개자식들. 차에서 내려. 한 놈도 빠짐없이. 손을 머리 위로 올리고."

그러자 워싱턴이 가만히 속삭였다.

"나한테 맡겨요."

"내려. 너, 목소리 큰 개자식 너부터."

경관은 AR-15를 존에게 똑바로 겨누었다.

워싱턴이 다시 속삭였다.

"천천히 움직여요."

존은 매섭게, 경관에게도 들릴 만큼 큰 소리로 말했다.

"이 자리에서 한 발짝도 안 움직일 거다."

"내려라, 이 자식아."

"'이 자식'이 아니라 '대령'이다."

존은 날카롭게 되쏘았다.

"지금 당장 차에서 내려."

경관은 소총을 어깨에 걸치고 존의 머리를 똑바로 겨누었다.

"이자 말대로 하게."

찰리가 씁쓸한 어투로 말했다.

"내리게, 존."

"자자, 모두 진정해요."

워싱턴이 나섰다. 갑자기 그의 말투는 해병대원에서 느긋하고 태평스러운 남부 흑인의 것으로 바뀌어 있었다.

"자, 친구."

워싱턴은 45구경 권총을 등 뒤로 밀어 숨기며 존의 어깨를 왼손으로 토닥였다.

"저 사람 말대로 해요."

워싱턴은 두 손을 머리 위로 들고 조심스럽게 차에서 내렸다. 그는 웃음 띤 얼굴로 건들건들 경관 쪽으로 걸어갔다. 바로 다음 순간 경관은 내동댕이쳐져서 땅바닥에 널브러졌다. 나머지 경관 하나가 들고 있던 AR-15를 쳐들었지만, 워싱턴은 등 뒤 벨트에 꽂아두었던 콜트 45구경으로 이미 그의 머리를 정조준하고 있었다.

"손톱만큼이라도 움직이면 자네는 끝이야."

그 경관은 머뭇거렸다.

"다친 사람은 아무도 없어."

워싱턴이 차갑게 말했다.

"국장님은 토렐을 만나러 갈 거야. 모든 게 잘 풀렸고, 우린 차를 몰고 가는 거다. 우린 여기서 점잖게 앉아서 우호적인 대화를 나눈 거야. 자, 둘 다 총 내려놔. 싫다면 5초 뒤에는 저세상 행이다. 약속하지."

경관은 AR 소총을 내려놓았다.

"애들아, 소총 가져와. 차고 있는 권총도."

제러마이어와 필이 두 경관을 무장해제시키는 동안 워싱턴은 줄곧 총을 겨누고 있었다. 바닥에 쓰러졌던 경관이 몸을 일으켜 앉았는데 깨진 코에서 피가 흘러내리고 얼굴이 벌겋게 상기되어 있었다.

"자네들한테는 미안하지만 이럴 수밖에 없었어."

워싱턴은 이렇게 말하고 찰리에게로 몸을 돌렸다.

"국장님. 걸어가셔야 할 것 같습니다. 징발령이 내렸다면 카운티 청사까지 가는 도중에 분명 차를 압수당할 겁니다. 우리는 여기서 기다리고 있겠습니다."

존이 말했다.

"내가 같이 가겠네."

"아, 대령님."

워싱턴이 끼어들었다.

"대령님은 여기 계셔야 할 것 같습니다."

"어째서?"

"경관들이 더 몰려올 텐데, 애들 둘밖에 없으니까요."

존은 고개를 끄덕이고 AR-15 한 정을 집어들었다.

"가능한한 빨리 갔다가 오겠네."

찰리가 말했다.

"잘 듣게. 혹시 내가 돌아오지 않으면……."

그는 구식 손목시계를 내려다보았다.

"두 시간 기다려도 안 오면 돌아가. 차를 빼앗길 것 같거나 아니면 싸움이 벌어질 것 같으면 바로 여길 빠져나가게. 나는 나중에 걸어서 돌아갈 테니까. 알겠지?"

"알았네, 찰리."

찰리는 몸을 돌려 법원과 카운티 청사가 있는 쌍둥이 건물을 향해 출발했다. 그의 뒷모습을 지켜보고 있자니 애슈빌의 쌍둥이 건물을 볼 때면 항상 떠오르는 생각이 존의 머리를 스쳤다. 1943년, B-17 폭격기의 조종사 밥 모건은 기체를 45도로 기울여 쌍둥이 빌딩 사이를 통과해 마을의 전설이 되었다.

모건은 몇 년 전에 세상을 떠나 블랙마운틴의 군인 묘지에 묻혔다. 존은 시선을 돌려 코가 깨진 경관을, 낡은 엣셀을, 눈이 휘둥그레진 자기의 학생 둘을 쳐다보았다. 얼마나 많은 것들이 변해버렸는지 새삼 놀라웠다.

"괜찮나?"

존은 경관 옆에 쭈그려 앉으며 가능한한 부드럽게 말하려 애쓰며 물었다.

"꺼져! 저 검둥이 개자식이 내 코를 깨버렸어."

워싱턴은 경관을 내려다보며 고개를 흔들었다.

"코만 깨진 게 다행이라고 생각해라."

부드러운 말투였지만 동정심은 전혀 깃들어 있지 않았다.

"다음에 저분에게 말을 할 때는 네 입에서 나오는 첫 마디는 '대령님' 이어야 할 거다. 나는 '하사' 면 되고."

그는 청년들에게 경관을 길가로 옮겨 혼다 SUV 뒤에 앉혀두라고 말한 다음 두 번째 경관을 향했다.

"저쪽에 가서 같이 앉아주실까요?"

그 경관은 아무 말 없이 고개만 끄덕였다.

"필, 엣셀에 가서 시동을 꺼. 하지만 내가 말하면 언제라도 출발할 수 있게 해둬. 대령님은 저하고 같이 보초를 서시죠."

워싱턴은 다리 난간에 몸을 기댔고, 존이 그의 옆에 섰다. 멀리서 보면 전과 다름없이 경관 둘이 서 있는 것처럼 보일 것이다.

존은 담배를 꺼내 불을 붙이다 두 번째 경관이 물끄러미 보고 있다는 것을 눈치 챘다.

"한 대 피우겠나?"

"네."

존이 한 개비를 건네자 경관은 자기 주머니를 몸짓으로 가리켜 보였다. 워싱턴이 고개를 끄덕이는 걸 보고 그는 주머니에서 라이터를 꺼냈다.

"고맙습니다. 이틀 전부터 담배가 떨어져서."

존은 들고 있던 담뱃갑에 남아 있는 담배 개수를 헤아려보았다. 여덟 개비였다. 그는 두 개비를 더 빼내 그 경관에게 주었다.

"아, 고맙습니다."

분위기가 누그러졌다. 두 번째 경관은 담배를 깊이 빨아들인 뒤 기쁜 얼굴로 연기를 내뿜었다.

존은 부어오른 코를 조심조심 만지고 있는 다른 경관을 쳐다보았다. 그의 코에서는 아직도 피가 흐르고 있었다.

"자네도 피우겠나?"

"엿 먹어라."

"이봐."

워싱턴이 나섰지만 동료가 더 빨랐다.

"거스, 넌 언제 입을 닥쳐야 하는지를 몰라. 바보 같은 놈. 얻어맞아도 싸."

거스는 동료에게 매서운 눈길을 보냈다. 입을 열지는 않았지만, 되갚아줄 기회를 노리며 오고 가는 대화를 듣고 있었다.

"이름이 뭔가?"

사리 분별력이 있는 경관에게 존이 물었다.

"빌입니다."

"빌, 여기서 무슨 일이 있었나?"

"보시면 아실 텐데요."

그는 포도에 주저앉은 채로 뒤쪽의 시내 쪽으로 몸짓을 해 보였다.

"약탈, 공황, 그런 거죠. 어제 계엄령이 선포되었습니다. 팩플레이스 한가운데서 한 남자가 진짜로 처형당했습니다. 그가 경찰을 죽였거든요."

"그렇다면 당해도 싸지."

워싱턴이 말했다.

거스가 끼어들어 탁한 목소리로 말했다.

"뭘 안다고 하는 말이야?"

"이 멍청한 놈아, 나도 경관이다. 하지만 너하고는 달리 난 사리를 분별할 수 있어. 경찰이 되기 전에는 24년 동안 해병대에 있었다. 못 믿겠지만 나는 너와 같은 입장이다. 하지만 솔직히 말해 너 같은 헌병 타입은 한입 거리도 안 돼."

"사람들이 와요."

제러마이어가 샬럿 스트리트 쪽으로 턱짓을 하면서 말했다.

"자네들이 협조할 거라 믿겠네."

워싱턴의 말에 빌이 고개를 끄덕였다.

"그럴게요. 당신들한테 악감정은 없어요. 게다가 당신들이 옳으니까요."

"대장님한테 보고하면 어떻게 되는지 두고 보자."

거스가 차갑게 말했다.

"맘대로 하시지. 징계를 받는 건 내가 아닐걸."

존은 제러마이어가 가리킨 쪽을 보았다. 정말 놀라운 광경이었다.

백 명 남짓한 사람들이 몰려오는 게 마치 대열을 지어 행진하는 것 같았는데, 대부분은 제니퍼가 말하는 괴짜들이었다.

애슈빌은 수년에 걸쳐 일종의 퇴행을 거치면서 '동부의 해이트-애시버리(60년대 히피와 마약 문화의 중심지였던 샌프란시스코의 한 지구)'로 명성을 쌓아가고 있었다. 나이 든 히피들과 뉴에이지 신봉자, 현대 종교의 탈을 쓴 마법 숭배자, 약물에 취한 아이들이 거리에서 살아가고 있었다. 시와 카운티의 보수적인 인사들은 그들 때문에 골머리를 앓고 있었지만, 존이 보기에는 무해한 존재들이었다. 솔직히 말해 그들의 모습을 보면 존은 일종의 흥분을 느꼈다. 존의 내면에는 그들과 흡사한 부분이 아직도 조금은 남아 있었다.

그건 정말로 행진이었다. 앞줄에 선 남자들이 북을 두드리며 걸었다. 긴 금발을 늘어트린 여자 둘은 속이 훤히 비치는 60년대풍 원피스 안에 아무것도 걸치고 있지 않았다. 그중 한 명은 아주 예뻤다. 헐렁한 겉옷을 걸치고, 머리와 수염이 허옇게 센 노년의 남자는 '마침내 종말이 왔다'는 피켓을 들고 있었다. '세계화를 중지하라' '자업자득'이라는 피켓도 보였고 '이제는 평화를'이라는 피켓도 몇 개 눈에 띄었다.

제러마이어는 예쁜 여자가 다가오면서 북소리에 맞춰 유혹하듯 춤을 추자 웃음을 지으며 바라보았다. 그러다 대열이 혼다 SUV 곁을 지나칠 때 몇몇 사람들이 걸음을 늦췄다.

"저놈들이 경찰을 잡아두고 있다! 게슈타포 거스를 두들겨 팬 것 같은데."

행진이 서서히 멈추었다.

"와우, 대단한데. 혁명이야!"

누군가 환호성을 지르며 워싱턴에게로 다가가려 했다.

"혁명 같은 소리 하네."

워싱턴이 차갑게 말하자 다가오던 사람은 자리에 우뚝 멈춰 섰다.

빌이 몸을 일으켰다.

"조지, 날 알지요?"

그는 '종말이 왔다' 는 피켓을 든 수염 기른 남자에게 말을 걸었다.

"아, 빌이군."

"여긴 아무 문제도 없어요. 거스는 넘어져서 코가 깨진 겁니다. 저 사람들은 우리를 도와주고 있고요. 그러니 가던 길을 계속 가세요."

지도자가 고개를 끄덕이자 북소리가 다시 울려퍼졌고, 대열은 앞으로 나아갔다.

워싱턴은 한숨을 내쉬었다.

"정말 믿어지지가 않는군."

"애슈빌이죠."

빌이 대답했다.

"당신도 저런 걸 좋아했을 겁니다. 요즘에도 가끔은 그럴 테죠. 저런 사람들을 나는 많이 알고 있어요. 대부분은 괜찮아요. 약간 방향이 삐끗하긴 했지만."

춤추는 금발 여자가 다가와서 그의 볼에 입을 맞추었다. 빌은 여자가 춤을 추며 가버리기 전에 엉덩이를 톡톡 두들겼다. 그러다 존의 눈길을 느끼고 살짝 웃음을 지었다.

"몇 달 전에 모니카와 잠깐 사귀었죠."

"우와, 저 여자하고요?"

제러마이어가 물었다.

빌은 웃음을 지었지만 대답은 하지 않았다.

존은 담배 두 개비를 꺼내 하나를 빌에게 건넸다. 두 사람은 담배에 불을 붙였다.

"불쌍한 사람들이죠."

빌은 한숨을 쉬었다.

"생각해보면 이상한 일입니다. 지금 벌어진 일, 저 사람들이 몇 년 동안이나 바라던 바로 그런 일이거든요. 하지만 '세계화를 중지하라'는 피켓을 든 사람, 그 남자는 정말 싫습니다. 여자들을 따먹으려고 평화 어쩌고 떠들지만 마음 깊은 곳에서는 잠재적 살인자예요. 진짜 무정부주의자지요. 그놈은 자기 힘으로 전력을 끊을 수 있었다면 정말 그렇게 했을 겁니다. 그러고는 신이 나서 웃을 놈이에요. 그자는 예외지만 나머지 대부분은 괜찮아요. 어쨌든 여기는 자유국가잖아요?"

그는 슬픈 미소를 띠고 머리를 흔들었다.

"지금 저들은 상황을 이해하지 못하고 있어요. 내가 생각하는 대로 나쁜 상황이라면…… 저 사람들이 제일 먼저 죽게 될 겁니다. 사회를 저주하고 저항하지만, 실은 사회의 지원 없이는 살아남을 수 없는 사람들이거든요."

빌은 한숨을 내쉬고 말을 이었다.

"식량이 떨어지고, 냉정한 현실에 부딪히면 어떻게 될까요? 저들이 음식을 구걸하면 총을 든 사람이 냉정하게 내쫓아버리겠죠. 저들에게 음식이 있으면 총으로 위협해서 빼앗을 테고요. 저들은 무료 병원, 노숙자 쉼터에 익숙해져 있죠. 옛날에 히피였을 것 같은 분위기를 풍기는 사람이 미소를 지으며 몇 달러를 쥐여주기도 했겠죠. 이제 그런 게 다 끝난 겁니다. 저 사람들은 파리처럼 죽어나갈 거예요. 굶주림이 몰아닥칠 때 이 세상이 얼마나 사악한 곳이 될지 그런 걸 전혀 모르는 겁니다."

"제길, 난 이런 게 싫소. 그들의 이상주의는 진정한 것이었길 바라."

"간디와 스탈린."

"뭐라고?"

존이 물었다.

"모니카와 정치 이야기를 할 때면 가끔씩 하던 말입니다. 그 애는 간디가 얼마나 위대한 인물인지 모른다고 항상 감탄하곤 했죠. 나는 모니카에게 간디가 첫 번째 항의시위 이후에도 죽지 않았던 유일한 이유는 영국과 타협을 했기 때문이라고 말해주었습니다. 스탈린이 간디 대신 인도를 이끌었다면 곧바로 죽음을 당하고 이름도 잊혔을 거라고 말입니다."

존은 그런 생각을 머리에 넣어두기로 했다. 좋은 착안점이었다.

대열은 모퉁이를 돌아 시야에서 사라졌다. 시내 한가운데 있는 근거지인 팩플레이스로 향하고 있을 것이다.

"블랙호크 한 대가 이리로 날아갔는데. 여기 착륙했나?"

"네. 팩플레이스에 내렸습니다. 포트브랙에서 온 헬기였죠."

"뭐라고 하던가?"

"마침 비상대책국에서 결국 계엄령을 선포했을 때였어요. 우리는 지금 전쟁 중이다, 내가 아는 건 그것밖에 없어요. 헬기에 타고 있던 대령은 1주일 쯤 뒤에 다시 오겠다고 말했습니다. 그리고 가버렸죠."

"누구와 전쟁을 한다는 말인가?"

"아무도 아는 사람이 없어요. 테러리스트, 북한, 이란, 중국……. 우리가 EMP 핵무기 공격을 받았으니까 그것은 곧 전쟁 중이라는 뜻이라고 대령이 말했어요. 블랙마운틴의 형편은 어떻습니까?"

"비슷하네. 약탈도 있었고. 하지만 치안국장이 상황을 통제하고 있어."

조금 뒤 존이 다시 물었다.

"메모리얼미션 병원은 제대로 돌아가고 있나?"

"아니요. 발전기가 듣지 않았어요. 어젯밤 심장마비를 일으킨 할머니가 있어서 후송하러 거기 갔었어요. 낡은 트럭과 옛날 차량들을 구급차로 쓰고 있어요. 세상에, 그곳은 생지옥이었어요. 주차장에 널려 있는 시신이 백 구가 넘을 겁니다……."

그는 말을 멈추고 시내 쪽을 돌아보았다. 낡은 배터리 파크 호텔이 뼈대만 남은 채 계속 불타고 있었다. 호텔 너머 산등성이에서도 점점 이 불길이 일고 있었다.

"그룹 도어즈."

"뭐라고?"

"도어즈요. 〈끝이라네〉라는 노래를 불렀잖아요. 그 노래가 자꾸 생각납니다."

그때 워싱턴이 말했다.

"찰리가 오는군요."

찰리는 숨을 몰아쉬며 경사면을 달려서 올라오는 중이었는데, 그들에게 차에 오르라는 몸짓을 해 보였다.

존은 두 경관을 쳐다보았다. 그대로 보도 위에 앉아 있던 거스는 충혈된 눈으로 그를 쏘아보았다.

존은 엣셀로 가서 조수석 아래에서 공책을 꺼내 거기에 메모를 휘갈겨 썼다. 그런 다음 서명을 하고 워싱턴에게 건넸다. 내용을 읽어본 워싱턴은 싱긋 웃으며 자기도 서명했다.

애슈빌 경찰서장 귀하

이 메모를 지니고 있는 경관 빌 앤드루스는 직업 정신이 투철하며, 우리는 그를 적극 추천하는 바입니다. 우리 사이에서 일어난 사고는 불운한 것이었지만, 전적으로 그 일은 누군가에게 목숨을 잃기 전에 해고되어야 할 멍청한 거스 카터의 잘못으로 인한 것입니다.

서명

존 매더슨 대령(퇴역)

몬트리트 대학 역사학 교수

워싱턴 파커 하사

미국 해병대(퇴역)

워싱턴은 웃음을 지으며 자기 서명 아래에 한 줄을 더 써넣었다.

내 손에 죽지 않은 것이 카터에게는 행운임. 갓난아기라도 카터를 무장해제시킬 수 있을 것임.

존은 공책에서 그 장을 찢어 반으로 접은 다음 빌에게 주었다.

"이게 자네를 보호해주었으면 하네."

거스가 물었다.

"뭐라고 쓴 거요?"

"너하곤 상관없는 일이야."

존은 퉁명스럽게 말했다.

"빨리 차에 타!"

10미터 앞까지 달려온 찰리가 소리를 질렀다.

"대령님."

워싱턴이 존을 불렀다.

"빌의 총에서 총알을 빼고 돌려주십시오."

존은 총열에 있는 탄환을 빼낸 뒤 총을 빌에게 넘겨주었다. 거스가 일어서서 워싱턴을 쳐다보았다.

"네 총이 맘에 드는군."

워싱턴은 차분하게 말했다.

"게다가 솔직히 말하면, 네가 총을 들고 있는 건 나쁜 놈을 제외한 모든 사람들에게 위험해."

"돌려줘요."

"내가 갖겠다. 상관한테는 어쩌다 총을 잃었는지 네가 설명해."

"이런 개자식!"

워싱턴이 개머리판으로 배를 가격했기 때문에 그는 말을 맺지 못하고 뒤로 벌렁 넘어졌다.

빌은 아무 말도 하지 않았다.

"행운을 비네, 빌."

존은 팔을 내밀어 그와 악수하며 말했다. 그러면서 주머니를 더듬어 담뱃갑을 꺼냈다. 남은 담배는 두 개비였다. 그는 그중 하나를 빌에게 건넸다.

제2차 세계대전 때의 장면이 다시 존의 머리를 스쳤다. 담배 한 갑을 갖고 있는 미군은 부자였다. 담배가 있는 미군은 동료들과 나누어 피웠고, 포로가 되거나 부상당한 적에게 나누어주기도 했다. 그것은 의미심장한 제스처였다.

"빨리 여길 떠나야 해."

차에 다가온 찰리는 숨을 헐떡이며 말했다.

차 뒤에 서 있던 필이 엔진을 돌려두었다. 존은 재빨리 차에 올랐다.

"총을 빼앗았습니다."

워싱턴이 조수석에 오르며 말했고, 찰리는 고개를 끄덕인 뒤 두 청년과 함께 뒷자리에 탔다.

존은 후진해서 차를 반대 방향으로 돌린 뒤 진입로로 되돌아갔다. 고속도로를 반대 차선으로 달리자니 이상한 느낌이 들었지만 그는 속도를 높였다.

워싱턴은 갖고 있던 콜트 45구경과 글록 2정을 모두 꺼내더니 글록을 존의 옆에 놓았다. 그런 다음 언제라도 발사할 수 있도록 AR-15를 조정했다.

"저기서 무슨 일이 있었나?"

찰리가 물었다.

"아, 화해하고 사이좋게 지내고 있었네. 자네는 어땠나?"

"카운티 청사는 정신병원 꼴이었어. 에드 토렐이 죽었어."

"뭐라고?"

"네 시간 전에 쓰러졌는데 몇 분 만에 숨을 거뒀다고 하더군. 그래서 공황 상태야. 에드는 훌륭한 사람이었네. 거칠긴 했지만 공정했지."

"우리 차에 한 짓이 공정한 건가?"

"나도 똑같은 조치를 취하고 있네."

존은 백미러로 찰리를 쳐다보았다.

"내게도 말인가?"

찰리는 잠시 주저하다 머리를 가로저었다.

"물론 아니야, 존. 자네가 지금처럼 이렇게 도와주는 한은. 도움이 필요하면 자네에게 의지할 수 있다는 걸 알고 있네."

존은 마음이 놓였다.

"좋아. 알아낸 건 뭔가?"

"그 블랙호크는 포트브랙에서 온 것이더군."

"우리도 아까 거기서 경관한테 들었네."

"상황은 나빠. 아주 나빠. 어디서도 통신이 불가능해. 핵차폐 시설에 라디오들이 보관되어 있고 곧 꺼내올 것이라고는 하는데 아직 손을 쓰지 못하고 있어. 아마추어 무선사들이 구식 장비를 갖고 있는지 알아볼 계획도 있다고 하네. 아마 모르스 송신기겠지."

"꼭 〈인디펜던스 데이〉 영화 같네요."

제러마이어가 끼어들었다.

"그 말이 맞아. 정말 그 정도로 절망적이지."

"그런데 뉴스는 없나? 외부에서 온 뉴스 말이네."

존이 물었다.

"주 정부가 브랙으로 이전하고 있어. 거기 있는 일부 장비는 살아 있다고 하네. 그 지역이 더 안전하기도 하고."

"우리는 지금 전쟁을 하고 있는 건가?"

"어디와 교전 중인지 확실히 아는 사람은 아무도 없네. 적어도 지금 수준에서는 말이야. 어제 우리가 테헤란을 비롯한 이란 도시들에 핵공격을 퍼부었다는 루머가 있어. 그리고 북한에도."

"그럼 그놈들 짓인가요?"

제러마이어가 물었다.

"내가 말했지 않나, 루머라고."

"어떻게 우리가 그렇게 할 수 있죠?"

이번엔 필이 물었다.

"뭐라고?"

"그러니까, 아무것도 작동되는 게 없는데 어떻게 공격을 할 수 있어요?"

"이번 공격은 미국 본토에 국한된 것일 테지. 해외 기지들은 아직 괜찮아. 당분간은 말이야."

"참, 대통령이 사망했다는 루머도 있어요."

"뭐?"

존은 깜짝 놀라서 소리쳤다.

"누가 그러는데 폭발이 있기 15분 전에 백악관에서 정보를 입수했대요. 그래서 대통령이 급히 전용기로 피신하려 했는데…… 그 비행기에 핵차폐 장비가 충분치 않았대요. 그래서 추락했다고 하던데요."

"대통령 전용기에 핵차폐가 제대로 안 되었다니 말도 안 된다."

워싱턴이 끼어들었다.

"그럼, 우리가 그 정도로 바보는 아니지."

찰리의 목소리에 비꼬는 기미가 있었다.

"여기, 지금 이곳에서, 도대체 무슨 일이 벌어지고 있는 것일까?"

자기가 말해놓고도 존은 그 물음이 기묘하다는 느낌을 떨칠 수 없었다. 그동안 미국 역사에서는 대통령 사망설이 퍼지면 온 나라가 마비되지 않았던가. 존은 레이건이 저격당했던 날을, 알렉산더 헤이그가 기자회견에서 "내가 백악관을 책임지고 있다"고 말하는 터무니없는 실수를 저질렀던 때를 아직도 생생하게 기억하고 있었다. 단순히 그 실언 때문에 쿠데타 설까지 퍼지고 패닉 일보 직전까지 가지 않았던가.

대통령 전용기가 추락했다고? 실제 그런 일이 있었다면 끔찍한 사태지만, 존은 지금 그에게는 문제가 되지 않는다고 느꼈다. 지금 중요한 것은 생존이다. 가족과 함께 이곳에서 살아남는 일이다. 그런 생각을 하면서 그는 내버려진 대형트럭을 피해 차를 몰았다. 정크 푸드, 감자칩, 옥수수칩을 싣고 가던 트럭은 사막에 누워 있는 짐승 시체처럼 널브러져 있었다. 짓눌려 터진 포장 상자 수백 개가 길가에 버려져 있고, 포장지가 찢어진 칩 봉지들도 도로 가에 흩어져 있었다. 나이 든 여자 하나가 찢어진 봉지들을 조심스럽게 집어 얼마 남아 있지 않은 내용물을 비닐 쓰레기 봉투에 담고 있었다.

"애슈빌은 차량 문제는 그나마 나은 편이었네."

찰리가 말했다.

"지하 차고에 세워두었던 자동차들이 꽤 있었거든. 애슈빌의 가장 큰 문제는 물이라네. 우리는 어쨌든 중력을 이용한 물 공급이 가능하지만 애슈빌 시내 일부는 보캐처에서 펌프로 퍼올려야 하거든. 아래쪽 빌트모어나 산 동쪽 지역에서는 아직 저수장에서 물을 공급받고 있긴 하지만. 애슈빌은 물 문제로 골치를 앓고 있어. 화재가 그렇게 많이 일어난 것도 그 때문이고."

그는 머뭇거리며 말을 이었다.

"그래서 애슈빌은 조직적으로 사람들을 피난시키려 하고 있다네."

"어디로 말입니까?"

워싱턴이 물었다.

"음, 블랙마운틴도 대상 중 한 곳이에요. 새로 치안을 맡은 인물은 내가 모르는 사람인데, 5천 명의 애슈빌 피난민을 받으라고 하더군요. 요청한 게 아닙니다. 논의도 없었고. 지금 같은 상황에서는 그 사람의 지위가 독재자나 마찬가지예요. 내 보고를 듣고 난 그 사람이 꺼낸 첫 마디가 소개령에 대한 것이었어요. 그들은 애슈빌 사람들을 서쪽으로는 웨인즈빌까지, 북쪽으로는 마스힐까지, 동쪽으로는 플랫록까지 보내려 하고 있습니다."

"왜요?"

"우리에게는 식량이 있다고 생각하는 거지요. 그게 이유예요. 물 문제는 핑계에 불과하고요. 웃기는 소리지요. 애슈빌은 바로 프렌치브로드 강에 붙어 있지 않습니까. 게다가 한 번에 2만 리터 가까이 옮길 수 있는 수조 트럭까지 있다고 하던데. 그저 핑계일 뿐입니다. 문제는 식량이죠."

"우리가 애슈빌만큼 식량을 갖고 있나?"

존이 물었다.

찰리는 언짢은 얼굴로 머리를 흔들었다.

"그들은 주간도로에 멈춰버린 트럭들 덕이라도 봤지. 식료품을 운반하던 트럭이 많았거든. 기차도 마찬가지고. 돼지 백 마리를 싣고 있던 트럭도 두 대나 있었어. 마침 법원 바로 뒤에서 한 마리를 굽고 있더군. 화물차 수십 대도 노포크와 서던 철로에서 멈춰버렸어. 이런 얘기는 경찰서 부서장한테서 들었다네. 나하고 친하거든. 그런 얘기를 꺼내려 했지만 새로 지휘를 맡은 꽉 막힌 작자는 아예 듣지를 않더군. 며칠 안에 5천 명의 피난민을 받을 수 있도록 하라는 명령만 되풀이하는 거야."

"하, 우리가 그쪽으로 옮겨가야겠군."

워싱턴이 말했다.

"그건 또 무슨 말입니까?"

존이 물었다. 그는 통제가 완전히 무너져 카운티 수준에서조차 제대로 협조가 이루어지지 않는다는 사실을 믿기가 힘들었다.

"그자는 멀리 앞을 내다보고 있는 겁니다."

워싱턴은 씁쓸하게 말했다.

"아주 멀리요. 사람들을 밖으로 내보내 절반으로 줄이면 식량이 배로 늘어나는 셈이니까요. 내보낸 나머지 사람들에 대한 걱정은 남에게 떠넘기는 겁니다. 남을 사람들 중에 정치 협잡꾼과 그놈들 패거리가 없다면 내 손에 장을 지지겠어요. 그자들은 앞으로 6개월은 너끈히 먹을 만한 식량을 확보하는 겁니다. 그런 걸 모르는 사람들은 밖으로 나가면 먹을 게 더 많을 거라고 생각할 테고요."

존은 한숨을 쉬었다. 사회체제의 규모 문제라고 그는 생각했다. 규모가 클수록 충격이 가해졌을 때 분열되기 쉽다. 그러면 권력을 쥔 소수는 자기 자신을 우선적으로 챙기게 된다. 5천 명 정도의 사회라면 서로 나누고 협력하는 것이 가능하다. 하지만 10만 명이 되면 이해관계가 갈리고 그들과 우리로 나뉘어 서로를 삼키려 한다. 의사소통이 두절된 상태에서는 더 그렇다.

훌륭한 지도자는 언론을 적절히 이용하는 법이다. 지도자가 자기에게 직접 말하고 있는 것처럼 느끼게끔 한다. 처칠이 1940년에, 잭 케네디가 1962년에 그랬고, 1980년대에는 레이건이 그랬다. 그런 지도자의 말 한 마디만 있다면 상황이 확 달라질 텐데, 지금은 그런 걸 기대할 수 없다. 그리고 카운티 정부의 정치꾼 패거리들은 자기 자신과 친구들만 챙기고 나머지는 죽든 살든 나 몰라라 하는 것이다. 백만 명, 천만 명이 사는 도시는 어떤 형편일지 존은 상상도 하기 어려웠다.

"애슈빌 사람들을 받아들인다면 지금 있는 식량으로 우리가 버틸 수 있는 시간이 반으로 줄어드는 셈인데."

찰리는 한숨을 내쉬었다.

"그렇게 되었을 때 애슈빌이 우리를 도와준다는 보장이 없다네. 그래서 거기 눌어붙어 논쟁을 벌이지 않는 게 좋겠다고 생각했네. 돌아가서 시의회에서 논의해보겠다고만 말했지. 그러자 명령이라고 하더군. 나는 더 이상 이러니저러니 하지 않고 그냥 밖으로 나왔네. 그래서 내가 뛰었던 거야. 조금 뒤에 그들이 나를 뒤쫓아 나왔거든."

"제 말이 어리석게 들리겠지만요."

제러마이어가 불쑥 말했다.

"하지만 모두 함께 이 문제를 헤쳐나가야 한다고 생각해요. 우리는 모두 이웃이고……."

그는 잠시 머뭇거렸다.

"그리고 우리는 미국인이고요……."

존은 할 말을 찾지 못한 채 백미러로 뒷자리를 흘낏 쳐다본 뒤 시선을 앞으로 고정시켰다.

그들이 탄 차는 70번 도로로 이어지는 분기점에 도달했다. 존은 진입로로 들어가서 차선을 가늠해가며 가속페달을 세게 밟았다.

아까 지나쳤던 피난민 대열은 그새 더 불어나 있었다. 많은 사람들이 터벅터벅 걷고 있었지만 자전거를 탄 이들도 있었다. 오래된 피난 지혜를 깨쳐서 자전거를 짐수레로 이용하는 사람들도 보였다. 짐을 잔뜩 싣고 균형을 잘 잡으면 자전거로 백 킬로그램가량의 짐을 옮길 수 있다.

“총이다.”

워싱턴이 낮게 소리쳤다.

“왼쪽으로 틀어요.”

존은 고속도로를 가로질러 엣셀의 방향을 바꾸었다. 그러자 묘하게도 교통국 사무실 바로 앞이었다. 1주일 전에 그가 이런 짓을 했다면 딱지를 끊으려고 경찰이 열 명쯤 우르르 달려 나오고 총을 든 남자를 보고 특수기동대도 출동했을 것이다.

총을 든 남자는 아까 지나쳤던 그 사람이었다. 자동차 대리점 앞에 서 있던 그 남자는 권총을 휘두르며 앞으로 나왔다.

워싱턴이 AR-15 소총을 들고 창밖을 겨냥했다. 피난민들이 흩어져 달아났다. 몇몇은 엣셀 쪽을 쳐다보고 있었고, 그저 어리둥절한 표정을 짓고 있는 사람들도 있었다.

“하지 마시오.”

워싱턴이 상대를 제지했다.

상대가 뒤로 물러섰다. 워싱턴의 소리를 들었을 수도 있겠지만, 자기를 겨냥한 소총을 보았기 때문일 것이다.

워싱턴은 계속 소총을 겨누고 있다가 차가 상대를 스쳐 지나가자 한숨을 크게 토해냈다.

“교수님, 방금 학생이 질문을 한 것 같은데요.”

워싱턴의 목소리는 차분했다.

긴장으로 몸을 떨던 존은 뒷자리에 앉아 있는 제러마이어를 흘깃 쳐다보았다.

"네 말이 맞다. 우리는 여전히 미국인이야."

존은 부드럽게 말했다.

한 시간 뒤 그들은 블랙마운틴으로 돌아왔다. 스와나노아 서쪽에 노상 바리케이드가 설치되어 있었다. 그들은 멋진 지점을 고른 셈이다. 양쪽 산등성이가 뻗어 내려와 합류하는 병목 지점으로, 70번 도로와 스와나노아 크릭 철도, 40번 주간도로가 나란히 달리는 곳이었다. 노상 바리케이드는 그들이 몇 시간 전에 그곳을 지날 때만 해도 없던 물건이었다.

바리케이드가 가까워지자 존은 차의 속도를 줄였다. 찰리가 창으로 몸을 내밀자 경관 몇 명이 그를 알아보았다. 그들이 새 소식을 묻자 찰리는 이미 경관들도 알고 있는 소문, 그러니까 애슈빌에서 더 많은 피난민들이 몰려올 것이라는 점을 확인해주었다.

거기서 후진해 주간도로에 올라선 존은 블랙마운틴 시 경계 표지판을 지나칠 때 안도의 한숨을 내쉬었다. 차 안의 다른 사람들도 똑같이 안도감을 느낀다는 것을 알 수 있었다. 워싱턴은 그제야 AR-15 소총을 내려놓았다. 마치 미지의 땅에 갔다가 안전하게 집으로 돌아온 것 같은 느낌이었다.

하지만 소방서와 경찰서 앞마당에 있는 주차 구역으로 들어설 때 존은 다시 긴장했다. 많은 사람들이 거기 모여서 웅성거리고 있었다. 5백 명이 넘을 것 같았다. 존의 머리에 가장 먼저 떠오른 생각은 사람들이 관공서로 밀고 들어가 긴급 구호품을 탈취하려 한다는 것이었다.

그들 다섯이 차에서 내리자 찰리의 모습을 보고 몇 사람이 달려왔다.

"찰리, 도둑놈 둘이 붙잡혀 있어요."

누군가 신이 나서 소리쳤다.

존은 머리를 흔들었다. 그런 일이었단 말이지. 이 마을 사람의 절반은 지난 5일 동안 뭔가를 훔쳤다. 그 자신도 마찬가지였다. 약값을 치르러 약국에 다시 갈 생각조차 하지 않았고, 해미드에게 여전히 20달러를 갚지 않았다. 그러려 해도 현금이 없었지만.

"요양원을 습격한 개자식들이야!"

누군가 소리치자 분노에 찬 웅성거림이 퍼져 나갔다.

찰리는 인파를 헤치고 나아갔다. 존은 워싱턴과 함께 뒤를 따랐다.

그들은 문 앞에 도달했다.

"존, 자네는 여기서 기다려주게."

"나도 낄 자격이 있네. 거기 갔었고, 장인도 영향을 받았어."

"알았네."

그는 찰리를 따라 안으로 들어갔다.

회의실 문 앞에는 많은 사람들이 모여 있었다. 존은 찰리와 함께 사람들 사이를 뚫고 회의실로 들어갔다.

케이트가 고개를 들고 그들을 쳐다보았다. 뚜렷한 안도의 빛이 그녀의 눈에 번졌다.

"무사히 돌아왔군요. 정말 다행이에요."

"여긴 어떻습니까?"

"이 두 놈을 잡았지."

톰이 말했다.

회의실 구석에 20대 중반으로 보이는 두 남자가 있었다. 한 명은 아이러가 말해준 대로 머리를 빡빡 밀고, 눈에 확 뜨이는 문신을 하고, 귀를 뚫은 모습이었다. 다른 한 명은 그와는 정반대로 겉모습만 보면 지금 밖에서 기다리고 있는 존의 제자들과 거의 같았다. 머리를 짧게 자르고 체격이 아주 좋았다. 하지만 그의 눈은…… 존은 그에게 심상치 않은 무언가가 있다는 점을 알 수 있었다.

"찰리, 톰은 저자들을 쏴 죽이려 했어요."

케이트가 조용히 말했다.

찰리는 탁자 반대편에 앉아 그들을 쳐다보았다.

"톰, 어떻게 찾아냈습니까?"

"요양원 사람들이 일러주는 말을 들으니 저놈을 어디서 찾아야 할지 알겠더군."

톰은 뱀 문신을 한 팔을 가리켰다.

"3년 전에 각성제 단속에 걸렸었지. 9번 도로 꼭대기 바로 위에 있는 집이야. 놈의 사촌이 소유한 집이지."

"나는 그 일과 아무 상관없어!"

말쑥한 쪽이 울부짖었다.

"여기 있는 래리, 이놈 짓이라고."

"입 닥쳐, 브루스."

래리는 거칠게 말하며 상대를 한 대 치려고 했지만 움직이지 못했다. 둘 다 수갑이 채워져 의자에 묶여 있었다.

"그래서 오늘 아침에 거기 가보았더니 이놈들이 있더군. 약물에 절어서. 모르핀 흔적이 분명하게 나타나 있어."

존은 말쑥한 쪽을 자세히 쳐다보았다. 본 적이 있는 얼굴이었다.

"매더슨 교수님, 저 아시죠? 4년 전에 역사학 강의를 들었어요. 저 아시죠?"

존은 주의 깊게 그를 살펴보았다. 본래 이름은 잘 기억하지 못하는 편이었지만 얼굴은 생각이 났다. 그랬다. 브루스는 분명 학생이었고, 싹수가 보인다고 생각했었는데 한두 학기 뒤에 교정에서 사라져버렸었다.

톰이 존을 쳐다보았다.

"예전에 우리 대학에 다녔습니다. 몇 년 전에."

"그런 건 이 문제와 상관없네."

"변호사를 불러줘. 불러달란 말이야!"

래리가 고함을 쳤다.

"나도 내 권리를 알고 있어. 빌어먹을 경찰 놈들, 나한테 미란다 원칙을 읊어주지도 않았지? 네놈들은 끝장이다. 변호사가 오면 여길 나갈 거야. 가혹 행위도 있으니까."

그러면서 그는 머리를 돌려 부어오른 뺨과 반쯤 감겨 있는 눈을 보여주었다.

그때 찰리가 조용한 목소리로 논쟁에 끼어들었다.

"지금은 계엄령 하에 있다."

브루스는 눈이 휘둥그레져서 찰리를 보았다.

"무슨 뜻입니까?"

찰리는 자리에서 일어나 주위를 둘러보았다.

"증인은 어디 있습니까?"

"요양원 감독관을 데리고 왔어. 밖에 있네."

"들어오라고 하세요."

아이러가 들어오는 것을 보고 존은 자리에서 일어났다. 그녀는 어제 보았을 때보다 더 엉망이었다. 빗질을 하지 않은 머리카락이 엉켜 있고, 옷은 꼬질꼬질했다. 실크 블라우스에 묻은 얼룩에서 악취가 풍겼다. 그녀는 기운을 내서 인내심을 갖고 조사에 협조하려 애쓰는 것 같았다.

아이러는 두 남자를 쳐다보았다.

"문신한 쪽은 확실해요."

"이년이 어디서 헛소리야? 캄캄했는데 어떻게 날 봤다는 거야?"

"요양원이 강탈당했을 때 캄캄했다는 건 어떻게 알지?"

찰리가 물었다.

"누가 그러더라고."

우물거리는 대답이 돌아왔다.

아이러는 다시 말했다.

"다른 쪽은 확신이 없습니다. 하지만 저 문신, 저건 분명히 기억해요."

"확인해주셔서 고맙습니다."

그녀가 고개를 끄덕이자 찰리는 머뭇거리며 물었다.

"맹세할 수 있습니까?"

"물론입니다."

"누가 성서 좀 갖다줘요."

케이트가 자기 사무실로 가더니 조금 뒤 킹제임스판 성서를 들고 왔다. 선서할 때 사용하는 문장을 찰리가 정확히 기억하지 못했기 때문에 케이트가 나서서 아이러의 선서를 받았다. 그런 다음 아이러는 조금 전의 증언을 되풀이했다.

"그 약품을 가지고 있습니까, 톰?"

찰리가 물었다.

"내 사무실에 있네."

"가서 가져오세요."

톰은 액체 모르핀 수십 병과 알약 형태의 약품이 담긴 용기를 가져왔다.

"톰, 그 용기를 봐주세요."

아이러가 말했다.

“코드 번호 다음에 ‘밀러 요양원’ 이라고 찍혀 있을 겁니다. 관리 대상 물질은 선적할 때 추적 번호와 고유 배송 번호를 부여받게 됩니다.”

그리고 그녀는 용기에 새겨진 글을 다시 불러주었다.

“일치합니다.”

톰이 대답했다.

“존, 증인이 되어주겠나?”

존은 놀라서 찰리를 쳐다보았다. 이런 일에 말려드는 게 내키지는 않았지만 요양원에서의 고통스러운 기억이 되살아났다. 케이트가 존의 선서를 받았고, 존은 걸어나가서 용기를 집어들었다.

“ ‘밀러 요양원’ 이라고 쓰여 있습니다.”

“톰, 다음은 당신입니다.”

찰리가 말했다.

서약을 한 다음 톰도 자기 증언을 되풀이했다.

“두 사람은 뭔가 할 말이 있습니까?”

찰리가 물었다.

“변호사를 불러줘!”

래리가 소리쳤다.

“뭔가 할 말이 있습니까?”

찰리는 같은 질문을 다시 던졌다.

“그래요, 있습니다. 그 빌어먹을 성서를 이리 줘요.”

브루스의 말에 얼굴이 붉으락푸르락 변한 찰리는 케이트를 바라보았다.

"성서 좀 주십시오."

케이트는 느리게, 하지만 단호하게 말했다.

래리는 입을 꾹 다물고 있었다.

브루스는 케이트의 지시대로 예의를 갖추어 다시 말했다.

"성서 좀 주십시오."

찰리는 성서를 집어들고 탁자 끝으로 걸어가서 브루스 앞에 내려놓았다. 브루스가 성서에 선서를 했다.

"브루스, 이야기해보시오."

그는 장황하게 이야기를 늘어놓았다. 나는 그 일과 아무 관계도 없다, 래리가 약품을 가지고 왔다, 래리의 짝패가 누구인지는 모른다, 래리가 나와 약품을 나누었다…….

존은 브루스를 신중하게 지켜보았다. 스물한둘일까, 실제로는 소년에 불과한 그 청년은 완전히 겁에 질려 있었다. 그리고 존은 브루스가 거짓말을 한다는 것을 감지할 수 있었다. 교수로서 강단에서 보낸 시간들은 그의 '탐지' 기능을 날카롭게 갈아놓았다.

마침내 브루스가 입을 다물었다.

"아이러?"

찰리가 물었다.

"액체 형태의 모르핀을 얼마나 강탈당했습니까?"

"우리는 환자별로 따로따로 보관하고 있습니다. 환자에 따라 복용량과 강도가 다르니까요. 아마 40병쯤 될 겁니다."

톰이 끼어들었다.

"우리가 압수한 건 32병이네. 자네 친구의 짝패 몫이 너무 적은데."

찰리는 그 말을 받아 심문을 계속했다.

"브루스, 짝패는 여덟 병만 받고 군말 없이 사라졌고, 래리가 30병 넘게 챙겼다는 말입니까?"

"그랬을 거예요. 아무도 래리한테 엉겨붙을 순 없어요."

"아니면 여덟 병으로 엄청난 파티를 벌였겠지."

톰이 말했다.

"그 정도 모르핀으로도 죽지 않은 게 용하군."

갑자기 갈라진 목소리가 끼어들었다.

"더러운 놈들."

아이러였다.

"우리 병원엔 말기 암 환자가 일곱 명 있었어. 두 명은 이미 죽었어. 그게 차라리 다행이야. 극심한 고통을 겪고 있는 나머지 사람들에게 해줄 수 있는 건 일반 처방약과 아스피린이 전부다. 그 사람들이 너희 둘을 쏴 죽이면 좋겠어."

그녀는 거기서 입을 다물었지만 눈이 분노로 이글거렸다.

"래리?"

찰리가 그를 부르면서 고갯짓으로 성서를 가리켰다.

"됐거든요."

찰리는 고개를 끄덕인 다음 존에게로 눈길을 돌렸다.

"존, 공식적으로 일을 진행하고 싶네. 자네가 이 두 사람을 대변해서 발언해주게."

"뭐라고?"

"들었지 않나."

"장인도 이 일에 연관되어 있어."

"존, 부탁일세."

"가서 스카이크 변호사를 데려오게. 나보다 이 일을 더 잘할 거야."

"그 사람 집은 여기서 1.5킬로미터나 떨어져 있네."

"내가 운전할게."

"존, 나는 이 일을 즉시 처리하고 싶네."

"변호사를 불러줘."

래리가 다시 소리쳤다.

"어서!"

존은 래리를 쳐다보다가 다음엔 브루스를, 다시 아이러를 보았다. 그러고는 반쯤 닫힌 블라인드를 통해 밖에 모여 있는 군중을 쳐다보았다.

그는 마침내 고개를 끄덕이고 일어섰다.

"이 사람들을 위해 이 말을 하고 싶습니다. 우리가 알고 있던 세상은 끝난 것인지도, 영원히 끝난 것인지도 모릅니다. 아닐 수도 있겠지만 내 생각은 그렇습니다. 지금 우리를 하나로 결합시키고 있는 것은 우리가 믿고 있는 것, 그것뿐입니다. 우리가 어떤 사람들이었고, 어떤 사람이 되기를 지금도 원하고 있는지와 관련된 전통 말입니다. 찰리, 곧 결정을 내리겠지요. 그런 생각을, 이 나라가 어떤 나라였던가 하는 생각을 기준으로 결정을 내리기 바랍니다. 아무리 지금이 절망적인 시기라 해도 말입니다. 나는 당신이 무슨 생각을 하는지 알고 있습니다. 바깥에 있는 이웃들이 무슨 생각을 하는지도 알고 있습니다. 그런데 당신이 지금 내리는 결정은 앞으로 일어날 일에 대한 지침이 될 것입니다. 여기서 우리가 자칫 실수를 하면, 찰리, 우리는 그런 지침을 잃어버립니다. 그러면……."

그는 잠시 말을 멈추었다.

"그러면 우리는 더 이상 미국인이 아니게 됩니다."

그는 회의실 구석으로 물러섰다.

찰리는 고개를 숙인 채 말없이 서 있었다. 브루스가 울음을 터트렸다.

마침내 찰리가 머리를 들었다.

"나는 두렵습니다."

그는 조용히 말했다.

"이런 일을 하게 될 줄은 정말 몰랐습니다. 하지만 나는 공동체를 생각해야 합니다."

그는 회의실 중앙, 케이트가 앉아 있는 의자 뒤로 걸어나갔다.

"래리, 브루스……."

그가 머뭇거리자 톰이 끼어들었다.

"랜달과 윌슨."

"래리 랜달과 브루스 윌슨. 귀중한 의약품을 강탈한 죄를 물어 두 사람에게 총살에 의한 사형을 선고한다. 두 사람은 환자들의 마지막 고통을 줄이기 위해 절박하게 의약품을 필요로 하는 시설에서 그것을 강탈했다. 집행은 즉시 이루어질 것이다."

"이런 개자식."

래리가 욕설을 내뱉었다.

"자네들은 이제 곧 주님 앞으로 가게 될 거야. 마음의 평화를 얻을 수 있도록 10분을 주겠네. 누가 이들을 위해 목사님을 모셔 오세요."

찰리는 이렇게 말하고 밖으로 걸어 나갔다.

존은 사무실로 향하는 찰리의 뒤를 따라갔다. 찰리는 그가 들어와서 문을 닫는 것을 보고도 나가란 말을 하지 않았다. 그가 주머니에서 마지막 남은 담배 한 개비를 꺼내 불을 붙이자 잠깐 동안 찰리는 갈망 어린 시선으로 담배를 바라보았고, 존은 그것을 찰리에게 건넬 작정이었다. 하지만 다음 순간 찰리는 고개를 흔들었다.

"존, 내가 옳은 일을 한 거겠지? 솔직히 그 짐승 같은 놈들 때문에 미친 듯 화가 치밀었다네. 특히 그 래리라는 놈. 그래서 단호하게 해치웠네. 하지만 정말 내가 옳은 일을 한 것일까?"

존은 자리에 앉은 다음 한동안 아무 말도 하지 않았다. 그 역시 확신할 수 없었다. 약국에서 리즈를 밀치고 제니퍼의 약을 빼앗고 싶은 유혹을 느꼈던 기억이 다시 떠올랐다.

"존, 시곗바늘이 150년쯤 거꾸로 간 것 같아. 서부시대로. 계속 어떤 영화가 생각났네. 〈옥스보우 사건〉 말이야. 세 사람을 목매달아 죽였는데, 나중에 그들이 결백하다는 것을 알게 되잖나."

"나도 그 생각을 했네. 바로 지난주에 TV에서 해주었으니까. 헨리 폰다의 최고작 중 하나지."

"1주일 전이라."

찰리는 한숨을 내쉬었다.

"겨우 그 정도밖에 지나지 않았나?"

"하지만 그놈들은 결백하지 않아."

"그렇긴 하지만. 1주일 전이었다면 맛이 간 불량배들이 약을 훔쳤다고 죽이진 않았을 거야. 브루스란 녀석은 방향만 제대로 이끌었더라면 바로잡았을 수도 있는 놈인데."

존은 고개를 흔들었다.

"이보게, 찰리. 이럴 수도 있었다, 저럴 수도 있었다는 건 의미가 없어. 지금 이곳에는 6천 명, 어쩌면 7천 명이나 되는 사람들이 있네. 식량은 얼마나 있나? 의약품은? 저수장에 파이프가 이어진 시내에는 물이 공급되고 있지만 산자락 위쪽에 있는 우리 동네에는 물도 안 나오고 있네. 찰리, 치안을 유지하지 않으면 한 달 안에 사람들은 감자칩 한 봉지 때문에 서로 죽이게 될 걸세."

존은 손가락을 태우는 담뱃불의 열기를 깨닫고 주위를 둘러보다 빈 커피 잔에 담배를 떨어트렸다.

"아니면 담배 한 갑 때문에. 나도 브루스 녀석은 안됐어. 하지만 자네는 올바른 일을 한 거야……. 내가 놈들을 변론하며 아까 저기서 했던 말들만 마음에 새겨주게."

찰리는 고개를 끄덕였다.

문을 두드리는 소리가 들렸다. 톰과 케이트였다. 찰리는 안으로 들어오라는 몸짓을 해 보였다.

"블랙 목사가 놈들과 같이 있네. 시간이 거의 다 됐어."

톰이 말했다.

"톰, 직접 총살형을 집행하시진 않겠지요?"

존이 물었다.

톰은 그를 빤히 쳐다보았다.

"당신은 이 지역의 경찰권을 책임진 분입니다. 누군가 형을 집행해야만 한다면 당신이나 다른 경찰 관료, 혹은 다른 공무원이 하면 안 됩니다. 그런 끔찍한 업무는 현장에서 직접 법을 집행하는 사람들과는 분리되어야 해요. 그렇지 않으면……."

그는 스탈린을, 게슈타포를 생각했다.

"어쨌든 다른 사람에게 맡겨야 합니다."

톰은 고개를 끄덕였다. 일전에 심한 말을 했음에도 톰의 마음이 풀어진 것을 보고 존은 기분이 좋아졌다.

존은 찰리를 쳐다보았다.

"나는 못 해."

"찰리, 자네도 하면 안 돼. 자네는 비상정부를 책임지고 있지 않나. 케이트, 평상시 시정을 맡고 있던 당신도 안 됩니다."

"그럼 누가?"

찰리가 물었다.

아무도 입을 열지 않았다.

"당신이 맡아야겠네요, 존."

케이트가 조용히 말했다.

그는 화들짝 놀라서 그녀를 쳐다보았다. 그는 단지 역사학자로서 조언을 해준 것뿐이었다. 그 일이 이런 형태로 자기에게로 돌아오리라고는 상상도 못 했다.

"무슨 소리예요? 내가 맡겠다는 게 아닙니다. 나는 그저 국가기관 역할을 맡았던 이들과 다른 사람들이 계속 그런 관계를 유지하도록 하려고 말한 것뿐입니다."

"나는 자원자를 뽑으러 밖에 나가지 않을 걸세."

찰리가 말했다.

"막돼먹은 놈들이 몰려들게 해서 이 일을 서커스로 만들지는 않을 거야. 자네가 해주면 좋겠네. 자네는 역사학자야. 자네는 이번 일을, 이 일의 의미를 이해하고 있네. 자네는 존경받는 교수야. 모든 사람들이 자네를 알고 있고, 여기 사는 자네 친척을 알고 있어."

"오, 하느님."

존은 덫에 걸렸다는 것을 깨달았다.

어쩔 수 없이 그는 고개를 끄덕였다.

"어디가 좋겠나?"

톰이 물었다.

존은 아무 생각도 나지 않았다.

"마을 공원으로 합시다."

찰리가 말했다.

"사람들이 모이는 공공장소니까요. 이곳에서 하고 싶지는 않습니다."

"됐네, 그럼. 지금 그놈들을 공원으로 끌고 가서 바로 해치우지. 짐의 밴에 싣고 가면 돼. 공원의 테니스장에는 콘크리트 연습 벽이 있어. 밖으로 나가서 30분 뒤에 형을 집행하겠다고 발표하겠네."

테니스장이라는 말을 듣고 존은 소름이 끼쳤다. 탈레반과 카불의 악명 높은 축구장이 떠올랐다. 그런 것을 우리는 테니스장에서?

"개인적인 생각이지만."

케이트가 조심스럽게 말을 꺼냈다.

"개인적인 의견이지만 공개 처형은 좋은 생각이 아닌 것 같아요."

"나도 마찬가지예요."

존은 느릿느릿 대답했다.

"하지만 해야 합니다. 지금 우리 마을엔 공포심이 감돌고 있어요. 사람들이 고속도로에서 온 피난민을 '외지인' 이라고 말하는 걸 들었습니다. 우리는 벌써 편을 가르고 있어요. 비공개 처형을 한다면, 내 장담하지만, 우리가 스탈린식 재판을 하고 경찰서 지하실에서 사람들을 처형했다고 다른 지역 사람들이 쑤군거릴 겁니다. 이 일을 해야만 한다면 공개적으로 진행해야 합니다."

톰이 끼어들었다.

"게다가 이건 물건을 훔친 자를 어떻게 처리한다는 방침을 발표하는 것이기도 하고."

"잠깐만 기다려요, 톰."

존이 말했다.

"우리가 빵 한 조각을 훔치는 사람들까지 죽이는 일은 없어야 합니다."

톰은 화가 나서 머리를 거칠게 흔들었다.

"내 말을 멋대로 해석하지 말게. 자네는 믿지 않을지도 모르지만 나는 자네 이상으로 이런 일이 싫어."

존은 그의 눈을 마주 보다가 마침내 고개를 끄덕였다.

"그래요, 톰. 미안합니다."

"가서 발표하겠네."

"톰, 어른들만 오라고 해요. 아이들이 거기 오는 건 안 됩니다."

톰은 사무실을 나갔다. 몇 초 뒤에 낡은 메가폰이 끽끽거리더니 톰의 목소리가 들렸다.

드문드문 박수 소리가 들리고, 환호성도 섞여 있었다. 총살보다는 교수형이 낫다는 외침 소리도 들렸다.

빌어먹을, 정말로 옛날 서부시대 같군. 존은 생각했다. 모여선 군중이 일제히 "목을 매달아라!"라고 외치는 모습이 떠올랐다.

밖에 있던 군중은 즉시 흩어졌다. 일부는 공원으로 향했고, 다른 사람들 특히 아이와 함께 있던 사람들은 뒤에 남았다. 꽤 시간이 흘렀다. 존은 침묵을 지키며 창밖을 바라보고 있었다.

바깥 복도에서 욕설과 울음소리가 들려왔다. 두 사람이 끌려나오는 중이었다.

"우리도 가세."

찰리가 이렇게 말하며 문을 열었다.

존은 마치 자신이 처형장으로 끌려가는 것 같은 느낌이 들었다. 내가 할 수 있을까? 오랜 세월 군에 복무했지만 분노에 불타서 사람을 향해 총알을 발사한 적은 한 번도 없었다. 훈련받은 대로 전문가다운 냉정을 유지하면서 총을 쏜 적도 없었다. '사막의 폭풍' 작전 때도 대대 선임참모였던 그는 지휘 차량을 타고 몇 킬로미터 뒤에서 대열을 따라갔을 뿐이었다. 직접 방아쇠를 당기는 발사선에 서 있었던 적은 한 번도 없었다.

그는 대학 시절에 자신과 친구들을 조롱했던 촌뜨기들을 생각했다. 너무도 분개한 나머지 정말로 총을 쏠 뻔했던 끔찍한 순간을, 그 이후 느낀 충격을 생각했다. 그리고 바로 며칠 뒤에 그중 한 사람과 마주쳐서 악수를 하고 술잔을 나누었지.

존은 밖으로 나갔다. 죄수들은 수갑을 차고 양발이 묶인 채 짐 바틀릿의 폭스바겐 밴 뒷자리에 있었다. 밴의 뒷문이 쾅 닫히자 권총을 뽑아든 톰이 앞자리에 올라탔고, 리처드 블랙 목사는 짐과 톰 사이에 끼어 앉아 몸을 웅크리고 있었다.

존은 밴의 뒷문이 닫힐 때 처형장으로 끌려가는 두 사람의 얼굴을 보았고, 브루스와 눈길이 마주쳤다. 기억은 희미하지만 내가 가르쳤던 제자가 아니었나. 그것만은 도저히 할 수 없었다.

존은 제러마이어, 필과 나란히 서 있는 워싱턴의 모습을 발견하고 그쪽으로 갔다.

"워싱턴, 도움이 필요해요. 정말 절실해요."

워싱턴은 말없이 고개를 끄덕이고 차에 올랐다. 케이트와 필, 제러마이어가 뒷자리에 몸을 우겨넣었고 찰리, 워싱턴, 존은 앞자리에 앉았다.

두 대의 자동차가 출발했다. 몬트리트 로드를 달리다 공원으로 향하는 옆길로 접어들자 서둘러 공원으로 가고 있는 사람들이 보였다. 물끄러미 차를 바라보는 이들도 있었다.

"사형은 죄악이다!"

시속 10킬로미터 정도로 느릿느릿 달리는 앞차를 따라가고 있는 존의 귀에 누군가의 외침이 들렸다.

프랑스 혁명 때의 행진 대열 같군, 그는 생각했다.

그들이 공원 가장자리의 비탈진 언덕길을 달려 내려갔을 때는 벌써 테니스장 옆에 많은 사람들이 모여 있었다. 콘크리트로 만들어진 흰색 연습 벽은 군데군데 칠이 떨어져 나가고 없었다.

문제의 두 청년이 밴에서 내려서자 주위가 일순간 조용해졌다.

마른침을 삼키면서 존은 차를 멈췄다. 그는 워싱턴을 쳐다보았다.

"가슴을 똑바로 겨냥하십시오."

워싱턴이 말했다.

"머리를 쏘려다 몸을 떨기라도 하면 빗나가 버립니다. 가슴에 총을 맞으면 쓰러질 겁니다. 영화에 나오는 것처럼 몸부림을 치거나 하진 않아요. 대개는 그저 쓰러지거나 풀썩 주저앉습니다. 그러고 나면 탄창을 비우세요. 일단 비우세요. 냉정을 잃지 않았다고 판단되면 그때 머리에 마지막 한 발을 쏘는 겁니다. 아시겠습니까?"

워싱턴은 글록을 존에게 건넸다.

"한 발 장전되어 있습니다."

존은 고개를 끄덕였다.

그는 차에서 내려 두 죄수를 따라갔다. 군중들이 뒤로 물러서 길을 터주었다. 브루스는 울면서 애걸했고 래리는 입을 꾹 다물고 있었다. 블랙 목사가 브루스의 팔을 잡은 채 걸어갔고, 래리는 톰이 단단히 움켜잡고 있었다.

"이건 큰 잘못이요, 찰리!"

누군가 외쳤다.

그러자 그 말에 분개한 웅성거림이 퍼졌고, 누가 맞받아 소리치면서 군중이 시끌시끌해졌다.

죄수들은 끌려가서 벽을 등지고 섰다.

군중의 고함 소리가 커졌다. 일부는 처형에 반대했지만 대부분은 옳은 일이라고 소리쳤다. 총살 대신 목을 매달아야 한다는 외침도 섞여 있었다.

역겨움을 느끼면서 존은 주위를 둘러보았다. 다음 순간, 자기가 무엇을 하는지 미처 인식하지도 못한 상태에서 그는 총을 똑바로 치켜들어 공중에 대고 발사했다.

브루스가 공포에 질려 비명을 지르며 풀썩 주저앉았다. 군중 속에서 비명이 터져나오더니 곧 잠잠해졌고, 모든 사람의 눈길이 존을 향했다.

"내가 이 일을 맡게 되었소. 꿈에도, 최악의 악몽을 꿀 때조차 생각지 못했던 일을!"

존은 소리쳤다.

입을 여는 사람은 아무도 없었다.

"여러분에게 말할 것이 있습니다. 이 중 한 명을 나는 도저히 쏠 수가 없습니다. 한때 내가 가르친 학생입니다. 나는 전 해병대 하사관 파커 씨에게 나를 위해 그 일을 맡아달라고 부탁했습니다. 그가 할 겁니다."

그는 잠시 말을 멈추었다.

"세상이 변해버렸습니다……."

말꼬리가 잠시 흐려졌지만 곧 존은 고개를 똑바로 들었다.

"하지만 이곳은 여전히 미국입니다. 여전히 미국이라고 나는 믿고 싶습니다. 지금 우리는 전쟁 중입니다. 풀러 치안국장이 오늘 저녁 초등학교 체육관에서 여러분과 만나 새로운 소식과 정보를 알려줄 예정입니다. 이 모임은 여러분 모두를 위한 것입니다. 여기서 태어난 사람, 나처럼 이사 온 사람, 상황 탓에 이리로 오게 된 사람 모두 말입니다."

그는 다시 말을 멈추었다.

"여러분 모두는 우리나라의 국민입니다. 풀러 씨는 전쟁 전에 치안국장이었고 따라서 지금,"

그는 올바른 명칭을 생각해내기 위해 잠시 머뭇거렸다.

"계엄령에 따라 블랙마운틴의 임시 지도자가 되었습니다. 그가 무슨 일이 일어났는지, 지금 일어나고 있는지, 앞으로 무슨 일이 벌어질 것인지에 관해 애슈빌에서 듣고 온 소식을 여러분에게 전할 겁니다. 우리는 전쟁 중이고, 이곳에는 계엄령이 선포되었습니다. 여기 있는 두 사람은 계엄법에 따라 사형이 선고되었습니다. 밀러 요양원에서 긴요한 약품과 진통제를 훔쳐 환자들에게 엄청난 고통을 안겨주었기 때문입니다. 이들이 그 범죄 및 다른 약탈 행위를 저질렀다는 것은 공정하고 개방된 심리를 통해 입증되었습니다."

"그게 재판이냐?"

래리가 고함을 질렀다.

"이건 린치다!"

존은 침묵을 지켰고, 군중들도 아무 말이 없었다. 외침도, 조롱도 없었다.

"나는 이 마을에 사는 주민입니다."

존의 목소리가 약간 부드러워졌다.

"이제까지의 전통에 따라, 계엄령 하에서도 역시, 법을 직접 집행하는 경찰은 지금부터 벌어질 일에 가담하지 않을 것이며 시청 공무원들도 마찬가지입니다. 그 의미를 분명하게 이해해주시기 바랍니다. 이곳은 경찰국가가 아닙니다. 앞으로도 결코 그런 일은 없을 것입니다. 형을 선고받은 자들은 공정한 심문을 통해 유죄가 입증되었고, 이제 형이 집행될 것입니다. 집행은 법과 질서를 임시로 책임지게 된 이들이 아니라 적절하게 임명된 시민 자원자 두 사람이 하게 됩니다."

그는 고개를 숙이고 침을 삼켰다. 목소리가 떨리면 안 된다는 것을 그는 알고 있었다.

"나는 이 일을 하고 싶지 않습니다. 하려는 생각은 전혀 없었습니다. 지금도 싫습니다."

그는 잠깐 말을 멈추었다.

"하지만 누군가는 반드시 해야 할 일입니다."

그는 다시 잠깐 동안 말을 멈추었다. 무언가 더 해야 할 말이 있었다.

"우리는 모두 미국인입니다. 닷새 전에는 여기서 살지 않았던 사람들도 수백 명, 수천 명 될 겁니다. 하지만 지금은 이곳에 살고 있습니다. 이곳 법의 눈에는 우리 모두가 평등합니다. 우리 모두가 말입니다. 살아남으려면 같은 이웃으로 함께 힘을 모아야 합니다. 이 자리에서 행해질 비극적인 정의는 우리 모두에게 똑같이 적용될 것입니다. 여기서 태어난 사람, 나처럼 몇 년 전에 이사 온 사람, 어제 막 도착한 사람에게 똑같이 말입니다. 반드시 그래야만 합니다……."

그의 목소리가 잦아들었다. 그는 두 죄수를 초초한 모습으로 쳐다보았다. 블랙 목사가 한 손으로 브루스를 부축하고 다른 한 손으로 펼쳐진 성서를 들고 있었다. 래리는 여전히 톰의 손에 붙잡혀 있었는데 약물 기운과 들끓는 증오로 눈이 번들거렸다.

서구 문명의 전통에서 볼 때 자기가 하는 말과 행동이 얼마나 적법한 것인지 존은 미심쩍었다. 하지만 바로 이곳, 이 순간에는 올바른 것이다. 블랙마운틴의 사람들이 공동체로 살아남기 위해서는.

그는 말없이 찰리를 쳐다보았다. 찰리는 자기가 나서서 무언가를 말해야 할 차례라는 것을 알아차리지 못하고 있다가 퍼뜩 정신을 차렸다.

찰리가 군중 앞으로 걸어나갔다.

"비상사태로 인해 계엄령이 선포된 우리 블랙마운틴의 문민정부로부터 권한을 위임받은 나는, 래리 랜달과 브루스 윌슨이 의약품을 약탈해 고통과 괴로움과 죽음을 초래한 데 대해 유죄를 선고했습니다. 이들에게는 총살형이 내려지며, 집행은 내가 임명한 존 매더슨 박사와 워싱턴 파커 씨가 맡게 됩니다."

찰리는 존을 쳐다보며 고개를 끄덕였다. 존은 죄수들에게로 얼굴을 돌렸다. 그의 손이 떨리고 있었다.

워싱턴이 속삭였다.

"내가 말한 대로 하세요. 가슴에 첫 발을 쏘고 상대를 쓰러트린 다음, 남은 탄창을 비우고 마지막 한 발을 머리에 쏘는 겁니다."

존과 워싱턴은 죄수 쪽으로 몇 미터 다가갔다. 톰이 래리에게서 물러서자 래리는 차가운 증오가 담긴 눈으로 그를 쏘아보았다. 하지만 브루스를 부축하고 있던 블랙 목사는 움직이지 않았다.

"기도를 해야 합니다."

블랙 목사의 말에 고개를 끄덕인 존은 자신이 아예 그런 생각조차 하지 않았다는 사실을 깨닫고 당혹감을 느꼈다.

계속 브루스를 부축한 채로, 블랙 목사는 군중을 쳐다보았다.

"주님의 은총으로 이 두 사람을 용서해주시기를 기원합니다. 하지만 지금 우리는 가이사의 법은 가이사에게 속한다는 사실을 명확히 해야 합니다. 이제 용서와 구원은 브루스와 래리 그리고 그들의 가이사 사이에 놓인 문제입니다."

목사는 브루스에게 먼저 물었다.

"브루스, 주님께 용서를 청합니까?"

"예. 주여, 제발 저를 용서해주세요."

"래리?"

그는 답을 하지 않았다.

"하늘에 계신 우리 아버지여……."

존은 손의 떨림이 멎기를 바라며 기도문을 따라했다. 그는 래리를 쳐다보며 그와 시선을 맞추었다.

래리의 눈 속에는 분노밖에 없었다. 맹목적이고 짐승 같은 분노. 존은 그런 그에게 동정에 가까운 감정을 느꼈다.

"나라와 권세와 영광이 아버지께 영원히 있사옵나이다. 아멘."

군중 속에서도 "아멘"이라는 말이 들려왔다.

존은 글록을 왼손으로 옮겨 쥐고, 몇 년 만에 처음으로 성호를 그었다. 그런 다음 그는 다시 글록을 오른손으로 쥐었다.

블랙 목사가 손을 떼고 물러서자 브루스는 제 힘으로 똑바로 서 있으려 애썼다. 그를 보고 있던 존은 무언가를, 머리를 뒤집어씌우는 포대나 눈가리개 같은 것을 잊고 있었다는 것을 갑자기 깨달았다.

됐다, 그냥 하자. 그냥 빨리 해치우자.

"가까이 가십시오. 먼저 쏘시면 제가 같이 쏘겠습니다."

워싱턴이 속삭였다.

존은 래리를 똑바로 쳐다보았다. 이제 그들의 거리는 불과 3미터였다.

"어서 해라, 쏴."

래리가 차갑게 말했다.

주위의 모든 것이 느린 화면으로 돌아가는 것 같았다. 의례적이고 과장된 동작 없이, 존은 권총을 들어올려 상대의 가슴팍을 겨냥했다. 바로 그 순간 래리가 옆으로 피하려고 움직이기 시작했다.

존은 방아쇠를 당겼다.

래리는 비틀거리며 콘크리트 벽 쪽으로 물러섰다. 그 순간 워싱턴의 콜트 45가 바로 옆에서 발사되는 소리가 들렸다. 존은 두 번째 탄환을 쏘았으나 래리가 벽에 핏줄기를 남기며 미끄러지듯 쓰러지는 바람에 빗나가고 말았다. 총알은 그의 머리 위쪽 벽에 박혔다.

워싱턴의 콜트 45에서 재빨리 두 발이 더 발사되었다.

존은 글록을 똑바로 쥐려고 애쓰면서 래리의 몸통 부분을 겨누었다. 래리는 약하게 발버둥을 치고 있었다. 존은 등 뒤에서 들리는 사람들의 비명을 의식했다. 그는 다시 쏘았다.

쏘고 또 쏘았다.

누군가의 손이 그의 어깨에 얹혔다. 워싱턴이었다.

"머리를."

워싱턴이 부드럽게 말했다.

존은 래리에게로 걸어갔다. 죽은 것인가? 래리는 피 웅덩이 위에 누워 있었다. 바지 앞부분이 젖어 있고, 다른 악취도 풍겼다. 오줌과 똥을 함께 싼 것이다.

래리의 눈동자가 희미하게 움직이는 것 같았다. 존은 선 채로 내려다보며 그의 머리를 겨누고, 방아쇠를 당겼다.

몇 초 뒤 다른 폭발음이 들렸다. 고통을 끝내 주기 위해 브루스에게 발사된 최후의 한 발이었다.

존은 몸이 뻣뻣하게 경직된 채 돌아섰다. 모든 사람들이 그를 쳐다보고 있었고, 아무도 말을 하지 않았다. 입을 가리고 울고 있는 사람들도 몇 명 보였다. 사람들이 존을 바라보는 시선에는, 예전에 그가 만난 사람들의 눈길에서 느꼈던 것과는 전혀 다른 무엇인가가 담겨 있었다. 공포, 두려움, 반감……. 그중에는 부러움과 갈망에 가까운 눈빛도 섞여 있었다.

존은 구토가 치미는 것을 느꼈다. 참아야 했다. 그는 탄창을 비웠는지 확신하지 못한 채로 글록을 높이 치켜들었다. 군중에 섞여 있던 그의 제자 제러마이어가 눈길이 마주치자 앞으로 걸어나왔다. 존은 그에게 총을 건넸다.

"총 잘 간수해라. 차에서 만나자."

존은 속삭이듯 말했다.

그는 군중에게서 멀어져 콘크리트 벽 뒤로 갔다. 거기서 그는 몸을 앞으로 꺾고 토했다.

몸을 구부린 채로 숨을 헐떡이고 있을 때 워싱턴의 목소리가 들렸다.

"됐어요, 괜찮습니다."

존은 그를 올려다보다 갑작스레 수치감을 느꼈다.

"처음으로 사람을 죽였을 때 저도 신물이 날 때까지 토했습니다. 만약 이러지 않았다면 오히려 더 걱정했을 겁니다."

존은 계속 웩웩거렸다.

"올바른 일을 하셨습니다. 잘해내셨어요."

"잘했다고? 사람을 저렇게 죽이는 일을 두고 어떻게 잘했다는 말을 쓸 수가 있어요?"

"그게 아닙니다. 그 얘기가 아니에요. 그건 언제나 견디기 힘든 일이지요. 아까 하셨던 말씀을 두고 한 말입니다. 우리가 농담 삼아 서로를 군대 계급으로 부르곤 했던 걸 기억하시죠? 솔직히 딱 교수 타입이지만 대령이었던 사실을 알고 있었으니까 그저 장단을 맞춰드린 겁니다.

하지만 오늘은 정말 지휘관다웠습니다. 끔찍한 상황을 피하지 않고 맞섰고, 사람들을 이끌었습니다."

"됐어요, 알겠어요."

존은 한숨을 내쉬었다.

"자, 이제 그만 가시죠."

존은 고개를 끄덕였다. 손등으로 입을 훔치던 그는 갑작스러운 통증에 움찔 놀랐다. 글록을 쏠 때 벤 상처가 벌어졌고, 감염을 일으킨 손가락이 욱신거렸다.

벽을 돌아 나오자 놀랍게도 거기 모여 있던 군중들은 거의 모습을 감췄고, 몇 명만 서성거리고 있었다. 시체들도, 바틀릿의 밴도 사라지고 없었다.

벽 뒤에서 지체한 시간이 꽤 길었던 모양이었다.

하지만 아무도 자기를 쳐다보는 사람이 없다는 것은 기뻤다.

약간 불안정한 걸음걸이로 그는 자기 차로 향했다.

"존?"

마칼라였다.

처음엔 그녀인 줄 몰랐다. 도발적인 정장 대신 몇 사이즈는 커 보이는 배기진을 입고, 낡고 빛바랜 퍼듀 대학 티셔츠를 걸친 모습이었다.

"고마워요, 존."

"무슨 말이오?"

"두 사람에게 총을 쏘기 전에 아까 저기서 한 얘기 말이에요."

그는 고개를 끄덕였다.

"이곳 토박이들과 나처럼 흘러들어온 사람들 사이에 약간 긴장이 있었거든요. 누군가 나서서 얘기해야 할 것을 잘 말씀해주셨어요. 여기 있는 우리 모두가 하나라는 점을 모든 사람이 새삼 깨닫게 되었어요."

"알겠습니다."

다른 사람과 대화를 나누고 싶은 기분이 정말 아니었기 때문에 그는 천천히 자동차로 다가갔다. 그러자 그녀가 그의 앞을 가로막았다.

"손 좀 보여주세요."

그녀가 붕대를 풀자 존은 통증 탓에 저도 모르게 움찔했다.

"감염됐군요. 아주 심한 감염이에요. 집에 가서 상처를 씻어내고 붕대를 잘 감으라고 얘기했을 텐데요."

그는 요양원을, 장인을 안아 옮겼던 것을 생각했다. 아마 거기서 감염되었을 것이다.

"소독해야겠어요. 그런 다음 반드시 꿰매야 해요."

"나중에."

그는 무뚝뚝하게 말했다.

"지금은 바로 집에 가야겠어요."

"그럼 제가 함께 가지요."

존은 차가운 눈길로 그녀를 응시했다. 역겨운 생각들이 그의 마음에 떠올랐다. 조금 전 했던 일 때문에 내게 흥미를 갖는 것인가? 아니면 '외지인'인 처지 탓에 이 마을의 유력자로 부상한 남자의 환심을 사려는 것인가?

그녀는 한 발짝 뒤로 물러섰다.

"첫째, 당신 손가락이 곪고 있어요. 이런 상황에서는 손을 잃을 수도 있고, 여차하면 목숨까지 위험해요. 둘째, 당신 장인과 요양원 일에 대해 들었어요. 거기 가서 청소하고 환자들을 돌보는 일에 자원했어요. 당신 집에 들렀다 가면 거리가 훨씬 가까워요. 셋째, 당신 딸, 제니퍼라고 했죠?"

"그래요."

"그 애의 상태를 점검하는 일이 지금으로선 쉽지 않을 거예요. 하지만 이틀에 한 번은 간호사나 의사한테 보여야 해요. 그러니 집으로 나를 데리고 가요. 필요한 일을 마치면 요양원에 가서 밤 근무를 할 테니까."

"알겠어요."

그가 할 수 있는 말은 그것이 전부였다.

차로 다가가자 워싱턴과 두 청년이 기다리고 있었다. 제러마이어가 글록을 그에게 돌려주었다.

"총을 청소하고 총알을 빼두었어요. 톰이 새 탄창을 주시기에 자동차 도구함에 넣어두었습니다."

워싱턴은 AR-15와 산탄총 2정을 차에서 꺼냈다.

"우리는 캠퍼스로 걸어서 돌아갈 겁니다. 바로 집으로 가세요."

필이 자동차를 돌아서 마칼라를 위해 문을 열어주자 그녀는 차에 올라탔다.

존은 핏자국이 남아 있는 벽을 쳐다보았다. 얄궂게도 벽 너머 50미터쯤 떨어진 곳에 국기 게양대가 있었다. 국기가 펄럭이고 있었다. 배경의 하늘색은 어두웠고, 늦은 오후의 먹구름이 몰려들고 있었다.

제러마이어가 던진 물음이 다시 떠올랐다. 그는 답을 확신할 수 없었다. 이곳은 지금도 미국인가? 우리는 이곳을 미국답게 유지하고 있는가? 우리는 여전히 미국인인가?

집으로 차를 몰고 가는 동안 존은 한 마디도 하지 않았다.

"토하셨죠?"

그녀가 마침내 입을 열어 무거운 침묵을 깨트렸다.

"그래요."

"군 출신인 줄 알았는데요."

"그래요…… 그랬었죠. 하지만 총을 쏘아본 적이 없는 군인도 많습니다. '사막의 폭풍' 작전 때 거기 있었는데, 제1기병 사단의 장교였죠. 전투 장면을 멀리서 보기는 했지만 실제로 방아쇠를 당긴 적은 없었습니다. 작전을 세우느라 대개 컴퓨터 화면만 들여다보고 있었어요."

"죄송해요. 제가 말이 서툴렀군요. 모욕적인 의도로 한 말은 아니었어요. 이전에 약국에서 남자를 제압하는 모습을 보고 전투 경험이 있는 분이구나 생각했었거든요."

"괜찮아요. 지금도 어떤 일엔 비위가 약하니까요. 어제 저녁 요양원에 들어서면서도 죽는 줄 알았습니다."

"그런데도 아까 그 일을 맡아주셔서 고마워요."

"해야 할 일이니까요."

그들의 대화는 뚝뚝 끊기다가 결국 침묵으로 이어졌다.

집의 진입로에 들어서자 멍청이 진저와 잭이 달려 나왔다. 개들은 낯선 인물을 보더니 골든 리트리버 특유의 충성심을 나타내며 존을 무시한 채 곧바로 마칼라에게로 달려갔다.

그녀는 개들이 뛰어올라 핥으려 들자 웃음을 터트리며 진저와 잭의 귀를 잡아당겼다. 개들은 그녀의 주변을 뛰어다니며 짖어대기 시작했다.

존은 출입문으로 향했다. 문 앞에 젠이 서 있었다.

"무사히 집에 돌아왔구먼. 무슨 일이 있었나? 온종일 자네 걱정만 했어."

"말씀드렸잖아요. 애슈빌에 다녀왔어요."

젠은 개들을 달고 출입문으로 다가오는 마칼라에게로 눈길을 돌렸다. 그녀가 눈을 약간 치켜 뜨는 것을 보고 존은 장모가 마칼라를 반기지 않는다는 것을 눈치 챘다. 마칼라는 장모의 영역을 침범한 여자였던 것이다.

"어머니, 마칼라 터너와 인사하세요. 마칼라, 이분은 장모님인 제니퍼 돕슨 부인이에요."

두 사람은 고개를 끄덕이며 악수를 나누었다.

"어머니, 아마 마칼라를 기억하실 거예요. 첫날 저녁에 길에 서 있던 그 사람이에요."

"오, 오 그렇구나. 알아보질 못했어요. 옷차림이 완전히 바뀌어서."

"마칼라는 간호사예요. 수술팀의 간호부장이랍니다. 타일러와 제니퍼를 살펴보러 왔어요. 그리고 이것도."

존은 손을 펼쳐 보였다.

젠의 발톱이 들어가고 대신 미소가 그 자리를 채웠다.

"그래요, 어서 들어와요."

"장인은 좀 어떠십니까?"

"편안히 쉬고 있어."

"애들은요?"

"제니퍼는 낮잠을 자는 중이네. 혈당치가 올라가서 방금 주사를 한 대 맞았어. 엘리자베스는 벤과 산책하러 나갔고."

"네."

존은 타일러가 누워 있는 방으로 향하는 두 사람을 내버려두고 서재로 들어갔다.

그는 벨트에 차고 있던 글록을 빼서 물끄러미 들여다본 뒤 책상 위에 올려두었다. 총에서 화약 냄새가 진동했고, 그의 몸에도 냄새가 배어 있었다.

존은 책상 뒤쪽으로 손을 뻗어 먼지로 뒤덮인 술병을 꺼냈다. 지금까지 살아오면서 알코올의 유혹에 거의 완전히 굴복할 처지에 놓였던 적이 몇 번 있었다. 가장 최근에는 메리가 세상을 떠난 뒤 몇 주일 동안 그랬다. 하지만 술병 위에 앉은 먼지를 보자 마음이 놓였다. 그는 빈 커피 잔에 스카치를 더블로 따라 두 모금에 잔을 완전히 비웠다.

서쪽 지평선에 있던 먹구름이 이쪽으로 몰려들더니 빗물이 창을 때렸다……. 마음을 달래주는 소리였다.

30분 뒤 마칼라가 손의 상처를 살펴보기 위해 왔을 때 존은 깊이 잠들어 있었다.

6

10일째

"존, 얼굴이 푹 삶아놓은 것 같은데."

존은 회의실로 들어가며 고개를 끄덕였다. 그 방은 그들이 매일 정례적인 회의를 갖는 장소가 되어 있었다.

"고마워요, 톰. 그런 말을 들으니 기운이 나는 군요."

마칼라가 돌봐주었지만 손의 감염이 심해져 그는 38도가 넘는 고열에 시달리고 있었다.

그는 이제 지정석이 된, 탁자 중간에 있는 의자에 앉았다. 흥미롭게도 회의에서는 재빨리 관례라는 것이 생겨버린다. 한번 어떤 자리에 앉으면 다음 날도 그 자리에 앉게 된다. 누가 상석을 차지하고 누가 말석에 앉느냐는 상징적인 부분도 마찬가지다. 케이트가 여전히 상석에 앉아 상징적인 지위를 유지하고 있었지만, 지금 아침 브리핑을 실제로 주도하는 것은 그녀의 오른쪽에 앉은 찰리였다. 톰은 회의실 탁자의 말석에 앉아 있었고 팀의 일원이 된 켈로 박사는 존의 건너편 자리를 차지했다. 회의실에는 두 사람이 더 있었는데, 둘 다 존은 모르는 사람이었다. 한 명은 경관 제복을 입고 있었고 어깨에 스와나노아 경찰국 기장이 꿰매어져 있었다. 다른 한 사람은 진에 티셔츠 차림이었다. 나이는 둘 다 40대 중반으로 보였다.

존은 자기 자리에 놓여 있는 커피 잔을 왼손으로 들어올렸다.

"상처 좀 보여주게."

켈로가 몸을 일으키더니 탁자를 돌아서 존에게로 왔다.

켈로는 마칼라가 얼마 전에 새로 감아둔 거즈를 풀었다.

"아주 깔끔하게 꿰맸는걸. 솜씨가 나보다 훨씬 좋은데."

존은 아무 말도 하지 않았다. 마칼라가 열두 바늘을 꿰매는 동안 그는 스카치 한 모금을 진통제 삼아 마시고 진땀을 흘리면서 묵묵히 참아냈었다. 상처 부위를 소독할 때는 저도 모르게 욕설이 튀어나왔지만.

켈로는 몸을 기울여 킁킁대며 붕대 냄새를 맡아보더니 머리를 가로저었다.

"어쩌다 이렇게 감염되었나?"

"요양원에서 장인을 옮겨올 때였던 것 같아요."

"치료는?"

"마칼라 터너 간호사가, 그 사람은 지금 요양원 일을 돕고 있는데요, 항생제 씨프로 알약을 주었습니다. 요양원에서 조금 가져와서요."

"배설물에서 감염된 것 같네."

켈로는 고개를 주억거리며 상처를 들여다보았다.

"하지만 지독한 박테리아나 바이러스에 감염된 것일 수도 있어. 그런 놈들은 청결한 병원이나 가정에서도 살고 있거든. 연쇄상구균이나 포도상구균 말이야……. 나중에 다시 이야기하세."

켈로는 자기 자리로 돌아갔다.

케이트가 목을 가다듬었다.

"자, 이제 시작합시다. 새로운 문제가 생겼어요. 켈로 선생님, 시작해주시겠어요?"

나이 든 '마을 의사'는 고개를 끄덕였다.

"초등학교에 설치된 피난민 구호소에 살모넬라 식중독이 발병했소. 그럴 수밖에 없는 상황이지. 오늘 아침에 확인해보니 환자가 적어도 백 명은 됩디다. 엉망진창이오."

"어떻게 시작된 걸까요?"

켈로는 놀란 표정으로 케이트를 쳐다보았다.

"이봐요, 케이트. 우리는 수돗물에 익숙해져 있어요. 하루에 몇천 리터를 쓰죠. 식료품에는 유통기한이 찍혀 있고, 기한이 하루만 지나도 쓰레기통에 던져버렸지요. 지금 거기서는 6백 명이 생활하고 있는데, 아직까지 변기를 내릴 물 정도는 있지만, 더운물은 구경도 못 합니다. 게다가 솔직히 말해 화장지나 종이 수건도 없소. 점점 불결해지고 있는 거요. 자, 생각해봅시다. 우리는 열흘간 목욕을 하지 못했소. 화장지는 점점 귀해지고, 피난민 구호소에서는 하루에 두 번 스프를 배급하고 있는데 식품의 안전성은 극히 의심스럽고 말이오. 오늘 밤쯤에는 구호소에 있는 사람들 거의 모두가 설사를 하고 토할 게 분명해요."

그는 한숨을 내쉬었다.

"오늘 아침에 일곱 명이 죽었소. 여기 오기 전에 확인해보았는데 둘은 갓난아기고 나머지는 노인들이었어요. 탈수 상태였는데 전해질을 제때 주입하질 못했소. 거기 와서 도와줄 사람들이 더 있어야 합니다. 오늘 밤에는 상황이 본격적으로 악화될 테니까."

회의실에 침묵이 흘렀다. 그런 비참한 상태에 놓인 사람들로 가득 찬 학교 건물의 모습…….

그 생각에 모두 할 말을 잃었다.

"허리케인 카트리나 때 임시대피소였던 슈퍼돔에서 얼마나 끔찍한 일이 일어났었는지 기억하시죠?"

찰리가 한숨을 내쉬며 물었다.

"우리가 그런 상황인가요?"

"더 심하지."

켈로가 대답했다.

"그때도 행정이 마비되다시피 했지만 결국엔 도움의 손길이 닿았지요. 살인이나 강간에 대한 정신 나간 보도로 많은 사람들이 공황을 일으키긴 했지만. 우리에게는 살인이나 강간 문제 같은 건 없지만, 보급품을 실은 헬기와 함께 기동부대가 몰려올 가능성도 없소. 자력으로 헤쳐나가야 해요. 우선은 살균한 물을 담을 깨끗하고 커다란 통이 필요해요. 제3세계에서 긴급구호 때 하는 것처럼 거기 전해질을 풀어서 섞어야 하오."

"이제 우리가 제3세계인 셈이군요."

스와나노아에서 온 경관이 부드럽게 말했다.

"아주 간단하오. 그저 깨끗한 물만 있으면 되니까. 아직 그건 있지요, 찰리?"

"저수장에서 중력에 의해 공급받고 있는 물은 깨끗합니다. 어제 수도국 사람들이 검사했을 때는 그랬습니다."

"안심할 수는 없소. 저수장 주변에 사람들이 캠프를 치고 있는데 그중 한 명이 보균자라 쳐요. 그런 사람이 호수에 오줌을 누면 우리 모두가 병에 걸리는 거요."

찰리는 톰을 쳐다보았다.

"사람을 올려보내 호수 주위를 순찰하는 게 좋겠습니다. 캠프를 못 치게요."

그 호수에서 낚시를 한다는 것은 몇 년째 공공연한 비밀이었다. 애슈빌과 함께 쓰는 저수장은 이번 사태 전에도 출입이 엄격히 금지되어 있긴 했었다. 하지만 많은 아이들이 낚싯대를 갖고 숨어들어가 4.5킬로그램이 넘는 굵직한 송어를 건져 올리곤 했다. 6년 전에 애슈빌의 한 활동가가 경찰에 일러바치기 전까지는 호수 바로 위쪽에 낚시꾼을 위한 통나무 집까지 버젓이 들어서 있었을 정도였다. 그 일이 있은 뒤에는 비밀을 즐기는 범위가 애슈빌과 블랙마운틴의 고지대로 축소되었다. 백인 남성 클럽 하나는 주말에 모여 술을 마시면서 자기들이 사유지 호수로 여기는 그곳에서 송어를 잡곤 했다.

그러니만큼 사람들이 그 호수에서 식량을 구해야겠다는 생각을 품을 가능성은 충분했고, 그런 일은 반드시 막아야 했다.

"깨끗한 물 수천 리터에 소금과 설탕을 섞어야 하오. 그러면 전해질 균형이 유지될 거요. 그 물을 앓는 사람들 목으로 흘려 넣어야 해요. 열에 아홉은 며칠 앓고 나면 털고 일어날 거요."

"열 번째 경우는요?"

찰리가 물었다.

켈로는 한숨을 쉬었다.

"노인들과 생후 1년 이내의 아기, 다른 질병으로 이미 쇠약해져 있는 사람들이 거기 해당되겠지. 정맥내 주입장치를 못쓰니까."

그는 말을 끊고 한동안 천장을 쳐다보았다.

"내일 밤까지는 30명 정도 사망자가 나올 거요. 50명이 될 수도 있고."

찰리는 팔짱을 꼈다가 풀었다.

"자원봉사자들을 누가 조직하지요?"

존은 한숨을 내쉬었다.

"내가 대학에 가보지요. 애들을 좀 끌어올 수 있는지 볼게요."

"그 애들에게 일이 끝나면 멋진 식사를 대접하겠다고 하게."

찰리가 말했다.

"부하 하나가 지난밤에 사슴을 잡았다네. 그걸 숨겨두었거든. 하루의 노동과 사슴고기 스테이크 만찬을 바꾸는 거지."

"현장에 가서 그 꼴을 보고도 식욕이 있을지 모르겠군. 하여간 그렇게 말하겠네."

"정오에 여기 모이라고 하게."

켈로가 덧붙였다.

"그곳에 가기 전에 자기 몸의 안전을 지키는 법을 알려줘야 하니까."

존은 고개를 끄덕였다.

"그래요. 그 말을 들으니 그다지 꺼내고 싶지 않은 이야기가 떠오르네요."

찰리가 목소리를 가다듬으며 다른 주제를 꺼냈다.

"하지만 하긴 해야 합니다. 시신을 매장하는 일 말입니다."

"늘 해왔던 식으로 매장하고 있는 것 아닌가요?"

케이트가 물었다.

"우리 시 경계 안에는 묘지가 없습니다. 가장 가까운 곳도 3킬로미터 이상 떨어져 있고요. 지금 나는 이 문제를 장기적인 관점에서 생각해보고 있습니다. 살모넬라 식중독 건만 아니라 앞으로 몇 달 동안에 벌어질 일까지 말입니다."

아무도 대답하지 않자 찰리가 말을 이었다.

"공원 건너편에 있는 골프장이 어떨까 합니다."

"뭐라고?"

톰이 나섰다.

"말도 안 돼. 그 골프장을?"

"그렇습니다. 그곳이라면 시내 중심부에서 쉽게 걸어갈 수 있어요. 지을 때 정지 작업을 많이 했고, 흙으로만 되어 있어 파기도 쉽습니다. 6번 그린으로 이어지는 부근은 4미터 가까이 파내고 흙으로 땅을 고른 곳이지요. 잘 생각해보세요. 지금 우리에게는 무덤을 팔 수 있는 굴착기가 없습니다. 무덤을 깊이, 빠르게 파야 하는데 그런 작업을 삽으로 해야 합니다."

"무슨 소린가? 찰리, 거긴 마을 골프장이라고."

톰은 불만스럽게 말했다.

"오늘 18홀을 돌려고 가는 사람이라도 있답니까?"

찰리는 날카롭게 맞받았다.

"아무리 당신이라도 전동카트 외에는 상대를 찾을 수 없을걸요. 우리에게는 알렌 산 저쪽 편에 있는 곳이 아니라 가까운 묘지가 필요합니다. 켈로 선생님, 당신 생각은 어떻습니까?"

"공원으로 흘러드는 개울물에서 적어도 백 미터 정도는 떨어진 곳이라야 하오. 배수로가 개울로 흐르지 않는 비탈에. 그래요, 나는 찰리의 의견에 동의해요."

"그럼 그곳으로 하겠습니다."

존은 침묵을 지키고 있었다. 여러 가지 일들, 여러 가지 변화가 충격을 주는 양상이 각기 다르다는 점은 흥미로운 일이었다. 톰은 골프 마니아였다. 지금 어떤 일이 벌어지고 있건 그가 끔찍이 좋아하는 그곳이 묘지로 바뀌다니……. 톰이 그런 충격을 곧바로 흡수하는 건 무리였다.

"목사들한테 그 땅을 축성해 달라고 해야 해요."

케이트가 말했다.

"사람들이 그걸 원할 겁니다."

찰리는 그 말을 수첩에 받아 적었다.

"블랙 목사와 얘기해보겠습니다. 지금 여기서는 그분이 목사들을 이끌고 있으니까. 그 밖에 위생과 관련된 다른 문제가 있습니까?"

"요양원에서 어젯밤에 네 명이 더 죽었어요. 그곳 사망자가 빠르게 늘어가고 있소."

존은 마칼라를 생각했다. 그녀는 실질적으로 요양원 일을 지휘하고 있었고, 이틀 동안 존은 그녀를 보지 못했다.

"자살도 세 건이오. 맥도걸 부부와 외지에서 온 사람 한 명."

"그렉과 프랜이요?"

케이트가 놀라서 물었다.

"이웃이 총성을 들었다고 해요. 그렉이 프랜을 쏘고 나서 다음엔 자신을 쏘았지. 쪽지가 남아 있었소. 알다시피 프랜은 암 환자였죠. 평상시처럼 애슈빌에 가서 1주일에 두 번 치료를 받지 못하면 자기가 어떻게 될지 알았던 거요. 그래서 남편에게 죽여 달라고 부탁했소. 부탁을 들어준 다음 그도 자살했고. 남아 있는 그녀의 진통제는 살아날 기회가 있는 다른 사람에게 써달라고 했어요."

"교회성가대에서 그 부부와 함께 노래를 불렀어요."

케이트가 나지막이 중얼거렸다. 눈물을 참느라 그녀의 얼굴이 붉어졌다.

한동안 아무도 말이 없었다.

결국 침묵을 깬 것은 찰리였다.

"오늘부터 시작해 비상사태가 지속되는 동안 골프장을 묘지로 사용한다는 공고문을 붙이겠습니다."

그들은 초등학교에서 가져온 대형 화이트보드 몇 개를 경찰서 외벽에 고정시켜놓고 공식 비상 공고판으로 사용하는 중이었다.

"그 밖에도 많은 사람들이 그리 오래 버티지 못할 거요."

켈로가 다시 입을 열었다.

"췌장효소 분비에 문제가 있는 사람들은 약이 떨어지는 순간 죽어가기 시작할 겁니다. 심각한 관상동맥 질환을 앓는 사람들도 잇따라 쓰러지고 있소. 어젯밤 가스 왓슨이 물동이를 집으로 옮기다가 사망했어요."

"그럴 수가. 그 사람은 겨우 마흔 셋인데."

케이트가 탄식했다.

"20킬로그램쯤 과체중이었고 콜레스테롤 수치도 높았지. 그 사람한테 경고했었는데. 하긴, 그렇게 패스트푸드를 먹어댔으니. 암 때문에 화학 치료나 방사선 치료를 받던 사람들도 백 명쯤 돼요. 그 사람들의 예후는…… 프랜에게 일어난 일로 보아 충분히 짐작할 수 있겠지요. 주님, 프랜을 용서해주소서. 많은 사람들이 그녀와 같은 선택을 할 거요, 특히 통증이 심한 경우에는. 모르핀이 없으면 암 말기 환자들이 얼마나 지옥 같은 고통을 겪는지, 거기까지 우리 생각이 미치지 못했지."

켈로는 말을 멈추고 회의실을 둘러보았다.

"즉시 그 문제를 논의해야 한다고 봅니다. 우리가 갖고 있는 진통제 양은 제한되어 있소. 그걸 압수해서 비상시에만 사용할 것인지, 아니면 말기 환자들이 남은 진통제를 모두 써버리도록 내버려둘 것인지 말이오."

"이런, 세상에."

톰이 곧바로 반발했다.

"선생은 지금 무슨 소리를 하는 겁니까? 우리 고모도 지금 당신이 말하는 사람에 해당한단 말입니다."

"알고 있소."

켈로는 조용히 말했다.

"알고 있어요. 하지만 당신 고모 헬렌은 어차피 곧 세상을 떠날 거요. 우린 그걸 알고 있어요. 그런데 어떤 아이를 급히 수술해야 한다고 합시다. 쇼크와 외상성 신경증을 막고 고통을 줄이는 것이 그 애에겐 생사의 문제요. 그런 부분을 생각해야 해요."

"죽음을 앞둔 사람들의 우선순위를 정하자는 말씀인 거죠, 그렇죠?"

존은 차분한 어투로 물었다.

켈로는 그를 바라보더니 천천히 머리를 끄덕였다.

찰리는 한숨을 내쉬었다.

"나로선 아직 결정할 준비가 되어 있지 않습니다. 그 문제는 나중에 다시 생각해보지요."

"언제가 됐든 반드시 결정을 내려야 해요."

켈로는 머리를 반쯤 숙인 채로 대답했다.

잠시 아무도 입을 열지 않았다.

"사고, 사고가 얼마나 많이 일어나는지 모릅니다."

마침내 톰이 침묵을 깨트렸다

"이제 자동차 사고로 죽는 사람은 없소. 하지만 동력 사슬톱, 도끼, 삽은 여전히 위험한 물건입니다. 어젯밤 조 페터슨이 장작을 패다가 자기 다리 한쪽을 날려버릴 뻔했지요. 총기 오발사고도 어제만 세 건이 있었고. 그중 한 사람은 치명적인 상처를 입었습니다. 무장하고 돌아다니던 어떤 멍청한 놈이 사고를 친 거요."

"하지만 더 큰 문제는 식량이오. 벌써부터 식량 문제가 심각해지고 있어요."

켈로가 말했다.

"그래서 우리가 달리 어떻게 대처해야 한다는 겁니까?"

찰리가 날카롭게 반응했다.

존은 두 사람 사이의 긴장을 감지했다. 회의가 열리기 전에 이미 언쟁이 오갔던 것 같았다.

"자네 추산에 따르면,"

켈로가 말했다.

"지금 우리 수중에 있는 식량은 7일 내지 10일 치였지. 2주일 전이라면 위생검사관이 당장 폐기처분하라고 했을 그런 육류도 포함해서 말일세. 찰리, 그다음엔…… 그런 이후엔 어쩔 텐가?"

찰리는 한숨을 쉬며 힘없이 고개를 저었다.

고열과 한기에 시달리는 와중에도 존은 눈앞에 있는 찰리에게, 위기가 터진 뒤 열흘 동안 하루에 서너 시간밖에 자지 못해 쓰러지기 일보 직전인 그에게 자기가 온 신경을 집중하고 있음을 의식했다.

"배급품을 반으로 줄입시다."

존은 조용히 말했다.

찰리는 그를 쳐다보더니 고개를 끄덕였다.

"글쎄, 그러기 힘든 물품도 있지 않겠나."

켈로가 말했다.

"육류는 상하기 시작했고, 유제품도 그렇고."

"그럼 지금 모두 나눠주고 먹어치워야죠. 필요하면 남은 고기들로 오늘 밤에 흥청망청 축제라도 벌입시다. 어차피 곧 상해서 못 먹게 될 테니. 질긴 가죽처럼 될 때까지 바싹 굽기만 하면 되겠지요. 그런 다음 보존식품은 배급량을 절반으로 줄이는 겁니다."

"집에 식료품을 쌓아놓고 있는 사람들은 어떡하나?"

켈로가 물었다.

"찰리, 대여섯 집은 아직도 전기를 쓸 수 있네. 이번 일로 나가버리지 않은 구형 발전기를 갖고 있던 사람들이 있어. 냉장고 하나쯤 돌리는 데는 충분하지. 저 위쪽 노스포크에 살고 있는 프랭클린 일가는 지하 냉동고에 고기를 4분의 1톤은 쌓아두고 있을 걸세."

"그래서, 그걸 압수해야 한다는 말입니까?"

켈로는 고개를 끄덕였다.

찰리는 시선을 톰에게로 돌렸다.

톰이 말했다.

"프랭클린 일가는 그렇게 녹녹치 않아. 그들을 상대해서 고기를 손에 넣으려면 내 부하들 전부를 동원해야 할 거야. 저 산 위에는 생존주의자들이 꽤 있어. 1999년에 세상이 끝장나지 않은 걸 정말로 유감스럽게 생각하는 그런 유형이지. 프랭클린 일가는 우리가 올라오길 기다리고 있을걸."

"그쯤 해둡시다."

존이 말했다.

"우리가 스탈린주의 정치국원이 되어 곡식 한 알, 고기 한 덩이까지 샅샅이 뒤져 집단을 위해 가져가게 되면 지금 아슬아슬하게 우리가 유지하고 있는 균형은 깨지고 말아요. 각자 제 일은 자기가 알아서 하자는 식이 되어버립니다. 게다가 모든 집단화가 그렇듯, 사실이든 아니든 우리가 따로 식량을 챙겼다는 소문이 들불처럼 번질 겁니다. '어떤 동물들은 다른 동물들보다 더 평등하다' 는 거죠."

"뭐라고?"

톰이 물었다.

"9학년 때 퀸시 선생님의 영어 수업 때 내내 졸았던 모양이군요, 톰."

케이트가 말했다.

"오웰의 《동물 농장》에 나오는 말이에요. 다음에 읽어봐요."

"게다가,"

존은 말을 이었다.

"우리가 프랭클린 일가의 식량을 깨끗이 털어 와도 그건 6백 명의 한 끼 식사밖에 안 됩니다. 집단주의다 뭐다 하는 그런 악선전을 감수할 가치가 없어요. 그리고 위험한 정치적, 법적 선례를 남기는 것이기도 하고요. 이런 시기에 서로가 서로를 물어뜯게 되는 일은 피해야 합니다. 흠, 프랭클린 일가 같은 사람들에게 우리가 바랄 게 있다면 협조를 구하는 정도겠지요. 그 사람들이 톰이 말한 것 같은 생존주의자들이고, 우리가 위협해도 눈 하나 깜짝하지 않을 거라면 우리한테 가르쳐줄 만한 생존 기술 같은 게 있을 겁니다."

톰은 안도의 한숨을 내쉬었다.

"우리가 상점에서 가져온 식품은 공동체의 것이라고 보는 게 공정하다고 생각해요. 하지만 사람들이 자기 집에 가지고 있는 것들은, 그게 하루치든 여섯 달 치든 그건 그 사람들 것입니다."

존이 말을 마치고 탁자를 둘러보자 동의한다는 표시로 모두들 고개를 끄덕였다.

찰리가 좀 더 빨리 행동을 취했더라면 좋았을 텐데. 아니면 나라도 빨리 생각을 해내 찰리에게 시내 상점에 있는 모든 식료품을 압수해야 한다고 말했더라면 좋았을 텐데. 이번 사태가 터진 바로 그날에 말이다. 그렇게 해놓고 배급품을 절반으로 줄이면 2개월 이상 버틸 수 있었을 텐데. 하지만 이제 너무 늦었다.

"농장에서 식품을 조달할 수 있지 않을까요?"

케이트가 물었다.

"내가 말씀드리지요, 케이트."

톰이 대답했다.

"당신도 여기서 자랐으니까 분명 알고 있을 겁니다. 이번처럼 이런 일이 생기면 모르는 사람들은 어차피 곡식을 내다팔 곳이 없으니까 농촌 사람들이 기꺼이 식량을 내줄 거라고 생각하지요. 하지만 수확기 때 말고는 농민들도 슈퍼마켓에서 식료품을 사먹고 있어요. 노스포크 위쪽에 작은 농장 대여섯 개가 있는데, 그중 한 곳에서 소를 60마리쯤 키우고 있습니다. 돼지는 2백 마리가량 될 테고. 거기에 닭, 칠면조, 거위도 섞여 있고."

"그 정도면 한 달 치 식량은 될 거예요."

케이트가 말했다.

"그건 우리가 접수해야겠습니다."

찰리가 결론을 내렸다.

"그건 사람들이 지하실에 숨겨둔 식량과는 다르죠."

존은 한숨을 내쉬었지만 동의할 수밖에 없다는 걸 깨달았다. 조금 전에 떠올렸던 정치국원 이미지에서 크게 벗어나지 않는 일이긴 했지만.

60마리의 소가 있으면 하루에 두세 마리 잡아서 스프와 스튜를 만들어 기한을 연장할 수 있다. 하지만 보다 현실적인 문제는 누군가 밤을 틈타 농장을 습격해 농장주를 살해한 뒤 가축을 도살해 고기를 빼앗고, 가져갈 수 없는 것은 썩도록 내버려두는 일을 어떻게 막을 수 있는가 하는 것이었다.

다시 영화의 한 장면이 존의 눈앞에 펼쳐졌다. 〈늑대와 춤을〉에서 백인 사냥꾼들이 도살한 수백 마리의 버펄로를 인디언들이 발견하는 장면. 사냥꾼들은 버펄로의 가죽과 혀만 가져가고 나머지는 썩도록 내던져 두었었다. 여기서도 같은 일이 벌어질 수 있다. 이런 생각도 떠올랐다. 영화는 이 나라의 자기 이미지에 얼마나 많은 영향을 끼쳐왔던가? 그런데 이제 스크린에는 아무것도 비치지 않는다. 우리 이야기를 소재로 한 영화가 50년 뒤에 나온다면, 그때도 영화라는 게 있다면 말이다, 스크린에는 어떤 장면이 비칠까?

"찰리, 계곡에 있는 농부들과 거래를 해야 하네. 무작정 쳐들어가서 소를 끌고 올 순 없어. 거래를 해야 해. 우리가 그들의 식량을 보호해주는 거지. 그 사람들이 가진 것을 공동체와 나누는 셈이니 그래야 해. 우리의 보호와 그들의 가축, 작물을 교환하는 거야. 그리고 일부 가축은 살려두어야 하네."

"무슨 뜻인가?"

"내년을 위해서지. 수놈 두 마리와 암놈 여러 마리. 내년에도 우리는 똑같은 처지에 있을지도 모르네. 지금 배가 고프더라도 번식용 가축은 남겨두어야 해. 예전에는 번식용 가축을 식량으로 먹는다는 것은 절망 속에서 도저히 길이 없을 때 최후로 하는 행동이었네."

"존."

케이트가 말했다.

"그런 얘기를 듣고 싶지는 않군요. 1년 뒤에도 계속 이런 상태일 거란 말인가요?"

"그럴 수도 있지요. 게다가 지금 계획을 세우지 않으면 우리에게는 아예 내년이 없을 겁니다."

"알겠네, 존."

찰리가 말했다.

"이따가 노스포크에 가서 농장 사람들과 얘기를 해보겠네."

"그런데 거기 사람들이 엽총을 휘두르며 우리한테 자기 땅에서 꺼지라고 하면요?"

케이트가 다시 끼어들었다.

"내가 이곳에서 자랐다고 톰이 말했죠. 난 여기 출신이고, 그런 사람들을 알아요. 선량한 사람들이지만 누가 자기들한테 감 놔라 배 놔라 하는 건 질색이죠."

"그럼 당신도 협상하러 갈 때 함께 가야겠네요."

존은 조용히 말했다.

"내가요?"

"그래요. 케이트, 여기 사람들은 누구나 당신을 알고 있어요. 찰리나 톰보다 당신이 그들에게 더 익숙해요. 당신이 앞장서면 위협당하는 것으로 느끼지 않을 겁니다."

"그건 내가 시장이기 때문인가요? 아니면 여자이기 때문인가요?"

케이트의 목소리에 날이 섰다.

"솔직히 말해 케이트, 둘 다예요. 엉덩이에 권총을 찬 톰이 모습을 나타내면 인민위원이 등장한 것 같을 겁니다. 하지만 당신이 그곳에 사는 가족들과 어울려 담소를 나누면 작은 농장에 사는 사람들이 합당한 판단을 내리는 데 도움이 될 겁니다. 그 사람들도 우리와 협상을 해야만 해요. 조만간 습격을 받을 테니까. 우리가 그들을 24시간 지켜주겠다고 약속하면, 그쪽은 보호를 제공받고 대신 식량을 공동체에 나눠주는 거죠."

"그 말을 들으니 자네가 뉴저지 출신이라는 게 실감이 나는군."

톰이 웃음기를 비치며 말했다.

"폭력단의 갈취 말이야."

두통 탓에 상태가 썩 좋지 않았지만 존은 미소를 지으려 애썼다.

"폭력단이 보호를 내세워 뜯어가는 것과 비슷한지도 모르겠지만 지금은 그게 올바른 방식입니다. 사람들의 집을 뒤져 식품을 압수하는 것은 절대 반대지만 농장은 보호를 필요로 하니까 그 대가로 전체 공동체를 도와야죠."

그녀는 알겠다고 고개를 끄덕였다.

"좋아요, 나도 가지요."

찰리가 손에 든 수첩을 내려다보았다.

"운송 수단 쪽은 어때요? 뭐 새로운 거 있습니까?"

"움직이는 차가 세 대가 더 생겼습니다."

톰이 말했다.

"자기 폭스바겐 고물상을 뒤져서 짐 바틀릿이 손을 본 덕분이에요. 비틀 두 대, 밴 한 대입니다."

"그 사람하고 아예 친구가 되었군요."

케이트의 말에 잠깐 동안이었지만 회의실에는 웃음기가 감돌았다.

"맞습니다. 그 늙은 히피하고 그렇게 된 셈이죠. 마리화나를 약으로 써야 한다는 그 사람 생각에는 반대하지만."

"지금은 나도 그 사람 생각에 어느 정도 동의하오."

켈로가 말했다.

"그건 위법입니다."

톰은 날카롭게 대꾸했다.

"차량 얘기 중이었어요, 톰."

케이트가 말렸다.

"그 얘기에 집중합시다."

"알겠습니다. 다른 정비소에도 열 대나 열다섯 대 정도의 고물차가 있다고 들었습니다. 영거스 정비소의 견인 트레일러까지 포함해서 말입니다."

"우리 지역에서는 1주일 안에 40대나 50대 정도를 모을 것 같은데요."

스와나노아에서 온 경관이 조용히 말했다.

모두가 말없이 그를 쳐다보았다.

"당신들 블랙마운틴 사람들은 언제나 우리를 얕잡아보았죠. 아마 우리가 더 가난하기 때문이겠지만, 지금은 가난 덕을 우리 스와나노아가 보고 있는 겁니다."

존은 그의 말에 미소를 지었다. 그는 그 말이 맞다는 것을 알고 있었다. 장인이 이동주택 공원과 폐차장이 널려 있는 그곳을 '가난뱅이 백인 쓰레기장' 이라고 불렀던 기억이 떠올랐다. 스와나노아는 몇 년 전 큰 모직 공장이 문을 닫은 이후부터 엉망이 되어버렸다. 화재로 그 공장이 문을 닫자 한때 번창했던 도심 지역은 거의 버려진 상태가 되었다. 스와나노아를 통과하는 70번 도로 가에는 낡은 쇼핑몰과 중고품 할인 매장, 차량 정비소가 줄지어 늘어서 있었다. 그런데 최근 들어 그 지역의 멋진 경관에 반해 땅을 사려는 '외지인들' 이 들어오면서 스와나노아는 조금씩 변하는 중이었다. 시내 북쪽 지구에 고가 주택들이 들어서면서 개발되었는데, 상황이 이렇게 되고 보니 그것은 비극적인 손실이었다. 낡은 농장들이 분할 매각되어 '맥맨션 단지' 로 바뀌어버린 것이다.

그곳의 낡은 이동주택 공원에는 비머나 신형 SUV 운전자라면 주간도로에서 마주쳤을 때 멀찌감치 피해갈 그런 고물차들이 잔뜩 있었다. 하지만 지금도 굴러가는 그 고물차 중 몇 대는 비머 백 대보다 더 가치가 있다.

"여러분, 이분은 칼 어윈입니다."

톰이 소개를 했다.

"스와나노아 경찰서장입니다. 우리가 가진 제안에 대해 이야기를 나누려고 이리 모셨습니다."

모두들 예의바르게 고개를 끄덕였다. 톰이 마지막에 한 말 때문에 사람들의 주의가 칼에게로 집중되었다.

"무슨 제안인가요?"

케이트가 물었다.

"동맹입니다."

존은 슬며시 웃음을 지었다. 그의 내부에 있는 역사학자는 고대의 왕들을 떠올리고 있었다. 용수권 문제를 논의하러, 딸들을 교환하러, 군사동맹을 맺으려 전차를 타고 회담장으로 가는 왕들의 모습.

"칼과 나는 며칠간 그 문제를 논의해왔습니다. 나는 거기에 동의했고요."

"뭐에 동의했다는 말입니까?"

케이트가 다시 물었다.

"이번 위기가 지속되는 동안 두 지역을 하나로 묶는다는 내용입니다."

"무엇 때문에요?"

"방어 문젭니다."

칼이 나섰다

"우리 지역에는 서쪽으로 통하는 길이 있습니다. 당신들에게는 동쪽으로 통하는 관문이 있고요. 서로 협력하면 우리는 살아남을 수 있습니다. 그러지 않으면 우리는 함께 수렁으로 굴러 떨어지게 될 겁니다."

찰리가 일어서더니 벽에 붙어 있는 카운티 지도를 가리켰다.

"우리 시내 동쪽에 40번 주간도로와 70번 도로로 진입하는 좁은 통로가 있습니다. 66번 출구를 막 지나친 지점이죠. 59번 출구 바로 서쪽 편에는 또 다른 좁은 진입로, 스와나노아 산의 낭떠러지가 있습니다. 두 개의 고속도로, 철도, 개울이 스와나노아 지역을 사실상 나란히 달리고 있지요. 대략 2백 미터 정도만 지키면 방어가 가능합니다. 우리 지역에 앞문, 스와나노아에 뒷문이 있는 셈이죠."

"우리가 앞문일지도 모르지요."

칼이 약간 날을 세운 채 말했다.

"애슈빌이 바로 근처에 있지 않습니까? 그쪽에서는 우리한테 5천 명을, 당신네한테 5천 명을 보내려 하고 있지요. 나는 들어오지 못하게 막고 있는 중인데 상황이 급속하게 악화되고 있습니다. 지난 이틀 동안 우리가 세운 방어선에서 여섯 명이 죽었습니다."

"어쩌다가?"

켈로가 물었다.

"총입니다."

칼은 날카로운 어투로 대답했다.

"사람들이 걸어서 찾아와서는 식량을 구하러 왔다고 해요. 그러면 우리는 여기도 남은 게 없다고 말하고. 상황은 점점 더 나빠지고 있습니다. 70번 도로와 주간도로는 애슈빌로 다시 돌아가는 사람들로 가득 차 난장판이 되었지요."

"어째서 카운티 청사의 그 바보천치들은 사람들에게 그대로 머물러 있으라고 말하지 않는 거지?"

찰리는 몹시 불쾌한 듯 날카롭게 말했다.

"분명히 안 된다고 거절했는데도 그쪽에서는 밀어붙이고 있어요."

"그들도 살아남아야 하니까요."

존이 말했다.

"그런데 사람 수가 너무 많으니까."

켈로도 끼어들었다.

"그러다가는 떼죽음을 당할 테니까 말이오. 무서운 일이오. 그래서 애슈빌은 우리한테 기대는 거요. 비난할 수만도 없소."

"나는 분명히 비난합니다."

찰리는 냉담하게 말했다.

"어쨌든 애슈빌 사람들이 못 들어오게 막으려면 우리가 서로 협력해야 합니다."

칼의 말에 존은 고개를 끄덕였다.

"그게 현명한 행동이겠죠."

칼이 말을 이었다.

"당신들이 얘기하던 소 60마리 말입니다. 애슈빌 사람들이 몰려오면 하루면 절단날 겁니다. 그런 다음엔 어떻게 할 겁니까?"

칼은 말을 멈추고 미소를 지었다.

"우리 마을엔 소가 120마리 이상 있고, 돼지도 3백 마리 있습니다."

끔찍하게 심각한 위기 상황에도 불구하고 존은 웃음을 지었다. 고대 왕들의 협상과 너무도 똑같았다.

칼이 회의실을 둘러보자 모두 입을 다물었다. 그는 비장의 카드를 내보였고, 그걸로 승리를 따낸 것이다.

"뒷문이 하나 더 있습니다."

칼이 다시 입을 열었다.

"호 크릭 로드 옆이죠. 하지만 우리는 거기도 봉쇄할 수 있습니다. 당신네 인구는 우리보다 천 명 더 많지요. 이미 들어온 외지인들을 빼고도 말입니다."

"소를 나눠줄 겁니까?"

찰리가 물었다.

칼은 머뭇거리며 함께 온 동료를 쳐다본 뒤 대답했다.

"여기에는 약국이 세 곳 있지요. 우리는 한 곳뿐입니다. 당신네 의약품을 우리도 사용할 수 있게 해준다면 소와 돼지를 얼마간 넘겨주는 것을 고려해보지요."

"고려한다고요?"

케이트가 물었다. 그녀의 눈빛이 갑자기 매서워졌다.

칼은 찰리를 쳐다보았다.

"좋습니다. 약품을 나눠드리죠, 필요하다면. 하지만 양쪽에서 모든 걸 공유하는 겁니다. 약품, 식량, 무기, 자동차, 인력을."

말을 마친 찰리는 회의실을 둘러보다 존과 시선이 마주쳤다.

존은 저도 모르게 중얼거렸다.

"통치권 문제로군."

"뭐라고, 존? 계속해보게."

"미안합니다. 하지만 꼭 옛날 영화 속에 들어와 있는 것 같은 기분이 들어서요. 중세나 고대를 배경으로 한 영화 말입니다. 마치 두 왕국이 여기서 협상을 벌이고 있는 것 같습니다."

"글쎄, 점점 그렇게 되어가는군."

켈로가 말했다.

"그런데 스와나노아에는 메모리얼미션 병원의 지역진료소가 있소. 우리는 그곳을 의료센터로 이용할 수 있어요. 간단한 수술이나 응급 의료 장비가 있으니까. 게다가 당신네 마을에도 의사가 몇 있으니까 우리까지 합치면 총 아홉 명의 의사가 있는 셈이오."

칼은 고개를 끄덕였다.

"우리는 그 진료소를 첫날부터 보호했습니다. 이곳과 똑같이 약물중독자들이 난입하긴 했는데……."

그는 잠시 멈추었다 말을 이었다.

"달아나려는 녀석들에게 총을 발사했습니다."

존은 그 문제에 대해 자세한 내용을 캐묻지 않았다. 칼이 다시 입을 열었다.

"통치권. 함께 힘을 합치기로 한 이상 우리는 분리되면 안 됩니다. 모두가 같은 배를 탄 것입니다. 그러니 통치권 문제를 어떻게 할까요?"

찰리는 칼을 쳐다보며 입을 다물고 있었다.

"내가 당신을 안 지 꽤 오래되었습니다, 찰리 풀러. 당신이 애슈빌과 손을 잡지 않는 한, 나는 기꺼이 당신에게 지시를 받겠습니다. 솔직히 몇몇 골치 아픈 문제를 결정하지 않아도 되어 오히려 기쁩니다."

찰리는 고개를 끄덕였다.

"그럼 칼도 이 위원회에 참석하게 되는군요."

존의 말에 칼은 존의 얼굴을 똑바로 쳐다보며 물었다.

"당신은 대체 누굽니까?"

"이 사람은 우리 대학의 역사학 교수요. 대령 출신으로 전투경력이 있습니다."

존은 찰리를 쳐다보았다. '전투경력' 이라니, 편리한 대로 갖다 붙인 얘기였다.

"법적, 윤리적 문제에 대한 자문을 해주고 있어요. 아주 도움이 됩니다."

"그런데 왜 이 사람이 회의에 참석하고 있는 겁니까?"

칼이 침착한 태도로 다시 물었다.

존은 약간 발끈했다. 처음에 불쑥 그가 회의실로 밀고 들어온 건 사실이었다. 하지만 1주일이 지난 지금은 스스로 이 자리에 있을 필요를 느꼈고, 목적도 가지고 있었다.

"이 사람이 약물 탈취자들을 처형했소."

톰이 나섰다.

"우리의 나침반이라고만 해둡시다. 교수 타입이긴 하지만 괜찮은 사람이오."

칼은 계속 존과 시선을 마주치고 있었다. 존은 앞으로 그와의 관계에서 문제가 생길지도 모르겠다는 생각이 들었다.

그때 칼이 함께 온 사람을 가리켰다.

"내 친구 마이크 밴스를 소개합니다. 그도 이 위원회에 참석했으면 합니다. 우리는 시장이란 직책은 없고 마이크가 읍장을 맡고 있습니다."

밴스라는 인물은 칼이 원하는 일을 하는 그런 사람이라는 점을 존은 알아차렸다.

"우리는 민주적 방식을 취하지 않습니다."

존이 말했다.

"이렇게 말해야 하는 게 유감이긴 하지만 말입니다. 우리는 계엄령 하에 있고, 찰리 풀러가 책임자입니다. 우리는 다만 조언을 할 따름이죠. 우리가 협력해서 일한다 해도 최종 결정을 내리는 것은 찰리입니다."

"찰리, 좋은 친구를 두셨군요."

마이크가 조용히 말했다.

"마이크, 칼."

이번엔 톰이 입을 열었다.

"우리가 협력하는 방식에서 나는 존의 말에 동의하오. 찰리가 전적으로 지휘를 하든지 아니면 없던 일로 합시다."

회의실에는 침묵이 내려앉았다. 잠시 후 칼이 마침내 고개를 끄덕였다.

찰리가 탁자를 둘러 칼 쪽으로 가자 칼도 자리에서 일어났다. 두 사람은 악수를 나누었다.

존은 아무 말도 하지 않았다. 공식 의례가 진행되고 있는 것이다. 왕들이 악수를 하고 조약이 맺어졌다. 좋은 출발이었다. 지금부터 1개월, 6개월 뒤에도 모두가 그렇게 느낄지는 의문이지만.

찰리는 자기 자리로 돌아가 앉았다.

"차량 문제에 대해서는 어느 정도 해답이 나온 것 같습니다만, 가스 공급은 어떻습니까, 톰?"

"우선은 고속도로에 버려진 차량에서 뽑아내고 있네."

"그건 알고 있습니다. 본격적으로 나서서 가스를 모아야 할까요?"

"그래선 안 됩니다."

마이크가 말했다.

"가스는 시간이 흐르면 변성됩니다. 주유소의 가스는 펌프가 없어 쓸 수가 없는 상황이죠. 차량 안의 가스탱크는 밀봉되어 있어서 밖으로 뽑아냈을 때보다 그대로 둘 때 더 오래 보관할 수 있습니다. 이 문제는 내가 잘 압니다. 건물해체업을 하고 있으니까요."

마이크가 마음에 들든 안 들든, 그의 지식이 이 순간에는 자기의 지식보다 더 가치 있는 것이란 사실을 존은 깨달았다.

"알겠습니다."

찰리가 말했다.

"그럼, 애슈빌 문제로 돌아갑시다. 칼, 당신과 나는 애슈빌의 신임 치안국장 로저 번스한테서 똑같은 요구를 받았지요."

"멍청한 놈."

칼이 중얼거리자 톰은 같은 생각이라는 듯 고개를 끄덕였다.

"우리한테 피난민을 1만 명 받으라고 했지요."

"우리 똥구멍이나 핥으라고 해요."

칼은 날카롭게 쏘아붙였다.

"여피와 히피 1만 명을 받으라고? 어디다 헛소리를 하는 건지."

존은 동맹이 이미 창설되었다는 사실에 주목했다. 이제 '그들'에 맞선 '우리'라는 구도가 형성되었다. 이런 분위기가 오래 지속되었으면 싶었다.

케이트는 애슈빌의 제안을 수용하자는 쪽이었으므로 몇 분간 논쟁이 불을 뿜었다. 모두가 이웃이고 카운티 수준에서 질서의 외양이 회복되어야 한다는 것이 케이트의 의견이었고, 칼과 톰은 단호히 맞섰다.

존은 이 순간 윈스턴세일럼과 샬럿, 아니면 워싱턴이나 시카고, 뉴욕 같은 대도시에서는 어떤 일이 벌어지고 있는지 궁금했다. 지금쯤 수백 만 명이 거리로 쏟아져 나오고 있을 테니 조직적인 움직임은 찾아보기 어렵고 혼란이 극에 달해 있을 것이다. 교외 지역을 쓸어버리며 이동하는 메뚜기 떼처럼. 적어도 이곳은 도로에 요충지들이 있어 지리적 이점은 갖고 있었다.

그 생각이 존의 머리에 떠오른 것은 전날 밤이었다. 아주 단순한 생각이었지만 함축된 의미는 끔찍한 것이었다. 위기가 터진 지 겨우 열흘 만에 그런 생각을 한다는 것이 그는 스스로 놀라웠다.

그는 논쟁이 잠깐 멈출 때를 기다렸다.

"내게 간단한 해답이 있습니다."

존이 입을 열었다.

"대결 없이 위기를 누그러트릴 수 있을 겁니다."

"귀를 쫑긋 세우고 들어보지요, 교수님."

칼이 비꼬듯 말했다.

"물입니다."

"물?"

칼이 물었다. 하지만 찰리의 얼굴에는 어렴풋이 미소가 피어올랐다.

"그들의 저수장이 우리 경계 안에 있습니다. 거래는 간단합니다. 압력을 거두고 피난민들을 어딘가 다른 곳으로 보내라는 거죠. 안 그러면 물을 잠가버릴 테니까."

칼은 눈을 휘둥그레 뜨고 몇 초간 그를 바라보고 있더니 고개를 뒤로 젖히고 웃음을 터트렸다.

"못 당하겠군!"

"애슈빌로 가는 물을 막는다면 우린 천벌을 받을 거요."

켈로 박사가 나섰다. 케이트도 그 말에 고개를 끄덕였다.

"저도 그렇게 생각합니다."

존은 조용히 말했다.

"내가 실제로 그런 일을 할 수 있을지 모르겠습니다. 애슈빌에는 무고한 사람들이 수십만 명이나 있으니까요. 하지만 이 번스라는 작자는 우리한테 권력을 휘두르고 있습니다. 그렇지만 우리에게도 비장의 카드가 있지요. 그쪽에 다시 통보해요. 물을 계속 받고 싶으면 피난민을 다른 곳으로 보내라고 말입니다. 응하지 않으면 주요 급수관을 폭파해 버리겠다고 하는 겁니다."

"그러면 그쪽에서 무력으로 저수장을 장악하려 할 수도 있습니다."

케이트가 말했다.

존은 고개를 저었다.

"불가능합니다. 2004년에 덮쳤던 허리케인을 생각해봐요. 저수장의 주요 급수관이 터져서 어떤 꼴이 났습니까? 수리하기 위해 특수부품을 다른 주에서 가져와야 했었지요. 그 사건 이후로 물 공급 문제가 얼마나 취약한지 그 사람들도 알고 있어요. 조금이라도 수상쩍은 움직임을 보이면 바로 급수관을 날려버리겠다고 으름장을 놓으면 됩니다. 급수관이 터져버리면 그들은 속수무책이니까요."

"우리가 유리한 입장에 있다면 그걸 내세워봅시다."

칼이 말했다.

"듣자니 그쪽에서는 식량이 실린 철도 차량 수십 대를 갖고 있다더군요. 자기들이 먹으려고 그걸 비축해두었다고 합니다. 식량도 요구해볼 수 있겠어요."

"나쁜 생각은 아닙니다."

톰이 말했다.

"뭔가를 더 얹어서 요구해도 될 것 같은데."

"난 아직 찬성하지 않았어요."

케이트는 반발했다.

"물과 식량을 거래하다니. 찬성할 수 없습니다."

"나도 마찬가집니다. 피난민 문제에만 국한합시다. 만약 식량을 요구한다면…… 그쪽에서는 싸우려 들 겁니다. 그쪽이 사람 수가 훨씬 많다는 건 알고 있잖습니까?"

존은 재빨리 덧붙였다.

"맞붙어 싸우면 우리에겐 승산이 없어요. 하지만 피난민 문제는 다릅니다. 그 문제만 얘기합시다. 그래야 그들이 거절할 수 없는 제안을 하게 됩니다."

찰리가 미소를 지었다.

"자네 말이 맞네. 뉴저지 출신답군."

존도 미소를 지었다.

"존의 말대로 하면 그들은 피난민 문제에서 물러설 테고, 결국 우리가 물을 막는 일은 없을 겁니다."

찰리가 이렇게 말하고 회의 탁자를 둘러보자 모두 고개를 끄덕였다.

"톰, 오늘 그쪽으로 사람을 보내세요. 모터 자전거를 타고 가면 될 겁니다. 전번에 그랬던 것처럼 차를 타고 갔다간 압수당할 수도 있으니까요."

"기꺼이 그렇게 하지, 찰리. 그 말을 들었을 때 번스가 어떤 얼굴을 하는지 보고 싶군."

"하지만 마음에 걸리는 게 하나 있습니다."

찰리가 지적했다.

"우리의 하수관이 애슈빌의 처리 공장으로 흘러가고 있어요. 정화장치가 아마 작동하지 않을 테니 애슈빌 쪽에서는 그대로 프렌치브로드 강에 버릴 겁니다. 그런데 그들이 하수관을 막아버리면 그게 우리 쪽으로 도로 흘러오겠죠. 그들이 보복 조치로 하수관을 막을 가능성도 염두에 두어야 합니다."

"그럼 우리는 오물을 그대로 스와나노아 크릭에 던져넣겠다고 하면 되지. 그 시내는 애슈빌로 흘러가니까."

톰이 말했다.

"세상에."

켈로는 한숨을 내쉬었다.

"우리가 이렇게까지 지저분해져야 되는 건가?"

아무도 대답할 수 없는 질문이었다.

"아직 중요한 문제가 남아 있습니다."

찰리가 다른 이야기를 꺼냈다.

"40번 주간도로의 봉쇄 지점, 골짜기 꼭대기에 있는 곳 말입니다."

찰리의 시선을 받고 톰이 입을 열었다.

"거기 형편이 점점 나빠지고 있습니다. 어제 산자락 아래에 있는 올드포트에 위쪽 도로를 봉쇄해 달라는 요청서를 인편에 보냈습니다. 올드포트에서는 그걸 거부했소. 7천 명 정도, 어쩌면 1만 명 정도의 피난민이 거기서 노숙을 하고 있는데, 모두 산을 넘어가려는 사람들입니다. 올드포트에서는 피난민들을 통과시켜서 내보내려 합니다. 산길을 따라 주간도로로 올라가라고 부추기고 있고, 필요하다면 억지로라도 피난민들을 내몰 겁니다. 그런 압력이 점점 높아지고 있습니다. 피난민들이 고속도로를 따라 널려 있는 형편입니다. 어젯밤 내 부하가 총을 쏘아 피난민 둘이 죽었습니다."

"뭐라고요?"

케이트가 깜짝 놀라 외쳤다.

"그런 얘기는 듣지 못했는데요."

"오늘 아침에 보고할 생각이었습니다."

"대체 무슨 일인가요?"

"50명쯤 되는 피난민들이 돌아가라는 말을 듣지 않고 버텼습니다.

산길을 지키던 경비대원 말로는 그중 몇몇은 전에도 돌려보냈던 사람들이라고 합니다. 이번에는 작심을 하고 몰려와 밀고 들어오려 했습니다. 그쪽에서 누군가 먼저 총을 쏘았고, 부하들은 응사했습니다. 피난민 두 명이 죽었고, 열 명가량이 다쳤습니다."

케이트는 고개를 흔들었다.

"상황이 점점 악화되고 있습니다. 지난주 비행기를 몰고 왔던 바버 씨가 한 말을 다들 기억할 겁니다. 주간도로가 샬럿과 윈스턴세일럼에서 빠져나온 피난민들로 꽉 들어차 있다고 했었지요. 샬럿과 이곳의 거리는 180킬로미터고, 윈스턴세일럼과는 230킬로미터쯤 떨어져 있습니다. 짐을 짊어지고 걸으면 하루에 15~25킬로미터 움직일 테니 그렇게 따져보면 오늘부터 피난민 행렬이 쏟아져 들어올 겁니다. 오히려 더 빨리 밀어닥치지 않은 게 놀랄 일이지요. 아마도 그 길로 2만, 3만 어쩌면 5만 명이 몰려올 겁니다."

칼이 끼어들었다.

"그래서 이 동맹을 원하는 겁니다. 당신네는 우리의 뒷문이에요. 당신들이 피난민을 들어오게 하면 우리는 끝장입니다. 애슈빌과 피난민 사이에서 옴짝달싹도 못하겠지요. 피난민들은 하루 만에 우리 식량을 바닥낼 겁니다."

"전염병도 눈 깜박할 새 퍼지겠지요."

켈로의 말에 칼이 그쪽으로 머리를 돌리며 물었다.

"전염병은 이미 퍼진 것 아닙니까?"

켈로는 한숨을 내쉬며 머리를 가로저었다.

"살모넬라, 그건 어떤 지역에나 잠복해 있는 질병이오. 지금 말하는 건 외래 전염병입니다. 거대한 도시 인구를 생각해보시오. 다양한 유형의 간염 보균자들이 섞여 있겠지요. 내가 겁내는 건 최근에 해외에서 온 이민자나 샬럿 공항에서 오도 가도 못 하게 된 여행자 때문이오. 샬럿 공항은 여러 노선이 연결되는 곳이니까. 겉보기에는 멀쩡해 보이고 본인도 아무 증세를 못 느끼지만 장티푸스나 콜레라균을 갖고 있을지도 모릅니다. 밀려드는 사람들의 위생 상태를 생각할 때 군중 속에 그런 사람이 섞여 있을 가능성은 충분하오. 물이나 음식물에 보균자의 손이 닿거나 배설물이 섞여 들어가기만 하면 박테리아가 무섭게 퍼집니다. 보균자에게 배식을 했는데 그 사람이 손을 씻지 않은 채 음식을 먹고, 그 그릇을 끓는 물로 소독하지 않는다면 1주일 안에 수천 명이 감염되어 죽어갈 거요. 콜레라 환자를 본 적이 있습니까?"

아무도 대답하지 않았다.

"나는 30년 전에 봤소. 아프리카로 의료 선교를 갔을 때. 살모넬라는 그에 비하면 순한 양이오. 거기 사람들 대부분은 콜레라에 노출된 경험이 있지요. 하지만 우리는 완전히 무방비 상태요. 콜레라가 박멸된 뒤 6~7세대가 흘렀기 때문에 자연 면역력이 없어요. 미국 전체는 이국적인 온실이나 마찬가집니다. 콜레라균은 백신 제조, 멸균 실험, 항생제 제조 같은 인공적인 환경에서만 발견할 수 있어요. 그런데 이제 아프리카나 대부분의 제3세계에 있는 균들이 우리에게 들어올 참입니다. 1918년에 전 세계를 강타했던 독감, 그걸로 몇 주 만에 엄청난 사람들이 죽었는데 그 얘기까진 할 건 없겠지요. 내가 염두에 두고 있는 건 1880년대에 시카고에 퍼졌던 장티푸스입니다. 수만 명이 목숨을 잃었지요. 장티푸스균으로 오염된 물 때문에 사람들이 파리처럼 죽어갔소. 시체가 산처럼 쌓였지요."

"예방접종은 안 한 겁니까?"

찰리가 물었다.

"어디서 한단 말이오?"

켈로는 냉소적인 웃음을 띠며 말했다.

"장티푸스나 콜레라 접종? 그건 카운티 수준의 보건당국에서 해외 여행자에게 하는 거요. 그것도 특별명령이 있어야 해요. 이 골짜기에 사는 사람들은 천 명에 한 명 정도도 콜레라 예방접종을 받지 않았을걸? 아프리카나 남아시아로 여행을 갔던 게 아니라면. 장티푸스 접종도 마찬가지지요. 다행히 우리 지역은 고도가 높고 기온도 낮은 편이라 말라리아나 웨스트 나일 열 같은 건 걱정하지 않고 있소. 기생충 감염이나 이 같은 것에는 신경 쓸 여유도 없고……."

켈로는 말꼬리를 흐렸다.

"어쨌든, 예상되는 전염병은 목숨을 빼앗는 종류는 아니오. 하지만 몸이 허약해져 다른 질병에 쉽게 걸리게 될 거요. 케이트, 남자들은 생각도 못 하고 있을 텐데, 우리가 여성 위생용품이라고 에둘러 말하는 것들은 충분합니까?"

그녀의 볼이 조금 붉어졌다.

"이번 달 치는 있어요."

"신사 양반들. 여자들은 지금쯤 이 문제에 생각이 미쳤을 거요. 그들은 증조할머니 시절로 돌아간 셈이오. 게다가 목욕도 제대로 못 하고 영양이 부실하니 감염률이 엄청나게 치솟을 거요. 이 문제 역시 1주일 전에는 우리가 생각도 못 했던 상황 중 하나겠지요. 얼마 전 조니가 녹슨 못을 밟아서 파상풍 주사를 맞았소. 하지만 이 지역 전체에는 주사를 맞지 못한 사람이 수백 명 있을 거요. 곧 파상풍 환자들도 많이 생길 거요. 이런 얘기, 계속할까요?"

아무도 입을 열지 않았다.

존은 나이 든 친구의 눈을 보고, 그 의사가 회의실의 다른 누구보다도 더 심하게 중세의 악몽에 잔뜩 겁을 먹고 있다는 사실을 알아차렸다.

역사학자인 존은 그런 공포가 어떤 것인지 알고 있었다. 아메리카 원주민의 공격을 피해 남북전쟁 이전 시기에 서부로 갔던 사람들, 미국의 전설을 만든 그 사람들 중 수천 명이, 아니 수만 명이 콜레라와 장티푸스로 오염된 물 때문에 목숨을 잃었다. 영화 소재로는 어울리지 않는 내용이지만.

"그동안 미처 생각하지 못한 문제가 있는데, 지금 즉시 논의할 필요가 있소."

켈로가 이야기를 계속했다.

"내가 왜 진작 그 생각을 못했는지. 수의사들을 조직해야 합니다."

"수의사를요?"

칼이 물었다.

"그렇소, 그래요. 수의사들은 마취제와 항생제를 갖고 있고 급할 때면 응급 수술도 할 수 있소. 개의 배 속이 사람과 완전히 다른 건 아니니까. 치과의사나 족부 전문가도 마찬가지요. 그 사람들이 아직 갖고 있는 약품을 모두 수거해서 스와나노아에 세우기로 한 진료소로 옮깁시다. 진료소에는 24시간 경비를 배치하고."

찰리는 켈로가 하는 말을 받아 적었다.

"다시 피난민 얘기로 돌아갑시다. 어떻게 하면 좋을까요?"

찰리의 물음에 칼이 곧바로 대답했다.

"막아야 합니다."

"지금도 막고 있소."

톰이 말했다.

"하지만 아까 말했듯 이번 주말이면 5만 명이 밀어닥칠 거요. 빠르든 늦든 그들은 우리를 덮칠 테고, 그 와중에 사상자도 늘어날 겁니다."

"그렇다면 안전밸브가 있어야겠네요."

케이트가 나섰다.

"무슨 얘깁니까?"

칼이 물었다.

"지금 골짜기의 주간도로에서는 압력솥이 터지려 하고 있어요. 우리 얼굴에 터지지 않게 하려면 안전밸브를 만들어야 합니다."

"케이트, 그러니까 어떻게 하자는 얘깁니까?"

찰리가 날카롭게 물었다. 그의 목소리에서 짜증이 배어나왔다.

"사람들을 통과시켜요."

"빌어먹을."

칼이 바로 받아쳤다.

"서로가 서로의 등 뒤를 지켜주는 게 이 동맹인줄 알았는데. 그런데, 뭐라고요? 피난민을 통과시키자고? 그럼 우리는 협상에서 빠지겠소."

"이미 협상은 끝났소."

찰리는 냉정하게 말했다.

"한번 들어왔으면 맘대로 나갈 수 없습니다."

"뭐요? 마치 내가 남군 병사이고 자기는 빌어먹을 양키라도 된 듯 말하는군(미국 남북전쟁 때 남부 주들이 연방을 탈퇴했던 일을 빗대어 말함. 1861년 남부 11개 주는 연방 탈퇴 후 독립을 선언하고 남부연합이라는 별도의 공화국을 수립했다). 우리가 연맹에서 탈퇴하고 싶으면 그렇게 하는 거요."

"케이트의 말이 맞습니다."

존이 말했다.

"오, 드디어 교수님이 한 말씀 하시네."

칼이 빈정거렸다.

"이봐요, 이유나 일단 들어봐요!"

존은 버럭 고함을 쳤다. 소리를 지른 탓에 머리가 지끈거리고 손이 욱신거렸다.

하지만 칼은 허를 찔린 듯 입을 다물었다.

"케이트가 옳습니다. 반대편 봉쇄 지점인 59번 출구를 지나갈 때까지 도중에 멈추지 않는다는 보장을 받고 피난민을 한 번에 백 명씩 통과시켜야 합니다. 59번 봉쇄지점을 넘어서서는 맘대로 가면 되겠지요. 피난민들의 무기는 우리가 일단 맡아둡니다. 카우보이들이 마을에 들어와 보안관을 만날 때처럼 말입니다. 그런 뒤 그들이 우리 영역을 벗어나면 무기를 돌려주는 겁니다. 식량도 제공하지 않습니다. 하지만 물까지 모른 척할 순 없겠지요. 64번 출구에 급수대를 설치하면 됩니다. 그곳에 임시 파이프를 설치하면 물이 흘러내릴 압력이 충분할 겁니다. 옥외 변소도 만들어야 합니다. 석회를 대량 풀어놓고 배수 문제에 신경을 써야겠지요."

찰리도 고개를 끄덕이며 말했다.

"톰이 말한 것처럼, 그 사람들을 계속 가로막으면 결국엔 압력이 폭발해서 피난민들이 우리를 덮치게 될 겁니다."

"켈로 선생이 말한 전염병 위협은 어떻게 되는 겁니까?"

톰이 물었다.

"그 위협을 케이트와 존이 말한 것과 비교해보면 '둘 중 그래도 덜 나쁜 것' 일 것 같습니다."

켈로가 의견을 낼 차례였다.

"한눈에 병자로 보이는 사람은 통과시키면 안 돼요. 옛날 방식대로 격리를 해야겠지. 나머지 사람은 계속 걸어가되 도중에 멈출 수 없게 하고. 무장 경비대가 간격을 두고 호송하면 되겠지요."

"우리한테는 위험물질 방호복이 있습니다."

찰리가 말했다.

"그래요?"

"방호복 스무 벌이 이 건물 안에 보관되어 있습니다. 국토안전부에서 2년 전에 지급한 방호복입니다. 이런 식으로 사용하게 될 줄은 몰랐지만, 그래도 효과는 있겠지요?"

"아주 좋소."

켈로가 답했다.

"바리케이드에서 건너편 사람들과 접촉하는 사람은 누구나 방호복을 입어야 하오."

"심리적인 효과도 클 겁니다."

존이 끼어들었다.

"권위를 전달하는 거죠. 솔직히 이런 말을 하고 싶지는 않지만, 건너편에 있는 사람들은 방호복을 차려입은 사람을 보면 열등감을 느끼고 멈추지 말고 계속 걸어가라는 지시에 순응하게 되겠지요."

그런 말을 입 밖으로 뱉는 것조차 그는 마음이 불편했다. 역사를 통틀어 제복은 그리고 제복과 마찬가지인 방호복은 군중을 통제하는 수단이었다. 죽음의 수용소로 사람들을 몰아 넣을 때에도 마찬가지였다.

"아까 얘기한 것처럼 물은 한 곳에서만 공급합니다. 그리고 지정된 옥외 변소 이외의 장소에서 용변을 보지 못하도록 확실히 감시해야 하고요. 방호복을 입은 무장 경비대가 그들을 호송하고, 그들은 통과를 허락받는 거죠."

"애슈빌 쪽은 어떻습니까?"

케이트가 물었다.

"그쪽에서도 길을 막아버릴 수 있는데."

"거긴 아직 방어용 장애물이 설치되지 않았습니다."

칼이 말했다.

"피난민 대열이 모두 우리 쪽을 향할 것이라고 생각하고 있는 거죠. 애슈빌 쪽에서 대책을 세우기 전에 우리에게 며칠 여유가 있을 겁니다. 만약 그쪽에서 가로막게 되면 우리는 그저 피난민들을 계속 가게 하는 것뿐이라는 논리를 내세울 수 있죠. 아니면 교수가 말한 것처럼 물 공급 카드를 들고 그쪽에서 거절하지 못할 제안을 하면 됩니다."

존은 회의실을 둘러보았다. 아무도 반대하지 않았다.

"좋은 계획입니다."

마침내 찰리가 결론을 내렸다.

"그렇게 하도록 합시다."

"한 가지 단서가 있어요. 일부는 여기 머무르도록 허용해야 합니다."

케이트가 말했다.

"어째서요?"

켈로가 물었다.

"첫날 여기 갇혀버린 사람들이 수백 명 있습니다. 집으로 돌아가던 사람들, 회의에 참석하려던 사람들, 샬럿 공항으로 가던 중이었거나 거기서 오던 사람들. 그 사람들에게는 여기 있을 권리가 있고, 우리는 그걸 허용해야 합니다. 또 애슈빌에 갔다가 거기서 발이 묶여버린 사람들은 대부분 돌아왔지만, 아직도 수백 명은 오지 못했습니다. 그 사람들이 모습을 나타내면 받아들여야 합니다. 그리고 이곳에 부동산을 갖고 있어 피난처로 삼으려 하는 사람들도요. 그들은 오랫동안 우리와 함께 지냈습니다. 당연히 그래야 해요."

찰리가 물었다.

"그렇게 했을 때 전염병 문제는 괜찮을까요?"

"켈로 선생님이 말한 대로 격리해야지요."

존이 대답했다.

"백 년 전에 뉴욕에 입항한 배의 승객들은 모두 그랬습니다. 의사가 승객을 진찰해보고 의심스러운 점이 발견되면 격리병동에 수용했습니다."

다시 영화의 한 장면이 존의 머릿속에 떠올랐다.

"〈대부 2〉가 생각나십니까? 어린 소년인 돈이 미국에 왔을 때 병자로 여겨져 격리되었던 것 말입니다. 그때는 그런 식으로 했고, 효과도 있었습니다."

"그랬나? 그래서 어떤 놈을 받아들인 꼴이 되었지요? 마피아였지요."

칼이 대꾸했다.

그 말에 존은 비유가 부적절했다는 것을 깨달았지만, 하던 이야기를 밀고 나갔다.

"백 년 전에는 그 방식이 효과가 있었어요. 우리는 그때로 되돌아가야 합니다. 전염병이 퍼진 지역의 항구에서 온 배는 항구 바깥에 정박시켜두었습니다. 통과시켜도 안전하다는 사실이 확인되기 전까지는……. 우리도 똑같이 할 수 있습니다."

존은 동의를 바라며 켈로를 쳐다보았다.

켈로는 잠시 머뭇거리다가 고개를 끄덕였다.

"켈로 선생님, 요양원을 격리 장소로 쓰면 어떻습니까?"

존이 묻자 켈로는 고개를 가로저었다.

"그곳에는 우리가 알고 있는 모든 질병이 득실거리고 있소. 골짜기 가까이 있는 침례교회 강당의 큰 건물 중 하나를 쓰면 어떨까 해요. 도로에서 약간 벗어난 지점에 있으니까."

켈로가 주위를 둘러보자 모두 고개를 끄덕였다.

"잠깐만요, 여러분 중에서는 나를 못마땅한 눈으로 보는 사람도 있다는 걸 알지만, 그래도 이 얘기는 짚고 넘어가야겠습니다."

칼이 말했다.

"그 외지인들 말입니다, 우리가 봉쇄하기 전에 이곳으로 온 사람들. 그 사람들 수가 2천 명쯤은 되는데 그런데도 이곳에 머무르는 걸 허용해야 합니까?"

아무도 그 말에 대답하지 않았고, 케이트는 고개를 절레절레 흔들었다.

"그 문제는 조금 전에 결정을 했습니다."

찰리가 말했다. 그런 그의 모습을 쳐다보던 존의 머릿속에 마칼라가 떠올랐다.

"어째서요?"

칼이 물었다.

"우리가 협정을 맺기 전에 반드시 짚고 넘어갔어야 한다고 봅니다."

"칼, 무슨 말을 하고 싶은 겁니까?"

찰리의 말투가 딱딱해졌다.

"그 사람들이 여기서 지낸 지 여드레 내지 열흘이 되었어요. 많은 사람들이 여기 녹아들어 친구도 사귀고 일도 찾아서 하고 있단 말입니다. 어쩌란 말입니까? 마을로 행진해 들어가 그들을 포위하고 총구라도 겨누라는 말입니까? 아주 볼 만하겠군요. 그렇게 하면 우리 공동체가 분열되고 맙니다."

"한때 우리는 모두 같은 미국인이었어요."

케이트가 조용히 말했다.

"그렇습니다."

이번에는 존이 나섰다.

"지금 이곳에 있는 사람들은 그대로 머무르는 겁니다. 이미 그런 내용을 공표했습니다."

존은 회의실의 사람들을 둘러보았다. 공원에서 그가 한 연설에도 불구하고 식량 부족이 명백해졌기 때문에 생각이 바뀐 것은 아닐지 의심스러웠다.

"그 사람들이 봉쇄선 건너편에 있는 사람들과 대체 뭐가 다릅니까?"

칼이 반발했다.

"그럴지도 모르지요."

존은 말했다.

"그 문제에 대한 해답이 내게는 없습니다. 하지만 그들은 이미 여기 들어와 있어요."

그는 지원사격을 해주길 바라며 찰리를 쳐다보면서 말을 이었다.

"우리의 입장이 바뀐 거라면 나는 이 위원회에서 빠지겠습니다. 그건 내가 공원에서 한 말과 어긋나니까요. 그때는 여러분 중 누구도, 다른 누구도 반대하지 않았습니다."

"우리가 도로에서 얻은 것들은요?"

지원사격에 나선 것은 케이트였다.

"잊었습니까? 식량을 싣고 있던 트럭 여섯 대를 손에 넣었잖아요. 도로 위에 있던 사람들이 수 주일 먹고도 남는 양입니다. 그 식량을 그들이 지불한 몫으로 합시다."

존은 케이트를 향해 고개를 끄덕여 보였다. 그녀로서는 일을 능란하게 처리한 셈이다.

"그 사람들은 그대로 머무릅니다."

찰리가 최종적으로 말했고, 칼도 고개를 끄덕였다.

"한 가지 더 있습니다."

존이 끼어들었다.

"통과하는 피난민들 중에서 특별한 사람이 있을 경우입니다. 그런 사람이 머물겠다는 희망을 밝히면 받아들여야 합니다."

"예를 들면?"

켈로가 물었다.

"우리가 살아남는 데 도움을 줄 사람이죠. 아니면 재건에 힘을 보탤 수 있는 사람."

"그러니까 어떤 사람 말인가?"

"군인이나 경찰관 같은 사람이겠죠."

톰과 찰리가 즉각 찬성하리란 사실을 그는 알고 있었다. 이른바 '우애 조합' 정신이다.

군 문제에 이르면 자신도 마찬가지일 것이라고 존은 생각했다.

"다른 사람들도 있습니다. 농부도 그렇죠. 그들은 우리에게 필요한 기술을 갖고 있으니까요. 소와 돼지를 치고, 작물을 재배하는 일을 도와줄 수 있습니다. 농기구들이 모두 자빠져 있으니 농사일의 대부분은 사람 손으로 해야 됩니다. 또 전기기사, 전력 회사 근무자, 의사와 간호사 같은 사람들도 붙잡아야겠죠. 그런 사람들이 우리 지역에 머무르겠다고 하면 면담을 해서 필요한 사람은 남기도록 합시다."

회의실에는 다시 잠깐 동안 침묵이 흘렀다.

"동의합니다."

찰리가 말했다.

"그럼 해당하는 사람의 가족도 함께 남는 거죠?"

케이트가 말했다.

"여기 남을 기회를 잡으려고 가족을 버리고 오는 사람은 자격이 없어요."

"그건 당연합니다."

찰리가 결론을 내렸다.

"존, 자네가 필요하다고 생각되는 기능을 정리해 목록을 만들어주겠나?"

존은 고개를 끄덕이며 말했다.

"증기 엔진을 만들 줄 아는 사람이 있다면 얼마나 좋겠나?"

그 말에 모두 빙그레 웃음을 지었다.

"아닙니다, 여러분. 나는 정말로 심각하게 얘기하는 겁니다. 지금 증기 엔진이 있다면 같은 무게의 금덩어리만 한 가치가 있어요. 어떻게 만들 수 있는지 아는 사람, 아니면 녹슬어 헛간에서 뒹굴고 있는 옛날 증기 엔진을 수리할 줄 아는 사람이 혹시 여기 있습니까?"

모두가 침묵을 지켰다.

"증기 엔진이 있으면 어떤 작업이든 할 수 있어요. 퍼올리기, 파기, 자르기……. 그뿐 아니라 철도 위에 올려놓으면 물건을 나를 수도 있습니다. 또 40년 전쯤에 전화선 수리 일을 했던 사람을 찾을 수 있으면 좋겠어요. 체리 스트리트의 골동품점을 뒤져서 옛날 크랭크 전화기도 찾아봅시다. 연결법을 아는 사람만 있다면 다시 작동할 수도 있습니다. 그러면 우리 지역의 양쪽 끝을 전화선으로 연결할 수 있어요."

몇몇이 진지하게 고개를 끄덕였다.

"내가 참가하고 있는 남북전쟁 토론회나 독립전쟁 재연 배우들 중에는 우리가 잊어버린 그런 기술을 가진 사람들이 있습니다. 그런 사람들이 필요해요. 증기 엔진을 제작할 줄 아는 사람이 있다면 컴퓨터 기술자 백 명하고 바꾸겠어요. 우리 지역에 있는 원료로 화약을 만들 줄 아는 사람, 안전하게 먹을 수 있는 식물 뿌리는 어떤 것인지 아는 사람, 그런 사람이 있으면 변호사 백 명과 바꿀 겁니다. 에테르나 클로로포름을 제조할 수 있는 나이 든 화학자도 마찬가집니다. 켈로 선생님, 앞으로 몇 개월 동안 그런 물질이 엄청나게 많이 필요하겠죠? 아마 벌써 부족할 겁니다. 발로 페달을 밟아서 쓰는 구형 드릴을 작동하게 할 수 있는 나이 든 치과의사도 필요합니다. 아직은 그런 생각을 못 하겠지만, 나중에 치통이 생기면 어쩔 작정입니까? 진통제도 없이 이를 잡아 뽑는 수밖에 없어요. 불량 청소년들이 나오는 옛날 영화가 있는데, 거기 보면 한 아이가 치아 농양 때문에 턱을 다물고 있기 위해 머리 주위를 붕대로 감고 있는 장면이 있어요. 2주일 전에 만약 그런 애를 실제로 봤다면 그 부모는 아동학대로 체포당했을 겁니다. 하지만 곧 그런 모습을 다시 보게 될 겁니다. 그것도 아주 빨리요."

존은 자기가 회의실 안을 서성이고 있다는 것을 그제야 깨달았다.

회의실은 조용했고, 갑자기 엄청나게 덥게 느껴졌다.

"미안합니다."

아무도 입을 열지 않았다. 존은 자기가 서성대며 혼잣말을 했기 때문인지, 아니면 그들이 직면한 현실을 정확히 지적당했기 때문인지 알 수 없었다.

"그 모든 게 시급하게 필요한 것 같군요."

찰리가 말했다.

"자, 가서 일합시다. 내일 같은 시간에 여기 모이기로 합시다."

모두 자리에서 일어서는 순간 존은 찌르는 것 같은 통증을 느꼈다. 켈로가 탁자 위로 몸을 굽혀 존의 오른손을 잡고 붕대를 풀었다. 시선이 두 사람에게 집중되었다. 존은 케이트의 눈에 걱정이 서리는 것을 보았다.

"존, 집으로 가게. 열이 높아. 치료제가 있는지 찾아보고 나중에 들르겠네."

"아까 말씀드렸잖아요. 그 간호사, 키 크고 예쁜 간호사인 마칼라가 저한테 씨프로를 줬어요."

"그럼 지금쯤은 효과가 나타나야 해. 이런 상태는 마음에 안 들어."

켈로는 다시 붕대의 냄새를 맡아보더니 콧등을 찡그렸다.

존은 자기 손을 내려다보았다. 꿰맨 상처의 가장자리가 벌겋게 변했고 퉁퉁 부어 있었다. 존은 갑자기 걱정이 되었다. 빌어먹을, 손이 곪다니. 하필 이런 때에? 남북전쟁 시대의 수술 장면이 눈앞에 떠올랐다.

"대체 왜 이런 건가요, 켈로 선생님?"

케이트가 가까이 다가오며 물었다.

"포도상구균 감염 같소. 하지만 검사를 해볼 수 없으니……. 저 위 요양원에서도 같은 증세가 많아요. 저항력이 강한 종류요. 자, 집에 가서 누워 있게. 오후나 저녁때 들르겠네."

"초등학교 구호소에서 일할 아이들을 찾으러 대학에 가야 해요."

"그런 손을 해가지고 대학이나 구호소 주위를 돌아다니면 절대 안 돼. 포도상구균 감염이라면 자네가 균을 퍼트리게 된단 말일세. 곧바로 집으로 가게."

존은 고개를 끄덕이고 자리에서 일어났다. 무력감이 느껴졌다.

그는 켈로와 나란히 문으로 향했다. 차에 올라탄 그는 집으로 향했다. 그리고 집의 진입로에 접어들었을 때…… 그는 알았다.

젠이 밖에 나와 있었다. 장모는 문으로 이어진 보도의 돌담에 앉아 있었고, 양옆에 엘리자베스와 제니퍼가 있었다. 그가 차에서 내리자 개들이 달려들었으나 날카로운 제지 명령을 받고 개들은 뒤로 물러섰다.

"아버님한테 무슨 일이 생겼군요."

젠은 억지로 미소를 지으며 고개를 끄덕였다.

제니퍼가 흐느끼기 시작했다. 그가 감싸안자 아이는 그의 가슴에 얼굴을 파묻었다.

"할아버지. 할아버지."

제니퍼는 겨우 그 말만 하면서 울었다.

젠이 손녀의 어깨에 손을 얹었다.

"할아버지는 이제 하늘나라로 가셨단다. 하지만 울어도 괜찮아."

엘리자베스는 존의 어깨에 기대어 울음을 억누르고 있다가 고개를 들어 그를 쳐다보았다.

"아빠, 열이 펄펄 끓어요."

"괜찮다."

그는 장모를 바라보았다.

"안으로 가세."

그는 젠을 따라 적막이 흐르는 집 안으로 들어가 제니퍼의 방으로 향했다.

장인의 얼굴색은 이미 희끄무레한 황색으로 변하고 있었다.

장인을 처음 만났을 때가 떠올랐다. 타일러는 불쑥 나타난 양키를 차가운 눈으로 쏘아보았고, 뉴저지 출신이란 걸 알자 눈길이 더 험악해졌다. 하나밖에 없는 소중한 딸을 빼앗아가려 나타난 놈.

존은 미소를 지었다. 오, 이젠 아버님이 그때 어떤 심정이셨는지 알겠습니다. 뒤이어 갖가지 추억이 차례로 떠올랐다. 여자들이 쇼핑하러 간 사이 처음으로 둘이서 사냥하러 나갔던 일. 타일러는 존이 가지고 온 낡은 콜트 드라군에 매혹되었다. 그보다 몇 주 전 시골뜨기들과 충돌한 일을 듣고는 천둥 같은 웃음을 터트렸었지. 그걸로 분위기가 누그러져 미래의 장인과 사위는 함께 사냥을 하고, 총 얘기를 나누고, 테라스에 앉아 차가운 맥주를 마셨다.

마지못한 승낙은 차츰 친밀감으로 바뀌었고, 그것은 결국 사랑이 되었다. 아버지가 아들에게 기울이는 사랑. 그 아들은 아버지에게 예쁜 손녀 둘을 안겼고, 다시 아이를 키우는 즐거움을 선물했다.

장인은 이제 돌아가셨다. 전쟁이 없었더라도 결국은 죽었겠지만, 전쟁이 목숨을 앞당긴 것은 분명했다. 냉정한 전상자 분류에서 장인은 한갓 노인일 뿐, 미국 전역의 여러 마을과 도시에 있는 익명의 인물일 뿐이다. 공격 열흘째에 장부에서 지워진 노인. 말기 암 환자인 노인에게는 약도 주어지지 않을 것이다. 약은 생존할 '가망성이 있는' 누군가에게, 좀 더 냉정하게 말하자면 공동체에 필요한 누군가에게 배급되어야 한다. 노인이 집에서 임종하지 않았다면, 그의 죽음은 환자와 부상자로 넘치는 병원에 빈 침대를 하나 만들어주는 일이 되었을 것이다. 굶주린 마을 전체 입장에서 볼 때 그의 죽음은 입 하나를 덜어주는 일일 것이다. 식사라 해도 급식관으로 깡통 유동식을 부어넣는 것이었지만, 그나마 그 깡통 하나도 누군가에게는 하루치 식량이 될지도 모른다.

장인은 돌아가셨고, 전쟁이 터졌다. 누구도 생각해보지 못했던 그런 방식의 전쟁이긴 해도 전쟁은 전쟁이다. 장인은 돌아가셨다. 그리고 겨우 열흘 만에 수백만 명이 죽거나 죽어가고 있다. 오마하비치의 파도에 휩쓸려서, 아우슈비츠 수용소에서, 다른 전쟁에서 죽어간 많은 사람들처럼…….

잠시 후 정신이 든 존은 제니퍼 쪽을 돌아보았다. 제니퍼는 할머니의 옆구리에 기댄 채 복도에 서 있었다. 이틀 전에 얼음이 모두 녹아버렸고, 이제 인슐린 병은 조금이라도 차갑게 보관하기 위해 지하 화장실 물탱크에 담겨 있었다. 갑자기 무서운 공포가 존을 덮쳤다. 그는 인슐린이 얼마나 남아 있는지, 언제 떨어질지 거의 날짜까지 꼽을 수 있었다.

그는 젠에게 시선을 보냈다. 그가 딸을 쳐다보는 시선의 의미를 알아챈 장모는 제니퍼를 더 가까이 끌어당겼다.

그는 장인에게로 몸을 돌렸다.

"기도를 해야겠네요."

그는 무릎을 꿇고 성호를 그었다.

"은총이 가득하신 마리아 님……."

석양 무렵이었다. 주민들이 애정을 담아 '일곱 자매'라고 부르는 북쪽 언덕들이 금빛 저녁 햇살에 잠겨 있었다. 그 언덕들 너머로, 봄이 정상을 향해 서서히 밀고 올라감에 따라 경사면이 초록색으로 물든 미첼 산의 웅장한 모습도 보였다.

"벤, 그만하면 충분히 판 것 같다."

벤은 지난 세 시간 동안 파내려간 무덤 자리에서 고개를 들고 존을 쳐다보았다. 존의 제자인 필과 제러마이어도 거들고 있었다.

찰리가 맞았다. 쉽게 파낼 수 있는 골프장은 새로운 묘지로 이상적인 장소였다. 사람들이 오늘 판 무덤 자리만 스무 개가 넘었다. 초등학교 합숙소에서 지난밤에 사망한 일곱 명에 오늘 사망한 다섯 명…… 그리고 자살자 세 명. 한 목사가 축성된 땅에 자살자를 묻을 수 없다고 항의하긴 했었다. 하지만 찰리는 그런 항의를 냉정하게 묵살해버렸고, 그 결과 교회 신도회에서 제명당했다. 그리고 심장마비로 두 명, 요양원의 노인 사망자 네 명. 그중에서도 가장 비극적인 무덤은 모리슨 가족이 천식 발작으로 죽은 일곱 살 난 아들을 묻기 위해 판 것이었다.

존은 아이의 무덤으로 흙이 쏟아질 때 터져나온 어머니의 울부짖음에 귀를 막으려 애썼다.

블랙 목사가 모리슨 가족으로부터 떨어져 나와 존 곁으로 왔다.

"준비됐나요, 존?"

존은 고개를 끄덕였다.

블랙 목사는 지쳐 보였고, 눈에는 핏발이 서 있었다. 모리슨네 아이는 그의 신도였고, 목사 아들의 친구이기도 했다.

존은 제러마이어와 필을 쳐다본 뒤 고개를 끄덕였다.

두 청년은 차로 가서 뒷자리 문을 열고 천에 싸인 타일러의 시신을 끙끙대며 꺼냈다. 사후경직 탓에 그의 몸은 이미 굳어 있었다. 둘은 시신을 옮겨와 파둔 무덤 옆에 멈춰 서더니 가만히 아래를 내려다보았다. 그제야 존은 시신을 어떻게 무덤에 안치하는지에 대해 아무도 생각해두지 않았다는 것을 깨달았다.

모름지기 시신은 관에 누워 있고, 감춰진 크랭크 장치가 품위 있게 관을 내려놓는 법 아니었던가. 제니퍼가 할머니 곁에서 떨어져 잔뜩 흥분한 채 달려가는 모습이 보였다. 존이 엘리자베스를 쳐다보자 곧 그녀가 동생을 쫓아갔다.

"내가 도울게요."

목사가 말했다. 그는 무덤 속으로 내려가 자리를 잡았고, 벤도 따라 내려섰다. 두 사람은 필과 제러마이어에게서 시신을 받아 바닥에 눕히고 밖으로 나왔다.

존은 왜 전통적으로 무덤은 1.8미터 깊이로 파는지 갑자기 궁금해졌다. 다행히 이 무덤은 1.2미터밖에 되지 않아 목사가 쉽게 밖으로 나올 수 있었다.

무덤 안에 눕혀진 타일러의 얼굴은 가려졌으나 발은 그대로 드러나 있었다. 보여서는 안 될 부분을 드러내고 만 것 같은 느낌이 들었으나 그 순간에는 가릴 만한 것이 아무것도 없었다.

존은 무덤 머리 쪽에 서 있는 장모를 쳐다보았다. 초탈한 듯 차분한 모습이었다.

"저는 가톨릭 의례를 모릅니다."

목사가 말했다.

"죄송합니다."

"하느님도, 남편도 그런 건 마음에 두지 않을 거예요."

젠은 부드럽게 대답했다.

"목사님은 우리의 친구이자 이웃이에요. 남편은 당신이 그를 위해, 우리를 위해 의식을 집전해주길 바랄 겁니다."

블랙 목사는 기도서를 펴고 장로교의 장례의식을 시작했다.

의식이 끝나자 목사는 젠에게 가서 그녀를 껴안고 이마에 입을 맞췄다. 그러더니 존이 오래 전에 딱 한 번, 유대인 장례식에서 본 적 있었던 행동을 했다. 목사는 삽을 집어들어 흙을 조금 담아서 무덤 안으로 떨어트렸다.

오래 전 그런 광경을 처음 보았을 때 존은 몹시 충격을 받았었다. 존이 좋아하던 대학원 교수가 있었는데, 그 부인의 장례식에서였다. 랍비가 흙을 한 삽 퍼넣고, 다음엔 남편, 다음엔 가족과 친구들이 똑같이 했다. 교수는 무덤이 메워지는 동안 말없이 서서 관이 차츰 흙에 묻혀가는 것을 보고 있었다. 그것은 죽음을 피할 수 없는 인간의 운명을, 사람은 누구나 결국엔 흙으로 돌아간다는 것을, 날카롭고도 강력하게 가르쳐주는 장면이었다. 초록색 인조 잔디로 맨땅을 덮고 조문객이 모두 떠날 때까지 굴착기를 감춰놓고는 완곡한 표현으로 죽음을 가리는 '미국식 장례법' 과는 전혀 달랐다.

흙이 시신 위로 떨어지자 젠은 결국 눈물을 터트렸다.

목사는 존을 쳐다보더니 삽을 존에게 건네주었다. 육체적으로도 감정적으로도 힘든 일이었으나 존은 해야만 한다는 것을 알았다. 그는 삽에 흙을 담고, 잠시 주저하다 무덤 속에 그 흙을 던져넣었다. 존이 던진 흙은 타일러의 얼굴 위로 떨어졌다.

아찔한 현기증을 느끼며 존은 뒤로 물러섰다.

"교수님, 나머지는 우리가 하겠습니다."

제러마이어였다.

존은 고개를 끄덕이고 삽을 그에게 건네주었다.

그는 무덤 옆에서 걸어나와 공원으로 향했다. 제니퍼는 언니와 함께 놀이터에 있었다. 제니퍼는 그네에 앉아 있고, 엘리자베스는 동생 옆의 바닥에 주저앉아 있었다.

제니퍼가 고개를 들고 그가 오는 것을 쳐다보았다. 엘리자베스는 눈물범벅이 된 얼굴로 일어서더니 존의 곁으로 다가왔다.

"끝났나요?"

"그래."

"제니퍼 옆에 있어야 할 것 같아서요."

"잘했다. 그래야지."

"아빠가 재랑 얘기 좀 해보세요."

엘리자베스의 목소리가 갈라졌다.

"애가 자꾸만……."

딸은 말을 맺지 못했다.

"가서 할머니를 돌봐드리렴."

"네, 아빠."

그는 그네로 가서 제니퍼를 내려다보았다.

"괜찮니, 얘야?"

제니퍼는 고개를 떨어트린 채 말이 없었다. 집에서부터 가져온 토끼인형 랩스를 꽉 껴안고 있었다.

존은 고열과 싸우는 한편, 할 말을 찾지 못해 더듬거렸다. 그래도 무언가 말을 하긴 해야 할 것 같았다.

"내가 그네를 밀어주던 것 생각나니?"

말하고 보니 옛 추억이 밀려왔다. 메리가 살아 있던 시절, 둘이서 아이들을 여기 데려와서 놀게 하고 오리에게 먹이도 주었었다. 메리에게 어느 정도 기력이 남아 있을 때까지는 호수 둘레를 걷기도 했다.

그는 제니퍼의 뒤로 가서 그네를 끌어당기려 한 손을 내밀었다.

"다시 한 번 해볼까? 밀어줄게."

그러자 제니퍼가 그네에서 뛰어내려 그에게 몸을 던지더니 흐느껴 울었다.

"아빠, 나는 언제 여기 묻히게 되나요?"

그는 제니퍼 앞에 무릎을 꿇고 앉았다. 딸은 그의 목에 팔을 둘렀다.

"아빠, 나를 여기 묻지 마세요. 밤이 되면 무서울 거예요. 언제나 아빠 가까이 있고 싶어요. 제발 여기 묻지 마세요."

그는 눈물을 흘리며 딸을 세게 끌어안았다.

"약속한다, 얘야. 네겐 아직 많은 세월이 남아 있어. 아빠가 언제까지나 너를 지켜줄 거야."

제니퍼는 살짝 뒤로 물러나더니 진지한 눈으로 그를 쳐다보았다. 그 눈에는 아이 특유의 지혜가 담겨 있었다.

"난 그렇게 생각하지 않아요, 아빠."

제니퍼가 말한 것은 그게 다였다.

마치 영원처럼 느껴졌다고 훗날 그가 회상하게 될 순간이 지나갔다. 부드러운 손이 둘을 갈라놓았다. 젠이었다. 튼튼한 손도 가세했다. 존의 제자들과 벤이 힘을 합쳐 그를 부축해 차로 데려갔다. 고열이 그를 암흑 속으로 밀어넣었다.

7

18일째

눈을 떴지만 너무 기력이 없어 가까스로 머리를 들 수 있었다.

"이제 우리 교수님께서 살아나셨네요."

그는 소리 나는 쪽으로 고개를 돌리고 눈의 초점을 맞추었다. 마칼라였다.

그녀는 손등을 그의 이마에 대고 손가락으로는 목을 짚은 뒤 몇 초간 그대로 있었다.

"열이 내렸어요. 밤 동안 내린 것 같아요. 맥박도 괜찮네요."

그녀는 미소를 지었다.

"존 매더슨 씨, 이제 괜찮은 것 같군요."

"어땠습니까?"

"상태가 안 좋았어요. 너무 안 좋았죠. 켈로 선생님 말이 맞았어요.

포도상구균 감염이었죠. 나도 그럴 가능성은 생각했었지만 좀 더 가벼운 것이길 바랐어요. 그랬다면 씨프로로 치료가 가능했으니까요. 며칠 동안 우리는 당신을 잃는 건 아닌지 걱정했어요. 적어도 당신 손은 잃게 될 줄 알았죠."

존은 기겁을 하고 아래를 내려다보았다. 손은 아직 거기 있었다. 쪼글쪼글하고 통증도 느껴졌지만 여전히 제자리에 있었다.

"사흘 전엔 정상적인 크기의 두 배로 부풀어 있었어요. 패혈증과 괴저처럼 보였어요. 하지만 우리는 당신의 손과 영혼을 지켜냈죠. 찰리 풀러가 얼마 남지 않은 귀한 항생제를 쓰도록 허락해주었어요. 그 풀러 의사 선생님은 여기로 와서 항생제를 당신한테 쏟아부었죠."

"모든 게 그때 베인 상처 탓이군요."

"깨끗하게 씻어내고 붕대를 잘 감아두라고 했을 텐데요?"

그녀는 추궁하듯 말했다.

"그날 밤에 바로 여기로 와서 직접 살펴봤어야 했는데……. 하지만 그랬더라면 당신은 내가 주제넘은 짓을 하는 걸로 받아들였겠죠."

"그래 주었으면 했습니다. 주제넘은 것이든 아니든."

그녀는 미소를 지으며 젖은 천으로 그의 이마를 닦아주었다.

"배가 고프군요."

"스프를 갖다드릴게요."

"화장실은요?"

"환자용 변기도 가져오죠."

"말도 안 돼요."

그는 중얼거렸다.

"부끄러워할 필요 없어요. 전혀요. 지난주 내내 내가 당신 간호사였다고요."

"나 좀 일으켜줘요."

"좋아요. 하지만 현기증이 나면 다시 누워야 해요."

마칼라의 도움을 받으며 존은 발을 디디고 섰다. 머리가 어지러웠지만 내색을 하지 않았다. 사실 그는 기분이 나빴고, 입 안에서는 끔찍한 맛이 났다. 손으로 얼굴을 더듬어 보자 수염이 까칠하게 자라나 있어 모래 알갱이를 만지는 것 같은 역겨운 느낌이 들었다.

목욕탕 문 앞에서 존은 그녀를 밀치고 안으로 들어갔다. 다행히 변기 물통은 채워져 있었다. 그는 용변을 보고 애타는 눈길로 욕조를 쳐다보았다. 정말로 목욕이 하고 싶었다. 박박 문질러 씻고 싶었다.

나중에 꼭 더운물을 끓여서 목욕해야지. 다시는 찬물로 목욕하지 않을 테다. 그는 이를 닦았다. 치약은 남은 게 거의 없었고, 그 옆에 숯가루가 담긴 컵이 놓여 있었다. 그는 모른 척 치약을 썼다. 그것만으로도 세상이 달라 보였다.

밖으로 나오니 음식 냄새가 풍겼다. 그는 갑작스레 엄청난 시장기를 느끼며 거실로 갔다. 마칼라가 베란다에서 냄비를 휘젓고 있었다. 결국 프로판가스가 떨어졌는지 낡은 그릴은 한쪽으로 치워져 있었다. 누군가, 아마도 벤이나 제자들이겠지만, 급히 옥외 화덕을 만든 모양이었다. 콘크리트 블록으로 다리를 받쳐둬 요리할 때 몸을 굽힐 필요가 없게 되어 있었다.

마칼라는 그를 보고 미소를 지었다.

"채소를 넣어서 끓인 핫도그 스프예요. 나라면 메를로를 추천하겠지만, 아쉽게도 와인 담당 웨이터는 오늘 비번이네요."

존은 웃음을 지으며 테라스의 탁자에 앉았다.

"애들은 어디 있습니까?"

"젠과 함께 개 산책시키러 갔어요."

마칼라가 그릇을 내려놓았다. 아니나 다를까 정말로 핫도그였다. 한 입 크기로 잘게 썬 핫도그에 감자도 들어 있었다. 그는 스프를 입에 넣었다. 처음 몇 술은 입을 델 정도로 뜨거웠다.

"천천히 드세요."

마주 보고 앉은 마칼라가 웃음을 터트렸다. 그녀는 고기를 스푼으로 뒤적거리더니 맛을 보고는 얼굴을 살짝 찌푸렸다.

"확실히 전 요리사는 아니에요."

"맛있는걸요."

"그건 당신이 배가 고프기 때문이에요. 새우, 차갑게 식힌 커다란 새우와 샐러드, 맛있는 샤르도네라면 얼마나 좋을까요?"

그는 고개를 들어 그녀를 쳐다보았다.

"당신이 내 생명의 은인이 아니었다면, 제발 입 좀 다물라고 했을 겁니다."

그는 싱긋 웃음을 지으며 말했다.

그녀도 마주 웃음을 지었다. 그때 그녀의 티셔츠가 땀에 흠뻑 젖어 몸에 달라붙어 있는 모습이 그의 눈에 들어왔다. 자기도 모르게 그 모습을 보고 있자니 시선을 느낀 그녀가 그를 쳐다보았다.

"이런, 다시 건강해진 모양이네요."

그녀는 미소를 머금은 채 부드럽게 말했다. 그는 눈길을 아래로 내렸다.

약간 설익긴 했지만 감자는 맛있었다. 밑바닥이 드러나자 그는 그릇을 들어올려 기름진 국물을 마지막 한 방울까지 마신 다음 다시 내려놓았다.

"더 드실래요?"

그는 고개를 끄덕였다.

"하지만 좀 천천히 드세요. 당신은 정말 몹시 앓았어요. 그런 식으로 포도상구균에 감염되면…… 뭐, 어쨌든 그러고도 제 발로 일어서다니 참 강인한 분이네요."

그녀는 일어서서 그의 그릇에 스프를 담았다.

"애들은 어떻습니까?"

"젠, 그분은 정말 대단해요. 아주 강하세요. 물론 돌아가신 분을 몹시 그리워하고 있지만……. 밤에 울음소리를 들었거든요. 하지만 그러면서도 그것을 받아들이고 자기가 사랑하고 책임져야 할 사람들에게 관심을 쏟고 계세요. 실은 당신을 돌보러 내가 며칠 와 있는 것에는 신경을 좀 쓰시는 것 같아요. 혼자서 해나갈 수 있다고 하시더군요."

"이쪽으로 옮겨온 건가요?"

"임시로 그렇게 한 것뿐이에요, 존."

마칼라는 그릇을 그의 앞에 놓아주고 자리에 앉아 다시 먹기 시작했다.

"의사의 지시였어요. 켈로 선생님과 찰리가 당신을 몹시 걱정했답니다. 당신이 살아서 제 발로 걸어 돌아와야 한다고요. 그래서 내가 옆에서 돌보겠다고 했지요."

"마지못해서요?"

그녀는 미소를 지었다.

"꼭 그렇진 않아요."

"무슨 일이 있었는지 잘 생각이 안 나는군요."

"뇌가 익어버릴 정도로 열이 심했어요. 열이 40도 넘게 치솟았고 손은 풍선처럼 부풀어올랐죠. 3주 전이었더라면 집중치료실에 격리되어 얼음찜질을 하고 정맥 점적 장치를 달았을 거예요. 켈로 선생님은 항생제가 감염을 치료하지 못하면 당신 목숨을 구하기 위해 손을 절단해야 한다고 했어요."

"어리석은 싸움을 벌이다 벤 것 때문에 말이죠."

"분명히 경고했었어요."

그녀는 스푼을 그의 앞에다 대고 살짝 흔들며 말했다.

"병원에서는 포도상구균 박멸을 위해 24시간 내내 싸우고 있어요. 그런데 그 요양원은 사흘간이나 청소도 소독도 하지 않은 상태였죠.

수백 가지 미생물이 떠다니고 있었는데 당신은 그중에서 최악의 상대를 고른 거죠."

"어떻게요?"

"어떻게? 뼈 가까이에 상처가 나서 살이 벌어져 있었잖아요. 그런 손으로 카운터를 만지고 환자를 만졌죠. 존, 좋은 시절은 갔어요. 지금은 병원이 더 위험해요. 집에 있는 게 더 안전하다고요."

"그래서, 지금 요양원은 어떤 상태입니까?"

"원래 있던 환자 중에서는 12명이 남아 있어요."

"네? 60명 넘게 있었는데?"

"31명이 죽었어요. 6명은 실종되었고요."

"실종이라니, 그게 무슨 말이죠?"

"거동할 수 있는 알츠하이머 환자들이요. 보안경보 체계도 죽어버렸잖아요. 그 사람들이 밖으로 걸어나가 숲으로 들어가버린 거예요. 불쌍한 사람들, 아마 하루 이틀 만에 목숨을 잃었을 거예요. 어제 요양원을 비우기로 결정하고, 남은 환자들을 컨퍼런스 센터의 기숙사로 옮겼어요. 하지만 보안 장치는 듣지 않고, 그렇다고 하루 종일 알츠하이머 환자들만 쳐다보고 있을 수도 없는 노릇이고요. 정말이지 그런 장면은 두 번 다시 보고 싶지 않아요. 할 수 없이 그 사람들을 침대에 묶어두어야 했답니다."

그녀는 한숨을 쉬었다.

"끔찍하게 들리죠? 그래도 그게 가장 나은 방법이었어요. 24시간 환자들을 보살피려면 최소한 네 명은 필요해요. 다행히 기숙사에는 출입문이 둘밖에 없고, 솔직히 더 깨끗하거든요."

"다른 일들은 어때요?"

그녀는 한숨을 쉬었다.

"그다지 좋지 않아요."

"무슨 일인데요?"

"이틀 전에 골짜기 꼭대기에서 싸움이 벌어졌어요."

"얼마나 심각했습니까?"

"양쪽 편에서 2백 명이 죽었고, 다친 사람도 수백 명이에요."

"세상에, 어쩌다가?"

"우리는 사람들을 한 번에 백 명씩 통과시켰어요. 그것도 역시 당신이 제안하신 거죠, 훌륭한 교수님이 말이에요. 하지만 점차 속도가 느려졌어요. 피난민들이 윈스턴세일럼, 샬럿, 그린스보로, 심지어는 멀리 더럼에서도 오고 있거든요. 도로가 꽉 막힐 정도로요. 오, 주님. 중세시대가 그 도로를 덮어버렸어요. 무단 점거, 음식 한 조각을 두고 벌어지는 싸움. 질병도 퍼지고 있어요. 대개 살모넬라나 폐렴이에요. 그때도 한 그룹을 호송하고 있었는데 그들이 달아난 거예요. 주간도로에서 벗어나 숲으로 도망쳤죠. 그중 두 사람이 권총을 숨기고 있었고, 호송경관 두 명한테 쏘았어요. 경찰관들은 즉사했어요. 그 무리는 모두 흩어졌고요. 톰은 그들을 포위하라는 명령을 내렸어요. 켈로 선생님은 그 사람들이 병을 옮길지도 모른다고 기겁을 했고요. 위험한 상황이 되었죠. 대부분은 너무 허약해서 멀리 가지 못했지만, 일부는 싸우려 들었어요. 스무 명 정도가 산 쪽으로 사라졌어요. 대부분은 무해한 사람들이겠지만, 그 일을 꾸민 주모자들은 다르죠. 톰이 지금 일대를 수색하며 그들을 찾고 있어요. 그 사건으로 바리케이드 쪽에서도 폭동이 일어났어요. 찰리는 군중이 질서를 되찾을 때까지 아무도 통과시키지 말라고 명령했는데 사람들이 그만 들고 일어났어요. 수천 명이 차량으로 설치해둔 장애물 쪽으로 밀고 들어왔죠. 톰이 최루탄을 발사했는데도 소용없었어요. 무작정 밀고 들어와서……."

"그래서 발포했나요?"

그녀는 고개를 끄덕였다.

"총성이 마을까지 들렸어요. 정규전이 벌어진 것 같은 소리였어요. 톰은 자동화기를 든 부하 둘을 통과 지점 양쪽에 배치해서 총을 쏘게 했어요. 존, 우리가 서로에게 이렇게 총을 쏘아대다니 정말 꿈에도 생각하지 못했어요."

그녀는 자기 그릇 밑바닥에 남은 핫도그 조각을 포크로 쿡쿡 찌르면서 더 이상 말을 하지 않았다.

그는 그녀를 바라보며 얄궂은 운명이 그녀의 인생을 얼마나 뒤바꿔 놓았는지 생각했다. 그날 회의 때문에 애슈빌로 가지 않았더라면 사태가 터졌을 때 샬럿에 그대로 있었을 것이다. 아마도 안전한 상태에서 지금도 병원에서 일하고 있을 것이다. 아니면 바리케이드로 몰려든 피난민 속에 섞여 있을지도 모른다. 빵 한 조각, 자신들이 방금 먹은 그런 스프 반 그릇에 필사적이 되어서.

"나 또한 바리케이드 저쪽에 있었을지도 모르지요."

그녀가 조용히 말했다. 그녀는 고개를 들어 그를 쳐다보았다. 잠시 그녀의 눈 속에 분노가 서렸다. 마치 실제로 서로 다른 편에 서서 대치하고 있는 듯이, 다시 싸우기 전의 임시 휴전 상태에서 두 사람의 적이 한 끼 식사를 나누기라도 한 듯이.

"하지만 그렇지 않잖아요. 당신은 여기 있고, 안전해요."

"언제까지 그럴까요? 내가 아직도 '외지인'이라고 말하는 사람도 있을 거예요."

"이봐요, 마칼라. 두 번 다시 그런 말은 쓰지 말아요."

"바리케이드에서 싸움이 벌어진 뒤 사람들이 한 말을 못 들어서 그래요. 여기 주민이 스물일곱 명 죽었고, 그중 둘은 경찰관이었죠. 어제 시 청사 주위에 몇 사람이 서서 이곳 주민이 아닌 자들은 모두 내쫓자고 외치고 있었어요."

"헛소리예요. 겁먹은 사람들이 아무 생각 없이 하는 말이요."

"정말 놀랍지 않나요?"

그녀는 머리를 흔들었다.

"3주 전만 해도 우리는 모두 같은 미국인이었어요. 누군가 인종주의적인, 아니면 성차별적인 말을 하면 모두 무장을 하고 들고 일어섰을 테고, 신문의 1면을 장식했을 거예요. 그런데 전기 스위치가 꺼져버리니까 단 며칠 만에 서로 못 잡아먹어서 안달이에요. 외지인이다, 주민이다, 마치 다른 나라 사람들처럼 말이에요. 인구 1만 명 정도의 작은 영지들이 서로를 죽이려 들어요. 길 위에 서 있는 저 사람들은 야만적인 유목민이라도 되나요?"

존은 대답을 할 수가 없었다. 그녀가 하는 말이 진실일까 봐 두려웠다. 하지만 방금 들은 사태에도 불구하고 그는 여전히 그런 것을 믿을 수 없었다.

"우리는 아직도 미국인입니다."

그는 한숨을 내쉬고는 말을 이었다.

"나는 그렇게 믿고 싶어요. 우린 예전에도 서로 등을 돌린 적이 있어요. 봐요, 전에도 서로 전쟁을 해서 6백만 명이나 죽었잖아요. 내가 어렸을 때는 뉴어크에서 폭동이 일어났죠. 그때 우리 사이에 생겼던 증오는 오랜 시간이 지난 지금도 남아 있습니다. 하지만 정말 중요한 건 그럼에도 불구하고 우리가 서로 하나로 묶였다는 점이에요."

"지금도요?"

"사람들은 굶주리고 겁에 질려 있어요. 우리는 역사상 그 어느 세대보다 약해져 있었습니다. 전선을 통해 흐르는 전류에, 누르기만 하면 뭔가를 해주는 버튼에 얼마나 의존하고 있는지를 완전히 잊어버리고 있었지요. 통신만이라도 가능하다면, 정부가 아직 움직이고 있다는 것을 알 수만 있다면, 신뢰하는 지도자의 목소리를 들을 수만 있다면 모든 게 달라질 겁니다. 대공황 때 어떻게 해서 은행들이 무너졌는지 할아버지가 내게 얘기해주시곤 했어요. 혁명의 기미만 보여도 공황이 일어났다고 해요. 그때 프랭클린 루즈벨트가 나섰죠. 루즈벨트는 라디오 방송에서 우리가 모두 이웃이며 협력하고 서로 도와야 한다는 점을 깨우쳐주었고, 대공황은 7년이나 더 지속되었지만 어쨌든 패닉은 가라앉았습니다. 9·11 때도 마찬가지였어요. 그런데 지금은 너무 조용하고, 그런 침묵이 사람들을 미치게 만드는 것 같아요. 대체 무슨 일이 벌어지고 있는지, 어떤 조치가 행해지고 있는 건지 아는 사람이 아무도 없습니다. 또 정말 우리가 전쟁 중인지, 그렇다면 상대는 누구인지, 우리고 이기고 있는지 지고 있는지도 모르고 있지요. 우리는 7백 년 전의 유럽인들이 타타르 족이 덮쳐올 거라든지, 옆 마을에 역병이 돈다든지 하는 소문을 들었을 때와 마찬가지로 사실 여부를 알지 못한 채 고립되어 있는 셈입니다."

그는 한숨을 내쉬며 몸짓으로 한 그릇을 더 청했다. 그녀는 두 사람의 그릇에 스프를 채웠다.

"예전에는 재난이 발생해도 항상 지역적인 것이었죠. 2004년 허리케인 때 말입니다, 이곳도 심하게 피해를 입었어요. 뉴스는 플로리다에만 초점을 맞추었지만 실은 거기 못지않게 심각했습니다. 두 개의 허리케인이 단 며칠 간격으로 우리 머리 위에서 말 그대로 십자형으로 교차하며 지나갔어요. 하지만 그러는 동안에도 우리는 밖에서 도움이 올 것이란 것을 알고 있었습니다. 우리 집 비상 발전기를 연결해준 사람은 앨라배마 주 버밍햄에서 온 친구였어요. 수천 리터의 물을 싣고 온 트럭은 샬럿에서 온 것이었고. 게다가 배터리를 사용하는 라디오를 줄곧 들을 수 있었습니다. 통신망이 조금이라도 살아 있으면 초조함이 훨씬 덜할 텐데. 지금까지도 외부와 전혀 접촉이 안 되고 있나요?"

마칼라는 스프를 한 모금 마신 다음 고개를 가로저었다.

"전혀요. 이틀 전에 헬리콥터 한 대가 날아갔어요. 그때 사람들이 어땠는지 보셨어야 했는데. 마치 신이 날아다니는 마차를 타고 지나가는 것 같았죠. 모두가 손을 높이 들고 외쳤어요. 그래요, 외부에서 온 소식은 아무것도 없어요. 지나치는 사람들이 전하는 소문뿐이죠. 세계대전, 중국의 침략, 유럽에서 원조가 도착할 것이란 얘기, 워싱턴에 전염병이 퍼졌다는 얘기, 군사 쿠데타 등등. 광신도들이 모여서 세상의 종말이 눈앞에 있다면서 자기들한테 가담하지 않으면 죽음뿐이라고 떠들고 있다는 소문도 무성해요. 완전히 난장판이에요. 당신이나 나보다 더 많이 알고 있는 사람도 없고요."

"자동차 문제도 있어요."

존이 말했다.

"차는 우리 생활 속에 너무도 깊이 뿌리박고 있습니다. 사람들이 교외에 살면서 시내로 통근하는 것만 봐도 알 수 있잖아요. 백 년 전이었다면 아무리 경치가 좋아도 이런 곳에 집을 지을 수는 없었겠죠. 시내에서 너무 머니까요. 시내라 해봤자 그리 번듯한 곳도 아니지만. 이곳은 농토도 아니고, 기껏해야 목재를 얻을 수 있을 뿐 쓸모없는 땅입니다. 하지만 자동차가 이 땅을 가치 있는 것으로 만들었어요. 봐요, 이런 상황에서도 사람들은 주간고속도로를 따라 움직이고 있어요. 모든 자동차가 멈춰버렸다는 게 우리를 가장 두렵게 만든 일이었을 겁니다. 그 빌어먹을 물건은 단순한 교통수단이 아니었던 거죠. 사회적 지위, 부, 나이, 계층을 상징하는 것이었어요. 당신만 봐도 그렇지요."

"저요?"

"BMW 330? 그 차를 보면 당신에게 아이가 없다는 사실을 한눈에 알 수 있죠. 당신이 결혼을 했다면, 당신과 당신의 남편은 분명 상승지향적인 유형에다 전문직에서 일하는 사람들이고 말입니다."

그녀는 쿡쿡 웃었다.

"이혼 후의 위기 때 타는 차죠."

그는 고개를 끄덕였다.

"그러고 보니 마칼라, 당신에 대해 아무것도 아는 게 없군요."

"방금 말했잖아요, 이혼 후에 타는 차라고요. 남편과는 듀크 대학에서 만났어요. 둘 다 의예과 학생이었죠."

이번에는 존이 웃음을 터트렸다.

"메리와 나도 듀크 대학에서 만났습니다. 아마도 당신보다는 10년, 15년 전이겠죠. 나는 역사학과, 그녀는 생물학과였어요. 우린 둘 다 강단에 서고 싶었죠. 그러다 끝내주게 멋진 제안을 받고 나는 ROTC를 거쳐 군으로 들어갔어요."

"봤어요. 서재에 졸업장이 걸려 있더군요. 아주 인상적이었어요. 퍼듀에서 석사, UVA에서 역사학 박사 학위를 받았더군요. 군대에 있으면서 학교에 다닌 건가요?"

“군대에서도 교육을 시켜요. 돈을 대서 학교에 보내줄 만큼 그런 일에 열심입니다. 나는 총을 차고 다니는 대신 강의실이나 기록보관소에서 시간을 보낸 셈이에요. 현장에서 뛴 경험은 많지 않아요. 공산주의가 백기를 들기 직전 제1기병대 소속으로 독일에서 정찰 업무를 한 게 첫 야전 경험이었습니다. 실은 그 업무는 나한테 잘 맞았지요. 근무가 끝난 뒤 남는 시간이 많아 그곳 역사를 공부할 수 있었거든요. 그다음엔 ‘사막의 폭풍’ 작전에 참가했습니다. 우리 대대가 그리로 배치되었고, 나는 본래 전선에서 지휘관을 맡을 예정이었어요. 그런데 대령으로 진급하면서 대대 선임참모가 되어 최전방에서 멀어졌습니다. 항상 그런 생각이 들어요. 그 결과 나는 뭔가를 잃어버린 것 같다는. 뭐, 내 얘기는 이걸로 충분하겠죠…….”

그녀는 미소를 지었다.

“음, 그가 졸업하고 우리는 결혼했어요. 나는 2년이 남아 있었고요. 그 이후에는 틀에 박힌 일들이죠.”

마칼라는 한숨을 쉬며 말했다.

“돈 때문에 전공을 간호학으로 바꾸었어요. 그가 레지던트가 되면 내가 다시 의예과로 돌아가는 걸로 약속을 했었죠.”

“결국 이렇게 된 거군요.”

존이 끼어들었다.

“그 사람은 의학 박사를 따고, 당신은 감사 표시로 이혼장을 받았겠지요.”

"뭐 그런 셈이죠. 차츰 사이가 벌어졌다고 할까요. 그러다 다른 여자가 끼어들고, 실은 한 명이 아니라 여럿이었죠. 그런 일에 질려서 그 사람을 떠났어요. 자만심 강한 젊은 의사 옆에 별처럼 초롱초롱한 눈망울을 한 간호사가 누워서 말하는 거죠. '오, 선생님. 벌써 새벽 2시예요.' 늘 그런 식이었죠."

존은 그녀를 쳐다보았다. 웃을 때 살짝 파이는 보조개, 맑고 푸른 눈, 키가 크고 마른 몸매. 그는 고개를 흔들었다.

"그 남자는 바보천치요."

"존, 나에 대해 아무것도 모르잖아요?"

그녀는 미소를 지으며 말했다.

"그러니 겉만 보고 판단하지 말아요. 나도 나름대로 나쁜 면이 있는걸요."

"어쨌든 나는 아직 그런 면을 보지 못했습니다. 요양원에서 자원봉사를 하는 것만 봐도 알 수 있지요."

"어쩌면 계산된 행동일지도 모르죠."

그녀가 받았다.

"그런 방법으로 이 지역에 섞여들어 가려고요."

존은 그녀를 똑바로 쳐다보았다. 래리에게 총을 쏜 그날, 그녀가 했던 말이 생각났다. 그는 고개를 흔들었다.

"아니오. 어떤 상황에서든 당신은 그랬을 겁니다."

그는 머뭇거리면서 수프 그릇으로 눈길을 떨어트렸다.

"누구 만나는 사람 있어요?"

"왜 그런 걸 물으시죠?"

"그저 조각들을 맞춰보려는 겁니다."

"특별한 사람은 없었어요. 그걸 묻는 거라면요. 모두들 겁쟁이죠."

"애도 없고요?"

"다행히 그래요."

"뭐가 다행입니까?"

"당연하죠. 지금 이런 상태잖아요. 애 걱정까지 있다면 어쩌겠어요? 내게 애가 있는데 그날 내가 이곳에 있었다고 해봐요. 피난민 물결을 뚫고 기어서라도 샬럿으로 돌아갔을 거예요."

그는 고개를 끄덕였다. '기어서라도' 라는 말에서 그는 많은 것을 알 수 있었다. 그녀는 아이들을 좋아하고, 아마 자기 아이를 갖기를 원했을 것이다. 만약 아이를 보호하기 위해서라면, 그게 누구 아이든 살인도 저지를 것이다.

"제니퍼 얘기 좀 해봐요."

마칼라가 조용히 말했다.

"뭔가 문제가 있습니까?"

그는 갑자기 예민해져서 물었다.

"물론 그래요, 존. 4개월 치 이상의 인슐린이 있긴 해요. 하지만 당신이 약병을 담가둔 물의 온도는 10도가 조금 넘어요. 재보았거든요. 아무래도 유통기한이 좀 줄어들 거예요."

"얼마나요?"

그는 두려움을 억누르며 물었다.

"확실히 몰라요. 정상적인 양을 투약했는데도 혈당치가 조절되지 않을 때 문제가 있다는 걸 알게 되겠죠. 게다가 혈당검사 장치도 아껴서 사용해야 돼요. 새 장치는 당신도 알다시피 무용지물이죠. 쓰던 것은 다행히 괜찮지만 측정지는 교체품이 없어요. 그러니까 앞으로는 아이의 상태를 눈으로 잘 관찰하고, 측정지는 꼭 필요할 때만 써야 해요."

그는 아무 말 없이 계곡 건너편을 바라보았다. 너무나 평화로운 광경이었다. 아무 소음도 들리지 않았고, 자잘한 화재에서 솟아나온 연기 기둥만이 부드러운 서풍에 휘날리고 있었다. 그는 가슴 주머니를 더듬었지만 거기엔 주머니가 없었다. 아직도 땀에 젖은 티셔츠를 입고 있었던 것이다.

"담배요?"

그는 고개를 끄덕였다.

"가져올게요."

잠시 후에 그녀는 담배 두 개비를 들고 와서 한 대에 불을 붙여서는 잠시 망설이다 존에게 건넸다. 나머지 한 대는 탁자 위에 놓았다.

"전엔 담배를 피웠나요?"

존이 물었다.

"네. 얼마나 많은 간호사들이 담배를 피우는지 놀랄 일이죠. 하지만 폐암 환자들을 너무 많이 봤거든요."

"그런 말은 귀담아들을 필요가 없습니다."

그녀는 미소를 지었다.

"어쨌든 2주쯤 지나면 당신도 담배가 떨어질 거예요. 아껴 피우면 한 달 이상 갈 수도 있겠지만 결국엔 끊을 수밖에 없지요. 이런 상황이 가져다준 자그마한 축복이랄까요. 온 나라가 담배, 술, 마약 금단 증세를 겪겠네요. 차가 없으니 걷거나 자전거를 타야 하고요. 그것도 몸에는 좋은 일이죠."

"제니퍼 얘기로 돌아갑시다."

그는 담배를 몇 모금 피운 뒤 말했다. 식사는 위에 아무 부담을 주지 않았으나 담배는 달랐다. 며칠 만에 피우는 터라 떨리고 힘이 빠졌다.

"타일러의 죽음과 장례식 말인데요."

그녀가 말했다.

"내가 근처에 있었더라면 매장하는 동안 제니퍼를 집에 있게 했을 거예요. 그 일은 애한테 아주 심한 정신적 외상을 입혔어요. 그 나이 또래의 아이라면 누구나 할아버지를 잃는 게 힘든 일이에요. 하지만 우리는, 우리 모두는 말이에요, 그동안 사실상 죽음을 숨겨두고 그것과 멀리 떨어져 살았어요. 그런데 할아버지가 자기 방에서 돌아가신 거예요. 지금 그 애는 자기 방으로 돌아가는 것도 겁내고 있어요. 당신이 앓고 있을 때 보러 와서도 문간에 서 있기만 했어요. 그 애는 할아버지가 돌아가시는 걸 자기 눈으로 보았고, 그게 마음에 깊이 새겨졌어요. 존, 제니퍼는 당뇨병을 앓고 있죠. 그래서 열두 살밖에 안 되었는데도 죽음에 몹시 민감해요. 주사 바늘과 약병에 자기 생명이 걸려 있다는 걸 알고 있어요. 지난 70년 동안 약국에는 언제나 인슐린이 놓여 있었죠. 하지만 이젠 그렇지 않다는 걸 그 애도 알고 있어요."

"어떻게요?"

"무슨 소리예요? 그 애도 들을 건 듣고 볼 건 본다고요. 이번 일이 터진 뒤로 날마다 사람이 죽어가고 있어요. 지하실에 있는 인슐린이 떨어지면 자기 목숨도 마찬가지라는 걸 그 애는 알고 있어요."

그는 화가 나서 세차게 머리를 가로저었다.

"아니에요. 제발, 아닙니다. 아직 넉 달 치가 남아 있어요. 그때까지는 어느 정도 정상을 되찾을 겁니다. 적어도 통신이나 긴급 의약품 같은 것들은……."

"존, 이 상황이 정말로 나쁘다고, 회복되는 데는 몇 년이 걸릴 거라고 말한 사람은 바로 당신이에요. 그나마 정상으로 회복되는 것 자체도 장담할 수 없다면서요."

"애가 듣는 데서 그런 소리를 한 적은 없어요."

"존, 당신은 훌륭한 아버지예요. 하지만 당신은 애들을 몰라요. 나는 병원에서 제니퍼와 같은 아이들을 많이 봐왔어요. 불치의 병에 걸린 아이들을요. 애들은 부모가 그런 사실을 인정하기 훨씬 이전부터 그것을 알고 있답니다."

"제니퍼는 불치병이 아닙니다."

그는 화가 나서 마칼라를 쏘아보았다.

그녀는 아무 말도 하지 않았다.

"빌어먹을, 불치병 같은 게 아니라고요."

눈물이 갑자기 시야를 흐리는 바람에 그는 당황했다.

그는 감당할 수 없이 솟구치는 울음을 참으려 애를 썼다.

그녀가 손을 내밀어 그를 다독거리려 하자 존은 몸을 뒤로 빼고 무력한 분노로 가득한 눈으로 마칼라를 쳐다보았다.

"우리 애는 이 일을 견디고 살아남을 겁니다."

그는 숨을 헐떡이며 말했다.

"제니퍼는 견뎌낼 겁니다."

그녀는 몸을 기울여 그의 얼굴을 부드럽게 어루만졌다. 그러다가 몸을 반쯤 일으켜 그의 이마에 입을 맞추고, 의자를 끌어다 그의 옆으로 옮겨 앉았다.

"존, 운이 따른다면, 이번 사태가 어느 정도 바로잡히면 인슐린이 떨어지기 전에 우리는 진료 가능한 병원과 연결될 수 있을 거예요."

그는 그녀가 '우리'라고 말했다는 사실을 의식했다.

"존, 나는 그 애와 가까워졌어요. 요 며칠 사이에 아주 친해졌죠. 제니퍼는 아주 귀여운 아이예요. 열두 살짜리처럼 말하지도 옷을 입지도 않으면서, 그러다가도 어떤 때는 스물한 살짜리처럼 행동한다니까요. 그 애는 아직도 토끼 인형을 안고 자고, 비니 베이비즈 인형을 갖고 놀아요. 대부분의 열두 살짜리 아이들은 일찌감치 그만둔 행동이죠. 좀 꺼벙해 보이기까지 한다니까요."

그는 마칼라가 자기의 꼬맹이를 두고 하는 말을 들으며 감정을 통제하려 애썼다. 그의 손에서 타버린 담배가 툭 떨어졌다. 그녀는 아무 말 않고 다른 담배에 불을 붙여 한 모금 빤 뒤에 그것을 그에게 건네주었다.

그녀는 미소를 지었다. 하지만 그는 그녀의 눈에도 눈물이 고여 있는 것을 보았다.

"할아버지의 죽음을 목격한 뒤로 그 가엾은 애는 죽는다는 것에 집착하고 있어요. 게다가 매장 방식 때문에도 불안한가 봐요. 지금 수백 명이 그런 식으로 땅에 묻히고 있잖아요."

"애하고 얘기해볼게요."

"내가 벌써 했어요."

마칼라가 조용히 말했다.

"뭐에 대해서 말이에요?"

그녀는 머뭇거렸다.

"말해봐요. 뭐에 대해서?"

"죽음에 관해서요."

그녀는 속삭이듯 말했다.

"제니퍼는 내게 진실을 말해달라고 했어요. 인슐린이 떨어지면 자기가 얼마나 살 수 있는지."

"그래서 뭐라고 했소?"

그는 다급하게 물었다. 그가 팔을 너무 세게 쥐었기 때문에 그녀는 얼굴을 찡그렸다.

"그 애한테 뭐라고 했어요?"

"존, 아까도 말했지만 나는 제니퍼와 비슷한 애들을 많이 봐왔어요. 언제 거짓말을 해야 하는지, 언제 진실을 말해야 하는지 알아요. 괜찮을 거라고 그 애를 안심시켰어요. 아빠가 다른 사람들과 함께 열심히 노력하고 있으니까 곧 의약품 공급이 다시 이루어질 거라고."

그는 꽉 쥐고 있던 손을 풀고 중얼거렸다.

"미안합니다."

"하지만 존, 당신도 제니퍼와 얘기를 해야 해요."

그는 고개를 끄덕이고 머리를 앞으로 숙인 채 다시 한 번 자신을 통제하려고 애썼다. 그는 너무 약해져 있었다. 육체뿐 아니라 감정도 그랬다. 장인이 살아 있을 때의 모습이 떠올랐다. 존은 그 노인을 자기 아버지처럼 사랑하게 되었지만, 그분이 행복한 인생을 사셨다는 걸로 죽음의 위안을 얻을 수 있었다. 하지만 제니퍼는?

"아이를 기분 좋게 해주려면 다시 한 번 안심시켜주세요."

"그 애가 떠날지도 모르는 이런 판국에요?"

그는 그녀를 똑바로 쳐다보며 물었다.

"함께 기도하면서 좋은 결과를 기다려요."

그는 담뱃불을 끄고 의자에 기대앉았다.

"조금 전에 수백 명이 묻혔다고 했지요?"

그녀는 고개를 끄덕여 보이고는 눈길을 돌렸다.

개 짖는 소리와 웃음소리가 들려왔다. 집 위에 있는 들판에서 가족들이 돌아온 것이다. 개들은 존이 침대에서 나와 있는 모습을 보자 화살처럼 그에게로 돌진해왔다. 두 마리의 개가 그를 향해 반갑게 짖어대면서 의자 주위를 맴도는 것을 보자 절로 웃음이 나왔다. 그러더니 개들은 스프 냄새를 맡고 코를 킁킁거리며 몸을 일으켰다. 진저는 뒷다리로 일어서서 냄비를 들여다보려다 균형을 잃고 화덕 쪽으로 쓰러져 발을 태울 뻔했다.

제니퍼가 달려오더니 그의 품으로 뛰어들었다.

"이제 나았네요, 아빠!"

"완전히 나은 건 아니지만 거의 그렇다, 우리 귀염둥이야."

아이는 그의 어깨에 머리를 파묻었다. 존은 아이가 우는 것은 아닌가 싶었는데, 제니퍼는 곧 살짝 뒤로 물러섰다.

"아빠, 몸 냄새가 지독해요."

그는 웃음을 터뜨렸다. 아이를 끌어안고 억지로 자기 겨드랑이 냄새를 맡게 하는 옛날 '겨드랑이 놀이'가 떠올랐다. 제니퍼는 하지 말라고 비명을 지르며 버둥거리면서도 여덟 살 때까지도 그 놀이를 좋아했다. 하지만 지금은 아니다. 지금은 정말로 몸에서 악취가 풍기고 있었다.

"좀 있다 목욕할게. 약속해. 이젠 혼자 씻을 수 있으니까."

"지금은 목욕탕이 밖에 있어요, 아빠."

제니퍼는 작은 유아용 풀과 180센티미터 길이 사다리로 엉성하게 만들어둔 샤워기를 가리켰다. 사다리 꼭대기 가로대에 플라스틱 양동이가 매달려 있고, 양동이 바닥에는 작은 구멍이 여러 개 뚫려 있었다.

"벤이 만들었어요. 샤워를 하면 다른 사람이 사다리에 서서 양동이에 물을 부어주는 거예요."

벤이 만들었군. 고개를 끄덕이다 보니 갑자기 궁금한 게 있었다.

마칼라는 그런 그의 모습을 보고 웃음을 터트렸다.

"엘리자베스가 샤워할 때는 내가 물을 부어줘요, 존."

"음, 내가 샤워할 때는 벤이 물을 부어주면 되겠군. 여자들은 어디 딴 곳에 가 있고."

제니퍼는 존을 힘껏 껴안은 다음 팔을 풀고 냄비를 들여다보았다.

"이게 뭐예요?"

"핫도그와 감자란다."

"윽, 역겨워요."

"아니야, 정말 맛있어."

존이 말했다.

"잭과 진저한테 좀 줘도 돼요?"

개들은 그의 옆에서 혀를 길게 빼물고 숨을 헐떡이며 존의 빈 그릇만 쳐다보고 있었다. 그동안 이 집에서는 접시에 음식을 조금 남겨서 개들 앞에 놓아주는 것이 불문율이었다. 진저가 왔을 때 그는 접시 두 개를 동시에 내려두어야 한다고 아이들을 가르쳤다. 사이가 좋아도 눈앞에 접시가 하나밖에 없으면 엎치락뒤치락 싸움이 벌어지기 때문이었다. 그런 경우 대개 진저가 잭에게 접시를 빼앗기곤 했는데 요즘은 잭이 차츰 기력이 빠지고 있어 밀리는 일이 많았다.

"어제 개밥이 다 떨어졌어요."

마칼라가 조용히 말했다.

빌어먹을. 그는 개밥 문제는 생각도 못 했었다.

"깡통에 든 것도요?"

마칼라는 대답을 하지 않았다. 그는 그녀가 입을 다물고 있는 이유를 알아차리고 충격을 받았다. 마칼라나 젠이 통조림에 든 개밥을 비상식량으로 따로 챙겨둔 것이다. 조금 전에 먹은 핫도그도 통조림 개밥이 아닌가 하는 생각이 갑자기 들었지만 묻지 않는 편이 나았다.

"네, 아빠? 얘들은 배가 몹시 고프다고요."

그는 발치에 앉아 있는 오랜 친구들을 내려다보았다. 늦은 밤 그가 글을 쓰거나 연구를 할 때 개들은 서재에서 몸을 웅크리고 앉아 늘 그의 곁을 지켜주었다. 잘 시간이 되면 진저는 제니퍼의 방으로 물러갔고 잭은 항상 그의 방으로 따라왔다.

그는 제니퍼를 쳐다보고 다시 개들을 보았다.

"그러자. 먹어라, 이 바보들."

그는 자기와 마칼라의 그릇을 집어 수프를 한 국자씩 퍼 담아 개들 앞에 내려놓았다. 두 마리는 즉시 달려들어 눈 깜짝할 사이에 모조리 먹어치웠다.

제니퍼는 개들이 먹는 모습을 보며 미소를 지었다. 마칼라는 아무 말도 하지 않았다.

"시내에 가서 형편을 좀 살펴봐야겠어요. 대학에도 가보고."

"존, 너무 욕심 부리지 말게."

들판을 걸어 내려오느라 약간 숨을 헐떡이며 젠이 말했다. 장모는 그의 곁으로 와서 뒤꿈치를 들고 입을 맞추었다.

"이런, 정말 냄새가 지독하네."

젠은 못마땅한 듯 말하며 뒤로 물러섰다.

"제가 운전할게요."

마칼라가 나섰다.

"그리고 우리 환자가 회복되었으니 저는 요양원으로 돌아가야겠어요. 컨퍼런스 센터로 이전하는 일을 감독해야 하거든요."

마칼라가 집 안으로 들어가는 모습을 보면서 장모는 아무 말도 하지 않았다. 엘리자베스는 그의 볼에 가볍게 입을 맞추고 스프를 먹으려 탁자에 앉았다.

"좋은 사람이야."

젠이 말했다.

"아빠, 저 사람이 아빠를 좋아하는 것 같아요."

엘리자베스가 말했다. 마치 날씨나 시간에 대해 말하듯 덤덤한 말투였다.

제니퍼는 그 말을 듣고 키득거렸다.

존은 장모의 얼굴을 쳐다보았다.

"내리 사흘 밤을 자네 옆에 있었다네. 자네 상태가 그만큼 안 좋았지."

젠은 미소를 지었다. 하지만 그는 장모가 막 울음을 터트리려 한다는 것을 알아차렸다.

"왜 그러세요, 어머니?"

"아, 아무것도 아니야."

젠은 몸을 돌렸다. 장모가 메리를 생각하고 있다는 것을 그는 알 수 있었다.

시내로 가는 길에는 몇몇 남자들이 총을 들고 있는 것을 빼고는 별다른 변화가 눈에 띄지 않았다. 초등학교에는 장작더미가 엄청나게 쌓여 있었고, 주전자가 여러 개 불 위에서 끓고 있었다.

"저곳 상황은 어떻습니까?"

"버텨내지 못하는 사람들은 죽어가고 있어요."

마칼라는 한숨을 쉬었다.

"수백 명이 목숨을 잃었어요. 하지만 지금은 어느 정도 틀이 잡혔어요."

경찰서에 가보니 찰리는 스와나노아에 가고 없었고, 톰도 골짜기의 바리케이드에 올라갔다고 했다. 그는 시청 외벽에 서 있는 화이트보드 위에 붉은 매직펜으로 써놓은 공고문을 읽었다.

〈계엄령 시행 중〉

제목인 '계엄령 시행 중' 이라는 글씨를 제외하면 보드 전체에 지우 개의 흔적이 남아 있었다.

1. 주간도로에서 도망친 20명은 아직 이 지역에 있는 것으로 추정됨. 그들을 목격하면 즉시 체포, 구금할 것. 강제력 동원이 필요한 경우에는 관청에 목격 사실을 신고할 것.
2. 지역 주민을 위한 배급 카드가 오늘 날짜로 발급될 예정임. 이 지역주민으로서 배급 카드를 신청한 사람은 식량 수색에 반드시 응해야 함. 식량이 발견될 경우 압수해 공동체 전체에 배분함. 꼭 필요한 경우가 아니면 배급 카드를 신청하지 말기 바람. 내일부터는 배급 카드 및 신분증을 제시하지 않으면 공공시설에서 급식을 제공받을 수 없음.

존은 잠시 읽기를 멈추고 생각에 잠겼다. 훌륭한 결정이라는 생각이 들었다. 식량을 요청하는 사람에 한해서만 갖고 있는 식량을 압수한다는 얘기가 아닌가. 음식물을 비축해놓고도 공공 식량에 손을 내미는 것을 막겠다는 것이다. 그는 계속 읽어 내려갔다.

3. 임시 난민보호소에서 발생한 살모넬라증은 억제되고 있음. 몬트리트 대학의 자원 봉사자 및 켈로 의사가 이끄는 의료진에게 감사를 전함. 유감스럽게도 구호소에서 병사한 사람의 수는 69명임. 지역 전체에서는 3천 건 이상의 살모넬라증 발병이 보고된 가운데 총 310명이 사망했음.
4. 스와나노아에 있는 잉그램 쇼핑센터에 응급 병원이 문을 열었음. 병원

까지의 운송 수단이 필요한 경우 이곳에 있는 공공차량을 이용하면 됨. 앞으로 매일 정오에 공공차량을 이 장소에 대기시켜놓을 예정임.

5. 현재 우리 공동체의 학교 감독관을 맡고 있는 그린 교장은 모든 학교의 학년을 종료한다고 공식 발표했음. 다음 학기는 노동절 이튿날 시작될 예정임. 전 학년 성적은 학기가 재개될 때 발표할 예정임.

그들이 휴교 문제에까지 신경을 쓴다는 것이 오히려 신기하게 느껴졌다. 어쨌든 이 일을 딸들에게 얘기해주어야겠다. 애들은 기뻐할 테지. 다음 학기까지 거론하는 데서 낙관적인 느낌이 배어 나와서 존도 반가운 마음이 들었다.

6. 사망 공지: 어제 블랙마운틴과 스와나노아의 사망자 수는 81명으로 집계되었음. 시신은 반드시 블랙마운틴의 골프장에 마련된 새 공동묘지나, 스와나노아 강의 범람원 위에 위치한 스와나노아 크리스천 아카데미 운동장에 매장해야 함. 사망자의 사인은 오전 8시부터 오후 5시 사이에 각 청사에 있는 당번 의사로부터 확인받아야 함.

그는 사망자 명단을 훑어보았다. 그가 아는 이름이 하나 있었다. 그의 제자로 귀염성 있는 2학년 여학생이었는데, 약간 통통한 편이고 환한 미소가 인상적인 아이였다. 그 학생에게 심각한 벌침 알레르기가 있다는 사실이 생각났다. 매번 학기가 시작될 때마다 그 학생의 알레르기 사실을 알려주면서 벌이 강의실로 날아 들어오면 즉시 학생을 내보내라는 통지문이 모든 교수들에게 전달되었다. 그 아이가 죽은 게 알레르기 탓은 아닐까 싶었다.

7. 주의: 식량 배급 카드를 발급받은 가족의 경우 사망자가 나왔을 때 사망 사실을 은폐하면 그 직계가족의 카드는 영구적으로 몰수함. 11세 미만의 어린이는 예외이지만, 해당 어린이는 난민구호소에 수용될 것임. 이 지역의 영구 거주자가 아닌 자가 사망 사실을 은폐했을 경우에는 11세 미만의 어린이를 제외한 직계가족 전원을 추방함.

마지막 문장이 마음에 거슬렸다. 아직도 공동체 안에서 '외지인' 들을 따로 취급하고 있는 것이다. 옆에서 공고문을 읽고 있는 마칼라가 어떤 생각을 할지 걱정스러웠다.

8. 뉴스! 그린스보로에서 걸어와 어제 이곳에 도착한 우리 주민 가운데 한 사람에 따르면 그곳 모건턴에는 작동되는 단파라디오가 있다고 함. 그 주민이 런던 BBC 방송을 들었는데, 영국 정부가 미국과의 연대를 선언하고 대규모 구호를 조직하고 있다고 함. 옛 동맹이자 현재의 동맹이여, 만세!

존은 그 내용을 읽고 미소를 지었다. 그 말이 사실이라면 그건 통신망 재구축을 위한 통신장비들이 수송되고 있다는 뜻일 수도 있었다. 그저 가능성일 따름이지만. 하지만 부정적인 것도 있다. 왜 영국뿐이란 말인가?

9. 전쟁 뉴스! 라디오를 들었다는 위의 주민이 알려준 내용에 따르면 이번 공격은 멕시코 만의 컨테이너선에서 발사한 세 대의 미사일에 의한 것으로 추정됨. 해외에 주둔한 우리 군은 이라크와 이란, 사우디아라비아, 파키스탄, 북한에서 치열한 전투를 치르고 있으며, 모든 전선에서 전과를 올리고 있음. 중동과 북한에 있는 연합군이 공격을 지휘하고 있음. 미국을 공격한 것과 같은 미사일이 태평양 서부 상공에서 폭발해 일본과 한국, 타이완에 같은 사태를 야기한 것으로 확인되었음. 같은 미사일 공격이 동부 유럽에도 행해진 것으로 알려짐.
한편 연방정부는 비밀 저장고에 보관했던 라디오를 배분하고 있다고 함. 당국의 통신망이 곧 재구축될 예정임.

10. 이 게시판의 모든 발표는 공식적인 것이며 게시되는 순간부터 효력을 가짐. 이 내용을 알지 못했다고 주장해도 법적으로는 불응에 대한 면책사유가 될 수 없음.

찰리 풀러

치안국장

우리는 최종 승리를 쟁취할 것이다.

신이여, 미국을 축복하고 보호하소서.

존은 게시판에서 몸을 돌려 마칼라를 쳐다보았다.

"무얼 생각하고 있습니까?"

"마치 무서운 영화나 소설 속에 들어와 있는 것 같아요."

그녀는 한숨을 쉬었다.

"'국왕폐하 만세'나 '위대한 지도자 만세' 같은 말이 게시판에 붙어 있는 종류의……."

존은 차갑게 말했다.

"그런 것에는 근처도 가지 않았소."

"지금 미리 알려두는 게 좋겠는데요, 나는 우익세력이 하는 일 뒤에는 항상 음모가 숨어 있다고 보는 그런 구식 진보주의자예요."

그는 마칼라의 얼굴을 보고 그녀가 살짝 미소 짓고 있다는 것을 알아차렸다.

"나는 항상 좌익을 두고 그렇게 생각했었는데."

이번에는 그가 미소 지을 차례였다.

"하지만, 우리가 3주 전에 있었던 곳에서 얼마나 멀리 왔나 보세요. 적응하는 게 불가능해요."

그들은 엣셀로 돌아갔다. 경찰서 주변의 주차장에서는 모든 신형 자동차들, 지금은 애물단지에 불과한 자동차들이 말끔히 사라지고 없었다. 대신 폭스바겐 비틀 여섯 대가 나란히 세워져 있었는데, 그 차량들 옆면에는 '짐 바틀릿 제공' 이라는 글씨와 손가락으로 브이 자를 그려 평화를 나타낸 구식 사인이 스텐실로 찍혀 있었다. 톰의 속이 뒤집혔겠군, 하고 존은 생각했다. 낡은 지프도 두 대 있었다. 그중 하나는 후드에 흰색 별이 찍혀 있는 골동품 제2차 대전 지프였다. 50년대와 60년대의 자동차들을 조합하고, 디트로이트가 쓰레기장으로 변하기 시작한 70년대 차의 특징도 약간 따온 그런 차량이었다. 이런 종류의 지프는 이전 시대의 것과 마찬가지로 거의 남아 있지 않다. 주차장에는 구식 오토바이와 모터 자전거들도 있었다.

놀랍게도 말 두 마리도 거기 묶여 있었다. 존은 말을 보려고 걸음을 멈췄다.

"어린이 캠프 마구간에서 이리 갖다둔 거예요. 이 지역에는 말이 40마리쯤 있는데 지금은 찰리가 시골길을 순찰하는 데 쓰고 있어요."

그녀가 가까이 가서 말의 콧잔등을 문지르자 말은 킬킬거리며 웃었다.

"말 타는 걸 좋아했어요. 당신은요?"

"나도 정말 그랬어요. 말을 타고 탁 트인 곳을 달리면 자유를 느낄 수 있죠. 하지만 한참 전의 일입니다."

"가엾어라."

"왜 그러죠?"

"찰리 말이 여름 동안에는 이 말들을 순찰할 때 쓴대요. 하지만 소와 돼지가 다 떨어진 다음엔 식량으로……."

그는 말없이 고개를 끄덕였다.

두 사람은 엣셀에 올랐다. 마칼라가 계속 운전대를 잡고 대학으로 향했다. 아치형 돌문 앞으로 다가가자 손으로 쓴 커다란 글씨가 그들을 맞았다.

정지! 무조건 서시오!

그들은 산탄총을 겨눈 채 가로막고 선 대학생 두 사람 앞에 차를 멈췄다. 학생들은 곧 그를 알아보고 웃음을 지었다.

"이게 무슨 일인가?"

존이 물었다.

"죄송합니다, 교수님. 내부 방어입니다. 주간도로에서 달아난 자들이 아직 잡히지 않고 있으니까요. 게다가 우리 뒤쪽에 있는 유료도로로 빠져나가려는 사람들도 있어서요. 파커 하사가 이곳에 24시간 경비를 배치했습니다."

존은 말없이 고개만 끄덕였고, 차는 그곳을 통과해 교내로 향했다.

게이더 홀 앞의 비탈길에 줄 서 있는 사람들을 보기 전까지는 모든 게 평온하게 생각되었다. 그는 마칼라에게 옆으로 차를 대라는 몸짓을 했다.

그는 잠시 그대로 차에 앉아 무슨 일인지 지켜보았다. 마치 신병훈련소 같았다. 소대 규모인 50명쯤 되는 학생들이 검사총 자세로 뻿뻿하게 서 있었는데, 실제로 모든 학생들이 무장을 하고 있었다. 산탄총과 사냥용 라이플을 들고 있는 학생들도 있고, 권총을 가진 학생들도 있었다. 생각할 수 있는 모든 총기가 거기에 다 있었다. 중국제 SKS, 22구경 반자동, 흉물스러운 2연발식 12번 산탄총 등등. 남북전쟁 58구경 스프링필드 산탄총의 복제품을 든 학생도 둘 있었다.

그는 좀 더 자세히 보려고 차에서 내렸다. 몇 명이 고개를 돌려 그를 바라보았다. 한 여학생이 그를 알아보고 웃음을 지으며 손을 흔들려고 하다가 퍼뜩 정신을 차리고 차렷 자세로 돌아갔다.

그리고 거기엔 워싱턴 파커가 있었다. 워싱턴은 대열 사이로 걸어가 한 학생의 총기를 받아들고 노리쇠를 뒤로 젖혀 총구를 들여다본 다음 그것을 다시 학생의 손에 던졌다.

"제대로 청소가 안 되어 있잖아! 살아남고 싶으면 총을 깨끗이 청소해!"

존은 천천히 그쪽으로 걸어갔다. 학생들의 시선에서 무언가를 알아차린 워싱턴이 몸을 돌렸다. 그를 본 워싱턴의 얼굴에 희미한 웃음이 떠올랐다. 워싱턴은 차렷 자세를 취하고 경례를 붙였다.

"안녕하십니까, 대령님. 부대를 시찰하시겠습니까?"

존은 자기도 경례로 답하고 있다는 사실을 깨달았다.

"몸은 회복되셨습니까, 대령님?"

"그래요, 음……."

그는 잠시 적당한 호칭을 찾아 더듬거렸다.

"그래요, 파커 하사. 나는 괜찮아요. 고맙소."

다소 당황한 존은 제자들에게로 눈길을 돌렸다. 3주 전만 해도 아이들에 불과했는데……. 존은 그 아이들에게 그들이 어떤 특권을 누리고 있는지 여러 번 이야기했었다. 지금 반쯤 졸면서 강의실에 앉아 있는 이 순간에도 너희들은 멀리 떨어진 전선에서 싸우는 군인들에게 보호받고 있다. 우리 학교 졸업생 몇몇은 지금 이라크에서, 아프가니스탄에서 싸우고 있다. 그런 제자가 해외에서 이메일을 보내오면 존은 그것을 이 아이들에게 읽어주곤 했었다. 그랬던 아이들이 이제 총을 들고 본관 건물 앞에 도열해 있는 것이다. 본래 이 건물은 행정실과 학적계, 음악과가 들어 있는 건물이었다. 학교 예배당 두 곳 중 하나도 여기에 있었다.

학생들이 그가 뭔가 말해주길 기대하고 있다는 것을 알았지만 말이 나오지를 않았다. 그가 아끼는 두 제자, 제러마이어와 필도 대열 오른쪽에 서 있었다. 그들이 입고 있는 암청색 대학 티셔츠에는 하사 계급장이 찍혀 있었다. 둘만이 아니라 모든 학생들이 제복처럼 그 옷을 입고 있었다.

제러마이어와 필이 그와 눈을 맞추었고, 그는 가볍게 고개를 끄덕여 보였다.

존은 이 아이들이 그가 공원에서 한 일을 알고 있는지 궁금했다. 물론 그들은 알고 있었다. 아이들뿐 아니라 마을 전체가 알고 있었다. 자기를 쳐다보는 학생들의 눈 속에 있는 무언가가 그에게 그런 사실을 알려주었다. 이제 아이들은 예전과는 다른 시선으로 그를 쳐다보고 있었다. 그는 처형자였다. 군 출신이긴 했지만 성품이 부드러웠던, 예전의 역사학 교수가 아닌 것이다.

"훌륭하네요."

워싱턴에게로 고개를 돌리며 그가 한 말은 이것이 전부였다. 워싱턴은 그에게 경례를 붙였고, 존도 경례로 답한 뒤 게이더 홀로 향했다.

"꼭 군대 같네요, 그렇죠?"

마칼라가 그의 곁으로 다가오며 물었다.

존은 대답하지 않았다.

그는 건물 안으로 들어가면서도 어떤 광경을 보게 될지 가늠할 수가 없었다. 당연히 복도는 어두웠고, 떠도는 공기는 무겁고 축축했다. 다행히도 오래된 이 건물은 중앙냉방 이전에 설계된 것이어서 어느 정도는 공기순환이 이루어지고 있었다. 행정실과 학적계 출입문은 닫혀 있었지만 예배당에서는 피아노 소리가 들려왔다. 그는 마칼라에게 따라오라는 몸짓을 하고는 예배당 출입문을 열었다.

예배당은 밤나무 줄기마름병이 캐롤라이나 산악 지역을 덮쳤던 무렵인 1930년대에 지어졌다. 그때 벌목한 밤나무들이 들보와 판벽, 천장에 사용되었다. 어두운 금색의, 아름답고 따스한 느낌을 주는 재목이었다. 장로교 학교에 딸린 예배당인 만큼 다소 검박하긴 했지만 존의 눈에는 아주 멋진 건물이었다.

한 학생이 뭐라고 얘기하자 제시가 화음을 몇 개 짚었다. 그러자 그 학생이 노래를 부르기 시작했다. 존이 기억하지 못한 그 학생의 이름은 로라였다. 로라의 노래를 듣자 그는 목이 꽉 막혀왔다. 로라는 이 노래를 봄 음악회 연습 때에도 불렀는데, 존은 뮤지컬 〈판타스틱스〉가 너무 감상적이라고 여겼지만 이 노래는 마음에서 잊히지 않았다. 더구나 지금 들어보니 요즘 벌어진 모든 일들에 대한 비유를 담고 있는 것처럼 느껴졌다.

> 9월의 나날을 떠올려보세요.
>
> 삶이 느긋했고 너무나 달콤했던 그때를…….
>
> (뮤지컬 〈판타스틱스〉에 나오는 〈Try to Remember〉 가사)

그는 마칼라의 손이 자신의 손 안으로 미끄러져 들어오는 것을 느꼈다. 그들은 아무 말도 하지 않고 가만히 서 있었다. 마칼라의 몸이 떨려왔다. 그녀는 울고 있었다.

로라의 목소리가 울려퍼졌다.

> 삶이 너무도 다정했던 그때를 떠올려보세요.
>
> 수양버들 외에는 아무도 울지 않았죠…….

밖에서는 파커가 지시를 내리며 외치는 소리가 들려왔다. 학생들이 총기 다루는 훈련을 하고 있는 모양이었다. 그에게는 견디기 힘든 일이었다. 교정에서 군사훈련이 행해져서는 안 되는데……. 그렇지만 이것이 현실이었다.

로라는 2절을 마치고 3절로 넘어갔다.

겨울이 깊어지면 기억을 떠올리기 좋아요.

곧 눈이 내릴 것을 알고는 있지만…….

"도저히 더 이상 듣고 있을 수가 없어요."

마칼라가 속삭였다.

그들은 조용히 예배당을 빠져나왔다. 로라와 다른 사람들은 그들이 거기 있었다는 사실조차 몰랐을 것이다.

마칼라는 흐느끼면서 그에게 몸을 기댔다. 그는 그녀를 안아주었다. 갑자기 그녀가 그의 품에서 물러서면서 그를 쳐다보았다.

"미안해요."

"아닙니다. 오히려 좋았는데요."

예배당의 노래가 멈추었고, 존은 건물 밖으로 발걸음을 옮겼다. 그때 헌트 총장실의 출입문이 열려 있는 게 눈에 들어왔다. 그는 가볍게 문을 두드린 뒤 안으로 들어갔다. 총장 보좌관인 킴 맥머티는 자기 자리에 없었다. 실망스러운 일이었다. 그녀를 보면 존은 언제나 배우 니콜 키드먼을 떠올리곤 했다. 실제로 킴은 니콜 키드먼보다 더 예뻤다.

그는 자신이 킴에게 반했다는 것을 인정하긴 했지만, 그건 어디까지나 우정의 범주에 속했다. 그럴 수밖에 없는 것이 킴의 남편인 컴퓨터 실장과도 아주 친한 친구였기 때문이었다. 게다가…… 메리가 여전히 그의 마음속에 살아 있었다. 그런데 조금 전 마칼라는 왜 그랬던 것일까? 이제 그녀를 어떻게 대해야 할지 혼란스러웠다.

"헌트 총장님?"

"여기 있소."

존은 안쪽 사무실로 들어서다가 화들짝 놀랐다.

총장은 며칠 새 10년은 더 나이를 먹은 것 같았다. 눈이 퀭하니 들어갔고, 머리는 제멋대로 헝클어져 있었다. 자신의 모습도 남들 눈에 이렇게 비칠지 모른다는 생각이 들었다. 존 역시 행동이 어딘지 불안정했고, 면도를 하지 않았고, 더러웠고, 지쳐 있었다.

"존, 자네 꼴이 말이 아니군."

"이렇게 말씀드려도 괜찮다면, 총장님도 마찬가집니다."

총장이 의자를 가리키기에 존은 거기 앉았다. 그는 이 총장실을 좋아했다. 뒤를 돌아보니 마칼라는 킴의 사무실에 서 있었다. 그녀는 밖에서 기다리겠다는 몸짓을 해 보이고는 사라졌다.

존이 이 총장실에 처음 온 것은 밥 스케일즈가 마련해준 자리의 면접을 보기 위해서였다. 그때 그의 눈길을 사로잡은 것은 벽에 걸려 있던 그림 석 점이었다. 첫 번째 그림은 기독교 계통 대학의 총장실에 있음직한 것이었다. 미켈란젤로가 그린 시스틴 성당 벽화의 한 장면으로, 하느님이 아담에게로 손을 뻗는 그림이었다. 하지만 나머지 두 점은 좀 달랐다. 두 번째 그림은 종교와 군이 혼합된 내용으로 조지 워싱턴이 포지 계곡에서 눈밭에 무릎을 꿇고 기도하는 모습이었다. 세 번째 그림은 독립전쟁 때 보병부대가 행군하는 장면을 강렬하게 묘사한 하워드 파일의 〈건국자들The Nation Makers〉이었는데, 그림 속의 병사들은 지친 모습이었지만 사기가 충만했고, 누더기가 된 미국 국기는 궁극적인 승리를 향해 힘차게 나부끼고 있었다.

그 석 점의 그림은 벽에 그대로 걸려 있었다. 창밖으로 학생들이 군사훈련을 받는 모습을 보니 파일의 그림이 새로운 의미로 다가왔다.

총장은 잠시 아무 말 없이 앉아 있었다. 그러다가 놀랍게도 책상 맨 아래 서랍에서 스카치 한 병과 커피 잔 두 개를 꺼냈다.

"이사회에서 이 일을 알면 내 목을 매달아버릴 테지."

총장의 말을 듣고도 존은 그것이 진지한 얘기인지 아니면 농담인지 알 수 없었다. 대학 구내는 금주 구역이었다.

존은 잔을 받아들고 총장이 따라주기를 기다렸다가 잔을 높이 들어 올렸다.

"우리 공화국을 위해. 하느님이 지켜주시기를."

총장이 말했다.

두 사람은 단숨에 잔을 비웠다. 총장은 자기 잔을 내려놓으면서 요란하게 입맛을 다셨다.

"그래, 무슨 일인가?"

"제가 1주일 정도 자리보전하느라 연락을 못 드렸다는 건 알고 계실 테죠."

"자네 때문에 몹시 놀랐네. 지난주 내내 예배 시간마다 아벨 목사와 학생들이 자네를 위해 기도를 드렸다네."

"네. 기도의 효험이 있었습니다."

존은 이렇게 말하며 자기 손을 내려다보았다.

"강의는 어떻습니까? 계속 진행되고 있습니까?"

총장은 고개를 가로저었다.

"아닐세, 강의는 모두 취소되었어. 교수들 대부분이 몇 킬로미터 떨어진 곳에 살고 있으니까."

"하지만 매일 예배는 열리고 있잖아요?"

"예배야 그 어느 때보다 열심히 하고 있지."

총장은 조용히 말했다.

그 말을 들으니 마음이 놓였다. 정말로 안심이 되었던 이유는 과거와 완전히 단절된 것은 아니라는 뜻으로 들렸기 때문이었다. 위기가 닥치면 사람들은 항상 교회로 몰려가곤 했다. 9·11이 터진 뒤 첫 번째 주일에 그와 메리가 다녔던 스와나노아의 작은 교회는 몰려든 사람들로 발 디딜 틈도 없었다.

"학교 형편은 어떤지 잠깐 살펴보러 왔습니다. 이곳에서 제가 생계를 꾸리고 있으니까요."

그는 머뭇거리다 말을 이었다.

"아니, 실은 다양한 의미에서 제 삶 자체이지요. 혹시 여기서 제가 해야 할 일은 없는지 모르겠습니다."

"그렇게 말해주니 고맙네."

총장은 부드럽게 말했다.

"하지만 자네는 지금 다른 책임을 맡고 있지 않은가."

존은 아무 말도 하지 않았다.

"그 위원회라는 곳에서 자네가 어떤 역할을 맡고 있는지 들었네. 자네가 거기 참여한 건 정말 좋은 일이야. 그 사람들한테는 자네 같은 인물이 필요해. 모든 노력을 거기 집중하게. 우리는 걱정하지 말고."

"총장님, 제 제자들이기도 합니다. 학생들이 걱정됩니다."

밖에서 누군가를 마구 야단치고 있는 워싱턴의 고함이 들려왔다. 완전히 해병대 훈련 교관 같은 말투였다. 교관의 신랄함이 잔뜩 배어 있었지만, 대학의 전통을 의식해 심한 욕설이나 외설적인 표현을 자제하고 있기는 했다.

"살아남기 위해, 저 애들의 목숨을 지키기 위해 지금 저런 걸 하고 있네."

총장은 조용히 말을 이었다.

"하지만 이면에는 다른 것들도 많이 있지."

존은 자리에서 일어나 빈 잔을 손에 든 채 창가로 걸어갔다. 워싱턴은 검열을 마치고 밀집대형 훈련을 시작하고 있었다.

"저 애들은 왜 저러고 있는 겁니까?"

"블랙마운틴 민병대 A중대 제1소대라네."

"네?"

"말한 그대로야. 며칠 전 찰리 풀러하고 내가 합의를 봤다네. 지금까지 150명이 참가했지. 다른 소대 두 개는 그레이비어드까지 뛰어갔다가 오는 훈련 중이야. 소대원을 더 늘릴 수도 있었지만 지금까지 찾아낸 무기가 그것뿐이어서. 무기가 더 생기면 B중대도 만들 예정일세."

"좀 지나친 일 아닙니까? 총장님, 워싱턴이 좋은 사람이라는 건 저도 알아요. 아주 훌륭한 사람이죠. 하지만 보세요. 그 사람이 옛 기억에 의지해서 무얼 하고 있는 겁니까? 여기가 패리스 섬이나 베트남이라도 됩니까?"

"솔직히 말해 그렇다네. 존, 골짜기에서 일어난 폭동에 대해서는 들었을 테지?"

"예."

"바로 그때 찰리가 깨달았던 거라네. 우리에게는 군대가 필요하다는 것을. 워싱턴이야 그전에도 여러 번 그런 얘기를 했겠지만 말일세."

존은 한숨을 쉬었다.

"3주 전만 해도 수업 중에 졸고 있거나, 남자 친구나 여자 친구와 함께 산으로 몰래 빠져나가려는 생각으로 머리가 꽉 차 있던 아이들입니다. 어쩌다 시험 공부 정도는 했을 거고요. 그런데 그런 아이들을 군인으로 만든다니요."

"내가 이걸 잃었을 때 나는 더 어렸었네."

총장이 왼쪽 다리를 두들기자 공허한 소리가 울렸다.

"자네만 해도 22세에 중위였고."

"그렇습니다, 총장님. 하지만 여기는 대학입니다. 노스캐롤라이나 산악 지대에 있는 작은 기독교 대학. 이런 일이 올바른 것으로 여겨지지 않습니다."

"이 지역 어디에 젊은이 400명이 있는 곳이 달리 있나? 군대를 만들기엔 아주 적당하지. 게다가 아주 똑똑하고 학교와의 일체감도 강하고. 또 학교를 이끄는 사람들, 자네나 나, 워싱턴 같은 사람들과의 일체감도 강하지."

"저는 잘 모르겠습니다."

밖에서는 학생들이 오른쪽으로 측면 행진을 하고 있었는데 여학생들이 발을 제대로 맞추지 못했다. 워싱턴이 그들에게 다가가 한 여학생이 끝내 울음을 터트릴 때까지 심하게 닦달했다.

"이번 일이 터지던 날 여기엔 학생이 600명 있었네."

어느새 존의 옆으로 다가와서 훈련 모습을 내다보며 총장이 말했다.

"대략 150명이 떠났지. 어떻게든 집으로 돌아가려고. 참 힘들었네. 자네는 그때 예배당에서 열린 모임에는 없었지? 엄청난 기도와 논의가 있었네. 나는 학생들에게 여기 남으라고 했어. 부모님들은 이 위기가 끝날 때까지 너희가 여기 있는 것을 바랄 거라고. 여기라면 너희가 안전하다는 것을 아실 거라고 했네. 떠난 아이들은 대부분 하루 걸음이면 갈 수 있는 근처 아이들이었어. 하지만 그중 둘은 플로리다에서 온 아이들이었지. 꼭 집으로 돌아가야 할 것 같은 생각이 든다는 거야."

존은 머리를 흔들었다. 플로리다로 향한 아이들은 지금쯤 그쪽 방향에서 오는 수십만 명의 피난민과 마주쳤을 것이다.

"나머지 아이들은 남겠다고 했네. 몇 년 전에 대학의 방향성을 두고 교수 회의에서 논의했던 내용을 기억하고 있나? 근처 경쟁 대학들이 하도 나대기에 우리도 지역 봉사활동을 커리큘럼에 집어넣었지. 지금 우리가 하고 있는 것이 바로 그거라네."

"총장님. 학생들이 노숙자 쉼터나 지역의 주간보호소에서 일하는 것과 군사훈련을 받는 건 전혀 다른 일입니다."

"나는 그렇게 생각하지 않네, 존. 옛날 노래에도 나오지 않나? 시대가 변한 거야."

총을 어깨에 멘 학생들의 대열은 방향을 바꾸어 풀밭을 가로지르며 뒤쪽으로 행진하고 있었다. 그 모습을 보자 등줄기에 소름이 끼쳤다. 존은 파일의 그림으로 시선을 돌렸다가 다시 학생들을 바라보았다.

이럴 수가, 똑같지 않은가. 밀집대형 훈련은 군인들이 어깨를 맞대고 정말로 그런 대형으로 전장으로 나아가던 때로부터 유래한 훈련 방식이었다. 지금은 그런 의미보다는 규율과 기강을 잡는 방편일 따름이고, 군인들에겐 행군이 따른다는 점에서 약간의 실효성만 인정받고 있었다. 그런데 지금 눈앞에 펼쳐진 광경은 존이 남북전쟁 토론회에서 열성적으로 떠들곤 했던 당시의 행군 모습과 전혀 다르지 않았다.

차이가 있다면 이것은 현실이라는 점이다. 밀집대형 훈련에서 워싱턴은 아이들에게 초보적인 기술을 가르칠 것이다. 발사 및 이후 동작, 정해진 위치 유지, 총격전 시 몸 눕히기, 고정된 위치에 있는 적 공격하기, 사격술, 전투 지휘, 응급처치, 침투 기술, 육탄전, 칼이나 맨주먹으로 상대를 죽이는 방법 등등.

학생들이 군사훈련을 받는 모습에서 존은 공원에서 처형을 집행할 때 느꼈던 것과 거의 같을 정도로 강한 느낌을 받았다.

"워싱턴은 자네를 존경하고 있네."

총장이 말했다.

"참, 그가 공원에서 있었던 일을 말해주었어. 자네가 자기 자신을 잘 다스렸다고 하더군."

"잘 다스렸다고요? 토하고 말았는데요."

"그 얘기가 아니야. 누구든 처음으로 다른 사람에게 총을 쏠 때는…… 조금이라도 인정이 있다면, 신성神性을 조금이라도 간직하고 있다면 두려움을 느끼기 마련이지."

총장은 창밖을 바라보던 시선을 돌렸다.

"베트남의 신년제 날에 다리를 잃었어. 그전 날만 해도…… 아니, 본론만 말하지. 길모퉁이를 돌아갔는데, 거기 그자가 있었지."

그는 한숨을 내쉬며 손을 떨었다.

"토마스 하디의 시였지. 기억나나?"

존은 고개를 끄덕였다.

"'그가 나를 쏘듯 나도 쏘아서, 그를 죽이고 말았지.'"

"그래, 내가 먼저 상대를 쏘았네. 그자는 자기 주둔지로 돌아가던 길이었는데 그만 나와 우연히 맞닥트린 거지. 나도 모르는 새 M16으로 그자를 갈기고 있었어. 서로 총을 쏴댄 끝에 그자의 바로 옆에 쓰러졌는데 숨을 헐떡이는 소리가 들리더군. 그가 뭐라고 했는지 아나?"

어느 정도 짐작이 갔지만 존은 대답을 하지 않았다.

"자기 어머니를 불렀어. 그 정도는 알아들을 수 있었으니까……."

목소리가 희미해지면서 총장의 눈에는 눈물이 고였다.

"내가 쏜 그 녀석은……."

존이 말했다.

"어머니를 부르지 않았습니다. 증오로 가득 차서 죽었지요."

"지금쯤은 그도 다르게 생각할 거야. 정통적인 신앙과는 좀 어긋날지 몰라도, 나는 죽음 이후에조차 하느님이 용서해주시지 않는다고는 생각하기 힘들어."

존은 억지로 웃어 보였다. 학교에는 구원에 대해 전통적인 입장을 취하는 '강경파'가 있었다. 총장은 지금까지 한 번도 그런 생각을 입 밖에 내지 않았었다. 그의 말은 심성이 꼬인 래리가 보인 최후의 순간을 악몽처럼 떠올리곤 하는 존에게 위안이 되었다.

"워싱턴은 자네가 어떤 반응을 보였는지 내게 말해주었고, 아이들도 모두 알고 있네. 알잖나, 여기는 기독교 학교고 만약 자네가 냉혹하게 행동했더라면 아이들이 받은 느낌도 좋지 않았을 거야. 우리는 거기서 교훈을 얻을 수 있지. 하지만 공감을 일으킨 건 자네가 말한 내용 때문이기도 하지. 워싱턴이 말해주었지. 나중에는 찰리 풀러도 내게 말했다네. 우리 공동체가 칼날 위에 놓인 아슬아슬한 순간이었다고. 찰리는 옳은 결정을 내렸지만 그것을 올바르게 수행할 방법을 알지 못했네. 그걸 자네가 해냈어. 그 순간 우리는 폭도로 변해버릴 수도 있었네. 폭도가 되어 지도자를 따른다면, 지도자가 찰리처럼 훌륭한 사람이라 해도 말일세, 마음속에 폭력적인 충동을 품고 있기 때문에 더 위험한 거야. 그랬더라면 그 순간이 종말의 시작이 되었을 테지. 존, 자네는 역사학자일세. 그래서 알고 있었겠지. 역사상의 모든 혁명 가운데 진정으로 성공한 혁명은 몇 안 된다는 걸 말이야. 자신들의 영혼, 본래의 의도를 지켜낸 혁명은 아주 드물지."

존의 눈에는 다소 멜로드라마풍으로 비쳤지만, 총장은 말을 마치고 조지 워싱턴이 눈밭에서 무릎을 꿇고 있는 그림을 가리켰다.

"우리가 혁명 중이라고 생각하지는 않습니다. 질서가 회복될 때까지 살아남으려 애쓰는 것일 따름이죠. 통신이 뚫리고, 자동차가 다시 도로를 달리게 되면 우리는 다시 하나의 국민으로 연결될 겁니다."

"그렇게 되지 못하면?"

총장은 조용히 물었다.

"네?"

"만약일 뿐이야, 존. 그런 일이 불가능하다고 해보세. 예전의 미국, 우리가 그토록 사랑했던 멋진 나라가 18일 전 오후 4시에 죽었다고 해보세. 자기만족 탓에, 무분별 탓에, 이 세계의 냉혹한 현실에 직면하지 않으려 했던 탓에 죽었다고 말이야. 우쭐한 자기중심주의 탓에. 그러니까 미국이 그날 죽었다고 가정해보자고."

"제발, 총장님. 그런 식으로 말씀하지 마세요."

존은 한숨을 내쉬었다.

"어떨까, 나는 미국이 죽었다고 생각하네. 적들은 완전히 우리의 허를 찔렀어. 우린 그것을 예상했어야 했지. 분명히 의회 주변에는 이런 사태를 경고하는 자료들이 수백 건 널려 있었을 거야. 우리가 완전히 무방비 상태라는 것을 확실히 알고 있었던 전문가들도 많았을 테고. 모든 나라들이, 역사상의 모든 제국들이 그랬지. 자네는 역사학자니까 잘 알 거야. 모든 제국은 자기들보다 훨씬 열등한 나라가 위대한 자신들을 어떻게 꺾어버릴 수 있는지 이해하지 못했지. 하잘것없고 뒤처진 자들이 위협이 될 수 있다는 것을 말이야. 자네는 알 거야, 존. 9·11이나 진주만 공격은 이번 일에 비하면 조그만 생채기에 불과했다는 걸."

"1241년 몽고족이 동유럽을 침략했을 때였죠."

존은 부드럽게 말했다.

"튜턴 기사들은 리그니츠 전투에서 몽고인들과 처음 마주쳤을 때 적들이 조랑말 정도밖에 안 되는 작은 말에 올라탄 것을 보고 신경질적으로 웃어젖혔을 겁니다. 조랑말 따위야 창기병들이 단숨에 짓밟아버릴 수 있었죠. 그들은 창을 움켜쥐고 돌격했습니다. 거리가 150미터 정도로 좁혀지자 몽고인들이 쏜 화살이 빗발처럼 날아왔습니다. 그들은 그런 화살에 대해 모르고 있었지만, 50미터 앞에서 쏘면 그 화살의 위력은 38구경 권총과 맞먹지요. 3천 명의 몽고인이 유럽 최정예 부대 1만 명을 그날 몰살시켰습니다."

총장은 고개를 끄덕였다.

"크레시의 프랑스 기사들은 영국 궁수들을 웃음거리로 삼았고, 영국군은 몬머스와 카우펜스에서 우리를 조롱했지요. 1941년 독일인들도 러시아를 우습게 알았고요."

"우리도 베트남에서 그랬지. 우리에게는 국가의 생존이 걸린 전쟁이 아니었지만 그들에게는 분명히 그랬어. 똥덩이가 쫙 깔려 있는 지역을 점검하러 거기 갔던 일이 생각나는군. 오물 범벅인 곳을 어떻게 걸어가나 싶었지. 물론 그때 이후로는 이런 꼴이 되어 제대로 걷지도 못하게 되었지만……. 존, 저기 있는 저 아이들은 이 나라를 만드는 사람들이네. 몇몇 교수들은 내가 우리 대학을 지역에 팔아넘겼다고 여길지도 모르지만, 그런 건 상관없어. 근처에 있는 한 대학을 아는데 말이야, 거기서는 평화에 관련된 여러 가지 전공을 개설해두고 있지. 어디서건 군에 반대하는 시위만 있으면 어김없이 그들이 등장한다네. 거의 강제에 가깝지. 징집관이 모습을 나타내면 벌떼처럼 몰려들어 난리를 치지. 물론 평화라는 이름을 내걸고. 자네나 내가 그런 대학에서 자리를 얻을 수나 있었겠나? 그들에게 다양성이라는 건 자기들 견해에 발을 맞출 때만 통하는 거지. 그런데 이제 회오리바람이 불어닥쳤네."

총장은 코웃음을 치며 말을 이었다.

"그렇다고 그들이 이번 일을 헤쳐나갈까? 내 장담하지만, 그 대학에서는 지금 죽 둘러앉아 열심히 회의를 하고 있을 거야. 군중이 성문으로 밀려들 때 베르사유의 귀족들이 그랬던 것처럼. 그들은 굶어 죽어가면서도 틀림없이 〈평화에 기회를〉이라는 노래를 부르겠지. 어쨌든 우리 학생들한테는 그런 일이 일어나지 않게 할 거야. 우리가 아이들을 구한다면, 우리 공동체를 구하는 일도 되겠지. 존, 여기에는 A중대원 150명이 있네. 무기를 구하는 대로 B중대도 만들 거야. 가까이서 살펴보면 이 아이들이 남북전쟁 때의 스프링필드를 재현하는 것을 볼 수 있을 걸세. 나머지 아이들은 지역에서 일하거나 다른 프로젝트에 투입되었네. 살모넬라증이 퍼졌을 때 거기서 활동했던 학생들은 자원해서 격리병동에 들어가 있고. 겨울에 대비해 벌써부터 장작을 마련하는 조도 있네. 대니얼스 교수 말이 낡은 기름 보일러들을 개조해서 나무 보일러로 만들 수 있다고 하더군. 그렇게 하면 이 건물과 도서관에 증기난방을 공급할 수 있다네. 하지만 그러자면 장작 다발이 3백 개 이상 필요해. 라시터 교수는 수전 호수에 수력 터빈을 급히 만들자고 하고 있네. 지금 시작하면 가을에는 돌릴 수 있고, 그럼 전기를 만들 수 있지."

존은 미소를 짓지 않을 수 없었다.

이 지역의 마을 대부분이 백 년쯤 전에 처음으로 전기를 접한 것도 바로 그런 방식을 통해서였다. 기업인들이 와서 마을에 발전기를 팔고, 그것을 어떻게 물방아용 연못과 연결하는지 시범을 보이고 전선을 이었다. 그렇게 해서 전기의 기적이 마을에 도래했던 것이다.

"소넨버그 교수가 우리 학교 도서관에 《사이언티픽 아메리칸》 잡지가 1850년대 것부터 있다고 말해주더군. 《파퓰러 메카닉스》도. 거기 80년 또는 백 년 전에 나온 기사를 보면 라디오, 전신, 증기 엔진, 배터리, 내연기관 만드는 법, 여러 가지 화학식이 죄다 나와 있다네."

총장은 만족스러운 웃음을 지으며 말을 이었다.

"우리 학교 도서관에는 또 《마더 어스 뉴스》 거의 모든 호가 있고, 《폭스 파이어》 문고도 있다네. 다른 교수들은 모두 그런 자료를 우습게 여겼지만, 나이 든 교수 한 사람이 그걸 모아두었어. 자네가 오기 전에 근무했던 분인데 지금은 돌아가셨지. 학생들이 '그래놀라 복용자'(환경보호를 주장하며 건강에 좋은 음식만 골라 먹는 사람을 일컬음)라고 장난삼아 놀렸었는데, 그가 우리에게 금광을 남겨준 셈이라네. 먹을 것을 어떻게 찾아내고, 보존 처리하고, 저장하는지 모두 나와 있어. 몇 그룹이 그 책들을 손에 들고 밖에 나가서 식량을 찾고 있는데 우리가 살아남기에 충분한 양을 손에 넣고 있다네. 믿기 어렵겠지만 방울뱀 불고기도 꽤 맛있더군. 손가락으로 더듬기만 하면 그런 것들은 지천에 널려 있어. 하지만 저 밖에서 훈련을 받고 있는 아이들은 이곳을 안전하게 지켜야 하고, 필요하다면 시간을 벌어줄 걸세."

"시간을 벌다니요? 우리는 통행로를 안전하게 지키고 있어요."

"거기서 전투가 벌어진 건 알고 있지?"

"들었습니다."

"그건 조직되지 않은 군중 행동이었네. 그저 떠도는 말에 자극받아 사람들이 하나로 뭉친 거야. 대부분은 그저 겁을 집어먹고 생존과 상호 보호를 위해 함께 행동한 거네. 그건 여기서 우리가 하고 있는 것과 똑같은 것이지. 하지만 광신적인 컬트에 대한 소문도 무성하다네. 어제 한 가족이 이곳을 통과했는데, 테네시에서 와서 동쪽으로 가고 있는 사람들이었지. 그 사람들 말로는 녹스빌 근처에 이것이 성전聖戰의 시작이라고 떠드는 자가 있다는 거야."

"그럼 이렇게 되겠군요. 자기 패거리에 들어오지 않으면 죽음을 맞게 된다, 그게 그자의 성스러운 비전인 거죠?"

총장은 고개를 끄덕였다.

"전력이 나가기 바로 전날 예수가 자기 앞에 나타났다고 떠들고 다닌다네. 예수가 자신에게 세례 요한이 되어 최후의 재림을 준비하라고 했다는 거야. 지금 그자의 추종자는 수백 명으로 늘어났고, 자기들 말을 듣지 않으면 닥치는 대로 죽이고 있다고 하네."

"겨우 몇 주일 만에 그런 일까지 일어나는군요."

존은 한숨을 쉬었다.

총장은 존의 어깨에 한 손을 올려놓았다.

"존, 전도서를 마음에 새기게. '전쟁할 때가 있고, 화평할 때가 있다…….'"

"그래서 다시 이 문제로 돌아오는군요. 들판에서 군사훈련을 받는 아이들에게로 말입니다. 바로 이 순간 미국 전체에서 수천 그룹이 이런 훈련을 받고 있었으면 좋겠습니다. 그래야 우리 문명을 지킬 수 있을 테니까요. 그래야 강한 자만이 먹을 것을 얻고, 광신에서 나온 미치광이 같은 분노로 서로를 죽이는 상태에 이르지 않게 될 테니까요."

"그렇다네. 아이들이 군사훈련을 하고 있는 이유가 그것이고, 자네가 학생들을 지휘해주기를 내가 바라는 이유도 그것이네."

"제가요?"

존은 자기 귀를 의심하며 물었다.

"그런 비전을 가진 사람은 바로 총장님이시잖아요."

"나는 대학 총장이네."

총장은 미소를 지으며 덧붙였다.

"다리가 하나뿐인 대학 총장."

"부상당한 참전 용사죠."

존은 날카롭게 받았다.

"노스캐롤라이나 녹스빌 출신의 열여덟 살짜리 멍청이였지. 얼마나 바보 같았는지 자기가 지뢰밭에 있다는 사실도 몰랐지. 그래서 제대군인 원호금, 장애수당을 받았네. 더 이상 달리지도 공을 차지도 못하게 되어버렸으니까. 그때 나는 깨달았네. 뭔가, 다른 뭔가가 되어야 한다고 말이야. 그래서 여기까지 온 거네. 존, 우리가 여기서 할 일을 하는 동안, 자네는 마을을 이끌어주게. 찰리는 훌륭한 인물이야. 정말로 훌륭하지만, 그 사람은 공동체의 생존에만 초점을 맞추고 있어. 하지만 우리에겐 그 이상의 것이 필요하다네. 멀리 내다볼 수 있는 비전을 가진 지도자가 필요해. 자네는 지금 마을의 모든 사람들로부터 존경을 받고 있어. 학생들, 주민들, 경찰, 찰리, 모든 사람들에게 말이야."

"어째서요?"

존은 냉랭하게 말했다.

"마약중독자의 머리를 날려버리는 일을 하면서 서투른 모습을 보였기 때문에요?"

"아니, 자네가 그자의 머리를 날려버리기 전에 했던 말 때문일세. 자네 표현을 그대로 쓴다면 말이야, 어쩌면 그 불쌍한 마약중독자의 인생에 그런 목적이 있었던 것인지도 모르지. 그 목적이 그때 자네에게 전달된 건지도 몰라. 자네가 그자를 쏘았다는 것에서 공포와 두려움만 느낀 사람들도 있겠지. 하지만 많은 사람들이 자네가 하는 말을 들었고, 그 말을 잊지 않을 거야. 존, 그것이 자네에게 권한을 부여하는 거네. 그리고 자네는 군대에 있을 때 대령까지 달았고, 장성이 될 수도 있었지만 메리를 위해 포기했네. 메리의 가족들은 오랫동안 여기서 살았지. 자네가 별을 달 기회를 차버리고 메리를 고향으로 데려온다는 말을 들었을 때 모두들 어떻게 생각했겠나? 여기 도착한 첫날부터 모두 자네를 존경 어린 눈빛으로 보았다는 걸 자네도 알고 있을 거야."

솔직히 존은 그런 걸 알지 못했다. 온 신경을 메리에게만 쏟고 있었기 때문이다. 그리고 국방부의 유력자들이 자기 문제를 나 몰라라 했다는 씁쓸한 감정에 휩싸여 있었다. 하지만 그건 이미 과거의 일이고, 여러 가지 이유로 지금은 이곳에 살고 있다는 사실에 감사하고 있다. 특히 지금은.

"총장님. 제 전투 경험이라야 '사막의 폭풍' 작전 때 겨우 몇백 시간 전장에 있었던 것뿐입니다. 그나마도 장갑차 사령부에 갇혀 있었습니다. 수백 미터 밖에서 포탄이 떨어진 것이 전부였지요. 그런 일은 워싱턴에게 맡기세요. 워싱턴은 훈련 교관이었고, 베트남전 때 케산에 있었던 사람입니다."

"그는 그런 걸 원하지 않아. 그리고 내가 지금 하고 있는 얘기에 전적으로 동의했네. 얼마 전 부대 편성을 논의할 때 지휘관 문제가 나왔지. 나는 그 문제를 따로 정하지 않고 있었고, 워싱턴에게 맡길 마음도 품고 있었네. 하지만 그는 자네가 그 일을 맡아야 한다고 즉시 대답하더군."

"워싱턴이 뭐라고 하던가요?"

"큰 소리로 웃더군. 자기는 미국 해병대에서 가장 유능한 훈련 교관이라고 했어. 하지만 군대를 지휘하려면 다른 자질이 필요하다고 했네. 고등 교육을 받고, 긴장 상태에서도 침착함을 유지하고, 전쟁과 전쟁의 역사를 연구하고 그것을 위기에 적용할 수 있는 사람. 당연히 그건 자네를 뜻하는 말이지. 만약 대규모 전투가 벌어진다면 워싱턴은 분명 사선射線에 있을 거야. 그는 그런 때 자기 뒤에 자네가 있어주길 원하는 거야."

"아닙니다. 워싱턴이 지휘를 맡아야 합니다."

"그는 폰 슈토이벤(조지 워싱턴 휘하에서 병사들을 훈련시킨 미국 독립전쟁기의 군사 지도자)이네. 이름은 물론 워싱턴이지만. 스스로도 그것을 알고 있어. 그건 자네의 몫일세. 위기가 터져 군대가 동원되어야 할 때는 자네가 지휘를 맡아야 한다는 데 찰리도 동의했고."

"고맙군요. 마치 제가 그걸 원하기라도 하는 것 같군요."

"존, 자네가 정말 그런 걸 원했다면 자네 이름이 거론되지 않았을 것으로 보네. 우리가 원하는 인물은 그것을 공무로 여기는 사람이야. 그리고 무엇보다 이 공동체를 지키면서도 이후의 일까지 생각하는 인물이 필요해. 존, 우리는 미국을 꿈꾸네. 미국이 다시 우리에게 와주길 바라. 하지만 그런 일은 없을 걸세. 우리가 알던 미국은 핵탄두가 터지던 날 죽었어. 그렇다면 우린 더 이상 기다리고 있어서는 안 되네. 우리가 원하는 미국을 다시 세워야 해."

8

35일째

존이 그의 지정 주차 장소가 된 소방서 앞자리에 차를 세웠을 때, 시청사 주위에 몰려 있던 사람들 사이에는 들뜬 분위기가 감돌고 있었다.

한 달 전 구호품을 쌓아두기 위해 밖으로 끌어다놓은 소방차들은 여전히 아무 움직임 없이, 표면의 광채가 사라지고 먼지가 앉은 채로 계속 그 자리에 있었다. 한 소방차의 범퍼에는 말들이 묶여 있었다.

기대를 갖고 모여 있던 군중은 그가 다가가자 조금 뒤로 물러서면서 고개를 끄덕여 정중한 인사를 보내왔다.

지난 35일간의 흔적이 사람들에게 뚜렷이 나타나 있었다. 모두들 얼굴이 마르고 초췌해졌다. 옷은 지저분했으며 땀으로 더럽혀져 있었다. 머리에는 기름이 흘렀고, 남자들은 수염이 덥수룩했다. 그리고 모든 사람의 몸에서 악취가 풍겼다. 백 년쯤 전에는 사람들이 흔히 이런 냄새를 풍기고 있었던 것일까? 아니면 36일 전까지만 해도 사람들이 무균 상태에 너무 익숙해져 있었던 탓일까? 체취제거제를 썼는데도 냄새가 풍기면 기겁을 하고, 대부분이 하루에 한 번 여름에는 두 번씩 샤워를 하는 생활을 해왔기 때문일까? 존은 알 수 없었다.

이제 이것이 정상적인 상태일까? 워싱턴, 제퍼슨, 링컨의 몸에서는 이런 냄새가 풍겼던 것일까? 이제 이것이 정상이기 때문에 아무도 더 이상 몸 냄새에는 신경을 쓰지 않는 것일까?

톰이 웃음 띤 얼굴로 그 건물의 경찰동 문간에 나타났다.

"작동이 됩니다!"

군중 속에서 환호성이 터졌다가 자연스레 사그라졌다. 그러면서도 사람들은 진입로와 창가로 다가가 회의실을 들여다보려고 했다. 회의실에서 마치 기적이라도 일어나고 있는 듯이.

존은 사람들을 지나쳐 천천히 건물 안으로 걸어 들어갔다.

톰이 말했다.

"여러분, 아직 시작은 안 했지만 지금으로선 괜찮을 것 같습니다."

회의실로 들어선 존은 낡은 크랭크 전화기가 벽에 달려 있는 것을 보고 미소를 지었다.

"예, 예, 들립니다!"

찰리가 수화기를 한 손에 들고 몸을 살짝 굽힌 채 송화기에 대고 소리치고 있었다.

"네, 알겠습니다. 잘 됩니다. 전화선을 계속 설치하고 있습니다. 예,

통신 끝. 그럼 이만."

그는 전화를 끊고 바깥의 군중에게로 얼굴을 돌렸다.

"이제 전화를 갖게 되었습니다."

밖에 모여선 사람들 사이에서 커다란 박수가 터져나왔다.

존은 골동품 상점에서 찾아낸 그 전화기를 쳐다보았다. 스와나노아의 경찰서에도 이제 그런 전화기가 가설되어 있었다. 전화선 기술자들과 전화 회사의 나이 든 직원 여럿이 이루어낸 합작품이었다. 그들 중에는 골짜기 꼭대기 봉쇄 지점을 통과하다 이 지역 잔류를 허락받은 사람들도 끼어 있었다.

현대 통신망에서 사용하는 광섬유가 아니었다. 구식 구리선을 찾아야 했다. 쉬운 일은 아니었지만 여기저기서 한 조각 두 조각 그러모았다. 철도와 나란히, 몇 킬로미터 길이로 방치되어 있던 옛 전화선인가 전신선을 찾아낸 건 금광이나 다름없었다. 그런 전화선들을 조심스럽게 꼬아서 잇고, 음료수 병을 깨트려 만든 유리나 세라믹 절연재로 감쌌다.

그것이 첫 전화선이었다. 다음 목표는 애슈빌로 연결하는 것이었다. 놀랍게도 1920년대에 전화 교환수로 일했던 사람의 손녀 집 지하실에서 구식 교환대를 찾아냈다. 1950년대가 되어 구식 시스템이 밀려나자 교환수가 기념품으로 집에 갖다둔 모양이었다. 지금 나이 든 전화 회사 직원 둘이 달라붙어 전화기 여러 대를 연결할 수 있는 교환대를 다시 만들어내려고 끙끙대고 있는 중이었다.

다른 분야에서도 진전이 있었다. 스와나노아의 고물상에서 1960년대에 운행되었던 디젤 견인 트레일러를 찾아낸 것이다. 누가 그 차를 차지하느냐를 두고 치열한 논쟁을 벌인 끝에 소방서가 최종 승리를 거두었다. 지금 그 트레일러에는 호스와 사다리, 기어가 장착되었다. 소방서에서는 물 펌프를 작동하기 위해 엔진을 동력 인출 장치로 이용하는 방법까지 알아내었다.

화재는 심각한 위험으로 부상하고 있었다. 아직 식량이 남아 있는 사람들이 장작불로 요리를 했기 때문에 가정이나 덤불에서 화재가 빈발했다. 저수장 높이인 760미터보다 낮은 지역으로는 여전히 중력에 의해 물이 공급되고 있었다. 하지만 고도가 그보다 높은 곳에 사는 사람들은 물을 떠 날라야 했다. 그 때문에 한 집에서 일어난 불이 숲 전체를 태워버릴 위험이 도사리고 있었다.

협정을 맺은 두 마을 사이에는 하루에 백 대 이상의 차량이 오가고 있었다. 전자 장치 의존도가 최소한도로 낮은 차량에서 전자부품의 기능을 제거하거나 부품 자체를 아예 떼어내고 옛날 부품으로 교체해 엔진을 다시 회전시키는 방법도 찾아나가는 중이었다.

한 모터 자전거 상점에서는 비교적 간단한 원리를 지닌 모터 자전거와 구형 오토바이를 다시 달릴 수 있도록 하는 데 발군의 실력을 보였다.

많은 차량과 오토바이 등이 다시 운행되고 있어 스마일리 편의점에서 챙겨둔 발전기나 그곳 지하 저장고에 있는 가스를 찾는 발길도 이어지고 있었다.

스마일리는 바야흐로 옛날식의 '잡화점'으로 변모하고 있었다. 비축해두었던 많은 양의 담배 외에는 별로 팔 만한 게 없는 상태였지만, 스마일리에 죽은 다람쥐, 옛 은화 등등 주인 해미드의 흥미를 끄는 물건을 가져가면 담배 한 개비와 바꿀 수 있었다.

"자, 여러분. 회의할 시간입니다. 방을 좀 정리합시다."

찰리가 말했다.

전화기를 구경하러 몰려왔던 사람들은 마지못해 회의실을 나갔다. 찰리는 창문을 닫고 블라인드를 내렸다.

모인 사람들은 여느 때와 같았다. 찰리, 톰, 케이트, 켈로 의사 그리고 존이었다. 칼과 마이크는 직접 자기들과 관련된 문제를 논의할 때만 스와나노아에서 왔다. 오늘 그들은 호 크릭을 따라 번진 불길을 잡느라 정신이 없었다. 자칫하면 대형 화재로 번질 위험이 있다고 했다.

회의실에 모인 사람들은 구석에 놓여 있는 미국 국기를 향해 국기에 대한 맹세를 외웠다. 존이 주장해서 이런 의례를 만든 것이다. 이어 케이트가 짧은 기도를 이끈 다음 찰리가 개회를 선언했다.

"이 문제를 섣불리 다루고 싶지 않습니다만 중요한 게 있습니다."

존이 말했다.

"뭔데요?"

"바깥소식입니다."

"이런, 도대체 왜 들어왔을 때 바로 말하지 않았나?"

찰리가 물었다.

"모두들 전화기 때문에 흥분해 있었으니까. 게다가, 솔직히 그다지 좋은 뉴스도 아니네."

"얘기해보세요."

케이트가 말했다.

"라디오에 나오는 방송이 있습니다. 미국의 소리 방송."

"그래요, 언제부터?"

케이트가 깜짝 놀라며 물었다.

"어젯밤 운전하면서 만지작거리다보니 잡히더군요. 아주 또렷하게 들렸습니다."

"라디오라니?"

찰리도 흥분해서 소리를 질렀다.

"어서 말해주게. 오, 다시 라디오를 듣게 되다니!"

"엣셀에 달린 구식 라디오입니다. 옛 민방위 주파수에서 갑자기 크고 또렷하게 방송이 들렸습니다. 우리는 30분쯤 그 방송을 들었는데 그러다 대기가 불안정해지자 꺼졌어요."

"우리라니요?"

케이트가 물었다.

존은 대답을 하지 않았다. 마칼라가 집으로 와서 식사를 함께하고 제니퍼를 살펴본 뒤, 그녀를 컨퍼런스 센터로 데려다주는 길이었다. 그곳은 이제 요양원 겸 이곳에 머무르는 것을 허락받은 피난민들이 생활하는 장소가 되어 있었다.

"그래서 대체 뭐라고 하던가?"

톰이 물었다.

"항공모함 에이브러햄 링컨 호에 대한 얘기였습니다. 이번 사태가 터졌을 때 걸프 만에 주둔하고 있던 함대에 속해 있었지요. 그 항공모함이 이리로 다시 돌아왔습니다. 미국 해안 근처 어딘가에 있는데, 그곳에 구조 및 재건 사령부가 설치되었다고 합니다. 방송에서는 지금 구호의 손길이 오고 있는 중이라고 했어요. 그 말을 5분마다 되풀이했습니다. 또 미국이 지금 계엄령 하에 있다는 말도."

"뉴스랄 것도 없군요."

케이트가 말했다.

"무슨 도움이라고 하던가?"

톰이 물었다.

"말 안 했습니다. 구호물자가 영국, 호주, 인도, 중국에서 오는 중이라고만 했습니다."

"인도와 중국?"

찰리가 물었다.

"그렇다네. 나도 이상하게 생각했어. 전에 들었던 얘기로는 서태평양 상공에서도 폭발이 있었다고 했으니까요."

"우린 누구와 싸우고 있는 건가?"

톰이 다시 물었다.

"그 말도 없었습니다. 그저 연합군이 이란과 이라크, 한반도에서 전투 중이라고만 했어요. 좋은 소식은 찰스턴, 윌밍턴, 노퍽이 긴급재건 센터로 지정되었다는 겁니다."

"그게 무슨 뜻인가?"

켈로가 물었다.

"내 생각에는 폭발의 영향을 받지 않은 것들이 해외에 있지 않았나 싶어요. 전력과 항공기, 훈련받은 인력을 싣고 있는 배들이 있는 거죠. 그 배들이 아까 말한 세 곳으로 향하고 있는 거라고 짐작됩니다."

"하지만 가장 가까운 찰스턴만 해도 4백 킬로미터나 떨어져 있는데."

찰리는 한숨을 내쉬었다.

"우리한테는 조금도 도움이 안 돼요."

"그렇습니다."

"전쟁 쪽은 어떻다던가?"

톰이 물었다.

"그 세 곳 말고 다른 얘기는요?"

케이트도 물었다.

"아무것도 없었습니다. 참, 전 국무장관이 대통령직을 맡았습니다. 이제 그녀가 모든 걸 책임지고 있어요."

그 뉴스에는 아무도 반응을 보이지 않았다.

"대통령이 전용기에서 사망했다는 말이 사실인 것 같습니다. 일단 대통령을 피신시키려고 전용기에 태웠는데 핵차폐 장치가 불충분했던 모양입니다. 부통령이나 하원의장이 어떻게 되었는지는 방송에 나오지 않았습니다."

"그렇다 해도 우리에게 직접적인 영향을 주는 건 없지."

찰리가 이렇게 말했는데, 역시 아무도 대답하지 않았다. 대통령이 사망했다는데도 우리는 그게 우리와는 상관없다고 하고 있다. 이상한 일이라고 존은 생각했다.

"그게 전부입니다. 그러더니 음악을 틀어주더군요."

"뭐?"

찰리가 소리를 질렀다.

"음악이라고?"

"애국적 노래였네. 〈신이여 미국을 축복하소서〉. 다음엔 〈공화국 찬가〉가 나오더니 방송이 꺼지더군."

존은 회의실을 둘러보았다.

"적어도 그들이 저 밖에 있다는 건 알게 된 셈이지요."

"전설적인 '그들' 말인가?"

켈로가 싸늘하게 대꾸했다.

"우리를 눈곱만큼도 도와주지 않는데 또 그 얘기가 나오는군."

"회의를 계속합시다."

찰리가 말했다.

"솔직히 존이 지금 한 말을 들으니 더 암울한 느낌이 듭니다. 그들이 그렇게 가까이 있다는 사실이 말입니다. 한 달 반 전에는 의약품을 실은 C-130이 한 시간이면 찰스턴에서 이리로 날아올 수 있었지요. 그런데 지금은 달 저편처럼 멀게 느껴지니 말입니다. 켈로 선생님이 먼저 말씀하시지요."

"어제는 사망자 수가 13명에 그쳤습니다."

다행스럽다는 웅성거림이 일어났다. 사망자 수 집계를 시작한 뒤 가장 적은 숫자였다.

"두 명은 심장마비, 두 명은 투석 환자였소. 이제 투석 환자는 아무도 남지 않은 것 같아요. 투석을 받던 사람들은 하나도 남김없이 죽고 말았지."

아무도 입을 열지 않았다.

"당뇨병 환자도 한 명 죽었습니다."

역시 모두 입을 다물고 있었으나 존은 사람들의 시선이 자기에게로 쏠리는 것을 느꼈다. 당연히 모두들 알고 있다. 존은 말없이 앞만 똑바로 쳐다보고 있었다.

"그리고 아기가 하나 태어났소."

"누구 아기요?"

케이트가 물었다.

"메리 턴빌이 낳았어요. 몸무게 2.7킬로그램의 건강한 딸이오. 이름을 그레이스 아메리카 턴빌이라고 지었소."

"아주 멋지군."

톰이 큰 소리로 말했다.

"지금까지 여덟 명의 아기가 태어났소. 엄마와 아기를 잃은 게 한 건 있고. 내세울 만한 통계는 아니지만, 그래도 150년 전의 평균과 비교하면 괜찮은 편이오."

"잘해오셨어요, 켈로 선생님."

찰리가 말했다.

"음, 그럼 이제 부정적인 얘기를 좀 해야겠소. 어떤 뜻에서 우리는 지금 축복의 시기에 놓여 있다고 할 수 있어요. 폭풍 사이의 고요 말이오. 이번 사태 초기에 죽은 사람들, 적절한 치료를 받지 못해서, 대량 식중독으로, 건강 상태가 너무 나빠져서 죽은 사람들이 1만 명 중에 대략 1200명쯤 되오. 그중 블랙마운틴과 스와나노아 주민은 500명이고. 초창기 사망자에 대한 정확한 숫자는 아직도 알지 못하지만 대략 1200명이라 치고, 그때 이후 지금까지 또 1000명쯤 목숨을 잃었소."

"골짜기에서의 폭동 때 죽은 사람들이나 바리케이드 저편의 피난민 사망자는 포함되지 않은 숫자입니다."

톰이 거들었다.

"그렇소. 초창기에 폭력 사태가 아니라 자연적인 이유로 사망한 사람만 집계한 거요. 내가 말하려는 건 이겁니다. 얼마 버티지 못할 것으로 생각했던 사람들은 실제로 금방 죽고 말았어요. 앞으로 대략 보름 동안에는 사망자 수가 아주 적게 나타날 거요. 지금처럼 마을이 안정된 상태로 유지되고 외부 변수가 없다면. 하지만 그 이후에는 사정이 달라질 거요. 이런 말을 하는 게 싫지만 어쩔 수 없소. 앞으로 15일쯤 뒤부터 사망자 수가 다시 늘어날 테고 30일 안에 지금껏 보지 못한 최악의 상태를 맞을 거요."

켈로는 존을 쳐다보며 잠시 머뭇거렸다. 그는 인슐린을 따로 챙겨둔 존의 비밀을 알고 있었다.

"1형 당뇨병 환자들 거의 모두가 이번 달에 죽게 될 거요. 약국에서는 1인당 천 단위가 든 병을 하나씩 나눠주었소. 받은 인슐린이 거의 떨어질 때가 되었지. 그러니까 우리 지역에 있는 당뇨병 환자 120명이 모두 죽어갈 겁니다."

모두들 아무 말이 없었다.

"한 달 안에 예상되는 죽음은 또 있어요. 천식 환자들은 긴급 흡입기가 떨어져가고, 심장 부정맥 환자들도 베타 차단제가 바닥이 났어요. 우리는 다음번 큰 파도가 덮치기 전의 일시적인 소강상태에 있는 거요. 참, 이건 좀 다른 문제긴 한데 이 문제를 우리 중 누구도 깊이 생각하지 못했소. 하지만 톰, 내 생각엔 당신이 채비를 갖추어야 할 것 같소. 건물을 비워 격리병동 하나를 더 만들어야 할 거요."

"무슨 용도로요?"

케이트가 물었다.

"심각한 정신병자를 수용해야 하니까."

"미친놈들 말입니까?"

톰이 나섰다.

"골짜기 통과 지점에서 미친놈들은 숱하게 봤습니다. 지난달에 일어난 자살 사건은 말할 것도 없고 말입니다. 지금은 우리 모두가 반쯤 미쳐 있는 상태 아닙니까?"

"며칠 안에 상황이 더 나빠질 테니 하는 말일세."

"왜 며칠입니까?"

"대략 인구의 4분의 1이 항우울제나 항불안제를 복용하고 있소. 프로잭, 자낙스, 렉사프로, 아니면 옛날식으로 순수 리튬을 말이오. 그런 사람들은 이번 일이 터지자 약국으로 몰려가 필요한 약을 그러모았겠지. 그렇다 해도 대개 30일 치 정도일 거요. 그런 약들도 이제 떨어져 가요. 그럭저럭 괜찮은 사람도 있을 거요. 하지만 약을 못 먹으면 환각 같은 아주 심각한 증세를 보이는 사람들도 있소. 거기다 우리 모두 겪고 있는 스트레스까지 더해져 있는 상황이오. 물론 구닥다리 의사인 나는 그런 약을 먹고 있는 사람들은 가벼운 노이로제 환자라고 주장할 거요. 조금쯤은 정신적으로 이상한 데가 있는 게 의무가 되다시피 한 온실 같은 이런 사회에서나 환자로 분류된다고 말이오. 하지만 인구의 5퍼센트 정도는 정말로 심각한 정신 질환을 갖고 있소. 1~2퍼센트는 편집증 같은 위험한 장애를 앓고 있고. 그런 환자들은 아주 공격적인 행동을 할 가능성이 있어요."

"다시 말해 미치광이가 속출할 거란 말이군요."

톰이 말했다.

"바로 그 문제를 당신이 처리해야 하오. 그리고 부하들에게도 이런 상황을 알려두는 게 좋을 거요. 그리 오래지 않은 옛날에는 가족 중에 정신병자가 있으면 감금시켜두거나 환자를 거칠게 다루는 주립 정신병원에 보내버리곤 했었지요. '난리법석bedlam' 이라는 말이 어디서 유래했는지 아시오? 18세기 영국에 있던 정신병원 이름이었소. 옛날 기록을 보면 정말로 지독한 곳이었던 모양이야. 우린 이런 문제를 현대의학이 출현한 60년대나 70년대 이후에는 다뤄본 적이 없어요. 의학과 법률의 변화로 아주 심한 경우가 아니면 강제 구금이 금지되었고, 정신병원은 텅텅 비었지. 하지만 50년 전이었다면 적어도 우리 주민 중 백 명은 일종의 감금 상태에 있었을 거요. 집에서든 주립 병원에서든. 지금은 그런 사람들이 우리 속에 섞여서 살고 있는데, 그들을 안정시켜주던 약물이 없어진 거요. 그 밖에도 몇백 명이 다양한 형태의 불안증세를 겪고 있소. 그러니까 내가 하려는 말은, 천 명 이상이 여러 형태의 심리적 불균형을 나타낼 거라는 거요. 이 위기 때문이 아니라 약이 떨어져서 말입니다. 그중에서 50명 내지 100명은 그들 자신에게나 우리에게나 지극히 위험해요. 편집증 환자, 정신분열증 환자, 망상에 시달리는 사람들 말이오. 그뿐 아니라 범죄를 저질렀지만 정신이상으로 진단받고 치료받은 뒤 풀려나 이리로 온 사람들도 있지. 찰리, 정신적으로 불안정한 사람들을 판정하고 강제로 구금할 수 있는 권한을 내게 주시오. 일단 격리시킨 뒤 그들을 돌볼 사람들을 구하고, 그 사람들에게 배급할 식량 문제도 논의해야 할 거요."

찰리는 수염을 문지르며 한숨을 내쉬다가 마침내 고개를 끄덕였다.

"정신적으로 정상인지 아닌지 여부를 판단할 권한과, 필요한 경우

당사자 및 가족의 의지와 상관없이 구금할 수 있는 권한을 당신에게 공식적으로 부여합니다. 톰, 그 사람들을 체포하는 건 당신이 맡아주십시오. 오늘 중으로 이 문제를 공고하겠습니다."

켈로는 고개를 끄덕였다.

"적어도 20~30명에 대해서는 미리 조치를 취해야 한다고 봅니다. 아직 약이 좀 남아 있더라도 지금 당장 말이오. 나는 의사니까 내 환자 중 어떤 사람들이 이번 일이 벌어지기 훨씬 전부터 정말로 착란상태였는지 알고 있소. 입원을 되풀이하고 계속 사건을 일으킨 환자들인데, 톰, 당신도 그런 사람들을 일부는 알고 있을 거요. 사건을 일으키고 정신과나 감옥으로 간 사람들 말이오. 그런 사람들은 상태가 악화되기 전에 지금 당장 붙잡아 들여야 합니다."

"한 가지 말씀드릴 게 있어요."

존이 조용히 말문을 열었다.

"해보게."

"우리가 마음에 새겨야 할 게 있습니다. 이웃들이 단순히 싫어하는 사람, 정치적 반대자들에게 그런 권한이 사용될 수도 있다는 것 말입니다. 또 하나, 암흑시대에는 정신병을 악마의 짓으로 보고 마녀사냥이 일어났지요. 우리 지역에도 몇몇 작은 교회에서는 벌써부터 이번 재난이 죄 많은 나라에 대한 신의 심판이고, 지금이 종말의 시기라고 설교하고 있습니다. 켈로 선생님이 말한 게 집단 정신병에 대한 얘기라고는 절대 생각하지 않습니다만, 그런 정신병자가 그럴듯한 말주변을 갖고 있으면 예언자로 비칠 수도 있고 반대로 악마에 사로잡힌 걸로 여겨질 수도 있는 겁니다."

"점점 분위기가 중세시대 같아지는군요."

케이트가 한숨을 쉬었다.

"중세시대 맞습니다, 케이트. 감정이 벌컥 치솟으면 자제하지 못하는 사람, 심각한 정신장애 병력이 있는 사람, 우리는 다른 모든 사람들을 보호하기 위해 그들을 가둬야 합니다. 정신 나간 예언자를 추종하는 무리, 마녀에게 돌을 던지는 군중만 있으면 완벽한 중세지요. 하지만 바로 그 작은 차이가 중요합니다. 우리는 그 가느다란 선을 넘으면 안 돼요. 녹스빌 광신자 집단에 대한 소식을 모두 들었잖습니까? 우리 지역에서는 그런 일의 단초도 보여선 안 됩니다."

존이 켈로를 쳐다보자 의사는 고개를 끄덕이며 입을 열었다.

"그에 관련된 다른 문제가 하나 더 있소. 술이오. 사태 첫날 사람들이 주류 판매점에 몰려가 물건이 동났고, 이후 약탈까지 벌어져 술이란 술은 한 방울도 남지 않고 털렸소."

존은 책상 뒤에 숨겨둔 병에 조금 남아 있는 스카치를 떠올렸다.

"그런데 지금쯤이면 알코올 중독자들이 갖고 있던 술이 떨어졌을 거요. 앞으론 술을 구하기가 더 어려워질 테고. 내 걱정은 이거요. 그런 사람들은 술을 손에 넣기 위해 무슨 짓이라도 할 거요. 이를테면 증류주를 만들려고 하겠지."

"옥수수는 모두 식량으로 사용될 겁니다."

찰리가 강한 어조로 말했다.

“옥수수를 훔쳐 술을 만들려는 놈들은 엄청난 대가를 치르게 될 겁니다.”

“그게 아니오, 찰리. 그들은 어떤 재료를 써서라도 술을 만들려고 할 거란 얘기요. 유압유로 술을 만들 수 있다고 생각하는 사람들이 있다는 말이오. 메틸알코올로 술을 만들려다 눈이 멀어버린 천치 같은 자가 벌써 생겼소. 그런 일이 계속 늘어날 거요.”

“금주 마을이라.”

케이트가 조그맣게 웃었다.

“대공황 이후 한참 동안 그랬었지요. 다시 그렇게 되는군요.”

“이제 좀 더 심각한 문제로 들어가봅시다.”

켈로가 계속 이야기했다.

“식량이오.”

회의실 탁자 주변에서 한숨 소리가 새어나왔다.

“그간 배급량을 줄인 결과 하루에 1인당 1200칼로리 정도의 음식밖에 배급하지 못하고 있소. 그런데도 지금 저장량은 기껏 열흘 치뿐이오. 그래서 배급량을 더 줄여야 한다고 제안하려고 합니다. 배급량을 3분의 1 줄이면 저장량이 15일 치로 늘어납니다.”

“나도 그 문제를 생각하고 있었습니다.”

찰리가 대답했다.

“소, 돼지, 말 같은 가축에서 얻는 식량은 어떻소?”

"이미 3분의 1 정도를 식량으로 썼습니다. 남은 가축은 가능한 오래 보존해야 합니다."

"얼마나 오래?"

케이트가 물었다.

"존이 라디오에서 들은 뉴스를 생각해봅시다."

톰이 말했다.

"지금 해안 쪽으로 물품이 오고 있는 중이라면 여기까지 원조가 닿는 데는 한두 달이면 될 것 아니겠소. 식량과 보급품을 나르는 데는 디젤 기관차 하나만 있으면 되니까요."

존은 생각이 달랐다.

"말은 쉽지만 어떨까요? 공격을 당했을 때 철도 위에 있던 모든 기차가 멈춰버렸습니다. 고속도로와는 다르니까 정지한 기차를 돌아서 갈 수도 없습니다. 기관차 몇 대를 작동시켰다 해도 철로 위에 있는 기차 전부를 어딘가로 치워야만 합니다. 선로 변환도 모두 수동으로 해야 하고요. 실은 그동안 스모키 마운틴 철도 회사에서 증기기관차를 작동시키지 않을까 기대했습니다. 그 노선은 애슈빌과 연결되어 있으니까요. 하지만 그런 소식은 한 마디도 들려오지 않고 있습니다. 어떤 원조가 오든 그건 해안 지대로부터 올 겁니다. 지금 우리는 2백 년 전의 미국에 살고 있어요. 해안이나 큰 강에서 하루 걸어 들어오면 황폐한 땅이 있을 뿐입니다. 그러니 전설적인 '그들'이 곧 나타날 것이라고 기대하고 계획을 세워서는 안 됩니다."

"그렇게 단언할 수야 없겠지만, 나도 이 문제에는 존의 생각에 동의합니다."

찰리가 말했다.

"생각해보세요, 톰. 해군이 찰스턴에 들어갔다고 합시다. 거기엔 굶주린 사람 수백만 명이 있어요. 바다에서 엎어지면 코 닿을 곳에 있는 지역이 아니고서는 낙관할 수가 없습니다. 켈로 선생님, 생각하는 것을 말씀해보세요."

"배급품이 떨어져가고 있소. 갖고 있던 식량이 떨어져 배급 카드를 신청하는 사람들이 점점 늘어나고 있어 문제가 더 심각해요. 우리가 비축한 식량은 바닥을 보이는데 먹여야 할 입은 더 늘어나고 있다는 거요."

존은 아직 가족을 위한 식량 배급 카드를 신청하지 않고 있었다. 엽총을 능숙하게 다루어 사냥을 했고, 22구경 권총으로 주머니쥐를 잡았다. 다람쥐는 개들 몫이었다. 어제는 수놈 칠면조 사냥에 성공해 로빈슨 가족까지 초청해 잔치를 벌였다. 리 로빈슨은 맥주 한 병과 통조림 옥수수를 선물로 내놓았다. 마칼라는 감춰두었던 초콜릿바를 가지고 왔다. 개들에게도 음식 부스러기가 돌아갔다.

주머니쥐는 질색할 만큼 기름기가 많아서, 등장인물 중 한 사람이 줄곧 주머니쥐 파이 얘기를 늘어놓던 옛날 TV 드라마가 자꾸 떠올랐다. 처음으로 주머니쥐를 집으로 갖고 갔을 때 젠은 진저리를 쳤다. 젠이 그것을 옥외 화덕에서 구웠지만 결과는 참담했다. 하지만 그들은 주머니쥐 요리법을 차츰 배우는 중이었다.

"배급량을 하루에 9백 칼로리 정도로 줄이면 레닌그라드가 포위됐을 때 갇혔던 러시아 사람들과 같은 수준이 될 거요. 벌써 인체 저항력이 많이 떨어졌어요. 대개 7킬로그램 이상 몸무게가 빠졌소. 여기까지라면 오히려 건강에 좋은 사람들도 많을 거요. 하지만 이제 대부분의 미국인이 달고 다니는 비축지방은 사라졌고 몸을 갉아먹는 단계에 이르렀소. 건강에 심각한 영향을 미치는 문제라서 좀 더 길게 얘기하고 싶어요. 식량 배급을 줄이면 대개 2주 안에 영향이 나타나기 시작할 거요. 모든 사람들의 면역 체계가 약해지는 겁니다. 저 아래쪽 올드포트에서 돌고 있는 독감이 이리로 올라오면 1918년처럼 대유행할 거란 얘기요. 그때는 미국에서 거의 2백만 명이 독감으로 목숨을 잃었소. 독감이 발생하면 며칠 안에 10퍼센트는 죽을 것으로 봅니다. 그래서 말인데, 찰리, 골짜기 통과 지점을 봉쇄하든지 절차를 바꿔야 하오. 매일 주간도로로 걸어와 서쪽으로 향하는 사람들 중에 얼마나 많은 독감 보균자가 있을지 아무도 모르니까."

찰리는 한숨을 내쉬며 존과 톰을 쳐다보았다.

"그렇게 하면 더 많은 폭동이 일어날 겁니다."

톰이 대답했다.

"그 사람들이 계속 서쪽으로 가도록 내버려둬야 더 이상 문제가 생기는 걸 막을 수 있어요. 2주 전에도 큰 폭동이 나지 않았습니까?"

"나도 톰의 말에 동의해요."

존이 말했다.

"봉쇄해버리면 그 앞에 밀려드는 피난민이 며칠 만에 2천 명은 될 겁니다. 전보다 더 필사적이기 때문에 유혈 참사가 일어날 우려가 있어요. 그들이 지나가도록 해주되, 거길 지키는 사람들에게 각별히 조심하라고 주의시켜야 합니다."

"그들은 이미 방호복을 입고 있네."

찰리가 말했다.

"그렇지. 하지만 벗을 때는 맨손을 사용하고 철저하게 씻지도 않아."

그는 한숨을 쉬었다.

"아무리 대비해도 결국엔 독감이 들어올 겁니다. 피난민들은 길에 가만히 있는 게 아니라 숲으로 기어올라가고 있어요."

"마침 그 문제로 보고를 받았습니다."

톰이 말했다.

"낯선 사람들이 집으로 침입했다가 누가 나타나자 숲으로 달아났다고 합니다. 분명 외지인들일 겁니다."

존은 케이트를 쳐다보았지만 그녀는 아무 말도 하지 않았다. '외지인' 이라는 단어는 이제 모든 사람들의 머릿속에 뿌리를 내렸다. 사태가 터진 당일 마을에 살지는 않았지만 바리케이드가 설치되기 이전에 들어온 사람들조차도 그 말을 입에 담았다. 마치 '나는 지금 이곳에 있어요. 난 외부인이 아니라고요' 라고 말하려는 듯이 말이다.

"다행히 곧 6월이요. 괴혈병은 걱정하지 않아도 되겠어요. 여러 종류의 풀이 있으니까. 풀과 민들레를 끓여 만든 스프는 삼키기가 좀 힘들긴 하지만 말이오. 채소도 곧 열릴 테고."

의사가 말했다.

5월 내내 찰리는 노인들의 조언을 받아 '빅토리 가든' 캠페인을 벌였다. 마을에 있는 씨앗이란 씨앗을 모조리 모아서, 한때 호사스러운 사회의 사치품이었던 아름다운 잔디밭을 갈아엎고 상추, 호박, 콩 등등 먹을 수 있는 것이라면 무엇이든 심었다.

"그렇긴 하지만 지금은 식량이 떨어지기 일보 직전이오."

"그만하세요, 선생님."

케이트가 날카롭게 반응했다.

"아직 소도 40마리 있고, 돼지 2백 마리, 말도 있어요. 스와나노아에는 아마 더 많이 있을 테고요."

"소 한 마리로 천 명이 하루를 버틸 수 있소? 기껏해야 한 사람당 50그램쯤 돌아가요. 패스트푸드점에서 파는 빵 없는 햄버거 분량에도 못 미치지. 좋소, 하루에 소 두 마리와 돼지 한 마리를 잡는다고 합시다. 고기 150그램이면 그럭저럭 요기가 되겠지만 양쪽 지역의 소는 며칠 만에 씨가 마를 거요. 그다음엔 말로 열흘쯤 버틸 수 있겠지요. 그런 다음에는 남은 돼지로…… 그렇게 해서 길면 70일은 갈 거요. 그런 다음엔 어쩔 거요? 그게 1인당 1200칼로리씩 배급할 때의 얘기요. 그런 뒤 식량이 떨어지면 백 퍼센트 끝장이오."

의사의 시선을 받고 찰리가 입을 열었다.

"어떻게든 내년 봄까지 버틸 수 있도록 식량 계획을 세워야 합니다. 우리가 논의하고 있던 것보다 네 배 더 긴 기간이지요."

찰리는 존을 쳐다보았고, 존은 마지못해 고개를 끄덕였다.

"외부에서 올 것은 계산에 넣지 말아야 합니다. 그런 게 있다손 치더라도 찰스턴에서 우리가 원조를 받기에 앞서 그들은 우선 컬럼비아의 통제를 회복해야 하고, 다음엔 그린빌과 스파턴버그 순으로 진행되겠죠. 거기엔 수백만 명이 기다리고 있고, 이곳에 있는 건 겨우 2천 명뿐입니다. 게다가 그들은 여기 산악 지대에 있는 우리는 괜찮을 거라 여길 겁니다. 누구나 산에는 먹을 게 풍부하다고 생각하니까요."

"돈 바버가 비행기로 찰스턴에 가보면 어떨까요?"

톰이 의견을 냈다.

일부가 동의한다는 뜻으로 고개를 끄덕였다.

"적어도 여기 우리도 있다는 사실은 알릴 수 있을 겁니다."

하지만 찰리는 고개를 가로저었다.

"지역 순찰 이외의 용도로 그 비행기를 쓰는 건 위험한 일입니다. 연료를 완전히 채워도 비행거리가 3백 킬로미터가 안 돼요."

"예비 연료탱크를 매달 수 있다면 찰스턴까지 편도는 가능하네."

톰이 말했다.

"가서 뭐 하게요?"

"도움을 청하기 위해서지. 적어도 의약품이라도 좀 얻어올 수 있지 않겠나? 켈로 선생이 바버에게 필요한 약품 목록을 적어주는 거지. 항생제, 마취제…….”

톰은 잠시 망설이며 숨을 고른 뒤 덧붙였다.

“그리고 인슐린도.”

존은 그를 쳐다보았다. 어떤 반응을 보여야 할지 알 수 없었다. 톰은 제니퍼를 위협하는 일은 거론하지 않는다는 금기를 깨트린 것인가? 하지만 경찰서장의 눈은 그렇지 않다고 말하고 있었다. 톰의 눈은 동정심으로 가득 차 있었다.

존은 말문이 막혔지만 톰이 옳을 수도 있다고 생각했다. 저 아래에 있는 누군가 자기들의 요청에 답해줄지도 모르는 일 아닌가.

“미안합니다, 톰.”

찰리가 부드럽게 말했다.

“그리고 존, 내가 자네한테 정말로 미안해한다는 것을 주님은 아실 거야. 하지만 안 된다고 말해야겠습니다.”

존은 말없이 앉아 있었다. 그가 두려워한 최악의 악몽이 바로 이 회의실에서 모습을 드러내고 있었다. 그도 톰의 의견에 동의하는 것이 이기적이라는 것을, 논리적으로 찰리가 옳다는 것을 잘 알고 있었다. 그럼에도 불구하고 벌떡 일어나서 톰의 제안을 채택하지 않으면 이 위원회에서 빠지겠다고 소리를 지르고 싶었다.

다음 순간 존은 자신의 몸이 떨리고 눈에는 눈물이 고였다는 사실을 깨닫고 당황했다.

"논리적으로 분명한 문제입니다."

찰리는 존을 똑바로 쳐다보지 못한 채로 말을 이었다.

"분명히 우리에게는 돈 바버의 비행기가 있습니다. 하지만 그 비행기는 주변 지역을 감시하기 위해 필요한 겁니다. 그건 우리의 생존에 결정적입니다. 이미 다양한 패거리들이 세력을 형성했다는 소문이 들리고 있습니다. 만약 그자들이 몰려오면 돈 바버와 그의 L-3만이 우리에게 사전 경고를 해줄 수 있습니다. 분명히 해군이 찰스턴에 들어올 테지요. 하지만 존, 자네가 말하지 않았나? 해안을 따라 수백만 명이 기다리고 있다고. 그뿐 아닙니다. 켈로 선생님은 제 얘기에 동의하실 걸로 봅니다만, 해군 군함이 대체 인슐린을 얼마나 싣고 있을까요? 아마 전혀 없을 겁니다. 설사 있었다 해도 벌써 다 써버렸을 겁니다."

존을 고개를 숙였다. 누구에게도 눈물을 보이고 싶지 않았다.

"내가 저 아래서 상황을 지휘하고 있다면,"

찰리가 말을 계속했다. 그의 목소리는 슬픔을 담고 있으면서도 차가웠다.

"나라면 그랬을 겁니다. 돈 바버에게 그럴싸한 위로를 전하고 곧 원조의 손길이 닿을 거라고 약속할 겁니다. 어쩌면 항생제 얼마쯤 싸줄지도 모르지요. 그런 것을 위해 우리가 가진 유일한 비행기를 위험에 처하게 할 수는 없습니다. 최악의 경우도 생각하지 않을 수 없습니다. 그들이 돈의 비행기를 압수해버릴 수도 있어요. 그러면 뭐라 항변할 수도 없고 그걸로 끝입니다. 그들이 저 아래 지역들을 재건할 때는 한

번에 한 걸음씩 옮길 겁니다. 인접 지역과 통신을 연결하고, 질서를 바로잡고, 그런 다음 조금씩 내륙 안쪽으로 움직일 겁니다. 그렇게 한 걸음 옮길 때마다 먹여야 할 입은 더 늘어날 테죠. 그들이 컬럼비아까지 이르면 백만 명 이상을 돌봐야 하고, 해안 아래쪽 서배너에 닿으면 또 백만, 2백만 명이 기다리고 있겠죠. 아뇨, 그들은 구호품을 갖고 이리 올라오지 않을 겁니다. 골동품 비행기로 여기 산악 지대에 사는 우리 몇천 명이 구호를 청한다고 그런 일은 없을 겁니다."

마침내 존이 고개를 끄덕여 동의를 표할 때까지 오랫동안 침묵이 이어졌다.

"찰리, 꺼내기 힘든 제안이 하나 있네."

켈로가 침묵을 깨트렸다.

"말씀하세요."

"지금까지 우리는 식량을 누구에게나 똑같이 배급해왔소. 어린아이나 임산부가 유일한 예외였지만 당연히 거기에 반대하는 사람은 아무도 없었소. 하지만 이제는 배급 대상을 분류하는 걸 생각해봐야만 해요."

"뭐라고요?"

인슐린 문제의 충격에서 벗어난 존은 방금 제기된 이야기의 심각성을 깨닫고 찰리를 쳐다보았다. 찰리는 최상의 상태인 것처럼 보이지는 않았다. 빠른 결정을 내리지 못하고 있었다. 단순히 지쳤기 때문일까, 아니면 다른 이유가 있는 것일까?

"경찰관, 힘든 노동을 하는 사람들, 군인들에게 더 많은 양을 배급해야 하오."

"나는 찬성할 수 없습니다."

대뜸 케이트가 반대하고 나섰다.

"어떤 동물들은 다른 동물들보다 더 평등하다는 《동물 농장》에 나오는 얘기와 똑같잖아요."

"케이트, 지금 배급량은 침대에서 일어나거나 하루 종일 아무것도 안 하고 앉아 있는 것 이상의 활동을 할 때 필요한 수준 이하로 떨어져 있소. 지금 우리는 개울을 따라 번진 불길을 잡느라 애쓰고 있지요? 산불과 싸우면 하루에 4천 칼로리 이상이 소모됩니다. 군인들도 마찬가지요. 하루 9백 칼로리의 식량으로 그런 힘든 일을 할 수는 없소. 계속 이런 식으로 가면 3주도 안 돼 모든 사람들이 허약해져서 옥수수 수확에 나설 힘도 없을 겁니다. 골짜기의 관문을 지키는 일은 말할 것도 없고, 사람들이 미치광이의 말에 휘둘리는 것을 막는 것도……."

목소리가 점점 작아지더니 켈로는 그만 입을 다물어버렸다. 그는 멍한 상태로 가만히 앉아 있기만 했다.

"그렇게 해야만 합니다."

존이 말했다.

"존, 이런 문제에서는 나하고 생각이 같을 줄 알았는데요."

존은 머리를 가로저었다.

"케이트, 역사적으로도 선례가 많이 있습니다. 고대와 중세에는 도시가 포위당하면 병사들이 다른 사람보다 더 많은 음식을 배급받았어요. 제2차 대전 때는 주로 심리적인 차원에서 사기를 올리기 위한 목적이긴 했지만, 우리도 최전방의 군인들을 가장 먼저 배려했어요. 전쟁이 터지면 모든 나라에서는 차등 배급이 매우 현실적인 문제였고, 때로는…….”

그는 잠시 머뭇거리다가 말을 이었다.

“때로는 등급 매기기 형태로 이루어졌습니다. 아까 켈로 선생님이 레닌그라드 얘기를 하셨죠. 그때 러시아인들은 냉정한 평가를 내려야 했습니다. 모두가 살아남기에는 식량이 부족했으니까요. 그래서 군인들에게 최우선 순위를 매겼고 다음은 필수 인력, 그다음 단계는 임산부와 어린이였고, 다음은…….”

존은 켈로의 얼굴을 흘깃 쳐다본 뒤 다시 입을 열었다.

“우리 마을 주민의 수는 1만 명 약간 넘습니다. 식량은 어때요? 옥수수 밭과 과수원에서 식량을 약간 얻을 수 있는 가을까지 건강을 유지하면서 버티려면 천 명, 2천 명 분밖에 안 됩니다. 모든 사람한테 똑같은 식량을 배급한다면 살아남을 사람이 거의 없어요. 모두들 굶어 죽게 됩니다. 우리보다 더 굶주린 사람들이 밖에서 습격해올 가능성도 있고요. 다들 죽어가기 훨씬 전에 우리가 유지하고 있는 질서의 외양은 완전히 붕괴될 겁니다.”

“오, 주님. 지금 우리가 이웃들 중 일부를 일부러 굶겨 죽여야 한다는 얘기를 하고 있는 건가요?”

케이트가 소리쳤다.

"여기는 미국이에요. 제발요!"

한동안 아무 말이 없었다. 존의 급소를 찌른 것은 '미국'이라는 단어였다. 젖과 꿀이 흐르는 땅, 비만이 핵심 보건 문제가 되었던 땅, 패스트푸드 체인점들이 앞다퉈 더 크고 더 지방이 많은 햄버거를 내놓으면서 비만이 마치 국민적 권리처럼 생각되었던 땅. 미국의 지나친 낭비를 보여주는 그런 햄버거 광고들을 라이베리아나 예멘, 아프가니스탄에서 보면 어떤 반응을 나타낼까, 존은 전에도 가끔씩 그런 생각을 했었다.

"일부러 굶겨 죽인다는 건 너무 심한 말이오."

켈로는 방어적으로 대답했다.

"죽음은 더 심한 일이에요."

케이트가 되쏘았다.

"이게 무자비한 현실입니다."

존은 차가운 목소리로 말했다.

"간단합니다. 우리에게는 식량이 x만큼 있고 사람들은 y만큼 있습니다. 그런데 2주 안에 이 공식은 무너지게 되어 있습니다. 생존자를 늘리려면 y만큼의 사람들을 구분해 나누어야 합니다."

"우리가 해야 하는 건,"

찰리가 부드러운 어조로 입을 열었다.

하지만 케이트가 그 말을 잘랐다.

"어쨌든 나는 동의 못 합니다."

"케이트, 지금 우리는 민주주의를 하자는 게 아닙니다. 당신이 우리와 함께하지 않고 식량 배급을 안 받겠다면, 좋아요, 난 상관없어요."

"당신들 정말!"

케이트가 소리를 질렀다.

"이제 당신들은 '동물농장'을 갖게 되었군요. 러시아처럼 정치국원과 굶주림도. 사람들이 거기에 찬성할 거라고 봅니까?"

"개인적으로, 나는 추가 배급을 받지 않을 겁니다."

찰리가 말했다.

"찰리."

켈로가 끼어들었다.

"자네는 받아야만 하네. 나는 자네 건강 상태를 알고 있어. 내가 자네 가족의 주치의 아니었나. 자네는 고혈압과 위산 역류 증세가 있어. 지금도 이미 몸이 약해져 있네. 누가 봐도 그래."

"그저 피곤해서 그런 겁니다."

찰리는 날카롭게 대답했다.

"하룻밤만 푹 자면 괜찮습니다."

"허튼 소리 말게. 자네는 두 사람 몫의 일을 하면서 다른 사람들과 똑같이 먹고 있어. 기력이 바닥이 날 거야. 벌써 바닥이 나고 있어."

"그래요? 굶주리고 있는 사람들 사이를 내가 뚱뚱하고 행복한 모습으로 걸어다니면 좋겠습니까?"

존은 고개를 숙였다.

“켈로 선생님 말이 맞네.”

그는 나지막하게 말했다.

“하지만 한 가지 점에는 동의하지 않습니다. 이 문제에 대해서는 단 한 마디도 공개적으로 토론하면 안 됩니다.”

“정말 정치국원처럼 말하고 있군요.”

케이트가 소리쳤다.

그는 케이트를 노려보았다.

“나는 지금 좋아서 이런 말 하는 줄 알아요?”

존의 목소리도 날카로워졌다.

“하지만 찰리가 밖에 나가서 일부 사람들에게 식량을 더 많이 배급할 거라고 하면 한 시간도 안 돼 폭동이 일어날 겁니다. 여분의 배급품을 조용히 대학으로 옮기는 게 좋겠습니다. 우리가 꼽은 우선 대상자에는 어쨌든 대학생들이 들어가니까요. 추가 식량은 그곳에서만 배급해야 합니다. 하지만 찰리의 개인적인 예에서 보듯이, 그건 그의 결정이지만 또한 도덕적인 것이기도 하다고 말할 수밖에 없습니다.”

찰리는 천천히 고개를 끄덕였다.

“식량을 비밀리에 옮긴다고요? 다른 사람들은 굶고 있는데 우리 중 일부만 비밀리에 먹는다고요?”

케이트는 머리를 내저었다.

“이렇게 빨리 이런 지경에 놓이리라고는 생각도 못 했는데. 여기, 바로 우리 마을에서 이런 일이 생기다니."

"폭동이 일어나면 가장 먼저 외지인들이 희생될 겁니다."

존이 말했다.

"그들을 받아들이고 유대 관계도 있는 듯이 보이겠죠. 케이트, 내가 장담합니다만 그런 외양은 살인과 린치로 돌변할 것이고, 본래 여기 살지 않았던 사람들을 내쫓아야 한다고 모두들 외칠 겁니다. 그런 뒤에는 스와나노아와 우리도 서로 으르렁거리게 됩니다. 스와나노아에는 1인당 식량이 우리보다 많지요. 여분의 소와 돼지도 훨씬 많아요. 두 지역이 분열되고, 이곳 사람들은 그쪽으로 밀고 가서 그들의 가축을 빼앗자고 떠들 겁니다. 듣고 있습니까, 케이트? 마치 고대 역사의 한 장면, 성서 속의 이야기 같지요? 우리는 가축 때문에 서로 습격하게 될 겁니다. 각자 제 몫은 알아서 챙기자는 식이 되고, 그런 때 바깥에서 어느 정도 조직력과 힘을 갖춘 세력이 밀고 들어오면 남은 건 모조리 함께 죽는 것뿐이에요. 이제 당신이 선택하면 됩니다. 얘기해보세요. 우리가 어떻게 하면 됩니까?"

케이트는 대답을 하지 못하고 존을 쏘아보기만 했다.

존은 톰을 건너다보았다. 그는 논쟁이 지속되는 내내 침묵을 지키고 있었는데, 존의 시선을 느끼고 동의한다는 뜻으로 고개를 끄덕였다.

톰이 말했다.

"내가 질서를 유지하지 못했다는 걸 알고 있습니다. 대학 민병대를 불러야 했는지도 모르겠습니다. 하지만 학생들 대부분도 역시 외지인으로 규정될 것이고, 자칫 군중이 그들을 공격할 수도 있었습니다. 그러면 정말이지 난장판이 되었을 겁니다. 케이트, 존이 옳습니다. 우리는 그렇게 할 수밖에 없습니다. 하지만 조용히 처리해야 합니다."

"그러니까 이런 얘기군요. 선별된 소수한테 식량을 비밀리에 더 준다는 겁니까? 나머지 사람들이 그걸 알아차릴 때쯤엔 너무 쇠잔해져서 들고 일어날 수도 없게끔?"

존은 케이트를 똑바로 쳐다보았다.

"그렇습니다."

"당신들은 더러운 개자식들이야."

"케이트, 인류 역사 내내 있어온 일입니다. 미국에서도 그랬어요. 남북전쟁 때 남부 일부에서요. 물론 그때도 제한된 것이긴 했습니다만. 지금까지 이런 일을 한 번도 겪어보지 못한 건 사실입니다. 하지만 현실적으로는 한 명이라도 살아남으려면 그렇게 할 수밖에 없습니다. 식량을 모두에게 똑같이 나눠주면서 질서를 유지하고 우리 자신을 방어할 수는 없어요. 그런 식으로 하다간 모두가 죽게 됩니다."

"나는 여분의 배급을 받지 않을 겁니다."

"아무도 당신에게 강요하지 않아요."

존은 부드럽게 말했다.

"케이트, 밖에서는 이런 얘기를 하면 안 됩니다."

찰리가 날카로운 목소리로 지적했다.

케이트는 그를 쏘아보았다.

"그렇게 한다면요?"

"당신을 체포할 겁니다."

"지크 하일, 마인 퓰러!"

그녀는 팔을 올려 나치식으로 경례를 붙였다.

"집어치워요, 케이트."

찰리가 갈라진 목소리로 말했다.

"당신 못지않게 나도 이런 일이 싫습니다. 그러니 그만 해요."

그녀는 고개를 숙였다.

"이 일이 밖으로 새어나가선 절대 안 됩니다."

존이 날카롭게 말했다.

"존, 여분의 식량을 받을 작정인가요?"

케이트가 물었다.

"아뇨, 아닙니다. 그럭저럭 버티고 있어요."

"좋습니다, 찰리. 당신은 식량을 더 받지 않겠다고 했습니다. 여기 있는 우리 모두가 그렇게 한다면 나도 동의하겠어요."

"톰은 배급을 더 받아야 하오"

켈로가 말했다.

"안 돼요."

케이트의 말에 존은 톰을 쳐다보았다. 통통했던 뺨이 움푹 들어갔고, 허리 벨트는 몇 인치 안쪽으로 졸라매고 있었다.

"모든 경찰, 소방관, 민병대, 필수적인 일을 하는 사람들."

존은 말했다.

"그리고 무덤 파는 사람들에게 식량을 더 주어야 합니다."

긴 침묵이 흘렀다.

존이 다시 입을 열었다.

"그리고 켈로 선생님도."

의사는 고개를 끄덕였다.

"가짜 영웅심을 내세우진 않겠소. 인정하기는 싫지만 일을 제대로 하지 못하고 있소. 어제 퀸시네 아들이 말에서 떨어져서 복합골절 치료를 했는데, 치료를 끝낸 즈음엔 기절할 것 같았다네. 제대로 일을 할 수 있는 의사와 간호사가 없다면 결국엔 모두가 죽고 말 거요."

"얼마나 많은 사람들이 죽을까요?"

찰리가 물었다.

"언제?"

"사망자 수가 곧 다시 늘어날 거라고 하셨잖습니까? 두 달, 석 달 안에 죽을 사람의 수가 얼마나 되겠습니까?"

의사는 회의실을 둘러보았다.

"3분의 1, 아니면 2분의 1이오. 지금 세운 계획대로 한다면."

"계획대로 하지 않으면요?"

케이트가 물었다.

"약간 더 끌 수 있을 거요, 케이트. 하지만 30일 이상은 아니오. 그런 뒤엔 겨울 무렵엔 전원 사망이오."

아무도 입을 열지 않았다.

"결국 맬서스가 옳다는 게 입증되는군요."

찰리가 말했다.

"이 지역의 인구는 감당할 수 있는 숫자보다 서너 배 많습니다. 결국 기반 시설의 문제죠. 저쪽 캘리포니아 남부에서는 채소 수십만 톤이 지금 썩어가고 있을 겁니다. 중서부에서는 얼마 지나지 않아 옥수수 수확을 하지 못해 애를 태울 테죠. 그런데도 그걸 이리로 가져올 방법이 없는 겁니다."

이어 다시 침묵이 찾아오자 존은 회의실의 모든 이들이 음식 생각을 하고 있다는 것을 눈치 챘다. 굶주림과 영양실조로 내몰리는 사람은 누구나 그런 생각을 떠올리기 마련이다. 그도 또한 텍사스와 오클라호마에 있는 수십만 마리의 소 떼를 눈앞에 그려볼 수 있었다. 그렇게 생각하자면, 여기서도 3백 킬로미터 정도만 가면 돼지 농장들이 있긴 했다. 돼지 농장들은 주위에서 경멸을 받으며 인근의 가난한 마을들과 곧잘 충돌을 일으키곤 했다. 축사 하나에 돼지 5천 내지 1만 마리를 키우는 형편이라 돼지들은 태어나 도살당할 때까지 거의 움직이지 못했고, 악취와 오염이 심해 주변 땅값을 떨어트리는 원인이었다. 지금 그런 농장 하나만 이곳으로 옮겨올 수 있다면 사람들이 엎드려 절을 할 텐데.

하지만 존은 그게 부질없는 생각이라는 것을 곧 깨달았다. 그 농장들은 매주 운송되어 오는 사료 수백 톤에 의존하고 있었다. 진작 약탈을 당하지 않은 상황이라면 그곳에서 얼마나 심한 낭비가 벌어지고 있을지 상상도 하기 힘들었다. 돼지들은 굶어 죽어가고 있을 테고, 지금까지 고기란 것은 포장된 상태로 존재하는 것이라고만 생각했던 사람들이 몰려들어 돼지를 도살해 살을 다듬을 것이다. 아니, 사람들은 무턱대고 살을 도려낼 것이고 거기에 다른 이들도 맹금류처럼 끼어들 테지. 그리고 남은 절반의 살은 햇볕 아래 속절없이 썩어갈 것이다. 거기서 도망친 돼지라도 있다면 숲으로 들어가 재빨리 야생 멧돼지가 되어버려 사람한테 아주 위험해질 텐데.

그가 이런 생각에 잠겨 있을 때 찰리가 마침내 입을 열었다.

"다른 건 없습니까?"

다시 침묵.

그러자 찰리는 이야기를 이었다.

"사소한 일이긴 합니다만, 점차 위험해지고 있어요. 개들 말입니다."

존은 그를 쳐다보았다.

"많은 개들이 방치되고 있습니다. 굶주려 사나워졌어요. 지난 밤 5번가에서 사고가 있었습니다. 개 떼가 아이 둘을 에워쌌습니다. 다행히 아버지가 엽총으로 몇 마리를 쓰러트려 애들을 구했습니다. 나머지는 달아났고요."

앞서 무자비한 얘기가 오갔던 터라 존은 개 문제를 심각하게 받아들일 수가 없었다. 하지만 갑자기 목구멍이 꽉 죄어오는 느낌이 들었다. 저 두 마리의 멍청이 잭과 진저가 있었다. 둘은 완전히 굶주려 있어서 식사 때마다 음식을 보면 난리를 쳤고, 아직까지는 가족들이 음식 부스러기를 나눠주고 있었다. 존이 지난주에 잡은 다람쥐 대부분은 개 두 마리가 날것으로 먹어치웠다.

"마을의 개 전체를 쏴 죽이라는 명령을 내려야 합니다."

찰리가 말했다.

"안 돼. 빌어먹을, 그건 안 되네."

톰이 곧바로 반발했다.

"집에 가서 아이들이 보는 앞에서 우리 랙스를 끌어내 머리통을 쏘란 말인가? 절대 안 돼. 설사 개들이 방치되어 위험해졌다 해도 그건 아니야."

"아까 그 아버지는 자기가 쏜 개들을 어떻게 했답니까?"

켈로가 조용히 물었다.

"세상에, 그런 건 아예 생각도 못 했어요."

찰리는 대답했다.

"우리 마을에 개가 몇 마리나 있지요? 최소한 2천 마리는 될 거요. 그 정도면 고기만으로 사나흘 치 배급량을 채울 수 있소. 절반으로 나눠서 배급하면 열흘은 갈 거고."

"선생, 당신은 지옥으로 직행할 거요!"

톰이 고함을 쳤다. 존은 톰의 눈에 눈물이 맺힌 걸 보고 깜짝 놀랐다. 이번 위기가 시작된 이후 공황, 처형, 골짜기에서의 싸움 등을 겪는 동안 눈물을 터트린 사람은 톰이 처음이었다.

"막내가 태어났을 때 랙스도 우리 집에 왔소. 지금까지 10년을 함께 살았어요. 사람과 마찬가지로 한 가족입니다. 랙스는 우리를 지키기 위해서라면 기꺼이 죽을 것이고, 솔직히 말해 나도 랙스를 위해서라면 그렇게 할 거요. 랙스를 포기할 순 없어. 더 이상 이러니저러니 하지 마시오."

"톰, 내가 좀 전에 말한 것은 기아의 첫 단계였네."

켈로가 말했다.

"두 번째 단계에 대해서는 얘기를 꺼내는 것도 겁이 나. 가을까지 견딘 사람들도 겨울이 끝날 무렵엔 어쨌든 죽을 걸세. 자네는 그때까지 개가 한 마리라도 살아남아 있을 거라고 생각하나? 살아남는다면 야생 늑대 상태로 돌아가 자기들이 생존하기 위해 사람들을 죽일 테지."

"그전에 원조가 도착할 겁니다!"

톰이 소리쳤다.

"이미 원조가 시작되었어요. 존이 하는 말 들었잖습니까. 찰리, 자네가 뭐라고 명령하든 상관없어. 나는 우리 랙스를 죽이지 않을 거고, 주인이 돌보고 있는 다른 개들에게도 손대지 않을 거야."

얼굴이 벌겋게 상기된 톰을 보면서 존은 개나 다른 애완동물을 애지중지하는, 감상적 영화에 나오는 소년을 떠올렸다. 그런 상투적인 영화에서는 소년이 항상 사랑하는 개를 잃을 위기에 처하는데, 가끔 예외도 있지만 대개는 누구나 알고 있듯 해피엔딩이 기다리고 있는 법이다. 존은 예외에 속하는 영화 두 편을 어릴 때 보았는데, 그 영화들의 결말을 안 뒤에는 두 번 다시 보지 않았다.

잭과 진저를 떠올리자 존의 눈에도 눈물이 고였다. 제니퍼가 어떤 반응을 보일까? 진저는 제니퍼의 단짝이었다. 둘을 떼어놓는 건 불가능했다. 제니퍼에게 닥칠 운명을 피하려 하는 것만으로도 충분히 힘겨운데 아이에게 그런 짓을 한다고? 진저를 죽인다고? 안 된다. 존도 반대하기로 마음먹었다. 하지만 제니퍼가 아니었더라도 같은 결론에 도달했을 것임을 그는 알고 있었다.

"나도 톰과 같은 입장입니다."

존이 말했다.

"존, 그런 감상은 떨쳐버려야 하네."

켈로가 말했다.

"단순히 감상 때문이 아닙니다."

존은 날카롭게 받았다.

"이건 지금 우리가 지키려 하는 우리 자신의 모습에서 또 한 발자국 뒤로 물러서는 것입니다."

"존, 바로 10분 전에 자네는 어떤 사람을 다른 사람보다 더 빨리 굶겨 죽인다는 데 동의했네. 그래 놓고 한 발자국 뒤가 어쩌고저쩌고, 무슨 소린가?"

"비논리적이라는 건 압니다. 그건 단지 우리가 미국인이기 때문이에요. 우리와 영국인들은 이 점에서는 똑같습니다. 우리는 애완동물을 단순히 짐승으로 보지 않아요. 혼자된 노인들에게 애완동물은 마지막으로 사랑과 위안을 얻는 대상입니다. 아이들에게는 어른들이 이해해주지 못하는 것을 알아주는 사랑스러운 친구고……."

존은 울음이 터지려 한다는 걸 의식하고 스스로 놀랐다.

"한 사람의 생명을 구할 수 있다면 나는 이 마을의 개를 모조리 죽일 수 있네."

켈로는 날카롭게 말했다.

"그런 짓은 우리에게서 뭔가를 영원히 빼앗아가는 겁니다. 그건 내가 넘을 수 없는 선이에요. 그런 선을 넘어버린 세상에서 살고 싶지는 않습니다. 안 됩니다."

"그 선은 바로 저기 있네. 자네가 뭐라고 하건 저곳에 놓여 있어."

찰리가 다시 나섰다.

"이렇게 하면 어떻습니까? 풀려나와 있는 개들만 쏴 죽여서 공동 식량으로 삼기로. 주인은 애완동물을 밖으로 나가지 못하게 하거나 묶어두어야 합니다. 만약 주인이 스스로 개를 처치하기로 결정하면, 그건 그들 몫의 식량으로 하고요. 이러면 되겠습니까?"

톰은 즉시 동의했다.

"그러면 됐네."

"하루하루 개들도 살이 빠지면서 식량으로 쓸 수 있는 고기가 점점 줄겠지."

켈로는 씁쓸하게 말했다.

"사람들이 굶주리면서도 자기들에게 나눠주는 식량을 먹어치울 테고."

"그건 각자 선택할 몫입니다."

톰이 대답했다.

감정적인 면을 드러낸 것이 부끄러워진 존은 손등으로 얼굴을 훔치고 자리에서 일어섰다.

"아직 남았나, 찰리?"

찰리는 힘없이 고개를 저었다.

"존, 앞으로는 그 방송을 들어야겠네. 구식 자동차 라디오를 뽑아서 배터리를 연결하고, 안테나도 만들겠네."

"좋은 생각이야."

"머지않아 그들이 도착할 테지."

찰리는 기대를 품고 말했다.

"물론이네, 찰리. 그들이 오겠지."

존은 회의실을 나와 집으로 향했다. 자동차의 라디오는 이제 미국의 소리 채널에 고정되어 있었는데, 지금은 잡음만 나올 뿐이었다. 몇 초간 사람 음성이 들리나 싶더니 곧 지지직거리는 잡음으로 바뀌었다.

집으로 가는 길에 해미드에게 잠시 들러 뭔가를 담배 몇 개비와 교환할 수 있는지 알아볼 작정이었다. 존은 하루를 마무리하기 위한 담배가 필요했다. 아직 정오도 되지 않았지만 조금 전의 회의로 신경이 녹초가 되어버렸다.

그는 자동차 사물함을 열었다. 차고 다니는 글록의 여분 탄환이 거기 있었고, 그가 자기 비축물이라 부르는 것, 담배 한 개비도 함께 들어 있었다. 그는 스테이트 스트리트로 접어들면서 담배에 불을 붙여 깊이 빨아들였다. 차는 초등학교를 스쳐 지나갔다. 아름다웠던 학교 앞 잔디밭은 마구 짓밟혀 누더기 꼴이 되어 있었고, 군데군데 벗겨져 나간 부분도 보였다. 운동장에서 아이들 몇이 야구를 하고 있었다. 아이들은 한눈에 보기에도 많이 말라 있어서 제2차 대전이 끝난 뒤 폐허에서 놀고 있던 독일 아이들의 모습을 연상시켰다.

여느 때와 다름없이 요리를 하기 위한 불이 지펴져 있었다. 오늘의 메뉴는 말고기로, 죽을 때가 가까워진 늙은 말 한 마리를 식용으로 처분한 것 같았다. 한 떼의 사람들이 몰려들어 하늘로 다리를 치켜든 말을 해체하고 있었다. 그 모습을 보자 존은 또 다른 제2차 대전 영화가 떠올랐다. 폐허가 된 베를린에서 독일인들이 죽은 동물에게 달려들어 고기를 뜯어내고 있는 장면이었다. 톰의 부하 하나가 옆에 서서 산탄총을 팔 아래 늘어트린 채 그 모습을 지켜보고 있었다. 말의 모든 것이, 살점 하나, 뼈 하나, 내장 하나 남김없이 모두 솥으로 들어갈 것이다. 거기다 채소도 조금 집어넣을 테고. 50명 이상의 사람들이 주위에 서서 굶주린 눈으로 말을 해체하는 모습을 낱낱이 지켜보고 있었다.

존은 학교를 지나쳐 계속 앞으로 나아갔다. 왼쪽 주간도로에는 마칼라의 비머가 35일 전에 멈춰 선 모습 그대로 놓여 있었다. 이대로 조금 더 가서 격리병동에 들러볼까 하는 생각이 들었다. 거기 가면 밖에 서서 그녀를 불러내야 한다. 만약 병동 안에 들어서면 적어도 사흘은 꼼짝없이 갇혀서 나올 수 없다. 그녀가 그리웠다. 존은 집으로 빠지는 분기점을 지나쳐 계속 나아갔다. 하지만 컨퍼런스 센터로 이어진 모퉁이에 다다랐을 때 마음이 바뀌었다. 그래서 그대로 계속 몇백 미터를 달려 골짜기 바로 뒤에서 주간도로로 이어지는 다리로 갔다. 그는 차에서 내려 필터 끝까지 타내려간 담배를 마지막으로 한 모금 빨았다.

자동차 소리에 다리 위에서 경비를 서고 있던 제자 몇몇이 그를 알아보고 손을 흔들었다.

제자들. 그는 항상 그들을 '우리 애들'이라고 불렀다. 그러고 보니 메리와 내가 만났을 때도 저 나이였지. 하지만 우리는 자신들을 결코 아이라고 생각하지 않았다. 특히 메리는 스무 살 때도 절대 애가 아니었지……. 그는 밤새 한숨도 자지 않고 새벽까지 서로를 미친 듯 탐닉했던 밤들을 떠올렸다. 그러고도 아침엔 강의를 들으러 갔었다. 하지만 세월이 이렇게 지나고 보니 존의 눈에는 경비를 서고 있는 제자들이 정말로 애들로 보였다.

그들은 제복을 입고 있었다. 파란색 대학 조깅용 바지, 파란색 긴소매 셔츠, 대학 야구모자 그리고 총. 헐렁한 흰색 방호복을 입은 애들도 있었다. 산탄총을 든 여학생 하나는 두 줄의 자동차로 만든 바리케이드를 사이에 두고 건너편 피난민들과 얘기를 나누고 있었다. 바로 전 학기에 그의 강의를 들었던 학생이었다. 귀여운 얼굴, 긴 금발에 푸른 눈, 꽉 죄는 블라우스 차림으로 섹시한 매력을 풍겼던 학생이었지만 존에게는 아이일 뿐이었다. 그의 딸보다 겨우 두 살 많지 않은가.

이제 그 여학생은 산탄총을 들고 서서, 누가 차량 바리케이드를 넘으려 하면 발사하도록 훈련을 받았다.

방호복을 입은 의사 한 명이 역시 방호복을 입은 간호사의 도움을 받아 통과를 허락받은 피난민 대열을 살펴보고 있었다. 의사는 피난민들의 운전면허증을 들여다보며 질문을 던지기도 했다. 존과 찰리가 만든 목록에 있는 기술을 갖고 있는지 확인하려는 것이었다. 증기 관련 기술이 있는 사람, 전기 기술자, 의사, 농부, 정밀 공구 및 금형 기술자, 석유 및 가스를 다루는 화학자 등등.

거기에 해당되었는지 한 남자가 대열 앞으로 불려 나왔다. 그는 초조하게 뒤를 돌아보았는데 여자 한 사람과 세 아이가 자기를 따라오는 것을 확인하고 안심하는 눈치였다. 그들은 마칼라가 일하는 곳으로 인도되었다. 입이 다섯 개 더 늘었군, 하고 존은 생각했다. 저 사람이 가진 기술이 그만한 가치가 있어야 할 텐데.

손으로 작동시키는 분사기를 든 사람이 대열을 따라 걸으면서 서 있는 사람들에게 켈로가 만든 혼합 액체를 내뿜었다. 이와 벼룩을 퇴치하기 위한 단순한 혼합물이었지만 그렇게 함으로써 바리케이드를 통과하는 사람들에게 그 이전과는 달라졌다는 느낌, 아직 기다리고 있는 사람들과는 뭔가 다르다는 느낌을 주기 위한 심리적인 효과도 노린 것이었다.

소독을 마친 사람들은 산탄총을 들고 방호복을 입은 두 학생에게 인도되어 움직이기 시작했다. '블랙마운틴 민병대'라는 표식을 옆면에 새긴 폭스바겐 비틀이 대열의 뒤를 따라갔다. 차 안에는 학생 한 명과 경관 한 명이 타고 있었고, 지금 움직이고 있는 피난민들에게서 압수한 무기가 뒷자리에 실려 있었다. 대열이 59번 출구에 있는 반대편 바리케이드에 도착하면 무기를 돌려줄 것이다.

"여기요, 대령님!"

바리케이드 옆에 서 있던 워싱턴이 그를 소리쳐 불렀다.

존은 손을 흔들었다.

그러자 워싱턴이 자기 쪽으로 오라는 손짓을 보였다. 뭔가 긴급한 것이 그의 몸짓에 어려 있었다.

피난민 호송 대열은 다리 아래를 지나고 있었다. 보는 이의 마음을 아프게 하는 광경이었다. 모두들 지치고 더러웠고, 아이들을 태운 슈퍼마켓 수레를 밀고 가는 사람들도 있었다.

존은 둑을 타고 내려가 도로로 들어가려고 다리 끝으로 갔다.

"안녕하십니까, 대령님."

소리가 난 쪽으로 고개를 돌린 존은 거기 무성한 풀 위에 위장복을 입은 제자 한 명이 얼굴을 짙은 녹색으로 칠하고 누워 있는 것을 보고 깜짝 놀랐다. 브렛 허프먼이었다. 브렛은 대학 야구단 선수였고, 매디슨 카운티 출신의 전형적인 시골 청년으로 아주 괜찮은 학생이었다. 야구 장학생으로 입학했지만 역사에 깊은 흥미를 보였고, 고교 교사가 되는 게 꿈이었다. 타고난 리더로 동료 학생들로부터 존경을 받는 청년이었다. 존은 브렛이 입고 있는 위장복에 검은 하사관 기장이 새겨져 있는 걸 알아차렸다. 그는 입안 가득 담배 뭉치를 물고 있었다.

"브렛, 이게 도대체……."

"베니 바텔리가 다리 건너편에 있어요. 저처럼 피난민을 감시하고 있죠. 바리케이드에서 뭔가 문제가 생기거나 아니면 누가 달아나려고 하면……."

그는 말을 잇지 못하고 조준경이 달린 30/30 새비지의 총신을 손으로 탁탁 두드리기만 했다.

"어제 한 사람을 쏘았습니다. 제대로 쏘았는데 다리를 맞혔어요. 잘됐지요. 죽일 필요는 없었으니까요."

존은 대답을 하지 못했다. 브렛의 목소리는 약간 굳어 있었지만, '사막의 폭풍' 작전 뒤에 보고를 받았을 때 자주 들었던 일종의 무심함이 깃들어 있다는 걸 존은 알아차렸다. 착한 청년이 살인자가 되기 위한 훈련을 받고 거기에 맞춰 강해지려 애쓰고 있다. 알고 있었지만 그래도 충격이었다.

"그래도 30/30이 다리를 꿰뚫었으니 어차피 가망이 없겠지요."

"자네는 해야 할 일을 한 거야."

존은 제자를 안심시켜주었다.

"하지만 제일 처음 쏘았던 사슴 생각이 납니다. 비슷한 느낌이에요. 아뇨, 좀 더 나빠요."

"몸조심해라, 브렛."

"예."

존은 둑을 미끄러져 도로에 내려섰다. 그는 뒤를 돌아다보았다. 그가

서 있는 곳에서는 브렛의 모습이 보이지 않았다. 존의 대학에 다니는 아이들은 작은 마을 출신이 많아 사냥 경험이 있는 학생들이 적지 않았다. 보이스카우트 활동을 했거나 그저 야외활동을 좋아하는 아이들도 있었다. 어쨌든 저 애들은 배울 것이다. 그것도 아주 빠른 속도로. 피난민들은 한 줄로 길게 늘어서서 도로 반대편을 따라 움직이고 있었다.

느리게 걷는 대열 가운데 있던 몇 사람이 무기력하게 존을 쳐다보았다. 다른 시대에서 온 사람들 같았다. 제대로 준비를 하지 못하고 황급히 피난길에 오른 사람들도 보였다. 한 남자는 조끼까지 갖춘 정장을 입고, 흠집투성이 정장 구두를 신고, 머리에는 붕대를 감은 모습이었다. 변호사나 기업 고급관리자 타입, 멀건 스프 한 그릇과 바꿀 기술을 아무것도 갖지 못한 사람이었다. 나란히 서서 지친 모습으로 쇼핑 수레를 밀고 가는 부모의 모습도 보였다. 닳아빠진 수레바퀴가 끽끽 소리를 내고, 수레 안에는 아이 둘이 잠들어 있었다. 아이들의 얼굴이 창백했다.

몇몇 사람들은 아예 맨발이었다. 사태 초기에는 걷기 편한 신발, 그것도 아주 먼 거리를 걸을 때에 편안한 신발이 얼마나 가치가 있는지 아무도 깨닫지 못했다. 존 또한 그런 생각을 더 빨리 하지 못한 것을, 사태 첫날에 캠핑용품 가게에서 신발을 몇 켤레 집어들지 못했던 것을 두고 자기를 책망했다. 남북전쟁 때를 보면 어느 쪽이 더 좋은 신발을 갖고 있는지에 따라 군사작전의 성공 여부가 결정되는 경우가 많았다. 행군을 하다보면 일반적인 신발은 한 달 만에 닳아버리기 때문이었다.

날개 모양 장식이 달린 구두나 캔버스 천으로 된 테니스화를 신고 피난길을 몇백 킬로미터 걷다보면 곧 망가져버린다. 그래서 피난민 대열에는 짝짝이 신을 신은 사람도 적지 않았다.

첫날 만났던 마칼라를 떠올리게 하는 여자도 한 명 있었다. 섹시한 정장 재킷과 치마에, 엉망이 되어버리긴 했지만 스타킹도 신고 있었다. 그녀는 조금이라도 걷기 편하게 만들기 위해 굽을 떼어낸 구두를 신고 다리를 절면서 걷고 있었다.

그 여자는 그와 눈이 마주치자 억지로 웃음을 지어 보이며 기름이 줄줄 흐르는 처진 머리카락을 손가락으로 빗어 넘겼다.

"안녕하세요, 저는 캐롤이에요."

그녀가 인사를 하면서 중앙분리대 쪽으로 손을 내민 채 다가왔다. 그는 그녀의 모습에서 잃어버린 세계를 볼 수 있었다. 영리한 전문직 여성, 지적인 얼굴, 본인이 충분히 인식하고 이점으로 활용하는 성적인 매력, 회의를 시작하면서 따뜻한 악수를 교환하기 위해 내미는 손. 그것이 그녀가 이제껏 살아온 방식이었다.

"거기 여자분, 대열로 돌아가십시오."

방호복으로 얼굴을 가린 그의 제자 중 한 명이 산탄총을 똑바로 들면서 말했다.

"아까 들은 대로 하얀 선을 벗어나면 안 됩니다."

캐롤은 멈춰 서서 뒤를 돌아보았다.

"그냥 인사를 하려던 것이었어요."

여학생은 총을 어깨에 걸치고 조준 자세를 취했다.

"돌아가주세요. 중앙분리대를 넘어가면 쏠 겁니다."

대열에 있던 다른 피난민들이 돌아보았다. 일부는 멈춰 섰지만 다른 사람들은 도로 안쪽 끝으로 재빨리 움직였다.

"거기 당신들!"

그 학생이 소리쳤다.

"도로에서 벗어나지 말아요."

캐롤은 호소하듯 존을 쳐다보았다.

"어떻게 이런 곳이 있을 수 있나요?"

그녀는 목멘 소리로 말했다.

"살아남으려 애쓰는 마을일 뿐입니다."

"이봐요!"

존은 소리치는 여학생에게 손을 올려 보였다.

"총구를 낮추고 거기 있게. 내가 처리하겠네."

"대령님, 그 여자가 그 이상 접근하도록 하시면 안 됩니다. 안 그러면 격리당할 겁니다."

"대령님?"

캐롤은 마치 사업상 방금 소개받은 사람을 대하듯 꾸며낸 미소를 띠고 물었다.

"그럼 당신이 책임자겠네요. 그런 분을 만나서 기뻐요."

그도 미소를 지으려 애썼다.

"대령 출신이고, 지금은 대학 교수입니다. 그리고 아닙니다, 나는 이곳의 책임자가 아니에요."

"당신네 사람들이 한 가족을 따로 데려가는 걸 봤어요. 우리 쪽에 떠도는 말로는 특별한 기술이 있으면 여기 남도록 해준다고 하던데요."

존은 그 말을 진지하게 받아들였다. 그 일이 피난민들에게 알려져 있다면 보안이 더 강화되어야 한다. 사람들은 무엇이든 내세울 만한 것을 떠올리려 할 것이고, 거짓말도 마다하지 않을 것이다.

"그 사람들은 여기 머물 수 있는 건가요?"

"저는 모릅니다."

존은 거짓말을 했다.

"아까 뭐하는 사람이냐는 질문을 받았는데요. 그게 그것 아닌가요?"

"정말입니다, 저는 모릅니다."

"이것 보세요. 저는 레이놀즈 담배 회사의 홍보 컨설턴트예요."

그녀는 여전히 총구를 겨누고 있는 학생을 쳐다보았다.

"대령님, 솔직히 말해 당신네가 일하는 방식은 좀 더 개선되어야 해요. 일반 사람들과의 커뮤니케이션 문제 말이에요. 저는 즉시 안을 만들 수 있어요. 그러면 앞으로 많은 문제를 피할 수 있을 거예요."

훌륭한 판매 교섭이었다. 냉정하고 전문가다운 교섭. 그녀의 말을 듣고 있자니 몹시 가슴이 아팠다. 그녀는 지금까지 이런 방식으로 이겨왔을 것이고, 지금도 그것이 통할 것이라 믿고 있다.

"미안합니다. 저는 그런 결정을 내리는 사람이 아닙니다. 의사와 경찰이 하고 있어요. 미안합니다."

그 말을 듣는 순간 여자의 전문가다운 자세, 옛날 세상의 흔적이 무너졌다.

그녀는 한 걸음 더 다가오더니 두 손을 앞으로 모으고 호소하는 자세를 취했다.

"제발 여기 머무르게 해주세요!"

그는 대답을 할 수 없었다.

그녀가 한 걸음 더 다가왔다.

"나랑 같이 자고 싶지 않아요? 나는 진심이에요. 머무르게 해줘요. 당신은 나를 좋아하게 될 거예요."

그녀는 자기 몸과 누더기가 된 옷을 내려다보았다.

"내가 깨끗하게 씻고 나면, 정말이에요. 당신은 나를 좋아하게 될 거예요."

그녀는 머리를 살짝 기울인 채 눈을 동그랗게 뜨고 그를 쳐다보았다.

"집에 욕조가 있나요? 나는 목욕을 아주 좋아해요. 그런 내 모습을 본다면…… 정말로 날 좋아하게 될 거예요. 당신이 날 씻겨줄 수도 있어요. 그런 걸 좋아하겠죠?"

"캐롤, 그만하세요. 당신 자신에게 이런 짓을 하면 안 됩니다. 제발 이러지 마세요."

그녀는 울음을 터트렸다.

"나 자신에게 이런 짓을 말라고요?"

그녀의 목소리는 히스테리를 일으키기 일보 직전까지 올라갔다.

"살아남기 위해 몸을 주려는 건데? 사흘 전에 강간을 당했다고요. 오두막 안에 음식을 숨겨두었다는 남자 넷한테. 강간당할 거라는 생각도 있었지만 너무 배가 고파서 그런 걸 신경 쓸 수가 없었어요. 내 말 듣고 있어요?"

"정말 안됐습니다."

그녀는 흐느껴 울었다.

"그런 뒤 아침이 되자 남자들 중 하나가 멀건 스프 한 그릇을 주더군요. 꽤 괜찮은 거래라고 생각했어요. 제발요, 대령님. 나를 여기 머물게 해주고 먹을 걸 조금만 주면 당신하고 같이 잘게요."

그러더니 그녀는 중앙분리대를 향해 앞으로 움직였다.

"쏜다!"

경비를 서던 여학생이 고함쳤다.

존은 제자를 향해 쳐다보며 호소하듯 손을 앞으로 내밀었다.

"안 돼!"

산탄총이 불을 뿜었고, 캐롤은 비명을 지르며 몸을 숙였다. 다른 피난민들도 총소리에 모두들 도로 위에 엎드렸다.

초조한 나머지 총알이 빗나갔을 수도 있고, 아니면 일부러 허공에 쏘았는지도 모른다. 어쨌든 여학생은 총을 쏘았다. 탄피가 포도 위에 부딪치며 요란한 소리를 냈다.

"이번엔 머리다!"

학생이 다시 소리쳤다.

"캐롤, 움직이지 말아요!"

그는 중앙분리대 쪽으로 움직이기 시작했다. 격리고 뭐고 알 바 아니었다.

"대령님, 안 됩니다!"

워싱턴 파커였다. 파커는 45구경 콜트를 들고 뛰어올라왔다. 하지만 뭔가가 권총을 집어넣으라고 그에게 경고해준 모양이었다. 권총을 보면 사람들이 패닉을 일으킬지도 모르는 상황이었다.

그는 여학생 앞으로 걸어갔다.

"총구를 똑바로 하늘로 향하게."

워싱턴은 차분하게 말했고, 학생은 지시대로 했다.

그런 다음 그는 피난민 쪽으로 돌아섰다.

"실수였습니다, 여러분. 아무것도 아닙니다. 계속 앞으로 움직여 주세요. 64번 출구에는 깨끗한 물이 기다리고 있습니다. 거기서 휴식을 취하면서 몸을 씻을 수 있습니다."

그는 쇼핑 수레에 아이들을 태우고 있는 가족을 손가락으로 가리켰다.

"저 아이들은 좀 씻길 필요가 있겠군요. 그렇죠? 모퉁이만 돌아가면 금방입니다. 하지만 도로 한가운데서 벗어나면 안 됩니다."

피난민들은 몸을 일으켜 두 차로를 구분해둔 하얀 선 안쪽으로 물러났다.

워싱턴은 캐롤 쪽으로 다가가더니 일정한 거리를 유지한 채 멈춰 섰다.

"부인, 일어서세요. 일어나서 중앙분리대에서 물러선다면 아무도 당신에게 위해를 가하지 않을 겁니다."

"저 사람 말대로 해요, 캐롤."

그녀는 몸을 떨면서 일어났다.

존은 그녀를 쳐다보았다. 그녀는 한순간에 다른 사람이 된 것 같았다. 그녀가 간직하고 있던 자존심과 품위가 모두 사라져버렸다. 6주 전에는 아마도 고급 사무실에, 지정 주차 칸에, 넉넉한 경비지출 계좌에, 엄청난 스톡옵션을 갖고 있었을 여자가 지금은 하룻밤 쉴 곳과 먹을 것을 위해 몸을 팔려 하고 있었다.

"캐롤, 괜찮습니까?"

그녀는 아무 말도 하지 않았고 얼굴에도 표정이 없었다. 그녀는 몸을 돌려 피난민 대열로 돌아갔다.

암울한 확신에 찬 어떤 목소리가 그의 귀에 속삭였다. 저 여자의 목숨은 얼마 남지 않았다. 넘어져서 손목에 면도칼이 박히기라도 하면 기꺼운 위안이 되리라. 여자를 불러 세워야 한다는 생각에 쫓겨 그는 중앙분리대를 넘어 그녀 쪽으로 걸음을 내디뎠다.

"대령님."

그는 뒤를 돌아보았다. 워싱턴이 고개를 가로저어 보였다.

워싱턴은 총을 쏘았던 학생에게로 돌아갔다.

"경고사격이었나? 아니면 저 여자를 겨냥했던 건가?"

"잘 모르겠습니다."

대답하는 여학생의 목소리가 갈라졌다.

"두 가지 점에서 틀렸다."

워싱턴은 학생을 사납게 꾸짖었다. 여학생은 차렷 자세로 서서 몸을 떨고 있었다.

"여자는 실제로 분리대를 넘지 않았다. 사람들이 중앙분리대를 넘거나 자네를 공격할 때만 쏘라고 했을 텐데?"

"그 여자는 매더슨 교수님, 그러니까 대령님께 가까이 다가갔습니다, 선생님."

"난 선생님이 아냐. 파커 하사다. 명령을 기억하고 그대로 지켜라. 이제 두 번째 문제점이다. 경고사격이었나, 아니었나? 경고사격을 하는 게 허용되는 건 나 혼자라고 자네들 모두에게 분명히 말했다. 자네가 총을 쏘면 그건 죽이기 위한 것이다. 경고사격은 얼마 안 되는 귀한 총알을 낭비하는 거다."

"여자를 겨냥했던 것 같습니다."

워싱턴은 여학생에게서 총을 빼앗았다.

"바리케이드로 가. 가서 피난민과 면담하는 일을 도와라. 똑바로 겨눌 만한 배짱이 있는 사람으로 네 자리를 대신하겠다."

여학생은 풀이 죽어 걸어갔다. 뒤돌아서 가는 학생의 어깨가 떨리고 있었다.

존이 그의 곁으로 다가가는 동안 워싱턴은 피난민을 호송하고 있던 남학생 하나를 소리쳐 불렀다.

"좀 심했지요?"

워싱턴이 물었다.

존은 고개를 흔들었다.

"나도 딸들에게 되풀이해서 말했어요. 총을 쏠 때는 죽이기 위해 쏘라고. 하지만 저 가엾은 여자는 총에 맞을 짓을 한 것은 아니에요."

"알고 있습니다."

워싱턴은 한숨을 쉬었다.

"그 여자가 뭐라고 했습니까? 같이 자겠다고 하던가요?"

"그래요."

"나도 하루에 그런 제안을 스무 번은 받습니다. 결코 제가 잘생겨서는 아니지요."

농담을 하려던 워싱턴의 시도는 실패하고 말았다.

"진절머리가 납니다. 강간, 살인 이야기를 수도 없이 들었습니다. 심지어 아기 이유식을 훔쳐갔다는 얘기도 들었습니다. 도로 위 사정은 점점 절박해지고 있습니다. 그 여자한테 여기 남으라고 하실 작정이었죠, 그렇죠?"

"그랬어요. 봤잖습니까. 그녀는 벼랑 끝에 몰려 있어요. 아마 며칠 못 가 죽을 겁니다."

두 사람은 캐롤 쪽을 바라보았다. 그녀는 줄 맨 끝에 서서 비틀거리며 걷고 있었다.

워싱턴은 한숨을 내쉬었다.

"그래요. 신의 도움을 바랄 수밖에요. 그 말씀이 맞습니다. 저 사람들 중에 누가 버텨낼 수 있을지 보이실 겁니다. 불쌍한 여자, 저 여자는 그런 사람이 못 되죠. 이제 이 세상에 그녀를 위한 장소는 없고, 그녀가 팔 수 있는 것도 점점 사라질 겁니다."

존은 고개를 숙였다.

"대체 이게 무슨 일인지."

"저는 날마다 저런 여자를 수백 명씩 보고 있습니다."

워싱턴은 지친 듯 말했다.

"대령님, 우리 모두의 생존에 도움이 될 사람 이외에 누군가를 허용한다면 우리가 끝장이 납니다."

존은 대답을 하지 못했다. 그는 비상식량으로 차에 둔 초콜릿바 한 개를 머리에 떠올렸다. 그걸 그녀에게 갖다주고 싶은 생각이 들었으나, 언제 제니퍼가 그것을 필요로 할 때가 올지 모르는 일이었다.

"저 여자는 괜찮을 겁니다. 어떤 사내가 도로로 내려와 거둘지도 모르지요."

"오, 하느님. 우리가 어쩌다 이런 지경이 되어버렸는지."

"저는 이런 일을 베트남에서 수없이 목격했습니다. 열아홉 살짜리 군인 녀석들은 그곳을 천국으로 여기더군요. 몇 달러면 여자를 손에 넣으니까요. 그곳 여자들을 보셨겠지만 남아시아 소녀들은 정말 예쁘거든요. 학교에 다녀야 할 열다섯 살 소녀가 부모와 어린 형제자매를 먹여 살리려고 몸을 팔러 나섰습니다. 이제 그런 일이 미국에서도……."

워싱턴은 머리를 내저었다.

"빌어먹을 전쟁 때문에……."

그는 한숨을 쉬었다.

"조금 전에 나를 이리 내려오라고 한 이유는 뭡니까?"

"흉흉한 소문이 오늘 아침부터 돌기 시작했습니다. 찰리에게 알려야 할 것 같습니다. 그 얘기를 보고하기 위해 시내로 가려던 참이었습니다."

"뭔데요?"

"피난민들 말이 '파시'라는 패거리가 주간도로를 장악했다고 합니다. 샬럿 지역에서 내려온 일당이랍니다. 77번 주간도로를 따라 스테이츠빌로 향했다는 말도 있는데, 움직이는 차량을 많이 갖고 있다고 합니다."

"파시? 꼭 서부시대 같군."

"아뇨, 더 나쁩니다. 파시는 전국에 지부를 갖고 있던 전쟁 전의 갱단 이름입니다. 불량배들, 마약상, 이번 사태가 터지기 이전부터도 장난삼아 남의 머리에 총알을 박아 넣을 수 있는 그런 놈들, 온갖 인간쓰레기들이 다 모여 있습니다. 살아남기 위해서는 무슨 짓이든 할 놈들이죠. 우리가 가장 두려워하던 악몽이 현실로 나타나고 있는 겁니다."

존은 자기들이 살고 있는 작은 마을이 얼마나 세상사와 멀리 떨어진 곳인지 새삼 깨달았다. 몇 년 전 갱단이 고개를 들고 있다는 보도가 애슈빌에서 나오기는 했지만 경찰이 재빨리 진압해버렸다.

"조금 전 통과시켜준 한 불쌍한 여자는 파시에게 며칠간 붙잡혀 있다 탈출했다고 합니다. 그놈들에게 무슨 일을 당했는지 아예 말도 하려들지 않았지만, 안 들어도 뻔한 일이죠. 바리케이드 저편 피난민들은 모두 그 얘기를 하고 있습니다. 피난민들 사이에서는 일종의 도시전설이 되어 있어요. 규모가 천 명에 이르고 무장도 잘 되어 있다는 말도 있습니다. 놈들은 고대 야만족처럼 저 바깥에서 활개를 치고 있습니다."

"큰일이네요."

존은 다시 영화 장면을 떠올리며 한숨을 쉬었다. 〈매드 맥스The Road Warrior〉와 1980년대, 1990년대 초에 그 영화 장르를 모방해 만든 싸구려 영화들이 그의 머리에 떠올랐다.

"경계를 강화해야 할 것 같습니다. 육감일 따름이지만 놈들은 아마 우리 쪽으로 올 겁니다. 산악 지대에 있는 애슈빌에는 식량이 풍부하게 있을 걸로 생각하겠죠. 은신처로도 적당하고요. 놈들은 피난민 대열을 따라와서 이리로 밀어닥칠 겁니다."

"라디오 방송을 들었어요."

"미국의 소리 말씀입니까?"

"어떻게 알고 있습니까?"

"어젯밤 여기서 차에 앉아 경계를 서고 있었습니다. 멋진 무스탕에 달린 라디오는 아직도 작동이 되는데, 그걸 무작정 이리저리 돌려보았습니다. 낡은 무스탕에 앉아 있자니 꼭 옛날로 돌아간 것 같더군요. 울프맨 잭이나 커즌 브루스의 목소리가 라디오에서 나올 것 같았습니다."

존은 싱긋이 웃었다.

"그랬겠지요."

"그런데 한 시간쯤 그 방송이 분명하게 들렸습니다. 그런 애국가요 말고 오래된 리듬앤블루스나 록을 틀어주면 좋겠다는 생각을 하며 들었어요. 예, 저도 들었습니다."

"어떻게 생각하세요?"

"사기진작을 위한 선전방송이죠. 그뿐입니다. 아마 해안 도시들에 대한 뉴스는 정확한 것이겠지만 나머지 우리한테야 오늘이건 다음 주건 헛소리에 불과하죠. 우리는 스스로 해나가야 합니다. 저는 바리케이드에서 몰려든 사람들에게 방향을 바꾸라고, 해안 쪽으로 가라고 하고 있습니다. 허황한 말이라는 건 알고 있습니다. 거기까지 갈 만한 체력이 있는 사람은 아무도 없으니까요. 하지만 그런 소문이 흘러가 멀리서 이쪽으로 향하는 사람들에게 그 말이 전해질 수도 있다고 봅니다."

존은 고개를 끄덕이며 말했다.

"하지만 부정적인 영향이 있을 수도 있어요. 파시 패거리가 그런 소문을 듣게 되면 더 속도를 높여 우리 쪽으로 오려 할 겁니다. 계엄령하에서는 그놈들 모두 총살감이니까. 놈들이 가장 원하지 않는 건 제대로 권위가 확립된 곳이지요. 우리도 이제는 군중 통제나 몇몇 불한

당이 숨어들어오는 걸 막는 데 신경 쓸 것이 아니라 심각한 공격에 대비해 제대로 된 계획을 세워야 해요. 만약 파시 놈들 중에 군 출신이 있다면 우선 정탐을 한 뒤에 공격을 하려 할 겁니다. 우리의 뒷문 쪽, 그러니까 철도 터널과 올드포트로 통하는 뒷길을 잘 감시해야 해요. 이제 우리가 대처해야 할 것은 피난민이 아니라 역사상 가장 무자비한 군대니까."

워싱턴은 동의한다는 뜻으로 고개를 끄덕였다.

"이제 집으로 가야겠어요."

존이 말했다.

워싱턴과 악수를 나눈 뒤 존은 다리 옆에 있는 둑으로 돌아갔다. 그는 풀 속에 몸을 숨기고 있는 브렛에게 시선을 주었다.

"프랜이 좀 흥분했나 보더군요. 걔가 그 여자를 쏘지 않아 다행입니다."

"나도 그렇게 생각하네."

말은 그렇게 했지만, 존은 그녀의 머리에 총알을 박는 편이 더 자비로운 행동일 것이라고 생각했다.

그는 엣셀에 올라타고 집으로 향했다.

그가 진입로에 들어서자 두 멍청이 잭과 진저가 마중하러 뛰어나왔다. 그는 주저앉아서 개들을 어루만지고 안아주었다.

"아빠!"

제니퍼가 나타났다. 팻이 함께 있었다.

"별일 없지?"

"그럼요, 아빠."

그는 제니퍼를 찬찬히 들여다보았다. 몸무게가 몇 킬로그램 빠졌다. 식사 때마다 젠은 제니퍼에게 고기와 채소를 한 입이라도 더 주려고 애썼다. 채소라 해봐야 데친 민들레밖에 없었지만……. 그는 작은 과수원을 올려다보았다. 저 나무들이 복숭아나무였으면 좋았을 텐데. 그러면 몇 주만 있으면 복숭아를 딸 수 있으련만. 사과 열매가 자라고 있긴 했으나 속도가 너무 느렸다.

봄철의 아름다움을 제외하고 존은 지금까지 한 번도 거기 있는 나무 여덟 그루에 관심을 둔 적이 없었다. 가을이 되어 열리는 사과는 너무 시었다. 그들은 사과 열매가 저절로 떨어지도록 내버려두었다. 그러다 사과 향기에 꼬인 곰들이 나타나 먹기라도 하면 그걸 보면서 즐거워하곤 했다.

"제니퍼는 좀 전에 초콜릿을 좀 먹어야 했어요."

팻이 말했다.

"혈당치가 떨어져서요."

"고자질쟁이."

제니퍼가 발끈했다.

"잘 지켜보겠다고 너희 아빠랑 약속했단 말이야."

"내 몸은 내가 돌볼 수 있어."

그는 두 아이를 한꺼번에 안아주었다. 집으로 걸어가는 동안 둘은 계속 입씨름을 했다.

젠은 가슴 위에 책을 엎어놓고 반쯤 잠들어 있었다. 남북전쟁에 대한 옛날 책이었다.

“엘리자베스는 어디 갔나요?”

“아, 벤하고 산책하러 갔어.”

젠은 일어나 앉으며 눈을 비볐다.

“요즘 꽤나 산책을 자주 나가네요.”

“음, 이보게, 잠깐 앉아봐.”

“무슨 일이세요?”

“자네가 그 둘하고 얘기를 해봐야 할 것 같아.”

“뭐에 대해서요?”

“섹스 그리고 임신 문제.”

“오, 젠. 지금은, 오늘은 싫습니다. 그런 건 생각조차 하고 싶지 않아요.”

“아버지들은 누구나 그러지. 하지만 자네, 솔직히 열여섯 살 난 자네 딸은 이제 우리가 말하는 여자가 되었어.”

“제발, 지금은 저한테 그런 말씀 마세요.”

“타일러와 나는 자네와 메리의 일을 아주 빨리 알아차렸다네.”

그는 얼굴을 붉혔다. 젠이 그런 말을 한 것은 처음이었다.

“아마 그날 바로 알아차렸다고 생각하네. 적어도 나는 그랬지. 타일러는 여느 아버지들과 마찬가지로 현실을 전혀 보지 못했지만. 존, 자네 딸한테서 지금 똑같은 느낌이 와."

"젠, 지금은 못합니다."

그는 한숨을 내쉬었다.

"너무 많은 일들이 벌어지고 있어요."

젠은 천천히 고개를 끄덕였다.

"그리고 이 문제에 직면하고 싶지 않겠지. 하지만 직시하는 게 좋을 걸세. 저 둘은 겁을 먹고 있고, 미래는 불투명하지. 낡은 속박이 떨어져나가는 건 그런 때야. 제2차 세계대전 때가 기억나네. 그때도 그랬어. 만난 지 며칠, 몇 주밖에 안 되는 열여덟 살짜리들이 '아무려면 어때' 라는 심정으로 결혼해버리거나 몇 달 뒤 결혼해야만 할 입장이 되어버리곤 했지. 그 사람들, '위대한 세대' 는 당시에 자신들이 얼마나 겁에 질리고 어렸는지 우리에게서 그런 기억을 지우려 하는 것 같아. 그러니 현실을 직시하게. 자네는 역사학 교수야. 전쟁 중에 애들 마음속에서 어떤 일이 일어나는지 자네는 알 거야."

너무 많은 일이 오늘 하루에 일어났다. 그는 자리에서 일어나 제니퍼의 방을 살짝 들여다보았다. 제니퍼와 팻은 포켓몬 카드를 갖고 놀고 있었다.

제니퍼의 얼굴색은 좋지 않았다. 약간 노란빛이 돌고 창백했다.

오, 주님. 애슈빌로 비행기 한 대 분만 보급품이 오면, 단지 한 대 분이면 되는데. 그러면 가장 큰 걱정은 사라질 텐데.

"젠, 당신이 말씀해보시겠어요?"

존은 뒤를 돌아보며 장모에게 물었다.

"겁쟁이. 하지만 알겠네. 나는 벌써 얘기했어. 자네가 아버지로서 그 둘에게 얘기하는 것도 필요하다고 생각했네."

"그럴게요. 나중에."

그는 좀 급하다 싶게 빨리 대답했다.

잭과 진저를 쳐다보면서 그는 총기장으로 갔다. 그가 20번 산탄총을 꺼내들고 문으로 향하자 개 두 마리가 느릿느릿 그를 따라왔다. 주인에게 운이 따른다면 오늘은 뭘 좀 먹을 수 있다는 것을 개들은 알고 있었다.

9

63일째

개 짖는 소리에 잠에서 깨어난 존은 무슨 일이 벌어진 것인지 즉시 알아차렸다. 집 안에 누군가 들어와 있는 것이다.

지난주 코너 가족이 살해당한 뒤 존의 식구들은 면밀한 계획을 세우고 완벽해질 때까지 훈련을 거듭했다. 도로 꼭대기 집에 살고 있던 코너 부부와 두 아이는 집 안에서 죽음을 당했고, 그 집에 있던 음식은 부스러기 하나 남김없이 깨끗이 털렸다.

그는 머뭇거리지 않았다. 서재 소파에서 일어나 앉은 존은 바로 산탄총을 움켜쥐었다.

개 두 마리가 미친 듯 짖으며 으르렁거렸다. 다음 순간 총성이 울리고, 날카로운 울부짖음이 이어졌다.

그는 거실로 나갔다. 주방 뒷문이 활짝 열려 있었다. 두 놈이다. 두 놈처럼 보였다.

지금이다. 그는 조금도 망설이지 않았다.

첫 번째 총알에 문 옆에 서 있던 남자의 목이 거의 떨어져나갔다. 두 번째 남자가 돌아섰다. 한 발은 빗나갔고, 두 번째 총알이 그의 복부에 명중했다. 놈은 주방 조리대 쪽으로 벌렁 쓰러졌다.

아이들은 어떻게 해야 하는지 알고 있었다. 침입자가 들어오면 침대 뒤편 바닥에 엎드리도록 되어 있었다. 둘이 함께 쓰고 있는 물침대는 훌륭한 엄폐물이었다.

몇 초가 지나자 엘리자베스가 소리쳤다.

"아빠!"

"그대로 가만히 있어!"

존은 낮게 쭈그린 자세로 모퉁이를 돌아 주방으로 갔다. 한 명은 확실하게 죽어 있었다. 어두운 달빛 속에서도 분명히 알아볼 수 있었다. 다른 한 명은 발작적으로 발길질을 하며 끙끙거렸다. 잭이 그 옆에서 처량하게 울고 있었다. 진저는 털을 곤두세우고 부상당한 남자를 향해 으르렁거렸다.

존은 바깥에 일당이 더 있을지도 모른다고 생각했지만 우선 부상당한 남자에게 다가가 바닥에 떨어져 있는 놈의 권총을 움켜쥐었다. 손에 전해지는 감각으로 보아 22구경 리볼버 같았다. 존은 그것을 벨트에 찔러 넣었다. 죽은 놈에게는 총이 없었고 날이 넓은 칼뿐이었다. 존은 산탄총을 들지 않은 손으로 칼을 잡았다.

활짝 열려 있는 문으로 가서 바깥에 한 발 내디디려다 마음을 바꾼 존은 집으로 들어와 몸을 낮추고 제3의 침입자가 없는지 확인하기 위해 제니퍼와 엘리자베스의 방을 차례로 들여다보았다.

그는 예전에 자기가 쓰던 침실 앞에서 잠깐 발을 멈췄다.

"나는 괜찮다. 절대 움직이면 안 돼!"

그는 낮은 목소리로 주의를 주었다.

"엘리자베스, 총 갖고 있지?"

"네, 아빠."

대답하는 목소리가 떨렸다.

"이 방으로 다시 돌아올 때는 먼저 너희들을 부를 거다. 누구든 딴 사람이 들어오면 주저하지 말고 쏴라."

"네, 아빠."

그는 서재를 통해 밖으로 나가 현관문으로 가서, 문을 살짝 열어두고 집 주변을 한 바퀴 돌았다.

아무도 없었다. 그는 주방 뒷문으로 들어와 지하실 문을 더듬어보았다. 잠겨 있었다. 그런 뒤 다시 한 번 몸을 낮추고 제니퍼와 엘리자베스의 방으로 가서 재빨리 방 안을 훑어보았다. 신경질적으로 옷장 문도 열어보았지만 두 방은 여전히 비어 있었다.

그는 주방으로 돌아갔다.

"젠, 촛불을 켜고 이리 나와보세요."

조금 뒤 깜박거리는 불빛이 주방을 밝혔다. 젠은 죽어 넘어진 남자의 모습을 보고 움찔 놀라 얼굴을 돌렸다. 부상당한 남자는 아까보다 더 큰 신음을 내며 몸을 웅크리고 있었다. 그리고 그 옆에 잭이 쓰러져 있었다.

존은 오랜 친구의 곁으로 다가갔다. 긴 세월을 함께한 친구, 침입자를 알려 그들의 생명을 구해준 친구. 잭은 등 위쪽, 어깨뼈 바로 뒤에 총알을 맞았다.

"오, 세상에. 잭."

존은 한숨을 쉬었다. 심한 상처를 입은 개들이 흔히 그러듯 잭은 주인의 손을 핥았다. 그렇게 하면 존의 기분이 좋아질 것이라 생각하는 듯이.

존은 놀라서 눈이 휘둥그레진 젠을 쳐다보았다.

"도와주시오."

부상당한 남자가 말했다.

"제발 도와줘."

자기가 보인 반응이 얼마나 빨랐던지 존은 스스로도 놀랄 지경이었다. 잘 때도 옆에 끼고 자던 글록에는 탄환이 이미 들어 있었다.

"존?"

젠의 목소리가 들렸다.

그는 방아쇠를 당겼다. 9밀리 탄환이 폭발하는 소리에 엘리자베스와 제니퍼가 다시 비명을 질렀다.

"괜찮아!"

존은 고함을 쳤다.

"괜찮다, 얘들아. 하지만 거기 가만히 있어."

그는 겁에 질려 굳어 있는 젠을 쳐다보았다.

"목숨이 계속 붙어 있었대도 시내에서 쏴 죽여야 했습니다."

존은 지난주에 다섯 명을 처형했다. 둘은 이곳 주민이었는데, 훔친 돼지를 도살해 산 속에 숨어서 먹다가 잡혔다. 불쌍한 두 바보는 굶주린 추격자들이 몇백 미터 밖에서도 고기 굽는 냄새를 맡을 수 있다는 것을 알지 못했던 것이다. 나머지 셋은 지금 바닥에 쓰러져 있는 두 놈처럼 남의 집을 습격한 놈들이었다.

"젠, 이놈들을 밖으로 끌어내는 걸 도와주셔야겠습니다. 아이들에게 이런 꼴을 보이고 싶지 않아요."

잭의 흐느낌에 존은 몸을 돌렸다. 진저는 잭 옆에 누워서 친구를 핥고 있었다.

존은 끓어오르는 감정을 누를 수가 없었다. 처형하는 방식으로 침입자를 죽인 것에는 조금도 거리낌이 없었다. 워싱턴 파커가 옳았다. 첫 번째가 어려웠을 뿐 점점 쉬워졌다. 게다가 이자들은 그의 집에 침입해서 아이들을 위협한 놈들이다. 그런 놈들을 처치하는 것은 조금도 거리낄 게 없었다.

하지만 잭은 달랐다. 잭과 진저는 뼈만 남아서 한때 윤기가 흘렀던 털 사이로 갈비뼈가 드러나 보였다. 개를 풀어놓는 일이 금지되어 있었지만 존은 잭과 진저가 밖에 나가 먹이를 찾도록 했다. 평소에 둘이 뛰놀던 장소가 피스가 국유림으로 지정된 숲 속에 있었는데, 집에서 백 미터도 떨어져 있지 않은 곳이었다. 사냥에 나선 다른 동물에게 죽임을 당할까 걱정이 되기는 했지만 지금까지는 운이 좋았다.

그는 잭의 곁에 무릎을 꿇었다. 잭은 고개를 들어 다시 존을 핥았다.

"고맙다, 오랜 친구."

존은 한숨을 내쉬었다.

"모든 게 정말 고마워."

"내가 했으면 좋겠나?"

젠이 속삭였다.

그는 놀라서 그녀를 올려다보았다.

"아닙니다. 잭은 우리 개예요. 메리와 저의."

그는 죽은 남자에게서 빼앗은 22구경을 빼들어 공이치기를 뒤로 잡아당긴 뒤 총을 잭의 귀 뒤에 갖다 대었다. 진저가 무언가를 감지한 듯 몸을 일으키더니 큰 소리로 울부짖었다. 존은 방아쇠를 당길 수 없었다. 눈물이 줄줄 흘러내렸다.

"내게 맡겨두게."

젠이 속삭였다.

"자네는 밖에 나가게. 진저도 데리고 가고. 진저에게도 이런 모습을 보여주고 싶지 않겠지. 자, 어서."

젠은 주방을 나가 마지막 남은 담배 한 갑과 귀중한 최후의 한 모금이 담겨 있는 스카치 병을 들고 왔다.

"얘들아, 우린 안전해. 하지만 너희들은 그대로 바닥에 엎드려 있어라!"

젠이 소리쳤다.

존은 다시 잭을 쳐다보았다. 그 순간 그는 자기 자신이 겁쟁이로, 전혀 남자답지 못한 사람으로 느껴졌다. 그는 무릎을 굽혀 잭의 이마에 입을 맞췄다. 잭은 피투성이가 되어 숨을 헐떡이고 있었다. 존은 진저의 목덜미를 잡아끌고 밖으로 나갔다. 진저를 풀어준 다음 담배에 불을 붙이고 술병 마개를 열었다.

"괜찮아. 괜찮아, 잭."

주방에서 젠의 목소리가 들려왔다.

"타일러를 만나면 사랑한다고 전해주렴. 우리 개 레이디도 기억하지? 이제 레이디와 같이 놀 시간이란다……."

둔한 발사음이 들리자 존은 뒷댄 마루의 철책에 기대어 울었다. 진저도 흐느끼면서 그의 다리에 코를 비볐다.

그는 자신이 분리되어버린 것 같은 비현실적인 감각에 사로잡혔다. 나는 방금 두 사람을 죽였고, 그것도 한 명은 1초도 머뭇거리지 않고 처형했다. 그런데 이건 뭔가? 개 때문에 울고 있다?

조금 뒤 젠이 담요로 감싸안은 잭을 들고 문에서 나왔다.

"너무 가벼워."

그녀는 부드럽게 말했다.

"잭은 이제 훨씬 편해졌을 거야."

"날이 밝으면 제가 묻어줄게요."

"안 돼, 존."

"왜요?"

바로 다음 순간 그는 깨달았다. 안 돼. 잭은 안 돼. 안 된다. 그럴 수는 없었다.

"저는 토할 겁니다. 애들도 마찬가지고. 우린 못 해요."

"잭을 로빈슨네 집에 갖다주게. 그 사람들에게는 괜찮을 거야. 가엾은 팻도 굶어 죽어가고 있어."

"그들은 식량 배급을 받고 있어요. 다른 것을 얻으면 식량을 비밀리에 비축한 것으로 되어서 배급 카드를 잃게 됩니다. 법대로 하면 우리는 먹을 수 있어도 그들은 안 돼요. 우리가 먹지 않으려면 공동 식량으로 넘겨야 합니다."

"헛소리 하지 말게. 자네는 어떤 면에서는 냉정하고 논리적인데 다른 면에서는 바보천치야. 지금 로빈슨네에 갖다줘. 그 사람들이 나중에 우리에게 다른 걸로 갚으면 돼."

존은 결국 고개를 끄덕였다.

그녀는 잭의 몸을 그에게 넘겨주었다.

"리를 데려와 놈들의 시체를 처리하는 걸 도와달라고 할게요. 애들이 거실과 주방에 못 오도록 해주세요."

"애들한테 말할 건가?"

그는 고개를 끄덕였다.

존은 천천히 차 쪽으로 걸어갔다.

그때 어둠 속에서 날카로운 목소리가 울렸다.

"거기서 한 발짝도 움직이지 마라."

그는 자신의 어리석음을 저주하며 그 자리에 얼어붙었다. 세 번째 놈이 있었던 것이다. 네 번째, 다섯 번째도 있을지 모른다. 존은 잭의 몸을 떨어트릴 준비를 했다. 놈이 쏘기 전에 소리를 치면 젠과 엘리자베스에게 대비할 시간이 생길 것이다.

"존, 자넨가?"

그제야 그는 그 목소리가 누구 것인지 알아차렸다. 리 로빈슨이었다.

"세상에, 리. 그래, 나야."

"총소리가 나서 도와주려고 왔네."

"고맙네, 리."

리는 어둠 속에서 걸어나와 가까이 다가왔다.

"존, 들고 있는 게 뭔가? 설마, 자네 개는 아니겠지?"

"잭이야. 이 녀석과 진저가 경고해주지 않았다면 그놈들이 우리를 해치웠을 거야. 두 놈이었어. 내가 둘 다 죽였어. 잭은 그 개자식들이 쏜 총에 맞았고."

"바로 1분 전에도 총소리를 들었는데."

"잭을 잠들게 해주어야 했어. 그런데 나는 할 수가 없었네."

존은 그 말을 하면서 자신이 잭의 몸을 꽉 쥐고 있다는 사실을 의식했다.

"한심한 일이지. 젠이 해야 했어."

"괜찮네, 존. 괜찮아."

리는 존의 어깨를 감싸안았다.

남부 사람들. 존은 생각했다. 남부인들과 그들의 개. 그들은 이해하고 있다. 리의 몸이 떨리는 것이 느껴졌다. 리는 그의 늙은 개 맥스를 친구로 여기는 것처럼 잭도 좋아했다. 맥스는 1주일 전에 없어져버렸다. 십중팔구 숲에서 돌아다니다 밀렵꾼에게 희생되었을 것이다. 그 일로 리는 제정신이 아니었다.

잠시 후 존이 침착함을 되찾자 둘은 잭을 쳐다보며 거기 말없이 서 있었다. 두 사람은 서로가 무슨 생각을 하는지 알고 있었다.

"가져가게, 리."

존이 할 수 있는 말은 그것뿐이었다.

"존, 우리가 이렇게까지 되리라고는 정말 꿈에도 생각 못 했어."

존은 잭의 시체를 넘겨주었다.

"가서 모나에게 주겠네. 모나가 최대한 정중하게……."

리는 목이 메어 잠시 말을 하지 못했다.

"고마워. 팻 때문에 걱정이 되어 죽을 지경이었어. 배급만으로는 버티기 힘들어. 존, 잭은 우리 팻의 목숨도 구한 거네."

몇 시간 뒤 존은 시내를 향해 차를 몰았다. 두 강도의 시체는 그가 집 안에서 끌어내 베란다에 던져두었다. 요즘 들어 바틀릿의 낡은 폭스바겐 버스에는 '영구차' 라는 냉소적인 별명이 붙었다. 그 차가 와서 시체들을 실어갈 터였다.

존은 강도들의 죽음에 조금의 동정심도 느끼지 않았다. 그는 그들 탓에 골프장 묘지에 무덤을 파는 사람들 몫으로 2인분의 추가 식량 배급이 있어야 한다는 생각을 하고 있었다. 지금 그곳에는 무덤이 1500개나 있었고, 스와나노아 크리스천 스쿨의 축구장에도 5백 구의 시신이 묻혀 있었다.

켈로가 옳았다. 죽음의 시간이 그들에게 덮쳐왔다. 굶어 죽는 사람이 급격히 늘어났다. 어제는 백 명 가까운 사람들이 죽었다. 대개는 노인과 부모들이었다.

역사학자인 존은 아사 패턴을 알고 있었다. 무관심한 관찰자로서, 안락의자에 앉은 학자 입장에서 계산했던 것이긴 하지만 그는 알고 있었다. 어떤 부모가 굶주린 아이를 눈앞에 두고 음식을 먹을 수 있겠는가? 하지만 다음 차례는 아이들이 될 것이다. 지금 두 마을에는 식량을 배급하는 곳이 다섯 곳 있는데, 살아남은 사람의 거의 90퍼센트는 하루치 식량으로 스프와 비스킷 한 조각, 아니면 스프와 빵 한 조각을 받기 위해 줄을 서는 형편이었다.

빵처럼 구운 음식의 실체는 또 다른 '기밀' 이었다. 엄중한 경비가 세워진 한 피자 가게에서 장작을 피워 만들었는데, 양을 늘리기 위해 톱밥을 섞고 있었다. 레닌그라드에서 그런 일이 있었고, 실은 존도 거기에 착안해 제안했던 것이다.

많은 부모들이 추가 배급을 받기 위해 일을 했고, 지친 몸으로 아이들에게 음식을 갖다주다가 결국엔 쓰러졌다. 부모 양쪽이 모두 세상을 떠나면 이웃이나 친척이 고아를 거두어주길 바랄 수밖에 없었다.

찰리와 톰은 그런 일을 막기 위해 추가 배급을 받은 사람은 배급 장소에서 바로 먹어야 한다는 포고령까지 발표했지만, 그들이 비스킷 하나를 주머니에 따로 챙기는 것을 막을 수는 없었다. 주머니에 비닐 안감을 대어 아무도 보고 있지 않을 때 스프를 거기 붓는 사람도 있었다. 그런 다음 스프가 쏟아지지 않도록 조심조심 걸어서 배고픈 아이가 둘, 셋, 넷 기다리고 있는 집으로 가는 것이다.

그런데, 마치 딴 세상 얘기 같긴 했지만 미국의 소리 방송에 따르면 해안 지역을 따라 회복의 조짐이 보이고 있다고 했다.

연방 정부가 재구성되어 항공모함 에이브러햄 링컨 호에서 활동하고 있으며 계엄령도 여전히 발효 중이었다. 중서부에서 수확한 옥수수와 밀을 운반하기 위해 철도를 다시 열고 있는 중이라는 보도가 나왔다. 남동부 지역의 비상정부 본부가 찰스턴에 세워졌고 재건 진행 과정을 알리는 일간 간행물이 발행되었다. 심지어 조지아에 있는 핵발전소가 재가동되었다는 얘기까지 나돌았다. 하지만 진척이 있다 해도 그건 해안 지역의 얘기였고, 애틀랜타 쪽으로 더디게 확장되는 정도였다. 존은 지휘부가 사우스캐롤라이나 북부 지역과 노스캐롤라이나 서부 지역을 구호 대상에서 '선별 탈락' 시킨 건 아닐까 의심스러웠다.

하지만 비행기들은 부지런히 날아다녔다. 전투기들이 몇 차례 머리

위로 날아갔고 C-17 수송기의 모습도 보였다. 애슈빌 측은 병원용 발전기 부품을 공수받았다고 마지못해 인정하기도 했다.

애슈빌 쪽에서는 좀처럼 속내를 드러내지 않았다. 블랙마운틴의 전화선이 애슈빌의 카운티 청사까지 이어졌으나 일방적인 의사 전달이 있을 뿐이었다. 그곳의 책임자는 피난민과 물 공급 문제를 연계시킨 이쪽의 으뜸패 때문에 몹시 심기가 불편한 듯했다.

일이 이런 식으로 진행되고 있다면 애슈빌에서는 의약품을 공급받았을지도 모른다는 생각으로 존은 몹시 흥분했다. 신선한 인슐린을 구하기 위해 곧바로 애슈빌로 차를 몰고 가려는 그를 워싱턴이 몸으로 막았다. 존은 애슈빌을 책임지고 있는 번스에게 개인적으로 전화를 해보았다. 그가 인슐린에 대해 묻자 번스는 공급받은 적이 없으며 설사 있다 해도 다른 지역에 주지는 않을 것이라고 딱 잘라 말했다.

존은 인슐린 문제에 사로잡혀 있었다. 이틀 전 제니퍼의 혈당치가 올라가 주사를 한 대 놓았지만 수치는 계속 올라갔다.

그는 마칼라를 찾아갔다. 그녀는 조심스레 제니퍼를 진찰한 뒤 존을 구석으로 끌고 갔다.

"남아 있는 세 병 말인데요, 아무래도 상한 것 같아요."

마칼라에게 들은 말은 그게 전부였다.

이제 제니퍼의 혈당치를 낮추려면 정상 분량의 세 배를 주사해야 했다. 딸의 목숨이 3분의 1로 줄어든 것이나 다름없었다.

그리고 원조의 손길은, 정말 그런 게 있다 해도 달만큼이나 멀리 떨어져 있었다.

지금 마을의 당뇨병 환자들은 절반이 죽었고 나머지도 잇따라 쓰러지고 있었다.

존은 차의 시동을 끄고 좌석에 등을 기대고 앉아 또 담배에 불을 붙였다. 이걸로 네 개비째였다. 제길, 이런 걸 세는 건 그만두자.

그는 차에 앉아 담배를 피우면서 주간도로를 바라보았다. 차량들은 두 달 전 모습 그대로 방치되어 있었다.

어떤 뜻에서 우리는 현실 회피 게임을 하고 있던 것인지도 모른다. 공격을 당한 그날조차도. 그것은 새삼스러운 깨달음이었다.

EMP에 대해 손톱만한 지식이라도 있고, 그것이 미국에 어떤 위협이 될 수 있는지 알고 있었던 사람이라면 실제 공격이 있기 전에도 그렇게 태평해서는 안 되었던 것이다. 제2차 세계대전 때는 나라 전체가 동원 체제였고 누구나 입만 열면 선박 침몰이나 적의 교란작전, 아이오와 철교 경비대에 관한 얘기뿐이었다. 전쟁이 끝난 뒤 한참 뒤에 위협의 실체를 알고 보니 그런 이야기들 대부분은 터무니없는 것이긴 했다. 미국에는 스파이나 파괴공작 부대가 없었고, 침투를 시도한 소수는 며칠 안 가 FBI에 붙잡혔다. 하지만 위협이 있었을 때, 그 위협이 멀리 떨어진 것이긴 해도 적어도 그때는 뭔가 행동을 취했던 것이다. 이번에는 어떤가? 몇백 배나 더 무서운 위협이었는데도 그들은 아무것도 하지 않았다. 손가락 하나 꼼짝하지 않았다. 존은 화가 나서 담배를 거칠게 비벼 끄고 새 담배에 불을 붙였다.

모든 사람이 그 문제에 대해 교육을 받았더라면, 1940년대와 1950년대에 모든 학교에서 민방위 과목을 가르친 것처럼 그랬더라면, 공격받은 첫날 어떻게 행동해야 하는지 사람들이 알고 있었더라면, 찰리가 EMP에 대해 미리 훈련받아 대응방법을 알고 있었더라면, 그래서 재빨리 부하들을 동원해 행동에 나섰더라면. 허리케인이나 토네이도가 불어오는 지역의 사람들이 그렇듯 약간의 비상식량만이라도 비축해두었더라면 지금처럼 이런 난장판이 되었을까?

그들은 범죄자다. 위협의 수준을 분명히 알고 있었음에도 방지하거나 대비하지 않았던 자들은 진정 범죄자들이다. 온 나라 사람들이 고통받고 있는 것처럼 그들도 지금 고통받고 있을까? 의회나 행정부 요인들을 위해 마련된 특수 벙커에 안전하게 숨어 있는 것은 아닐까? 거기엔 몇 년 치 음식과 물, 의약품이 그들을 기다리고 있겠지. 그리고 그 가족들을. 그런 생각을 하자니 입맛이 썼다. 지금 그곳으로 갈 수 있다면 자신이 무엇을 할지 그는 알고 있었다. 그 작자들에게 제니퍼의 모습을 보여주고, 그런 다음 하고 싶었던 대로 해주리라.

존은 첫날 인슐린을 구하기 위해 뛰어다니긴 했지만, 자기 자신도 문제를 회피했다는 것을 알고 있었다. 식량. 20킬로그램짜리 쌀이나 밀가루 한 포대라도 구했더라면. 그리고 신발, 배터리, 여분의 혈당측정기 그리고…… 그렇지, 엘리자베스의 피임약, 개밥, 정수 필터. 정수 필터가 있었다면 이끼가 낀 수영장에서 길어온 물을 끓이지 않아도 되었으련만. 그런 것들을 손에 넣었어야 했는데.

사태가 터진 지 두 달이 지났고, 노스캐롤라이나의 작은 마을에 살고 있는 사람들은 굶주려 죽어가고 있다. 이런 일이 벌어지리라는 것을 첫날부터 분명히 알고 있었는데, 그런데도 최악의 상황을 생각하는 것 자체를 회피했던 것이다. 켈로 의사가 한 달 전에 이 문제를 언급했을 때도 마찬가지였다. 대다수 주민에 대한 식량 배급을 줄이기로 결정을 내리긴 했지만, 그때도 회의실에 있던 우리는 무시무시한 현실을 직시하지 않았다.

세계의 곡창지대인 미국, 특별히 애쓰지 않고도 10억 명을 먹여 살릴 정도의 생산력을 지녔던 나라가 지금 기아로 죽어가고 있다. 미국의 소리 방송에서는 중서부 지역 남쪽에서 첫 수확한 작물과 가축이 운반되고 있다고 날마다 떠들었다. 그런 소리를 들으면 존은 냉전 때 국민들이 비참한 상황에 놓여 기아로 죽어가고 있는 와중에서도 중국과 소련 방송들이 연일 위대한 전진을 선전하던 생각이 났다.

저곳에는 식량이 있다. 하지만 이리로 가져올 수가 없다. 그건 이미 20퍼센트가 목숨을 잃은 이 마을 사람들 중에서 절반 이상이 한 달 안에 죽을 것이라는 뜻이었다. 필요한 곳으로 옮길 수단이 없어 수백만 톤의 식량이 저기서는 썩고 있는 동안에 말이다.

그리고 약품도. 그래, 저기 어딘가에 약품이 있다. 해외에 비축된 것도 있을 것이다. 하지만 약품 공장은 모두 도시에 있고, 도시에서는 전력이 없어 공장을 돌리지 못한다. 거기서 일했던 사람들은 지금 피난민이 되어 흩어져 바리케이드 저편에 누워 죽어가는 사람들 속에 섞여 있을 것이다. 어느 순간 공장이 가동된다고 하자. 그렇지만 인슐린은 실험실에서 유전적으로 개조된 박테리아에서 나온다. 그 실험실이라는 곳은 아마 뉴욕이나 애리조나처럼 수천 킬로미터 떨어진 데 있을 것이다. 인슐린을 담을 병은? 멕시코 같은 곳에서 만들어져 실험실까지 또 몇천 킬로미터를 운반해야 할 테지. 그런 뒤 온도조절기가 달린 트럭에 싣고 공항으로 가서 특수 제작된 컨테이너에 옮겨야 하는데, 그런 컨테이너들은 아마 또 미시시피쯤에서 생산될 것이다. 그런 식이다.

점적액을 담는 봉지는? 미국에서 그런 것을 만드는 곳은 몇 군데뿐이다. 한 곳에서 하루에 수백만 장을 만든다. 그것을 멸균 포장해서 다른 공장으로 운반해 수천 킬로미터 떨어진 곳에서 온 혈액이나 다른 전해질 혼합액을 채운다. 아니면 텍사스에 있는 점적액 봉지 공장까지 오리건에서 만들어진 혼합액을 싣고 가는 식이다.

해외에서 컨테이너선에 싣고 온 많은 화물들은 먼저 디젤전기 크레인이 내려서 다시 트럭에 싣는다. 아마도 점적액 봉지를 만들 비닐의 원료는 쿠웨이트에서 파낸 석유일 것이고, 그 석유는 텍사스로 운반되어 여러 가지 화학처리를 거친 다음 다시 루이지애나로 옮겨져 비닐로 만들어질 것이다. 그런 비닐봉지 중 일부가 애슈빌에서 쓰이는 것이다.

얼마나 광대하고, 복잡하고, 아름답고, 복합적인 그물망인가? 역사상 가장 복잡하게 뒤얽힌 그물일 것이다. 그리고 오랫동안 무시하고 있었지만 미국에는 줄곧 적들이 있었다. 미국인들은 어느 날 무언가를 계기로 적에게 증오심을 품었지만 그것은 적과 멀리 떨어져 있다는 생각, 경멸감, 우쭐대는 승리감으로 점차 변했다. 적이란 게 존재하지 않기를 단순히 바랐다는 것만으로 실제 그런 일이 이루어진 듯 여겼던 것이 그 승리감의 실체가 아니었던가. 9·11의 영향이 어떤 것이었는지 냉정하게 따져보겠는가? 그 때문에 수천 명이 목숨을 잃었다. 하지만 다음 날 경제가 붕괴했는가? 존의 꼬맹이 제니퍼가 인슐린 주사를 맞지 못하게 되었는가? 9·11 때에도 인슐린 공장에서 일하던 직원들이 공포에 질려 피난길에 올랐는가? 아니다. 극심한 혼란이 있었지만 사람들은 그날 희생당한 이가 친구나 친척이 아니어도 슬픔의 눈물을 흘렸다. 그들이 살던 세상은 공항에서 짜증스러운 수속이 늘었다는 것 외에는 그다지 변하지 않았다.

존은 생각했다. 우리 사회의 그물망은 실로 아름답다. 어렸을 때 여름날 뒤뜰에서 발견한 멋진 거미줄처럼, 이슬에 젖어 빛나던 그 거미줄처럼 방대하고 아름답고 복잡하게 연결되어 있다. 그런데 슬쩍 건드리기만 해도 줄은 망가지고, 거미는 처음부터 새로 줄을 짜야 한다. 우리의 적들은 그런 점을 알아차려 계획을 세웠고, 성공했다.

그는 두 번째 꽁초를 창밖으로 던져버리고 새 담배에 불을 붙인 뒤 강도 사건을 보고하고 짐의 영구차를 올려보내기 위해 시내로 향했다.

12시에 배식이 시작되는데도 초등학교 앞에는 벌써부터 사람들이 줄을 서기 시작했다. 죽은 새끼 돼지가 나무에 단단히 동여매인 채 이미 뼈만 남아 있었다. 물론 그 뼈도 발라낸 살점과 함께 솥으로 들어갈 것이다.

줄에 선 사람들은 살이 너무 많이 빠져 해골을 연상시켰다. 발을 질질 끌며 걷는 것조차 힘겨워 보였다. 아이들은 배가 튀어나오기 시작했다. 길모퉁이에는 시신 다섯 구가 놓여 있었다. 영구차가 내려놓은 시체들은 한 장의 천도 덮지 못해 최소한의 품위도 잃어버린 상태였다. 남자 한 명, 아이 셋. 분명 저 아이들은 부모가 죽고 돌봐줄 사람도 찾지 못했겠지. 그리고 한 여자. 여자는 손목이 벌어진 것으로 보아 자살이 분명했다.

그 모습을 보자 전에 길에서 만났던 여자가 떠올랐다. 캐롤, 그게 그녀의 이름이었다. 아마도 오래 전에 스스로 목숨을 끊었을 것이다.

피난민 수용소에는 빈자리가 늘어났다. 주민이 죽어 비어 있는 집으로 피난민들이 옮겨가고 있었다.

짧은 시간 운전해가는 동안에도 그는 붕괴의 기미를 감지할 수 있었다. 초등학교 앞에 놓인 시체들에서, 거리가 먼지와 쓰레기로 뒤덮여 있다는 단순한 사실에서. 관리의 손길이 제대로 미치지 못해 빗물 배수관은 쓰레기로 막혀 있었다. 나무가 쓰러져도 차 한 대 지나갈 자리만 치워두고 그대로 방치해두고 있었다. 초등학교 앞에 우뚝 솟아 있던 소나무 한 그루가 쓰러지면서 도로를 가로막고 건너편의 프런트 포치 식당이 부서졌는데, 통행에 불편을 주는 부분만 베어냈을 뿐이었다.

식당의 부서진 지붕도 전혀 손대지 않은 채 방치되어 있어 내부가 들여다보였다. 사람들이 하이에나 떼처럼 몰려들어 환풍구의 기름때를 긁어 먹으려 했던 탓에 건물 자체도 여기저기 부서져 있었다.

존은 이곳을 지나치며 그 광경을 볼 때마다 가슴이 저렸다. 프런트 포치는 그가 아침 식사를 하러 자주 들렀던 곳이었다. 아침으로 베이컨과 달걀, 감자튀김을 먹는 걸 알면 메리는 질색을 했겠지만 존은 그 식당이 정말 좋았다. 그가 마음으로 존경하는 주인은 빈손에서 시작해 블랙마운틴의 아침 식사 장소로 명소가 된 그 식당을 일궈낸 사람이었다. 고객은 주로 트럭 기사들과 건축 현장에서 일하는 사람들이었지만, 어쨌든 거기 교수 타입도 한 명 섞여 있었던 셈이다. 애들을 학교에 데려다준 뒤 존은 얼마나 자주 거기에 갔던가? 멋진 식사를 즐기고, 오전 느지막이 있는 강의에 앞서 느긋하게 담배를 피우면서 정감어린 농담을 주고받거나 주인이 나무로 직접 깎아 만든 도구로 퍼즐 게임을 하곤 했다.

"그게 우리가 한때 살았던 세상이었지."

그는 한숨을 내쉬었다.

다음 모퉁이의 은행 주차장에는 잡초가 무성했다. 피난민 구호소의 아이들이 눈에 보이는 대로 민들레를 뜯어 먹어 군데군데 빈 곳이 보였다. 마지막 남은 옛 유물 가운데 하나인 그 은행은 지역민이 소유한 곳으로, 유서 깊은 곳이었지만 내리막길에 접어든 상태였다. 은행 소유주의 랜드로버는 먼지로 뒤덮이고 진흙이 말라붙은 채 여전히 건물 앞에 세워져 있었다.

이어 존은 해미드의 상점을 지나쳤다. 폭스바겐 비틀, 녹슨 65년형 시보레, 모터 자전거 몇 대가 앞에 서 있었다. 해미드는 담배를 주고 낡은 발전기를 넘겨받은 뒤 그것을 수리해줄 사람도 담배로 구했다. 그렇게 해서 그는 얼마간 전력을 갖게 되었다. 발전기를 작동시키자 불이 희미하게 깜박였고, 해미드는 냉장고와 가스탱크용 펌프 한 대에 전기를 연결했다. 그 말을 들은 존은 해미드에게 인슐린 약병의 보관을 부탁하려 했지만 마칼라가 반대했다. 그 발전기에서 나오는 전기는 안정적이지 않아 꺼졌다가 다시 돌아가곤 했던 것이다. 마칼라는 12도로 일정하게 보관하는 편이 4.5도를 유지하다 갑자기 15도나 20도로 치솟는 냉장고에 두는 것보다 낫다고 했다.

하지만 그의 오랜 친구인 해미드는 존을 위해 더할 나위 없는 친절을 베풀었다. 도저히 갚을 수 없는 빚이어서 상점으로 들어설 때마다 존은 구걸하는 거지와 같은 심정이 되어버렸다.

"내가 세상에서 제일 좋아하는 꼬마 소녀를 위한 겁니다."

해미드는 작은 꾸러미를 존의 손에 쥐여주며 이렇게 말하곤 했다. 거기에는 0.5~1킬로그램가량의 얼음이 들어 있었다. 얼음, 그 귀중한 얼음은 남은 약병의 온도를 얼마간 낮춰줄 것이었다.

"아직도 자네한테 20달러를 갚지 못했군."

존이 이렇게 말하면 해미드는 미소를 지을 뿐이었다. 해미드에게도 어린 딸이 있었고, 그는 자신이 미국인으로서 친구를 도울 수 있다는 걸 자랑스러워했다.

마칼라. 묘한 일이지만 존은 요 며칠 동안 전혀 그녀를 머리에 떠올리지 않았다. 배가 너무 고프기 때문이지. 이처럼 배를 주리는 상황에서는 불필요한 신체 기관이 가장 먼저 기능을 멈추기 마련이었다. 게다가 메리가 죽은 이후 4년간의 금욕 생활이 이어지면서 존은 점차 거기에 익숙해져 있었다. 그는 마칼라가 자신에게 관심이 있다는 것을 알고 있었다. 상황이 지금과 달랐다면 그들은 분명 사귀었을 테지만, 지금은 아니었다. 게다가 그는 자기 가족 안의 미묘한 균형을 깨트리고 싶지 않았다. 젠은 메리의 어머니다. 어떤 반응을 보이겠는가? 딸들은? 가족들이 마칼라를 친구로야 좋아하겠지만 그 이상이 된다면? 제니퍼의 마음속에서는 엄마가 희미해진 게 사실이었다. 하지만 엘리자베스는 상처받기 쉬운 나이인 열두 살에 엄마의 죽음을 겪었고, 아직도 방에 엄마 사진을 여러 장 붙여놓고 있었다. 엘리자베스의 방에는 예쁜 액자에 끼워진 메리의 고등학교 졸업사진도 있었는데 존은 그 사진을 볼 때마다 가슴이 저렸다. 빛바랜 사진 속의 메리는 그가 대학에서 만난 바로 그 소녀의 모습 그대로였다.

그는 시 청사 앞에 차를 세웠다. 청사 바깥에 설치된 발전기에서 나는 윙윙거리는 소리가 사용되는 전력량에 따라 높아졌다 낮아지곤 했다.

소방차 한 대를 물청소하는 중이었다. 그 소방차는 전자부품 회로를 차단하고 장치를 일부 개조한 끝에 열흘 전에 드디어 엔진이 움직이기 시작했다.

존은 안으로 걸어 들어갔다. 찰리는 사무실 안에 있었는데, 구석에는 정돈해두지 않은 야전침대가 놓여 있었다. 존이 들어가자 찰리가 고개를 들었다.

"두 놈이 우리 집에 죽어 있네. 오늘 아침에 내 총에 맞았어."

존은 무덤덤하게 말했다.

"오늘 아침에 그런 보고가 여덟 건째네."

찰리가 쉰 목소리로 대답했다.

존은 자리에 앉았다. 담뱃갑을 보니 열네 개비가 남아 있었다. 찰리에게 권하자 그는 주저 없이 담배를 받아들었다.

"이봐, 찰리. 자네는 1인분이라도 추가 배급을 받아야 해."

찰리는 고개를 가로저었다.

"어쨌거나 조만간 그런 건 문제가 되지 않을 거야."

"무슨 소린가?"

"파시가 오고 있는 것 같네."

"뭐라고?"

"돈 바버가 두 시간쯤 전에 자기 정찰기를 타고 히코리로 향하는 40번 주간도로를 살펴보러 갔네. 아직 돌아오지 않았어. 나흘 전에는 바리케이드에 피난민이 한 명도 오지 않았다가 이틀 전에는 약 백 명, 어제는 2백 명 이상이 몰려왔다네. 무언가 뒤에서 피난민들을 몰아대고 있는 것처럼 말이야. 피난민들 말로는 모건턴이 깨끗이 약탈당했다고 하네. 그리고 어젯밤에는 주간도로에서 총이 발포되었어."

"그런가? 그쯤이야 일상사가 되었지."

존은 냉담하게 말했다.

"이번엔 다르네. 동쪽으로 향하던 무리 중 한 명인데, 덩치가 크고 아주 잘 먹고 있는 것 같은 놈이라더군."

"그자가 무슨 짓을 했는데?"

"워싱턴이 그자를 알아봤어. 같은 놈을 그제 서쪽으로 향하는 무리 속에서 봤기 때문에 이상한 육감이 들었다는군. 워낙 영양 상태가 좋아 눈에 띄었던 거지. 워싱턴은 그자와 다른 피난민들을 동쪽으로 호송하는 대열을 따라가면서 아무것도 모르는 멍청이인 양 행동했다고 하네. 그러자 그자가 워싱턴을 잡고 이것저것 물어본 거야. 여기 사는 사람은 몇 명인지, 식량은 얼마나 남아 있는지, 방어 체계는 조직되어 있는지."

"스파이?"

"그렇다네. 워싱턴은 그자를 골짜기 바로 앞에서 끌어냈는데 자칫하면 죽을 뻔했어. 놈이 재킷 소매 위에 총을 숨기고 있었거든. 22구경 소형 권총이었지. 놈이 먼저 한 발을 발사했는데 워싱턴이 바로 그자를 날려버렸네."

"워싱턴은 괜찮나?"

"총알이 옆구리를 스쳤어. 켈로 의사 말로는 3센티미터만 더 깊이 박혔으면 큰일 날 뻔했다더군."

"워싱턴은 지금 어디 있나?"

"대학에 있어."

"우리가 그쪽으로 가보는 게 좋겠네."

찰리는 고개를 끄덕이며 일어섰다. 조금 뒤 두 사람은 엣셀에 올라

대학으로 향했다.

대학 교정으로 운전해서 가는 길은 존에게 다시 한 번 잃어버린 세상을 일깨웠다. 불과 몇 달 전에 날마다 통근하던, 6킬로미터도 안 되는 짧은 길. 그러다 또 베이컨과 달걀 생각이 났다. 지금 그런 걸 먹으면 단연 몸에도 좋을 것이다.

그는 그 말을 입 밖에 낼 뻔했다. 음식에 관한 생각은 사람들 마음에 달라붙어 있었지만, 지금은 그것을 밖으로 드러내 말하는 것은 금기가 되었다. 그건 예의에 몹시 어긋나는 일이었다. '사정이 좀 나아지면' 이런저런 것을 먹겠다고 말하는 것은 모든 사람을 미치게 만드는 일일 뿐이었다.

그들은 노스포크 교차점을 통과하면서 어느 집 앞에 천에 덮인 시체 두 구가 놓여 있는 것을 보았다.

"저런…… 음, 엘리엇 부부는 아니군."

찰리가 한숨을 쉬며 말했다.

세 아이가 잔디밭에 나와 있었다. 셋 다 뼈만 남았는데 유독 배만 풍선처럼 부풀어올라 있었다. 이웃 사람 한 명이 아이들 곁에 있었다. 2주 전부터 굶주리고 있는데도 아이들의 배가 부풀어 오르는 현상이 나타나기 시작했다. 켈로는 그것이 부종이라며, 내부기관의 기능이 멈추면서 수분이 차오르는 것이라고 했다. '어린이를 구하자' 는 자선단체 광고에 등장하는 전형적인 모습이었다. 존은 그런 장면이 나오면 텔레비전을 꺼버리곤 했었다. 아프리카 아이들이나 아시아 어느 재난 지역 아이들이 배를 볼록 내밀고 서 있는 모습. 바로 이 순간 세계 어느 곳에서는 전기가 들어오고, 그런 아이들의 모습을 배경으로 화면에 이런 자막이 흐르는 것은 아닐까? '미국의 굶주린 어린이들을 구하려면 바로 지금 기부하세요.'

아니, 그건 농담거리가 아니라 진지한 생각이었다. 우리의 많은 우방국들, 우리가 아무런 대가도 바라지 않고 그토록 여러 차례 도움을 주었던 그 나라들이 지금 우리에게 오고 있는가? 식량을 가득 실은 배들이 우리에게 달려오고 있을까? 아무런 움직임이 없는 것인가? 아니면 오히려 조소와 경멸을 보내고 있는가?

"엘리엇은 무덤을 파는 일을 하고 있어서 추가 배급을 받고 있네. 하루에 무덤 두 개를 파니까 2인분을 더 받는 거지."

찰리의 말에 존은 혼자만의 생각에서 깨어났다.

"그리고 그걸 집으로 가져가 아이들과 아내에게 주겠지."

존은 조용히 말했다.

그들은 시신을 보고도 속도를 늦추지 않고 그대로 달려갔다.

그들은 세 소년을 지나쳤다. 10대 초반의 아이들이었는데 둘은 22구경 권총을, 한 명은 공기총을 들고 있었다. 그중 가장 어린 녀석도 역시 배가 볼록 튀어나와 있었다. 셋은 살그머니 움직이면서 얽혀 있는 전화선과 송전선, 나무 위를 살폈다.

이미 마을에서 다람쥐나 토끼는 씨가 말랐기 때문에 이제 새들이 솥으로 들어가고 있었다. 존 역시 피스가 숲으로 점점 더 깊이 들어가야만 사냥에서 빈손으로 돌아오지 않을 수 있었다. 그 숲에만 가면 잭 생각이 났다. 잭은 한 끼도 제대로 먹지 못하고 죽었다. 어제 사냥한 토끼를 들고 집으로 갔을 때는 진저가 얼마나 덤벼드는지 거의 격투를 벌여야 했다. 진저는 젠이 살점을 남김없이 발라낸 토끼의 뼈로 만족해야 했다.

"소구경 탄환이 떨어져가고 있네."

자동차가 소년들을 지나칠 때 찰리가 말을 꺼냈다.

"22구경 권총을 갖고 있던 사람들도 실제 그걸 꺼내서 쓴 일은 드물고 총알도 50~100개들이 한 상자 정도 갖고 있었겠지. 요즘에는 다람쥐나 토끼 한 마리당 총알 다섯 개와 교환하는 모양이더군."

다행히 존에게는 소구경 탄환이 몇백 개 있었다. 하지만 엽총 탄환은 바닥을 드러내기 시작했다. 존은 다른 목적을 염두에 두고 구경이 큰 탄환에는 손을 대지 않고 있었다.

대학으로 통하는 석조 돌문이 있는 길목에는 바리케이드가 쳐져 있었다. 예전에는 그가 지나가면 경비하던 학생들이 그의 차를 알아보고 통과시켜주곤 했는데, 오늘은 아니었다. 그들은 정지 신호를 보냈다. 한 명이 뒤에서 12번 산탄총을 겨누고 있는 가운데 다른 한 명이 차 옆으로 돌아와 안을 들여다보았다.

"안녕하십니까? 별다른 일 없으신지요?"

"레베카로군, 그렇지?"

"네, 그렇습니다."

여학생은 뒷좌석을 들여다보고 고개를 끄덕였다. 두 학생은 출입구를 막고 있던 폭스바겐의 시동을 걸어 그가 지나갈 자리를 터준 다음 다시 차를 원래의 장소로 돌려놓고 자동차의 엔진을 껐다.

"애들이 조심성이 많아졌군."

"흠, 어젯밤 침입자로 인해 죽은 사람들을 생각하면 무리도 아니네."

존이 말했다.

"그들 중 얼마나 많은 자들이 성공을 거두었는지 누가 알겠나? 지금 이 순간에도 집에서 죽음을 당한 뒤 그대로 썩어가는 가족들이 있을지 모르지. 아무래도 그 파시 패거리 몇몇이 이미 잠입해 들어와 우리의 동정을 살핀 다음 여기를 탈취하기로 했다고 가정하는 게 맞을 거야. 그렇게 해야만 애슈빌로 움직일 수 있을 테니까. 일당 중 몇 놈이 집 몇 채를 차지하고 우리를 정탐하고 있는지도 모를 일이네."

그들은 게이더 홀로 통하는 진입로에 접어들었다. 민병대 아이들이 건물 밖에 있었다. 밀집대형 훈련은 오래 전에 끝나고, 지금은 도서관 앞에서 엄호사격과 철수 훈련을 하고 있었다. 워싱턴이 아이들 사이로 오가면서 고함을 치고 있었다. 존은 그 소리를 들으며 차를 세우고 시동을 껐다.

워싱턴이 몸을 돌려 예의 그 의식을 이행했다. 경례를 받는 것이 여전히 난처했으나 존은 답례를 해주었다.

아이들은 곳곳에 흩어져 있었다. 쪼그리고 앉아 있기도 하고, 나무 뒤나 차량 아래에 몸을 숨기기도 하고, 건물 창문 쪽에 올라가 있기도 했다. 멀리 도로 위쪽으로는 B중대 소속으로 보이는 아이들이 여학생 기숙사 너머로 퍼져 있었다. 운행 가능한 차량도 열 대가 넘었다. 역시 짐 바틀릿이 제공한 폭스바겐 몇 대와 농장용 픽업트럭들이었다. 차량 한 대는 가짜 기관총을 후면에 달고 있었다. 소말리아에 와 있는 것 같다고 존은 생각했다.

워싱턴이 메가폰을 들었다.

"맬러디 대위, 지금이다!"

케빈 맬러디는 하필이면 도서관의 보조 사서였다. 탄탄하고 널찍한 어깨와 검고 굵은 머리카락, 튀어나온 아래턱 탓에 어딘가 슈워제네거와 닮은 데가 있어 학생들은 그를 '코난 사서'라는 별명으로 불렀다. 군 출신으로 2003년 이라크에서 기계화부대 하사관으로 근무했던 그는 마침 도서관에 사표를 내고 가을부터 프린스턴 신학교에 진학할 예정이었다. 그랬던 사람이 지금 B중대의 지휘관을 맡고 있었다.

모의 공격을 할 때 보니 맬러디는 확실히 군사행동 요령을 터득하고 있었다. 화력 지원을 맡은 부대원들이 포화를 퍼붓는 가운데 전면에 쟁기 모양의 장애물 제거장치를 붙인 차량 한 대가 바리케이드를 향해 돌진했다.

물론 충돌 직전에 차량은 멈췄다. 워싱턴은 그 바리케이드가 부서졌다고 선언했다.

맬러디는 버려진 차량 주위에 있던 부대원들에게 지시를 내려 바리케이드로 돌진하게 했다.

몇 달 전이었더라면 학생들은 이를 일종의 연극으로 보고 웃고 소리치며 떠들었을 것이다. 지금은 그렇지 않았다. 그들은 입을 꾹 다물고 군 경험이 있는 직원이나 교수들로 구성된 장교들의 지시에 묵묵히 따랐다. 방어를 맡은 측에서는 물러서서 몰살시키기 좋은 지역으로 공격자들을 유인하려 했다. 그건 주간도로로 통하는 골짜기가 뚫렸을 때를 염두에 둔 훈련이었다. 그 골짜기에서 몇백 미터 뒤로 빠지면 도로 가장자리 한 면이 높은 콘크리트 벽으로 막혀 있었다. 그 벽은 몇백 미터 길이로 이어져 있어 컨퍼런스 센터를 방어하기 위한 용도로는 제격이었다.

워싱턴은 벽 반대편의 발사 위치를 이미 정해두고 있었다. 대학 예배당은 몇 년 전에 신축된 건물로 유명한 예술가 벤 롱의 프레스코 작품인 〈탕자의 귀환〉이 그려져 있었는데, 지금은 콘크리트 방어벽의 대용물로 사용되고 있었다. 지붕 용마루 뒤에서 별안간 학생들의 모습이 솟아올랐다.

"그거다!"

워싱턴이 고함쳤다.

"위쪽에 자리를 잡으면 사격에 유리하다. 빠르고 거세게 갈겨라. 빠르고 세게. 놈들의 혼쭐을 빼놔!"

모의 훈련이 끝나가는 듯 아이들이 여기저기 서 있었다. 그다지 실감나지 않는 훈련이었다. 공포탄도 없었고, 레이저 불빛도 없었다.

처음에는 페인트 볼을 썼는데 그것은 이틀 만에 바닥나고 말았다.

워싱턴은 호루라기를 불었다.

“훈련 종료. 잘했다. 한 시간 휴식을 취하도록. 식사는 정오에 한다.”

놀랍게도 누군가 피리를 불기 시작했다. 그 소리를 듣자 차가운 기운이 존의 등줄기를 타고 내려갔다. 피리를 부는 건 딘첸조의 아들이었다. 대학 학생은 아니었고 남북전쟁 재연 모임에 들어 학교 주위에서 어슬렁대던 녀석이었다. 워싱턴이 그를 마음에 들어 했었는데 지금은 민병대의 공식 연주자가 되어 있었다. 그는 훈련이 끝나자 〈양키 두들〉(미국 독립전쟁 시기에 크게 유행한 노래)을 불기 시작했다.

“행진곡으로는 안성맞춤입니다.”

존이 남북전쟁 때 북군이 쓰던 모자를 쓰고 피리를 불고 있는 아이를 돌아보자 워싱턴이 말했다.

“학생들이 좋아합니다. 사기 진작에도 좋고요.”

학생들이 엄폐물 아래서 기어 나오고, 건물 안에서도 나왔다. 모두 무장을 하고 있었는데 화기가 점점 좋아지고 있었다. 대부분 구경이 큰 반자동 총을 들었고, B중대 소속의 많은 학생들이 가진 사슴사냥용 라이플에는 대개 조준경이 달려 있었다. 위기가 닥치면 경찰서에 보관해둔 자동화기를 워싱턴에게 내줄 것이라는 말을 예전에 찰리에게서 들었다. 민병대원에는 주민도 몇 명 섞여 있었다. 그중 한 사람은 불법무기로 규정됐던, 4백 발 이상의 탄환이 장착된 완전자동 M16을 갖고 있었는데 전투 중에 그 무기만 들 수 있다면 민병대원이 되겠다고 했다 한다. 그는 베트남전 초기에 참전했던 퇴역 군인이었다.

스와나노아와 블랙마운틴 양 지역에서 군 복무 경험이 있는 사람들이 가담하면서 병력이 늘어났다. 그들 중에는 한국전 참전 군인까지 포함되어 있었는데 대략 백 명쯤 되었다. 퇴역 군인들은 나이가 많긴 했지만 전투 경험이 있었으므로 분대장이나 소대장을 맡고 있었다.

한편에서는 전설적인 프랭클린 일가를 포함해 생존주의자 유형의 사람들이 클레이모어(작은 금속 파편을 비산시키는 지뢰), 지뢰, 가방형 폭탄 제조법과 PVC 파이프로 로켓 발사대를 만드는 방법을 학생들에게 가르치고 있었다. 남북전쟁 토론회 회원이었던 몇몇 주민들은 진짜 대포를 손에 넣지 못한 걸 아쉬워하곤 했는데, 지금은 그 무기에 사용될 흑색 화약을 직접 섞고, 산탄통과 금속 파이프를 엮어 야포를 만들고 있었다.

군사훈련이 끝나자 학생들은 순식간에 옛 모습으로 돌아갔다. 남학생 둘이 악의 없는 욕설을 주고받으며 큰 소리로 웃었다. 짝이 있는 학생은 즉시 자기 짝에게로 달려갔다. 몇몇 커플은 서로에게 팔을 두른 채 남의 눈을 전혀 의식하지 않고 과학동 뒤에 있는 숲으로 공공연하게 달려갔다.

"엄청난 문제가 일어날 기미가 보입니다. 존이 당신을 만나 함께 얘기해보자고 하더군요."

찰리가 가늘고 쉰 목소리로 말했다.

워싱턴은 고개를 끄덕였다. 세 사람은 그늘진 길을 택해 그렉 기숙사에서 게이더 홀로 이어지는 오래된 석조 아치 다리를 지났다. 그곳은 존이 특히 좋아하는 장소였다. 그는 자주 다리 위에 걸터앉아 출렁이는 개울물을 내려다보곤 했다. 오가는 학생들이 많은 그곳은 느긋하게 앉아 쉬면서 아이들과 잡담을 하고, 다른 흡연자와 함께 몰래 담배를 나눠 피기에 딱 적당한 장소였다. 지정된 장소 외에는 학교 전체가 금연구역이었으므로 그것은 규칙을 깨트리는 일이었지만, 학생처장은 존에게 이러니저러니하는 것을 포기한 지 오래였으며 총장은 교수가 행정처의 비위를 약간 거스르는 것을 오히려 환영할 만한 일로 여겼다.

그들은 헌트 총장의 사무실로 향했다. 집에서 대학까지의 거리가 8백미터밖에 되지 않았으나 요즘 들어 총장은 좀처럼 학교에 모습을 나타내지 않았다. 존과 아벨 목사, 워싱턴이 말렸으나 헌트 총장은 자신과 아내는 추가 식량 배급을 받지 않겠다고 엄숙하게 밝혔다. 식량을 '우리 병사들과 지원병들' 에게 조금이라도 더 많이 주어야 한다는 것이었다. 믿기 힘들 정도로 고결한, 헌트 총장다운 행동이었으나 그 결과 그는 죽어가고 있었다.

그들은 총장실로 들어가 회의 탁자에 자리를 잡았다. 그때 웅웅거리는 소리가 들려와 모두 벌떡 일어나 창밖을 내다보았다.

에어론카 L-3기에 타고 있는 돈이었다. 디데이 침공표식인 흑백 줄무늬가 날개와 동체에 선명하게 박혀 있는 그 비행기는 룩아웃 산의 산마루를 넘어 코브의 좁은 골짜기로 하강했다. 그는 나무 위에서 15미터도 떨어지지 않을 정도로 기체를 낮추어 대학 교정 위를 급선회하면서 학생들에게 인사를 한 다음 고도를 유지하며 시내가 있는 남쪽으로 방향을 돌렸다. 잉그램 쇼핑센터에 그 비행기의 가설 활주로가 있었다.

"무슨 안건인지 알 것 같습니다. 파시 패거리가 오고 있군요."

워싱턴이 말문을 열었다.

존과 찰리는 그렇다는 뜻으로 고개를 끄덕였다.

"피할 수 없는 일이죠. 늦든 빠르든 놈들은 우리에 관해 듣고, 우리가 뭔가 빼앗을 만한 것들을 갖고 있다고 여기겠지요. 돈이 언제 출발했었지요? 두 시간 전입니까?"

"두 시간 반 전입니다."

존이 대답했다.

"그 비행기는 백 킬로미터 정도 속도로 운항해요. 좋은 소식은 아닙니다. 놈들이 가까이 왔다는 뜻이니까."

세 사람은 회의 탁자로 돌아가 다시 앉았다.

"어젯밤에 애들 중 하나가 곰을 잡아왔습니다."

워싱턴이 말했다.

"지금 조리실에 있어요. 정오에는 모두들 고기를 먹게 됩니다. 1인당 500그램은 돌아갈 겁니다."

존은 입에 침이 고이는 걸 느꼈다. 그들이 곰을 잡은 것은 이번이 두 번째였다. 너무 기름지긴 했지만 곰 고기를 먹고 나면 속이 든든했다.

"헌트 총장님이 오셔서 같이 드셨으면 좋겠습니다. 여학생 두 명을 집으로 올려보냈는데 총장님은 빙그레 웃기만 하시고 거절하셨답니다. 거기 갔던 여학생들은 울면서 돌아왔어요. 총장님 모습이 말이 아니라고."

"총장님은 그런 분이시지."

존은 조용히 말했다.

"그리고 아마 그분이 옳을 겁니다. 여기 있는 애들은 체력이 좋아야 하거든요. 파시 놈들이 나타났을 때 애들이 고양이 새끼처럼 비실거리면 안 되지요."

"애들은 준비가 되어 있나요?"

찰리가 물었다.

워싱턴은 고개를 가로저었다.

"마음이 놓이는 소식은 아니군요."

"보세요, 찰리. 나는 이 아이들을 좋아합니다. 몇 년 동안 보아온 아이들이에요. 대부분이 착한 심성을 지닌 시골 아이들이죠. 그리고 이곳은 기독교 대학이 아닙니까. 이 학교가 지닌 특별한 가치와 관점에 끌려서 온 아이들입니다. 아이들이 아니라면 적어도 부모들은 그랬겠죠. 하지만 찰리, 냉혹한 현실을 바라신다면 다른 애들 몇 명도 보여드릴 수 있습니다. 샬럿이나 그린스보로, 애틀랜타에서 자란 아이들이죠. 그 애들이라면 당신에게 현실에 대해 다른 이야기를 들려줄 겁니다. 열두 살이면 서로 치고받고 싸우고, 혼음을 했다며 자랑스레 떠벌리죠. 열여섯 살이면 감옥에 들락거릴 때가 된 거고, 그때는 벌써 애아버지가 되어 있죠. 그 나이에 벌써 죽은 뱀처럼 차가운 인간이 되고, 대부분은 스물다섯쯤에 죽어버립니다."

"역겨운 농담이 생각나는군요."

존은 한숨을 쉬며 말했다.

"기업 연금을 내세워봤자 마약상은 코웃음을 칠 뿐, 이라고 했죠."

"바로 그렇습니다."

워싱턴이 말을 받았다.

"여기 아이들은 두 달 전까지만 해도 학점이나 고민하고, 놀 궁리나 했고, 대학을 마치고 결혼할 생각밖에 없었습니다. 조금 더 성숙한 아이들은 바로 그 기업 연금을 생각했겠죠. 그런데 이 애들이 싸워야 할 건 도시에서 온 불량배 나부랭이들이 아닙니다. 솔직히 그렇지 않습니까? 파시 패거리에 가담한 놈들은 인생 밑바닥까지 떨어진 쓰레기들이고, 살아남기 위해선 뭐든 하는 놈들입니다. 거기에 켈로 선생이 말했던 정신병자들까지 가세하면 어떻게 되겠습니까? 이번 일이 일어났을 때 죄수들은 어떻게 되었죠? 그들은 지금 어디 있습니까? 자랑스러운 이 나라는 인구 1인당 수감자 비율이 세계 최고였지요? 죄수들을 굶겨 죽입니까? 모두 처형해버려요? 경비가 아주 엄중한 감옥에서는 교도소장이 정말 그렇게 했을지도 모릅니다. 탈주하게 내버려두느니 한 줄로 세워 모두 쏴 죽였는지도 모르지요. 하지만 허술한 감옥에 있던 죄수들은 분명 사흘째면 담장을 넘었을 겁니다. 마약 혐의 따위로 걸려들었던 멍청이들은 대부분 집으로 흩어졌겠지요. 하지만 감옥에 있던 진짜 나쁜 놈들은 하나로 뭉쳤을 겁니다. 지금 이런 세상이 놈들에겐 천국이죠. 총알만 있으면 원하는 건 뭐든 손에 넣을 수 있으니까요."

워싱턴은 고개를 설레설레 흔들면서 말을 이었다.

"이곳 동부에서는 식량이 떨어져가고 있습니다. 우리가 중서부에 있었더라면, 옥수수 지대이고 가축사육 지대인 그곳에 있었더라면 저도 훨씬 낙관적이었겠죠. 하지만 여긴 어떻습니까? 구할 수 있는 식량에 비추어 사람 수가 너무 많아요. 안 돼요, 없어요. 그리고 저 야만인들, 놈들은 야만인이기 때문에 하나밖에 모릅니다. 음식을 찾아서 빼앗고 배불리 먹어라, 남들에게 고통을 주어라. 이번 일이 터지기 전에는 꿈에도 생각 못 했던 것이 가능해진 겁니다. 지금 우리가 회의실 탁자에 둘러앉아 식량 배급과 우리 총장님의 고결함을 이야기하고, 키우던 개를 잡아먹어야 할지 어떨지 논쟁을 벌이고 있는 이 순간에도 놈들은 그 생각만 하고 있습니다."

존은 그 말을 듣고 움찔했다. 물론 워싱턴은 오늘 아침의 일을 몰랐으므로 존의 반응을 무심히 넘겼다.

그때 전화가 울렸다.

전화벨 소리에 모두 깜짝 놀라 서로의 얼굴을 바라보다가 결국 존이 일어섰다. 그는 총장 책상으로 가서 수화기를 들었다. 40년대나 50년대에 나온 다이얼식 전화기였다. 수화기는 무거웠고, 꼬불꼬불 감긴 전화선이 나오기 이전의 모델이라 수화기에 달린 새까만 선은 밋밋하게 늘어졌다.

"매더슨입니다."

"존, 자넨가? 톰일세."

"네, 톰."

"돈 바버와 같이 있네. 지금 그를 차에 태워 시 청사로 데리고 왔어."

"그 사람이 무엇을 보았답니까?"

"빌어먹을. 완전히 겁을 먹었어."

"돈과 같이 이리 올 수 있어요?"

"그러지. 5분 안에 가겠네."

"알겠습니다."

통화가 끝난 뒤에도 잠시 윙윙거리는 소리가 들렸다. 시 청사의 전화교환원인 주디가 연결을 끊은 뒤에야 잠잠해졌다.

존은 수화기를 내려놓았다.

"문제가 생긴 것 같네. 바버가 곧 이리로 와서 보고할 거야."

그들은 기다리는 동안 두서없는 이야기를 나누었다. 존은 일어서서 창밖을 내다보며 그날의 일곱 번째 담배를 피웠다. 학생 몇이 남자 기숙사 윗동 뒤에서 걸어 내려왔다. 여학생 대여섯에 남학생은 둘이었다. 그래놀라 무리로 불리는 아이들이었다. '그날' 이전에는 학생들 사이에서 다소 경멸받고 있었는데 지금은 누구도 그들을 놀리지 않았다. 그들은 야외생활 교육을 받았거나 생물학 전공이어서 식량 채취에 아주 능숙했다. 어떤 뿌리를 캐면 되는지, 차를 끓일 수 있는 잎사귀는 어떤 것인지, 치료 효과가 있는 식물은 어떤 것인지 알고 있었다. 한 여학생은 낡고 때 묻은 페터슨의 식물 안내서를 주머니에 꽂고 있었다. 다른 여학생 하나는 남학생의 도움을 받아 식물이 가득 담긴 바구니를 운반하고 있었다. 그 두 사람의 모습은 문명이 사라진 뒤의 세상을 그렸던 루소의 이상형처럼 보였다.

톰이 자신의 공식 순찰차로 정한 골동품 제2차 대전 지프가 모퉁이를 돌아와 게이더 홀 앞에 멈췄다. 바버와 톰이 차에서 내려 바로 건물 안으로 들어왔다.

바버는 존의 손에 들린 담배를 보더니 한숨을 쉬었다.

"이런, 몇 년 동안 한 대도 안 피웠는데……."

돈은 부드럽게 존에게 청했다.

"한 대 주겠나?"

존은 망설이다 고개를 끄덕이고 하나를 건넸다. 이제 그가 가진 담배는 열한 개비로 줄었다.

돈은 담배를 한 모금 깊이 빨아들이고, 한숨을 내쉰 뒤 탁자로 가서 앉았다.

"놈들이 오고 있어."

그가 말했다.

아무도 대답을 하지 않았다.

"올드포트가 완전히 당했네. 거기로 맨 처음 날아갔었지. 최소한 차량 50대에 그, 그……."

돈은 다시 담배를 한 모금 빨아들인 뒤 손을 내저으며 역겹다는 몸짓을 했다.

"그런 쓰레기 같은 놈들을 표현할 말을 못 찾겠군. 놈들은 시내 한복판에 있었는데 온통 불바다였네. 거기 사람들이 맞서 싸우고 있었지만 이미 끝장났어."

그는 한숨을 쉬면서 창밖을 쳐다보았다.

"빌어먹을, 1951년의 한반도 같았어. 내가 공격을 할 수만 있었더라도 놈들의 선발대를 한 방에 박살냈을 텐데."

"선발대?"

워싱턴이 물었다.

바버는 고개를 끄덕였다.

"잠깐만 시간을 주게, 워싱턴. 지금 내 머리가 제대로 돌아가질 않아. 순서대로 말하게 해줘."

모두 입을 다물고 기다렸다.

"좀 전에 말한 대로 차량은 약 50대야. 대부분이 시내 중심부에 있었고, 그 야만인들은 미쳐 날뛰었어. 건물에 불을 질러서 사람들이 튀어나오자 놈들은 도로 한가운데 버티고 서서 그 사람들한테 총을 갈기더군. 내 눈으로 봤어. 주간도로에는 차량이 열 대쯤 더 있었네. 놈들이 나를 보고 총을 쏘더군. 내 비행기를 보면 구멍이 열 개쯤 나 있을 거야. 도로를 좀 더 살펴봐야겠다는 생각이 들어 70번 도로를 따라 날아갔다가 갔던 길로 돌아왔네. 놈들이 그 길을 지나간 건 확실하지만 도로 위에는 별다른 흔적이 없었어. 건물이 여기저기서 불타고 있었는데 내가 보니까 도로에서 몇백 미터 들어간 곳에는 사람들이 아직 살아 있더군. 놈들이 멈추지 않고 그대로 통과한 것 같아. 매리언은 그리

심하게 당하지 않았어. 주간도로에서 멀리 떨어져 있어 화를 면했겠지. 게다가 거기 사람들은 진입로에 제대로 바리케이드를 쳐놓았거든. 전투 흔적이 있긴 했지만 그 인간쓰레기들이 뒷걸음질을 친 것 같아."

"그놈들이 여기서도 물러설까요?"

톰이 물었다.

"그건 아닙니다."

존이 힘주어 말했다.

"우선, 놈들의 스파이가 우리를 염탐했습니다. 우리에게 아직 남은 게 있다는 걸 알고 있지요. 두 번째로, 놈들이 군침을 흘리는 대도시인 애슈빌로 가려면 우리를 거쳐 가야만 합니다. 셋째, 이미 이쪽으로 향하고 있는데 물러나려는 기미가 없어요. 매리언은 나중에 손대려고 남겨뒀는지 모르겠는데 어쨌든 이곳을 먼저 칠 겁니다."

워싱턴도 같은 의견이라는 뜻으로 고개를 끄덕였다.

"그런 뒤 무슨 일이 있었습니까, 돈?"

존이 물었다.

"주간도로 103번 출구 쪽으로 내려가 모건턴에 가보았네."

돈은 머리를 앞으로 숙였다.

"이번 사태가 터졌을 때 이리로 오는 길에 샬럿을 보면서 엉망이라고 생각했었네. 그런데 그건 아무것도 아니었어. 그래, 샬럿에서는 폭동이 있었지. 하지만 그저 사람들이 물건을 움켜쥐려 하던 거였고 아니면 정신없이 뛰어다녔어. 그런데 이건 달랐네."

"어땠습니까?"

"거기 정신병원이 있는 건 알지?"

모두 고개를 끄덕였다. 주립 브로한 정신병원은 주간도로에서 8백 미터쯤 들어간 곳에 자리 잡고 있었다. 탁 트인 잔디밭이 아름답게 펼쳐진 곳이었다. 중심가에 전쟁 전의 주택들이 그대로 서 있는, 유서 깊고 조용한 남부 도시 모건턴이 근처에 있었다.

"지랄 맞은 악몽이었다네."

존은 그의 표현에 충격을 받았다. 돈은 경건한 기독교 신자로 그런 말을 입에 담는 사람이 아니었다.

"얼마나 심한 상태였습니까?"

워싱턴이 물었다.

"오, 하느님. 놈들은 사람들을 죽여서 먹고 있는 것 같았어."

돈은 속삭이듯 낮은 목소리로 말했다.

한동안 아무도 입을 열지 못했다. 돈은 멍하니 허공을 응시하며 필터 바로 앞이 타들어갈 때까지 담배만 피웠다.

"설마요."

찰리가 나지막이 말했다

그 말에 돈은 성을 내며 찰리를 쏘아보았다.

"내가 그런 일로 헛소리를 하겠나? 병원 부지에 차량 2백 대 정도가 커다란 원을 그린 형태로 서 있었어. 구식 차량들, 지프, 트럭. 견인 트레일러도 몇 대 있었고. 그 원 안에 대형 장작불을 피워서 땅이 시커멓

게 그을려 있었는데 아직도 연기가 피어오르고 있었네. 내가 거기 간 건 아침 이른 시간이었어. 놈들은 큰 대 자로 뻗어서 자고 있었지. 병원은 불타고 있었고, 시체가 사방에 흩어져 있었어. 말 그대로 시체가 땅을 뒤덮고 있었어. 그런데 그 차량으로 둘러친 원 안에 무엇이 있었나 하면……."

그는 담배가 모두 타들어가자 빈 커피 잔에 눌러 끈 다음 호소하듯 존을 쳐다보았다. 존은 그에게 한 개비를 건네주고 자기도 하나 빼어 물었다. 이제 남은 건 아홉 개비뿐이다.

"거기 교수대 비슷한 걸 만들어두었더군. 시신들이 거기 매달려 있었는데……."

돈은 몸을 떨면서 울기 시작했다.

"시신이 잘려 있었어. 팔다리가 없더라고. 열 명 가량이 그렇게, 도살돼 매달린 돼지처럼. 오, 하느님……."

돈은 마음을 가라앉히려 애썼다.

"그놈들에게 잡혀서 갇혀 있는 사람들도 있었어. 내가 그 옆으로 날아가자 놈들이 나를 올려다보며 펄쩍펄쩍 뛰면서 손을 흔들었네. 악몽을 꾸는 것 같았어. 나는 좀 더 자세히 살펴보려고 고도를 낮추었어. 놈들 머리 위로 날아가는데 한 놈이 나를 올려다보면서 어떤 여자의 목을 베어버리는 거야. 내게 보여주려는 거였지……. 그러다 추락할 뻔했네. 놈들이 자동 기관총을 갈겨대 오른쪽 날개에 총알이 스쳤다네. 고도를 더 낮추어 놈들 머리 3.5미터쯤 위로 스치며 거길 빠져나왔어."

그 말을 하며 돈은 미소를 지었다.

"꼭 옛날로 돌아간 기분이었지. 쳇, 그때는 정말 잘했는데. 정찰기로 간격이 10미터도 안 되는 나무 두 그루 사이를 빠져나가 바로 앞에 걸려 있던 전화선도 문제없이 통과했지."

그러더니 다시 조금 전의 이야기로 돌아갔다.

"내 눈으로 본 거지만 믿고 싶지가 않네."

존은 한숨을 내쉬며 의자에 기대앉아 생각에 빠져들었다. 인육 먹기. 레닌그라드와 스탈린그라드에서는 일반 시민들이 굶주리다 못해 눈이 뒤집혀 저지른 일이었다. 중국에서도 그런 사례들이 보고되었고, 일본군 병사들도 같은 짓을 했다는 자료가 남아 있다. 일본 군인들은 아일랜드 호핑 작전(제2차 세계대전 중 일본군의 보급로를 차단해 자멸을 유도한 연합군의 작전)으로 고립되자 자포자기해서, 혹은 일종의 의식으로 미군 포로의 인육을 먹었다.

"이곳에서는 안 돼."

찰리가 한숨을 쉬며 말했다.

"이곳에서 그런 일이 벌어지면 안 돼. 여긴 미국인데, 어떻게 그런 일이."

"그래, 여기서도 그런 일이 벌어졌네."

존은 부드럽게 말했다.

"왜 우리는 달라야 하는 건가?"

"빌어먹을, 우린 미국인이야. 여긴 그런 일이 일어나는 곳이 아니라고."

"도너 패스(시에라네바다 북부에 있는 높은 산길. 1840년대 캘리포니아를 향해 떠났던 미국 개척자 집단 'Donner Party'에서 이름이 유래했다. 이들은 눈에 가로막혀 산속에서 겨울을 나면서 기아나 병으로 쓰러진 동료들의 시체로 연명한 것으로 알려져 있다. 81명이 출발했으나 45명만이 살아남아 캘리포니아에 도착했다), 에섹스 호(1820년 태평양에서 향유고래의 습격을 받아 좌초된 미국 포경선. 배가 가라앉자 무인도로 상륙한 선원들이 죽은 동료들의 인육으로 연명했다)…… 제프리 다머(성적 쾌락을 위해 피해자의 인육을 먹은 1980년대 미국의 연쇄살인범)는 어떻고? 한니발 렉터에게 우리가 오싹한 매력을 느낀 건 또 왜 그렇지? 단지 전기가 갑자기 끊겼다는 이유만으로 60일 동안 굶다시피 하고 있으면, 당연히 가능하지."

존은 냉정하게 말했다.

"분명 광신적인 컬트 집단이 거기 섞여 있을 거야. 켈로 선생 말대로 정신병자들이 날뛰고 있는 걸세."

세례 요한의 화신이라고 주장하는 자가 이끄는 집단은 녹스빌에서 여전히 활개를 치고 있었다. 컬트는 그것 하나만이 아니어서, 자기가 메시아라고 주장하는 미치광이도 있고 방언을 중얼거리며 헤매는 사람들도 있었다. 그런가 하면 단순한 광기를 넘어 외계인이 침공했다고 믿는 사람들도 있었다. 존은 호 크릭 위쪽에 있는 작은 집단을 떠올렸다. 교회 하나와 열 가구 정도로 이루어진 그 집단은 주위에 뱀을 풀어놓고 있다고 했다. 그들은 전부터 외부와의 연결을 완전히 끊고 지내면서 세상의 종말을 맞아 하느님의 분노의 손길이 곧 닥칠 것이라고 주장했고, 그들이 쳐놓은 울타리에서 백 미터 가까이로 감히 접근하는 사람은 아무도 없었다. 지금 그곳에서 어떤 미친 짓거리가 벌어지고 있을지 궁금해하며 존은 말을 이었다.

"그들은 잃을 게 아무것도 없습니다. 계엄령 하에서 놈들은 약탈, 강간, 살인을 일삼았지요. 문명이 다시 지배하게 되면, 조금이라도 질서의 외양을 갖추게 되면 자신들이 모두 한 줄로 세워져 총살당하리란 걸 알고 있습니다. 그러니 잃을 게 없는 거지요. 거기에 공포심을 더해봅시다. 우리는 이번 일이 EMP 공격 탓이라는 걸 알고 있습니다. 하지만 다른 사람들은, 특히 살짝 맛이 가 있던 사람들은 어떨까요? 무엇이 답이겠습니까? 신의 진노? 가이아의 분노? 사탄의 승리?"

존은 자기가 히스테리를 일으키기 일보 직전이라는 사실을 깨달았다. 손이 조금 떨렸다. 그는 다시 담배 한 개비를 꺼내고 돈에게도 하나 던져주었다.

"사탄의 승리. 어떤 작자가 그런 집단을 이끌고 있든 아마 그렇게 설교하겠지요. 하느님은 미국에게 등을 돌렸다, 사탄이 이겼다, 그러니 무슨 짓을 해도 괜찮다. 모든 사람들이 그런 행동을 하지는 않을 겁니다. 그들 중 대부분은 우리와 마찬가지로 집단을 이끄는 자에게 겁을 집어먹고 있다고 믿고 싶습니다. 하지만 지도자란 작자는 하느님 아니면 사탄, 하여간 어느 쪽에서든 계시를 받았다고 떠들 거라는 건 분명합니다."

"그건 제정신이 아닌 거지."

찰리가 중얼거렸다.

"존스타운은 어땠습니까? 미국 땅에 살지는 않았지만 그 사람들도 미국인이었어요. 어떤 미치광이가 독을 탄 음료수를 주니까 그걸 받아먹고 거의 천 명에 가까운 사람들이 자살했지요. 하느님의 명령이라는 말만 듣고. 그런 식입니다. 우선 사람들에게 겁을 주고, 그런 다음 우리가 당연히 여겨온 것들을 모두 때려 부수는 거죠. 이렇게 60일이 지난 지금, 이 나라에는 수십 명의 예언자들이 나타나 '나를 따르라!' 라고 외치고 다니는 겁니다. 생존자의 1퍼센트 중에서 10분의 1만 추종자가 된다 쳐도 10만 명의 야만인들이 몰려다니겠죠. 그러면 나머지 우리는 잔뜩 겁을 집어먹고 달아나고요. 우리한테 이런 짓을 한 빌어먹을 적들은 우리를 잘 알고 있던 겁니다."

존은 한숨을 내쉬었다.

"놈들은 또 인간의 본성도 잘 알고 있었어요. 문명이라는 게 얼마나 쉽게 무너지는 건지, 문명을 지키는 게 얼마나 어려운 일인지도. 우리가 잊고 있던 것들이죠."

한동안 침묵이 흐른 뒤에 돈이 말문을 열었다.

"주간도로를 거슬러 되돌아왔네. 오면서 헤아려보았더니 모건턴, 올드포트 그리고 도로 위에 놈들의 차량이 250대 정도 있었네."

"그럼 그놈들의 수가 1000에서 1500명쯤 된다는 얘기네요."

워싱턴이 말했다.

"자네들이 알아주길 바라네. 나는 훈련받은 포대 정찰기 조종사야. 찾아내고 수를 헤아리는 법을 알고 있어."

찰리가 말했다.

"당신이 한 말을 의심하지 않습니다."

"이번 일에서는 확실하네. 자, 이제 전술적인 문제들을 짚어보세."

"놈들은 뒤를 칠 겁니다."

존의 말에 돈은 고개를 끄덕였다.

"그렇다네. 그래서 돌아오는 길에 우리 마을 위로 돌면서 둘러보았어. 저 낡은 비포장도로에, 그러니까 앤드류 간헐천 바로 옆의 산자락에 차량이 스무 대 정도 있더군. 사용하지 않는 포장도로에도 몇 대 있고. 거기서 더 올라가 비포장도로를 가로지르는 철도 근처에 몇 대가 더 있었네. 놈들이 우리 뒷문에 대해 잘 알고 있다는 뜻이지. 그렇지 않았다면 주간도로를 택했을 텐데."

"오래된 소방도로는 어땠습니까?"

찰리가 물었다.

돈은 고개를 저었다.

"잘 볼 수가 없었네. 조종실의 투명덮개 때문에."

"그렇진 않을 겁니다."

워싱턴이 말했다.

"놈들이 이 지역 애들 몇 명이랑 통하고 있는 게 아니라면 그 소방도로는 미로와 같거든요. 내 생각은 이렇습니다. 놈들은 사용되지 않는 포장도로와 거기서 북쪽으로 떨어진 비포장도로를 거점으로 삼아 철도를 공격로로 삼을 겁니다. 그쪽을 제일 먼저 공격할 겁니다."

"내 생각도 그렇습니다."

찰리가 말했다.

"놈들이 저녁 전에 공격태세에 돌입할 가능성이 있소."

돈이 말했다.

존은 고개를 끄덕였다.

"놈들 속에 노련한 군 출신이 분명히 있을 겁니다. 작전에 밝고, 우리를 샅샅이 정탐했으니 측면도로로 공격을 가해올 겁니다. 아마도 동트기 직전을 선택하겠죠. 우리가 잠들어 있을 때를 노려서요. 내가 만약 그놈들 무리에 있었다면 돈의 정찰비행을 일종의 경고신호로 받아들였을 겁니다. 그러니 우리한테 대비할 시간을 주지 않으려고 공격을 더 서두르겠죠. 놈들이 수적 우세와 기습 공격의 위력만 믿고 날뛰는 무리라면 좋겠지만, 군 출신이 섞여 있는 것으로 보입니다. 최악의 경우에는 지형, 방어, 접근법을 알고, 공격 계획을 짤 수 있는 자가 몇 놈 있을 수도 있어요. 놈들의 선봉대는 오늘 나머지가 집결할 장소를 장악해두기 위해 올드포트에 있습니다. 분명히 저녁 전에 선봉대가 탐색을 시작할 테고, 실제 전투가 벌어질 지점보다 앞쪽에서 우리는 놈들과 마주칠 겁니다. 선봉대가 우리의 준비 상태나 힘을 파악하게 되면 놈들과 싸우기가 더 힘들어집니다. 놈들은 오늘 밤 올드포트에 차량으로 방어진을 치고 그곳을 절단낸 다음 동트기 전에 우리를 공격할 겁니다."

"우리도 대비해야죠."

워싱턴이 날카롭게 말하면서 자리에서 일어섰다.

"민병대에 밥을 먹인 다음 오늘 중에 위치로 이동시켜야 합니다. 워싱턴, 여러 번 이런 시나리오를 얘기해왔으니까 우리 둘 다 작전은 알고 있습니다. 한 시간 안에 장교들로부터 브리핑을 받았으면 좋겠어요. 톰, 전에 논의한 대로 우리 집결지 뒤쪽, 오래된 유료도로 너머에 사는 사람들을 대피시켜주세요. 찰리, 총을 가진 모든 시민이 예비군으로 나서야 하네. 그리고 바버 씨, 하루 종일 공중에 떠 있어주셔야 합니다. 아주 높게요, 정말로 아주 높게. 놈들의 동태만 파악해주세요."

존의 말을 듣고 워싱턴이 사무실을 둘러보더니 씩 웃었다. 쇠약해져 얼굴이 쪼글쪼글해진 찰리는 아무 말도 하지 않았지만 그의 눈에는 많은 말이 담겨 있었다. 이제 존이 지휘봉을 잡을 것이다.

"자, 여러분, 당장 시작합시다."

존이 말했다.

톰은 돈과 함께 자동차로 향했다.

워싱턴은 존과 찰리를 찬찬히 살펴보며 말했다.

"두 분이 예배당에 가서 식사를 함께하시는 게 중요하다고 생각합니다."

두 시간 뒤, 장교 브리핑과 도상 연습이 끝났다. 총장실 탁자 위에는 블랙마운틴의 지도 상점에서 가져온 1:25000 지리탐사 지도가 펼쳐져 있었다. 존은 모든 사람들이 자기 임무를 숙지했다고 느꼈다. 소대 지휘관 중에는 제러마이어와 필 등 학생 몇 명도 끼어 있었다. 제러마이어와 필은 A중대에서 각각 1소대와 2소대의 소위로 진급했다. 나머지는 대개 퇴역 군인들로 '사막의 폭풍' 작전에 참가했던 사람도 드문드문 섞여 있었고, 베트남전 출신도 있었다.

존은 식당으로 걸어 들어갔다. 묘하게도 식당은 전과 다름없는 모습이었다. 학생들이 급식 카드를 레이저 스캐너에 읽히던 카운터, 원형 식탁, 배식하는 곳으로 통하는 문.

식당은 수많은 행복한 기억으로 채워져 있었다. 물론 그중에는 씁쓸한 기억도 섞여 있긴 했다. 존이 부임해보니 이 학교는 그가 기대했던 것과는 달랐다. 옛 상관이 메리의 고향에 일자리를 얻어주기 위해 서두른 나머지 자신을 근본주의 종파에 밀어넣은 것은 아닌지 두려운 마음이 들었다. 존은 특정 종파에 대한 반감을 갖고 있지 않았지만 기본적으로는 뉴저지 출신의 가톨릭이었던 것이다. 하지만 얼마 지나지 않아 그의 두려움은 씻은 듯 사라졌다. 이 대학은 그가 지금까지 일했던 곳 중에 가장 따뜻한 곳이었다.

지적이고 우호적인 논쟁이 벌어지곤 했던 이 공동체는 팔을 벌려 그를 환영해주었다. 다소 주관적인 사람들도 있긴 했지만 대부분은 열린 마음을 갖고 있어 예수의 가르침을 진정으로 간직하고 있었다. 바깥에서는 남부 사람들을 약간 맛이 갔다고 여기지만 그게 아니었다. 모두가 학생을 최우선으로 생각했다. 학교는 존이 상상했던 것보다 훨씬 좋은 곳이었고 바로 이 순간, 그는 자기가 그들 모두를 얼마나 사랑했는지 새삼 깨달았다. 특히 무기를 벽에 기대어두고 위장복을 입은 채 지금 식탁에 앉아 있는 '아이들'을 얼마나 사랑했는지를.

여기서는 교수들이 따로 자리를 차지하지 않고 학생들 속에 섞여 식사를 하는 것이 관례였다. 그런 식사 자리에서는 웃음과 토론, 논쟁, 장난, 자극이 함께하곤 했다.

메리는 듀크 대학에 편입하기 전에 1학년을 여기서 다녔다. 그녀에게는 이 학교에 다니러 오는 것이 고향에 오는 것이었다. 교수 중에는 아주 오래 전에 메리를 가르쳤던 사람들도 몇 있었다.

죽음이 가까워졌을 무렵 메리는 자주 이곳으로 와서 존과 점심을 함께 먹곤 했다. 그런 때면 아이들이 그들의 식탁으로 몰려들었다. 메리의 상태를 잘 알고 있던 아이들은 작별 인사를 할 때면 그녀의 이마에 입을 맞추고 안아주면서 "당신을 위해 날마다 기도하고 있어요"라고 말했다.

그리고 메리는 가버렸다.

그녀가 떠난 이후 4년 동안에도 여기에는 행복한 기억이 많았다. 교수들은 매년 졸업식 전날 학생들에게 '졸업반 아침 식사' 행사를 마련해주었는데, 그 짧은 희극은 몹시 우스꽝스럽기는 했지만 왠지 감동을 주었다.

하지만 지금은…….

식당의 기존 배식대는 폐쇄되어 지금은 그곳과 뚝 떨어진 곳에서 배식이 이루어졌고, 식탁들의 위치도 뒷문 가까운 곳으로 옮겨져 있었다. 옥외 그릴에서 곰 고기를 굽고 있어 엄청난 연기가 날아들었다. 대부분의 학생들 앞에는 조심스레 분량을 재어 자른 곰 고기 한 조각, 채소 약간, 허브티 한 잔으로 이루어진 식사가 이미 놓여 있었다. 보잘것

없는 식사였지만 그래도 1인당 500그램쯤 되는 고기가 돌아갔다. 마을 사람들은 지금 이 순간에도 고기가 몇십 그램밖에 들어 있지 않은 멀건 스프를 먹고 있을 것이다.

배가 고팠을 텐데도 학생들은 참고 있었다. 식탁에 앉아 얘기를 나눌 뿐 음식에 손을 대는 학생은 없었다.

존은 찰리의 얼굴을 바라보았다.

"자네도 먹어야 하네."

존은 날카롭게 말했다.

"존?"

"찰리, 자네도 먹어야 해."

그는 찰리의 등을 떠밀어 줄 끝에 가서 섰다. 곧바로 그들도 접시를 받아들었다. 고기는 이미 잘려서 나왔다. 존은 고기를 자르는 작업 테이블에 저울이 놓여 있는 걸 보았다. 접시에 담기 전에 하나하나 무게를 재고 있었다. 그래도 분량에 얼마간 차이가 나겠지만 군소리를 막는 데는 효과가 있을 터였다.

존은 워싱턴을 따라 닫혀 있는 문 바로 앞에 놓인 식탁으로 갔다. 그 문은 예전 배식대로 통하는 문이었다. 그들이 식탁에 자리를 잡자 식당이 조용해졌고, 모든 시선이 그들을 향했다.

지체 없이 아벨 목사가 앞으로 나가 기도를 올렸다. 기도가 끝나자 존과 몇몇은 성호를 그었다.

워싱턴은 자리에 앉지 않고 그대로 서 있었다.

"나는 여러분이 자랑스럽다."

워싱턴이 말했다.

몇몇 학생들이 눈앞에 놓여 있는 성찬, 몇 주 동안 보지 못했던 큼지막한 고기 조각을 애타게 흘깃거리긴 했지만 식당 안은 숨소리도 들리지 않을 정도로 조용했다.

"나는 여러분 모두가 자랑스럽다. 이 음식을 우리에게 갖다준 이들, 특히 사격의 명수 브렛 허프먼이 자랑스럽다."

곰을 쓰러트린 브렛이 자리에서 일어서자 박수와 환호성이 일었다.

"나머지 여러분도 역시 자랑스럽다. 식량을 찾고 채집한 사람들, 누군가는 별 볼 일 없다고 생각할지도 모를 그런 작업, 피난민 수용소, 격리병동, 진료소, 벌목 일을 하는 자네들이 자랑스럽다."

워싱턴은 식당을 둘러보았다.

"오늘 밤 아니면 내일 전투가 벌어진다."

웅성거림이 퍼져 나갔다.

"파시라는 일당에 대해 자네들도 들었을 것이다. 방금 놈들이 이곳으로 향하고 있다는 정보가 들어왔다."

아무도 입을 열지 않았지만, 존은 학생들의 얼굴에 긴장이 어리는 것을 보았다.

"내일 이맘때 전에 전투가 있을 것이고, 자네들 중 일부는 죽을 것이다. 나는 지금까지 자네들한테 거짓말을 한 적이 없다. 앞으로도 그럴 것이다. 자네들 중에 사상자가 나올 것이다."

학생들은 그 어느 때보다 집중해서 워싱턴의 말을 듣고 있었다.

"자네들은 지금 군인이다. 한 사람 한 사람이 모두 군인이다. 전투 훈련을 받았든 안 받았든 모두 군인이다. 앞서 우리가 논의했던 것처럼 이 대학의 모든 학생은 전투에 동원된다. 전투부대에 편성되어 있지 않은 사람들은 위생병이나 연락병, 그리고 지금껏 훈련받아온 역할을 맡게 된다. 나는 여러분 모두가 군인으로서의 의무를 다해줄 것으로 믿는다."

워싱턴은 몸을 돌려 자리에 앉았다. 자기가 하려는 행동을 깨닫기도 전에 존은 몸을 일으키고 있었다.

몇몇 학생들이 식사를 시작했다가 그가 일어서자 동작을 멈추었다. 모두들 존을 쳐다보았다.

"오늘 밤, 내일, 여러분은 전투를 하게 된다. 비극적인 일이지만, 그것이 여러분이 가야 할 길이며 되돌아 나올 수 없는 길이다. 여러분은 너무 쇠약해져서 스스로를 지킬 수 없는 마을 사람 수천 명의 방위군이다. 있는 그대로, 솔직하게 말하겠다. 내가 잠시 입을 다물고 있을 테니 여러분은 앞에 놓인 식사를 보아주기 바란다. 그 음식은 자신들을 지켜줄 힘을 여러분에게 주기 위해 다른 사람들이 희생한 음식이다. 또한 여러분 자신을 지킬 힘을 주기 위해."

그가 잠시 침묵을 지키는 동안 거의 모든 사람이 자기 앞에 놓인 접시를 내려다보았다.

"생각해보면……."

그는 서글픈 웃음을 머금고 말했다.

"생각해보면, 두 달 전에 우리는 여기서 음식에 대해 얼마나 불평을 늘어놓았는지 모른다. 접시에 음식을 수북이 담았다가 절반을 남겼다. 그런데 오늘 밤, 두 달 전이었다면 여러분이 집어던져버렸을 이 고기 조각 때문에 여러분과 마을 사람들을 죽이려 하는 자들과 맞닥트리게 되었다."

거기서 그는 머뭇거렸지만, 말하지 않으면 안 된다는 것을 그는 알고 있었다.

"놈들이 이기면 그자들은 여러분을 죽여 살을 먹을 것이다. 여기서 65킬로미터도 떨어지지 않은 곳에서 그 악마 같은 놈들은 사람을 도살해서 먹고 있다."

학생들이 동요하며 술렁거렸다.

"그러므로 지금 식사를 하기 전에, 여러분은 여기서 3킬로미터 거리에 있는 블랙마운틴 사람들이 오늘 아침에도 대여섯 명이나 굶어 죽었다는 것을 알아야만 한다. 여러분들을 먹이고 살아남아 방위할 힘을 주기 위해 그들은 죽은 것이다."

그는 한숨을 내쉰 다음 앉으려 하다가 생각을 바꾸었다.

"여러분 중에는 나의 군 역사 강의를 들은 학생들도 있다. 우리가 얼마나 무심하게 지난 전쟁에 관해 얘기했는지 알 것이다. 그런 참상은 남의 얘기였다. 여러분은 내가 초청했던 연사들을 기억하고 있을 것이다. 그들은 우리가 '위대한 세대' 라고 부르는 그 세대의 참전 용사들이었다."

존은 마음을 다잡으며 학생들을 둘러보았다. 그의 눈에는 눈물이 맺혀 있었다.

"오늘 밤, 내일 그리고 앞으로 여러분은 '위대한 세대'가 될 것이며, 반드시 그렇게 되어야 한다. 반드시 이 전투에서 이겨야 한다. 우리의 미국을 기억하고, 꼭 이 나라를 재건해야 한다. 그리고 결코 잊지……."

그는 한숨을 내쉬며 고개를 숙였다.

"결코 잊지 마라……."

그는 자리에 앉았고, 한동안 침묵이 이어졌다.

그때 합창반의 그 여학생, 로라가 자리에서 일어나 노래를 부르기 시작했다.

오, 그대는 보이는가, 새벽 여명 사이로…….

즉시 모든 사람이 자리에서 일어나서 함께 노래를 불렀다. 존은 미국 국가가 이런 식으로 불리는 것을 한 번도 들어본 적이 없었다.

그는 학생들을 쳐다보며 같이 노래하려 애썼지만 감정이 북받쳐 노래를 부를 수가 없었다.

마지막 소절이 끝나자 환호성이 터졌고, 그런 다음 로라를 제외한 모든 사람이 자리에 앉았다. 그녀는 존을 쳐다보며 미소를 지었다. 합창단원 대여섯이 그녀 주위로 몰려왔다.

그들은 다른 친구들이 식사를 하고 있는데도 다시 노래를 시작했다.

대니 보이, 백파이프 소리 울려퍼지는데
골짜기마다, 저 산 언저리까지…….

존은 머리를 숙이고 자기 앞에 놓인 식사를 물끄러미 바라보았다. 절반쯤, 아니 4분의 1이 그의 몫이다. 나머지는 장모와 아이들 그리고 진저를 위해 챙겨야 할 것이다.

식사가 끝난 뒤에는 행진이 있었다. 미국 국기와 교기를 앞세우고 피리를 연주하는 가운데 그들은 벤 롱의 유명한 프레스코화가 그려져 있는 예배당까지 걸어갔다. 예배는 시간이 촉박하다고 존이 아벨 목사에게 말해두었던 탓에 짧고 간단하게 진행되었다.

주기도문으로 시작된 예배가 막 끝났을 때, 예배당 뒷문이 열리면서 헌트 총장이 한 학생에게 몸을 기댄 채 다리를 절름거리면서 들어왔다. 총장의 모습을 보고 모두 자리에서 일어났다. 많은 학생들의 눈에 눈물이 맺혔다. 헌트 총장은 프레스코화가 그려져 있는 예배당 앞쪽으로 부축 받아 나와서 주머니에서 천천히 성서를 꺼냈다.

"나는 이 성서를 베트남에서 지니고 다녔습니다."

총장은 약하고 쉰 목소리로 말했다.

"부상을 입어 다리를 잃었던 그날 밤에도 이 성서를 지니고 있었습니다. 그곳에서 날마다 읽었던 시편이 있습니다. 그것을 여러분과 나누려 합니다. 우리는 그걸 병사의 시편이라 불렀습니다. 91장입니다."

그는 성서를 반쯤 펼치긴 했으나 내용을 모두 암기하고 있는 게 분명했다.

"지존하신 분의 거처에 몸을 숨기고 전능하신 분의 그늘 아래 머무는 사람아……."

기도문을 읽는 총장의 목소리에 힘이 더해졌다.

"밤에 덮치는 무서운 손, 낮에 날아드는 화살을 두려워 마라. 밤중에 퍼지는 염병도 한낮에 쏘다니는 재앙도 두려워 마라……."

오후 중반이 되어서야 존은 집으로 돌아갔다. 온 마을이 떠들썩했다. 아직 움직일 기력이 있는 사람들은 모두가 나섰다. 두 번째 정찰비행을 나갔다 돌아온 돈은 파시 패거리가 정말로 움직이고 있다고 전했다. 그들이 이미 매리언을 통과했다는 것이었다. 최초의 소규모 접전은 스와나노아 골짜기에서 산을 절반쯤 내려온 지점에서 벌어졌다. 묘하게도 그 지점은 140년 전 남북전쟁 때 아마도 동부에서는 마지막이었을 전투가 벌어진 곳, 남군이 양키 침략자들을 막아내기 위해 싸웠던 곳이었다. 침입자 대여섯이 그 부근에 있는 버려진 포장도로 위로 전진했다가 예전에 전망대와 핫도그 가판대가 있던 곳에서 모두 죽임을 당했다.

거기서 북쪽에 있는 비포장도로를 따라서도 충돌이 벌어졌는데 원거리 총격전이었다. 학생 하나가 죽었고 한 명은 실종되었다.

시내에서는 조금이라도 기력이 있는 남자들을 모두 모아서 제2선에 배치했다.

찰리는 시 청사에 있었는데 분노를 삭이지 못해 씩씩거렸다. 애슈빌에 연락을 해 원조를 청했지만 그쪽에서는 블랙마운틴을 포기해버렸다. 애슈빌은 자기들 쪽으로도 남쪽에서 웬 일당이 접근하고 있는데, 핸더슨빌이 이미 불타버려 뒤쪽을 지켜줄 방어거점이 없기 때문에 모든 자원을 그쪽으로 동원해야 한다고 했다.

하지만 앞서 톰이 보고한 내용은 달랐다. 53번 출구 직전에 있는 주간도로의 병목 지점에 있는 애슈빌 측 바리케이드와 40번 주간도로에 애슈빌 민병대가 집결했다고 했다. 그러면서도 지원을 거절한 것이었다.

블랙마운틴과 스와나노아는 독자적으로 생존책을 꾸려왔고, 애슈빌에서는 아마도 그들이 타격을 감당할 수 있을 것으로 보는 모양이었다. 애슈빌 입장에서도 침입자들이 격퇴된다면 물론 가장 좋은 일이었다. 방어하는 측이 진다고 해도 침입자들 또한 세력이 약해져 애슈빌과 최후의 결전을 벌일 힘은 없을 것이다. 피난민 수용을 거부한 데 따른 보복인 것 같았다. 찰리는 마을이 함락되면 주요 수도관을 터트려버리겠다고 으름장을 놓았지만 소용없었다.

오후 3시가 되자 민병대가 시내 중심가를 행진해서 지나갔다. 푸른 재킷에 북군 모자를 쓰고 앞줄에 선 피리 연주자는 〈양키 두들〉을 불고 또 불었다. 대열의 맨 뒤에는 큰북을 치는 고등학생과 기수까지 있어 옛날 그림에 나오는 한 장면 같았다. 거리를 가득 메운 굶주린 시민들은 민병대가 지나가자 환성을 지르며 눈물을 흘렸다.

주민 몇몇은 60년 전의 행진 대열을 떠올리면서 동네에서 또 이런 광경을 보게 된 것을 두고 탄식했다. 아주 먼 옛날 그때처럼 아이들이 행진하고 있는 것이다. 두 달 전만 해도 같은 땅에 살았던 자들과 싸우기 위해.

민병대는 훈련제복이었던 대학 셔츠를 마을 주민들이 준 위장복으로 갈아입고 있었다. 사냥복과 군복이 뒤섞여 있었고, 몇몇 여학생들에게는 너무 컸다. 그래도 그런 옷차림은 군사적인 분위기를 분명히 풍겼다. 대열에 섞여 있는 일부 퇴역 군인들은 헬멧을 쓰고 있었고, 몇몇은 예전에 ATF(주류, 담배, 화기단속국)에서 규제했던 그런 화기를 들고 있었다. 톰슨 기관총, AK-47, 반자동 산탄총, 보기만 해도 무시무시한 50구경 저격용 라이플, 거기에 이국적인 느낌을 주는 라이플도 섞여 있었다. 트럭 뒤에는 가방형 폭약, 원시적인 지뢰, 고철과 화약을 채워 넣어 성냥으로 불을 붙인 다음 던지게 되어 있는 수백 개의 폭약 깡통이 실려 있었다.

폭약을 다루는 것은 쉬운 일이 아니어서 예배가 끝나고 '수류탄'을 챙기다가 폭발 사고가 발생해 학생 하나가 목숨을 잃고 둘이 다쳤다.

민병대원들이 블랙마운틴 로드를 따라 내려와 스테이트 스트리트를 거쳐 골짜기가 있는 동쪽으로 행진해가는 것을 보면서, 정말이지 아주 옛날의 한 장면 같다고 존은 생각했다. 그는 모퉁이에 차렷 자세로 서서 보병 두 부대와 지원군 부대가 모두 지나갈 때까지 그들에게 경례를 붙였다. 엄숙한 순간이었으나 제자 몇 명은 그와 눈길이 마주치자 엷은 미소를 비치기도 하고 슬쩍 손을 흔들어 보이기도 했다. 라이플과 엽총, 폭약, 수제작 바주카포와 수류탄을 들고 행진하면서도 마치 연극을 하는 아이들처럼.

존과 워싱턴은 작전 계획을 두고 주먹다짐을 벌이기 일보 직전까지 갔다. 그 때문에 존은 두 달 동안 워싱턴이 자기를 '대령님'이라 부른 것은 연극적 관례에 지나지 않았던 것이라는 생각까지 했다. 결국 마지막에는 워싱턴이 존의 의견을 좇기로 했지만, 워싱턴은 존의 작전대로 하면 사상자가 세 배 늘어나고 '전쟁'에서 지게 될 것이라는 경고를 덧붙였다.

민병대가 모두 골짜기로 올라간 뒤, 존은 수백 병의 시민 자원병들에게 임무와 배치 장소를 설명했다. 하지만 자원병 일부는 기력이 떨어진 나머지 가까스로 서 있는 형편이었다. 찰리는 귀중한 소 두 마리를 잡아서 전투가 시작되기 전에 모두가 배불리 먹도록 하겠다고 약속했다. 켈로는 복부에 부상을 입을 경우에 대비해 빈속으로 전투에 임하는 게 낫다고 핏대를 세웠지만 워싱턴과 존을 꺾지 못했다. 그렇게 해서 몇 사람이 죽더라도 군대의 절반이 기아로 쓰러지는 것보다는 낫다는 게 두 사람의 주장이었다. 마지막으로 남아 있던 액체 비타민이 분배되었고 전투원들은 각각 두 모금씩 그것을 삼켰다.

칼도 싸울 기력이 있는 사람을 추려 스와나노아에서 병력 5백 명을 데리고 왔다.

존은 집으로 가서 가족을 피신시켜야 할 시간이라는 것을 깨달았다. 가족들이 있는 집은 그들이 상정해둔 최전선에 위치하고 있었다. 그는 가족을 대학 근처 코브로 올려보내야겠다고 생각했다. 두 달간 방치되어 있었던 장모의 집으로 옮기면 될 것 같았다. 하이에나 같은 자들이 그 집을 뒤지면서 문과 창문을 부숴놓긴 했지만 대단한 피해는 입지 않았다.

집의 진입로로 접어들면서, 그토록 많은 일이 벌어졌는데도 집을 떠난 지 아홉 시간 밖에 지나지 않았다는 것을 깨닫고 존은 오히려 놀랐다.

강도 둘의 시체는 밖에 그대로 있었다. 영구차가 오지 않은 모양이었다. 내리쬐는 햇볕 속에 뒹굴고 있는 시체에 파리 떼가 꾀어들었다. 젠은 문간에 서 있었고, 그가 오는 기척을 알아채고 진저가 밖으로 나왔다. 머리를 축 늘어트리고 킹킹거리는 게 진저는 그를 보고도 겁을 집어먹은 모양이었다. 제니퍼가 달려와 그의 품에 안겼다.

"아빠."

제니퍼는 아빠를 부르고는 울음을 터트렸다.

파시 일당의 공격에 너무 마음을 쓴 나머지 오늘 아침 집에서 어떤 일이 벌어졌는지 완전히 잊고 있었다는 것을 존은 그제야 깨달았다.

젠도 그에게로 다가왔는데 장모의 눈은 뭔가 잘못되었다는 것을 말하고 있었다. 강도가 더 있었던 것일까?

"모두 괜찮은가요?"

존은 깜짝 놀라서 물었다.

"그래, 우리는 괜찮네."

"오, 하느님. 감사합니다."

"자네는 몹시 피곤해 보여."

"지금은 길게 설명할 시간이 없어요. 한 시간 안에 짐을 싸서 옮겨야 해요. 저 위에 있는 장모님 댁으로 갈 겁니다."

"왜, 무슨 일인데?"

"여기서 전투가 벌어질 겁니다. 고속도로 양쪽에 사는 사람들을 모두 피신시키고 있어요."

"존, 아무리 바빠도 잠깐 앉아서 얘기하는 게 좋겠네."

제니퍼는 여전히 그의 팔에 안겨 있었다.

그는 딸을 꼭 껴안았다.

"잭이 안됐구나. 용감한 개였어. 최고였지."

"그래요, 아빠."

"존, 다른 것도 좀 의논할 게 있어."

그는 장모를 쳐다보았다.

"존, 나와 함께 안으로 들어가세."

장모의 어조에서 심상치 않은 기미를 느낀 존은 두려움에 휩싸였다. 제니퍼와 관련된 일일까?

그는 팔을 풀고 딸의 얼굴을 들여다보았다. 초췌하고 노란빛이 돌긴 했지만 별다른 변화는 없는 것 같았다.

"애야, 제니퍼. 진저가 놀아주길 기다리고 있구나."

젠이 말했다.

제니퍼도 젠의 목소리에서 무엇인가를 감지했다.

"네, 할머니."

"진저가 시체 옆으로 가지 못하게 해야 한다."

젠이 그 말을 할 때의 어투, 그 말에 담긴 의미에 다시 존의 가슴이 덜컥 내려앉았다. 아이에게 개와 밖에서 놀라고 하면서 밤에 아빠가 쏴 죽인 시체들에 가까이 가지 말라고 새삼 주의를 주는 이유는 사랑스러운 골든 리트리버가 시체에 입을 댈지도 모르기 때문이었다.

그는 젠을 따라 거실로 들어갔다. 엘리자베스와 벤이 손을 잡고 소파에 나란히 앉아 있었다. 그 순간 존은 무슨 일인지 알아차렸다. 뜻밖에 마칼라도 거기 있었다. 거실 구석에 서 있던 마칼라는 몸을 돌려 존을 쳐다보았다.

엘리자베스가 그를 올려다보며 숨을 삼켰다.

"아빠, 저 임신했어요."

너무 놀라서 존은 입을 열 수가 없었다. 그는 벤에게로 눈길을 돌렸다. 벤은 엘리자베스를 보호하려는 듯 그녀의 어깨를 팔로 감싸고 있었다. 벤은 그의 눈을 똑바로 쳐다보려 애썼지만 결국 시선을 떨어트리고 말았다.

존은 할 말을 찾지 못해 담배에 불을 붙인 다음 창문 쪽으로 걸어갔다.

젠이 그의 곁으로 왔다.

등 뒤에서 벤이 울고 있는 엘리자베스를 달래는 소리가 들렸다.

"존?"

젠이 옆에 서서 그에게 속삭였다.

"어쨌든 존, 바르게 대처하게."

그는 돌아서서 아이들을 쳐다보았다.

"어쩌다 이렇게 된 거냐?"

할 수 있는 말이라고는 그것밖에 없었지만, 입 밖에 내뱉는 순간 얼마나 어리석은 소리인지 금방 깨달았다. 열여섯인 엘리자베스는 엄마의 모습을 그대로 보이고 있었다. 메리를 만났을 때 그녀는 스무 살, 그는 스물한 살이었다. 어떻게 된 일인지 그가 모를 리 없었다.

하지만 이 애는 내 딸이 아닌가. 뽀뽀를 퍼부어 나를 숨 막히게 하고 영원히 아빠를 사랑할 거라 했던 아이가 아닌가.

그는 아이들 앞으로 걸어갔다. 슬프고 놀랍게도 엘리자베스의 눈에 두려움이 어렸다. 벤이 자리에서 일어났다.

"비난받을 사람이 있다면 접니다."

벤의 목소리는 떨렸고, 변성기 특유의 끽끽거림이 섞여 있었다.

"제 잘못입니다. 엘리자베스 탓이 아닙니다."

"아니야, 벤. 우리 둘 다 책임이 있어."

엘리자베스도 일어서더니 팔을 벤의 몸에 둘렀다.

"아빠, 우리는 서로 사랑해요."

그는 천천히 자리에 앉으면서 머리를 가로저었다.

"세상에."

그는 한숨을 쉬었다.

"너희들은 고등학생이야. 대학에 가야 하는데."

"이제는 그렇지 않아요."

엘리자베스는 힘주어 말했다.

"아빠, 그런 건 모두 끝났어요. 끝났다고요."

그는 딸의 얼굴을 쳐다보았다.

엘리자베스는 엄마처럼 언제나 날씬한 편이었지만 지금은 더더욱 살이 빠져 있었다.

"제대로 먹지 못해 그런 것일 수도 있다. 그래서 늦는지도 몰라."

하고 싶지 않는 얘기였지만 그는 말을 내뱉고 말았다.

"아니에요, 존."

마칼라가 처음으로 입을 열었다.

"테스트 키트를 찾아내서 검사해봤어요. 양성이에요. 아기를 가진 거예요."

마칼라가 '아기'라고 말하는 것을 듣고, 모든 세대의 부모가 그랬듯 엘리자베스와 벤은 마주 보며 미소를 지었다.

그런 모습을 보고 있던 존은 딸이 너무나 말랐다는 것을 새삼 느꼈다. 냉담 상태이긴 했지만 가톨릭 신자였는데도 낙태에 관한 생각이 마음을 스치고 지나갔다. 낙태를 몹시 혐오하는 그였지만 지금 아기를 낳다가는 딸이 죽을 수도 있었다.

"생각을 좀 해봐야겠다."

몸을 일으켜 서재로 향하던 그는 문간에서 발을 멈추었다.

"한 시간 안에 집에서 나가야 한다. 그러니 짐을……."

그는 말을 맺지 못하고 방에서 나갔다.

서재로 간 그는 책상 앞에 앉았다. 책상 뒤에 두었던 술병은 벌써 비어버렸다. 빌어먹을. 그는 가슴 주머니를 더듬어 담뱃갑을 꺼내 담배 한 개비에 불을 붙였다.

그는 멍하니 창밖을 바라보았다. 뒤뜰에서는 제니퍼가 진저에게 막대기를 던져주면서 놀고 있었다. 진저는 힘이 없어 비틀거리면서도 놀이를 하려 애쓰는 모습이었다.

"존?"

고개를 들어보니 마칼라였다.

"방해가 될까요?"

"그렇기도 하고 아니기도 합니다."

"앉아도 되나요?"

그가 고개를 끄덕이자 그녀는 책상 옆의 의자에 앉았다.

"무슨 생각 하세요?"

그는 한숨을 내쉬었다.

"세상이 온통 지옥으로 변하는 것 같군요. 내가 오늘 아침에 두 놈을 죽인 건 알고 있죠?"

"시체를 봤어요. 그놈들은 당해도 싸요."

"잭 일도 들었습니까?"

"책은 정말 안됐어요. 하지만 편안히 눈을 감았어요."

존은 머리를 숙였다. 정말 그 일이 단 몇 시간 전에 벌어졌단 말인가?

"불한당 무리가 지금 이리로 오고 있습니다. 내일이면 우리를 덮칠 수도 있어요. 그렇게 된다면 이런 일들은 생각할 필요도 없겠죠. 저 밖에 있는 제니퍼가 죽을 테고, 운이 좋다면 당신과 엘리자베스도 죽겠죠. 우린 모두 죽어요. 이 나라도…… 죽습니다."

"그래서 엘리자베스 일을 받아들인 것이군요."

"뭐라고요? 엘리자베스는 아직 애예요, 마칼라. 이제 고등학교 2학년이 될 테고 그 빌어먹을 자식……."

그는 머뭇거리며 말을 바꾸었다.

"벤은 3학년이고. 세상에, 마칼라. 그런데 그런 일을 용납한다고요?"

"더 어린 애들도 수천 년 동안 임신을 했어요. 특히 전쟁 중에는."

"하지만 내 딸이에요."

"그래요. 당신 딸이죠."

그녀는 손을 뻗어 존의 무릎을 가볍게 만졌다.

"들어보세요, 존. 우리가 살아남을 가능성이 크지 않다는 건 당신도 알고 나도 알아요. 그 애들도 알고 있고요. 그 애들은 자기들이 사랑하고 있다고 생각해요. 아, 정말로 그 애들이 사랑에 빠진 것이었으면 좋겠어요. 그 애들은 당신만큼, 나만큼 삶을 맛보고 싶어 한다고요. 다른 모든 사람들만큼."

그는 그녀를 바라보았지만 대답할 말을 찾을 수 없었다.

"애들을 축복해주세요. 쉽지 않은 일이라는 건 알아요. 이런 때 임신하는 게 엘리자베스에게 얼마나 위험한지 나도 당신만큼 알아요. 아니, 내가 더 잘 알 거예요. 축복해줘서 엘리자베스가 힘을 얻도록 해주어야 해요."

그는 마칼라의 눈에 눈물이 맺히는 걸 보았다.

"존, 엘리자베스는 착한 아이예요. 당신과 메리가 잘 키웠어요. 지금은 이 문제를 도덕적인 것으로 몰아가지 마세요. 그 둘은 겁을 집어먹은 아이들일 뿐이에요. 자기들 주변 세상이 지옥으로 변해가고 있으니까요. 어쩔 수 없이 일어날 수밖에 없었던 일이에요. 당신은 그걸 받아들여야 해요."

그는 고개를 끄덕였다.

"벤에게 이리 오라고 해줘요."

잠시 후 벤이 문간에 모습을 나타냈다. 눈을 동그랗게 뜨고 뻣뻣하게 서 있었다. 존은 들어오라는 몸짓을 했다.

"저에게는 어떻게 하셔도 괜찮습니다. 엘리자베스를 비난하지는 말아 주십시오."

그 순간 존의 마음이 누그러졌다. 그가 엽총을 들거나 호되게 때릴지도 모른다는 생각을 하고 있다는 것을 알 수 있었다. 벤에게는 그런 일을 받아들일 배짱이 있는 것이다.

"내 딸을 사랑하나?"

"이 세상 무엇보다 사랑합니다."

"그래, 나도 그렇다네. 그 애와 제니퍼를."

"알고 있습니다."

존은 고개를 끄덕였다. 그는 벤이 엘리자베스를 어떤 방식으로 사랑했는지 그 문제를 파고들고 싶진 않았다. 어떤 아버지도 그런 걸 알고 싶어 하지는 않는 법이다. 하지만 존은 알 수 있었다. 겨우 열일곱이긴 하지만 벤은 이 순간 남자로서 당당히 서려 하고 있었고, 다가올 날들도 남자답게 맞이하려 하고 있었다.

존은 일어서서 머뭇거리며 벤에게 손을 내밀었다.

"고맙습니다."

벤의 목소리가 갈라졌다.

존은 고개를 끄덕였다.

"아직은 나에게 아버지라고 하지는 마라. 채 준비가 안 되었으니까."

"예, 알겠습니다."

엘리자베스가 옆방에서 두 사람의 대화를 듣고 있다는 것을 존은 알고 있었다. 곧바로 딸이 문간에 나타나더니 그의 품으로 뛰어들었다.

"고마워요, 아빠."

마음이 뭉클했다. 엘리자베스의 목소리가 그에게는 여전히 '내 꼬맹이'의 목소리처럼 들렸다.

어느새 제니퍼도 웃음 띤 얼굴로 문간에 서 있었다.

"그러니까 아빠가 언니와 벤을 죽이지 않는 거네요?"

제니퍼의 말에 그 방에 가득 차 있던 긴장감이 깨졌다.

"그럼, 물론이지."

"잘됐어요."

제니퍼는 그 말만 하고 사라졌다.

뭔가 의식 같은 게 필요할 것 같았다. 엘리자베스가 그의 품에서 빠져나가자 존은 딸의 손을 벤의 손 위에 얹었다.

"며칠 뒤에, 우리 신부님은 실종되었으니까 블랙 목사님께 결혼식을 올려달라고 하자."

엘리자베스는 미소를 지으며 벤의 어깨에 몸을 기댔다.

"하지만 지금은 다른 걱정거리가 있다. 아까 말한 것처럼 한 시간 안에 이 집에서 나가야 한다. 차에 실을 수 있을 만큼만 짐을 싸야 해. 벤, 너희 집으로 가서 집을 비우고 옮겨야 한다고 말씀드려. 지금 바로 코브로 올라가시라고 해라. 필요하면 우리와 함께 지내도 된다."

엘리자베스와 벤은 서로의 얼굴을 쳐다보았다.

"작별 인사는 나중에 해도 돼. 지금은 시간이 없다. 한 시간 안에 너희 가족을 코브로 태우러 가겠다고 말씀드려. 그러니 준비해라."

다음 말을 그는 망설였다. 자기가 해야 할 말 때문에 갑자기 가슴이 쓰라렸다.

"벤. 우리는 공격을 받게 될 거다. 아마도 내일 아침 일찍. 너는 예비군에 들어가야 해."

"알겠습니다."

엘리자베스가 울음을 터트렸다.

"아빠, 벤도 우리와 함께 코브에 있으면 안 돼요?"

"절대 안 돼."

벤이 강하게 말했다.

엘리자베스는 눈물이 그렁그렁한 눈으로 벤을 쳐다보고, 다시 존을 보았다.

"이건 벤의 의무란다."

존은 부드럽게 말했다.

벤은 엘리자베스를 쳐다보며 머뭇거리다가 입술에 가볍게 입을 맞췄다.

"나중에 보자."

엘리자베스는 대답을 하지 못하고 그를 세게 끌어안았다.

벤이 가만히 그녀의 팔을 풀었다.

"나는 괜찮을 거야. 걱정 마. 어서 짐부터 챙겨."

엘리자베스는 울면서 방을 나갔다. 벤은 몸을 돌려 존을 마주 보고 섰다.

존은 총기장을 열었다. 총기를 훑어보다가 그는 가장 좋은 것, M1 카빈총을 골랐다.

"이 총을 장전하고 쏘는 법은 알고 있지?"

"기억하고 있습니다. 작년에 이 총으로 사격을 가르쳐주셨지요."

존은 탄창을 살펴보았다. 탄창은 가득 차 있었고, 여분의 총알도 한 상자 있었다.

"가져가라. 이게 필요할 거다."

벤은 고개를 끄덕였다.

"저를 뒤쪽에 배치하진 않으실 거죠?"

존은 고개를 흔들며 거짓말을 했다.

"너는 중간에 위치하게 될 거야."

벤은 카빈총을 들고 살펴보며 진지하게 고개를 끄덕였다.

"괜찮으시면 잠깐 엘리자베스가 짐 싸는 걸 돕겠습니다."

"그래라. 몇 분은 여유가 있겠지."

벤은 엄숙한 눈빛으로 존을 쳐다보았다.

"혹시 제게 무슨 일이 생기면……."

존은 억지로 미소를 지었다.

"너는 무사할 거다, 벤. 가서 엘리자베스를 도와줘."

"예."

존이 방을 나가자 마칼라가 웃음 띤 얼굴로 문간에 나타났다.

"잘하셨어요."

"과연 그런지 생각을 해봐야겠군요."

그녀가 다가오더니 놀랍게도 그의 입술에 키스를 했다.

"컨퍼런스 센터로 올라가 사람들을 대피시켜야겠어요. 방금 들은 말로 미루어보면 거기 위치는 전쟁터 한가운데가 되네요."

존은 고개를 끄덕였다.

"거기까지 태워드리죠. 찰리가 사람들을 실어 나를 차량을 보내놨을 겁니다. 이 근처 사람들을 모두 대피시켜야 해요. 환자들 대피가 끝나면 켈로 의사에게 가요. 거기서는 당신이 꼭 필요할 겁니다."

"상황이 많이 나빠질까요?"

존은 다시 고개를 끄덕였다.

"아주 많이요."

그녀는 그의 손을 꼭 움켜쥔 다음 아이들이 짐 싸는 것을 도와주러 밖으로 나갔다.

그는 서재를 둘러보았다. 무엇을 가져가야 하나? 총은 당연히 챙겨야 한다. 라이플은 일곱 정이었고, 거기에는 진짜 스프링필드 소총과 50구경 호킨스 화승총 복제품도 포함되어 있었다. 총들은 자동차 트렁크에 실으면 될 것이다. 그리고 또 무얼 가져가지? 메리의 사진 액자도 물론 빠트리면 안 된다. 액자를 집어들면서 그는 옆방에 있는 마칼라를 생각했다.

그는 액자에서 사진을 빼내 주머니에 넣었다. 그런 다음 글록과 산탄총의 장전 상태를 살펴본 뒤에 출발하자고 가족들에게 소리를 질렀다.

10

64일째

주간도로 남쪽과 북쪽의 산비탈은 온통 불바다였다.

존은 불길을 응시하고 있었다. 그의 집도 화염 속에 있었지만 아무런 느낌이 없었다.

아직도 산발적인 총성이 이어지고 있었다. 파시 잔당 중 하나가 주간도로를 마주 보는 샛길에 있는 단층주택에 진을 치고 있었다. 골짜기에서는 백 미터쯤 떨어진 곳이었다. 그곳은 주간도로 및 버려진 포장도로와 철도를 통해 옆으로 접근하는 것을 동시에 내려다볼 수 있어 전략적으로 유리한 지점이었다.

민병대원 둘이 그 집을 향해 달려갔다. 그들은 사각지대에 주차되어 있는 트럭 밑을 기어서 통과해 건물 외벽에 모습을 나타냈다. 한 명이 등에 멘 가방을 벗고, 다른 한 명은 지포 라이터로 퓨즈에 불을 붙였다.

가방 안에는 10센티미터 길이의 PVC 파이프에 채워진 흑색 화약 4.5킬로그램이 들어 있었고, 화약 속에는 못도 섞여 있었다. 여학생이 일어서서 그것을 깨진 유리창으로 던져넣었다. 다음 순간 그 여학생은 가슴에 총을 맞고 뒤로 넘어졌다.

그는 건물 안에서 나는 비명을 들을 수 있었다. 누군가 몸을 일으키더니 가방을 밖으로 던지려고 하는 모습이 보였다. 놈은 빗발치는 총알을 맞고 쓰러졌다.

폭발로 그 집의 한쪽 벽이 부서진 것 같았다.

열 명쯤 되는 민병대원들이 거친 함성을 지르며 부서진 벽을 통해 연기로 자욱한 집 안으로 돌격했다.

몇 초 뒤 파시 일당 몇이 정문으로 튀어나왔으나 모두들 3미터도 가지 못하고 쓰러졌다.

거기서 산마루까지 가는 길에는 집이 두 채 더 있었다. 수십 명의 잔당이 사방으로 포위된 채 안에 있었다. 민병대원들은 집 안으로 화염병 세례를 퍼붓고, 안에 던져진 화염병을 자동화기로 쏴서 폭발시켰다.

공격조는 기다리고 있었다. 전투가 시작된 지 여덟 시간 만에 그들은 베테랑이 되어 있었다. 멍청이 영웅도, '나를 따르라' 식의 돌격도 없었다. 마침내 두 집 중 한 곳이 불타기 시작했다. 다시 몇 초가 지나자 민병대원들은 모든 창문으로 총알을 퍼부어 안에 있는 자들이 밖으로 나오지 못하도록 했다.

집이 완전히 화염에 휩싸이는 데 10분이 걸렸다. 그동안 민병대원들은 화염병 열 개 정도를 나무집으로 더 던져넣어 불길을 키웠다. 화염이 결국 처마에 닿았고, 집 안에서 비명이 터져나왔다. 정문이 벌컥 열렸다. 민병대원들은 기다렸다. 대여섯 명이 안에서 튀어나오다 총을 맞고 쓰러졌다. 마지막으로 나온 둘은 여자였는데 무릎을 꿇고 손을 위로 들고 있었다.

아무도 총을 쏘지 않자 두 여자는 기어 나와 엎어져 울면서 살려달라고 빌었다.

남은 집은 하나뿐이었는데 거기에는 자동화기가 있었다. 전투를 지켜보던 존은 그 집에 있는 자들의 정체를 직감적으로 알아차렸다.

그는 메가폰을 집어들었다.

"안에 있는 죄수들은 밖으로 나와라!"

그 집도 불길에 휩싸여 있었다.

"나와라. 쏘지 않겠다!"

존이 소리쳤다.

몇 초 뒤 문이 벌컥 열리고, 남자 여섯과 여자 하나가 비틀거리며 걸어나와 무기를 옆으로 던졌다.

"무릎 꿇고 손을 머리 뒤로 들어라!"

그들이 명령대로 하자 학생 민병대원들이 주위를 에워쌌다.

총성이 서서히 잦아들고 있었다. 아래쪽 철도의 제2터널과 래틀스네이크 산 위에서 일제히 총을 쏘는 소리가 들릴 뿐이었다. 지금은 서쪽으로 부는 미풍을 타고 주간도로 양쪽으로 급속하게 번지고 있는 산

불이 내는 소리가 오히려 더 컸다.

그는 주위를 둘러보았다. 민병대원 몇 명이 엄폐물에서 나와 긴장한 모습으로 주변을 살피고 있다가, 산마루에서 이쪽을 겨눈 총알이 하나 날아오자 모두들 급히 피했다. 몇 초 뒤 이번에는 이쪽에서 총알세례를 퍼부으며 응사했다. 총성이 멈추자 사방이 고요해졌다. 민병대원 한 명이 산마루 꼭대기에 서서 라이플을 높이 들고 적을 모두 소탕했다는 신호를 보내왔다.

주간도로 위의 다리에 있던 존은 몸을 일으켜 다리 끝까지 가서 둑을 미끄러져 내려가 도로 위에 내려섰다. 그의 행동은 전쟁이 끝났다는 신호와 다름없었다.

열 명쯤 되는 민병대원들은 멍하니 서서 침묵을 지키고 있었다.

존은 골짜기로 이어지는 도로를 올려다보았다. 그것은 참혹함으로 뒤덮인 도로였다. 거의 한 걸음 간격으로 시체가 나뒹굴고 있었다. 시체들은 죽은 사람만이 나타낼 수 있는 뒤틀린 자세로 쓰러져 있었고, 도로 위로 뿜어져 나온 핏줄기가 배수로로 흘렀다. 수백 명에 이르는 부상자들의 신음소리가 도로를 메웠다.

그는 66번 출구 쪽으로 몸을 돌리고 메가폰을 들었다.

"의료진! 의료진을 보내라!"

그들은 66번 출구에서 수백 미터 들어간 곳에 모여 산마루의 파시가 소탕될 때까지 기다리고 있었다. 파시 패거리는 전투 초기에 산마루를 손쉽게 장악했던 터였다.

자의였는지 강제였는지 몰라도 마을 사람이 가담했던 게 틀림없었다. 동트기 두 시간 전, 50명의 적이 카주마 트레일에 나타났다. 거의 사용되지 않는 그 통로는 등산객이나 산악자전거 타는 사람들만 아는 길로, 산기슭에서 주간도로와 샛길을 굽어보고 있는 산마루로 이어지는 길이었다.

산에 있는 집 몇 채를 점거한 파시는 저항군을 손쉽게 쓸어버리고, 아래쪽 골짜기를 겨냥해 화기를 배치했다. 방위군들은 골짜기의 거점에 꼼짝없이 갇힌 꼴이 되어 응사를 할 수가 없었다.

몇 분 뒤 주공격이 시작되었다. 측면도로에 50대의 차량이 나타났고, 걸어온 자들은 철도 터널을 통과해 모습을 나타냈다. 그리고 거의 2백 대에 달하는 차량 행렬이 올드포트 쪽에서 밀고 올라왔다. 대열을 이끈 것은 제설 쟁기를 앞에 장착한 디젤 트럭이었다.

첫 번째 방어선이 무너지자 방위군은 다음 거점으로 옮겼다. 존이 지금 서 있는 곳, 주간도로의 다리였다. 위쪽의 집들이 아래를 향해 총을 쏘기에 최적의 장소였기 때문이다.

기습 공격에 당해 골짜기 위의 산마루와 집들을 빼앗기긴 했지만, 재빠른 퇴각은 그와 워싱턴이 세운 작전의 한 부분이었다.

워싱턴은 최고의 해병이었고, 최고의 훈련 조교이자 지도자였다. 그러나 그 잘난 대령인 자신은…… 워싱턴은 그 점에서도 옳았던 것이다.

워싱턴이 세운 작전은 고지대를 근거로 한 전형적인 방어 전략이었는데 존은 그것을 거부했다.

"우리가 너무 쉽게 이기는 것은 패배만큼이나 좋지 않습니다."

존이 한 말은 이랬다.

"우리가 산마루에서 놈들을 격퇴하면 놈들은 손실을 입고 후퇴한 다음, 둘 중 하나를 택할 겁니다. 다른 곳으로 방향을 돌리든지, 아니면 때를 보아 다시 우리를 덮치는 거지요. 아마도 후자가 될 겁니다. 놈들의 대장이 한 건의 전과도 올리지 못하면 그를 따르던 자들은 대장을 죽여버리고 다시 돌아올 겁니다."

존이 생각한 최악의 시나리오는 한 차례의 호된 타격을 받은 파시 일당이 올드포트로 퇴각하는 것이었다. 그곳을 근거로 조금씩 세력을 키우면서 약탈과 탐색을 재개한다면 자신들은 24시간 경계를 서면서 그저 기다리는 입장에 서게 되기 때문이었다. 만약 빈틈을 보이면—어디든 약한 부분은 있기 마련이다— 놈들은 경비대를 교묘히 속이거나 야음을 틈타 다시 공격해올 것이다. 그건 안 될 일이었다. 산마루를 놈들에게 넘겨주어 놈들이 골짜기를 장악하도록 하고, 그런 다음 놈들의 세력을 뿌리째 뽑아버릴 수 있는 장소로 유인해야 했다.

"양쪽 산비탈을 잘 이용하면 칸나이(남이탈리아 칸나이에서 카르타고의 한니발 장군이 로마군을 이긴 전투. 열세의 병력으로 우세한 병력을 포위해 섬멸한 사례로 유명함) 때와 같은 이점을 갖는다. 몽고군이 즐겨 사용한 작전도 그랬고."

존의 강의를 들은 적이 있었던 민병대 장교들은 작전 회의에서 그가 이렇게 말하자 즉시 알아들었다. 전투가 벌어지기 바로 전날의 일이었다.

"놈들을 모두 그쪽으로 유인해야 한다. 일단 그쪽으로 들어오면, 한 놈도 살아서는 빠져나가지 못하게 한다."

아군 사상자가 세 배로 늘어나게 될 것이라고 워싱턴이 반대했던 작전이 바로 그것이었다. 하지만 존은 그렇게 해야만 파시를 완전히 무력화시킬 수 있고, 놈들이 전열을 가다듬어 다시 공격해올 위험을 깨끗이 지워버릴 수 있다고 주장했다.

그 결과, 골짜기를 경비하던 A중대 1소대는 전투 초기에 고립된 채 전원이 비극적인 죽음을 맞았다. 이어 2소대 생존자들도 급히 제2방어선, 요양원 아래쪽의 66번 출구로 후퇴해 완패의 기미를 보였다.

그때는 사실상 정말로 도망친 것이나 다름없었다. 공격자들은 승리를 예감하고 기세를 올리며 주간도로와 몇 미터 떨어져 있는 70번 도로로 밀려왔다. 그곳은 존이 마칼라를 처음 만난 곳이기도 했다. 거기서 방위군은 차량을 쌓아올려 주요 방어선을 쳤고, 마칼라의 비머도 뒤집힌 채 그 속에 들어 있었다. 오르막 주간도로가 철도 위로 가로질러 놓인 다리로 이어지는 지점이 바로 주요 방어선이었다. 그 다리는 교통 편의라는 점에서는 형편없는 곳으로 진눈깨비라도 내리면 차량들이 커브를 돌면서 미끄러져 나가는 위험한 곳이었다. 하지만 만약 설계자가 전투를 염두에 두고 만든 것이라면 최상의 장소였다. 샛길 걱정을 전혀 하지 않아도 되는 언덕과 같았다. 다리 위에 서면 도로 쪽으로 1.5킬로미터 정도를 훤히 내다보며 총을 쏠 수 있는 시야가 확보

되었다. 다리 뒤쪽은 마을의 저수장이 있는 곳까지 급경사를 이루고 있어 전략적 이점을 더해주었다. 급경사에 난 샛길 주위는 고압선 통과를 위해 숲의 나무를 베어두었기 때문에 저수장 쪽으로 가려는 파시는 뻥 뚫린 죽음의 지대에 전면적으로 노출될 수밖에 없었다.

그다음에는 함정이 입을 벌리고 있었다. 골짜기 뒤쪽 산마루 옆구리마다 B중대가 마을에서 찾아낸 사거리가 가장 긴 무기, 그러니까 조준경이 장착된 강력 사슴사냥용 라이플로 무장한 채 몸을 숨기고 있었다. 존의 집까지 포함해 주간도로 양옆의 집 수백 채에는 한 곳도 빠짐없이 가스통으로 발화장치를 마련해두었다. 전투 훈련을 받지 않은 학생들은 소방차의 사이렌이 울리면서 신호탄이 올라가면 즉시 행동에 돌입해 자전거나 모터 자전거로 산길을 오르며 각 집에 설치해둔 발화장치에 불을 붙이는 임무를 맡았다. 그는 골짜기에서 불어오는 미풍에 승부를 걸었다. 멀리 산기슭에서 데워진 공기가 상승하면서 골짜기의 공기를 밀어내려 거기엔 항상 시원한 산들바람이 불고 있었다. 거기에 바싹 마른 여름 날씨도 그들의 편이었다.

수백 채의 집이 불타면서 불길이 모아지면 샛길을 모두 가로막게 되며, 그 불길은 동쪽으로 흘러가면서 바로 뒤에 있는 주간도로나 철도로 통하는 곳 이외의 퇴각로를 모두 막아버릴 터였다. 그러면 바로 그 주간도로나 철도에서 적을 궤멸시키는 것이다.

한편 함정의 반대쪽 끝인 서쪽 편인 주간도로 다리에서는 나머지 A중대원들과 총을 들 힘이 있는 마을 사람 전체가 모여서 반대편 비탈에 몸을 숨기고 기다리고 있었다.

전투는 피바다 속에서 진행되었다.

외곽 방어선이 무너지자 파시의 두 번째 대열이 밀어닥치면서 수백 대의 차량이 산마루를 넘었다. 존이 바랐던 대로 그들은 승리의 예감에 도취해 무작정 앞으로 밀고 가며 약탈과 도륙을 시작했다.

다리 지점에서 벌어진 전투는 남북전쟁 때와 흡사했다. 숨어 있던 남녀 수백 명이 일제히 몸을 일으키며 눈앞에 보이는 상대를 향해 닥치는 대로 총을 쏘아댔다. 파시의 차량이 방어선과 충돌하자 그때부터 전투는 백병전 양상으로 바뀌었다. 그때를 기다려 반대편 비탈에 있던 화기가 일제히 불을 뿜었고, 놈들의 마지막 차량까지 덫 안으로 들어온 순간 맬러디의 소대원들은 자동화기 두 대로 놈들의 뒷문을 잠가버렸다. 그 화기들은 톰에게서 받은 것으로 한 대당 6천 발의 총알을 연속으로 발사할 수 있는 무기였다. '불법무기'를 만든 시민들과 강력한 수제 수류탄 수백 개로 무장한 학생들이 그들을 지원했다.

다리 위에 있던 방위군은 하마터면 길을 내줄 뻔했다. 존이 폭발 충격으로 나가 떨어져 극히 중요한 몇 분간 전투 지휘를 하지 못했던 것이다. 그러자 누군가가 훈련도 제대로 받지 못한 지원 병력을 이끌고 나와 죽음을 각오하고 앞으로 밀고 나갔다.

남은 것은 전투지역을 봉쇄하고, 그 속에 갇힌 적을 섬멸하는 것뿐이었다. 수세에 몰린 적은 자신들의 운명을 깨닫고 격렬하게 저항했다. 그것은 투항하면 목숨을 건질 수 있는 그런 전투가 아니었고, 놈들도 그 사실을 알고 있었다. 그들에게는 도망칠 길이 없었고, 일단 물러났다 며칠 뒤에 다시 공격해올 방법도 없었다. 놈들은 그날 모조리 죽을 운명이었다. 블랙마운틴과 스와나노아는 그것을 위해 너무도 비싸고 비극적인 대가를 치를 수밖에 없었다.

워싱턴이 전투가 개시되기 전에 지적했던 것도 그 점이었다. 전투 초기에 살아남아 위장 후퇴를 한 민병대원들의 퇴각로가 산 아래, 적을 위해 장치해둔 두 번째 함정으로 이어졌던 것이다. 하지만 다른 방법은 없다고 존은 결심했다. 퇴로를 한 군데 열어두는 것은 정예 병력이 있다면 해볼 만한 작전이었으나 지금 형편으로는 매우 위험한 일이었다. 살아남은 파시 잔당들이 그곳을 뚫고 도망쳐버릴 수도 있었다. 그렇게 되면 복수심에 불타는 놈들과 몇 달 동안이나 격심한 게릴라전을 벌여야 할 것이다.

놈들로부터 땅을 되찾기까지 끔찍한 일곱 시간이 흘렀다. 한 번에 한 발짝씩, 그리고 그 한 발짝마다 피가 고였다.

의료진이 급히 달려왔다. 공격 초기에 부상당한 뒤 몸을 숨겨 죽음을 면한 사람들, 가차 없이 밀어붙이는 와중에 다친 사람들 수백 명이 도로를 따라 누워 있었다. 남쪽 산비탈에서는 불길이 동쪽으로 퍼지고 있었고 참혹한 비명이 들려왔다. 거기 갇힌 자들은 꼼짝없이 불에 타 죽을 것이다. 존은 남북전쟁 때인 1864년에 벌어진 '황야의 전투'를 떠올렸다. 역사책에서 그 전투에 관해 읽은 사람들은 자기와는 전혀 무관한 일이라 여겼을 것이다. 하지만 지금은 아니었다. 산 위에서 불타 죽는 자들이 파시 일당이라 해도 끔찍한 광경이었다. 그리고 이제 톰의 부하들도 도착했다. 그들은 산개대형으로 흩어져 쓰러진 자들을 살피면서 총구를 낮추고 방아쇠를 당겼다.

파시 부상자들에 대한 즉결 처형을 존은 자기 학생들이 아니라 경찰과 나이 든 사람들에게 맡겼다. 아이들은 죽음에 둔감해져 있지만, 그는 제자들이 즉결처형을 할 정도로 냉담해지는 것을 원하지 않았다.

존은 비탈길을 올라 산마루를 향하다가 학생들이 시신 한 구 주위에 모여서 있는 것을 보았다. 아이들은 고개를 숙이고 있었고 몇몇은 울고 있었다.

워싱턴 파커가 거기 죽어 있었다. 전투가 시작되고 바로 살해당한 것이다. 팔을 넓게 벌리고 쓰려져 있는 그의 모습은 마치 예수 같았다. 너무나 가슴 아프게도 어린 여학생 하나도 그의 팔에 안긴 채 죽어 있었다. 마치 마지막 순간에 워싱턴이 아이를 보호하거나 위로해주려 했던 것처럼. 아니면 반대였을지도 모를 일이었다.

워싱턴은 최전선에 서겠다고 고집을 피웠다. 위장 퇴각이라는 어려운 임무를 맡은 아이들을 반드시 자기가 이끌어야 한다더니, 1소대 나머지 대원들과 마찬가지로 워싱턴도 돌아오지 못했다.

존은 만의 하나라도 워싱턴이 어딘가에 숨어 있을 가능성이 있다고 기대했으나, 동시에 그것이 바람일 뿐이라는 것도 알고 있었다.

존은 워싱턴의 시신을 간추려주었다.

워싱턴은 전선에서 '자기 부하들' 을 이끌다 죽었다. 존은 사령관을 말아 후방에서 싸웠다는 사실에 죄책감을 느끼면서 자신이 원했던 것도 이런 죽음이었다는 사실을 깨달았다.

워싱턴의 '병사들'이 천천히 주위에 모여들었다. 더러워진 얼굴과 땀에 젖은 몸, 전투의 혼란에서 빠져나오지 못한 모습으로 산에서 내려오고 주간도로에서 올라왔다. 많은 아이들이 붕대를 감고 있었다. 그들은 열을 지어 워싱턴의 시신 옆으로 지나갔다.

한 명씩 워싱턴의 시신 앞에서 발걸음을 잠시 멈추었다. 존은 아이들이 워싱턴에게 작별 인사를 속삭이는 것을 들을 수 있었다.

"고맙습니다."

"천국에서 편안히 쉬시길."

"죄송합니다."

그 모습을 보고 있던 존의 머릿속에는 제2차 대전 때 어니 파일이 쓴 유명한 칼럼, 존경받던 장교가 죽었을 때 부하들이 어떤 반응을 보였는지에 관한 그 칼럼에 대한 기억이 놀랍도록 선명하게 떠올랐다.

여학생 하나는 무릎을 꿇고 워싱턴의 얼굴을 가볍게 쓰다듬은 뒤 대열을 따라 걸어갔다. 어떤 아이들은 침묵을 지켰고, 기도나 감사의 말을 하는 아이들도 있다. 어떤 아이들은 고통과 비탄에 잠겨 알 수 없는 말을 중얼거리기도 했다.

존은 학생들의 대열에 합류해 시신 옆으로 걸어갔다. 그가 할 수 있었던 것은 차렷 자세로 경례를 붙인 뒤 대열을 따라 걸어가는 것밖에 없었다. 그 순간에도 전투의 충격에서 벗어나지 못했던 그의 마음은 정서적인 부분이 죽어 있는 상태였다. 워싱턴을 위한 눈물은 나중에 흘릴 것이다. 혼자 있을 때.

부상자들을 싣고 시내의 병원으로 돌아가는 폭스바겐 버스가 전투의 잔해를 피해가며 속도를 높이면서 경적을 울리는 소리가 등 뒤에서 들려왔다.

다른 차량들도 몰려왔다. 농장의 낡은 트럭들과 많은 사람들을 한꺼번에 실어 나를 수 있도록 평상형으로 개조한 트럭이 왔다.

"존?"

마칼라가 다가왔다. 존은 생각할 겨를도 없이 그녀를 와락 껴안았다. 마칼라는 몸을 떨면서 눈물을 터트렸다.

"하느님, 감사합니다. 당신이 죽었다는 소문이 돌았어요."

그는 고개를 가로저었다.

존의 얼굴에는 화상 자국이 있었다. 파시 패거리는 조잡한 바주카포를 제작해 트럭에 용접해 붙인 파이프를 통해 발사했다. 포탄 한 발이 다리 위에 떨어졌고, 그는 몇 분간 의식을 잃었었다.

마칼라는 그의 품에서 빠져나가 뒤로 물러서더니 손을 위로 들었다.

"눈으로 내 손가락을 좇아봐요."

그녀는 손가락을 앞뒤로 움직이더니 그를 자세히 살폈다.

"존, 당신은 뇌진탕을 일으킨 것 같아요. 2도 화상도 입었고요."

"그런 건 아무 문제도 아니오. 가서 다른 사람들을 돌봐줘요."

그녀는 고개를 끄덕여 보이고 몇 걸음 뒷걸음질치더니 쓰러져 있는 여학생에게로 향했다. 대학 배구 선수인 그 여학생은 배를 움켜쥐고 몸을 꼬면서 울고 있었다. 존은 마칼라가 무릎을 꿇고 여학생을 위로 하면서 이마를 쓸어올려 거기에 지워지지 않는 펜으로 '3' 이라는 숫자를 쓰는 것을 지켜보았다. 마칼라는 그녀에게 몸을 기울여 다정하게 입을 맞춘 뒤 옆에 누워 있는 남학생에게로 갔다. 그는 무릎 아래 다리가 으깨진 상태였는데 지혈대가 동여매어져 있었다. 남학생은 의식이 없었다. 마칼라는 목에 손가락을 얹고 맥을 잰 다음, 그의 이마에 '1' 이라고 쓰고 몸을 일으켰다.

"1입니다. 여기요, 빨리!"

그녀가 소리쳤다.

들것을 든 이들이 달려왔는데 그중 한 남학생이 배에 총상을 입고 쓰러져 있는 여학생을 보더니 걸음을 늦추었다. 존은 그의 얼굴이 고통으로 일그러지는 것을 보았다. 그 둘은 1년 전까지 데이트를 한 사이였고, 여학생이 관계를 깨트리기 전까지 공인된 '커플' 이었다. 작은 대학이었으므로 모두가 다른 사람의 사생활을 알고 있었다. 그런 것이 좋을 때도 있고 나쁠 때도 있는 법이었지만.

"이쪽! 여기 있어요! 빨리!"

마칼라가 소리쳤다.

눈물로 범벅이 된 남학생은 그 여학생을 단호하게 지나쳤다. 그들은 다리가 부서진 남학생을 들것에 싣고 도로를 달려 내려갔다. 마칼라는 손에 펜을 쥐고 벌써 다음 환자에게로 옮겨갔다. 마칼라는 말 그대로 생명과 죽음을 구분하는 중이었다. '1'은 우선적인 치료를 받을 사람을, '2'는 '1'이 모두 치료될 때까지 미뤄두는 사람을 뜻했다. 그리고 '3'은…… '3'은 목숨을 건질 수 없으므로 그들에게 치료 노력을 기울일 수 없다는 의미였다.

전투에 참여한 학생들은 이런 부상자 선별에 대해서는 아무것도 몰랐다. 하지만 의료진에 배치된 학생들은 알고 있었고, 전투 현장의 정비를 돕고 있는 사람들도 마찬가지였다. 그러니 분류 대상이 된 부상자들이 그것을 깨닫는 것은 시간 문제였다.

한 여학생이 여러 발의 총상을 입고 중앙분리대에 기대어 누워 있었다. 마칼라는 그 애를 보자마자 이마에 '3'이라고 쓰고 바쁘게 다음 부상자에게로 옮겨갔다. 여학생은 존을 보고 울면서 물었다.

"뭐라고 썼어요? 뭐라고 썼어요?"

존은 여학생 옆에 무릎을 꿇고 앉았다.

"'2'라고 썼단다."

그는 거짓말을 했다.

"다른 사람들은 더 심하게 다쳤어. 곧 의료진이 올 거야."

여학생은 웃음을 지으려고, 고개를 끄덕이려고 했다. 하지만 이미 의식이 천천히 꺼지고 있었다.

"이제 그만 자렴, 애야. 넌 괜찮단다."

여학생이 손을 뻗어 그의 손을 움켜쥐었는데, 손아귀 힘이 놀랍도록 세었다.

"아빠?"

여학생은 중얼거렸다.

"아빠, 도와주세요."

"그래, 아빠 여기 있단다."

아이의 몸이 걷잡을 수 없이 떨리기 시작했다.

그는 나지막이 말했다.

"주님, 이제 잠자리에 드오니……."

"내 영혼을 지켜주시길 기도드리고……."

아이가 소리 없이 입 모양으로 말했다. 떨림이 멎었다. 여학생은 죽었다.

존은 땀이 흥건한 여학생의 이마에서 머리를 쓸어 넘겨주고, 다시 한 번 입을 맞춘 다음 손을 부드럽게 풀고 자리에서 일어났다.

멀리 산 쪽에서 총성이 울리고, 더 가까이 바로 뒤에서도 총성이 들렸다. 톰의 부하들이 파시 부상자들의 숨통을 끊는 소리였다.

골짜기에 충돌해 불에 탄 돈 바버의 정찰기 잔해가 앞쪽에 보였다. 전투가 최고조에 이르렀을 무렵, 존은 바버가 하강하면서 가방형 폭탄을 떨어트려 놈들의 견인 트레일러 중 하나를 박살낸 뒤 급상승해 사라지는 것을 보았다.

존은 그에게 전투에 휩쓸리지 말고 고공비행하면서 정찰에만 집중하라고 특별히 당부했었다. 전투 초기에는 돈이 그 지시에 그대로 따랐다. 그는 고공비행을 하면서 적의 동태를 파악한 뒤 시 청사 쪽으로 급강하해 적의 동태를 적은 쪽지를 긴 띠에 매달아 떨어트리고 다시 정찰비행에 나섰다. 그런 정보는 아주 중요한 것으로 파시 일당이 어느 방향으로 몰려오는지 존이 알 수 있도록 해주었다. 더더욱 중요한 것은 함정을 닫아버리기 전에 파시의 전 병력이 함정에 들어왔는지 확인할 수 있도록 해주었다는 점이었다.

하지만 존이 염려했던 대로 돈은 전투에서 한 발 물러나 있지 못하고, 적어도 지상에서의 전투를 지원하는 역할이라도 맡아야 한다고 결심했던 것이다.

돈은 비행기 잔해 속에 뒤틀린 채 누워 있었다. 역시 죽어 있었다. 한국전 때 입었던 옛 군복을 입은 모습이었다. 존은 걸음을 늦춰 그에게 경례를 붙이고 계속 앞으로 걸어갔다.

포로들이 열을 지어 도로를 따라 호송되고 있었다. 30명쯤 되는 사람들이 손을 등 뒤로 한 채 밧줄로 꽁꽁 묶여 끌려가고 있었는데 불타는 집에서 뛰쳐나온 최후의 생존자들도 거기 섞여 있었다.

호송 경비병이 존을 쳐다보자, 존은 자기가 향하는 곳, 그러니까 산길 꼭대기에 있는 화물차 정차 장소 쪽으로 그들을 데려가라는 몸짓을 해 보였다.

화물차 정차 장소란 실은 산꼭대기에 있는 분기 도로로, 모든 상업용 차량 특히 18륜 트럭들은 의무적으로 정차해야 하는 곳이었다. 그곳에 진입한 운전자는 '트럭 비상탈출 차선' 이라는 지도를 살펴본 다음에 운행하게 되어 있었는데, 긴 내리막길 운행 중에 브레이크가 듣지 않을 경우를 위한 것이었다. 차선 위에는 신호등이 하나 달려 있어 안전한 간격을 두고 트럭이 진행할 수 있도록 했고, 산 아래쪽에서 사고라도 나면 모든 차량을 정지시키는 역할을 했다. 물론 그것도 옛날 얘기였다. 이번 위기가 터졌을 때 마침 그곳에서는 스낵을 잔뜩 싣고 신호대기 중이던 트럭 중 한 대가 멈춰버렸었는데, 당연히 그것은 마을 사람들이 먹어치운 지 오래였다.

그곳은, 지금으로선 아득한 옛날로 느껴지기는 했지만, 골짜기 바리케이드의 지휘부가 있던 곳이었다. 본능에 이끌리기라도 한 듯 많은 사람들이 그곳으로 향하고 있었다.

존은 계속해 도로 위를 걸어갔다. 무기를 든 학생 몇이 그의 주위로 다가와 호위병 역할을 맡았다. 본래 한 학생이 그의 호위병으로 할당되어 있었으나 65번 출구 근처에서 폭발로 목숨을 빼앗겼고, 존은 그때 잠시 의식을 잃었었다.

포로들이 호송되어 간 트럭 차선에는 다른 포로 수십 명이 대기하고 있었다.

두 번째 그룹이 다가가자, 처음부터 있던 포로들은 걱정스러운 얼굴로 그들을 쳐다보았다. 그중 몇 명은 몸을 일으키더니 앞줄에 서서 오고 있는 키가 작고 마른 남자를 응시했다. 백발이 섞인 머리를 바싹 깎고, 팔에 문신을 하고, 오래된 칼자국으로 보이는 상처로 얼굴이 흉하게 뒤틀린 남자였는데 불타는 집에서 뛰쳐나온 사람들 중 하나였다.

피에 젖은 붕대로 팔을 감싼 케빈 맬러디가 존에게로 다가왔다.

존이 웃음을 지으며 손을 내밀자 케빈은 왼손으로 악수를 했다.

"잘했어, 케빈. 정말 훌륭했다."

"하지만 아이들이 많이 죽었습니다."

그는 슬픈 목소리로 말했다.

"놈들이 궁지에 몰렸다는 것을 깨닫자 마지막 발악을 해댔거든요. 아이들은 처음에는 쓰러져 있거나 심한 부상을 입은 사람한테 쏘는 걸 주저했지만, 금방 그래야 한다는 걸 배웠어요……."

그는 말꼬리를 흐렸다.

존은 주위에 둘러서서 차가운 눈길로 죄수들을 응시하고 있는 어린 병사들을 쳐다보았다.

"놈들을 심문해보았나?"

"그럼요. 놈들은 서로를 지목하면서 죄다 불었습니다. 모두가 자기는 어쩔 수 없이 가담했다고 주장하고 있어요. 어쨌든, 저기 서 있는 개자식이 놈들의 두목입니다."

케빈은 얼굴에 칼자국이 있는 남자를 쳐다보며 말했다.

"저 더러운 놈은 그린스보로의 마약 큰손입니다. 플로리다에서 올라오는 코카인과 헤로인을 나르는 연락책이죠. 부드럽게 보이지만 일당 모두가 저놈을 겁내고 있습니다. 한다 하는 놈들까지도 말입니다. 저 놈이 사탄과 자기가 바로 연결되어 있다고 떠들어댔다 합니다. 신은 미국을 버렸고 이제 사탄이 지배하게 되는데, 자기는 사탄이 미국을 통치하는 길을 닦기 위해 지옥에서 정해준 사람이라나요."

"인육을 먹었다는 얘기는?"

케빈은 고개를 끄덕이며 침을 뱉었다.

"모두 사실이었습니다."

존은 자기를 뚫어지게 쳐다보고 있는 두목에게로 걸어갔다.

상대방이 얼굴에 웃음을 띠우고 물었다.

"그럼, 당신이 여기선 장군이로군?"

존은 대답하지 않았다.

"대단한 작전이었어. 당신이 그 교수지? 포로로 잡은 년한테서 들었지. 아주 예쁜 처녀였어. 어제 잡았지."

존은 가슴이 덜컥 내려앉았다. 아무래도 비포장도로에서 접전을 벌일 때 실종된 여학생을 말하는 것 같았다.

"이번 전투에서 전쟁의 역사랄까, 그런 걸 느낄 수 있었지. 드랑 계곡이었던가? 유인하고, 좁혀 들어가, 포위해버리는 것? 영화나 히스토리 채널에서 봤어."

"너는 함정 속으로 똑바로 걸어들어 왔고."

존은 싸늘하게 말했다.

"그래, 그랬지. 그분이 그렇게 결정하신 모양이야."

"그분?"

"사탄이지, 당연히."

그 남자는 몸을 틀더니 다른 포로들을 바라보았다.

"그분께 전적으로 영혼을 바치지 않으면 너희를 버릴 것이라고 내가 말하지 않았던가? 이제 너희들은 정말로 지옥의 불구덩이에 떨어지게 되었구나. 신은 이 세상을 저주했고 너희들은 내 기대를 저버렸으니 이제 사탄 또한 너희들에게서 등을 돌릴 것이니라. 사탄의 옆에 마련되어 있던 자리 대신 영원한 형벌을 받을 것이야. 너희들의 믿음이 부족했기 때문에. 이 개들은 너희에게 자비를 베풀지 않을 것이다. 사탄이 너희에게 바랐던 것은 오늘 밤 이놈들의 살로 축제를 벌이는 것이었는데, 대신 너희들이 개와 까마귀의 먹이가 되게 되었구나. 아니면……."

그는 교활한 눈빛으로 존을 흘깃거리며 덧붙였다.

"이놈들이 너희의 살로 축제를 벌이겠지."

글록을 반쯤 치켜들고 있던 존은 그 자리에서 당장 놈의 머리를 박살내버리고 싶은 충동을 느꼈다.

다른 죄수들은 놀란 표정으로 그자를 쳐다보고 있었다. 몇 명은 울음을 터트렸다. 무릎을 꿇고 머리를 조아리며 운명을 구걸하는 자들도 있었다.

얼마나 이상한 일인가, 존은 생각했다. 가장 그럴 법하지 않은 자들, 여기 이놈처럼 작고 추한 놈이 그런 능력을 갖게 되는 것은 무엇 때문인가? 지금 그의 앞에 서 있는 자는 두목다운 풍모를 갖추고 있었고, 목소리는 부드럽고 풍부하면서도 힘이 있었다. 이런 자가 어떻게 그런 자질을 갖게 되었는지, 극단적인 광기를 발휘해 다른 사람들이 맹목적으로 따르게 할 수 있는지 이상한 일이 아닐 수 없었다.

"식인종들."

존은 차갑게 말했다.

남자는 그를 올려다보았다. 남자의 얼굴이 비틀리며 웃음이 떠올랐는데, 따뜻하고 우호적으로까지 보이는 웃음이었다.

"친구여, 살아남을 힘을 갖춘 선택된 소수를 빼고는 이 나라가 멸망할 것이라는 점을 당신도 충분히 알고 있지 않은가. 약한 자들의 살은 우리들, 살아 있는 사람들에게 바쳐진 성체다. 살아남기 위해, 힘을 갖기 위해, 의지의 승리를 보장하기 위해, 우리에게는 그게 필요하다."

그자는 존에게서 시선을 돌려 살아남은 자신의 추종자들을 쳐다보았다.

"나는 온 땅을 가로질러 헤매 다니면서 이 나라에 대해 생각해보았노라. 거기서 너희의 손을 거두라, 그 땅을 보호하지 마라. 한때 너희가 숭배했던 그 땅이 이제 너희를 저주할 것이다. 이것이 진실이므로, 이 땅은 진정 저주받았으므로, 우리는 그것을 정화하러 온 선봉대들이다."

그자는 시선을 다시 존에게로 돌렸다.

"우리가 어제 잡은 여자애 말인데, 정말 부드러웠지. 지금껏 먹어본 것 중 최고였어. 우리의 성스러운 밥이 되기 전에 잘 먹었던 모양이야. 뉴기니 원주민들이 적을 '길쭉한 돼지고기'라 부르는 건 알고 있겠지. 영양 상태가 좋은 살은 정말로 그런 맛이 나지……. 돼지고기."

존은 글록을 들어올려 남자의 이마에 갖다대었다.

"쏴라, 이놈아."

그자는 속삭이듯 말했다.

"나처럼 해라. 내가 네놈들 피를 마셨듯 내가 죽으면 내 피를 마셔라. 배가 고프지? 네가 나서면 다른 놈들도 따라 할 거다. 다른 놈들도 모두 굶주리고 있을 테니."

존은 잠시 머뭇거리다 총구로 놈을 쳐서 쓰러트렸다.

존은 몸을 돌려 수백 명으로 불어난 사람들을 쳐다보았다.

"저놈이 자기 입으로 말한 걸 들었을 겁니다."

아무도 입을 열지 않았다. 모두가 충격과 증오에 휩싸여 있었다.

존은 주위를 둘러보았다.

"밧줄."

학생 하나가 밧줄 뭉치를 손에 들고 왔다. 매듭은 벌써 묶여 있었다. 존은 신호등을 받치고 있는 알루미늄 가로대를 몸짓으로 가리켰다.

가로대에 밧줄이 걸렸다. 몇몇 학생들이 그자를 일으켰다. 놈은 총살을 예상했던 모양인지 매달려 있는 올가미를 보자 거칠게 반항했다. 학생들이 끌고 가서 목에 밧줄을 감는 동안에도 고함을 치고 발길질을 해댔다.

존은 그자에게로 걸어갔다. 놈에게 말을 건넬 뻔했으나 그는 그런 생각을 떨쳐버렸다. 이런 놈에게 마지막 한 마디 따위를 들을 이유가 없었다.

"블랙마운틴과 스와나노아 시민들이 부여한 권한에 따라, 나는 이 살인자, 인육을 먹은 자에게 사형을 내립니다. 총알 한 발도 이자에게는 아깝습니다."

존은 뒤로 물러섰다.

"집행하라."

학생들이 그자의 몸을 들어올렸다. 발작적으로 발길질을 해대던 놈이 죽음을 맞기까지 꽤 시간이 걸렸다. 추종자들은 겁에 질린 채 그 모습을 보고 있었다. 몇몇은 무릎을 꿇고 죄를 빌면서 울음을 터트렸다. 그중 한 명은 고해 신부를 불러달라는 말도 했다.

존은 그들을 쳐다본 다음 발길을 돌렸다. 톰이 단호한 표정을 짓고 거기 서 있었다.

"가능하면 많은 놈들을 목매달아 죽이십시오. 나머지 개자식들은 쏴 죽이고요. 저기 있는 트럭 옆면에 '인육을 먹는 자들' 이라고 페인트로 써놓은 표식은 증거로 확보해주십시오."

톰은 고개를 끄덕였다.

곧바로 대여섯 명이 교수형을 당했다. 자신에게 닥칠 운명을 보고 있던 나머지 놈들은 비명을 지르며 애원하고 있었다. 존은 그곳에 서서 말없이 지켜보고 있었다.

"존?"

어느 결에 마칼라가 그의 곁에 와 있었다.

"세상에. 저 중 몇몇은 아직 아이들이에요. 분명히 어쩌다 휩쓸렸을 거예요. 그만 해요."

그는 대답을 하지 않았다.

"존, 이건 린치예요. 통제를 벗어나는 일이라고요. 이번 일 초기부터 당신이 막으려 했던 바로 그런 일이에요. 지금 우리 모습이 어떤지 봐요."

그는 그녀를 쳐다보고, 주위에 있는 어린 병사들과 싸움에 참가했던 마을 사람들을 둘러보았다. 몇몇 사람들의 얼굴에 야만인과 같은 기색이 어려 있었다.

포로 열 명이 울고 애원하면서 트럭 정차 장소 옆으로 끌려가 총살당했다. 그들의 시체는 철책 너머로 던져져 가파른 절벽 아래 바위 위로 떨어졌다.

1분 뒤 다시 열 명이 총살당했고, 잘했다는 분노의 함성이 일었다.

그 순간 존의 기억 속에서 여러 장면이 스치고 지나갔다. 1941년 추운 겨울, 임시변통으로 만든 교수대에 러시아인들이 목매달린 장면이 나오는 오래된 영화. 나폴레옹의 프랑스 군대가 총을 겨누고 있는 가운데 두 손을 머리 위로 올린 스페인 포로들이 애원하는 모습을 담은 고야의 판화, 벌거벗은 수인들이 나치 친위대에 의해 구덩이로 끌려가 무릎 꿇은 채 총에 맞고 앞으로 고꾸라지는 장면. 그것이 전쟁의 얼굴, 모든 전쟁의 얼굴이었다. 그것이 지금은 여기에 있고, 우리가 서로를 적대시하게 한다. 우리는 빵 조각 하나 때문에 싸웠고, 지금은 심지어 죽은 자들의 시체 때문에 싸우고 있다.

이제 여덟 명 남았다. 톰의 부하들이 그들을 골짜기 가장자리로 끌고 갔다.

존은 권총을 내밀고 앞으로 걸어갔다. 존이 다가오는 것을 본 톰은 그가 공식 처형 집행자로 다시 나서는 걸로 생각하고 뒤로 물러섰다.

그는 그 여덟 명을 쳐다보았다. 몇몇은 두목과 마찬가지로 계속 저항하고 있었다. 존은 그들의 냉담한 눈을 들여다보며 이상하다고 생각했다. 왜 눈빛이 저렇게 차가운가? 이런 면이 우리 모두에게도 있었던가? 그는 몸을 돌려, 모여선 채 침묵을 지키고 있는 마을 사람들을 다시 바라보았다. 분명히 몇몇 사람들에게서 그런 차가운 눈빛을 볼 수 있었다. 그는 천천히 다시 몸을 돌렸다.

마칼라 말이 맞았다. 포로 중 세 명은 아이였다. 특히 한 여자애는 기껏해야 열네 살 아니면 열다섯 살로 보였다. 하지만 그 셋은 모두 차갑고 얼음 같은, 초연한 눈빛을 보이고 있었다. 그들이 이번 사태가 터지기 오래 전부터 그랬었는지 그는 궁금했다. 워싱턴이 말했던 것처럼, 태연히 살인을 저지르고 그걸 떠벌리고 다녔던 그런 아이들이었을까?

세 명 옆에는 20대 초반의 여자가 있었다. 얼마나 겁에 질렸던지 다리 사이로 흘러내린 오줌이 발밑에 고여 있었다. 그 옆에 서 있는 노인은 히스패닉계 아이를 데리고 있었는데 공허한 눈으로 줄곧 입술을 움직이고 있었다. 노인이 하는 스페인 말은 거의 알아들을 수 없었지만 성모송을 외우고 있는 건 분명했다.

"케빈."

맬러디가 존 옆으로 왔다.

"칼을 꺼내라."

케빈은 잠시 머뭇거리다 그의 명령에 따랐다.

반항하고 있던 남자 중 하나가 눈이 휘둥그레졌다.

"쏴 죽인 다음에 칼로 썰어서 먹어라."

그 남자가 차갑게 말했다.

"하지만, 칼로 죽이지는 마."

"묶인 걸 끊어라"

"예?"

"저들의 밧줄을 끊으라고 했다."

케빈은 포로들의 뒤로 가서 손에 묶인 밧줄을 잘라냈다. 포로들은 아무도 움직이지 않았다.

존은 자기의 학생들을, 이웃들을, 친구들을 돌아보았다.

"모두 끝났습니다."

그가 말했다.

군중 속에서 불평하는 소리가 들려왔다.

"이 개자식들이 오늘 밤 다시 돌아와서 우리 목을 따면 어쩌려고?"

존은 고개를 흔들었다.

"내가 틀렸습니다."

"놈들을 죽인 것 말이오?"

누군가 소리쳤다.

"저놈들은 우리 부상자들을 무자비하게 죽였어요!"

한 여학생이 소리를 질렀다. 성서를 전공했던 여학생이었다.

"우리도 놈들의 부상자를 죽였습니다. 우리 부상자들을 치료할 약조차 없는 상황이라 워싱턴과 내가 그런 명령을 내렸습니다."

"식인종들이야!"

존은 고개를 끄덕였다.

"그렇습니다. 일부는 분명히 그래요. 그렇다고 여기 있는 여덟 명한테 그런 짓을 했냐고 물어보지는 않겠습니다. 목숨을 구하려고 거짓말을 할 테니까요."

그는 힘없이 머리를 가로저었다.

"이 일이 좋아지기 시작했기 때문에 중지시켰습니다. 나는 저들을 증오합니다. 저기서 목매달려 죽은 저 개자식을 이 세상 누구보다 증오합니다. 하지만 내가 저놈처럼 될 수는 없습니다. 우리가 저들처럼 되도록 할 수는 없습니다. 왜냐하면 바로 이 순간, 이 자리에서 우리가 막 그렇게 되려고 하고 있기 때문입니다."

그는 군중의 대답을 기다리지 않고 몸을 돌려 포로들을 마주 보았다.

"죄를 뉘우치고 다시는 돌아오지 않겠다고 맹세하라는 그런 헛소리는 하지 않겠다."

히스패닉 아이가 머리를 끄덕이더니 무릎을 꿇고 되풀이해서 성호를 그었다.

"여기서 본 것을 기억해라. 다시는 돌아오지 마라. 너희들 모두 살아남는다 해도, 네 놈들이 한 짓 때문에 평생 카인의 표식을 지니고 살아야 할 것이다. 네놈들과 비슷한 패거리를 만나면 여기서 무슨 일이 있었는지 말해주고 똑같은 패배를 맛보게 될 거라고 경고해줘라. 한 가지만 부탁하겠다. 우리는 네놈들의 목숨을 살려주었다. 다시는 다른 사람을 해치지 마라. 만약 그렇게 한다면 영원히 저주받을 것이다."

그는 포로들에게서 몸을 돌리면서 말했다.

"가라!"

여섯 명은 망설이지 않고 즉시 달아났다. 무릎을 꿇었던 아이는 휘둥그레진 눈으로 올려다보며 그의 발에 입맞춤이라도 하려는 것처럼 조금 다가왔다. 존은 아이에게서 물러서며 일어서서 가라는 몸짓을 했다.

"그라시아스, 세뇨르."

아이도 달아났다.

하지만 겁에 질려 선 채로 오줌을 쌌던 여자는 움직이지를 못했다.

"가시오."

존은 부드럽게 말했다.

"어디로요?"

"무조건 가요."

"잘못했습니다. 하느님, 용서해주소서. 잘못했어요. 그런 짓을 하고도 내가 살아갈 수 있을지 모르겠어요. 잘못했습니다."

그 여자는 흐느껴 울면서 천천히 걸어갔다.

존은 군중을 향해 몸을 돌렸다.

"밧줄을 끊어 시신을 내립시다."

그는 거기서 잠시 말을 멈추었다.

"하지만 저들의 두목은 그대로 둡시다. 놈의 시체 아래 표지판을 붙였으면 합니다. '살인, 강간, 인육 먹기를 자행한 파시라는 범죄 집단의 두목을 교수형으로 처벌함. 신이여, 그와 그의 추종자들의 영혼에 자비를 베풀어주소서.'"

존은 글록을 권총집에 넣고 사람들 쪽으로 걸어갔다. 그의 병사들, 그의 이웃들, 그의 친구들은 존이 지나가자 길을 열어주었고, 많은 사람들이 고개를 숙였다.

"당신이 옳았어요, 존."

누군가 그렇게 중얼거렸다.

그의 병사들. 그는 지나치면서 그들을 쳐다보았다. 그중 몇 명은 이제 무너지고 있었다. 전투의 충격, 그리고 이곳에서 방금 일어났던 일 탓이리라.

서로 몸을 의지하며 울음을 터트리는 학생들도 있었고, 묵묵히 서 있는 학생들도 있었다. 많은 아이들이 무릎을 꿇고 기도를 올렸다. 포로들의 시체를 발로 차서 굴리던 아이들도 그런 행동을 멈추고 쓰러져 울면서 전사한 친구의 시신을 껴안았다.

존은 속이 메슥거렸고 기운이 없었다.

"존, 시내로 데려다 드릴게요."

마칼라가 다가와 나란히 걸음을 옮기며 존의 손을 잡았다.

그는 발걸음을 멈추고 그녀를 껴안았다.

"멈추게 해줘서 고마워요."

그는 속삭였다.

"나는 그때 억제할 수가 없었소."

"괜찮아요, 존. 괜찮아요."

그녀는 그에게 몸을 기대며 입을 맞추었다. 많은 사람들이 스쳐 지나가며 보고 있었기에 그것은 놀랄 만한 행동이었다. 사람들은 정중하게 눈길을 피했다.

갑자기 존은 기절하려는 사람처럼 몸에 힘이 빠지는 걸 느꼈다. 그는 풀썩 주저앉았다.

"들것!"

마칼라가 소리치자 존은 그녀를 올려다보며 고개를 저었다.

"존, 뇌진탕이에요. 그때 충격 때문이라고요. 누워야 해요."

"여기서 내 발로 걸어가야만 합니다. 도와주기나 해요."

그는 그녀에게 몸을 의지하고 전쟁터를 가로질러 갔다.

전쟁터라, 그는 생각했다. 게티스버그 전투에서 죽은 사람들, 타라와의 파도 위에 누워 있던 시체들, 베트남의 훼에서 탱크에 탄 채 죽어 있던 해병대원들의 사진이 차례로 떠올랐다. 언제나 사진들이 있었다. 하지만 그런 사진들을 아무리 많이 봐도 전쟁터의 악취를 알 수는 없다.

전쟁터의 악취는 화약 냄새뿐만이 아니라 피와 똥오줌, 토사물, 벌려진 생살의 냄새가 뒤범벅되어 있다. 이 생살 냄새는 사람의 것, 아니면 한때 사람이었던 것에서 나는 냄새였다. 거기에다 불타는 차량의 가솔린과 고무, 기름 냄새가 혼합되어 있었다. 그뿐인가, 시체들이 불에 타면서 부풀어올라 터져나가는 끔찍한 냄새도 섞여 있었다.

고속도로 양쪽의 산불은 한 시간 전까지만 해도 전투 수단이었다. 하지만 지금은 무서운 화마로 변해 있었다. 불길의 기세가 너무 강해 몇백 미터 떨어진 곳까지 후끈한 열기가 끼쳤다. 하늬바람을 타고 번진 불길은 이미 산마루를 뒤덮고 올드포트 쪽 계곡을 타고 내려오는 중이었다. 시체들이, 일부는 적의 것이고 일부는 방위군의 것인 시체들이 화염 속에서 불타고 있었다.

어쨌든 전투는 끝났다. 사람들이 이리저리 흩어져 사랑하는 이를 찾고 있었다. 아들은 아버지를, 어머니는 아들을, 젊은이들은 잃어버린 연인과 친구를 찾아 헤매고 있었다.

영화. 역시 영화의 한 장면과 똑같군, 하고 존은 생각했다. 러시아 영화 〈알렉산더 네프스키〉가 머리에 떠올랐다. 얼음판 위에서의 전투가 끝난 뒤 애절한 음악이 흐르면서 어스름한 빛 속에서 아내와 어머니들이 전사한 남자들의 시신을 찾아 헤매며 흐느끼는 장면.

하지만 이것은 영화가 아니다. 현실이다. 대학 야구팀에서 뛰던 거친 남학생 하나가 어느 여학생의 부서진 몸 앞에서 풀썩 쓰러졌다. 그는 여학생을 안아올려 껴안은 채 울부짖고 있었다. 그러다 그가 여학생을 땅에 놓고 권총을 뽑아 자살하려 하자 둘러서 있던 친구들이 말리는 모습이 보였다.

존은 비틀거리며 계속 걸어갔다.

앞쪽 고속도로에 차량들이 한 줄로 서 있었다. 부상자들을 평상형 트레일러로 옮겨 싣는 중이었다. 마칼라가 도와달라는 몸짓을 하자 누군가 손을 뻗어 그를 끌어올려주었다. 마칼라도 트럭으로 기어올라 그의 옆에 앉았다.

배기가스가 뿜어져 나오고 디젤엔진이 부르릉거리더니 트레일러가 움직이기 시작했다. 65번 출구를 빠져나오자 차는 속력을 높였다. 트레일러는 경적을 울려대며 스테이트 스트리트를 지나 시내 한복판에 있는 가구점 앞에서 멈췄다. 침대와 소파만 제외하고 중앙 전시실에 있던 가구는 모두 길가로 치워져 있었다.

가구점은 이미 부상자들로 넘쳤다.

"1은 모두 이쪽으로!"

누군가 소리쳤다.

"2는 저쪽에!"

들것에 실린 부상자 네 명이 안쪽으로 이송되었다.

존은 마칼라를 쳐다보았다.

"저기 가봐야겠어요."

"존, 뇌진탕. 가벼운 뇌진탕이에요. 집으로 가서 침대에 눕는 게 최선이에요. 1주일 정도면 괜찮아질 거예요. 화상도 젠이 치료해줄 테고요."

"안 돼요. 저기 가봐야 해요. 내 아이들, 내 병사들이오."

그녀는 더 이상 존과 입씨름을 벌이지 않았다. 그는 주위에 있던 마을 사람들의 도움을 받아 트레일러에서 내렸다. 부상자들을 모두 내려놓은 트레일러는 몬트리트 로드 쪽으로 방향을 돌린 뒤 시 청사 주차장을 통과해 전투가 벌어진 장소로 되돌아갔다.

존은 문 앞에 서서 머뭇거리다가 숨을 깊게 들이쉬었다.

그는 부축하고 있는 마칼라의 팔을 떼어내고 안으로 발걸음을 옮겼다.

가구점 병동 안으로 들어선 그는 저도 모르게 움찔 물러설 뻔했다가 그 자리에 못 박힌 듯 서 있었다.

지금까지의 인생 중에서 존에게는 가장 힘든 순간이었다. 메리의 시신을 안고 있을 때보다도, 그 어떤 순간보다도 더 힘들었다.

"예수님, 제게 힘을 주세요."

그는 자신을 향해 속삭이고는 걸어 들어갔다.

바닥에 수십 명이 누워 있었는데 모두 이마에 숫자가 표시되어 있었다. 울고 있는 사람들도 있었고, 침착함을 유지하려 애쓰며 입을 다물고 있는 사람들도 있었다. 몇 명은 의식이 없었는데 상처로 보아 오히려 다행이었다. 상상할 수 있는 형태의 모든 부상자들이 그의 앞에 놓여 있었다.

그는 천천히 그 방을 가로질러 갔다. 부상자와 눈이 마주치면 걸음을 멈추고 억지로 웃음을 지어 보였다. 누군지 알아볼 수 있는 부상자들도 있었으나 부끄럽게도 이름을 기억해내 위로의 말을 해주지는 못했다. 사람들 이름을 기억하지 못하는 뿌리 깊은 무능력 탓에 존이 할 수 있는 것이라고는 몸을 굽혀 손길로 안심시켜주면서 같은 말을 되풀이하는 것뿐이었다.

"네가 자랑스럽다……. 걱정마라, 저 사람들이 금방 고쳐줄 테니까……. 고맙다, 네가 정말 자랑스럽다……."

다음 방으로 들어섰을 때 존은 흠칫 놀라 정말로 뒤로 물러섰다. 그 방에 있던 마칼라가 그에게로 다가왔다. 그는 지금 눈앞에 펼쳐진 광경을 그녀가 어떻게 감당하고 처리하고 있는지 알 수가 없었다.

이번 사태가 터진 첫날, 두 마을에는 의사가 아홉 명, 수의사가 세 명 있었다. 그들 중 한 명은 이후에 죽었다. 그 방에는 탁자가 열한 개 있었는데 탁자마다 부상자가 누워 있고, 수의사까지 포함된 의료진이 그들을 치료하고 있었다.

그들은 동물병원과 치과에서 확보해둔 마취제를 사용하고 있었다. 켈로가 수술을 하고 있었는데 정말 끔찍한 광경이었다. 켈로는 어느 여학생의 다리를 무릎 바로 위에서 절단하는 중이었다. 절단된 무릎 부위는 으깨진 살덩어리와 부서진 뼈밖에 없었다. 여학생의 머리가 앞뒤로 흔들리고, 작게 흐느끼는 소리가 들렸다.

존은 너무나 놀라 마칼라를 쳐다보았다.

"절단할 때는 국소마취제를 쓰고 있어요."

그녀는 낮게 말했다.

"전신마취제는 더 심각한 경우를 위해 아끼는 중이에요."

"더 심각한?"

하지만 대답을 들을 필요는 없었다. 머리나 턱, 가슴, 복부에 부상을 입은 사람들은 선별적으로 제외되었다. 수술이 성공적으로 끝났다 해도 이후의 치료에 필요한 항생제가 부족했기 때문이었다.

그는 탁자 위에 누워 있는 여학생에게로 다가갔다. 존을 올려다보는 여학생의 눈은 겁에 질려 있어, 방금 총알을 맞고 최후의 일격을 기다리는 토끼의 눈 같았다. 그 눈을 보자니 가슴이 찢어지게 아파왔다. 그는 그 여학생을 알고 있었다.

"로라, 로라지?"

"오, 하느님. 다리를 자르는 게 느껴져요."

그녀가 숨을 헐떡였다.

"버텨야 한다."

정말 소름끼치는 소리였다. 켈로는 톱으로 그녀의 뼈를 자르고 있었다. 존이 흘깃 쳐다보았더니 금속절단용 쇠톱이었다. 철물점에서 가져온 물건일 것이다. 이럴 수가, 수술 도구조차 없단 말인가.

"아, 아야!"

존은 그녀의 손을 꽉 쥐고 몸을 숙여 여학생과 눈을 맞추었다.

"나를 봐라, 로라, 나를 봐!"

그녀는 그를 쳐다보았다.

"로라, 네가 불렀던 노래 있지? '기억해봐요…….'"

"'9월의 나날을…….' 아, 예수님, 도와주세요!"

톱질 소리가 멈췄다. 누군가 켈로를 도와 절단된 다리를 들어올렸다. 켈로는 테이블에서 물러섰다.

"간호사, 상처를 묶어요."

그는 수술 마스크를 벗고 존을 쳐다본 다음 로라에게로 눈길을 돌렸다.

"로라, 잘했다. 최악의 순간은 끝났단다."

켈로가 말했다.

"곧 진통제를 한 대 더 놓아줄게."

흐느껴 울면서 로라는 고개를 끄덕였다. 존은 가까스로 그녀의 손을 놓을 수 있었다.

로라의 테이블에서 돌아 나오며 켈로가 존을 쳐다보았다.

"진통제가 거의 떨어졌어."

그는 목소리를 낮춰 말했다.

"주님, 로라와 다른 아이들을 구해주세요."

켈로는 수술 장갑을 벗어 바닥에 떨어트렸다.

"간호사, 5분 쉬겠네. 그동안 다음 수술을 준비해주게."

로라를 두고 나가는 게 마음에 걸렸으나 켈로는 수술실 밖으로 따라 나오라는 몸짓을 해 보였다.

"존."

그때 마칼라가 불렀다.

"이제 여기 있을 거예요. 골짜기에서의 부상자 분류 작업은 끝났어요."

존이 고개를 끄덕여 보였으나 그녀는 동료에게 손에 소독용 알코올을 부어달라는 몸짓을 하며 벌써 몸을 돌리는 중이었다.

존은 켈로를 따라 걸으며 수술대들을 지나쳤다. 수술실 바닥은 피로 뒤덮여 미끈거렸다. 아래를 내려다본 그는 핏자국 위에 톱밥이 덮여 있는 것을 보고 깜짝 놀랐다. 의사들이 수술을 하고 있는 와중에도 조수가 톱밥을 더 뿌리고 있었다.

그들이 마지막 탁자를 지나치는데 한 여자 의사가 뒤로 물러섰다.

"빌어먹을, 안 돼!"

의사는 수술 장갑을 벗고 뒤로 물러나 벽에 기대어 흐느꼈다. 그러다 존과 눈이 마주치자 마치 와서는 안 될 곳에 온 침입자를 바라보는 눈길로 그를 빤히 쳐다보았다.

두 명의 조수가 수술 받던 남학생의 몸을 탁자에서 들어올렸다. 필사적으로 그의 생명을 구하려 했던 여자 의사가 절개한 가슴이 그대로 열려 있는 상태였다.

켈로는 존의 팔을 잡고 수술실 밖으로 이끌었다.

"자기 딸의 친구라네."

켈로는 목소리를 낮춰 말했다.

"이웃에 살았지."

잇닿은 방은 수술 후 처치실이었는데 바닥에 빈곳이 거의 없었다. 거기에는 스와나노아의 진료실에서 가져온 귀중한 혈장이 소량 있었다. 혈장을 주입받고 있는 부상자는 대여섯 명으로, 혈장을 가장 필요로 하는 사람이 아니라 한 병만으로 생존을 보장받을 수 있는 사람이었다.

전투에 참여하지 않았던 마을 사람들이 자원해서 헌혈에 나서 자신의 생명을 나눠주고 있었다. 사람들이 너무 허약한 상태여서 240밀리리터로 헌혈량을 제한하고 있었으나 그만큼만 해도 감당하기 어려운 양이었다. 그런데도 어쨌든 그들은 자원해서 피를 나눠주고 있었다.

자기 혈액형을 알고 있는 사람은 바로 부상자와 짝이 지어졌다. 그들의 가슴과 등에는 유성펜으로 혈액형이 표시되어 있었다. 수혈은 직접적으로 이루어졌다. 헌혈자는 수혈 받는 사람보다 높은 위치의 야전 침대에 누워 구식 고무호스와 압착기, 바늘을 통해 혈액을 건네주었다. 존에게는 그 광경이 너무나 원시적인 것으로 보였다.

켈로는 존을 데리고 옆문을 통해 밖으로 나갔다. 수술실에서의 20분을 겪은 존은 바깥세상에 햇살이 비치고 따뜻한 여름 미풍이 불고 있다는 사실을 믿기가 힘들었다. 하지만 다음 순간 가구점 뒤 주차장에 한 줄로 늘어서 있는 시체들이 보였다. 죽은 사람들.

존은 주머니를 더듬었다. 남은 담배는 겨우 두 개비였다. 그는 떨리는 손으로 한 개비를 꺼내 불을 붙였다.

켈로가 그를 쳐다보면서 손가락을 치켜올렸다.

"마칼라가 벌써 진단을 내렸습니다. 뇌진탕이라네요."

"화상도 입었군. 얼굴에 연고를 바르고 멸균 붕대를 감아야 하네. 젠에게 시트를 삶아서 붕대를 만들어 달라고 하게. 또다시 감염되면 안 돼. 지난번 감염에서도 아직 완전히 회복되지 않은 상태야."

"그럴게요, 선생님."

"존, 며칠 안에 엄청난 문제가 생길 거야."

"왜요? 전투는 끝났는데 무슨 일이?"

"질병이야. 자네가 놈들을 몰아낸 다음 싸움이 벌어졌던 곳에 가보았네. 파시 일당 몇을 보았어. 그자들과 얘기를 해보았지. 그러기 전에……."

그는 말꼬리를 흐렸다.

"그러니까 톰의 부하들이 처형하기 전에."

"예."

"존, 놈들의 진영에는 병이 퍼져 있었네. 독감, 간염인데 외래종도 섞여 있을 거야. 장티푸스도 있는 것 같고. 놈들의 시체를 보게. 자기들이 겁을 주었던 사람들과 건강 상태가 별반 다르지 않아. 며칠 안 가 대규모 전염병이 퍼질 거야. 지난번보다 훨씬 심한 전염병이. 그렇게 산지사방으로 피가 튀었으니…… B형 간염, C형 간염, 아마 에이즈 바이러스도 있겠지."

"찰리에게 말씀하세요."

존은 한숨을 내쉬었다.

"저는 더 이상 감당할 수가 없습니다."

"찰리?"

존은 켈로를 쳐다보았다.

"존, 몰랐나? 찰리는 죽었네. 고가도로에서 싸우다가."

"어째서? 찰리한테 여기 후방에 있으라고 했는데. 몸이 너무 약해져 있었잖아요. 그가 맡은 일은 최전선에서 싸우는 게 아니었어요."

"찰리가 어떤 사람인지 자네도 알지 않나."

켈로는 한숨을 쉬며 말했다.

"뒤에 물러나 있을 사람이 아니지. 더구나 그런 때에."

"그럴 수가."

"존, 이제 자네가 이 마을을 맡고 있네."

"네?"

"찰리가 자네를 지명했어. 죽기 직전에 나한테 말했네. 케이트가 같이 있었고, 증인이야. 케이트도 동의했네. 자네는 지금 계엄령 하에서 마을의 책임자야."

존은 벽에 기대어 축 늘어졌다.

"저는 바로 집에 가고 싶을 따름입니다."

켈로는 고개를 끄덕이더니 안심시켜주려는 듯 팔로 존의 몸을 감싸주었다.

"오늘은 그럭저럭 돌아갈 거야. 내가 처리하지. 그리고 존……."

켈로는 머뭇거리다 말을 이었다.

"어쨌든 자네는 일단 집으로 가봐야 해."

"무슨 일입니까?"

존은 마지막 한 모금을 빨고 담배를 땅에 던졌다.

켈로는 존의 가슴 주머니로 손을 뻗어 마지막 남은 담배를 꺼내서 건네고 불붙이는 것을 도와주었다.

"도대체 무슨 일이 더 있습니까?"

켈로는 자기 주머니를 더듬어 반지 하나를 꺼냈다. 고등학교 반지였다.

"이게 뭡니까?"

"벤의 반지야."

존은 말을 하지 못했다. 반지를 손에 들고 가만히 바라보고 있을 뿐이었다. 마른 핏자국이 반지에 묻어 있었다.

"한 시간 전에 죽었어. '3' 으로 분류되었는데, 내가 다리 옆에서 보고 어쨌든 이리로 데려왔네."

켈로는 시체가 늘어져 있는 쪽을 보면서 고갯짓을 했다. 켈로가 가리킨 건 시트가 덮여 있는 시신 중 하나였다.

"정말 훌륭한 아이야, 존. 정말 훌륭한 애야. 이쪽이 밀리고 있는데도 계속 다리 위에 남아 있었다네. 많은 사람들이 그걸 봤어. 사람들이 겁에 질리자 진격하라고 소리를 치면서 다리 아래로 내려갔다고 하네. 자네도 알고 있을 거야. 반격이 개시되었을 때 자네는 그 애와 불과 1~2미터 떨어져 있었으니까."

존은 대답을 할 수 없었다.

켈로는 한숨을 쉬었다.

"존, 벤은 자네가 자랑스러워 할 아이를 남겨주고 떠났네. 아버지가 벤이라는 사실이 자랑스럽겠지. 다음에 언제 내가 집으로 가서 엘리자베스에게 벤 이야기를 해주겠네. 17년 전 벤이 태어날 때 내가 그 애를 받았었는데……. 벤 같은 애가 없었다면 우리는 지고 말았을 거야. 많은 아이들이 벤처럼 행동했지. 존, 그 애가 내게 부탁했다네. 자네를 실망시켰다면 죄송하다고 전해달라더군. 그리고 엘리자베스와 자기 아이를 사랑해달라고."

켈로는 결국 눈물을 보였다.

"어떻게 이런 일이 벌어지는지."

그는 한숨을 쉬며 존을 쳐다보았다.

"엘리자베스에게 가보게."

존은 끝내 대답을 하지 못했다.

그는 시신 옆으로 다가가 시트를 벗기려 했다. 하지만 켈로가 그를 막았다.

"보지 말게, 존. 벤의 예전 모습 그대로 기억해줘."

존은 시트에 덮인 시신을 내려다보았다.

"너는 내 아들이다."

그는 속삭이듯 말했다.

"네 아이는 내가 잘 돌봐주마. 약속한다. 아들아, 네가 자랑스럽다."

존은 몸이 뻣뻣하게 굳은 채 밖으로 걸어나왔다.

가구점 건물을 돌아 나온 그는 스테이트 스트리트로 접어들었다. 다른 트럭 한 대가 앞에 서 있었다. 트럭 뒤에는 부상자 몇이 실려 있었는데 세 명은 이마에 '2' 라는 숫자가, 나머지는 '1' 이 적혀 있었다.

그는 멍한 상태로 그들을 지나쳤다.

"대령님, 우리가 이겼어요!"

그는 누구 소린지 보려고 뒤를 돌아다보지도 않았다.

그의 낡은 엣셀은 시 청사 앞에 주차되어 있었다. 군중이 청사 주위에 모여 있었다. 누군가 공고판에 딱 한 단어를 써두었다. '이겼다!!!'

그가 다가가자 사람들은 질문을 던지기도 하고, 지시를 내려주길 요구하기도 했다. 모두들 이제 무엇을 해야 하는지 알고 싶어 했다.

그는 대답을 하지 않고 차에 올라탔다. 시동을 켜고 존은 그곳을 빠져나왔다.

라디오가 켜져 있어 미국의 소리 방송이 흘러나왔다.

"오늘 아침, 오스트레일리아에서 온 컨테이너선이 찰스턴에 입항했습니다. 우리의 우방들이 1백만 명 분의 식량과 송수신 겸용 무전기 1천대, 증기기관차 여섯 대……."

그는 라디오를 꺼버렸다.

코브로 통하는 길목에는 여전히 바리케이드가 세워져 있고, 학생 둘이 경비를 서고 있었다. 그는 차를 멈췄다.

"무슨 소식 없습니까?"

그는 권총을 들고 있는 여학생을 쳐다보았다.

"몸은 괜찮으세요?"

"우리가 이겼다."

그가 할 수 있는 말은 그게 전부였다.

여학생은 웃음 지으며 경례를 하고, 다른 학생에게 길목을 막고 있는 폭스바겐을 옮기라는 몸짓을 해 보였다.

존은 차를 계속 달려 히코리 레인으로 접어들어 12번지 앞에 멈췄다. 젠과 타일러의 집이었다.

존이 진입로로 들어서자 넷이 모두 문 밖에 나와 있었다. 젠, 제니퍼, 꼬리를 흔드는 진저 그리고…… 엘리자베스.

가족들이 차로 달려왔지만 그는 움직일 수가 없어 그대로 차에 앉아 있었다. 그는 엘리자베스를 보았다. 딸은 겨우 만 열여섯 살 6개월이었다. 임신하고 있다는 사실은 전혀 겉으로 드러나 보이지 않았다. 엄마라기보다는 아직도 아이로 보일 뿐이었다.

가장 먼저 차에 도착한 제니퍼가 그를 보더니 한 걸음 물러섰다.

"아빠, 너무 안 좋아 보여요!"

"괜찮다, 얘야. 불에 약간 그슬렸을 뿐이야."

엘리자베스가 제니퍼 옆에 섰고, 그 사이에 있는 진저는 그를 핥으려 껑충거렸다.

이것이 두 달 전의 모습이었다. 강의와 근무를 마치고 집으로 왔을 때의 모습. 강의가 4시에 끝나는 화요일과 수요일에는 아이들이 집에 와서 기다리고 있었다. 개들이 가장 먼저 달려 나오고, 제니퍼가 함께 뛰어오고, 10대인 큰딸도 아빠를 맞는 의식에 참가해 포옹과 입맞춤을 나누었던 것이다.

차에서 내려야 했지만 존은 움직일 수가 없었다.

젠이 차창으로 그를 들여다보았다.

"무슨 일인가?"

"우린 괜찮아요."

그는 가까스로 입을 열었다.

"우리가 이겼습니다. 놈들은 가버렸어요."

제니퍼가 환호성을 지르면서 진저를 껴안고 뛰어다니며 춤을 추었다.

"우리가 이겼다, 우리가 이겼다, 이겼다!"

그는 멍하니 제니퍼의 모습을 보고 있었다. 전쟁에서 돌아온 승자의 귀환이로군. 대승리, 가두행진, 박수갈채. 영화 장면들이 다시 떠올랐다. 하지만 지금, 이것이 진짜 현실일까?

"존?"

젠이 차창 안으로 몸을 숙였다.

"다쳤구먼."

"대단치 않아요. 뇌진탕하고 화상을 약간 입었을 뿐이에요. 괜찮을 거예요."

"아빠, 벤은 어디 있어요?"

엘리자베스가 물었다.

존은 할머니 뒤에 서 있는 엘리자베스에게로 눈길을 돌렸다.

"일단 내리자꾸나."

그는 부드럽게 말했다.

젠이 차 문을 열어주었다. 젠과 시선이 마주친 존은 장모가 무슨 일인지 알아챘다는 것을 알았다. 그의 분위기에서 읽어낸 것이다.

그는 차에서 내리면서 주머니에 손을 넣었다.

문득 반지 표면에 마른 피가 묻어 있던 게 떠올라 급히 손으로 반지를 문질렀다.

"아빠? 벤 일 물었잖아요. 벤을 보셨어요?"

"그래, 얘야."

존이 문으로 걸음을 옮기자 젠이 먼저 가서 문을 열어주기 위해 바삐 움직였다.

"벤은 괜찮죠?"

엘리자베스가 물었다.

"그럴 줄 알았어요."

딸의 목소리에서 스스로에게 희망을 강요하는 것이 느껴졌다.

그는 집 안으로 들어갔다. 젠이 모든 창문을 활짝 열어 통풍을 시켜두어 전에 왔을 때 느꼈던 퀴퀴한 냄새는 날아가고 없었다. 집 뒤뜰로 떨어지는 개울과 마주한 퇴창으로 들어온 햇살이 집 안을 채우고 있었다.

그곳은 타일러가 집에서 가장 좋아했던 장소였다. 장인은 영하의 추위가 아니면 퇴창을 항상 열어두고, 창을 바라보는 깊고 편안한 소파에 앉아 바위로 떨어지는 물소리를 듣곤 했었다.

존은 자리에 앉았다.

"엘리자베스, 이리 오렴."

"아빠?"

엘리자베스는 그와 나란히 앉으면서 이미 눈물을 보이고 있었다.

그는 주머니에서 반지를 꺼냈다.

"벤이 네게 남긴 거란다."

존은 비통함을 드러내지 않고 목소리의 평정을 유지하려 애쓰며 말했다.

엘리자베스는 반지를 받아 자기 손가락에 끼었다. 닦느라고 닦았지만 핏자국은 제대로 지워지지 않았다. 딸의 손바닥에 마른 핏자국이 남았다.

"언젠가."

그는 부드럽게 말했다.

"언젠가 그 반지를 네 아이에게 주고, 아버지에 대해 이야기해주렴. 아버지가 얼마나 훌륭한 사람이었는지."

엘리자베스는 존의 품에 안겨 더 이상 흘릴 눈물이 없을 때까지 울고 또 울었다.

그림자가 길어졌다. 그사이 젠이 대학 예배당에서 올려보낸 거라면서 그에게 스프를 갖다주었다. 그런 뒤에 젠은 이웃의 버려진 집으로 이사 온 벤의 부모를 만나러 갔다. 제니퍼가 방에서 할머니와 이야기하며 우는 소리, 그리고 둘이서 성모송을 외며 기도하는 소리가 들렸다. 진저가 부산을 떨다가 마침내 제니퍼 옆에서 자려고 위층으로 올라가는 소리, 제니퍼가 잠들면서 깊은 한숨을 내쉬는 소리도 들렸다.

어둠이 짙어지자 밖에 나갔던 엘리자베스가 돌아와 그의 어깨에 몸을 기대었다. 엘리자베스는 계속 울다가 그대로 잠이 들었다.

그는 밤새 엘리자베스를 안고 있었다. 새벽이 올 때까지 그대로.

11

131일째

밤새 무슨 일이 있었는지 차로 시내를 한 바퀴 돌아보는 새로운 아침 의식을 행하는 동안 존은 블랙마운틴이 마치 유령마을 같다는 느낌을 받았다.

옆자리에 앉은 마칼라는 침묵을 지키고 있었다. 애슈빌로 전화를 걸기로 한 계획을 곰곰 새겨보고 있는 중일 거라고 존은 생각했다.

체리 스트리트를 따라 줄지어 서 있는, 한때 화려했던 상점들의 유리창에는 먼지와 때가 덕지덕지 앉아 있었다. 그가 좋아했던 아이비 코너는 무단 점거자들의 실수로 화재가 나서 2주 전에 불타버렸다. 다른 건물로 불이 옮겨붙을 염려가 없었기 때문에 그들은 화재를 진화하지 않았고, 존은 무단 점거자들을 처벌하지 않고 보내주었다.

휴지 조각과 먼지, 나뭇잎이 가을바람에 실려 도로 위에 날리고 있었다. 스테이트 스트리트와 블랙마운틴이 접하는 길모퉁이에 10대 소년이 좌판을 벌이고 있었다. 가구점을 병원으로 사용하면서 밖에 쌓아 두었던 오크 책상이 그의 좌판이었다. 소년은 장대에 통통한 다람쥐 두 마리와 토끼 한 마리를 매달아놓고 '다람쥐는 총알 일곱 개, 토끼는 총알 스무 개 교환 희망함' 이라는 손으로 쓴 표지판을 세워두었다.

식료품이 날로 희소해지면서 가격이 오르고 있었다. 하지만 총알도 귀하긴 마찬가지였다.

존은 담배가 화폐 역할을 하게 될 것이라고 생각했는데 그 예상은 빗나갔다. 담배는 오래 전에 사람들이 모두 피워 없앴다. 그는 아직도 금단 증상을 겪고 있는 중이었다. 지금 화폐 역할을 하고 있는 건 총알, 특히 22구경 및 산탄총 총알이었다.

존은 사냥에 쓰던 22구경 라이플을 치워두고 50구경 호킨스 화승총을 쓰려고 생각하고 있었다. 존이 속해 있던 토론회 회원 중 한 명이었던 남북전쟁 재연 배우는 흑색 화약을 제조하는 사업을 시작했다. 그 사람은 탄환에 쓰이는 초석과 황, 납을 구형 자동차 배터리에서 뽑아내 가공하는 방식을 알아냈다.

존은 부상자들이 치료받던 가구점을 지나쳤다. 그곳은 비어 있었다. 아직까지 치료가 필요한 부상자들은 개조된 보일러로 난방이 되는 게이더 홀로 이송되었다. 마칼라가 그 병원을 맡아 거의 40명에 달하는 부상자를 돌보고 있었다.

파시와의 전투로 인한 인명 손실은 막대했다. 사망자가 7백 명을 넘었고, 그중 120명이 학생들이었다. 부상자도 7백 명에 달했다. 부상자 가운데 3분의 1은 이미 목숨을 잃었고, 지금도 많은 사람들이 죽어가는 중이었다.

결국 그 전투나 부상 후유증으로 대학생 가운데 3분의 1이 사망한 셈이었고, 나머지 3분의 1은 부상을 입었다. 너무 값비싼 대가였다. 그가 남북전쟁에 대해 강의할 때 대원의 3분의 2를 잃은 연대도 사례로 나오긴 했었지만 그때는 숫자에 불과했다. 그런데 지금은 현실, 그것도 끔찍한 현실이었다. 제러마이어와 필은 둘 다 전투 중에 죽었고 다른 많은 제자들도 그랬다.

바로 어제, 존은 또 장례식에 참석했다. 무릎 근처에서 다리를 절단했던 로라의 장례식이었다. 그녀는 이어진 감염을 이겨내지 못하고 결국 눈을 감았다.

로라의 장례식은 비통했다. 모두들 장례식에 참석할 기력조차 없어 모인 사람도 얼마 되지 않았다. 로라의 시신이 땅에 눕혀지자 살아남은 합창단원들이 노래를 불렀다. 대학과 전쟁에 관련된 노래, 〈소년 악사〉였다.

> 소년 악사는 전쟁을 하러 떠났네.
>
> 죽은 자들 사이에서 그 애를 찾을 수 있을 거야…….

그날 전투로 사망한 이들은 모두 마을 끝에 있는 참전 용사 묘지에 묻혔다. 참전 용사 묘지의 한쪽 비탈에 그들의 무덤이 모여 있었다. 언젠가 그들을 위해 기념비를 세우자는 얘기가 나왔다. 언젠가.

그들을 골프장에 묻으면 안 되고 특별한 안식처가 필요하다는 데 모두가 동의했다.

지금도 때때로 소규모 접전이 벌어지고 있어 민병대는 여전히 필요했다. 약탈자 수십 명이 스와나노아 산을 넘어 낡은 9번 도로 주변을 공격한 적이 있었다. 그 1주일 뒤에는 존이 소규모 병력을 이끌고 올드포트로 가서 파시 잔당을 소탕한 일도 있었다. 간신히 전투에서 도망친 잔당 대부분은 부상당한 상태였다. 그 와중에 대학생 여섯 명이 또 목숨을 잃었다. 올드포트에 가서 보니 파시의 노략질로 거기 살던 사람들은 거의 전멸한 상태였다.

이런 과정을 거치면서 아직 남아 있는 존의 군대는 몹시 강해졌다.

전염병이 확산될 것이라던 켈로의 예상은 맞았다. 전투가 끝나고 며칠 지나자 요즘에 와서 '역병의 달' 이라고 부르게 된 시기가 시작되었다.

골프장에는 3천 개 가까운 무덤이 새로 생겼다. 그중 하나는 켈로 의사의 무덤이었다. 전염병으로 의료진이 특히 심한 타격을 받았다. 지금 남아 있는 사람은 의사 두 명, 수의사 한 명뿐이었다. 전염병의 역사에 나타나 있듯이 이번에도 의료진은 쓰러질 때까지 영웅적으로 의무를 다했다. 하지만 한 사람은 도망쳐서 자기 오두막에 숨었다가 마을에서 추방당했다.

질병과 기아가 결합되자 사망자가 무섭게 늘어났다. 14세기 흑사병

때와 같았다. 거기에 A형 간염 감염자 수백 명이 보태어졌고, 후에 증세를 나타낼 B형 및 C형 간염 환자들도 있었다. 대수롭지 않은 상처를 입었다가 신체를 절단하거나 죽음을 맞는 사람도 적지 않았다.

차례로 죽음이 이어지는 시기였다. 어제까지 집계해보았을 때 불과 4개월 동안에 두 지역의 인구 중 60퍼센트가 사망했다. 전쟁으로 치면 중세 이후 최악의 인구 감소를 가져온 전쟁이었다. 제1차 대전 중에 소련에서는 2천 5백만 명이나 죽음을 맞았지만 그것도 인구비례로 따지면 7분의 1이었다.

그러나 지금, 잠깐이기는 했지만 마을에는 식량이 풍족했다. 주의 깊게 경비를 섰던 옥수수 밭에서 엄청난 수확이 있었다. 벌레 먹은 것까지 포함해 과수원의 사과도 한 톨 남김없이 거두어들였다. 호박도 탐스럽게 영글어 무게가 7킬로그램쯤 됐고 더 큰 것도 꽤 있었다. 올해는 호박이 속을 파낸 뒤 장식물로 사용되는 것 이상의 역할을 하게 될 터였다. 식량 채집을 담당한 대학생들은 견과와 솔방울, 해바라기를 바구니 가득 거둬들였으며, 백 년 전 농가 터였던 숲 속 깊은 곳에서 버려진 과수원을 찾아내 거기 열린 열매도 모조리 따왔다.

하지만 모아들인 것들로 다가올 봄까지 버텨야 했으므로 식량은 세심하게 관리되어야 했다. 풍성하게 거둬들인 것 같았지만 실제로 따져보면 모든 사람들이 겨울을 나기에는 빠듯했고, 실은 오히려 부족했다.

고기는 이제 구경조차 하기 힘들었다. 가끔 다람쥐나 토끼, 너구리, 주머니쥐를 잡긴 했지만 사슴과 곰, 멧돼지는 그간의 사냥으로 거의 멸종한 상태였다. 그런데도 사람들은 옛 생각만 하고 외곽 지역이나 산 위에는 사냥감이 있을 것이라는 생각을 떨쳐버리지 못했다. 필요한 건 총 한 자루뿐, 몇 시간 걷기만 하면 수백 킬로그램의 고기를 구할 수 있을 것이라고 여겼지만 그런 기대는 번번이 빗나갔다. 수천 명이 똑같은 생각을 하고 있는 데다 사냥철이 따로 없고 365일 사냥이 이어지는 형편이라 제아무리 8백 제곱킬로미터에 이르는 넓은 지역이라 해도 승산이 없었다.

사냥을 담당한 대학생들은 산 속 깊이 들어가 사나흘씩 헤매곤 했지만 빈손으로 돌아오는 일이 더 많았다. 사냥감이 씨가 마른 것이다.

그런 까닭에 식량이 있긴 했지만 영양 균형이 맞지 않아 사람들의 죽음은 계속 이어졌다. 한편에서는 사과를 조심스레 매달아 말리고, 건조한 헛간에 옥수수를 쌓아두고 무장 경비대가 24시간 지키고 있었다. 살아남은 몇 안 되는 노인들이 거의 잊혔던 식품저장 기술을 전수하고는 있었는데, 알맞은 저장 용기와 그것을 밀봉할 마개를 찾기가 어려웠다.

그는 환자들 틈바구니에 있는 마칼라를 매일매일 걱정했다. 그녀는 다행히 감염되지 않고 견디고 있었다. 존이 결국 독감에 걸렸을 때, 이어 젠이 독감으로 앓아누웠을 때 살펴보러 온 것을 제외하면 그 죽음의 달에 마칼라는 존의 집을 피했다. 운이 좋았던 건지, 간호를 잘 받아서 그런지 다행히 두 사람 모두 며칠 만에 독감에서 회복되었다. 엘리자베스도 독감에 걸렸는데 그때만은 임신한 게 오히려 다행이었다.

임산부에게는 귀하디귀한 항생제와 추가 식량이 지급되었기 때문이다. 다행히 제니퍼는 독감을 앓지 않고 넘어갔다.

하지만 독감의 위험 따위 제니퍼에게는 아무것도 아니었다.

지금 온 가족이 염려하고 있는 것은 제니퍼였다. 남아 있던 인슐린의 약효가 2주 전에 완전히 떨어져버렸다. 존이 생각했던 것보다 1개월 이상 빠른 시점이었다. 마칼라는 마지막 인슐린 병을 주사할 때 위험을 무릅쓰고 8백 단위를 써서 제니퍼의 혈당치를 520에서 145로 떨어트렸는데, 지금은 다시 혈당치가 600을 넘어서서 계속 오르는 중이었다. 그러다 엿새 전에 마침내 제니퍼는 쓰러지고 말았다. 오래 전 켈로가 경고했던 모든 증상이 전면적으로 나타나고 있었다. 극도의 갈증에 이어 배뇨를 통제할 수 없게 되었다. 무릎의 사소하게 긁힌 상처가 감염되어 부어오르더니 발적 부위가 사타구니까지 타고 올라왔으며, 열은 39도가 넘었다. 제니퍼의 면역 체계는 무너졌고, 신장은 기능을 잃었으며…… 그 작은 몸은 죽음을 향하고 있었다.

존은 골짜기로 올라가 그곳의 경비 상태를 점검해야 한다는 것을 알고 있었지만, 그 일은 잠시 미룰 작정이었다. 마을을 한 바퀴 둘러본 것으로 당장 해야 할 의무는 다한 셈이었다. 프런트 포치 식당의 폐허가 있는 모퉁이를 지나다 보니 도로 모퉁이에 시체 두 구가 누워 있었다. 그는 바틀릿에게 알려 시신을 거두게 해야겠다고 머리에 새겨넣었다.

존은 시 청사 앞쪽 늘 대는 곳에 차를 세운 뒤 밖으로 나왔다. 마칼라도 따라 나왔다.

비서라는 조용한 역할을 하다 전화교환대를 맡은 주디는 바야흐로 마을의 중심인물이 되었다. 그녀는 청사로 오가는 모든 통화 내용을 알고 있었으며, 사무실에서 기거하면서 밤에 무스탕에서 떼어낸 라디오로 뉴스를 듣고 아침마다 청사 밖의 화이트보드에 그 내용을 올렸다.

청사로 걸어 들어가며 존은 주디가 새로 올려둔 글을 보았다. 애슈빌이 찰스턴과 안정된 무선 연결망을 확보한 것으로 보인다는 내용이었다. 긴급 구호품을 실은 네 대의 트럭이 그린빌과 사우스캐롤라이나에 도착했으며, 주말까지는 애슈빌에도 한 대를 보내주기로 했다는 소식도 있었다. 하지만 주디는 새벽녘에 전화로 존에게 알렸던 소식은 게시해두지 않고 있었다. 어제 메모리얼 병원에 헬리콥터 한 대가 왔는데 의약품을 싣고 온 것 같다는 소식이었다.

그 소식이 퍼지면 조금이라도 힘이 남아 있는 사람들은 애슈빌로 가려 할 것이다. 하지만 애슈빌 쪽에서는 이제 영구적인 요새가 되어버린, 53번 출구 근처 바리케이드를 여기 사람들이 통과하는 것을 절대 허용해주지 않으리라는 것을 존은 알고 있었다. 지난봄에 애슈빌 피난민을 되돌려 보낸 데 대한 보복이었다. 애슈빌은 53번 출구 근처에 바리케이드를 치고, 서쪽으로 계속 가려는 외지인의 통과는 허용했지만 스와나노아 혹은 블랙마운틴 사람이 물물교환을 위해 그 선을 넘으려는 것을 막았다.

그가 사무실로 걸어 들어가자 주디가 교환대에서 얼굴을 들었다.

"안녕하세요?"

"주디, 메모리얼 병원에 연결해줘요. 내 전화와 회의실 전화에."

"알겠습니다."

존은 찰리가 쓰던 집무실로 들어갔다. 존은 집무실에 거의 손을 대지 않았고 생존자들의 폴라로이드 사진 액자 하나만 더 걸었다. 지금은 블랙마운틴 공격부대 제1대대로 이름 붙여진 사람들의 사진이었다. 사진 속에는 81명의 병사가 게이더 홀 앞에 서 있었다. 전투가 끝나고 1주일 뒤에 찍은 사진이었는데, 옆에 걸린 다른 사진의 얼굴에 비해 20년은 나이가 들어 보였다. 옆의 사진은 '그날' 바로 이틀 전에 대학 졸업반 전원이 찍은 사진이었다. 양쪽 사진에 모두 찍힌 학생들도 있었다. 졸업사진 속의 아이들은 활기에 넘쳐 있었고, 밖으로 나가 세상을 떠맡으려는 열정과 기쁨이 엿보였다. 하지만 공격부대원들은 살상을 통해 세상을 떠맡으려는 사람들처럼 보였다. 공격부대원들의 사진을 보면 존은 항상 톰 리의 그림이 떠올랐다. 제2차 세계대전의 전쟁 예술가 리는 전쟁신경증에 걸린 펠렐리우의 해병을 소재로 〈2천 야드 스테어〉라는 그림을 그렸다.

"전화를 연결했습니다. 수화기를 드세요."

존이 다이얼식 전화기의 수화기를 들어올리자 치직거리는 소리가 들렸다.

"메모리얼 병원입니다."

상대편의 목소리는 희미했고 감이 멀었다.

"여기는 블랙마운틴입니다."

주디가 말했다.

"병원 책임자인 밴스 박사를 연결해주시겠습니까? 블랙마운틴 치안국장 매더슨 박사의 전화입니다."

주디는 마칼라가 전에 일러준 대로 존의 옛 직함을 댔다. 의학 박사들은 일반 박사 학위를 우습게 보는 경향이 있긴 했지만, 어쨌든 통화를 연결하는 데는 도움이 될 것이다.

"잠깐 기다리세요."

상대편이 말했다.

존은 회의실의 크랭크 전화기 옆에 서 있는 마칼라를 건너다보았다.

5분이 지나고, 다시 10분이 지났다. 그는 책상 앞에 앉아 심장이 뛰는 것을 느끼면서 초조하게 기다렸다. 계속 잡음만 들리다가 마침내 희미한 목소리가 들려왔다.

"밴스입니다."

"밴스 박사님. 저는,"

그는 잠시 머뭇거렸다.

"매더슨입니다. 블랙마운틴 치안국장입니다."

"무슨 일입니까?"

그는 밴스의 목소리에서 지친 기미를 느꼈다. 존은 마칼라에게 고갯짓을 해 보였다. 자기가 이야기를 계속하면 감정에 압도당해버릴 것 같아 두려웠다. 반대편에서 수화기를 들고 있는 사람은 감정적인 호소에 귀를 기울여줄 시간이 없을 것이다.

존 또한 지금 그가 밴스 박사를 끌어들이려 하는 바로 그 위치에 있었다. 누구에게 배급을 하고 누구에게 하지 않을지를 결정하는 위치. 어느 날 밤에는 식량 약탈자 스물두 명을 한꺼번에 처형하라는 지시를 내렸고, 소 두 마리를 도축한 일로 열다섯 명에게 죽음을 선고한 일도 있었다. 인육을 먹은 끔찍한 일을 저지른 사람 한 명에게도 사형을 내렸다. 다행히 지금은 그런 무서운 결정을 내리는 일을 다른 사람 셋에게 넘겨주었다. 한 명은 스와나노아 사람, 한 명은 블랙마운틴 사람, 나머지 한 명은 대학의 교수였다.

존도 그동안 수많은 호소와 간청을 들었다. 그렇지만 그는 무엇이 공정한 것인지를 기준으로 결정을 내려야만 했다. 여기서 공정함이란 누가 다음 봄까지 버틸 수 있을 것인지, 누구를 포기해야 할 것인지 하는 문제였다.

"밴스 박사님, 저는 마칼라 터너입니다. 샬럿의 오버룩 병원에서 심장 부문 간호부장이었습니다. 빌링스 박사님과 함께 일했어요. 저는 지금 여기 블랙마운틴의 응급치료를 책임지고 있습니다."

마칼라는 이 통화 내용을 주의 깊게 준비했다. 동등한 입장에서 말하는 한편 전문가들의 상호존중이라는 전통을 끌어내려는 것이었다.

"빌링스? 그 사람은 어떻게 지냅니까?"

그러더니 밴스는 말을 멈추었다. 그 질문이 얼마나 어리석은 것인지 바로 깨달은 모양이었다.

"박사님. 우리가 공격받은 그날, 저는 메모리얼 병원으로 가는 길이었습니다. P.A.T 부정맥 통제를 위한 새로운 소작법에 대한 박사님의 브리핑을 들으려고요."

잠시 정적이 흘렀다.

"백만 년 전의 일인 것 같군요."

존은 상대방의 목소리가 부드러워진 것을 알 수 있었다.

마칼라는 멋진 접근법을 택했다. 존이 쳐다보았으나 그녀는 그에게 등을 돌린 채 눈길이 마주치는 것을 피하고 있었다.

"간호사 마칼라……."

"터너입니다. 밴스 박사님, 여기서 벌어지고 있는 상황에 박사님께서 도움을 주실 수 있을 것 같습니다."

"말해보시오."

존은 밴스의 목소리에 다시 긴장이 서리는 것을 느꼈다.

"그쪽 병원에 헬기가 의약품을 공수했다는 소식을 들었습니다."

오랜 침묵이 이어졌다.

"그건 맞습니다."

"밴스 박사님. 여기 열두 살 소녀가 있습니다. 1형 당뇨입니다."

"아직 살아 있단 말이오?"

믿을 수 없다는 뜻이 그의 목소리에 담겨 있었다.

"조심스럽게 조절해온 데다 아주 강한 아이입니다. 그 애 아버지가 5개월 치 인슐린을 어찌어찌 손에 넣긴 했는데, 남아 있던 약의 효능이 저하되었고, 지금은 효력이 완전히 없어졌습니다."

"그 애가 이렇게 오래 버틴 게 놀랍군요."

그 말에 존은 몸이 뻣뻣해져서 다시 마칼라를 쳐다보았다. 그는 마칼라가 제니퍼를 두고 어쩌면 그렇게 태연하게 임상적으로만 이야기할 수 있는지 놀라웠다.

"밴스 박사님. 보급품 중에 혹시 인슐린이 있나요?"

다시 침묵이 흘렀다.

"인슐린이 있습니까?"

존이 긴장된 목소리로 끼어들었다.

"있습니다."

얼마간 또 정적이 흐른 뒤 밴스가 물었다.

"그 애가 인슐린 없이 지낸 지 얼마나 됐습니까?"

마칼라는 재빨리 몸을 돌려 존을 쳐다보면서 고개를 저었다.

"마지막으로 주사를 맞은 게 4일 전이었습니다."

거짓말이었다. 2주도 넘었다.

"혈당치는요?"

"310입니다."

또 거짓말이었다. 제니퍼의 혈당치는 그 두 배가 넘고, 계속 상승하고 있었다.

"밴스 박사님?"

마칼라가 말했다.

"네."

"차를 보낼 테니 인슐린을 한 병만 주세요. 천 단위면 됩니다. 그러면 그 애를 살릴 수 있습니다."

밴스가 수화기 건너편에서 한숨을 내쉬었다. 그 한숨 소리를 듣고 존은 알았다. 그 또한 얼마나 자주 그런 한숨을 내쉬었던가. 스프 한 그릇만 더 달라는 눈물 섞인 간청을 물리치기 전에, 씨프로 항생제를 두세 알만 달라거나 안전한 곳에 따로 보관해둔 귀중한 Z팩 항생제를 조금만 달라는 호소를 외면하기 전에.

"그 애의 생명을 구한다고요? 얼마 동안?"

밴스가 마침내 되물었다.

"한 달? 우리가 받은 인슐린도 몇 달 치 분량뿐이오. 1형 당뇨 환자보다 훨씬 적은 양으로 버틸 수 있는 환자들에게 나눠주기로 이미 정해졌어요."

"밴스 박사님."

마칼라가 말했다.

"한 시간 안에 애를 박사님 병원으로 데려갈 수 있습니다. 주사 한 대면 그 애의 상태가 안정될 겁니다. 컬럼비아로 통하는 길이 열려 있을지도 모르고, 거기서 찰스턴으로 갈 수 있는 길도 그럴지 모릅니다. 그 애를 안정시킬 수만 있다면 그곳으로 태우고 가는 위험을 무릅쓰겠습니다."

"그 길이 열려 있지 않다는 건 당신도 알고 나도 알아요. 여기 사람 열댓 명이 바로 어제 그린빌로 가려 하다가 살루다 계곡에서 약탈자들에게 몰살당했소. 설사 당신네가 길을 뚫고 왔다 쳐도, 그 애에게 줄 약은 없어요. 다른 수백 종 약품과 마찬가지로 찰스턴 당국은 인슐린도 '중점배급순위 A' 목록에 올려두었습니다. 18세 이상 45세 이하인 사람들 중에서 생존 가능성이 높고 조금이라도 일을 할 수 있는 사람, 그중에서도 꼭 필요한 사람들에게만 줄 수 있다는 뜻입니다. 그들이 내게 보낸 건 정확히 다섯 병뿐이오."

좌절감에 휩싸인 존은 돈 바버의 비행기를 생각했다.

"인슐린 한 병을 이쪽으로 공수해줄 방법은 없습니까?"

존은 급히 끼어들었다.

"애슈빌 공항에는 분명히 운행 가능한 비행기들이 있을 텐데요."

"있었죠. 하지만 지금은 없습니다. 마지막 남은 두 대를 지난주에 잃었어요. 조종사들이 자기 가족을 싣고 사라져버렸습니다. 설사 비행기가 있다 해도 더 급히 공수해야 할 게 수백 가지는 되었을 거요."

마칼라는 존에게 입 다물고 가만있으라는 손짓을 보였다. 오랫동안 침묵이 흘렀다. 거의 1분에 가까운 정적이었다.

"미안합니다. 하지만 대답은 안 된다는 것입니다. 자, 다른 사항 없으면 그만……."

존은 자리에서 벌떡 일어났다.

"지금 얘기하고 있는 건 바로 내 딸이오!"

그는 소리를 질렀다.

"그렇지 않을까 했었지요."

밴스가 말했다.

"또한 그 애가 마지막 주사를 맞은 것도 4일보다 훨씬 오래 전일 것 같군요."

"제발요, 밴스 박사님. 제발, 제 딸입니다. 주사 한 대만 맞게 해주십시오."

"이름이 존이죠, 그렇지요?"

"예."

"존, 아까 말한 것처럼 그들이 보낸 건 다섯 병입니다. 우리 병원에도 어린이 당뇨병을 앓고 있는 아이가 둘 있는데, 둘 다 가까스로 버티고 있는 형편입니다. 하지만 나는 그 애들한테도 인슐린을 주지 못하고 있어요. 애들보다 적게 투여해도 훨씬 오래 생존할 수 있는 어른 환자들이 30명 가까이 되니까요. 우리도 겨우 다섯 병으로 올해 내내 견뎌야 하고, 그걸로 구할 수 있는 생명을 구해야 합니다."

"제발, 제발 부탁입니다."

"존. 내 얘기 좀 들어주세요. 당신 딸한테 주사를 한 번 놓아도 그걸로 최종 진단을 바꿔놓을 순 없습니다. 필연적인 일을 그저 미룰 뿐이에요."

밴스는 몹시 피곤한 목소리로 말했다.

"세상에, 나는 이런 말을 하고 싶어서 하는 줄 아시오? 존, 우리도 마취제라고는 수술 20회분밖에 없는데 해야 할 수술은 수백 건입니다. 진통제, 하다못해 아스피린이라도……."

그는 말을 맺지 못했다.

마칼라가 존에게 손을 흔들면서 조용히 하라는 신호를 보냈다.

"밴스 박사님. 마칼라예요. 저는 그 애를 이번 일이 터질 때부터 치료해왔습니다. 그 애는 강한 아이예요. 살아남았다고요. 우리는 그 애의 생명을 구할 수 있습니다."

"얼마나요?"

답하는 밴스의 목소리가 조금 차가워졌다.

"1형 당뇨 아닙니까. 백 년 전만 해도 췌장이 기능을 멈추면 몇 주일 만에 죽었어요. 우리는 그때로 되돌아간 겁니다. 아마 앞으로 몇 년 동안 그렇겠죠."

다시 침묵.

"터너 간호사. 당신도 물론 부상자 선별에 대해 알 거요."

"선별?"

존은 버럭 고함을 질렀다.

"당신이 지금 말하고 있는 건 내 딸이오. 그런 소리 집어치워요. 당신은 그 애를 분류할 수 없소."

"정말 미안합니다. 나는 그렇게 할 겁니다."

"이 자식아, 내 말 잘 들어. 나는 정예 보병 백 명을 끌고 한 시간 안에 거기까지 갈 수 있어. 넌 내게 그 인슐린을 내놓아야 할 거야. 그뿐인 줄 알아? 필요하다면 그놈의 동네로 가는 수도관을 날려버릴 거야."

상대는 오랫동안 말이 없었다.

"지금 당신이 무슨 말을 하는지 알고 있소?"

밴스가 마침내 입을 열었다.

"정말 그렇게 할 작정입니까?"

"그렇소!"

"존, 나는 그렇게 생각하지 않습니다. 당신에 관한 얘기를 많이 들었어요. 당신은 그런 어리석은 행동으로 죄 없는 사람들을 죽일 그런 사람이 아닙니다. 만에 하나 당신이 정말 그런 식으로 나오면 애슈빌 민병대가 53번 출구에서 당신네를 기다릴 테고, 이 병원에도 군대가 들어와 지킬 겁니다. 당신이 중앙 급수관을 폭파시키면 죄 없는 사람들 수천 명이 고통을 당하겠죠……. 당신 딸은 정말 안됐습니다. 하느님, 우리를 구해주소서. 우리 모두가 가엾고, 이런 일을 미연에 방지할 수 있었는데 하지 않았던 사람들, 자신들의 영혼에 그 짐을 지고 가야 할 사람들도 불쌍합니다……."

그의 목소리가 잦아들더니 억누른 울음소리가 들려왔다.

"안녕히 계십시오."

전화 연결이 끊겼다.

"안 돼!"

존은 전화기를 붙잡고 흔들다가 연결된 전화선을 잡아채 뜯어버렸다. 무력한 분노로 가득 찬 그는 전화기를 들어 벽으로 던졌다.

"존, 제발."

마칼라가 존의 집무실로 들어왔다. 눈물이 그녀의 얼굴을 타고 흘러내렸다.

"도대체 이게 다 뭐야? 이 나라가 무슨 꼴이야? 이 꼴이 뭐야?"

그는 의자에 쓰러져 흐느꼈다.

"존, 어서요. 집으로 가요. 제니퍼가 기다리고 있어요."

마침내 그는 몸을 일으켰다. 나가면서 보니 주디가 전화교환대 옆에서 있었다. 오가는 말을 모두 들은 주디는 소리 없이 울고 있었다. 수척해진 톰이 창백한 낯빛으로 역시 말없이 주디 곁에 서서 존을 바라보았다.

"존, 내가 거기 가서 그걸 구해보겠네."

톰은 부드럽게 말했다.

마칼라가 고개를 저었다.

"아니에요, 톰. 우린 집으로 가요. 앞으로 며칠간 당신이 여기 일을 좀 봐주시겠어요?"

"물론이오."

"주디, 어떤 전화도 집으로 연결하지 말아 주세요."

마칼라가 운전해 존을 집으로 데리고 갔다. 경비 초소를 지나칠 때 거기에는 여느 때와 마찬가지로 학생 둘이 경비를 서고 있었지만, 존은 아무 말도 하지 않았고 아무것도 의식하지 못했다. 마칼라가 초소를 통과해 차를 모는 것을 본 두 학생은 놀라서 눈을 동그랗게 떴다. 존이 울고 있는 모습을 보았던 것이다.

집에 도착하자 젠이 밖에 나와 있었다. 존은 아무 말도 하지 않았지만 마칼라는 그가 차에서 내리는 것을 도와주었다.

"제니퍼는 어때요?"

마칼라가 물었다.

"의식이 왔다갔다해. 숨결에서 과일 냄새가 나고. 그럴 거라고 내게 말해주었었지? 더 이상 소변을 보지도 못해. 물을 먹일 수도 없고."

"존."

마칼라는 그의 손을 꽉 쥐었다.

"내 말대로 해야 해요. 안에 들어가면 아무 일 없는 것처럼 행동해요. 두려워하는 기색을 비치면 안 돼요. 애가 약에 대해 묻거든 곧 도착할 거라고 하세요. 당신이 두려워하고 있다는 걸 그 애가 알아차리면 안 돼요."

그는 고개를 끄덕였다.

"할 수 있겠어요?"

"그래요."

그는 계단을 올라가 문을 열었다. 그리고 멈춰 섰다.

"은총이 가득하신 마리아여……."

그는 낮은 목소리로 기도문을 외우다가 집 안에 들어서면서 나머지를 입 속에 삼켰다.

시냇물 쪽을 바라보는 벽감이 제니퍼의 병실로 꾸며져 있었다. 침대를 거기 들여놓고, 침대 아래에 책을 쌓아올려 제니퍼가 창밖을 내다보며 시냇물과 새 먹이통을 볼 수 있도록 높이를 올려두었다. 제니퍼의 병세가 악화되자 엘리자베스도 자신의 슬픔에서 빠져나와 솔방울을 깨트려 새 먹이통을 채워줄 씨앗을 모으거나 제니퍼의 옆에 앉아 몇 시간 동안 책을 읽어주곤 했다.

뼈와 가죽만 남은 진저는 돌아다닐 힘이 없어 침대 발치에 몸을 말고 누워 있었다.

제니퍼가 몸을 돌려 그가 있는 쪽을 쳐다보았다.

"아빠?"

"아빠 여기 있다, 귀염둥이야."

그는 다가가서 침대 옆에 앉았다. 아이는 토끼 인형을 꽉 껴안고 있었다. 침대 반대쪽 가장자리에는 그들이 급히 집을 옮길 때 아이가 챙겨온 비니 베이비즈 인형 세 개가 늘어서 있었다. 열두 살 생일선물로 받은 패트리어트 곰도 거기 있었다.

"아빠, 나 괜찮아질까요?"

"물론이지. 우리 꼬맹이는 벌떡 일어나 뛰어다니게 될 거다. 마칼라와 내가 약을 주문해놓았어. 곧 이리 도착할 거야."

존은 문간에 서 있는 마칼라를 쳐다보는 게 두려웠다. 그녀와 눈이 마주치면 무너져버릴 것 같았다.

제니퍼는 창백한 얼굴을 그에게서 돌렸다.

"거짓말이야. 아빠는 내게 거짓말을 한 적이 없었는데."

"아니야, 제니퍼. 정말이란다. 너는 곧 좋아질 거야."

제니퍼는 말없이 그저 그를 쳐다보았다.

"우리 귀염둥이, 책 좀 읽어줄까?"

제니퍼는 다시 얼굴을 돌린 채로 고개만 끄덕였다.

일어서서 서가를 훑어보던 존은 두 권의 책을 발견하고 가슴이 저렸다. 두 권 모두 분명 메리의 것으로 하나는 아주 어릴 때 읽던 책인 것 같았다. 그는 그 책들을 펼쳤다. 첫 번째 책에는 "메리 크리스마스, 우리 귀염둥이에게…… 1973년"이라고 쓰여 있었다. 두 번째 책에는 분홍색 크레용으로 쓴 삐뚤삐뚤한 글씨가 있었다. "내 책, 메리."

그는 두 번째 책을 한 켠에 놓아두고 제니퍼에게로 돌아가 첫 번째 책을 펼쳐 읽기 시작했다.

"백엔드에 사는 빌보 배긴스가……."

그는 읽기를 멈추었다.

아니, 이 책은 안 된다. 제니퍼는 이 이야기가 처음으로 영화로 만들어졌을 때 그것을 보았는데 너무 어려 겁을 집어먹었었다.

그는《반지의 제왕》을 밀쳐두고 두 번째 책을 들었다. 그 책은 메리가 어렸을 때 가장 좋아했던 책으로, 토끼 인형의 이름을 '랩스'로 붙인 것도 그 때문이었다. 제니퍼가 갓난아기였을 때 존이 요람에 그 토끼 인형을 갖다두었더니 메리는 그것을 보고 환호성을 질렀다. 자기가 어렸을 때 몹시 좋아했던 이야기에 나온, 눈처럼 하얀 토끼의 모습 그대로라고 했다. 그 '랩스'는 오랜 세월 제니퍼가 안고 입맞추고 귀여워하는 동안 거무칙칙한 잿빛으로 변해 지금 제니퍼의 팔에 안겨 있었다.

"토끼 랩스의 모험……."

그는 감정을 억누르려 마른침을 삼키면서 책을 넘겼다. 제니퍼가 잠들 때까지 메리가 이 이야기를 읽어주던 그 많은 밤들이 떠올랐다. 엄마와 딸이 함께 몹시 좋아하고 소중히 여겼던 이야기였다.

"어느 날, 제니퍼와 그 애의 가장 친한 친구인 랩스는 할 일이 없었습니다……."

책에 나오는 주인공의 이름은 캐시였지만 메리는 언제나 그 이름을 제니퍼로 바꿔 읽었다. 메리가 어렸을 때 젠이 주인공의 이름을 바꿔 불렀던 것처럼. 그는 침대 발치에 조용히 서 있는 젠을 쳐다보았다. 젠은 말을 하지 못하고 겨우 고개만 끄덕여 보였다. 그 순간 그는 젠이 잃어버린 그 모든 것들을 떠올리며 장모에게 깊은 연민과 애정을 느꼈다.

그는 다시 책을 읽기 시작했다.

그날 온종일 집에서는 존이 나직한 음성으로 책을 읽는 소리만 들렸다. 그는 제니퍼가 확실히 잠든 것을 보고서야 읽기를 멈추었다.

그림자가 길어졌다. 창문이 여전히 열려 있어 차가운 바람이 안으로 들어왔지만 그는 창문을 닫지 않았다. 시냇물이 졸졸 흘러가는 소리가 부드러운 속삭임처럼 마음을 가라앉혀주었다.

제니퍼가 깨어나는 듯 보이자 마칼라는 마실 것을 갖다주려고 했다. 하지만 제니퍼는 그대로 눈을 감고 있었고, 마칼라는 침대 옆에 앉아 젖은 수건으로 아이의 입술을 적셔주었다.

"아빠?"

제니퍼가 눈을 뜨고 그를 올려다보았다.

"그래, 귀염둥이야."

"약속 기억하고 있죠?"

"어떤 약속 말이냐?"

"아빠 가까이 있도록 해주겠다는 약속이요. 그리고 랩스를 아빠 곁에 두고 따뜻하게 안아주겠다는……. 랩스는 아빠도 사랑해요."

"물론, 물론이지."

마침내 그의 자제력이 무너졌다. 존은 울면서 몸을 굽혀 딸을 껴안고 이마에 입을 맞추었다. 제니퍼도 팔을 둘러 아빠를 안으려 했지만 힘이 없어 팔을 올리지 못했다. 그는 딸의 손을 잡아보고 그 손이 너무도 차가워서 놀랐다.

그는 랩스를 딸에게 다시 안겨주었다. 제니퍼가 그토록 사랑했던 봉제 인형의 축 늘어진 머리가 딸의 가슴에 안겼다.

마칼라가 건너편에 앉아 제니퍼의 이마를 부드럽게 쓸어주었다. 엘리자베스는 할머니를 이끌고 옆방으로 갔다. 두 사람은 소리 죽여 흐느끼고 있었다. 제니퍼는 더 이상 땀을 흘리지 않았고, 그는 그것이 무엇을 뜻하는지 알고 있었다. 마칼라가 천천히 손을 아이의 목에 갖다 대고 맥을 짚더니 존을 쳐다보았다.

그는 다시 책을 집어들었다. 이야기의 끝이 거의 가까워졌다. 그는 계속 읽어 내려갔다. 한 손으로 책장을 넘기고, 다른 한 손으로는 제니퍼의 손을 잡은 채.

아이의 손이 점점 더 차가워지는 것을 느끼면서 그는 읽는 속도를 높였다. 빠르고 단조롭게 읽어가며 그는 책장을 넘겼다. 마침내 마지막 장에 닿았다.

"그래서 랩스는, 제니퍼의 팔에 안겨 그 애가 자라가는 것을 지켜보았습니다. '언젠가 너는 훌쩍 자라서 어른이 되겠지.' 랩스는 제니퍼에게 속삭였습니다. '하지만 나는 너를 영원히 사랑할 거야. 그리고 나중에, 아주 아주 나중에, 우리는 언젠가 다시 함께 놀게 될 거야. 잘자, 제니퍼. 내일 아침에 만나자.'"

"존."

마칼라가 속삭였다.

존은 대답을 할 수가 없었다.

"존, 제니퍼가 떠났어요."

그도 알고 있었다. 마지막 책장을 넘기기 전에 딸이 눈을 감았다는 것을 알고 있었다.

제니퍼는 정원에 묻혔다. 퇴창 가까이 있는 제니퍼의 무덤은 존이 약속했던 대로 그와 아주 가까이 있는 장소였다. 밤이면 랩스가 안쪽 창틀에 앉아 제니퍼를 지켰다. 낮에는 대부분의 시간 동안 존이 제니퍼의 무덤 옆에 망연히 앉아 있었다. 존은 랩스를 안고 제니퍼가 앞에 앉아 있기라도 한 것처럼 딸에게 이야기를 했다. 이제 그의 꼬맹이 귀염둥이는 다섯 살로 돌아가 있었다. 랩스의 털이 지금처럼 모두 닳아버리지 않았던 그때로. 가까스로 몸을 움직이는 진저가 그의 곁에 누워 있었다.

저녁이 가까워진 무렵, 마칼라가 와서 존의 옆에 앉았다.

"엘리자베스가 걱정이에요. 그 애는 뭘 좀 먹어야 해요."

"먹을 게 없소. 대학에서 나오는 배급품 외에는."

"존, 엘리자베스는 임신 3개월째예요. 아주 중요한 때라고요. 임신 기간 중 가장 중요한 시기예요. 배급 식량은 탄수화물뿐이에요. 그 애는 단백질, 고기를 먹어야 해요. 억지로라도 먹여야 해요."

마칼라는 그 말을 마치고 침묵에 잠겨 그의 어깨에 기댔다. 그는 마칼라가 무슨 말을 하는지 알고 있었다.

지금은 조금도 어려운 결정이 아니었다. 전혀 어렵지 않았다. 그는 집 안으로 들어가 잠시 뒤에 22구경 권총을 들고 나왔다. 그는 랩스를 그녀에게 건네주었다.

진저는 마치 제니퍼의 무덤을 지키고 있는 것처럼 그곳에 누워 있었다.

그는 무릎을 꿇고 개를 들어올렸다. 진저는 너무도 가벼웠다.

"이리 오렴."

그는 진저에게 속삭였다.

"사랑하는 친구야, 너는 한 생명을 살릴 수 있단다……. 제니퍼도 너와 함께 놀고 싶을 거야."

아, 그렇듯 붐비던 도성이 이렇게 쓸쓸해지다니. 예전에는 천하를 시녀처럼 거느리더니, 이제는 과부 신세가 되었구나. 열방이 여왕처럼 우러르더니 이제는 계집종 신세가 되었구나. —〈애가 1장 1절〉

12

365일째

침대 옆에 놓인 전화기 소리에 존은 잠에서 깨어났다. 창으로 희미한 빛이 흘러 들어왔다. 이제 막 새벽이 밝아오고 있었다.

옆방에서 아기 벤의 울음소리가 들려왔다. 엘리자베스가 아기를 어르고 있었다.

수화기를 들어보니 주디였다. 그는 주디와의 통화를 끝내고 자리에서 일어나 앉았다.

"빨리 내려가봐야 해요."

그에게 바싹 붙어 누워 있던 마칼라가 반쯤 잠에서 깨어났다.

"자, 어서 일어나요."

"네?"

그녀는 눈을 뜨고 주위를 둘러보았다.

"아직 해도 뜨지 않았는데."

"일어나요. 시내로 가야 해요, 우리 모두."

그는 침대 옆 바닥에 있던 낡고 튼튼한 바지를 입고 무심결에 턱을 문질렀다. 면도를 해야 하나 싶었지만 터무니없는 생각이었다. 이미 6개월 이상 수염을 깎지 않고 지낸 터였다.

날씨가 많이 따뜻해져서 1주일 전에 그들은 모두 목욕을 했다. 그는 불을 활활 지피고 개울에서 데울 물을 떠온 뒤 예전에 작은 양어장이었던 곳을 채웠다. 여자들과 아기가 목욕을 끝낸 뒤에는 물이 더러워졌지만 그는 개의치 않았다. 지난 가을 이후 미지근한 물에라도 몸을 담가보는 게 처음이었다.

이튿날 마칼라와 젠은 개울가에 앉아 지하실에서 찾아낸 옛날 빨래판과 평평한 바위를 이용해 빨래를 했다. 저녁에는 봄날 저녁 잔치에 참석하러 온 가족이 대학으로 걸어 올라갔다. 프로디갈 예배당에서 아벨 목사가 살아남은 140명의 학생들과 함께 예배를 올렸고, 합창단이 음악 공연을 했다. 그런 다음 1막짜리 코미디 공연이 있었는데 아직도 작동하는 텔레비전을 발견한 사람의 이야기였다. 다소 지루한 데다 아픈 기억을 떠올리게 하는 내용이었으나 청중들은 예의바르게 웃었다.

여자들은 앞다퉈 벤을 안았다. 그중 몇몇은 아기 안는 연습을 하는 셈이었다. 가을 겨울 동안 꽤 많은 여자들이 임신했고, 아벨 목사의 주례로 서둘러 결혼식을 올렸다.

저녁 식사는 사과와 삶은 옥수수를 섞은 것에 양파, 봄에 처음 딴 민들레로 고명을 얹은 음식이었는데 어쨌든 배는 불렀다.

저녁 식사와 음악 및 연극 공연이 끝난 뒤 존은 대학 강좌를 몇 개라도 여는 방안을 상의하기 위해 아벨 목사와 맬러디, 살아남은 교수들과 만났다. 하지만 논의로 그치고 말았다. 봄이 되어 새로 돋아난 식물을 채집하고 사냥을 나가야 할 시기였던 것이다. 게다가 성공여부는 불확실했지만 댐에 증기터빈을 가설하려는 계획을 밀고 나가야 했다. 만에 하나 성공한다면 다시 전기를 쓸 수 있게 된다. 이런 상황이니만큼 강의 시작은 가을까지 미룰 수밖에 없었다.

존은 거실로 나갔다. 엘리자베스가 창가에서 해가 떠오르는 것을 보면서 벤에게 젖을 먹이고 있었다.

기척을 알아챈 엘리자베스가 어깨 너머로 그를 향해 만족스러운 미소를 짓는 것을 보고 존은 딸이 얼마나 엄마를 닮았는지 새삼 깨달았다. 엘리자베스는 갓 엄마가 된 여자들이 아기에게 젖을 먹일 때 보이는 마돈나와 같은 얼굴로 웃음을 지었다.

"안녕, 아빠."

"벤은 어떠니?"

"작은 악마처럼 배가 고픈가봐요."

"낡은 목욕 가운 대신 좀 그럴싸한 옷으로 바꿔 입어라. 지금 나와 함께 시내로 가야 해."

"왜요?"

"시키는 대로 해. 할머니를 깨워서 빨리 준비하시라고 해라."

그는 밖으로 나갔다. 공기는 차가웠고 머리 위의 하늘은 맑았다. 멀리 보이는 산비탈은 그대로 겨울이었고 미첼 산 꼭대기는 눈에 덮여 있었지만, 이제 나무에서는 새순이 돋아나고 있었다.

이상하다. 이 모든 일이 바로 1년 전 오늘 시작되었는데, 정확히 1년 전에.

존은 집 주변을 거닐다가 튤립이 피어나고 있는 것을 보았다. 그는 꽃을 꺾어 제니퍼의 무덤에 얹어두었다.

"잘 잤니, 꼬맹아."

속삭이면서 그는 창틀에 놓인 랩스를 돌아보았다. 토끼 인형은 아래를 내려다보며 제니퍼를 지켜주고 있었다.

제니퍼의 무덤 옆에 좀 더 작은 무덤 하나가 더 있었다. 묻을 것도 거의 없었지만 그는 진저의 희생에 보답을 해주고 싶었다. 퇴색한 강아지 도자기 인형을 찾아낸 엘리자베스는 벤이 태어난 직후 진저의 무덤에 그것을 갖다놓았다.

"아빠, 무슨 일이에요?"

엘리자베스가 벤을 안고 밖으로 나왔다.

"얼른 차에 타기나 해라."

기적과도 같은 자동차인 낡은 엣셀은 아직도 운행이 가능했지만 요즘엔 아주 드물게 이용했다. 엔진에 시동을 걸자 엣셀이 되살아나며 검은 연기를 뿜어냈다. 남아 있는 가스가 점차 오염되고 있었다.

젠은 마칼라의 부축을 받으며 밖으로 나왔다. 기나긴 겨울, 살아남은 사람들이 '굶주린 겨울' 이라고 부르는 그 시기를 함께 넘기면서 두 사람은 몹시 가까워졌다. 젠은 기력이 쇠하고 있었다. 1년 전에는 꼿꼿한 자세를 자랑했지만 지금은 골다공증 탓에 똑바로 서지를 못했다. 게다가 백내장도 심해지고 있었다. 하지만 책을 읽을 수는 있어 길고 추운 겨울을 난롯가에 앉아 책 읽는 일로 위안을 삼았다.

존이 얼마간 반대하긴 했지만, 학생들은 그의 집에 장작을 대어주었다. 또한 엘리자베스에게 추가 식량도 주었다.

젠은 엘리자베스와 함께 뒷자리에 앉고 마칼라는 존의 옆자리에 올라탔다. 그는 차를 후진시킨 뒤 시내를 향해 출발했다.

"대체 무슨 일인가?"

젠이 약간 짜증스럽게 물었다.

"곰이라도 잡아왔나?"

곰 사냥에 성공했던 것은 3주 전의 일이었다. 덕분에 마을에서는 잔치가 열렸다. 귀중한 말린 옥수수와 사과가 섞인 곰 스튜로 천 명이 주린 배를 채웠다.

천 명, 정확히는 960명이 지금까지 살아남은 사람들의 숫자였다. 적어도 어제 오후까지는 그랬다.

켈로가 예상했던 그대로 굶주린 겨울은 남아 있던 생존자 대부분의 목숨을 앗아갔다. 겨울이 길고 추웠던 데다 이웃이 죽어나가 고립되어 살았던 탓에 사람들은 불이 나도 그냥 내버려두었다. 불을 끌 기력이 없어 화재가 나면 거기 나무를 더 던져넣고 온기를 쬐다가 잠자러 가곤 했다. 사망자가 다시 한 번 급격하게 늘었다.

바로 어제, 공중위생을 책임지고 있는 마칼라는 위원회 모임에서 매장 문제를 제기했다. 2월 말 무렵부터 매장은 중단된 상태였다. 묻어야 할 시체는 너무 많았고 무덤을 팔 힘이 남아 있는 사람은 거의 없었다. 온 가족이 죽음을 맞은 수백 채의 집은 문자 그대로 영안실이 되었다. 묘지에도 수백 구의 시체가 방치되어 부패하고 있었다.

결국 시체를 모두 불태운다는 결정이 내려졌다. 너무도 소름끼치는 일이었기 때문에 그 작업을 하는 사람에게는 보상으로 세 배의 식량을 배급하기로 했다.

이런 비극의 이면에는 끔찍한 아이러니가 도사리고 있었다. 긴 겨울 동안 너무 많은 사람들이 죽었기 때문에 남은 사람들은 여름까지 견딜 수 있는 넉넉한 식량을 갖게 되었다.

존은 블랙마운틴 로드 위를 달려갔다. 오랫동안 그가 매일 통근하던 길이었다. 대학으로 통하는 길목에는 경비대가 없었다. 전초기지, 바리케이드는 그렇다 치고 그곳까지 지킬 사람이 남아 있지 않았던 것이다. 플랫 크릭 로드 교차점에서 그는 샛길로 들어섰다. 2개월 전에 몰아친 눈보라로 시내의 나무들이 쓰러져 다음 블록은 통행이 불가능했다. 나무를 치울 기력이 없어 그대로 방치해두고 있었다.

민병대 제1대대원들을 동원하면 나무를 치울 수 있었지만, 존은 그들이 맡은 임무에만 전념하도록 했다. 군인으로서 겨울 내내 산길들을 방어하고 식량을 지키는 것이 그들의 임무였다. 민병대원들의 생존율이 가장 높았다. 블랙마운틴 전체 인구는 정확히 1년 만에 80퍼센트 감소했으나 대학생 사망률은 전투의 사상자를 포함해 60퍼센트 정도였다. 10대 후반에서 20대 초반이라 체력이 좋았던 이유도 있고, 워싱턴 파커가 시작해 지금은 맬러디가 계속 실시하고 있는 엄격한 훈련도 학생들이 살아남는 데 도움이 되었다. 또한 헌트 총장 부부의 더디고 영웅적인 희생도 있었다. 총장 부부는 '우리 아이들'에게 한 끼 식사라도 더 주기 위해 굶어 죽었다.

그런 기억이 민병대원들에게 남아 그들을 결속시켰고 힘을 불어넣었다.

결속 얘기로 치자면 결혼식도 있었다. 대학 예배당에서 여덟 쌍이 결혼식을 올렸고, 이제 산달 막바지에 이른 여자들도 몇 있었다. 엘리자베스와 마찬가지로 그중 둘은 전투 중에 아버지를 잃은 아이를 낳게 될 것이다.

쓰러진 나무들을 피해 길을 돌았던 존은 다시 블랙마운틴 로드로 올라서서 시내로 차를 몰았다. 겨울 동안 불에 타 뼈대만 남은 집, 버려진 채 방치되어 있는 집들이 여러 채 눈에 띄었다. 아직 사람이 살고 있는 몇 채 안 되는 집들은 새봄의 '빅토리 가든'을 가꾸고 있었다. 잔디는 보이지 않았다.

시내는 조용했다. 유령마을에 가까울 정도로 조용했지만 아직도 생존자들이 있었고, 그중 많은 사람들이 시청으로 향하고 있었다. 거의 달리다시피 하는 사람들도 있었다. 뼈만 남은 그들의 모습은 죽음의 수용소에서 살아남은 사람들과 흡사했다. 빼빼 마른 아이들은 배만 부풀어 있었고 남자들은 수염이 덥수룩했다. 모두들 몇 사이즈는 큰 옷을 입고 있었다.

존은 도로 중심부를 따라 달리며 속도를 높였다. 도로가에는 잡동사니와 부서진 나뭇가지, 방치된 차량들이 가득 차 있었다.

시내 중심가로 이어지는 모퉁이 근처까지 왔을 때 존은 그들을 보았다. 엘리자베스, 젠, 마칼라 세 사람 모두 비명을 질렀다. 그 소리가 너무 커서 벤이 울음을 터트렸다.

존은 시 청사 앞에 차를 세웠다. 수백 명이 모여들고 있었으므로 지정 주차 장소는 아예 염두에 두지 않았다. 모여드는 군중 가운데는 뛰어오는 사람도 있었다.

그는 차에서 내려 그들을 쳐다보았다.

병력 수송 장갑차 한 대가 대열을 이끌고 있었고, 차량 옆에 꽂힌 깃대에는 깃발이 휘날리고 있었다. 아메리카합중국 국기였다.

장갑차 뒤로 자동차 행렬이 이어졌는데 대열은 도로를 따라 수백 미터 뻗어 있었다. 군용 지프들, 트럭 수십 대, 18륜 화물차 다섯 대, 또 다른 장갑차 한 대가 있었다. 거의 모든 차량이 사막용 위장색으로 칠해져 있었고, 모든 차량에는 미국 국기가 휘날리고 있었다.

"여기 책임자가 있소!"

누군가 소리치며 존을 가리켰다.

함성 소리가 높아지는 가운데 마을 사람들은 그를 위해 길을 터주었다. 국기를 쳐다보며 천천히 걸음을 옮기던 존은 눈물이 고이는 걸 느꼈다.

선두 차량 앞에 장교가 한 사람 서 있었다. 선두 차량 주위에는 골짜기를 지키고 있어야 할 존의 대원들, 블랙마운틴 공격부대 제1대대원 열댓 명이 서서 군인들과 이야기를 나누고 있었다. 군인들은 케블라 헬멧을 쓰고 있었고 군복은 사막용 위장복, 표준 위장복 등 다양했다. 시가전용 위장복을 입은 군인들도 몇 명 섞여 있었다. 하지만 양쪽 그룹 중에서 더 강하게 보이는 것은 존의 아이들, 존의 병사들이었다. 마른 몸, 매 같은 얼굴, 어둡고 공허한 눈을 한 민병대원들을 보고 정규 보병들은 약간 경외감을 느낀 듯했다. 함께 있는 남학생들 못지않게 강건한 여학생들을 보는 시선이 특히 그랬다.

저들이 나라를 세우는 사람들, 건국자들이다. 존은 알 수 있었다. 그의 학생들은 하워드 파일의 그림에 있는 병사들과 마찬가지로 몹시 지치고 굶주려 있지만 그럼에도 불구하고 단호한 결의로 가득 차 있었다. 지난 2백 년간 미국에서 찾아볼 수 없던 그런 결의였다.

장갑차 옆에 선 장교는 정장용 군복을 입고 옷깃에는 별을 달고 있었다. 마치 자기를 다른 사람과 구별해 뚜렷이 드러내려는 듯이.

"저분이 매더슨 대령입니다!"

존이 다가가자 그의 민병대원들이 똑바로 서서 받들어총 자세를 취했다. 놀랍게도 민병대원 주위의 군인들도 모두 차렷 자세로 엄숙하게 경례를 붙였다.

그들을 둘러싼 군중이 조용해졌다.

존은 천천히 발걸음을 멈추고, 준장을 쳐다보며 차렷 자세로 경례를 붙였다.

"존 매더슨 대령입니다."

준장은 경례로 답한 뒤 웃음 지으며 걸어나와 손을 뻗어 존과 악수를 했다.

"당신을 알고 있소, 매더슨. 칼라일에서 당신 강의를 들었고, 게티스버그로 견학을 함께 갔지요. 제2차 매너서스 전투에서의 리 사령관에 대한 강의는 아주 훌륭했소. 90년대의 일이군."

그 단순한 악수가 옛 세상과의 재결합이라도 되는 양 요란한 환호성이 터져나왔다. 군중이 주위로 몰려들었다. 사람들은 군인들을 껴안고 입맞추었다. 갑자기 그런 일을 당한 군인들은 당황한 기색이 역력했다. 애정을 담아 그들을 껴안는 사람들 대부분이 몇 달간 목욕을 하지 않았고 이가 들끓는 사람도 있었다.

존은 웃음을 지으며 장군을 쳐다보았다. 얼굴이 어렴풋이 낯익기도 했지만 이름을 기억해낼 수는 없었다. 결국 그는 상대방의 명찰을 보았다. '라이트' 였다.

존은 지금 라이트가 무엇을 보고 있는지 궁금했다. 우리를 미국인으로 생각하는가? 아니면 뼈만 남은 생존자들로 여기는가? 미국이 지난 70년 동안 온 세계에 너그럽게 원조를 했던 대상, 하지만 미국 땅에서 보리라고는 꿈도 꾸지 않았던 그런 생존자들?

"우리는 애슈빌로 가는 중이오. 민간 정부가 다시 수립될 때까지 내가 노스캐롤라이나 서부의 군사정부를 맡게 되었네. 하지만 나는 우선 여기에 들르고 싶었다네."

환호성을 지르며 기쁨에 들떠 있던 군중은 그 말을 듣지 못했다. 하지만 존은 들었다.

"여기 주둔하는 게 아닙니까?"

"본부는 애슈빌에 설치할 거요. 하지만, 그래요. 우리는 이 지역에 주둔할 예정이오."

장갑차 위에 서 있던 하사관이 마이크를 들고 딸깍거리는 소리를 냈다.

"모두 주목해주십시오."

주위가 일순간에 조용해졌다. 모든 사람들이 경외감을 담고 그를 올려다보았다. 1년 만에 처음으로 확성기를 통해 나오는 목소리를 들은 것이다.

"잠시 실례하겠네."

라이트는 이렇게 말하고 장갑차 위로 올라갔다. 하사관이 손을 뻗어 그를 끌어올렸다.

"나는 라이트 준장입니다. 아메리카합중국 육군 장군입니다. 우리는 여러분과 여러분의 나라를 다시 하나로 묶기 위해 이곳에 왔습니다."

환호성이 몇 분간이나 이어졌다. 존의 곁으로 다가온 마칼라가 그를 껴안았다. 많은 사람들이 울고 있었다. 그러다 갑자기 합창단 출신의 민병대 여학생 하나가 노래를 부르기 시작했다.

오, 그대는 보이는가…….

곧바로 모든 사람들이 국가를 따라 불렀고, 노래하면서 모두들 눈물을 흘렸다.

장군은 머리를 숙인 채 서 있었다. 그가 얼굴에서 눈물을 훔쳐낼 때 거기에는 거짓이 없었다.

"나는 노스캐롤라이나 서부 지역의 군정장관에 임명되었습니다. 오늘 중에 본부를 세울 것입니다."

"우리를 두고 떠나는 건 아니죠?"

누군가 소리쳤다.

"아닙니다. 물론 아닙니다. 모두 이 대열 끝으로 가서 줄을 서주십시오. 여러분 각자에게 3인 분의 식량을 드릴 겁니다. 군대식 식사가 준비되어 있습니다."

다시 요란한 환호성이 일었다.

"심각한 질병을 치료하는 데 도움이 될 의료진도 함께 왔습니다. 모든 어린이들, 임산부들에게는 3개월 치 비타민이 지급될 겁니다."

비타민이라, 정말 미국다운 일이 아닌가. 작은 병에 담긴 몸에 좋은 성분. 비타민 얘기는 음식 얘기보다 더 존의 기운을 북돋아주었다. 엘리자베스가 가까스로 버텨오긴 했지만 딸과 아기에게 비타민은 생명을 구하는 영양분이 될 것이다.

"우리는 한 시간 안에 애슈빌로 떠날 예정입니다. 하지만 나는 아메리카합중국의 군인으로서 여러분에게 맹세합니다. 우리는 여기 주둔할 것입니다. 다음 주에는 식량과 의약품을 실은 보급부대가 추가로 도착할 예정입니다."

그는 마이크를 하사관에게 건네주고 차량에서 뛰어내려 존에게로 왔다. 마이크를 받은 하사관은 줄을 서라고 군중들에게 외쳤고 군인들이 정리를 도왔다. 존은 움직이는 사람들을 바라보았다. 의료진 한 사람이 벌써 엘리자베스에게로 다가가 엄마와 아기를 살펴보고 있었다. 그 모습을 보고 있는 것만으로도 존의 눈에는 눈물이 고였다. 군인들이 껌을 나눠주자 아이들이 벌떼처럼 몰려들었다.

군중의 물결이 물러나자 장군은 존에게 함께 걷자는 몸짓을 보였다.

"여기 상황은 얼마나 안 좋소?"

"아주 나쁩니다."

"그럴 테지. 산길 꼭대기에서 당신네들의 환영 인사가 적힌 카드를 보았네."

존은 당황스러웠다. 파시 두목의 시체가 겨울 내내 거기 매달려 있었다. 까마귀들이 며칠 만에 살점을 깨끗이 해치운 상태였지만 뼈 일부가 아직 매달려 있었다. 산골짜기 아래쪽에서는 청소동물들이 내던져진 수천 구의 시체들로 몇 주 동안이나 축제를 벌였다.

"우리는 스테이츠빌에서 여기까지 그놈들이 뚫어둔 길을 따라 왔네. 놈들을 쓸어버리다니 대단한 일을 해냈어. 주간도로 양쪽에 화재로 인한 잿더미들이 있는 것도 보았네. 불은 올드포트까지 깨끗이 태워버렸더군. 예전에 올드포트였던 곳까지 말이야. 놈들을 함정에 가두기 위해 그렇게 했을 테지."

존은 고개를 끄덕였다.

"멋진 작전이었소, 대령."

"때로는 역사에서 배울 것도 있지요."

"여기 생존자는 몇 명이나 되나? 우리가 제일 먼저 해야 할 일은 인구 동태를 정확히 파악하는 것이오. 배급 카드를 발급해야 하니까."

"이미 카드를 발급했습니다."

라이트가 미소를 지었다.

"이건 연방에서 주는 배급이네."

"그렇지요."

존은 고개를 끄덕였다. 마을을 살리기 위해 몇 달 동안 고통스럽게 싸운 끝에 이제는 지배력을 잃었다는 사실 때문에 혹시 자기가 분노를 느끼고 있는 것은 아닌지 존은 자문해보았다.

"생존율은 얼마 정도인가?"

"20퍼센트쯤 될 겁니다. 사태 이후에 이리로 들어온 사람을 빼면 조금 더 낮아질 테고요."

라이트는 머리를 절레절레 흔들었다.

"심한 축에 속하는 겁니까?"

라이트의 몸짓이 자신의 실패를 뜻하는 것 같아 존은 예민한 기색으로 물었다.

"그렇다네. 여기 고지대의 생존율이 그것밖에 되지 않는다니. 곡창 지대에다 인구가 적은 중서부 지역 같은 곳은 절반 이상이 살아남았소. 하지만 동부 해안 지역은……."

그는 한숨을 내쉬었다.

"여기 동부 지역은 완전히 황무지로 변했네. 아직까지 목숨을 부지하고 있는 사람은 10퍼센트가 안 될 거야. 놈들은 가장 불리한 시기에 우리를 쳤지. 초봄에 말이야. 식량이 가장 부족한 시기였지. 특히 북부 지역에서는 아직 파종도 하지 않은 상태였고."

장군은 허공을 바라보며 말을 이었다

"지금 뉴욕에는 살아 있는 사람의 수가 2만 5천 명 정도밖에 안 된다고 하네. 완전히 야만 상태에 놓여 있거나 그렇지 않으면 쓰레기를 뒤져 근근이 살아가는 형편이지. 아예 핵폭탄을 직접 떨어트리는 게 더 인간적이었을 거야. 지난가을에 뉴욕에서는 콜레라가 발생했네. 결국 정부는 뉴욕을 포기하고, 도시를 완전히 고립시켰지. 아무도 거기 들어갈 수가 없었고, 거기 있던 사람들도 밖으로 나올 수가 없었네. 거기 주둔했던 내 친구 하나는 암흑시대가 따로 없었다고 하더군."

그는 한숨을 내쉬더니 중요한 일을 빼놓고 엉뚱한 얘기를 늘어놓고 있다는 것을 깨달은 것처럼 억지웃음을 지었다.

"당신은 잘해냈소, 매더슨 대령. 아주 잘해냈어. 오는 길에 피난민 몇 사람과 마주쳤는데 당신들이 못 들어오게 한 것을 두고 불평을 해대더군. 하지만 참전 군인이었던 한 노인은 당신네들에게 감탄했다고 털어놓았소. 온 나라가 지옥 구덩이로 변했는데 이 마을은 하나로 뭉쳐 있었다고."

존은 말이 나오지 않아 고개만 끄덕였다.

라이트는 잠시 말없이 서 있더니 머리를 낮추고 속삭이듯 말했다.

"플로리다 사람들은 모두 죽었다고 하네. 사람은 너무 많고 식량을 재배할 땅은 너무 없었던 거지."

"그 많은 오렌지와 목초지는요?"

"모든 게 끝장났소. 한 끼 식사를 해결하려 소를 도축했으니, 그런 더위에 다음 날 아침엔 어떻게 되었겠나? 고기가 썩어 파리가 들끓어도 사람들은 그걸 어찌어찌 먹었을 테지. 그러니 무슨 일이 벌어졌겠나?"

"바다가 있지 않습니까? 거긴 먹을 게 널려 있을 텐데."

"믿기 힘든 얘기겠지만 해적들이 날뛰어 제대로 물고기를 잡을 수 없게 되었다고 하네. 마치 17세기 얘기 같겠지. 해안 지대는 난장판이 되었네. 지금은 해군이 나서서 해적을 소탕하고 있는 중이지만. 다행히 산호초 주위의 작은 마을들은 방어 체제를 잘 갖춘 편이었어. 도로 하나만 차단하면 되었고 자체 해군이 어선을 경비했으니까. 그래서 비교적 잘 버티고 있었는데 지난가을에 허리케인이 덮치는 바람에……."

"허리케인이요?"

존은 자연재해를 거의 잊어버리고 있었다. 온 국민을 하나로 결집시키고 대량 원조의 물결을 일으켰던 그 자연재해가 여전히 계속되고 있다는 사실을 인식하지 못하고 있었다. 지금은 설사 자연재해가 덮쳐도 백 킬로미터 떨어진 곳에서는 그것을 알지 못할 것이다.

"태풍의 눈이 정확히 마이애미를 덮쳤지. 카트리나 때와 똑같았어. 몇 달 뒤에는 약간 위력이 약한 놈이 탬파-세인트피트를 덮쳤고."

장군은 먼 곳을 바라보며 한동안 말없이 서 있었다.

"하지만 이번엔 뉴올리언스 때와는 달리 외부에서 도움의 손길이 쏟아지길 기대할 수 없었지. 근근이 살아남은 사람들에게는 치명타가 되었네. 열기도 문제였지. 에어컨 없이 견뎌야 했으니까. 요즘엔 거기 집들 중에 에어컨 없이 살도록 설계된 집이 거의 없지 않나. 게다가 인구의 20퍼센트가 노인들이라는 것도 문제였어. 첫날 너무나 많은 사람들이 죽어서, 은퇴한 사람들이 주로 살던 마을들은 시체가 거리를 뒤덮었다고 하네. 옛날에 역병이 돌던 때와 마찬가지지. 그런 기후에서는 질병이 맹위를 떨칠 수밖에. 그 때문에 굶주림이 시작되기도 전에 그곳 사람들 대부분이 죽었어. 부패한 음식, 열사병, 오염된 물, 아니면 물이 아예 없는 상황, 그리고 말라리아, 웨스트 나일 병. 마이애미 지역에서는 장티푸스와 이질이 엄청나게 퍼졌다고 하네. 심지어는 림프절 페스트가 발생했다는 보고도 있었고……."

그는 잠시 멈추었다가 말을 이었다.

"자네가 상대한 파시 일당처럼 거기서도 인육을 먹는 일이 생겼지. 많은 사람들이 굶주림으로 제정신이 아니었어. 컬트가 여기저기서 생겨나고, 그중엔 지신의 분노를 달래기 위해 인간을 제물로 바쳐야 한다는 아즈텍류의 컬트까지 있었다네. 다른 것들은 최후의 만찬과 성찬식을 기괴하게 변형한 것들이었지. 이번 일은 신의 뜻에 의한 것이니까 죽은 자를 먹어도 괜찮다고 떠들었지. 나머지는 그저 정신병자들이었고."

존은 한숨을 쉬었다. 프로잭 금단 증상을 앓는 나라. 켈로의 경고가 다시 생각났다.

"지금 거기서 살아남은 것은 야만인들과 당신네처럼 훌륭한 전략을 세우고, 당신처럼 훌륭한 지도자가 있었던 마을 몇 곳뿐이네."

장군의 어투 중 무언가가 존의 주의를 끌었다. 이 사람은 왜 계속 플로리다 이야기를 하고 있는 것인가?

존은 그를 쳐다보았다. 해선 안 된다고 느꼈지만 하지 않을 수 없는 질문이었다.

"장군의 가족은 무사합니까?"

그를 쳐다보는 라이트의 눈에 불꽃이 일었다.

"나는 중앙아시아 사령부에 있었네. 우리의 본토 사령부가 탬파-세인트피트에 있다는 건 자네도 알고 있을 거야. 이번 일이 터지기 전에 나는 이라크에 파견되었다네."

그는 한숨을 내쉬었다.

"아내, 세 아이, 며느리, 손자 둘이 세인트피트에 있었어. 지금까지 가족들 소식을 한 마디도 듣지 못했네."

"정말 유감입니다, 장군."

"그렇소. 우리 모두가 그렇지."

존은 할 말이 없었다.

"미국의 소리 방송에서는 그런 얘기는 한 마디도 나오지 않고 있지."

장군은 머리를 내저으며 말했다.

"우리가 당신들에게 진실을 말했다고 생각하나?"

존은 발끈 화를 냈다.

"그럼 대체 뭐가 진실입니까?"

"우린 끝장나고 말았어. 그게 진실이네. 겨우 폭탄 몇 개로 끝장났어. 운이 좋다면 미국이었던 곳에 지금은 3천만 명 정도가 살아 있을 거야."

"……이었던 곳이라니 무슨 뜻입니까?"

장군은 머리를 흔들었다.

"당연히 모르고 있겠지. 나는 지금 미국의 소리 방송에 출연해 얘기하고 있는 게 아닐세. 텍사스까지 포함해 남서부 지역을 미국 지도에서 지워야 하게 생겼다네. 또 다른 샘 휴스턴이나 데비 크로켓(텍사스가 멕시코의 영향권에서 벗어나도록 싸웠던 독립전쟁기의 지도자)이 나타나지 않는다면. 겨울에 멕시코가 밀고 들어왔다네. 중국에 대응하기 위해 텍사스를 보호령으로 삼는다고 주장하면서 말이야."

"뭐라고요?"

"중국. 아, 중국이 원조물자를 갖고 들어왔거든. 60일 동안 무정부

상태와 질병이 계속된 뒤에. 어쨌든 그들은 남은 사람들을 위해 풍부한 물자를 갖고 왔지. 이제 캘리포니아에서 워싱턴 주, 로키 산맥에 이르는 서부 해안에 그들 50만 명이 들어와 있네."

"그들이라면?"

"중국 군대 말이야. 물론 우리를 도우러 왔지."

라이트는 쓰디쓴 목소리로 말했다.

"그렇다네. 그들은 우리에게 원조를 제공하고 재건을 돕기까지 하고 있어. 하지만 철수할 기미를 전혀 보이지 않고 있지."

"그럼 중국 짓입니까?"

장군은 어깨를 으쓱했다.

"우린 절대로 알 수 없을 테지."

"뭐라고요?"

"존, 모두 세 대의 미사일이었네. 한 대는 멕시코 만의 컨테이너선에서 발사되어 캔자스, 유타, 오하이오 상공에서 터졌어. 그 화물선은 늘 그렇듯 라이베리아 선적을 갖고 있고, 오만을 포함해 여러 곳에 정박했던 배였네. 그곳 어딘가에서 미사일을 장착했을 걸로 보고 있네. 핵폭탄이 장착된 중거리 미사일을 커다란 컨테이너에 실었던 거지. 배는 미사일 발사 직후에 폭발해 승무원 전원이 사망했어. 그걸 보면 테러리스트 모델에 들어맞지. 하나는 아이슬란드 근처에 있던 다른 컨테이너선에서 발사되어 러시아 상공에서 터졌어. 똑같은 시나리오로 그 배 또한 발사 후에 폭발했고. 왜 중부유럽이 아니라 러시아가 대상이 되었는지는 모르고 있네. 유도에 문제가 있었는지도 모르지. 어쨌든 덕분에 영국과 스페인 일부는 이번 일을 모면했다네. 마지막 하나는 고도가 좀 더 낮은 곳에서 터졌는데 그래도 일본과 한국을 끝장내기엔 충분했지. 중국 짓이라는 사람도 있고 북한을 지목하는 얘기도 나왔네. 어쨌거나 북한도 쓰레기더미가 되어버리긴 했지만. 그런가 하면 누구는 테러조직을 누구는 이란을 의심하고 있지. 이란 또한 많은 지역이 피해를 입긴 했지만 말이야. 어쩌면 그들 모두가 작당을 해서 한 짓인지도 모르고, 어쩌면 전혀 다른 쪽이 저지른 짓일 수도 있네. 어쨌든 그런 건 이제 문제가 아니야. 누군가 그런 짓을 했고, 놈들이 이겼어."

"놈들이 이기다니 무슨 말입니까? 미국의 소리 방송에서는 줄곧 우리가 승리를 거두고 있다고 했는데."

"맞아. 분명 많은 도시들이 지금은 잿더미로 변했어. 우리가 모두 부숴버렸지. 올바른 적을 공격한 것인지 무턱대고 공격한 것인지는 몰라도. 하지만 그렇다고 이곳에서 뭐 달라지는 게 있나? 나는 이라크에서 다시 이곳으로 파견되었네. 모든 해군 병력도 동부 해안에 집결해 있어. 거의 모든 해외 주둔군이 이곳으로 돌아오고 있어. 문제를 처리하고, 재건하고, 남은 것들을 지키기 위해서. 존, 볼티모어와 워싱턴이 밤에 불타는 것을 보았다네. 연기 기둥이 수백 킬로미터 밖에서도 보였지."

이제 장군은 높낮이가 거의 없이 단조로운 말투로 이야기하고 있었다.

"그건 성서에 나오는 장면 같았어. 중세시대였어."

워싱턴……. 존은 몇 달 만에 처음으로 국방부의 밥 스케일즈를 떠올렸다.

"스케일즈 장군 아십니까? 장군이 강의를 들을 때 전쟁대학 교장이었는데요."

라이트는 고개를 끄덕였다.

"정부의 긴급 재배치 장소로 옮겨간 운 좋은 개자식들이 있으니까 지옥에서 달아난 사람도 몇 있을 거야. 나머지는…… 글쎄, 아까 말했듯 워싱턴은 중세시대로 변해버렸네. 자네 친구가 어떻게 되었는지는 몰라. 그 사람이 메릴랜드와 웨스트버지니아의 벙커로 배치되지 않았다면, 유감스럽지만 아마 죽었겠지."

라이트는 다시 허공을 바라보았다.

"로키 산맥이 있는 세 곳의 주에서는 컬트 하나가 기승을 부리고 있네. 그 컬트의 교주는 자기가 바로 구세주라며 전기가 다시 들어오면 세상은 구원받은 것이라고 떠들고 있지. 수십만 명의 추종자가 있고. 자네가 상대했던 파시? 그보다 1만 배는 더 강력한 패거리야. 놈들은 피츠버그를 장악하고 사방 수백 킬로미터를 약탈하고 있어. 놈들을 진압할 작전을 세우고는 있지만, 몇 년 전 이라크에서 대적한 놈들보다 더 무서운 상대지……. 게다가, 그들은 한때 우리 국민이었잖나. 사흘 전에 하이포인트의 폐허에 있는 놈들의 근거지 한 곳을 공격하다가 부하 여덟을 잃었다네. 존, 우리가 놈들을 없앤다고 치세. 그런다고 미국이 강대국의 위상을 되찾을까? 놈들이 이겼어. 우린 끝난 거야. 우리는 세계 도처에서 퇴각해 남은 걸 건지기에 급급하지. 우리를 증오했던 놈들로서는, 우리가 보복으로 자기 나라를 쑥밭을 만들어놓는다 해도 그래도 놈들로서는 승리를 거둔 셈이야. 존, 솔직히 말해 누가 이 짓을 시작했는지 우리는 결코 알 수 없을 거네. 이번에는 나치 표식이나 붉은 별을 새긴 비행기가 폭탄을 떨어트린 게 아니야. 바다 한가운데 화물선에서 미사일 세 대를 쏜 것뿐이야. 그런 뒤 그 배도 터져버렸지. 그 결과는 어떤가? 미국 한 곳에서만 2억 5천만 명이 죽었어. 냉전 기간에 우리가 얘기했던 〈닥터 스트레인지러브〉(인류의 미래를 그린 스탠리 큐브릭 감독의 SF 영화. 주요 배경으로 핵폭탄을 싣고 가는 B52기가 나온다)의 악몽과 똑같아. 아니 그보다 더 심하지. 빌어먹을, 그처럼 고스란히 노출되어 있었는데, 목을 빼고 칼날을 기다린 것이나 똑같은데 아무도 그걸 막으려 대비하지 않았던 거야. 우린 이제 150년 전으로 되돌아가고 말았어."

"아닙니다. 150년 전이 아니에요."

존은 한숨을 쉬었다.

"아마도 5백 년 전이라는 게 더 정확할 겁니다. 1860년에 살아 있었던 사람들은 그 시기를 어떻게 넘겨야 할지를 알고 있었습니다. 그 사람들에게는 그 시대의 기반 시설이 있었습니다. 우리는 그렇지 않지요. 전등은 꺼지고, 수세식 화장실을 쓸 수 없고, 약국은 텅텅 비고, 텔레비전은 나오지 않습니다. 우리는 무엇을 해야 할지 모르는 겁니다."

존은 고개를 절레절레 흔들었다.

"우리는 살육당하는 양이나 마찬가지예요."

장군은 가슴 주머니에서 담배 한 갑을 꺼냈다. 영국 담배 던힐이었다.

라이트가 담배를 건넸다. 유혹에 저항하기 어려웠지만 존은 자기가 피웠던 마지막 담배를 떠올렸다.

"저는 끊었습니다."

"나는 아니네."

장군은 담배에 불을 붙였다.

장군이 연기를 내뿜자 냄새가 기가 막히게 좋았으나 존은 담배를 청하지 않았다. 그는 제니퍼를 생각했다. 담배를 끊으라고 귀찮게 졸라대던 제니퍼. 아니다, 지금은 그런 생각을 할 때가 아니다.

"우리는 이제 가야 하네, 존. 며칠 뒤 애슈빌에 와서 자세한 이야기를 나누는 게 어떻겠나?"

"좋습니다. 그런데 거기 갔다 차량을 압수당하는 건 아니겠지요?"

라이트는 영문을 몰라 그를 멀뚱히 쳐다보았다.

"아무것도 아닙니다. 예전에 작은 문제가 있었거든요. 어쨌든 거기 가면 그곳 책임자인 얼간이를 해고하십시오. 그 사람이나 주변 사람들이 배를 곯고 있지 않으리란 건 제가 장담하지요."

라이트는 고개를 끄덕였다.

"그리고 무엇보다 마을 사람들이 다시 병원을 이용할 수 있게 해주십시오. 장군이 7개월만 더 빨리 도착했더라면……."

그는 말을 이을 수가 없었다.

"누구 얘긴가?"

"딸입니다."

"무슨 말인지 알겠네."

라이트의 눈을 들여다본 존은 상대가 정말로 자기 심정을 이해하고 있으며, 오히려 자기보다 더 큰 비탄에 잠겨 있다는 것을 알 수 있었다. 제니퍼는 우리 집 뒤뜰에 잠들어 있다. 하지만 라이트는 자기 가족에게 무슨 일이 일어났는지 전혀 모르고 있고 따라서 최악의 경우만을 상상할 수 있는 것이다. 이것 또한 미국이 잃어버린 것이구나. 존은 깨달았다. 과거에 우리는 사랑하는 사람들이 어디에 있는지 알고 있었다. 언제나 알고 있었다. 사랑하는 사람이 전쟁터에서 목숨을 잃으면 그 시신의 일부만이라도 되찾기 위해 수백만 달러를 쏟아붓던 그런 나라에 우리는 살고 있었다. 그런데 지금은 2억 명 이상이 죽어도 신원을 확인할 엄두조차 못 내고 있다.

라이트는 자기만의 생각에 빠져 있다가 한참 뒤 입을 열었다.

"간이 식량을 시청사에 두고 가겠네. 여기 없었던 사람들에게 자네가 나눠주면 되겠지."

"감사합니다."

"의약품과 의료진 한 사람도 두고 가지. 항생제, 진통제, 물론 비타민도 있고. 우리가 출발하고 나면 그 사람이 진료를 시작할 거야."

"인슐린도 있습니까?"

존은 차가운 말투로 물었다.

"없네. 왜 그런 게 필요하지? 당뇨병 환자들은 어쨌거나 벌써 죽었을 텐데."

라이트는 말을 하다 말고 멈칫했다.

"아, 미안하네, 존."

그는 겨우 고개를 끄덕여 보일 수 있었다.

악수를 나눈 뒤 라이트는 몸을 돌렸다.

"장군?"

그가 돌아보았다.

"이건 진짜입니까?"

"무슨 말인가?"

"이것 말입니다. 오늘 말입니다. 아니면 잠시 반짝하다 없어져버리는 겁니까? 장군은 한동안 주둔하겠지만, 모든 게 계속 어긋나고 무너지면서 그러다 끝나버리는 것은 아닙니까? 그런 말도 있지 않습니까? 세상의 종말은 쾅 하고 터지는 게 아니라 서서히 꺼져가는 방식으로 온다고."

라이트는 머뭇거렸다.

"이보게, 나는 모르겠네. 우리가 세웠던 그 모든 치밀한 계획들, 그 모든 꿈들? 이제 더 이상 모르겠네."

장군은 몸을 돌려 장갑차로 돌아갔다. 장갑차의 엔진 소리를 듣고 군인들이 제 위치로 돌아가자 다른 차량의 엔진도 돌기 시작했다. 대열 제일 끝에 있는 견인 트레일러만 배급품을 나눠주느라 출발 채비를 갖추지 못하고 있었다.

대열이 앞으로 움직이기 시작했다. 존은 장갑차가 스쳐 지나갈 때 그 위에서 휘날리는 성조기를 보았다.

본능적으로 그는 차렷 자세를 취하고 경례를 했다. 민간인들은 손을 가슴에 올렸고, 민병대원들은 받들어총 자세를 취했다. 많은 사람들이 그 광경을 보며 다시 눈물을 흘렸다.

50개의 별(미국 국기에 그려져 있는 별). 그는 생각했다. 앞으로도 언제까지나 그럴 수 있을까? 마음속 목소리는 그에게 끔찍한 진실을 속삭이고 있었다.

그는 마칼라의 손을 잡고 그녀를 쳐다보며 안심하라는 듯 미소를 지었다. 그녀 역시 안심하라는 듯 미소로 답했다. 그러나 두 사람 모두 상대방이 거짓말을 한다는 것을 느끼고 있었다.

"이것 봐요, 아빠!"

엘리자베스가 소리쳐 불렀다. 엘리자베스는 비타민 두 병을 움켜쥐고 어깨에는 군용 천 가방을 걸치고 있었다.

"어떤 군인이 벤한테 입맞춰주며 자기 아들 생각이 난다고 했어요. 그 불쌍한 사람은 자꾸 울면서 계속 벤을 껴안았어요. 이것 보세요. 식량 12인분을 주었어요! 이 가방 속에 들어 있어요. 2킬로그램짜리 이유식 깡통도 줬어요. 이제 끝났어요. 아빠, 정말로 모두 끝난 거예요."

"물론이지."

그는 웃음을 지으며 말했다. 기쁨으로 환하게 밝아진 딸의 얼굴은 어린아이의 얼굴처럼 보였다.

"집으로 가자."

그들은 차를 타고 집으로 돌아갔다. 도착하자 여자들이 먼저 안으로 향했다. 그때까지도 엘리자베스는 흥분해서 깔깔대고 있었다.

그는 집으로 들어가 랩스를 들고 나와 제니퍼의 무덤 곁에 앉았다.

이 세상은 영원히 변해버렸다. 우리가 알던 미국은…… 다시는 돌아오지 않는다.

—감사의 말

어떤 면에서는 모든 책이 다른 사람들의 작품이라고 할 수 있다……. 어릴 때 내게 자극을 준 사람들. 내가 강단에 서고, 작가가 되고, 아버지가 되도록 가르쳐준 사람들.

냉전기간 중에 공상과학소설을 읽으며 자란 이들은 《아아, 바빌론》과 등골이 오싹해지는 영화 〈유언〉, 〈그날이 오면On the Beach〉을 기억할 것이다. 그 시대의 악몽은 현실로 나타나지 않았다. 하지만 그들의 경고가 있었기에, 내가 어렸을 때 그런 일이 실제로 일어나지 않았던 것은 아닐까? 그들이 내게 미친 영향은 이 책에 뚜렷하게 드러나 있다. 이 책이 던지는 경고가 현실성을 띠고 있는 것과 마찬가지로 그들의 경고 또한 당시에는 현실이었다.

기꺼이 이 책을 위해 글을 써준 나의 친구 뉴트 깅그리치에게 특별한 감사를 전한다. 책을 쓰는 내내 깅그리치는 격려와 조언을 아끼지 않았고, 핵심적인 인물들과 만날 수 있도록 도와주었다. 깅그리치는 이 주제에 관해 세계적으로 손꼽히는 전문가인 빌 샌더스 해군 대령도 소개해주었다. 샌더스는 귀중한 조언을 해주었을 뿐 아니라 내게 신실한 우정을 보여주었다. 샌더스 대령이 진정 직업 정신이 투철한 인물이라는 사실을 강조해야 하겠다. 내가 던진 질문에 샌더스 대령이 "거기엔 대답할 수 없습니다"라고 말할 때가 가끔 있었는데, 그러면 그걸로 끝이었다. 그가 내게 보여준 모든 자료는 기밀자료가 아니라 공개된 것이었다. 진정한 국민의 종복인 로스코 바틀릿 의원, EMP의 위협을 평가하는 위원회를 이끌었던 그도 내게 영감을 불어넣어주었다.

오랜 친구인 작가 진 셰퍼드의 이름을 여기서 거론하는 것은 어쩌면 어울리지 않는 일인지도 모르겠다. 요즘에는 그의 이름을 기억하는 사람이 거의 없지만, 대공황기 어느 가족의 크리스마스 이야기를 다룬 진의 영화는 누구나 알고 있을 것이다. 뉴욕 근처에서 성장기를 보냈던 나는 그의 작품과 라디오 쇼에서 많은 영감을 얻었고, 이후 믿을 수 없는 행운 덕택에 메인 주에서 그의 이웃에 살게 되었다. 햇병아리 작가였던 나는 그와 귀중한 순간들을 함께 나누었다. "자네가 알고 있는 것을 쓰게"라는 그의 말이 지금도 기억난다. 나는 과거 혹은 미래에 관한 많은 책을 쓴 이후 처음으로 현재를 배경으로 한 이 책을 쓰게 되었다. 내 고향 마을을 배경으로 한 이 이야기로 나를 이끌어준 것은 진의 충고였다. 블랙마운틴과 애슈빌, 몬트리트 대학은 모두 실재한다. 당연히 소설 속의 등장인물들은 허구이지만, 내 친구들과 이웃들은 이 이야기 속에서 자신의 모습을 어느 정도 느낄 수 있을 것이다. 이 기회를 빌려 오랜 세월 이어져온 그들의 우정에 깊은 감사를 드린다. 그중에서도 잭 스태그스 경찰서장, 우리 가족의 주치의, 우리 마을의 약사에게 특히 감사를 드린다. 이 소설의 주제에 관해 그들과 이야기를 나누면서 우리는 모두가 오싹한 공포를 느꼈었다. 또한 뛰어난 편집자이자 최고의 친구인 빌 버터워스에게도 감사 인사를 전한다.

몬트리트 대학과 지난 3년간 내가 가르친 수천 명의 학생, 마음으로 깊이 사랑하고 있는 그 학생들에게 고마움을 표시하고 싶다. 학생들과 동료 교수들, 우리 대학의 총장, 이사회 구성원들은 내게 영감을 주었다. 특히 오마하비치에 사는 퇴역 군인이며 나의 각별한 친구인 앤디 앤드류스에게 감사한다. 아버지의 여생을 지켜준 근처 요양원 직원들에게도 감사한다……. 정말로 거기서 일하는 모든 이들은 수호천사와 같은 사람들이다.

훌륭한 편집자와 발행인, 에이전트가 없으면 작가는 제대로 해나갈 수가 없다. 내가 보기에 톰 도허티는 자기 분야에서 최고다. 이 소설을 믿어준 에이전트 엘리너 우드, 조시 모리스, 케빈 클레어리…… 그들에게 내가 할 수 있는 말은 고맙다는 것뿐이다. 특별한 감사를 전하고 싶은 사람이 더 있다. 다이앤 세인트클레어는 언제나 나를 믿어주었고 꼭 필요한 순간에 사랑을 담은 격려를 보내주었다. 브라이언 톰센이 해준 모든 것에도 감사한다.

감사의 글을 맺기에 앞서 꼭 하고 싶은 말이 있다. 나는 이 책의 내용이 결코 현실이 되지 않기를 바란다. EMP 공격의 위협은 진짜다. 놀라울 만큼 현실적인 위협이다. 만약 여러분이 시간을 갖고 연구하고, 전문가에게 질문하고, 역사적 감각을 갖추게 된다면 그때는 이 위협의 심각성에 더욱 놀라게 될 것이다. 위대한 국가의 몰락은 국민과 국가가 가장 안전하다고 느낄 때 찾아오는 경우가 많다. "야만인들이 성문 앞에 왔다!"는 외침은 마른하늘에 날벼락처럼 닥쳐오고, 그 외침이 마지막 말이 되어버리곤 했다. 지금 이 세계에는 우리가 그런 일을 당하기를 바라는 자들, 그렇게 만들기 위해 계략을 꾸미는 자들이 있다. 토머스 제퍼슨이 말한 그대로 "자유의 대가는 끊임없는 경계警戒"다.

세월이 흐른 뒤에, 나는 이 소설이 헛소리에 불과했다는 비판을 듣게 되기를 기도한다. 그러면 나는 몹시 기쁠 것이다. 자유를 지키기 위한 경계가 이루어지고, 그래서 내 딸과 내가 사랑하는 사람들이 이 소설 속의 세상을 전혀 모르고 살아간다면 나는 바라던 것을 이룬 셈이다.

블랙마운틴, 노스캐롤라이나
윌리엄 R. 포르스첸

"가능성이 아니라 시기의 문제일 뿐이다."

유진 해비거(전 미국 전략사령부 사령관, 2002년 5월)

—해설

EMP, 마른하늘에 날벼락이 아니다

베를린 장벽 붕괴와 소련의 몰락은 나의 해군 경력에 뚜렷한 전환점이 되었다. 내가 탑승했던 보잉 E-6 전략핵 사령선은 '마른하늘에 날벼락 같은' 핵 공격에 대비한 공중 대기 비행을 중지했다. 혹시라도 군사 인류학자들이 냉전 이전의 전투에 관해 연구한다면, 극적인 것과는 거리가 먼 나의 군 생활은 두 가지 중요한 통계치로만 주목을 받게 될 것이다. 전투기 손실이 없었다는 점과 핵 대참사가 없었다는 점 말이다.

뉴멕시코 주 로스앨러모스에서 자란 나는 핵전쟁이라는 주제에 매료되었고, 그러다 보니 그쪽 길로 가게 되었다. 어릴 때 나는 핵전쟁에 관한 공상과학 소설도 즐겨 읽었는데 처음에는 윌리엄 포르스첸이 쓴《1초 후》도 그런 소설 가운데 하나일 거라고 생각했다. 나는 편안히 앉아 흥미진진한 소설에 몰입하려고 했다. 하지만 그럴 수가 없었다.《1초 후》는 감정을 흔들어놓고 속을 뒤틀리게 하는 소설이었다. 나는 소설 속에서 벌어지는 일들이 현실에서도 충분히 일어날 수 있다는 사실을 알고 있었다.

대륙 상공에서 전자기 펄스EMP 폭발이 일어나면 해당 지역은 대단히 파괴적인 영향을 입게 된다. 핵무기가 폭발하면 아주 큰 에너지를 가진 감마선이 방출된다. 감마선은 전자기파(빛)의 일종으로, 이런 폭발이 지상 40킬로미터 이상의 높은 고도에서 일어날 경우 공기 분자와 충돌해 전자를 방출한다(이렇게 분리되어 나온 전자를 콤프턴 전자라고 부른다). 이 전자가 지구 자기장의 힘을 받아 가속되면서 전자기파가 방출되는데 이것이 EMP다. 핵무기 폭발로 생긴 EMP는 매우 강력하다.

높은 고도에서의 핵폭발로 인해 발생한 EMP의 효과는 지자기地磁氣 태양 폭풍으로 발생한 초저주파가 지구 자기장 및 장거리 송전선을 교란시키는 것과 유사하다. EMP가 전기 및 전자제품에 입히는 피해는 다양한 핵실험과 EMP 시뮬레이터 실험에서 이미 입증된 바 있다.

가시광선 영역 대에서 벗어난 EMP는 인간이 감지할 수 없으며 인체에도 아무런 해를 끼치지 않는다. 그러나 벼락과 비교해 EMP 폭발은 파괴적인 전력 서지를 훨씬 빠르게 일으키고, 미치는 범위도 훨씬 넓어서 광범위한 지역에서 동시적으로 전기 및 전자 시스템을 파괴한다. 정교하게 설계된 핵무기를 캔자스 상공 높은 곳에서 터트리면 사실상 미국 대륙 전체에 파괴적인 효과를 미칠 수 있는 것이다. 우리 사회의 기술 편향성과 첨단 전자 시스템에 대한 의존도를 생각할 때, 이런 공격을 받으면 핵심 기반시설이 잇달아 붕괴하면서 무력하게 넘어질 수밖에 없다.

30년 동안 EMP 무기를 연구해온 저명한 핵물리학자 로웰 우드 박사는 EMP를 두고 "미국 대륙 전체를 19세기로 되돌려놓을 타임머신"이라고 말했다. 1세기 전의 기술 수준으로는 지금의 인구를 지탱시킬 수 없는 것 아니냐는 질문에 그는 "기술이 감당할 수 있는 수준까지 인구가 줄게 될 것"이라고 냉정하게 답했다.

EMP 공격을 냉전 시기의 '마른하늘에 날벼락'과 같은 것으로 간주해서는 안 된다. 예상되는 비대칭전에서 감행될 수 있는 '흐린 하늘의 벼락'으로 생각하고 대비해야 한다. 우리가 EMP 공격에 취약하고 사실상 무방비 상태에 있으며, EMP 공격을 받게 되면 민간과 군 양자의 핵심 전력 기반시설이 파괴되어 사회 전체가 붕괴되는 비극이 일어날 것이라는 경고가 계속 나오고 있다. 막상 EMP 공격을 받게 되면 바로 1초 후에 이런 질문을 던져봤자 소용없다.

'이 공격을 막기 위해 우리는 무엇을 해야 했던가?'

'우리는 왜 그렇게 하지 않았던가?'

빌 샌더스(미국 해군 대령)

이 글에 표현된 견해는 글쓴이 고유의 것으로 미국 정부나 국방부의 공식 정책 및 입장과는 무관함을 밝힙니다.

1초 후

초판 1쇄 발행 | 2011년 1월 20일
초판 2쇄 발행 | 2011년 5월 8일

지은이 | 윌리엄 R. 포르스첸
옮긴이 | 전미영
발행인 | 정상우
주간 | 김영훈
기획편집 | 이민정
마케팅·관리 | 현석호, 김정숙

발행처 | 오픈하우스
출판등록 | 2007년 11월 29일(제13-237호)
주소 | 서울시 마포구 서교동 465-18번지(121-841)
전화 | 02-333-3705
팩스 | 02-333-3745

ISBN 978-89-93824-41-4 03840

* 잘못된 책은 바꾸어 드립니다.
* 값은 뒤표지에 있습니다.

이 책은 환경보호를 위해 재생종이를 사용하여 제작하였으며 한국간행물윤리위원회가 인증하는 녹색출판 마크를 사용하였습니다.